A D A
MINNESOTA
Lake Superior
Duluth
Fargo
Alexandria
St Paul
Minneapolis
WIS-
CONSIN
MICHIGAN
Lake Michigan
Lake Huron
Toronto
Lake Ontario
Saint Lawrence
Québec
VERMONT
Connecticut
N H
MAINE
IOWA
Omaha
Council
Bluffs
Chicago
Lake Erie
NEW YORK
Hudson
Boston
MASS
CONN
R I
PENNSYLVANIA
N. J.
Brooklyn
Red Hook
New York
ILLINOIS
INDIANA
OHIO
Missouri
Abilene
Kansas City
KANSAS
MISSOURI
Ohio
WEST
VIRGINIA
MARYLAND
Washington
DEL
KENTUCKY
VIRGINIA
OKLAHOMA
TERRITORY
ARKANSAS
TENNESSEE
NORTH
CAROLINA
Mississippi
MISSISSIPPI
TEXAS
Norse
Waco
LOUISIANA
ALABAMA
GEORGIA
SOUTH CAROLINA
ATLANTISCHER OZEAN
Beaumont
New Orleans
FLORIDA
GOLF VON MEXIKO

Toril Brekke

Für immer,
Deine Agnes

Toril Brekke

Für immer, Deine Agnes

Roman

Aus dem Norwegischen von
Gabriele Haefs

Droemer

Die norwegische Originalausgabe erschien 2010 unter dem Titel
»Det lovede landet« bei Aschehoug, Oslo.

Die Übersetzung wurde von NORLA, Oslo, gefördert.
Der Verlag bedankt sich dafür.

Besuchen Sie uns im Internet:
www.droemer.de

FSC
www.fsc.org
MIX
Papier aus verantwortungsvollen Quellen
FSC® C019821

Redaktion: Viola Eigenberz
Umschlaggestaltung: ZERO Werbeagentur, München
Umschlagabbildung: Caterina Bernardi / Gettyimages
Kartographie: Copyright © by Gerd Eng Kielland
Satz: Adobe InDesign im Verlag
Druck und Bindung: C. H. Beck, Nördlingen
Printed in Germany
ISBN 978-3-426-19922-0

2 4 5 3 1

Vorwort

Für immer, Deine Agnes ist der dritte Band einer heute geschriebenen Auswandertrilogie. Die früheren Bücher hießen *Elises Traum* und *Die Reise nach Westen.* Zu Beginn dieser Arbeit hatte ich vor, Bücher zu schreiben, die anders sind als die von Vilhelm Moberg und Ole Edvart Rølvaag, den Giganten der skandinavischen Auswandererliteratur. Während in diesen Büchern eine Gruppe von Menschen von diesseits des Ozeans bis zu dem Ort im Mittleren Westen begleitet wurde, wo sie sich dann ansiedelten, wollte ich die vielen Ausgangspunkte und die vielen Gegenden aufzeigen, in der »unsere« Auswanderer sich niederließen.

Neuere Forschungen ergeben, dass in den hundert Jahren zwischen 1825 und 1925 eine gute Million Norweger ausgewandert sind. Sie kamen von überall in unserem Land, von der Küste und aus dem Binnenland. In Amerika zogen sie von Osten nach Westen. Die ersten siedelten sich im Staat New York an, wanderten später aber weiter. Eine Zeitlang war Chicago gewissermaßen die viertgrößte norwegische Stadt. Die Koshkonong-Prärie bei Madison (Wisconsin) war lange eine sehr wichtige Siedlungsgegend, noch heute gibt es dort die »norwegische« Kleinstadt Stoughton und Erinnerungen an den Kirchenstreit der Pionierzeit. Im Staat Iowa finden wir in der Stadt Decorah das norwegische Museum Vesterheim mit seinen Truhen und Schränken mit norwegischer Bauernmalerei, und in der Nähe von La Crosse am Mississippi liegt das Norskedalen Nature & Heritage Center voller lebendiger historischer Hinterlassenschaften.

Minnesota ist durch seine große Bevölkerungsgruppe mit

norwegischen Vorfahren der »norwegische Staat« schlechthin, wenngleich die Dakotastaaten prozentual einen höheren Anteil von norwegischstämmigen Menschen aufweisen. Viele Siedler zogen weiter, unter anderem nach Oregon und Washington. Und ehe diese Gebiete für weiße Siedler geöffnet wurden, strömten die Menschen nach dem Goldfund von 1848 in Scharen nach Kalifornien. Andere machten einen Abstecher in den Süden, nach Texas. Cleng Peerson, der Mann, der »Vater der Auswanderung« genannt wird, gehörte dazu, er ist auf dem Friedhof von Norse, Bosque County, begraben. Die Auswanderung verlief in Wellen. Während des Bürgerkrieges (1861–1865) ebbte sie ab, wurde nach Kriegsende aber nur noch stärker. Auf diese Weise hing die Auswanderung von den wirtschaftlichen und sozialen Verhältnissen in Norwegen und den USA ab. Gegen Ende des 19. Jahrhunderts spielte Brooklyn, das damals noch eine eigenständige Stadt war, die Rolle, die Chicago früher für die Norweger gespielt hatte. Ein Grund dafür war der Übergang von Segel zu Dampf – viele Seeleute flohen von norwegischen Schiffen, da die Bedingungen auf den amerikanischen angeblich besser waren. Diese Seeleute fanden in Red Hook in Brooklyn vorübergehend oder auf Dauer Unterkunft. Und an der Westküste zog Seattle die Norweger an – vielleicht aufgrund der Landschaft, die derjenigen ähnelt, die sie in ihren Erinnerungen mit sich trugen.

In dieser Trilogie besuche ich viele dieser Orte. Und ich versuche zu zeigen, wie es ihnen ergangen sein mag, den Menschen jener Zeit, und welche Kämpfe sie auszufechten hatten. Mein Wissen um diese Verhältnisse stammt aus Büchern und Briefen, von alten Bildern und aus Interviews mit Amerikanern mit norwegischen Vorfahren. Ich habe die Orte, die ich beschreibe, aufgesucht, und ich habe vielen zu danken.

Nach den Vorarbeiten zum letzten Buch möchte ich zuerst Martin Indregard für Informationen über das Leben am alten

Ofotfjord danken. Weiterhin gilt mein Dank Andreas Whist im Staat New York, der mich mit Vibeke Steineger in Manhattan bekannt gemacht hat, die mich wiederum im norwegisch-amerikanischen Milieu von NYC einführte; vor allem danke ich auch Lars Nilsen, der mich mit seinem Wissen über die Hafengegend Red Hook überschüttet hat. Ich danke Kermit und Glenda Anderson, Bjorg und James Ishee sowie Elaine B. Bell und Betty Tindall, alle aus Texas, für Gastfreundschaft, lustige und nützliche Touren im Wagen und zu Fuß nach Clifton, Norse und Norway Mill sowie für das Ausleihen von interessanten Büchern und Unterlagen. Mein Dank geht an Rachel Barduson und die anderen am Knute Nelson Museum in Alexandria, Minnesota. Weiterhin danke ich Suzanne Arness, Helen Arness Lawson, Muriel Williams, Vickie Hjørdis Årness und ihren Freunden in Poulsbo für wichtige Gespräche über das Leben in alten Tagen am Puget Sound in Washington. In Norwegen danke ich Jens Bakke vom Idd og Enningdalen historielag für Information über Iver B. Moe, Professor Torgeir Lyngtveit für die Beschreibung von Getreidehebern im 19. Jahrhundert, Erna und Sveinung Moen für Bibelkenntnisse und interessante Diskussionen, Ingrid Anne Yttri für gute Ratschläge und ganz besonders Gerd Østby und Kari Steindal für die angenehme Reisebegleitung.

Die drei Bücher können unabhängig voneinander gelesen werden, bilden aber ein Ganzes. Eine Person ist die ganze Zeit dabei. Und zwar Brenda, die in Norwegen gezeugt wird, ehe die erste Reisegesellschaft im Sommer 1825 Norwegen verlässt. Ihr Vater ist der Quäker Håvard, ihre Mutter die schöne, schüchterne, aber auch gierige Elise. Brenda wird in einer Blockhütte am Ontariosee geboren und wandert als Kind zusammen mit ihrem Onkel Ansgar nach Chicago. Im zweiten Band ist Brenda eine junge Frau, die in einer Kneipe arbeitet. Mit ihrem Stiefbruder Hølje und Tausenden anderen durchquert sie die Prärie, um zu den kalifornischen Goldfeldern zu gelangen, erfüllt vom Traum von der Freiheit, den Reichtum schenken kann. Im dritten und letzten Band finden wir Brenda als alternde Frau, die in Minneapolis ein Logierhaus führt. Vor allem sind die Bücher Geschichten von erfundenen Personen. Die fiktiven Gestalten treiben die Handlung voran. Im Hintergrund treten jedoch auch einzelne historische Persönlichkeiten auf. Am Ende des Buches gibt es eine Übersicht über Fakten und Fiktionen.

Toril Brekke
Oslo, Mai 2010

Zwei ungleiche Welten an derselben nordnorwegischen Küste

Sie hatte blaue Augen. Das wusste sie schon, lange bevor jemand ihr einen Spiegel vor das Gesicht hielt. Blau wie eine Blume, hatte ihr Vater gesagt. Agnes hatte sich die Glockenblumen vorgestellt, die auf der Wiese zwischen Holzschuppen und Wäscheleine wuchsen. Und da die Blumen schön waren, musste der Vater sie ja wohl auch schön finden. Er hieß Thomas, ihr Vater. Und er hatte seine eigenen Kämpfe. So hatte der Mann es ausgedrückt, und vielleicht war es das Erste, was Agnes sich von dem wenigen gemerkt hatte, was zwischen Schnurrbart und Kinnbart hervorsickerte, wenn er an dunklen Abenden ein Werkzeug ausbesserte. Sie selbst saß auf dem Holzkasten nahe beim Feuer, um warm zu bleiben, ein kleines Bündel, das immer weiter wuchs.

Seine eigenen Kämpfe ... ja, vielleicht der Frost im Leib, hatte das Kind überlegt, vielleicht Stiche in den Ohren, nachdem er ohne Mütze draußen im Wind gewesen war. Sie war vier, als der Vater seiner Klage einen weiteren Satz anheftete: Ihm fehlte ein erwachsenes Frauenzimmer.

Denn es ist nun einmal so, hatte er ihr erklärt, ein Mann ohne Frau, das ist wie Ruder ohne Boot.

Für einen Moment hatte Agnes eine Bahre vor sich gesehen, einen Sarg, der auf die Ruderbänke eines Bootes gestellt worden und dann fortgesegelt war, und sie dachte an ihre tote Mutter, obwohl sie sich an den Tod der Mutter nicht erinnern konnte. Thomas träumte jedoch nicht von einer entseelten und leblosen Frau, sondern von Olga von Hønseneset, die soeben Witwe geworden war.

Da hatte Agnes erkannt, dass die Reden der Menschen von Gleichnissen erfüllt sind. Denn Olga erinnerte kaum an ein Boot, als sie über die Türschwelle trat, um ihre angehende Stieftochter in Augenschein zu nehmen; sie lag nicht da, und sie wogte nicht. Sie war dünn und aufrecht und machte kleine Schritte. Aber Thomas schob den Gast umher, als sei die Frau etwas, über das seine großen Fäuste das Verfügungsrecht besäßen. Und Agnes begriff, dass der Vater, und vor allem seine Hände, die Ruder waren, die Olga in Bewegung setzten, ob über das Wasser oder einen Fußboden, war eigentlich dasselbe. Ein morscher Kahn, dachte sie später über die Stiefmutter. Denn Olga kränkelte.

Thomas aber pfiff um diese Zeit, ehe er zum Fischen hinausfuhr und wenn er mit dem Fang heimkehrte. Er prahlte mit Kabeljau und Flundern und zog Olga an sich, während er sich von hinten gegen ihren Rock presste.

Nun waren sie zu fünft auf dem Hof, denn neben diesen dreien gab es noch eine Stallmagd und einen Knecht. Bald wurden sie außerdem sechs, aber das Kleinste ähnelte dem frischgeborenen Kalb, das sie im Vorjahr verloren hatten.

Ein wehendes Blatt, sagte Thomas und hatte eine neue Klage.

Herbstlaub, das kannte Agnes. Welk und traurig. Und tot.

Es ist mir wohl nicht zugedacht, solche Kleinen auf die Welt zu bringen, seufzte die kränkelnde Wöchnerin resigniert.

Als Olgas Sarg später in Trauer zum Ufer getragen und ins Boot gehoben wurde, um zur Kirche auf Ankenes zu segeln, war Agnes sieben Jahre und alt genug, um Fisch zu kochen und den Boden zu fegen. Olga hatte ihr außerdem den Umgang mit allerlei Nadeln beigebracht, und nun konnte sie verschlissene Ellbogen und Knie flicken und warme Schals stricken. Aber es war ihr Vater, der Olgas Hände geleitet hatte, damit sie ihr das Haar flocht, und der ihr rote Haarbänder schenkte.

Abermals standen diese beiden einander am nächsten: ein er-

wachsener Mann mit gepresster Stimme und ein Mädchen, das zuhören und denken konnte. So saßen sie abends da, satt nach der Mahlzeit und in der guten Wärme der Holzscheite, während der Mann Werkzeug reparierte und das Mädchen Arbeitskleidung flickte. Und alle hatten darüber gelächelt.
Wie war das noch mit dem Bären, Vater?, konnte Agnes dann fragen, denn diese Geschichte hatte er erzählt, als Olga noch lebte.
Dem Bären?
Dem Meister Petz im Multebeerenland.
Ach, der … der, ja!
Ach ja, sagte er dann. Ach ja.
Nun lag größere Kraft in seiner Stimme. Und Thomas erzählte über das Tier, das seinen Beereneimer gewollt hatte, über den Holzeimer, der umgekippt war, über die Beeren, mit denen der Mann den Bären beworfen hatte, und über die eine, die in ein Ohr gerutscht war und den Bären so außer sich gebracht hatte, dass er tanzte und heulte, auf eine Weise, die wie Gesang klang.
Und dann trug er ein rotes Halstuch, rief Agnes glücklich, denn plötzlich begriff sie, dass der Vater fabulierte, plötzlich erinnerte sie sich an die Worte einer anderen – Guro aus Bakkan hatte von einem Tanzbären auf einem Markt erzählt, einer Bärin mit Halstuch.
Der Vater schlug ihr ins Gesicht, und sie fiel zu Boden: Willst du behaupten, dass ich die Unwahrheit sage?
Gleich darauf hob er sie hoch und drückte sie an seine Brust: Mein Goldhühnchen, meine Kleine, nicht weinen, das war nicht so gemeint, das kannst du dir doch denken …
Sie hatte noch gar keine Zeit gehabt, um loszuheulen, sie war nur überrascht, aber sie merkte, dass das Gesicht des Vaters feucht geworden war, und die Wörter sprudelten nur so aus ihm heraus; um sie beide zu trösten, weil er sie geschlagen hatte, das begriff sie, aber vor allem, um sich selbst zu trösten,

denn ihm fehlte Olga, großer Gott, sie fehlte ihm ja so sehr, und vor ihr Margit, die zwei erwachsenen Frauen, mit denen er gelebt hatte und die jetzt im Grab lagen. Und dann war da noch Henning gewesen, der Anerbe, der, ungesehen von den Erwachsenen, zum Ufer hinuntergestapft und ertrunken war, mit nur zwei Jahren; drei Wochen vor der Geburt seiner Schwester war das gewesen.
Mein Seidenkind, tröstete Thomas. Mein Gutwetterkind. Und du hast ja recht, so war das mit dem tanzenden Bären.
Aber der Vater hatte doch auf jeden Fall den erlegt, dem das Schlittenfell gehört hatte, sagte nun Agnes, atemlos, zitternd.
Ach ja, murmelte der Mann, während die Kraft in ihm abermals wuchs. Bären hatte er durchaus erlegt, wenn auch nicht den erdichteten tanzenden, und außerdem Wolf und Hermelin …
Agnes sprach über die schöne Pelzmütze, die sie von ihm bekommen hatte, denn nichts wärmte besser als die!
Meine süße Kleine, sagte Thomas. Mein Sonnentau, der begreift und erfasst und sieht. Mit Gedanken wie eilige Mäuse im Kopf.
Aber du musst nicht immer alles laut aussprechen, fügte er dann hinzu. Ein guter Schwank ist der Trost der Trauernden.

Die Tage gingen dem Sommer entgegen, während die beiden versuchten, nach vorn zum Licht zu blicken und nicht rückwärts zum Tod.
Du kannst mit zur Kotkate kommen, wenn du willst, sagte Thomas, als die Heimernte eingebracht war. Dann bekommst du etwas anderes zu sehen. Außerdem soll es da einen Jungen geben.
Agnes hoffte, dass es dort nicht auch eine Witwe gab, an einem Ort, der Kot hieß.
Ich will Aron Arbeit bei der Außenernte anbieten, erzählte der Vater.

Ist das der Junge?
Nein, Aron ist ein erwachsener Mann. Der Junge heißt Lazarus, glaube ich. Aber du kannst keinen ärmeren Hof finden. Wickel ein Stück Brot in ein Tuch und nimm es mit, bitte.

Sieben Jahre zuvor war der Junge Lasse in einem Fellschlitten über die Berge und hinunter zum Ofotfjord gekommen, von einem Rentier durch den Schnee gezogen. Ein Rentier und ein Kind im Mondschein und auf Irrwegen, in einem Spätwinter nach einem Notjahr auf der schwedischen Seite.
Ein Wunder, hatte sie leise gemurmelt, die Frau, die ihn gefunden hatte. Sie war Margot getauft, nannte sich aber Sonnentanz und war lahm.
Lappenbalg, hatte ihr Mann ausgespuckt und die Hand an seinem heilen Arm zur Faust geballt; der andere Arm hing kraftlos nach unten, nach Prügeln, die er als Kind eingesteckt hatte.
Ich spüre das Vogelherzchen schlagen, sagte die Frau, verzaubert und staunend, und das Gehässige in Arons Stimme prallte von ihr ab.
Sie hob das Kind hoch und drückte es an sich. Sie spürte den warmen, leichten Atem an ihrer Wange. Und in diesem Moment wurde das Kind zu ihrem Kind, und die Arme der Frau hätten sich fest um den kleinen Körper gelegt, wenn jemand versucht hätte, ihn ihr zu entreißen.
Sie kehrte dem leeren Schlitten, der noch immer am Rentier befestigt war, den Rücken zu; das Tier nagte derweil die Rinde von einem Baum.
Finnenkind, sagte Aron. Muss irgendwo gemeldet werden.
Sonnentanz gab keine Antwort.
Der Pastor auf Ankenes, meinte der Mann.
Warum etwas melden, das … niemand weiß?, fragte die Frau.
Aron ahnte eine Erinnerung an etwas Trauriges ganz tief in

ihrem Blick, ein Kind war dort, ein totgeborenes. Sie hatte keine weiteren bekommen, keine lebendigen Kleinen. Der regennasse Tag war jetzt fünfzehn Jahre her, als sie sich in einem Heuhaufen gefunden hatten, um Schutz und Trost und die Freude der Armen zu suchen, und Sonnentanz war später dick geworden, aber die Unfruchtbarkeit, die dann gefolgt war, hatte Armut und Mangel deutlicher gemacht, als sie es sonst vielleicht gewesen wären. Vielleicht war es ja besser so, dachte er inzwischen, in der Armut dort am Wasser, oder vielleicht doch nicht?

Er machte langsam und widerwillig Platz in der Türöffnung, damit die Frau mit dem Bündel hineingehen konnte. In der Wärme bekam das Kindergesicht Farbe, und die Augen wurden groß und graublank wie gehämmertes Zinn, während der dünne Wasserbrei durch die Kehle des Kleinen glitt.

In allem ein Sinn, murmelte der Mann plötzlich unsicher.

In allem ein Sinn, wiederholte Sonnentanz mit Funkeln im Blick und festerer Stimme.

Ein Rentier mit einem lebenden Kind im Schlepp, ein winziger Mensch, in wärmendes Fell gepackt. Ein Sinn in dem Fell – das Kind sollte nicht sterben. Ein Sinn in dem Baum, dessen Rinde das Tier abreißen und fressen wollte. Genau hier. Bei ihnen. So dass die lahme Frau und der Mann mit dem verdorrten Arm zwischen sich etwas wachsen lassen konnten, ein Kind mit gesunden Gliedern, eins, das fest auf dem Boden stehen und später einmal mit saftigen Hieben die Sense schwingen könnte, das gleichmäßig und geradeaus rudern könnte, nicht in einem krummen Bogen wie Aron mit dem welken Arm.

Sonnentanz lächelte dem Mann ins Gesicht. Er konnte sich nicht erinnern, wann sie ihn zuletzt mit solcher Wärme angesehen hatte, und er lächelte vorsichtig zurück. Dann ging er nach draußen und stach die Rentierkuh ab. Jetzt brachte sie im Tod größeren Nutzen, durch das Fleisch und das Fell.

Sie wussten es ja, es kam immer wieder vor, dass die Schweden in den Notjahren hinter den Bergen ihre Kinder mit den Samen an die Küste schickten; dort sollten sie Norwegern übergeben werden, die von der zappelnden Nahrung leben konnten. Von Flundern und Seelachs. Von kleinem Kabeljau und großem Kabeljau mit weißem Fleisch, das in Holzschüsseln auf groben Tischplatten in Stücke gerissen wurde. Sicher sahen sie in ihrer Armut diese Fische vor sich, während sie sich sabbernd dem Hungertod näherten, während ihnen ein Same einen Rentierrumpf zu einigen letzten Mahlzeiten voller Freude und Tränen gab, einen Rumpf als Ersatz für das winzige Kind, das noch gerettet und groß und arbeitstüchtig werden könnte.

Und so gehörte das Kind dem Samen, wenn der in seiner Tracht zur Küste kam und fragte, ob jemand es haben wollte. Deshalb konnte der Same von den Strandbewohnern Geld für einen Menschen verlangen und es behalten.

Aber Schlitten und Rentier waren allein gekommen. Als sei irgendwo jemand in einen Felsspalt gestürzt. Als sitze vielleicht eine trauernde Frau in einem Zelt.

Keine trauernde Samin, meinte Sonnentanz beim Anblick des schmalen Gesichts und des zarten, schön geschwungenen Mundes des Kleinen.

Schwedisch, meinte sie über die Herkunft des Kindes.

Ein Quäne, brummte Aron, noch ein wenig stur und ängstlich, mit Blick auf die struppigen schwarzen Haare des Jungen. Finnenteufel oder Lappenbrut.

Vielleicht aus mächtigem schwedischem Herrschaftsgeschlecht, dichtete Sonnentanz, und in ihr regten sich Bilder von wohlgenährten Menschen in bodenlangen Kleidern. Wie im Ägypten des Pharao, dachte sie, in den fetten Jahren vor den sieben mageren, wie der Pastor es ihnen im Konfirmationsunterricht erklärt hatte. Und sie sah vor sich lange Tische, gedeckt mit biblischen Gefäßen aus Gold, gefüllt mit bibli-

schen Datteln und Trauben, und sie glühten in ihrer Phantasie wie reife Multebeeren.
Schwedenpack, ließ Aron sich ein wenig bewegen.
Vielleicht Vogt, schlug Sonnentanz vor und sah vor sich den Steuereintreiber mit den vielen Schlüsseln an einem eisernen Ring, Schlüssel, die zu den vielen Schlössern in der Geldtruhe des Vogtes passten, so, wie die ihr beschrieben worden war, damals, als sie auf dem Hof mit dem Heuhaufen gearbeitet hatte, der, in dem sie sich im Regen mit Aron verkrochen hatte.
Vogtsscheiß, schnaubte Aron.
Ob das Bündel nicht sogar vom König selbst stammen kann?
Wieder sah sie den Pharao vor sich, in blauem Gewand, mit goldenen Armspangen.
So war der Knabe in Sonnentanz' Vorstellung zu Prinz Lasse geworden.

Niemand erwähnte Verunglückte oder Vermisste, jedenfalls hörten Aron und Sonnentanz nichts dergleichen, als sie das Kind zur Kirche brachten, damit es getauft und ins Kirchenbuch eingetragen werden könnte. Sie taten so, als sei es ihr eigenes Kind, eingehüllt in ihre eigenen verschmutzten Lumpen und Fetzen, und sie deuteten an, sie seien krank gewesen, darum kämen sie erst jetzt.
Wie soll das Kind heißen?, fragte der Pastor.
Lazarus, sagte Aron.
Ein guter Name, lobte der Gelehrte. Nach dem, der von den Toten erweckt wurde.
Nach meinem Vater, sagte Aron.
Wir nennen ihn Lasse, erklärte Sonnentanz.

Der Junge wuchs heran unter dem wechselnden Licht des Nordlandhimmels, zwischen dem ewigen Schein des Sommers und den Sternen und dem Mond und dem Nordlicht am Winterhimmel. Um ihn herum gab es Meer und Felskuppen,

den Geruch von Wiesen und salziger See, von Fisch und Rauch und den Klang von Sonnentanz' Erzählung. Die handelte vom Prinzen von Frühlingsschön, dem Knaben, der von oben gekommen war. Die Wörter bedeckten die Wände der Hütte mit glänzenden Stoffen, die die Frau Brikat und Domast nannte. Gieß keinen Wein auf die Seidenhosen, konnte Sonnentanz sagen, und der Mann kicherte, dass der Sabber nur so floss. Die wacklige Bank wurde zu einem güldenen Thron und die kleinen Kabeljaus zu fettem Braten und das Wasser zu Wein. Aron saß mit großen Augen und offenem Mund da, wenn die Frau dichtete. Wenn sie dann eine Pause einlegte, wiederholte er die letzten Worte und versetzte dem Jungen einen Rippenstoß, worauf auch Lasse die Worte wiederholte wie ein helleres Echo.
Viel mehr sagten sie nicht.

Als der Junge sieben Jahre alt war, ruderte er allein mit Angelschnur und Netz hinaus. Es lag Kraft in seinen Armen und den Ruderschlägen. Sie sahen ihm vom Land her zu, folgten seinen Bewegungen und musterten den Fang aus zusammengekniffenen Augen.
Bestimmt Kabeljau, murmelten sie.
Drei große, zählten sie.
Netz voll, sagten sie zufrieden.
Kattüffeln, rief Aron, als Lasse das Boot wendete, um ans Ufer zu rudern.
Sonnentanz humpelte zur Feuerstelle und hängte einen Topf Seewasser mit Kartoffeln darüber.
Lasse grub das Feld um, Lasse säte ihr weniges Getreide aus. Später zog er mit einem Zweig Rinnen und setzte die Saatkartoffeln hinein. Den ganzen Sommer stand er mit krummem Rücken da und jätete. Und er jubelte bisweilen über die Wunder des Herbstes, die Ernte, die eingeholt werden konnte. Aron und Sonnentanz saßen ein Stück weiter weg im Heide-

kraut. Immer wenn der Junge eine neue Kartoffelpflanze herauszog, zeigte er mit den Fingern, wie viele Knollen daran saßen, und wenn es richtig viele waren, grinsten sie vor Freude. Aron hatte ihn niemals schlagen müssen, denn der Junge gehorchte den Erwachsenen, ohne dass sie ihm zu drohen brauchten. Außerdem hatte er ein schönes Gesicht mit klarem, reinem Blick.

Er war der König der Fische, das konnte er träumen, wenn er auf dem Wasser war. Herrscher über Netz und Schnur, über Wellen und Fang. Sonnentanz hatte einen großen Fisch erwähnt, den kein Mensch je gesehen hatte, obwohl sie wussten, dass er in der Tiefe hauste. Angeblich hieß er Heilbutt. Er war geformt wie die Sandflundern, die kaum größer waren als Arons Faust. Er sollte weiß wie der Schnee oder die Wolken am Himmel sein und groß wie ein Scheunentor. Wie ein Segel auf dem Meeresgrund, hatte Sonnentanz gesagt. Ein riesiges Segel, das über den Sand und die nassen Steine strich.

Einmal würde er an Lasses Haken anbeißen, hatte sie geweissagt, aber dann müssten Haken und Schnur kräftiger sein als die, die er jetzt hatte. Vielleicht könnte er eine Baumwurzel zurechthacken, hatte er gedacht. Und die an ein dickes Tau hängen!

Er würde einen Kuhkopf als Köder brauchen, hatte Aron zu Sonnentanz' Geschichte beigesteuert.

Aber dann müsste der Rindsköder auf einer Wolke angeschwommen kommen, dachte Lasse, denn sie hatten nur eine Kuh, und die wollten sie nicht opfern.

Er saß am Ufer und säuberte Netze, als das fremde Boot sich näherte.

Agnes saß auf der hintersten Ruderbank, und auf ihrem Schoß lag ein in ein Tuch gewickeltes Brot.
Bald trafen sie auf Kies und Sand auf, und ein mageres Rind glotzte sie an. Hinter einigen Bäumen graste ein Schaf. Weitere Tiere waren nicht zu sehen.
Willkommen in unserem herrlichen Frühlingsschön!, sagte der Junge mit seiner hellen Stimme.
Er rannte vor ihnen her die Felskuppe hoch.

Agnes hatte niemals etwas so Schmutziges gesehen wie die ärmliche Hütte. Der Lehmboden war glitschig und roch, als ob jemand jahrelang dort gesessen und Fische ausgenommen hätte, um den Abfall dann liegen zu lassen. Hier ist noch nie gefegt worden, dachte die Kleine, nie, nie, und sie konnte auch keinen Reisigbesen sehen. Nie sind hier Wacholderzweige ausgelegt worden wegen des Duftes, nie. Und nun trat sie noch dazu in Schafskot, als ob Tiere und Menschen Mutter und Vater und Geschwister wären; hausten die denn alle unter demselben Dach?

Lasse war noch nie in einem anderen Haus gewesen, und noch nie hatten die drei in ihrem Haus Fremde gehabt, nur draußen, ein Nachbar, der sich an die Hausecke lehnen und etwas über Schnee und Wind murmeln konnte. Wie eine Offenbarung stand nun das fremde Mädchen in Frühlingsschön zwischen den Wänden aus Brikat und dem Goldthron, und Lasse wollte Sonnentanz zurufen, sie müsse den Tisch mit dem Besten decken, das sie hätten, und Braten und Äpfel und Wein anbieten. Wie eine Prinzessin stand sie da, die Kleine, mit goldenem Zopf und sauberen Kleidern. In unversehrten Kleidern stand sie da, nicht in Lumpen, die Haare gepflegt und nicht als struppiges Wirrwarr, und den Jungen durchfuhr die Erkenntnis wie ein Messer. Für einen Moment sah er, wie rußig und hässlich alles war, dass es das Gegenteil von dem Mädchen

war, das Gegenteil von schön und hell und sauber, und dass es Seide und Wein nicht gab.
Und in seiner Empörung versetzte er Sonnentanz einen Stoß, der Pflegemutter, die ihn mit ihrer Erzählung erfüllt hatte, er stieß sie so wütend an, dass sie stürzte.
So!, schrie er sie an, und seine Stimme war schrill vor Unglück und Verlust. So!
Wie das Mädchen, meinte er. Schön und sauber, so hätte es auch bei ihnen sein müssen. Solche Kleider! So saubere Gesichter.
Pfui, sagte Agnes zu dem Jungen, der eine Erwachsene geschlagen hatte.
Schäm dich!, sagte sie und verpasste ihm eine Maulschelle.

Dort in der armen Hütte war ein Märchen getötet worden, begriff Agnes später. Wie die Geschichte des Vaters über Meister Petz im Beerenland war es ein Trost gewesen, dass dort in dem verdreckten Haus etwas Schönes erdichtet wurde. Agnes kannte den Inhalt der Geschichte nicht, aber die Frau hatte sie ersonnen, da war sie sich sicher. Sie hatte gesehen, dass in den Augen von Sonnentanz und Lasse etwas zerbrochen war, als er gerufen und sie gestoßen hatte. Und die Erinnerung erfüllte sie mit derselben Traurigkeit wie damals, als der Vater sie geohrfeigt hatte, nachdem sie den tanzenden Bären aus dem Moor auf einen Marktplatz gezogen hatte. Die Enttäuschung im Blick des Jungen hatte an die Enttäuschung im Gesicht des Vaters erinnert, und Agnes bereute, ihn geohrfeigt zu haben.

Jetzt hast du einen Blick in die Zukunft des Prinzen von Frühlingsschön geworfen, behauptete Sonnentanz, als die Gäste sie wieder verlassen hatten. So bedeckte sie die Empörung über den plötzlichen Riss im Gobelin der Phantasie und den Stoß

und die Ohrfeige, die darauf gefolgt waren, so versuchte sie, den Riss mit ihren Worten zu flicken und Agnes zusammen mit Thomas und dem guten Brot, das sie als Geschenk mitgebracht hatten, in die Erzählung aufzunehmen. Für Lasse verwandelte der Besuch sich in ein Versprechen, das Sonnentanz' Geschichte stärkte: Jetzt wusste er, dass es solche Menschen gab, und er wusste, dass er einmal dorthin gelangen würde, wo sie zu Hause waren, dass er rein und ganz werden würde wie sie.
Bis es so weit war, setzte er Kartoffeln und legte Netze aus.
Bis es so weit war, lernte er bei einem umherreisenden Studenten, der in einem alten Waschhaus ein Stück weiter südlich am Fjord Schule abhielt, Bibelsprüche zu lesen und kleine Zahlen zusammenzuzählen. Lasse ruderte am Ufer entlang und vertäute das Boot an einem Busch, wenn nicht schlechtes Wetter ihn zwang, barfuß über Felskuppen und Gras und Heidekraut zu stapfen. Der *Knabe im Kot* wurde er von den anderen Kindern genannt. Die Worte glitten um ihn herum und vorbei, als gälten sie einem anderen. Er beobachtete den Studenten mit weit offenen, leuchtenden Augen, wenn der junge Mann mit seinen an den Ärmeln verschlissenen Ellbogen aus der biblischen Geschichte vorlas. Es ging um Weihrauch und Myrrhe, um Purpur und Manna, um Honig und kleine Schilfboote.
Du verdreckter Negerjunge, sagten die Kinder und bewarfen ihn mit Kieselsteinen, wenn sie aus dem Haus kamen.
Was ist ein Negerjunge?, wollte Lasse wissen.
Du!, johlten sie. Du! Du! Verdreckt und fies!
Er wischte sich das Blut von der Stirn, wo ein Stein ihn getroffen hatte.
Dann wanderte ihr Lehrer nach Amerika aus; er könne den Gestank in der Schulstube nicht ertragen, sagte er.

Also wurde die Schulstube nicht zu dem Ort, an dem Lasse eine bessere und sauberere Welt kennenlernte. Das geschah im Pfarrhof, wo er Konfirmationsunterricht erhielt. Er verstand

das, als er in eine Bütte steigen musste, zu der sie ihn geführt hatten, als er in das heiße Nass gedrückt wurde. Er verstand es, während die harten Hände einer Haushälterin seinen Kopf unter Wasser pressten und dann seine Haut schrubbten und von Rußgrau in Gelbrosa verwandelten und während sie seine nassen Zotteln abschnitt und ihm die Haare kämmte. Als er aus der Bütte stieg, war das Wasser zu einer Schlammpfütze mit schwappenden Läuseleichen geworden. Seine alten Lumpen wurden ins Feuer geworfen. Er bekam neue Kleidung, Hose und Wams, Strümpfe und Weste.
Er will versuchen, einen Platz für dich zu finden, sagte der Knecht über den Pastor. Und dann werden die Kleider wohl von deinem zukünftigen Lohn abgezogen.
Lasse strich sich mit der Hand über das Wams und wusste, dass er endlich auf dem Weg zu Reichtum und Glück war, so, wie Sonnentanz es geweissagt hatte.

Auch Agnes sollte in diesem Jahr konfirmiert werden. Und die beiden jungen Leute erkannten einander, Zeit und Waschbütte zum Trotz. Lasse kam es vor wie ein Teil der erfüllten Prophezeiung und zugleich wie etwas, das er immer gewusst hatte – dass sie dort sein würde, wenn er auf seinem Weg weiterkäme, fort von den beiden Alten an der Feuerstätte. Deshalb lächelte er und verbeugte sich tief, wie Prinzen es in der Vorstellung von Sonnentanz eben taten.
Jetzt bin ich gekommen, wollte er sagen, aber aus seiner Kehle drang nur ein gepresstes Würgen; als sei der Schmutz nach innen umgezogen, dachte er voller Entsetzen. Im selben Moment jagten seine Gedanken weiter, denn Agnes machte einen Knicks. Und sie sahen einander an aus Augen, die wie Münzen funkelten, die einen verwunderter als die anderen.
Denn er war einfach prachtvoll, wie er da stand, fand sie. Er war im selben Tempo gewachsen wie sie selbst, und wie damals waren sie gleich groß, Augenpaar in Augenpaar, dort auf

dem Pfarrhof. Wie ein Otter, dachte Agnes, mit seinen dunklen kurzgeschnittenen Haaren, wie ein schönes, glänzendes Fell auf seinem Kopf. Auch seine Augen erinnerten an die des Tieres, ein wenig schräg, wie sie in seinem Gesicht saßen, waren sie grau? Und seine Hand, die war so blass und zart, wie ihr Vater es ihr von den feinen Damen erzählt hatte, die in Schühchen unter einem Sonnenschirm eine Straße entlangtrippelten.
Meine Prinzessin, dachte Lasse.
Wieder räusperte er sich, um etwas zu sagen, über ihre goldblonden Haare und ihr rotes Zopfband, über ihre Augen, die an den Himmel an einem sonnigen Tag erinnerten, aber wieder blieb es bei einem Räuspern, als sei seine Stimme in ihm zerbrochen.

Bis zur Konfirmation sollten die beiden auf dem Pfarrhof wohnen, da sie zu den Konfirmanden gehörten, die abends nicht nach Hause zurückkehren konnten. So sahen sie einander jeden Tag, und Lasse-Lazarus beobachtete Agnes' Bewegungen mit glücklichen Blicken.
Ist der dumm?, fragten die anderen Mädchen und kicherten.
Wie Bohnenstroh, sagte ein Junge, der in derselben Schulstube gesessen hatte. Er hält sich für den Sohn des schwedischen Königs.
Die das hörten, lachten Tränen. Ein Königssohn? Was für ein Trottel!
Dann kam der Pastor, und bald saßen sie kerzengerade da und lauschten und lernten und antworteten.
Lasse schwieg in den Stunden. Eine Hauspostille hatten die da im Kot wohl nicht, dachten die anderen.
Finnenbrut, höhnten die Jungen, wenn der Pastor nicht zu sehen war.
Lasse hörte sie kaum; er sah Agnes an. Dann war der Pastor wieder da, und es sollte gesungen werden. Lasse hatte bisher nicht mitgesungen, da er Wörter und Melodie nicht kannte,

und außerdem war seine Stimme doch zu Kies zerfallen. Aber jetzt war an drei Tagen dreimal derselbe Choral gesungen worden und hatte sich ihm eingeprägt, und ohne zu überlegen, öffnete er den Mund, um seine Stimme unter die der anderen zu mischen.
Sie war neu, seine Stimme, das war nicht die alte helle, die man von ihm kannte.
Sie traf Agnes tief im Leib; sie war blau, so empfand sie es, dunkelblau wie die Tiefe in einem Brunnen. Sie enthielt ein Zittern von Sonnenschein in warmer Luft, und sie machte sie heiß und rot. Zugleich dachte sie an die sieben Jahre alte Maulschelle, daran, dass sie ihn geschlagen hatte damals, als sie sich als Kinder begegnet waren, und es kam ihr unvorstellbar vor – wie etwas, das nur wiedergutgemacht werden könnte, wenn auch er sie ohrfeigte, und bei der Vorstellung war sie gespannt und voll zitternder Freude.

Sicher ist er *seelen-rein,* flüsterte ein Mädchen namens Olea danach andächtig.
Ja, nickten die anderen Konfirmandinnen, denn dieses ungewohnte Wort kam ihnen so richtig vor.
Wer in der Seele rein ist, ist Jesus näher als andere, sagte Olea.
Agnes wurde wieder rot und wandte sich ab.

Der Pastor selbst wolle Lasse nach der Konfirmation in Dienst nehmen, hieß es.
Wegen des Gesangs, flüsterten die Mädchen, damit die Gemeinde einen himmlischen Vorsänger bekommt.

Der neue Knecht auf dem Pfarrhof trug eine Hacke über der Schulter, als er sich von Agnes verabschiedete. Sie sollte zum Hof ihres Vaters heimkehren, als alles vorüber war.
Einmal werde ich dich nackt ausziehen und in den Nacken beißen, flüsterte er leidenschaftlich.

Ja!, sang es in ihr, als sie die Augen niederschlug und sich abwandte.

Der Sommer verging, und Lasse mähte Gras und Korn. Er lernte, Pferde zu beschlagen. Er lernte den Umgang mit Werkzeug, das er noch nie gesehen hatte. Er lernte, ein Haus zu bauen, eine neue Räucherstube. Er lernte, Dach und Schornstein auszubessern, und alles war wohl so, wie es an dieser Stelle auf seinem Lebensweg sein sollte: nützlich und gut. Wie der Schornstein, der den Rauch vom Feuer nach draußen brachte, damit der nicht im Raum hängenblieb und in den Augen brannte. Wie der Ofen mit der Kammer für Holz und Späne und mit einer Platte mit Löchern, wo die Kochtöpfe standen. Und Lasse pfiff bei der Arbeit. Den Gesang reservierte er für die Kirche, der gehörte dem Pastor und nicht ihm selbst, so empfand er das. Und er wuchs.
Vielleicht wolle er vor Weihnachten mit einem Gruß zu den Alten nach Hause?, fragte sein Arbeitgeber später im Herbst. Er könne einen guten Schinken mitnehmen.
Ja, danke, antwortete Lasse höflich.
Zugleich frage er sich, was denn wohl sein Zuhause sein mochte, wenn nicht der Pfarrhof?
Aron und Sonnentanz gehörten zu seiner Kindheit. Jetzt war er konfirmiert und auf dem Weg weiter, wie Sonnentanz gesagt hatte. Deshalb waren die beiden hinter ihm, an einem Ort, den er verlassen hatte. Die Vorstellung, in die falsche Richtung rudern zu müssen, erfüllte ihn mit Unwillen.
Aber da war ja der Kahn.
Abgesehen von einigen Überlegungen, die mit dem kleinen Fahrzeug zu tun hatten, waren Sonnentanz und Aron seit dem Frühjahr aus seinen Gedanken verschwunden gewesen. Aber die beiden Alten hatten ohne Boot auskommen müssen, seit er zum Konfirmationsunterricht gerudert war, und für kurze Augenblicke hatte er Aron mit der Angelrute auf der

Felskuppe vor sich gesehen: Es war ein seltenes Mal in der Kindheit des Jungen vorgekommen, dass der Mann mit dem verdorrten Arm dort gesessen hatte, bis einer anbiss.
Jetzt lieh der Pastor Lasse ein größeres Boot, an das er den Kahn anhängen konnte. Es war winterdunkel und neblig. Frostrauch quoll aus seinem Mund und lag zitternd über den Ebbesteinen. Zwei Möwen folgten seinen Ruderschlägen ein Stück, als könnten sie den Schinken hinter seinem Rücken riechen. Der Ruderer drehte sich um, packte den Schinken und legte ihn vor sich hin, damit er es merken würde, wenn die Vögel sich bedienten. Sie flogen zum Land.
Später versuchte Lasse, sie vor sich zu sehen, die beiden Menschen, zu denen er ruderte, aber sie wollten sich nicht zeigen. Er sah die Küche auf dem Hof, auf dem er Knecht gewesen war, den hellen Raum mit Herd, nicht mit Feuerstätte, und mit einem Tisch aus solidem Holz, nicht wacklig und schwach. Er sah Gabeln und Messer und Löffel; bei Aron und Sonnentanz gab es keine Gabeln, und sie hatten nur ein einziges Messer. Wenn der Pfarrhofknecht mit dem Schinken käme, würden sie beide jeweils an einer Seite hineinbeißen, dachte er, aber Lasse sah sie dabei nicht vor sich.
Er näherte sich mit dem Rücken zuerst. Erst an der Stelle, wo er immer Netze ausgelegt hatte, schaute er sich um. Alles war grau und dunkel, kein Leben zu sehen. Noch dunkler, noch toter sah es aus, als er an Land ging. Als hätte hier nie ein Mensch gewohnt, dachte Lasse. Aber er nahm den Rauchgestank wahr. Den Schinken unschlüssig unter den Arm geklemmt, ging er auf die Brandstätte zu. Noch schwelte ein Rest Glut, und als er hineintrat, loderte sie ein wenig auf. Er registrierte den Tod durch ein Feuer, die Kleider, die von den beiden Leichen abgeschält worden waren, die verschwundenen Haare, die leeren kleinen Höhlen, wo die Augen geschmolzen waren.
Als ob er nicht hätte kommen sollen, dachte Lasse. Als hätte der Herrgott den Funken geschlagen, als er sich näherte.

Aber sie hätten doch erst noch den guten Schinken genießen sollen, dachte er mit einem Rest von Fürsorge.
Danach ruderte er davon, noch immer mit dem Kahn im Schlepp, er ruderte zum nächsten Nachbarn, dem Mann, der gern über Wetter und Schnee murmelte, und bat ihn, die Toten in einen Sarg zu legen, wenn das Feuer gänzlich erloschen wäre; für diese Mühe gab er ihm den Pastorenschinken. Wieder im Boot, glitt er mit langsamen Ruderschlägen durch die Nacht. Vor sich sah er die Flammen am Felshang, er sah das Licht vor der Dunkelheit dahinter, das lebende Gold aus Sonnentanz' Märchen, erfüllt mit Gestalten, die in den Flammen tanzten. Lasse lebte jetzt im Märchen, er brauchte ihre Worte nicht mehr. Und obwohl er sich alle Mühe gab, als er dort über das Wasser glitt, konnte er sich nicht an den Klang ihrer Stimme erinnern.

Die Zeit verging, und Lasse war jetzt siebzehn und zudem groß und breitschultrig, als er an einem Olavsabend zur Mahd nach Veggland rudern sollte. Unterwegs sah er Jugendliche beim Tanz, und einige riefen ihn.
Agnes war bei ihnen, aber nicht sie hatte ihn gerufen, jedenfalls nicht so, dass er sie hören konnte. Sie stand an einem Busch, dessen Blätter ihr den Blick versperrten, und in ihr sang es über den Herrn, der ein Gebet erhört hatte.
Die Nachtsonne stand über der Bucht und warf auf die Gesichter der Menschen ihr mattes Licht. Hinter den anderen ahnte Lasse die, die er auszuziehen versprochen hatte. Aber er ging nicht an Land. Er lehnte sich über die Ruder und ließ das Boot auf der Stelle dümpeln, während er Agnes anlächelte.
Sie kam näher.
Ko-omm, meine Prinzessin, lockte er, und seine Stimme war stark und froh. Die Tanzenden hielten inne, der Geiger lehnte sein Instrument an einen Stein.

Ko-omm, feines Mädchen, lockte Lasse.
Agnes raffte die Röcke und kam ins Wasser. Sie stieg über die Reling und setzte sich auf die hintere Ruderbank.
Da griff der Spielmann wieder zur Geige. Die vielen Jugendlichen fassten einander an der Hand. Sie johlten und tanzten und kicherten und tranken.
Und Lasse ruderte nach Veggland. Er sah die Frau und dahinter den verschneiten Berg, und das Bild setzte sich in ihm fest wie der allerschönste Anblick: der Gipfel, der blau aufragte, mit dem Umhang aus leuchtendem Weiß. Und Agnes. Agnes mit den Goldhaaren.
Er ruderte und spürte seinen Atem, seine Brust, die anschwoll und sich senkte. In dieser Nacht würde er seine erste Frau haben. Sie war in sein Boot gestiegen. Noch hatte er sie nicht angerührt, aber in dieser Nacht würde Prinz Lasse König von Veggland und der Sommernacht werden.
Anders, seltsam und wild, dachte Agnes über ihn. Mit dem struppigen schwarzen Schopf, der vor seiner Stirn hin und her schlug, während er ruderte. Niemand ruderte wohl mit stärkeren Zügen als er.

Sie banden das Boot an einen Busch und hoben das Werkzeug heraus. Dann schwang Lasse die Sense. Agnes folgte ihm mit einem Rechen. Die Mücken sirrten und stachen, das Sensenblatt sang. Sie arbeiteten schweigend, während die Stunden verrannen. Kein Möwenschrei war zu hören. Es duftete nach frisch gemähtem Gras.
Später schlug der Mann Pfade durch die Wiese, während die Frau das gemähte Gras bündelte. Dann zogen sie die Bündel die neuen Pfade entlang, den Hang hinab, zum Wasser und zum Boot.
Die Sonne hatte jetzt einen goldeneren Schein, und eine Möwe erwachte und schrie, als Lasse in übermütiger Freude angezogen ins Wasser sprang, um seinen schweißnassen Körper ab-

zukühlen. Er tropfte auch ihre Kleider nass, als er sie ihr dann vom Leib zog. Wie Federn, dachte er.
Niemand sieht uns, dachte Agnes. Nicht Vater. Niemand. Nur Gott vielleicht ... Aber Gott hatte ihn doch kommen und sie finden lassen!
Lasse hob sie hoch, so dass die Sonne sie wärmte. Sie schloss die Augen und zitterte an seinem nassen Kittel. Sie hatte die Augen noch immer geschlossen, als er sie behutsam auf den Felsen legte.
Wunderbar wild und seltsam, dachte sie, als er mit einem lauten Schrei in sie eindrang.

Am frühen Morgen verzehrten sie seinen Proviant und trugen Sense und Rechen zum Ufer. Lasse sang eine tiefe Melodie, die sie beide noch nie gehört hatten.
Wenn sie das Meer ist, bin ich der Fisch, dachte er, als er wieder an den Rudern saß. Und wenn sie der Fisch ist, bin ich der König der Heilbutte.
Zwischen ihnen lagen die Grasbündel, und er sah die Berge hinter ihr, Råntind und Skjomtind. Jetzt funkelten sie in der Sonne wie Schmuckstücke im Märchenland. Und Lasse zeigte darauf und ließ die Hand wie einen Bogen über den Anblick der Berge in der Ferne gleiten.
So soll es sein, sagte er. Du und ich und das da. Für immer.

Aber Thomas konnte sich Lasse nicht als Schwiegersohn vorstellen.
Agnes hatte ihren Vater noch niemals so schreien hören. Sie hatte seinen Blick noch nie so düster gesehen. Sie hatte bisher auch nie solche Gewalt in seinen Armen geahnt, wenn er nach einem Spaten oder einer Forke griff; er schien den Boden oder den Heuhaufen umbringen zu wollen.
Das Gerede war in dieser Olavsnacht vor ihr hergelaufen. Thomas hatte gewusst, als sie nach Hause kam, dass sie allein

mit dem Kotknaben um die Landspitze und zur Mahd gefahren war.
Hat es dir denn nicht gereicht, als du bei ihnen warst!, brüllte er. Und außerdem sind wir verwandt.
Er gehört nicht zu ihnen, erwiderte die Tochter.
Er steht als ihr eigenes Kind im Kirchenbuch, wusste der Vater.
Dann haben sie gelogen, deine Verwandten.
Was weißt du denn darüber?
Er hat es erzählt. Er ist in einem Schlitten über die Berge gekommen.
Das kann er ja wohl nicht mehr wissen!, brummte Thomas verwirrt.
Wie Niels, hätte Agnes hinzufügen können, und wie Johan aus Rånbogen. Auch sie wurden von armen Schweden über die Berge geschickt.
Du nimmst Arnstein aus Svenoset, sagte ihr Vater und schlug wütend gegen die Wand.
Deshalb blieb Agnes am nächsten und auch an den folgenden Kirchenmorgen im Bett. Sie wollte niemanden sehen. Sie wollte Arnstein und Jarle aus Svenoset nicht sehen, und sie konnte Lasse Lazarus, der sie in den Nacken gebissen hatte und nach dem sie sich kranksehnte, nicht unter die Augen treten.
Du bekommst doch wohl keinen dicken Bauch?, brummte Thomas besorgt.
Sie gab keine Antwort.
Erleichterung erfüllte den Mann, als sie in den folgenden Monaten schlank blieb.
Dann fuhr er zum Fischen.

Andere Dienstboten hatten über Lasse gelacht; hatte er sich eingebildet, die Anerbin zu bekommen? Er erwähnte Sonnentanz' Versprechen nicht: Alles Gute wird dir anhaften, nur das Beste … Du brauchst es nur zu pflücken, wenn du es siehst. Wie die Frau beim Olavstanz.

Und bald fiel ihm noch mehr vor die Füße: ein guter Mantel. Er lag an einem Wintertag am Wegesrand, auf einem bereiften Stein. Lasse sollte eine leere Heringstonne ins Bootshaus des Pfarrhofs bringen, in der Eile war er nur dünn bekleidet, auch wenn er sich eine rote Wollmütze über die Ohren gezogen hatte. Jetzt packte er den Mantel und hielt ihn sich vor den Leib. Genau die richtige Größe, nahm er an. Als sei der für ihn genäht worden. Er zog ihn an. Der Mantel war aus Wolfsfell. Er hatte einen Kragen, der vor dem Gesicht hochgeschlagen werden konnte. Er hatte große Spangen vor der Brust. Er schloss den Mantel. Er steckte die kalten Hände in die Taschen. Dort lagen Handschuhe, und er lächelte überrascht und froh. Unter dem einen Handschuh lag noch etwas, etwas Schweres. Eine Geldbörse, und sie schien prall gefüllt zu sein. Alles kommt zu Prinz Lasse, das wusste er, denn dieses wundersame Frühlingsschön-Land, von dem seine Pflegemutter erzählt hatte, musste doch eine ganz besondere Bedeutung haben – als ob Gott im Himmel seine schützende Hand über ihn hielte.
Jetzt konnte das Aufgebot bestellt werden, wusste er. Jetzt würde er seinen angehenden Schwiegervater aufsuchen und um die Hand der Tochter bitten, denn in einem solchen Gewand konnte ihm ja wohl nichts verwehrt werden!
Im selben Moment hörte er ein Stöhnen hinter dem Gebüsch am Wegesrand; was war das für ein Geräusch?
Lasse reckte sich über das Gesträuch und entdeckte einen nackten Hintern. Und jetzt richtete er sich auf, der Mensch dahinten, und zog die Hose hoch. Und Lasse rannte zum See hinab, denn es war der Vogt, den er da mit nacktem Hintern entdeckt hatte, kein Geringerer als der Vogt, und was würde der Vogt denn denken, wenn er einen anderen in seinem Mantel sähe? Ein Dieb, würde er glauben, ein schnöder Gauner, und was machte der Vogt mit solchen? Er schickte sie zum Verfaulen in eine Festung.
Und Lasse lief zum Bootsschuppen, zur Bucht mit den Boo-

ten, mit Arons Kahn und dem Segelboot des Pastors und dazu einem Achtruderer und einem Dreiruderer. Und Lasse schob den Dreiruderer hinaus, in ihm wohnten an diesem Tag gewaltige Kräfte, er schaffte es allein, es ging schnell, und er konnte Segel und Mast und Ruder mitnehmen. Dann ruderte er davon, dicht unter Land, so lautlos und still er konnte. Er ruderte über den Fjord auf die andere Seite von Skjomen, weg von Ankenes mit Kirche und Höfen, vorbei an Virekk ruderte er und weiter nach Rånbogen, und jetzt schäumte das Wasser um die Ruder, während ihm dämmerte, dass er ganz plötzlich zum gemeinen Dieb geworden war.

Agnes begriff es nicht und glaubte es auch nicht. Jemand sollte gestohlen haben? Nicht ihr Lasse.
Aber es war Lasse gewesen, der eine leere Heringstonne getragen hatte, und die stand jetzt im Schnee, dort, wo der Vogtsmantel gelegen hatte.

Er ruderte durch einen halbdunklen Tag, bis er auf die Idee kam, die Segel zu setzen. Dann lenkte er sein Fahrzeug durch schwarze Nacht und blaugraue Winterdämmerung. Er aß nicht und trank nicht. Er floh vor der Strafe. Lasse war keiner, der getadelt und gefesselt werden würde, er war einer, der fand und *bekam*.
Er hatte gefunden. Wenn der Vogt nicht gestöhnt hätte, als er sich endlich erleichtern konnte, wäre es nur das gewesen. Jemand hatte etwas weggelegt oder vergessen, das Lasse dann entdeckt und an sich genommen hatte. Wie ein Stück Treibholz an einem Strand.
Mit diesen neuen Gedanken wuchs sein Mut, und sein Atem kratzte nicht mehr in seiner Brust.
Dann erreichte er Lødingen, wo es Handelsbuden gab und außerdem größere Schiffe, die nach Norden zu den Fischgründen oder mit Fang nach Süden fahren würden.

Über das Meer nach Amerika

Hinter einem Busch stand ein junger Mann und musterte ihn, als Lasse das Segel einholte und später die Ruder einzog. Kjartan Bumarken hieß dieser andere, und auch er war nach einer Untat auf der Flucht. Er war einige Stunden zuvor nach Lødingen gekommen, war mit einem kleineren Boot hergerudert, hatte es in einer Bucht vertäut und stand jetzt fröstelnd und gekrümmt an einem Schuppen, ohne Wesens von sich zu machen, während er sich auf die kalten Fäuste blies. Von dort sah er die Schiffe, die löschten und luden, und überlegte sich, welches zuerst nach Süden fahren würde, danach wollte er sich an Bord schleichen und ein Versteck suchen. Doch dann hatte er den Dreiruderer gesehen. Jetzt sah er Lasse an Land steigen, feiner Pinkel und Lumpenfranz in einer Gestalt, mit gutem, solidem Fahrzeug, aber ohne auch nur einen Proviantkorb unter der Ruderbank. Bei diesem Anblick lachte das Herz des jungen Bumarken, und er rannte auf schnellstem Weg zum nahe gelegenen Wirtshaus, um dort zu sitzen, ehe der Mann in dem vornehmen Wolfspelz seinen verschlissenen Holzschuh auf die Türschwelle setzte.

Lasse dachte nur an Essen und Trinken.

Kann man um Fisch und Kattüffeln bitten?, fragte er die Frau, die ihm entgegentrat.

Bald stand vor ihm ein Blechteller mit Kabeljau und Leber, einem Klecks Butter und Kartoffeln. Kjartan Bumarken hatte vage genickt, als die Frau zu ihm herübergeschaut hatte, und so konnte auch er sich über die gute Mahlzeit hermachen.

Sie aßen eine Weile schweigend.

Schöner Mantel, sagte Kjartan irgendwann.

Lasse hob den Blick und sah den anderen an, einen mageren Kerl mit roten Locken. Neben ihm stand ein großer Krug Bier. Unter seiner Nase hing ein wenig Bartflaum. Sie waren allein in der Schankstube; es war noch früher Nachmittag, und die meisten Menschen mussten ihre Arbeit erledigen, ehe sie ihre Füße unter einem Kneipentisch ausruhen konnten.
Aber was für eine scheußliche Mütze, sagte Bumarken.
Lasse fasste sich an den Kopf, aber da war die Mütze nicht; sie lag unter dem Pelz auf der Bank.
Ganz zu schweigen von der Fußbekleidung, sagte jetzt der Lockenkopf.
Was ist damit?
Haha.
Lasse schlang, er hatte noch immer Hunger.
Er habe vielleicht jemanden umgebracht?, wurde sozusagen gescherzt.

So fing sie an, die Beziehung zwischen Lasse Frühlingsschön und Kjartan Bumarken, denn Lasse war weder wütend noch erschrocken angesichts dieser Frage, im Gegenteil, er fasste Zuneigung zu dem armen Tropf, der auf der anderen Seite des Tisches auftaute. Der Fremde sollte Lasses Mütze nur ruhig scheußlich nennen, er selbst hatte überhaupt keine, das war leicht zu sehen, denn es tropfte von den Locken und lief von den Brauen. Und die Ohren wurden langsam röter, röter und röter, als wären sie bisher vor Frost erstarrt gewesen und loderten jetzt an ihm wie Feuer.
Jedenfalls sind wir wohl zwei, die schnell von hier wegmüssen, sagte Kjartan.
Lasse trank einen Schluck Bier.
Der andere erwähnte eine Schlägerei, in die er geraten war.
Schau her!
Ein zerrissener Ärmel wurde hochgeschoben, und ein tagesalter Schnitt mit entzündeter Kante kam zum Vorschein.

Was macht man, wenn andere das Messer ziehen?
Abhauen, schlug Lasse vor.
Wie wahr, antwortete Kjartan Bumarken. Weg von dem Wahnsinn, der nimmt den Verstand, dort, wo ich herkomme. Und mir reicht es jetzt.
Er zog einen Brief hervor und faltete ihn auseinander: Jetzt gehe ich endgültig weg.
Wohin denn?
Ich glaube, wir beide haben denselben Weg.
Wohin denn?
Bumarken faltete den Brief zusammen und verstaute ihn unter seinem Wams.

Bald darauf saßen sie beide im Dreiruderer, mit zwei neuen Rudern sowie einer Mütze und Fäustlingen für Bumarken, beide mit neu gekauften Socken an den Füßen und außerdem mit Wasser und Proviant und Ausrüstung für eine längere Reise. Sie verließen Lødingen mit Rückenwind, segelten in Nachmittag und Abend hinaus. Es war klares Wetter mit hohem und mit Sternen bestreutem Himmel.
Das bringt Glück, sagte Bumarken mit belegter Stimme.
Es ging nach Süden, zu einer Stadt, von der aus Ozeansegler nach Westen gehen sollten, tiefe und breite Schiffe nach Amerika.
Wohin wollte Lasse denn sonst im Mantel eines anderen, hatte der neue Freund gefragt, als sie noch in der Kneipe saßen.
Amerika?
Ein Ort für Schullehrer, das wusste Lasse ja schon, denn der Student, der ihn notdürftig das Lesen gelehrt hatte, hatte seine Schüler doch verlassen, um eben dorthin zu reisen.
Ein Ort mit wilden Kühen, wusste Kjartan.
Wieso denn wild?, fragte Lasse.
Wie ängstliche Hasen, antwortete Kjartan.

Lasse stellte sich hasenkleine Kühe vor, die mit baumelnden Eutern über den Schnee hüpften.
Nur größer, korrigierte sich Kjartan. Und mit riesigen Hörnern. Nicht wie die Kühe hier. Vielleicht wie Rentiere. Die Cowboys werfen Seile nach den Hörnern, um sie zu fangen.
Die Cowboys?
Die sitzen auf einem Pferd und ziehen mit dem wilden Vieh über die Prärie.
Warum denn das?
Um zu tauschen, natürlich.
Lasse begriff. Sie tauschten die wilden Kühe gegen etwas anderes, das sie brauchten. Wie wenn man einen Eimer voll Beeren gepflückt hatte und ihn gegen ein warmes Wams eintauschen konnte.
Oder sie verkaufen sie für Dollars, sagte jetzt Kjartan. Wenn sie sie nicht behalten und später die Kälber verkaufen ... und den Käse ...
Weißt du das sicher?, fragte Lasse.
Ich weiß, dass es Dollars heißt, erwiderte Bumarken.
Aber alles andere?
Das meiste steht in dem Brief, sagte Kjartan überzeugt und klopfte sich auf die Brust. Wir brauchen nur hinzufahren, Kühe zu fangen und reich zu werden wie die Vögte.
Sie schliefen abwechselnd unter einer Plane, die sie zum Schutz vor Kälte und Regen gekauft hatten, und Lasse hielt sich durch den Wolfspelz warm, während Kjartan immer fror. Dann lieh ihm Lasse den Wolfspelz, während er selbst ruderte, denn durch Güte gegen andere wächst man selbst, hatte der Pastor gesagt. Außerdem tat ihm sein fröstelnder Reisekamerad leid.
Es kam vor, dass sie Fische fingen und ihren Fang in einer Bucht über dem Feuer brieten. Dann hielten sie feuchte Fäustlinge und Socken über die Flammen. Wenn sie sprachen, dann meist über Wetter und Kälte oder Boot und Felsen oder über

Amerika. Nach zwei Tagen der Gemeinschaft durfte Lasse den Brief kurz sehen. Er kniff die Augen zusammen und buchstabierte sich zurecht, dass der an einen Johannes und einen Rudolf gerichtet war.

Wer ist das?

Meine Vettern.

Lasse ließ den Blick zum Ende des Bogens weitergleiten. Der Brief war unterschrieben von Mindor und Samuel.

Wer ist das?

Meine Vettern, wiederholte Kjartan.

Sind das vier Brüder?

Kjartan Bumarken nickte. Samuel und Mindor wollten, dass Rudolf und Johannes über das Meer zu den beiden kämen, die schon dort waren. Dann würden sie gemeinsam langhörniges Vieh fangen und über die Prärie treiben.

Lasse sah sie vor sich, die Briefschreiber, zwei Männer, die auf Pferden saßen und Lassos warfen; waren es Lappen? Vor seinem inneren Auge sah er sie in samischer Tracht, aber der rothaarige Kjartan konnte doch kein Lappe sein, dachte er, und wieder änderte sich das Bild, und er war selbst dabei: Lasse saß auf einem schnellen Pferd, in einem schönen Sattel, und in der einen Hand hielt er das Lasso; er warf und fing eine große gefleckte Kuh mit Rentierhörnern.

Haha, grinste er.

Am nächsten Tag gerieten sie in Seenot. Der Wind heulte um sie herum. Die Gischt peitschte ihre Gesichter. Das Meer schleuderte das kleine Boot von einem Wellenkamm zum anderen, ehe es das Boot an sich zog, in eine Grube aus schäumendem Nass, und es am Ende an Land warf. Nach einigen Tagen konnten Brief und Kleider in der Kombüse eines größeren Schiffes getrocknet werden. Als sich die Lage endlich beruhigt hatte, stellten die zerschundenen Freunde nämlich fest, dass ein größeres Fahrzeug in derselben Bucht gestrandet war.

Der Dreiruderer war zerschmettert und vom Proviant nichts mehr zu sehen, aber die Vogtsbörse steckte noch immer in der Tasche des Pelzmantels, und der Amerikabrief war noch immer lesbar, auch wenn er nass geworden war.
Als das Schiff dann ablegte, saßen Kjartan und Lasse zusammen mit einer Gruppe von verdreckten halbnackten Menschen im Geruch alten Essens und feuchter Kleider, in einer Welt des Hustens und des Rotzes, in einer warmen Kombüse.

Und als im Frühjahr 1883 in den Gärten der Bergenser Bürger die Knospen barsten, und als die Sonne so warm war, dass an den Schiffsbrücken der Tang zu riechen war, schritten Lasse und Kjartan unter den Namen Rudolf und Johannes an Bord der *Nixe*. Zwischen sich trugen sie eine Auswanderertruhe, die kaum mehr enthielt als zwei Decken und ein kleines Fässchen Bier. Den Wolfsmantel hatten sie gegen zwei gute Hosen, Hemden und Westen getauscht, gegen schwarze Jacken ohne speckige Ellbogen und zwei Paar dichte Stiefel. Außerdem hatte jeder eine Mütze mit einem feschen Schirm erhalten.
Der Brief aus Texas hatte den Agenten, der ihnen die Fahrkarten für die Überfahrt verkauft hatte, überzeugt – vielleicht weil er unbedingt das Schiff füllen musste und weil er vor allem an seine eigene Provision dachte. Er hatte gefragt, ob sie konfirmiert seien, ob einer von ihnen vor dem Wehrdienst davongelaufen sei, hatte aber beim Anblick der schweren Geldbörse des Vogtes kaum auf die Antworten gehört.
Wir hatten eine Auktion, hatte Kjartan behauptet. Zu Hause. Als meine Eltern in geweihte Erde gekommen waren. Und der Pastor war an den Pocken erkrankt, als wir losfuhren, deshalb haben wir kein Leumundszeugnis und keine Reiseerlaubnis.
Auch das waren Geschenke, dachte Lasse. Alles kam ganz einfach zu ihm. Freunde und Briefe. Er brauchte nicht einmal zu lügen, da Bumarken so gern für sie beide sprach.

Später erfüllte ihn die Weite des Meeres. In Bergen hatten sie die Hafenhäuser mit den schrägen Dächern gesehen. Die beiden jungen Männer hatten Wagen über die Pflastersteine rollen sehen. Sie hatten Herren mit Spazierstöcken und feine Damen in Seide und mit Sonnenschirmen gesehen. Sie hatten vor Staunen den Mund aufgerissen.
Jetzt sah Lasse das Meer. Es war blau oder schwarz, grau oder grün, manchmal weiß oder fast gelb, und am Rand des Blickfeldes konnte es außerdem golden schimmern. Das alles ähnelte dem Fjord zu Hause, das Neue aber war das, was am Rand fehlte. Keine grauen Felsen. Keine Flecken aus wintersteifem Gras und Heidekraut. Keine Büsche und Abhänge. Keine Bootsschuppen. Alles, was es gab, waren Meer und Schiff. Und der Himmel darüber war hoch, wenn er nicht in grauem Regen verschwand.
Ansonsten sah Lasse sich das Menschengewimmel unter Deck an. Er sah ganze Familien mit alten Leuten und vielen Kindern, er sah Hände, die sich zum Gebet falteten, Hände, die über eine Wange strichen oder eine Ohrfeige verpassten. Und er verfolgte die Bewegungen der Seeleute, er musterte Segel und Takelage.
Das andere lag hinter ihm. Die Reise mit Fremden in einem Schiff voller Fisch. Die Tage davor, im Ruderboot. Der Pfarrhof auf Ankenes und die Kirche, in der er Choräle gesungen hatte. Es lag hinter ihm, und er konnte es nicht sehen. Er war nicht mehr dort, er war hier, auf der *Nixe.* Zusammen mit Kjartan Bumarken, einem Fuchs mit zerzaustem Fell, so dachte Lasse über den anderen.
Wir müssen uns still verhalten, hatte Kjartan gemeint. Wir dürfen nicht auffallen und Aufmerksamkeit erregen.
So warteten sie lange, bis sie sich um Essen anstellten. Dann saßen sie auf der Bettkante und aßen wie die anderen und tranken das mitgebrachte Bier.
Wir dürfen nicht über zu Hause sprechen, hatte Kjartan eben-

falls gesagt. Die anderen müssen uns für die Brüder Rudolf und Johannes halten. Aber schon am zweiten Tag rief er den Freund beim richtigen Namen, und nun benutzten sie nur noch die, obwohl sie sagen wollten, sie hätten jeder zwei, wenn jemand fragte, da sie mit diesen anderen Namen in der Passagierliste eingetragen waren.
Ebenso rasch verstieß Kjartan gegen sein eigenes Verbot, zu erwähnen, wo er herkam: Er konnte den Müßiggang nicht ertragen, er musste sich bewegen und reden. Ein Rotfuchs, mal hier, mal da, mit lautem Lachen und langen Wortketten. Lasse wurden sie von anderen wiederholt; dass ihr Vater bei den Lofoten ertrunken sei, dass sie einmal einen fünf Ellen langen Fisch gefangen hätten, der nicht essbar gewesen sei.
Und Kjartan erzählte Lasse, was er selbst erfahren hatte: dass das Schiff ein Schoner sei und das kleine Haus vorn an Deck ein Logis. Die Mannschaft aß und schlief im Logis, und in ihrer Freizeit saßen sie drinnen und schnitzten auf eigene Seemannsweise neue Griffe für die Seekisten. Es gab außerdem Kajüten, nicht nur für die Offiziere, sondern auch für die feineren Passagiere, die mehr bezahlten.
Hinter dem Logis liegt die Kombüse, teilte ihm Kjartan mit. Und der Koch heißt Smutje.
Lasse nahm diese Wörter an, die bald immer mehr wurden, über die Namen der Segel und den Rang unter den Seeleuten. Oft stand er daneben und sah zu, wie die Männer in die Takelage kletterten, um Segel zu reffen oder zu setzen: Wortlos betrachtete er die Arbeit, um zu begreifen, wie die Segel miteinander funktionierten. Er hatte einen Dreiruderer gelenkt, und Wind war ja wohl Wind, egal, ob das Segel groß oder klein war, aber ein großes Schiff mit mehreren Masten und noch mehr Segeln musste doch wohl mehr zu bieten haben als nur die Möglichkeit, mehr vom Wind einzufangen und dadurch das Tempo zu erhöhen, überlegte er.
Die geblähten grauweißen Stoffbahnen boten einen prächti-

gen Anblick. Es war großartig zu hören, wie Taue schlugen und Segel flatterten. Einmal wagte er sich auf das Heck, das etwas höher lag als das längslaufende Deck, um besser sehen zu können, und er dachte an Segelschiffe, daran, dass vielleicht dies das Geschenk war, dass er einmal als Kapitän sein eigenes Schiff lenken würde, und es verschlug ihm fast den Atem, als er dort in der Brise stand. Niemand schickte ihn weg, so wie andere unter Deck gescheucht wurden, als seien sie im Weg bei der harten Arbeit, als nähmen die Männer in den weichen weiten Hosen und mit den bunten Tüchern um den Hals ihn nicht richtig wahr, als ahnten sie ihn nur vage, vielleicht als Gestalt, die ihre endgültige Form noch nicht angenommen hatte.

Dann wurde er eines Tages doch sichtbar, denn der Tod hatte das Schiff besucht, und nachdem der Kapitän die passenden Worte gesagt hatte und der Leichnam in einem mit einem Gewicht belasteten Ledersack ins Meer geworfen worden war, sollte ein Choral gesungen werden. Und nun ließ Lasse seiner Stimme in der salzigen und frischen Luft freien Lauf, und bei der Anstrengung hob er den Kopf, und sein Blick wurde schön und klar.

Obwohl alle andächtig stehen blieben, solange er sang, wichen sie insgeheim vor dieser Gestalt mit der wunderbaren tiefen Stimme zurück. Auch Kjartan hatte das Gefühl, jemand habe ihm einen harten Schlag versetzt; für den restlichen Tag konnte er dem Freund nicht in die Augen blicken. Eine Stimme aus Himmel und Gebirge, dachte er, und ihm fiel Moses ein, der vom Berg herabstieg und auf die zeigte, die sterben mussten.

Wir waren doch zwei, murmelte er am nächsten Morgen. Bei der Schlägerei in Hamlot.

Ja, antwortete Lasse.

Er hat wohl auch ein wenig geblutet, der andere, meine ich, gab Kjartan zu.

Was für ungleiche Brüder, meinte ein Mann aus Romsdal, der seinen Schlafplatz neben ihnen hatte, als habe er das erst jetzt entdeckt: dass der eine ein Fuchs war und der andere ein Otter.

Er hat Ähnlichkeit mit meinem Finnenhund, murmelte ein anderer und sah Lasse an, der stumm und mit dem Hut auf dem Schoß dasaß, und die plötzlich feuchten Augen des Mannes berichteten über die Liebe zu einem Hund.

Kurz darauf trieb der Wind die Wolken zusammen und bescherte den Reisenden einen Sturm. Der Schoner wurde hin und her geworfen, die Passagiere durften nicht an Deck, die Luke war von außen verschlossen; wegen des Wassers, wurde erklärt, wegen der Wellen, die sich über sie ergießen würden. Drei Tage lang spielte das Wetter mit ihnen, und in der letzten Nacht kam jemand, um Lasse um einen Choral zu bitten. Also sang er, lauter als das Weinen und Schreien und das Jammern derer, die sich erbrachen und litten, er sang und sang, bis alles still wurde. Und während Lasse selbst wusste, dass er mit Singen aufgehört hatte, weil das Schiff nicht mehr so arg stampfte, meinten andere, die Lage habe sich durch den Gesang des Mannes beruhigt. Denn hatte sich das Wetter nicht göttlich rasch geändert?

Das sei in der Morgendämmerung geschehen, erklärten die Seeleute, als die Luke geöffnet wurde und sie die Köpfe hinaus in die frische Salzluft stecken konnten.

Als ob die Bosheit der Nacht Licht und Gesang nicht ertragen könnte, meinten die Gläubigsten.

Ein Mast war gebrochen. Das abgebrochene Stück lag über dem Deck, unter Rahen und Seilen und Tauen. Die Seeleute versuchten, aufzuräumen und alles wiederherzustellen, jeder nach seinen Kenntnissen und auf Befehl des Steuermanns, müde vom Schlafmangel, nach dem heftigen Regen noch mit nassen Haaren und Kleidern. Der Zimmermann leitete die Arbeit am Mast. Einige spleißten Taue. Ein Matrose setzte

sich und flickte mit einer dreieckigen Segelmachernadel ein zerrissenes Segel. Und der Smutje saß in der Tür zur Kombüse und schälte zusammen mit dem Schiffsjungen Kartoffeln.
Es war der Blick des Zimmermanns, der Lasses suchte, als der Choralsänger müßig herumstand und sich alles ansah. In den Augen des Mannes lag eine Schärfe, die Lasse glauben ließ, dass er etwas von ihm wollte. Also trat er näher an die Gestalt heran. Der Zimmermann richtete sich auf. Er war ein Mann von Mitte vierzig, untersetzt und mit tiefen Falten im Gesicht. Er schickte seine beiden Gehilfen weg, damit sie etwas holten, dann heftete er seinen Blick auf das Tauwerk, das zu seinen Füßen lag, und sagte: Ob es möglich sei, Jesus im Voraus um Verzeihung und Erbarmen wegen einer Sünde zu bitten.
Ob er denn sündigen wolle?, fragte Lasse.
Mein Name ist Peder Andersen, sagte der Seebär. Aus Grimstad. In der Nähe von Hasseldalen, wo die Schiffe gebaut werden. Allerdings nicht dieses.
Ach, sagte Lasse.
In dem Moment kam der Kapitän, und Lasse begriff, dass das Gespräch beendet war. Er bewegte sich auf die Luke zu und dann hinab ins Halbdunkel. Dort setzte er sich auf den Rand seiner Koje und lauschte dem Gerede in seiner Nähe. Es ging um Explosionen.
Der Mann aus Romsdal erzählte etwas, ein Mann mit Bocksbart und mit sommersprossigen Handrücken.
Das war die schlimmste Fracht, sagte der Romsdaler.
Welche denn?
Hab ich doch gesagt. Kohle und Öl und außerdem Getreide.
Sie waren also Matrose?
Nein, jemand anders hat das erzählt. Ich glaube, es war der Koch. Man durfte bei solchen Teufelsfrachten keine Pfeife anstecken, nicht einmal an Deck. Und abends im Logis keine Lampe anmachen.

Warum denn nicht?
Es konnte doch knallen. Kohle und Öl. Selbst das gärende Getreide. Und der Gestank! Der muss entsetzlich gewesen sein.
Sie sagen, dass das so war – gibt es solche Fracht nicht mehr?
Doch, doch, sicher. Es gibt sie wohl noch. Aber der Koch scheint zu meinen, dass diese Frachten weichen müssten.
Wovor denn?
Vor dem Dampf.

Als der Zimmermann Peder Andersen aus Grimstad seine Freiwache hatte, stieg er die Leiter herab.
Er kniff die Augen zusammen und schaute sich um, bis sein Blick Lasse eingefangen hatte, dann schaute er nicht mehr zu ihm hin, sondern drehte sich um und stieg wieder hoch, als ob er sich in der Tür geirrt hätte. Nachdem auch zwei andere nach oben gegangen waren, vielleicht, um vor dem Abend ihr Wasser abzuschlagen, folgte der Mann mit der Choralstimme.
Der Zimmermann saß an der Logiswand und war fast nicht zu sehen, es war dunkel geworden. Lasse setzte sich neben ihn, und der Mann fing an zu prahlen. Er prahlte mit den norwegischen Segelschiffen.
Auf allen Meeren, sagte er.
Sieh an, sagte Lasse.
Brigg, Barke und Schoner!
Sieh an.
Ich habe einen älteren Bruder, sagte Peder, er heißt Hjalmar und arbeitet in Hasseldalen. Jedes Schiff wird so gebaut, dass es zu seiner Fracht passt. Kornschiffe müssen tief liegen und dichter sein als andere Schiffe.
Und sie können explodieren, meinte Lasse.
Sie können sinken, murmelte Peder.
Ich will mich davonmachen, flüsterte er dann.
Es ging um die Heuern auf der amerikanischen Seite des Mee-

res, die waren höher. Man konnte das Doppelte verdienen, und vielleicht noch mehr. Und da war die Kost. Nahrhaft sollte sie sein, auf amerikanischen Schiffen, und noch dazu mehr als genug. Niemand dort bekam Skorbut.
Kann man nicht einfach abmustern?, fragte Lasse.
Ich habe für Hin- und Rückfahrt angemustert, sagte Peder. Man kann sich freikaufen, wenn der Kapitän zustimmt. Dieser tut das nicht. Vor mir sind schon viele weggelaufen. Der Kapitän wird die Mannschaft in New York nicht an Land gehen lassen. Er hat eine Pistole.
Lasse hörte zu.
Ich will springen, sagte Peder.
Springen, dachte Lasse. In tiefes Wasser.
Du hast Ähnlichkeit mit meinem Sohn, sagte der Zimmermann. Die gleiche schöne Stimme.
Ach.
So ist das.
Wohnt er in Grimstad oder Hasseldalen?
Mein Sohn? Der lebt nicht mehr. Meine Frau auch nicht. Was soll ich da noch in Grimstad?
Es war eine stille Nacht. Der Mond leuchtete gelb.
Aber ist sie groß, diese Sünde?, fragte der Zimmermann. Dass ich weglaufen will?
Zu viel grübeln bringt nichts, sagte Lasse; er hatte das einmal gehört, wusste aber nicht, wann.

Kjartan sah, dass Fremde sich zu seinem Freund hingezogen fühlten, dass sie Trost und Rat bei ihm suchten. Das machte ihn selbst kleiner, so empfand er das, weil Lasse wuchs. Und es erfüllte ihn mit tiefem Schmerz.

Es war Rudolf, gab der junge Bumarken eines Morgens zu.
Rudolf? Was meinst du damit?
Mit dem ich mich geprügelt habe. Rudolf von »Liebster Rudolf

und Johannes«, der eine von den beiden, die den Brief aus Texas bekommen hatten. Es lag Geld in dem Brief, für die Fahrkarten. Aber das Geld war herausgenommen worden, ehe ich …
Den Brief gestohlen habe, sagte Lasse. Das habe ich schon verstanden, dass du ihn gestohlen hast.

Dann kam ein junger Mann aus Arendal, der etwas auf dem Herzen hatte. Nicolai Hansen, so stellte er sich vor, und er teilte mit seiner Schwester eine Kajüte, er schlief nicht wie die vielen anderen unter Deck. Die beiden Freunde hatten das Paar in der feineren Kleidung schon bemerkt, vor allem Kjartan, vor allem den Spitzenkragen um den Hals der Frau. Außerdem hielt sie einen kleinen Sonnenschirm in der Hand, wenn sie an stillen Tagen im Windschutz an Deck saß.
Der Bruder entschuldigte sich für die Störung, aber nach der ergreifenden Andacht …
Bei der Beerdigung eines Fremden, dachte Kjartan, und er verspürte Schmerz und Spott, denn hielt dieser Hansen Lasse etwa für einen Geistlichen? Der war ja wohl nicht einmal Küster, und etwas in Bumarken hatte Lust, das laut zu rufen: Er vertraut sich einem Verbrecher an! Einem schnöden Dieb! Zugleich aber konnte er es so gut verstehen, dass sie kamen, denn diese Choralstimme, die hatte auch ihn erschüttert, und er schlich sich mit gesenktem Kopf davon, damit Herr Hansen ohne unerwünschte Zuhörer reden könnte.
Und wie dachte der Sänger über den Schatten, den die Sünden der Väter warfen?
Die Sünden der Väter …
Wurden alle Kinder bis ins dritte und vierte Glied gestraft und heimgesucht oder nur in jeder Generation eins oder einige wenige?
Nicolai Hansen kniff im Sonnenschein die Augen zusammen, die Sonne schien ihn sehr zu stören, obwohl er sich die Hutkrempe in die Stirn gezogen hatte.

Es kommt wohl darauf an, meinte Lasse zögernd.
Auf die Sünde? Also, es verhält sich so …
Der Vater des jungen Mannes war Buchhalter bei einem kürzlich in Arendal fallierten Reeder gewesen. In seiner Verzweiflung über die düsteren Zahlen hatte der Buchhalter sie zuvor ein wenig geschönt, nicht zum eigenen Vorteil, sondern um seinem Prinzipal Traurigkeit und Sorgen zu ersparen, denn die Lage würde sich doch ändern, hatte der Buchhalter gedacht. Stattdessen war sie schlimmer geworden. Das hatte mehrere Gründe. Zwei Schiffe waren kurz hintereinander untergegangen, und beide waren nur zum Teil versichert gewesen. Außerdem hatten sie mit einigen Frachten Pech gehabt. Dazu kam, dass die Segelschiffe den Wettbewerb gegen die Dampfschiffe verloren. In anderen Ländern wurde neu gebaut, in der neuen Zeit, bei den neuen Erfindungen, aber die Norweger, denen fehlten die Mittel …
Das liegt an der Union, meinte Nicolai Hansen. Wenn man Schwede wäre und in Schweden lebte, würde man von den Banken mit größerem Kapital Darlehen erhalten können.
Die junge Stimme zitterte für einen Moment vor Empörung.
Und dann kam es also an den Tag, seufzte er. Der Reeder sah, was mein Vater getan hatte, und er hängte sich auf.
Der Reeder?
Nein, mein Vater. Der Reeder hat sich erschossen.
Sie haben also beide Selbstmord begangen?
Das ist eine große Sünde, das weiß ich ja, seufzte der so jählings vaterlos Gewordene.
Lasse überlegte, ob der andere meinte, er werde wegen des Selbstmords gestraft werden oder wegen der veränderten Zahlen.
Wegen allem natürlich, erklärte der junge Mann. Wegen der Fälschung an sich und weil sie den Prinzipal in den Tod getrieben hat und weil mein Vater sich das Leben genommen hat.

Deinem Vater kann man die schlechten Zeiten aber nicht anlasten, sagte Lasse.
Drei von unseren Geschwistern sind als Kinder gestorben und eins in erwachsenem Alter, flüsterte der junge Nicolai. Kann das denn nicht genug sein? Dass vier von sechs Kindern so hart bestraft werden? Obwohl die Sünde noch nicht begangen worden war, als die kleinsten von uns gegangen sind …
Dann stand es eben doch im Buch des Herrn geschrieben, wiederholte Lasse einen Satz des Pastors, bei dem er in Dienst gestanden hatte.
Aber alles hat einmal ein Ende, fügte er hinzu. Es muss überall maßvoll zugehen.
Der junge Hansen schüttelte ihm die Hand und dankte für seine Güte.

Einige Zeit darauf kam der Zimmermann Peder während seiner Freiwache abermals unter Deck. Seine gedrückte Haltung war wie verflogen, er lächelte fröhlich, als begrüßte er alte Bekannte, und setzte sich auf den Holzrahmen um die Koje der beiden Freunde. Er legte Lasse einen Arm um die Schulter und drückte ihn an sich.
Wie wäre es bei der Hitze mit einem Schluck Bier, fragte er.
Kjartan sprang auf, er hatte auf der Truhe gesessen, in der das Bierfässchen lag. Lasse öffnete den Deckel und füllte die Holztasse.
Danke, Ruben, sagte Peder, als ihm die Tasse in die Hand gedrückt wurde.
Mein Sohn, erklärte er angesichts von Bumarkens fragender Miene. Sie haben Ähnlichkeit.
Der Zimmermann trank einen großen Schluck Bier.
Mein Sohn, wiederholte er über seine Schulter für den Romsdaler. Und ist New York das Ziel der Reise?
Bevor der Romsdaler antworten konnte, redete der Seemann auch schon weiter: Einst lagen dort gleichzeitig hundertfünf-

zig norwegische Schiffe im Hafen. Wir hätten darüber trockenen Fußes durch das ganze Hafenbecken gehen können. Barken, Briggs, Mast an Mast.
Ich wollte ja eigentlich nach Minnesota, sagte der Mann aus Romsdal. Mein Bruder hat dort einen Hof.
Du solltest abspringen, mischt ein junger Mann aus Sandalen sich an den Seemann gewandt ins Gespräch.
Hast du denn den Verstand verloren!, rief Peder der Zimmermann.
Mein Bruder ist abgesprungen! Deshalb bin ich hier. Sklaverei, hat mein Bruder gesagt. Sie durften nicht einmal an Land gehen, wenn sie im Hafen lagen. Sie wurden für das kleinste Vergehen ausgepeitscht.
Es gibt viele Arten von Kapitänen, wandte Peder ein. Viele sind gut.
Du darfst sicher in deiner Freiwache nicht einmal hier mit uns plaudern, sagte jetzt der Bursche aus Stranda.
Das ist doch sein Sohn, sagte der Romsdaler.
Der gleiche schwarze Schopf, meinte Peder.
Der Kopf des Zimmermanns war unter seiner Seemannsmütze versteckt, aber nicht nur Lasse hatte gesehen, dass er kahl war.
Seid ihr denn Halbbrüder?, fragte der Mann aus Stranda, an Kjartan gerichtet.
Genau, genau, nickte der.
Und ihr wollt nach Texas?
Texas, ja, sagte Bumarken. Mit langhörnigem Vieh.

Ich wollte nur eure Truhe sehen, murmelte der Zimmermann im Vorübergehen an Deck einige Tage später, sehen, ob da Platz für etwas von mir ist. Denn wenn ich abhaue, kann ich ja weder Seekiste noch Seesack mitnehmen.
Dann wurden Lasse und sein Freund in die Kabine des Geschwisterpaares aus Arendal eingeladen. Zuerst standen sie

feierlich in dem eigenen Raum, während die junge Dame jedem ein Kristallglas anbot und der Bruder die Gläser mit einer weinroten Flüssigkeit füllte.
Auf gute Wellen und keine weiteren Stürme, sagte Nicolai feierlich.
Sie tranken.
Bitte, setzt euch, sagte der junge Mann.
In der Kajüte gab es weder Stuhl noch Bank, es gab nur die beiden übereinander angebrachten Kojen. Also setzten sie sich an den Rand der Bettdecke; das ist das Bett der Schwester, dachte Kjartan in einem glücklichen Moment. Wie vier auf einer Planke, die im Meer schwimmt, dachte Lasse Lazarus; sie mussten sich vorbeugen, um nicht mit dem Hinterkopf gegen die obere Koje zu stoßen.
Die vier waren ungefähr gleich alt, ansonsten aber sehr verschieden, und Kjartan konnte die Gedanken nicht verdrängen – an das Gewicht des Glases in der Hand, an die Spitzen der jungen Dame, die diesmal um ihre Handgelenke saßen, er sah, wie sie unter dem Ärmel ihrer Jacke hervorlugten und sich so schön über ihre Handrücken legten.
Sie sprachen über Möglichkeiten. Nicolai redete am eifrigsten und am meisten, als habe er die Angst vor der Strafe in vielen oder wenigen Gliedern überwunden. Er sprach über New York, wo er sich eine Stelle als Buchhalter suchen wollte.
Lasse nickte.
Buchhalter, dachte Kjartan. Was man da wohl für Bücher hielt? Bibel und Gebetbuch, dachte er, oder die Warenlisten in einem Kramladen, mit ihren widerlichen Zahlen, die erst nach dem Fischzug gelöscht werden konnten?
Nicolai war bei einem Großhändler in seiner Heimatstadt in die Lehre gegangen, erzählte er, bis Tragödie und Skandal über sie hereingebrochen waren. Der Skandal hatte zu seiner Kündigung geführt, die Tragödie hatte den Geschwistern ihr Zuhause genommen. Die Mittel des Vaters hatten in der Ree-

derei gesteckt, er hatte zu den Eignern des einen untergegangenen Schiffes gehört, jetzt war das Geld wie das des Reeders verloren.

Und mein älterer Bruder, der Kapitän …

War der an Bord eines der untergegangenen Schiffe gewesen?, wollte Lasse wissen.

Die Schwester schluchzte auf.

Ich wäre auch Kapitän geworden, erklärte Nicolai. Wenn nicht Mutter … sie wollte nicht, dass wir beide … und ich war nicht stark. Ich bin schwach auf der Brust, wie sie auch.

Dann muss es sich erfüllt haben, meinte Lasse.

Was denn?, fragte Kjartan.

Fräulein Hansen schluchzte abermals auf, und Kjartan musterte verstohlen ihre Wimpern, sie waren schwarz und vielleicht feucht.

Noch Wein?, fragte der Gastgeber höflich.

Der Wein erinnerte im Schein der kleinen Öllampe unter der Decke an Tierblut.

Sehr hübsch, flüsterte Kjartan über die Schwester, als sie wieder unter Deck waren.

Ja, antwortete Lasse ernst, wenn sie sich anbietet, werde ich hinter einem amerikanischen Bootsschuppen in sie eindringen.

Kjartan fiel im Dunkeln das Kinn hinunter. Als sei die junge Dame eine Kuh, dachte er dann, eine Kuh, der man sich bei einer Scheunenwand von hinten näherte. Er lag in seiner Koje und zerbrach sich den Kopf über das Unfassbare. Lasse war nicht zu verstehen. Wie das bunte Leben an Bord. Kjartan konnte auch nicht begreifen, dass er ein Teil davon war; er hätte jetzt zu Hause sein müssen, mit einer Sense in der Hand, oder in der Ruhepause auf dem Rücken im Gras liegen und auf einem Halm herumkauen. Er müsste die Mädchen ansehen, vor allem eine, und sich mit einem anderen um sie streiten – und in ihm verkrampfte sich alles, als hätte sein Gedärm sich verknotet, ein stechender Schmerz durchfuhr ihn. Hatte er gesehen, Lasse, wie ihm zumute gewesen war? Würde er das laut herausrufen?

In solchen Augenblicken glaubte Kjartan nicht mehr, dass der Choralsänger ein Dieb war, er glaubte, der andere habe das Geld auf ehrliche Weise erworben und die ganze Zeit nach Amerika gewollt. Lasse musste doch durch und durch gut sein, wo er sein Freund geworden war und ihm Geld für Kleider und Essen und für die Überfahrt geschenkt hatte. Und sein Gerede über Fräulein Hansen hinter einem Schuppen konnte doch nur als Zurechtweisung für ihn selbst gemeint sein, als habe Lasse ihn in der engen Kajüte durchschaut und gesehen, wie er heimlich die junge Frau musterte und begehrte, ja, denn eigentlich hatte er das doch getan, auch wenn er es sich nicht so ganz hatte eingestehen wollen. Und Kjartan biss sich zitternd vor Scham in die Fingerknöchel.

Eine Viehfarm, sagte Lasse am nächsten Morgen. Farm bedeutet Bauernhof. Und das Vieh ist nicht nur eine Färse am Hang oder drei Kühe im Stall. Es sind mehr, als wir zählen können, da auf den Ebenen, sagen die, die etwas darüber wissen.

Kjartan murmelte eine undeutliche Antwort.

Oder eine Weizenfarm, sagte Lasse später. Mit endlosen Ährenfeldern. Vielleicht sollten wir uns so eine zulegen.

Wir?

Ja, das machen wir doch zusammen, sagte Lasse und bezog Kjartan in die gute Zukunft ein. Stell dir vor, in Amerika essen die zu jeder einzelnen Mahlzeit Weizenbrot!

Das half dem anderen, der sich so schämte – wenn er an weißes warmes Brot mit knuspriger Kruste dachte. Und sich Mengen von Ferkeln vorstellte, die frei im Wald umherliefen, denn auch davon hatte jemand erzählt, von munteren Herden kleiner Schweine, die guten Speck lieferten, ganz anderen als den harschen, den sie an Bord bekamen.

Und dann wurde er doch von Schicksal oder Strafe eingeholt, Nicolai Hansen, der Sohn des Buchhalters, der einige Zahlen geschönt hatte. Das Fieber holte ihn sich. Die Schwester umklammerte seine schlaffen grauen, mit ihren gefalteten Händen. Dann ließ sie den Sänger holen und bat ihn, die Gebete mit Tönen zu veredeln. Kjartan besorgte Essen für sie. Gemeinsam sangen sie in diesen Tagen der Angst, bis der Tod den Armen erlöste.

Eines Morgens stieß er das letzte röchelnde Stöhnen aus. Dann schien die Haut in seinem Gesicht sich zu glätten, als die Schmerzen verrannen, und Nicolai Hansens Blick wurde mild, bis der Steuermann dem Leichnam bald darauf die Augen zudrückte.

Othilie weinte.

Sie schluchzte und presste den Kopf an Lasses Schulter. Als Lasse Wasser lassen musste, weinte sie bei Kjartan weiter, und er streichelte behutsam ihren Rücken und einen Arm.

Wir passen schon auf dich auf, murmelte er. Hab keine Angst. Du kannst mit zu unserer Viehfarm kommen.

Aber so eine gab es noch nicht, das wusste er, denn zu den Briefschreibern in Texas konnten sie nicht gehen.

Land in Sicht!

Diese Nachricht verbreitete sich von Deck zu Deck, es war Land in Sicht, und die Menschen strömten ins Freie, um es zu sehen, doch die Mannschaft trieb sie zurück.

Zimmermann Peder drückte sich an Lasses Rücken vorbei und flüsterte kaum hörbar: Wir treffen uns bei Stavanger-Larsen. Stavanger-Larsens Kneipe in Red Hook. Wenn der Kapitän mich nicht erschießt.

Das Schiff war von Freude erfüllt. Von Lachen und Freundlichkeit. Lasse sah, wie Mann und Frau vergaßen, dass sie nicht allein waren, wie sie einander im Jubel über den Anblick Amerikas vor den Augen der anderen umarmten. Und plötzlich fiel ihm eine ein, die nicht dort war, eine, die freiwillig in einer Olavsnacht mit ihm in ein Ruderboot gestiegen war. Mit einer plötzlichen und heftigen Unruhe flehte er die Menge, die ihn umgab, um etwas zu schreiben an und verfasste einen unbeholfenen Brief: Er werde bald in Nüjork und Redhuck an Land gehen, da wisse sie doch, wo er zu finden sei! Er habe außerdem nicht stehlen wollen, sondern nur gefunden, fügte er hinzu.

Er gab den Brief einem Matrosen, der versprach, ihn mit zurückzunehmen. Er setzte sich auf und atmete frei und froh. Und dann lächelte er bei dem Ruf: Seht die Möwen im Mast!

Sin City

Einer nach dem anderen wurden die Passagiere die Leiter an der Schiffsseite hinabgelassen und konnten dann in kleine Auslegerboote umsteigen. Truhen und Bündel, Reisetaschen und Koffer wurden an Taue gebunden und über die Reling gehievt. Der Hafen wimmelte nur so von Schiffen, nicht nur von der *Nixe* glitten mit Menschen und Habseligkeiten gefüllte Boote zum Land. Sie steuerten ein Steingebäude an, das von niedrigeren Häusern und wenigen Bäumen umgeben war. Für die, die sich näherten, wuchs es zu einem gewaltigen Bauwerk heran, das einer Festung ähnelte. Es war Castle Garden im Battery Park, die Empfangsstation für Einwanderer. Castle Garden lag an der Spitze von Manhattan und bedeutete ein Willkommen mit Fördern und Fordern.

Name and nationality, wurde verlangt.

Die Menschen, die so weit gereist waren, standen jetzt im Gebäude, uniformierte Polizeibeamte hatten sie von ihrem Gepäck getrennt und führten sie zu den Warteschlangen in einer riesigen Halle. Die Wände warfen Echos, die Fragen klangen manchmal wie Schläge, vor allem, wenn sie von müden und hungrigen Männern hinter den Schreibtischen wiederholt werden mussten.

Johannes Kjartan Bumarken, sagte Kjartan und freute sich, weil er daran gedacht hatte, den einen Vetternamen von dem gestohlenen Brief zu benutzen.

Excuse me?

So kann man hier nicht heißen, das musst du doch begreifen, meinte der Romsdaler über seine Schulter zurück.

Kjartan zeigte den Brief vor.

John?, wurde vorgeschlagen.
Yes, sagte Kjartan. Yes, fine.
Surname, Sir?
Nachname, verstand Kjartan.
Mark?, schlug er rasch vor, nachdem er den Namen des Hofes, von dem er stammte, an beiden Enden gekappt hatte.
Johnny Mark, nickte der Mann hinter dem Schreibtisch. Welcome to America.
Thank you, sagte Kjartan in glücklicher Erregung, schüttelte dem Mann die Hand und machte dabei eine tiefe Verbeugung. Der Agent in Bergen hatte ihnen zusammen mit den Fahrkarten ein englisches Lehrbuch verkauft, und Kjartan hatte viel darin gelesen, vor allem in der ersten Zeit an Bord. Immer wieder hatte er laut Vokabeln gebüffelt, damit auch Lasse sie mitbekäme.
Where do you come from?, wurde er in Castle Garden gefragt.
Norway, antwortete Kjartan.
You are all together?
Yes. Together.
Same family?
No! Yes!
Siblings, the three of you?
Zwischen Kjartan und Lasse stand Fräulein Hansen. Sie schwitzte wegen Hitze und Lärm und wegen der Angst, nicht richtig antworten zu können, wenn sie an die Reihe käme. Sie kämpfte mit den Tränen, ganz allein auf der Welt fühlte sie sich, denn wer war schon dieser Rothaarige, der da radebrechend neben ihr stand? Lasse blickte in eine andere Richtung, für den war sie ja wohl nur Luft, dachte sie. Der Mann mit dem schwarzen Schopf beobachtete das Gewimmel um sich herum. Aus der Schlange links von ihm war ein alter Mann zur Seite gezogen worden, er hatte auf der Reise aufgehört zu sprechen, wusste Lasse; der Mann hatte einen trüben Blick

bekommen, der zeigte, dass er nicht viel begriff. Zwei Männer führten ihn an die Wand ganz hinten.
Das ist Vater, rief jemand. Geht mit Vater nicht weg.
Er darf nicht einreisen, wenn er dem Land zur Last fällt, glaubte jemand zu wissen.
Aber er gehört doch zu uns!
Verrückte und Alte, Verbrecher und Räuber lassen sie nicht rein!
Pregnant?
Diese Frage galt einer dicklichen Frau aus Strilelandet in der rechten Schlange. Sie wackelte unsicher mit dem Kopf.
Schwanger, wurde erklärt.
Dicker Bauch, setzte einer aus Toten hinzu.
Nein, nur aufgeblasen, kicherte ein anderer. Nach der guten Kost an Bord.
Alle, die das gehört hatten, grinsten.
Hey, mister! Are the two of you married?
Die Wörter knallten, als wären sie in höchster Gereiztheit wiederholt worden. Sie schlugen gleich neben Lasse ein, und er begriff plötzlich, dass er gemeint war. Kjartan war ein wenig zur Seite gedrängt worden, zusammen mit Othilie Hansen. Die beiden waren nicht an der Obrigkeit vorbeigekommen, und jetzt standen sie wie ein Stöpsel zwischen zwei Schlangen.
Married, was mag das nun wieder heißen?, überlegte Lasse.
Der Mann hinter dem hohen Schreibtisch schaute ihn müde an.
No, fiel Lasse jetzt ein. Married not.
Engaged, then?, fragte der Mann.
Lasse begriff nicht.
Fiancée?
Fayence?, fragte Othilie zurück. In meiner Truhe …
Sie redete fieberhaft über die Dinge, die sie im Gepäck hatte, schöne Teller aus echtem Porzellan. Hinter ihnen drängten

andere vor und riefen in Sprachen und mit Lauten, die die drei aus Norwegen noch nie gehört hatten. Es hörte sich an wie Räuspern oder immerwährende Heiserkeit oder Flüstern, wie Pustegeräusche, die sie zum Lächeln gebracht hätten, wären sie erst durch die Sperre gelangt und dürften jubeln. Und einige rollten die Buchstaben, als hätten sie am Gaumen ein kleines Mühlrad befestigt.

Bestimmt Araber, dachte Lasse, ohne zu begreifen, woher er dieses Wort überhaupt kannte.

Sie waren umgeben von Menschen in fremdartiger Kleidung. Eine Frau trug ein schneeweißes bodenlanges Kleid mit rosa Stickereien. Ein Mann mit Vollbart hatte auf dem Kopf eine grüne Strickmütze, an die eine funkelnde Münze genäht war.

Der Mann am Schreibtisch sprach müde auf sie ein, er wiederholte seine Wörter langsam. Othilie wäre gern in Ohnmacht gefallen, wollte einen kleinen Schrei ausstoßen und das Gleichgewicht verlieren, an Lasse sinken und verschwinden, verschwinden, bis sie auf einer Chaiselongue mit weichen Kissen und kleinen Troddeln wieder zu sich käme, so, wie sie schon einmal ohnmächtig geworden war, bei einer Freundin, in Gesellschaft eines schönen jungen Mannes, der ihr Konfekt geschenkt hatte und dann leider an der Auszehrung gestorben war.

Die Obrigkeitsperson war zu einem Zaun geworden, aber Kjartan Bumarken atmete jetzt ruhiger, denn der Zaun war nicht wegen Diebstahls oder anderer Untaten errichtet worden. Es gab den Zaun, weil Othilie aus Arendal nicht verheiratet war. Unverheiratete junge Frauen hatten keinen Zutritt zu Amerika, begriff er endlich. Unverheiratete Frauen brauchten männlichen Schutz. Frauen waren zart und wehrlos. Sie brauchten die Fürsorge eines starken, guten Mannes, und dort in der Halle von Castle Garden fühlte Kjartan sich erfüllt von Güte und Stärke.

I can do, sagte er kühn.

Lutheran?, wurde gefragt.
Yes, antwortete Kjartan, denn endlich hatte die Stimme der Obrigkeit etwas Umgängliches angenommen, und da musste er ja auch selbst ebenso bereitwillig antworten.
Nun nickte der Uniformierte Othilie freundlich zu, und schon waren die drei miteinander durch die Sperre gelangt. Nun sollten sie wohl der Schlange folgen, die das Gepäck abholte, glaubte Lasse und hoffte Othilie, aber Kjartan und Othilie wurden von einem Mann in einer grauen Wolljacke angesprochen.
This way, please. This way.
Es ging zu einer Tür in der Seitenwand der Halle. Kjartan ging willig mit, hocherhobenen Hauptes und mit stolzer Miene. Othilie war vor Anstrengung rot und schweißnass, und Lasse trottete einfach hinter ihnen her.

Einige Zeit darauf hatten sie endlich das Land der Freiheit erreicht. Sie waren in New York – ein Name, der ein Ziel gewesen war und der jetzt zu einer Stadt hinter dem Gewimmel von Castle Garden wurde. Sie konnten durch New Yorks gerade Straßen laufen, wenn sie wollten. Sie konnten die Rinde von New Yorks Bäumen anfassen. Es waren Laubbäume. In den Kronen saßen Vögel. Sie sahen aus wie Spatzen. Auf einem schmiedeeisernen Geländer saß außerdem ein größerer grau-weißer Vogel mit gelbem Schnabel.
Hier gibt es Möwen, sagte Lasse.
Ja, antwortete Kjartan. Silbermöwen. Vielleicht auch Heringsmöwen.
Seine Stimme war ohne Jubel, ohne Freude über die Freiheit in New York. Ohne Erleichterung darüber, dass niemand sie mit Briefen von zu Hause aufgehalten hatte, Menschen, die sie in Ketten legten und zurück über die Wellen schickten, um in

einer norwegischen Festung ihre Strafe abzusitzen. Er trug seinen Kopf nicht länger hocherhoben, und sein Gesicht war nicht mehr stolz.
Lasse wandte sich ab und unterdrückte ein Lächeln. Er war jetzt Les. Les Spring. Er hatte sich das, mit Hilfe des Romsdalers, an Bord überlegt. Dort unter Deck war Lasse Frühlingsschön zu Lasse Lovely Spring geworden. Die Obrigkeit in der großen Halle hatte den Namen schlichter und feiner gemacht. Der neue Name erinnerte ihn an muntere Fideltöne beim Ringelreihen. Er hätte lachen mögen, aber das war unmöglich, denn hinter ihm saß Othilie Hansen, hatte die Hände vors Gesicht geschlagen und weinte.
Wärst du lieber zurückgeschickt worden?, fragte Kjartan kleinlaut.
Othilie bohrte den einen Stiefelabsatz in die Truhe, auf der sie saß. Das war die mit den Kleidern. In einer anderen hatte sie Silber und Kristallgläser und Service, sorgfältig verpackt in Bettwäsche und dicke Decken. In einer dritten lagen Bücher und Schreibgeräte des Bruders und Erinnerungen an die Wohnstube zu Hause. Eine Lackschatulle, die ihr Bruder, der Kapitän Jonas Engelin, aus dem Osten mitgebracht hatte. Eine kleine Eule aus grünem Glas. Eine mit Samt überzogene Schachtel mit dem Schmuck der Mutter, dazu eine Perlenkette, die sie selbst zum Geschenk erhalten hatte. Und zwar von dem jungen Mann, der ihr auch einmal Konfekt gebracht hatte. Sein Gesicht war reizvoll schattig und ernst gewesen, umrahmt von dunklen welligen Haaren. Seine reinen, bleichen Hände hatten ihre berührt. Er hatte nie nach Schweiß gerochen, wenn sie dabei gewesen war, das wusste sie, als sie dort in einer fremden Straße auf einem Truhendeckel saß.
Ich wollte dir nur helfen, sagte Kjartan hilflos.
Sie hatte die Augen geschlossen. Vor sich sah sie Mogens Schönenbrunn und seinen gepflegten Bart um den blassroten Mund. Und sie sah Lasse, denn Lasse hatte die Farben des

anderen. Lasse lebte zudem, anders als Mogens, denn Mogens Schönenbrunn hatte nur drei Wochen nach ihrer Verlobung das Leben lassen müssen.
Ein Armeleutetod, hatte ihr Vater mit leichtem Spott kommentiert.
Die Krankheit kam von der Wohltätigkeit, hatten andere gesagt, denn Mogens und seine Mutter hatten vor den Weihnachtsfeiertagen die Hütten der Armen mit Lebensmitteln aufgesucht und sich auf diese Weise die Ansteckung zugezogen.
Abermals verschwand das Gesicht des Toten und machte dem des lebenden Lasse Platz. Der blassen Haut. Den grauen und manchmal so leuchtenden Augen. Dem struppigen Schopf, der von Stärke und Eigensinn kündete. Sie öffnete die Augen und sah ihn an: Hatte er schon vorher gewusst, was dort in der Halle geschehen würde?
Er schaute fragend zurück.
Ich hatte es nicht begriffen, sagte sie. Was uns bevorstand.
Glaubt ihr, ich hätte mehr kapiert?, fauchte Kjartan.
Der Geistliche, der dann aufgetaucht war, hatte eine Mischung aus Deutsch und Englisch gestammelt. Die Trauung war in einem ziemlich kleinen Nebenzimmer vor sich gegangen, und der Gehilfe in der grauen Wolljacke hatte vor dem Wortwechsel ein Kreuz an die Wand gehängt. Danach war er zum Schreiber geworden. Er hatte sich auf eine kurze Holzbank gesetzt und sich eine Platte über die spitzen Knie gelegt, auf der Platte hatte er Feder und Tinte und Sand gehabt; er hatte während der Zeremonie ein Dokument ausgefüllt. Lasse hatte gesehen, dass er die beiden Namen von einem anderen Blatt abschrieb. Johnny Mark. Thilly née Hansen. Es war schnell gegangen.
Wie bei einer Warenabfertigung, dachte Othilie. Von Schranke zu Schranke.
Aber nach der Trauung waren die nächsten Schranken aufge-

taucht: Es gab eine für Arbeitsuchende und eine, an der Fahrkarten für die Weiterreise mit Zug oder Boot ausgestellt wurden. Bei einer dritten konnte fremde Münze in Dollars umgewechselt werden. Kjartan wollte nur noch auf sicheren Boden kommen, vorbei an Absperrungen und Uniformen, Lasse dagegen war stehen geblieben und hatte die Geldbörse des Vogtes geleert.

Dann standen sie endlich in der Stadt, in einer geraden Straße zwischen hohen Häusern. Ein frisch verheiratetes Paar und ein Freund. Und die Frau saß auf ihrer Truhe, am Fuß einer schmalen Treppe, die zu einer zufälligen amerikanischen Tür hinaufführte, und sie seufzte.

Ich wollte keinen Vorteil daraus ziehen, murmelte Kjartan.

Die Braut schluchzte einmal zitternd auf.

Wir können den Trauschein zerreißen, sagte er.

Willst du mich denn gar nicht?, rutschte es ihr heraus.

Das ist es nicht, absolut nicht, natürlich will ich …

Lasse lehnte sich an die Mauer. Er sah sich die Menschen auf der Straße an. Auf der Treppe neben ihm saßen zwei kleine Mädchen mit schmutzigen Schürzen. Beide lachten sie und zeigten rosa Zahnfleisch und jede eine Lücke zwischen den Zähnen. Lasses Blick glitt weiter an den Fassaden entlang, und er dachte, so seien wohl die Häuser in Amerika, mit Mauern, die grau oder gelb waren. Oder rotbraun.

Ein streunender Hund leckte ihm das Hosenbein und wedelte mit dem Schwanz. Dann lief er weiter zu Othilie, und ihre Hände strichen über das amerikanische Hundefell. Bald fuhr ihr eine rauhe Zunge über das Gesicht. Und das wurde zu einer Art freundlichem Willkomm in der Fremde, denn das rotbraune Tier erinnerte sie an einen Hund, den sie früher einmal gehabt hatten, zu Hause in Arendal, und in ihr entstand eine Mischung aus Trost und Sehnsucht. Sie sehnte sich nach Menschen, die sie geliebt hatte, wie ihre Eltern und die Geschwister und Mogens. Aber die atmeten ja nicht mehr! Und das Haus daheim, das gehörte jetzt anderen, in ihrem ganzen Leben würde sie es nicht wiedersehen. Der Hund bot Trost. Und nicht nur der: auch die beiden Freunde, die lebten und hier waren, zusammen mit ihr.

Wieder kamen die Tränen, beim Gedanken an die Einsamkeit, wenn sie diese Freunde nicht gehabt hätte; und sie drückte das Gesicht in das Hundefell, während sie einen nach dem anderen ansah. Da war der Dunkle mit der Gesangsstimme, von dem der Bruder gemeint hatte, er solle im neuen Land Geistlicher werden, der Bleiche, der an den an Auszehrung verstorbenen Mogens erinnerte. Und da war der mit dem roten Gesicht und den wilden feuerroten Haaren. Ein Mann der Tat, das musste er doch sein, so wie er in Castle Garden für Ordnung gesorgt hatte!

Dann schob sie den Hund weg und erhob sich. Sie wischte sich die Tränen mit einem kleinen, von Spitzen besetzten Tuch ab, das sie aus dem Ärmel gezogen hatte. Sie richtete sich gerade auf und sah Kjartan aus verweinten Augen an.

Du hättest mich doch fragen können, sagte sie müde.

Lasse sah, dass die kleinen Mädchen alles beobachteten. Jetzt starrten sie aufgeregt den Mann an, der sich die Mütze vom Kopf riss und im Straßenstaub auf die Knie fiel. Der Blick des Freiers war stark und blau, fast wild, als wüchsen in seinem Körper Feuer und Freude heran. Als er bald darauf aufstand, klatschten die kleinen Mädchen begeistert in die Hände und hüpften auf der Treppe auf und nieder.

Kjartan lachte atemlos, und bald lachten alle fünf, ein Brautpaar und der Zeuge und zwei fremde Kinder, und der Bräutigam hob Othilie, geborene Hansen, in die Luft, mit zitternden und von grauschmutzigen Sommersprossen bedeckten Händen.

Red Hook, sagte Lasse und sah die Mädchen an, als das Lachen verklungen war.

Die Sonne ging jetzt unter. Der Himmel zwischen den Hausdächern war rot und ein wenig violett. Nun trat eine grüngekleidete Frau auf die Treppe, um die Kinder ins Haus zu holen, wie die drei auf der Straße begriffen. Die Kleinen wiederholten Lasses Wörter, und die Grüngekleidete kniff die Augen zusammen und streckte die Hand aus. Sie zeichnete einen Bogen, wie um das Ufer von Manhattan, von einem Punkt kurz hinter ihnen zu einem anderen weiter im Osten. Und die drei Einwanderer dankten und verabschiedeten sich, ehe sie nach ihrem Gepäck griffen und sich in Bewegung setzten. Lasse und Kjartan trugen die Truhen zwischen sich, zuerst die eine, die sie dann absetzten, um die andere zu holen.

In regelmäßigen Abständen fragte Lasse wieder. Red Hook, Red Hook. Auf diese Weise kamen sie zu einem Anleger. Sie setzten mit einem kleinen tuckernden Dampfer über den East River. Sie stiegen in Brooklyn wieder an Land. Es war jetzt dunkel. Und Lasse nannte dem Jungen, der den Dampfer vertäute, einen weiteren Namen: Stavanger-Larsen. Denn er wusste noch, was der Zimmermann Peder gesagt hatte. Sie sollten die Kneipe von Stavanger-Larsen suchen. Und der Junge sagte kichernd auf Norwegisch: Willkommen in Amerika. Geht einfach immer der Awenju nach.

Hamilton Avenue. Die führte vom Fähranleger aus nach Südosten. Am Straßenrand gab es Kneipen und Kramläden. Bei einigen hingen Öllampen vor den Türen, so dass die Schilder zu erkennen waren. Dazwischen standen Giebel an Giebel schmale Wohnhäuser mit steilen Treppen, die zu einer Eingangstür führten. Es roch faulig, wie nach verdorbenem Kohl.

Welcome to Sin City, wurden sie bei Larsen begrüßt.

Die Stadt der Sünde, übersetzte ein lärmender Südnorweger, der schon ziemlich angetrunken war.

Nüjork?

Ihr seid nicht mehr in Nüjork. Das hier ist die Nachbarstadt. Sie heißt Brocklien.

Ist Brocklien die Stadt der Sünde?, fragte Lasse.

Brocklien ist riesig. Es hat Sümpfe und Ackerland. Es hat Fabriken und breite Straßen und kleine Hills mit feinen Häusern für die feinen Leute. Es hat den Hafen. Der ist hier. Red Huck. Hier wird beladen und gelöscht.
Ist Red Huck die Stadt der Sünde?
Ja, Prost, rief einer. Gehen wir doch zu Laila Pretty!
Jetzt halt die Klappe, siehst du nicht, dass Damen anwesend sind?
Sie hat heute geheiratet, erklärte Lasse.
Dann wurde zum Hochzeitsmahl gedeckt, mit Speis und Trank, Musik und Gesang. Ein Hoch auf das junge Paar, wurde gerufen. Ein Hoch auf Norwegen und auf die Braut!

Habt ihr die Brücke gesehen?, wollte der Wirt wissen.
Es war schon spät. Sie hatten getrunken und gegessen und gelacht.
Natürlich haben sie die Brücke gesehen, rief ein Mann mit einer grünen Strickmütze. Lasse sah Kjartan an, und Kjartan sah Lasse an. Im Blick des anderen fand jeder die Erinnerung an eine wundersame Reise von einem Ufer zum anderen über ein breites Stück Wasser.
Und sie wussten, dass beide dasselbe gesehen und darüber geschwiegen hatten, als sei der Anblick zu schön und zu blendend, um darüber zu sprechen, oder als hätten sie ihren eigenen Augen nicht getraut, als hätten sie es geträumt, obwohl es doch noch hell gewesen war, als sie dort vorbeigekommen waren.
Brooklyn Bridge. Sie war in diesem Sommer eröffnet worden, am 24. Mai 1883, und führte über den East River. Sie war die längste Hängebrücke der Welt. Sie war von Chester Arthur, dem Präsidenten der USA, zusammen mit den Bürgermeistern von beiden Ufern eröffnet worden. Später an diesem Tag hatten über hundertfünfzigtausend Menschen und achtzehnhundert Fahrzeuge die Brücke überquert.

Ach, doch. Sie hatten sie gesehen. Mit ihrem Fundament aus hohen, breiten Säulen. Mit Stahlseilen oben auf den Säulen, die auf beiden Seiten zum Brückenbogen reichten, über den Fluss und bis aufs Land. Ach, doch.
Ingenieurskunst, sagte der Wirt.
Lasse und Kjartan nickten.
Große Kunst, murmelte der Mann mit der grünen Mütze andächtig und zog die Kopfbedeckung ab.
Auf die Brücke, wurde gerufen.
Ja, Prost!

Othilie trank, was ihr eingeschenkt wurde. Es war Bier, und es war Schnaps. Darum wurden die Konturen in ihr vager, von dem, was sie sah, und dem, was sie dachte, aber in ihrem inneren Wirrwarr erhob sich die tröstliche Vorstellung, dass dieser verdreckte und heruntergekommene Mann neben ihr auf der Bank die Verantwortung für sie übernommen hatte, und da würde er ihr doch ein Bett beschaffen müssen, in dem sie schlafen könnte. Wenn nicht der Zimmermann für die Unterkunft sorgen würde, dachte sie dann, wie hieß er doch noch gleich?
Lasse behielt die Eingangstür im Auge. Immer wenn sie von außen geöffnet wurde, musterte er den neuen Gast mit einem erwartungsvollen Blick, der gleich darauf erlosch. Peder Andersen tauchte an diesem Abend nicht mehr auf.

Am nächsten Morgen erwachte Othilie vor einer schmutzig gelben Wand. Hinter sich hörte sie tiefes Schnarchen, gemischt mit einem Pfeifton, der sie an das seltsame Instrument erinnerte, auf dem am Vorabend jemand gespielt hatte. Die Luft im Raum stand vor Schmutz.
Othilie setzte die Füße auf den Boden. Da lag Lasse, vollstän-

dig angezogen und in seinen Stiefeln. Also mussten es Kjartans Füße und Stiefel sein, die ganz besonders stanken. Die nackten Füße ihres Mannes, lang waren sie, mit gelblichen, verwachsenen Nägeln und rußgrauen Sohlen. Sie versuchte, das Fenster zu öffnen, aber das ließ sich nicht bewegen. Also floh sie aus dem Zimmer und stieg die Treppe hinunter. Dort traf sie eine Frau in einem langen Rock mit einem graurosa Sweater, der durch den üppigen Busen gesprengt zu werden drohte. Die Vermieterin, wie Othilie sich vage erinnerte, eine Frau, die Zimmer vermietete, und zu der sie sich am Vorabend in einer lärmenden Gesellschaft hinbewegt hatten. Mehrere Gäste aus der Kneipe hatten sie begleitet und außerdem einen Karren für das viele Gepäck besorgt, einen Karren, auf dem dann auch Othilie hatte sitzen dürfen.
Good morning, grüßte die Üppige.
Good morning, erwiderte Othilie.
Missis Mark, was it? Time for breakfast?
Othilie begriff nichts.
Water?, bat sie.
Sie bekam Wasser in einer Kanne. Dann stand sie mit der Kanne auf der Treppe und musste wieder nach oben. Aber ihre Füße wollten nicht. Ihre Füße wollten mehr als nur eine Kanne mit kaltem oder lauwarmem Wasser, sie wollten in eine Bütte treten. Ihr ganzer Leib wollte sich bis zum Kinn in warmes Wasser versenken, nach den Wochen auf dem Schiff. Und sie wollte, dass die Männer da oben dasselbe täten.
Bütte?, fragte sie zögernd.
Die Irin machte ein ratloses Gesicht. Zugleich brüllte ein Kind, und die Vermieterin verschwand mit einer resignierten Handbewegung hinter einer Tür.
Mutlos trug Othilie das Wasser die Treppe hoch. Der Gang oben war dunkel und leer. Es gab dort zwei Türen, und als sie das Ohr an die eine legte, glaubte sie regelmäßigen Atem zu hören. Also stand wohl kein Zimmer leer. Dann blieb sie

draußen in der Dunkelheit stehen, in einer Ecke des dunklen Ganges, nachdem sie sich aus einer Truhe saubere Kleidung, Seife und ein Tuch zum Abtrocknen geholt hatte.
Danach fühlte sie sich besser.

Wie eine Königin, fand Kjartan, als er geweckt wurde, weil sie energisch in die Hände klatschte. So gerade und fein, mit weißem Spitzenkragen und blauer Haube. Das war seine Frau, fiel ihm jetzt ein, und er hätte weinen mögen.

In Red Hook schien Texas weit weg zu sein. Sie sahen nicht einen einzigen langhörnigen Stier. Lasse und Kjartan sahen die Atlantic Docks und das Erie-Becken mit Lagerhäusern und Getreidesilos und Schiffen, die gelöscht oder beladen wurden. Sie arbeiteten jetzt als Schauerleute im Hafen und befolgten die Befehle eines Bosses, der kein Norwegisch konnte. Das war nicht schwer. Sie brauchten nur zu nicken und dem Finger zu folgen, der zeigte, meistens auf eine weitere Ladung Getreide. Gewöhnlich handelte es sich um Weizen, der in einen Getreideheber geschafft werden musste.
Sie vergaßen beim Anblick der Getreideheber das langhörnige Vieh. Diese Heber waren wie hohe, schmale Häuser hier im Hafen. Draußen lief von oben bis unten ein Band mit Schalen auf und nieder, wieder und wieder, wie leckende Kuhzungen, dachte Lasse bei dem Anblick der Schalen, die sich unten am Getreidehaufen gütlich taten. Wie Tiermäuler, dachte er, als sie danach das Korn in den Behälter spuckten, wenn sie oben angelangt waren. Auf diese Weise wurden die Silos gefüllt, und den Freunden gefiel dieser Anblick. Es gefiel ihnen, Weizen aus einem Schiff zu den Getreidehebern zu schaffen, es gefiel ihnen, der Dampfmaschine zuzuhören, die den Flaschenzug antrieb, durch den das Band mit den Schalen bewegt wurde.

Ab und zu änderte sich das Geräusch. Dann mussten die Maschinen angehalten werden, und jemand musste die Leiter neben dem Band hochklettern und einen Fehler korrigieren. Später mussten die Silos geleert werden. Dann legte ein Schiff davor an, und unten wurde eine Luke geöffnet, die das Getreide in das Schiffsinnere strömen ließ.
Woher kam sie, diese reiche Ernte?
Den Hudson herab, erfuhren sie von anderen, die Norwegisch sprachen. Davor über einen Kanal. Oder mit der Bahn. Es gab eigene Waggons für Getreide, erfuhren sie nun.
Was ein Kanal sei? Und wie es sei, mit der Bahn zu fahren?
Bald wurden die Getreideheber ganz normal und die Fragen nach Zug und Kanal in der Mühsal unwichtig. Und die Aufgaben wechselten, sie schleppten Säcke voll Zucker und Bündel aus Fellen. Sie rollten Weinfässer.
Nach der Arbeit wanderten sie zurück zu dem Schlupfwinkel, den sie in einer Seitenstraße zur Hamilton gemietet hatten. Es gab dort nur ein Bett, in dem das junge Paar schlief. Lasse schlief auf dem Boden, auf einer Matte. Auf Ankenes hatte er auf einem Balken in einer Scheune und davor auf einem Lehmboden geschlafen. Er konnte überall schlafen. Und die Tage waren lang, im Quartier schliefen sie fast die ganze Zeit.
Es gefiel ihm, dass Othilie versuchte, es gemütlich zu machen. Sie hatte Zierdeckchen auf die Truhen gelegt.
Ich suche mir bald etwas Eigenes, hatte Lasse versprochen.
Das eilt ja wohl nicht so sehr, hatte Kjartan erwidert.
Aber es war nicht richtig, dass er zwischen denselben Wänden schlief wie Fräulein Hansen. Es war auch nicht richtig, dass Kjartan das tat, so kam es Lasse vor, und er sah an dem flackernden Blick des Freundes, wenn die Frau in der Nähe war, dass es ihm auch so ging. Also sollten sie wohl beide verschwinden und sie in Ruhe lassen. Aber die zwei waren nun einmal verheiratet.
Am Ende sorgte die Vermieterin dafür, dass Lasse auszog. Sie

hatte in der Nähe eine jüngere Schwester, auch sie eine Witwe, die Zimmer vermietete. Eines Nachmittags kamen die beiden Söhne der Schwester Les Spring und seine Truhe holen. Dann hat das Ehepaar ein wenig *privacy*, wurde ihm erklärt, als er in der neuen Wohnung ankam.

Und, ja. Es war schön, ein eigenes Bett zu haben, einen Stuhl und einen Waschtisch. Dazu gab es einen normalen Tisch. Der Teppich war außerdem knallbunt und die Witwe jünger, wenn auch ebenso üppig und mit glänzenderem Blick. Lasse lächelte in die Dunkelheit an diesem ersten Abend, als er nach der Mühe im Packhaus mit schmerzendem Rücken allein dort lag, denn war die Stille nicht auch ein Geschenk? In diesem Zimmer gab es nur seinen Atem. Das war seltsam, deshalb musste er sich ein wenig räuspern.

Im Laufe des Herbstes wurde er stärker, schaffte mehr und brauchte weniger Schlaf. Es half auch, dass es nicht mehr so heiß war, der Schweiß lief ihm nicht mehr in die Augen.

Aber Peder Andersen war noch immer nicht gekommen. Nur seine Habseligkeiten befanden sich in Lasses Nähe, denn die Truhe enthielt nur ein Paar Strümpfe, das Lasse sich zugelegt hatte, der Rest gehörte dem Zimmermann und war in einem Seesack verstaut.

Red Hook war der Geruch von gegorenem Korn und ranzigem Öl. Es bedeutete Lichtfunken in der Nacht, von Flammen und Feuern in Werkstätten und Maschinenfabriken, wo die Arbeiter Nachtschicht schoben. Und es bedeutete Sumpf mit Mücken, die den Menschen Fieber brachten. Es war zudem der Straßenzug, der sich nachmittags und am Samstagabend mit norwegischen Stimmen füllte. Bald hatte Lasse Lust und Kraft, unbekannten Straßen zu folgen, und er kam in Gegenden, wo Deutsch oder Jiddisch gesprochen wurde, Italienisch oder Irisch. Die Iren waren überall, und viele sprachen auch Englisch. Und er sah, dass es stimmte, dass Brooklyn eine echte Stadt war, mit Kirchen und Rathaus, mit Pferden und Wagen. Lasse konnte vor großen Gebäuden mit Säulen und hohen Fenstern stehen bleiben – war das hier das Ziel? War er dazu geschaffen, zu einem Herrn zu werden, der aus einer breiten Tür schritt, um sich in einen von geschmückten Pferden gezogenen Wagen zu setzen? Würde ihm ein solches Leben zufallen?

Lasse zögerte vor seinem Spiegelbild im Fenster einer Bank. Ihm fiel nicht auf, dass die Kleider ihn umschlotterten, er sah nicht den Schirm seiner Mütze, dem fünfzig Kilo Korn im Hafen einen Knick verpasst hatten. Er achtete nicht auf seine verfilzten Haare und den Bart. Er versuchte, seinen Augen zu begegnen, zu sehen, ob sein Blick eine Antwort hätte.

Ein schöner Junge. Das war er, das war er immer gewesen, es war ihm wieder und wieder gesagt worden, seit er zuhören und verstehen konnte. Der schöne Junge, der mit dem Mondschein gekommen war. Er sah nicht die Frau vor sich, die das gesagt hatte; nur der Sinn der Worte war noch da, nicht Klang und Farbe der Stimme, die die Worte damals gesprochen hatte: Der Inhalt allein war ein Teil des Mannes geworden, der vor einer Bank in Amerika stand.

Kjartan schaffte es nicht, sich der Frau zuzuwenden, der er angetraut worden war. Er lag mit dem Rücken zu ihr, und seine Augen brannten. Er war ihrer nicht wert. Sie war so hübsch und fein. Noch immer waren ihre Truhen mit Geheimnissen gefüllt; jedes Mal, wenn sie etwas herausnahm und ihm zeigte, vergrößerte sich die Entfernung zwischen ihnen. Noch nie hatte er solche feinen Gegenstände aus Glas oder anderem Material berührt, und er glaubte, er würde sie fallen lassen, und sie würden zerbrechen, wenn er sie in die Hand nähme.

Zweimal hatte er versucht, sie zu berühren. Er hatte ihre Haare gestreichelt. Er hatte sie auf die Stirn geküsst. Und sie war erstarrt, wie in Unwillen. Das war ja auch kein Wunder, dachte er, so hässlich, wie er war, verglichen mit ihr. Aber hatte sie ihn nicht umarmt, nachdem er ihr den Heiratsantrag gemacht hatte, damals auf der Straße?

Ganz lange hatte sie ihn umarmt, das wusste er noch. Aber er hatte sie ja auch hochgehoben, da hatte sie sich ja an ihm festhalten müssen, um nicht zu fallen. Doch hatte sie ihn nicht aufgefordert, ihr einen Antrag zu machen? Das schon, aber da waren sie ja schon verheiratet gewesen. Und der Gedanke tat ihm weh, dass sie sicher nein gesagt hätte, wenn er sie vorher gefragt hätte, noch auf dem Schiff. Und in ihm brannte der Gedanke, dass sie lieber einen anderen gehabt hätte, dass sie Lasse liebte.

Dann kam ein Abend, wo er mit Arbeitskollegen in der Kneipe gesessen hatte und angetrunken nach Hause ging. Er packte ihre Brüste und presste sich unter der Decke an ihr Hinterteil. Sie atmete schnell und ängstlich, hatte er gedacht, als wäre er gefährlich. Und in ihm stiegen Bilder auf, die er nicht brauchte. Die Bilder zeigten einen Mann, den er dazu gebracht hatte zu fallen, in den Schnee, und der Schnee auf Hamarøy war blutrot geworden.

Und deshalb konnte er auch in dieser Nacht nicht das durchführen, was zur Ehe gehörte.

Vielleicht hätte er lieber eine mit roten Haaren, dachte Othilie. Wenn er wenigstens ganz normal mit mir reden könnte, dachte sie auch. Aber das konnte er offenbar nicht. Er war stumm. Er schaute in eine andere Richtung. Und die Tage waren so lang.

Die Vermieterin war mit ihr in die nächstgelegenen Läden an der Hamilton gegangen, sie aßen zweimal pro Tag unten bei ihr, aber falls sie dann noch Hunger bekamen, mussten sie oben bei sich etwas haben. Und die Irin setzte sich für sie ein, und deshalb konnte sie anschreiben lassen, begriff Othilie, bis ihr Mann Lohn erhielt.

Ich kann dir die Haare schneiden, sagte die Frau, bei der Lasse sich eingemietet hatte.
Sie schwenkte eine Schere und zeigte auf sein Haar, damit er sie verstand.
In Red Hook war es Weihnachten geworden. Die Vermieterin hatte Lasse besonders viel heißes Wasser gegeben, damit er sich vor den Festlichkeiten gründlich waschen könnte, sie hatte ihm noch dazu ein Stück Seife und ein neues Handtuch gegeben und ihm saubere Kleidung aufs Bett gelegt, die Sachen stammten wohl noch von ihrem Mann, vermutete er.
Dann saß er in guter Hose und mit nacktem Oberkörper da, und ihm wurden die Haare geschnitten.
Less is more, sagte die Friseurin.
Lasse begriff das nicht sofort. Der Anfang klang wie sein neuer Name. Good morning, Les, sagte die Vermieterin immer. Good night, Les. Had a good day, Les?
Aber das Wort konnte auch »weniger« bedeuten: Weniger ist mehr. Weniger Haare. Jetzt begriff er: Sie meinte, dass er ein fescherer Mann wurde, wenn er sich die Haare schnitt und fein anzog.
Thank you, sagte er.
Welcome, sagte sie.
Sie hatte ihn für den ersten Weihnachtstag zum Essen eingeladen. Er bezahlte zwar für Kost und hatte zu Weihnachten sicher denselben Anspruch auf Essen wie sonst, aber diese Mahlzeit hatte sie feierlich für Lasse und ihren anderen Mieter angekündigt, einen Schweden mit Holzbein.
Am Heiligen Abend dagegen würde Les zu Thilly und John

gehen; die beiden irischen Schwestern würden am 24. Dezember für diese drei nicht zu kochen brauchen, denn die wollten allein essen, auf dem Zimmer. Der Gast traf frisch frisiert und rasiert ein, in sauberen Kleidern und mit einem Schnapskrug unter dem Arm. Othilie hatte auf eine Truhe eine Decke gelegt und Porzellanteller und Kristallgläser daraufgestellt.

Es gab kalten Schinken und kalte Kartoffeln und kalten gekochten Kohl. Aus einem Fässchen in der Ecke wurde Bier in die Gläser geschenkt. Später leerten sie den Krug, den Lasse mitgebracht hatte, aber das half nichts. Denn es hingen Tränen im Raum, und daran war nicht das kalte Essen schuld.

Ist der Zimmermann endlich da?, fragte Kjartan, obwohl er die Antwort schon wusste, denn wenn der Seemann gekommen wäre, hätte Lasse das bereits erzählt.

Nein.

Dann redeten sie eine Weile über Peder Andersen aus Grimstad, der von der *Nixe* hatte ausreißen wollen, den Mann, der von ihnen unbemerkt einen Seesack unter den Deckel ihrer Truhe geschmuggelt hatte.

Hast du den aufgemacht?, fragte Kjartan.

Nein, antwortete Lasse. Der gehört mir nicht.

Was, wenn da seine Papiere liegen, wandte Kjartan ein.

Seine Papiere liegen da ganz sicher, antwortete Lasse. Aber es ändert doch nichts, wenn ich sie ansehe.

Sie hatten dieses Gespräch schon oft geführt. Sie teilten die Sorge um den Mann, der sich vor einer Kapitänspistole gefürchtet hatte, und sie waren sich einig, dass der Inhalt des Seesacks sie nichts anging, und deshalb hätten sie die Repliken auch tauschen können.

Wart ihr schon in der Bank?, fragte dann Lasse.

Nein, antwortete Kjartan.

Othilie wollte ihr Geld auf ein Konto einzahlen, das Geld, das nach einem Bankrott noch übrig war. Sie hatte in Castle Gar-

den nichts gewechselt, als Lasse die Börse des Vogtes geleert hatte.
Da ist es schön, sagte Lasse.
Wo denn?
Bei der Bank in Brooklyn. Die Häuser da, elegant. Breite Straßen mit Pferdebahnen. Und Geschäfte.
Auch das hatte er schon oft erzählt, und jedes Mal hatte Othilie zur Bank gehen wollen, während Kjartan sich taub stellte.
Vielleicht könnten wir so ein Haus kaufen, sagte dann Lasse, und unseren eigenen Laden eröffnen. Einen Laden zur Straße, dahinter das Lager. Und darüber Stube und Schlafkammer.
Ein neues Leuchten kam in Othilies Blick, und sie wollte wissen, was er denn verkaufen wollte.
Fisch, antwortete Lasse. Das Meer hier draußen muss doch voll Fisch sein?
Hast du noch weitere Schätze gefunden?, fragte Kjartan spöttisch.
Sie aßen weiter und tranken. Und Kjartan sah aus wie ein geprügelter Hund, dabei hatte er doch versucht, einen anderen kleinzumachen.
Was ist denn los mit ihm?, fragte Othilie, als die Getränke ein Ende genommen hatten.
Lasse sah sie fragend an.
Das musst du mir doch sagen können, du als sein Bruder, sagte die Frau dann.
Wir sind keine Brüder, sagte ihr Mann. Wir sind Schweinehunde.
Er grinste höhnisch, und seine Zähne sahen größer und gelber aus als früher, fand der Weihnachtsgast.
Keine Brüder? Das seid ihr nicht?, rief die Gattin außer sich. Nein, Lügen über Lügen, ich hab es ja gewusst. Ihr seht euch auch überhaupt nicht ähnlich.
Sei jetzt still, sagte Lasse. Wir sind Freunde. So gesehen, sind wir wie Brüder.

Wir gehen zugrunde, sagte Othilie. Durch seine Seltsamkeit.
Kjartan hatte das Fieber, erinnerte Lasse sie. Alle drei waren krank gewesen, Kjartan aber am ärgsten.
Jetzt geht es ihm wieder gut, meinte die Gattin.
Besser, sagte Lasse. Das schlimmste Fieber kommt und geht, sagen die anderen.
Kjartan erhob sich unsicher, riss seine Jacke an sich und wollte aus dem Haus.
So ist er, sagte seine Frau, einer, der nur geht; wenn er nicht im Bett liegt und in seinen seltsamen Träumen redet. Und hier sitze ich, einsam und allein, ohne einen Menschen.
Lasse griff nach seiner eigenen Jacke und folgte dem anderen. Es schneite jetzt, und die Freunde hinterließen Spuren in dem Weiß. Sie gingen durch die Nacht, zum Brückenkopf gingen sie, zur Brooklyn Bridge. Dort standen sie und waren klein unter dem gewaltigen Bauwerk.
Sin City, sagte Kjartan. Hier gehöre ich hin.
Hey, Johnny Mark! Wir sind hier, nicht dort!
Du weißt nicht alles.
Was zu wissen war, liegt hinter uns!
Ich habe ihn getötet.
Das habe ich verstanden.
Ich habe ihn ermordet. Meinen eigenen Vetter. Und das Messer tropfte in den Schnee …
Ihr habt gekämpft, wie Männer das überall und immer tun. Um Frauen …
Ja!
Der eine hat gewonnen.
Kjartan sah aus, als wolle er sich erbrechen, das tat er aber nicht.
Würdest du für mich singen?
Kjartans Blick war blank vor Schnaps und Fieber.
Lasse sang. Der Raum unter der Brücke gab den Tönen einen eigenen Klang. Der Schnee fiel schräg und legte sich auf ihre

bloßen Häupter. Der Schnee fiel auf den Boden und auf das Wasser, auf den East River, der zwei Städte trennte. Von der anderen hatten sie gehört, ehe sie hergekommen waren.
Ein Stück weiter leuchtete ein Feuer. Lasse sang einen norwegischen Choral über Jesu Trost.
Danach gingen sie zu Stavanger-Larsen und tranken bis zum Umfallen.

Die Arbeiten an der Brooklyn Bridge hat eine Frau geleitet, sagte Othilie.
Unfug, brummte Kjartan.
Aber das stimmt, sagte Othilie. Die Frau hieß Emily.
Sie saßen auf der Treppe vor dem Haus, in dem sie sich eingemietet hatten. Kjartan rauchte, und Othilie beobachtete einen Wasservogel mit langem grauem Schnabel, der zwischen den Häusern umherlief.
Wer hat dir dieses Märchen erzählt?, fragte Kjartan.
Hulda Johansen. Aber es ist kein Märchen.
In Red Hook war jetzt Frühling, und Kjartans Frau hatte eine Freundin gefunden. Die hieß Hulda und war verheiratet mit einem Henry, der in einem Laden arbeitete. Sie war zudem Mutter von zwei kleinen Mädchen namens Susan und Susie. Die vier wohnten zwei Häuser weiter, und Johansens wollten das Ehepaar Mark gern zu einem gemütlichen Plausch und einer Tasse Kaffee treffen. Zweimal hatten sie das nun schon gemacht, und Kjartan fühlte sich verlassen. Die anderen sprachen über Gott und die Welt, während Kjartan sich abmühte, um Worte zu finden.
Was ist los mit dir?, fragte Thilly dann später. Auf dem Schiff damals hast du die ganze Zeit geredet.
Darauf hatte er keine Antwort. Er wusste, dass es stimmte. Zugleich wusste er, dass alles anders war. Es ging darum, als

verheirateter Mann an einem Tisch zu sitzen und Kaffee zu trinken. Was war ein verheirateter Mann? Einer wie sein Vater, der seine Frau mit dem Besen verprügelt hatte. Kjartan hatte kein Recht, Thilly zu schlagen, denn wenn man einen anderen Menschen misshandelte, musste man mit diesem Menschen auch das Gute machen, glaubte er. Er brauchte nur Henry und Hulda anzusehen, um zu wissen, dass er kein verheirateter Mann war, im Grunde nicht. Henry konnte seine Frau in den Arm nehmen und mit ihr scherzen. Und sie konnte mit ihm scherzen und ihm einen Finger in die Seite stechen.

Wenn sie nur etwas Stärkeres getrunken hätten als Kaffee, dann hätte Kjartan vielleicht seine eheliche Misere vergessen und etwas Witziges erzählen können.

Aber Hulda und Henry rührten nichts Starkes an. Sie waren auch nicht fromm. Sie lasen Bücher.

Hulda las Thilly vormittags vor, während die Männer bei der Arbeit waren, und sie übersetzte vom Englischen ins Norwegische, damit die Freundin verstand. Danach redeten sie über das Gelesene und tranken dabei Kaffee.

Erzähl über Emily, bat Othilie, als sie das Ehepaar Johansen das nächste Mal zu Kaffee und Plätzchen eingeladen hatte.

Über wen?, fragte Henry.

Brooklyn Bridge, half Hulda.

Es ging um Emily Warren Roebling, die Frau von Washington Roebling, der gelähmt worden war, nachdem auch sein Vater zuvor verletzt worden war und ihm einige Zehen hatten amputiert werden müssen.

Hm, sagte Kjartan.

Es war John Augustus Roebling …, sagte jetzt Henry.

Der mit den Zehen, warf Othilie ein.

… der die Brücke entworfen hat, sagte Henry. Und als er krank und verletzt war, überließ er die Verantwortung für die Bauarbeiten seinem Sohn.

Der gelähmt wurde, sagte Hulda.
Und der Gelähmte unterrichtete seine Frau mehrere Jahre lang in der Ingenieurskunst; sie war das Bindeglied zwischen ihm und den Arbeitern.
Das war Emily.
Und sie leitete die Arbeiten.
Über eine lange Zeit.
Deshalb durfte sie als Allererste über die Brücke schreiten.
Sogar vor dem Präsidenten.
Ach was, sagte Kjartan.

Die Namen wurden in ihm zu einem Brei. Er wollte sie nicht.
Das ist also der Grund, weshalb die Brücke einstürzen kann, sagte er gehässig.
Einstürzen?, fragte Othilie.
Das sagen sie in den Docks, erklärte Kjartan.
Das sagen viele, sagte Henry.
Wegen Emily?, rief Hulda.
Weil sie so lang ist, sagte Henry.
Noch Kaffee?, fragte Thilly mit zitternder Stimme.

Die Wörter wurden stärker.
Bald stand es in den Zeitungen, dass die Brooklyn Bridge einstürzen und ins Wasser fallen könnte.
Nicht mit diesen Säulen, meinte Lasse.
Wer weiß, sagte Kjartan.
Wenige Tage darauf versuchte der berühmte Zirkusdirektor Barnum, die Ängste der vielen Menschen zu dämpfen. Er schickte seinen Jumbo über die Brücke, an der Spitze einer ganzen Reihe von schweren, trampelnden Elefanten. Und die Brücke trug.
Klar doch, Kjartan hatte das ja gewusst. Trotzdem war er enttäuscht. Etwas in ihm hätte die Elefanten gern ins Meer fallen sehen.

Auf ihren Rücken hätten Menschen sitzen sollen. Hulda und Henry. Und …
Nein!

Und er trank, bis er sich größer fühlte. In einer schwülen Sommernacht konnte er seine Frau umarmen und zwischen ihren Oberschenkeln eindringen. Aber sowie er zum ersten Mal ihre Feuchtigkeit um sein Glied spürte, musste er weinen. Und er sah dort in der Dunkelheit das Gesicht einer anderen vor sich, das Gesicht der Frau, für die er auf Hamarøy getötet hatte, und schluchzend zog er sich heraus.
Mit gesenktem Kopf taumelte er durch das Zimmer, fand seine Stiefel, riss seine dicke Jacke an sich und verschwand.
Sie suchten eine Woche lang, Lasse und Henry und einige andere Schauerleute. Dann gaben sie auf, die anderen, während Lasse allein weitermachte.

Es kam vor, dass der Flüchtling ihn sah oder seine Rufe hörte. Dann versteckte er sich. Kjartan hatte einen verlassenen Schuppen am Gowanuskanal gefunden. Dort verbrachte er die Tage. Nachts wanderte er zu den Bauernhöfen im Süden von Red Hook und den Brooklyner Straßen. Dort stahl er auf den Feldern. Die Hackfrüchte spülte er im stinkenden Kanalwasser ab, und dann sahen sie sauber aus und schmeckten nicht schlecht. Aber sein Fieber stieg. Und manchmal erbrach er sich. Dann blieb er einige Tage liegen, bis er sich besser fühlte. Und stapfte wieder los, unsicher und taumelnd, auf der Jagd nach etwas zu essen.

Er ist nach Norwegen zurückgegangen!, klagte Thilly.
Lasse wusste, dass das nicht sein konnte. Da hatte er sich schon eher nach Texas abgesetzt.
In der ersten Zeit hatte er der verlassenen Frau bei der Miete geholfen. Danach hatte sie abgelehnt – das sei nicht nötig, sie

könne etwas verkaufen. Mit Huldas Hilfe begann sie nun, sich der Erbstücke aus Arendal zu entledigen. Kristallgläser. Die chinesische Lackschatulle. Die silberne Zuckerschale.

Erst später im Herbst kam Lasse auf die Idee, einen Blick in den kleinen Schuppen am Kanal zu werfen. Da lag sein Freund, mager und mit blanken Augen, und zitterte. Er schleppte ihn nach Hause, und die Ehefrau gab ihm heiße Suppe. Sie wusch ihn sauber und zog ihm neue Sachen an, die sie für ihr Vermögen erwarb. Und sie schalt ihn aus und plapperte und weinte, während Kjartan stumm und mit starrem, glänzendem Blick dalag.

Wo er wohl einen Geistlichen finden könne?, fragte Lasse.
Es war Januar geworden, und es war kalt. Wenn sie Säcke schleppten, schwitzten sie am Leib, während ihre Füße blaugelb wurden und von der Kälte betäubt waren.
In der Seemannskirche, sagten die, die er in den Docks fragte.
Es geht um einen Mann in tiefer Not, erklärte Lasse Pastor Hansteen. Wir sind zusammen über das Meer gekommen.
Ein Seemann?
Kein Seemann.
Auch nicht, ehe er hergekommen ist?
Nicht mehr, als dass er mit zwei Rudern umgehen kann. Auf dem Weg von Lødingen war ich für das Segel zuständig, bis wir ein Schiff fanden, das mit Fisch nach Bergen ging.
Ach, Bergen. Ja, da sitzen sie.
Wer denn?
Wenn er kein Seemann ist, dann muss er eine andere Möglichkeit finden, sagte der Pastor.
Ein Mann in Not?
Die Missionsleitung, eben dort in Bergen, die lässt mich

nicht. Unsere Kirche ist für Seeleute. Er kann nach Bath gehen.
Wo ist das?
Bath Beach Junction, ein Stück weiter im Süden. Dort werden Andachten und Sonntagsschule abgehalten.
Der Mann ist krank, sagte Lasse. Er braucht heute Trost!
Liegt er im Sterben?
Das weiß ich nicht. Aber er trägt eine Sünde mit sich herum. Und er hält die Last kaum noch aus. Seine junge Frau geht zugrunde.
Dann kam er doch mit, der junge Pastor.

Lasse ging mit Othilie nach draußen.
Er sei nicht gut genug für mich, sagte die Frau. Das sagt er. Ich dachte, er hätte mich gern.
Er hat dich gern.
Sie seufzte.
Auf dem Schiff hat er dich gemocht. Er hat dich immer wieder angesehen.
Thilly fing an zu weinen. Sie wollte an seine Brust gezogen werden. Er begriff und tat es.

Das Fieber hatte Kjartan abmagern und seine Wangen einfallen lassen, seine roten Haare waren stumpf geworden. Er ging wie die anderen zur Arbeit, manchmal wie benommen, taumelnd unter der Last der Säcke. Doch sein Magen wollte nicht. An manchen Tagen saß er ebenso oft in der Hocke da und leerte sich, wie er Lasten trug.
In Red Hook wüteten Typhus und Cholera. Die Gesunden machten einen Bogen um die Kranken. Niemand forderte sie auf, zu Hause zu bleiben, alle brauchten Geld, vor allem die Verheirateten wie John Kjartan Mark.
Warum hast du den Pastor hergebracht?, brummte er in einem starken Moment seinen Freund an.

Ich dachte, du wolltest sprechen.
Habe ich nicht genug gesprochen?
Ich dachte, er könnte vergeben.
Gott vergibt, sagte Kjartan. Die Geistlichen können das nur, wenn jemand im Sterben liegt. Ich werde leben. Wenn ich gesprochen hätte, hätte er die Polizei geholt. Und dann hätten sie mich auf ein Schiff gezerrt, das nach Hause fährt.
Das glaube ich nicht, sagte Lasse.
Wenn ich gesund bin, werden wir kämpfen, sagte der andere.
Wieso das?
Du brauchst es, dass jemand dich fertigmacht. Wegen deiner Stimme, die du irgendwo gestohlen haben musst. Hat die auch dem Vogt gehört? Lag sie im Ärmel des Wolfsmantels? Oder hast du sie aus der Kirche des Pastors mitgehen lassen, bei dem du gedient hast?

Es kamen heiße Tage in Red Hook, mit Vogelsang und Knospen an Büschen und Bäumen. Der Mann aus Hamarøy fand die Farbe für seine Locken wieder. Er redete davon, Bootsbauer zu werden oder sich Arbeit im Trockendock zu suchen, wo Schiffe repariert wurden. Dann wollte er Schiffer auf dem Gowanuskanal werden, der sich vorbei an Kohlenhaufen und Zuckerraffinerien durch die Landschaft schnitt.
Ein eigenes Haus, sagte er zu Lasse. Auf dem Land, in Richtung der Sonntagsschule in Bath. Weg von Mücken und Salzseesumpf.
Hast du sie jetzt gehabt?, fragte Lasse und freute sich für seinen Freund.
Der andere sah ihn plötzlich voller Hass an.
Am nächsten Tag stürzte er von einem Getreideheber und wurde schwer verletzt. Sein Gejammer klang wie das Winseln eines neugeborenen Hundes, als sie ihn ins Krankenhaus

brachten. Lasse und ein anderer trugen ihn auf zwei Brettern, jeder hielt ein Ende fest, während sie liefen, so schnell sie konnten, und nur an ihre Füße dachten, um nicht zu stolpern. Lasse rannte hinten, da er die Richtung nicht kannte.
Eine Frau mit einem kleinen Hut ließ sie ein. Bald kam eine andere mit der gleichen Kopfbedeckung und ruhiger Autorität in der Stimme. Geh den Arzt holen, Schwester Margrethe. Kjartan war mit dem Oberkörper auf den Boden aufgeschlagen. Seine eine Schulter troff vor Blut, sein Kopf war seltsam verdreht. Lasse blickte die energische Frau flehend an und hoffte auf eine Antwort, während sie seinen Arm streichelte.
Sind Sie sein nächster Verwandter?
Ja. Oder nein. Er hat eine Frau.
Dann finde ich, Sie sollten zu ihr gehen und ihr sagen, was geschehen ist.
Lasse wollte nicht gehen, er wollte bleiben, er wollte sehen, was sie machten, ob sie Kjartans Kopf richtig hindrehen könnten, ob er die Augen öffnete und vielleicht seinen Freund ansah. Aber Schwester Fedde führte die beiden Träger hinaus und dankte ihnen für ihre Mühe. Ihr dürft heute nach Feierabend wiederkommen, wenn ihr wollt. Jetzt muss der Doktor ihn in Ruhe untersuchen können.
Die Schulter war zerschmettert.
Wenn es die Hand wäre, dann könnten wir sie amputieren, erklärte Elisabeth Fedde abends. Auch beim Ellbogen hätten wir amputieren können. Aber nicht bei der Schulter.
Das ist ein zu großer Eingriff, sagte sie. Der Blutverlust wäre zu groß.
Das, was ein tragendes Element gewesen war, was dafür gesorgt hatte, dass der Arm geschwenkt und gehoben werden konnte, sei zu einer Unzahl von Knochensplittern mit scharfen Kanten und Spitzen geworden, die sich ins umliegende Fleisch bohrten, erklärte sie.
Der Arzt hatte etliche entfernt. Auf diese Weise hatte er den

Schmerz gelindert. Aber es war ebenso schlimm, dass noch dazu ein Schädelbruch vorlag.
Sie standen vor dem kleinen Operationssaal in einem mit rotem Plüsch möblierten Aufenthaltsraum. Lasse fuhr mit der Hand über einen Stuhlrücken, so weich wie das Fell eines Katzenjungen, wie der Sessel eines Königs, und während die Krankenschwester redete, wurden ihm die Augenlider schwer.
Also können wir nur warten, sagte die Schwester.
Othilie nickte.
Verstehen Sie mich?, fragte Schwester Fedde.
Warten, wiederholte Othilie.
Und so warteten sie, Lasse und Thilly, im schweren Geruch von Krankheit saßen sie auf Schemeln neben dem vielfach bandagierten Kranken im Bett.
Lasse hatte zuvor noch nie ein Krankenhaus betreten. Dieses in Brooklyn war norwegisch, das begriff er erst bei seinem zweiten Besuch. Alle, die er hier hörte, sprachen Norwegisch, ruhig und freundlich, über Dinge, die passieren würden. Es war also möglich, in einem fremden Land zu sterben, begriff er.
Othilie sah aus wie eine Blume mit dem schönen Spitzenkragen und der über ihrer Stirn wippenden Haube. Ihre Augen waren groß und verängstigt. Ganz allein, dachte Lasse über sie. Dann nickte er ein, dort auf dem Schemel, den Rücken gegen die Wand gelehnt, und er träumte, er selbst sei dort, wo die beiden kleinen Mädchen auf einer Treppe saßen und später applaudierten, im Staub auf die Knie gefallen. Und er hob eine angehende Braut hoch, dort im Traumland. Aber als er sie wieder auf den Boden stellte und ein Stück von sich abhielt, sah er, dass es nicht Othilie war, es war eine in der Tracht der Krankenschwestern, obgleich ihr Lächeln einer Dritten gehörte. Bei diesem Anblick riss er sich aus dem Schlaf, und als er die Augen öffnete, stand Schwester Fedde im Zimmer, und ihr Gesicht leuchtete vor Güte, während sie den Kranken musterte.

Wenn er nicht bei der Arbeit war, saß er zusammen mit dessen Gattin bei seinem Freund. Sie sprachen nicht. Sie warteten. Sie vergaßen das Essen. Schwester Elisabeth sah es und brachte ihnen Huhn und Kartoffeln und Maisbrot.
Was glauben Sie?, fragte sie eines Abends, als Thilly neben dem Patienten in seinem Bett auf dem Boden eingeschlafen war.
Sie haben die Antworten, meinte Lasse.
Meine Antwort ist: ein Tag. Vielleicht weniger. Aber ich meinte, wie es weitergehen soll. Mit *ihr.*
Lasse räusperte sich wie vor einem Satz voller Empfindungen.
Ich weiß, sagte die Diakonisse. Nach der Erlösung, die bevorsteht, wird sie nur noch Sie haben. Aber ich dachte, vielleicht könnte sie anfangen, hier bei uns zu arbeiten. Eine meiner Schülerinnen hat geheiratet und hat uns verlassen …
Sie sagte nichts weiter, jetzt nicht. Schwester Fedde fuhr mit einem kühlen Lappen über Kjartans Stirn. Später reichte sie den Lappen dem Freund, der bei ihm wachte. Er musterte das vertraute Gesicht im flackernden Lampenlicht. Es war das Gesicht eines Mörders. Er hatte es von Anfang an gewusst – als der andere gefragt hatte, ob *er* vielleicht für den vornehmen Mantel gemordet habe. Er hatte dort in Lødingen einen verängstigten und reuigen Mann erlebt, einen, der vor Lensmann und Strafe fliehen musste. Und sie waren ja auch weggekommen, rasch, rasch.
Es war der Mord, der die Schuld daran trug, dass Kjartan hier ohne Bewusstsein im Bett lag, das wusste Lasse. Der Mord hatte sein Gemüt in düstere Täler und unter spitze Berge getrieben, hatte ihn dort beim Getreidesilo ins Nichts greifen und ins Nichts stürzen lassen. Seine Haare waren feucht und schweißnass und klebten unter dem Kopfverband an seiner Stirn. Die Hände lagen längst schon leblos neben ihm. Von Kjartan Bumarken war nur noch die Hülle übrig.
Am nächsten Morgen war er tot.

Und abermals geschah es, dass Lasse in denen, die zuhörten, als er den Mund öffnete und sang, ein anderes Bild von sich schuf. Nicht viele hörten ihn außer dem Pastor, der die Beerdigung vornahm, der jungen Witwe und dem Ehepaar Hulda und Henry Johansen, dazu Thillys Vermieterin, Schwester Fedde und einigen Arbeitskollegen aus den Monaten, in denen Kjartan in den Docks gearbeitet hatte. Der magere Mann mit dem länglichen melancholischen Gesicht unter dem schwarzen Schopf füllte den Raum mit Tönen, die den Zuhörern eine Gänsehaut machten und ihnen das Gefühl gaben, unter dem Himmel und vor der Schöpfung klein zu sein.

Danach wurde in Manhattan und in Brooklyn über den Sänger geredet.
Offenbar wie ein Wunder, sagten Leute, die ihn selbst nicht erlebt hatten. Eine Gottesgabe.
Und bald bezahlte Lasse den Fährpreis über den East River, da feine Leute ihn eingeladen hatten. Er sah sich andere Boote in der Nähe an, er hörte die Möwen schreien, und im Kopf wiederholte er die Wegbeschreibung. Die hatte er von der Diakonisse, Schwester Elisabeth. Er sollte einfach dem Broadway folgen. Er sollte bei einem rotbraunen Steinhaus auf der rechten Seite stehen bleiben. Die irische Vermieterin hatte ihm abermals Haare und Bart gestutzt und ihn verschönert, und sie hatte ihm außerdem Kleider ihres toten Mannes geliehen. So soll das wohl sein, hatte Lasse gedacht. Geschenke, Kleidungsstücke und eine Einladung zu einer vornehmen Gesellschaft.
Bald hatte er sein Ziel erreicht, an Land und auf der Straße. Bald trat er durch eine reichverzierte Tür aus dunkler Eiche mit hellgrünen und rosa Glasflächen am oberen Rand. Bald saß er in einem tiefen kaffeebraunen Sessel und hatte eine Zi-

garre zwischen den Lippen, und von der Zigarre wurde ihm ein wenig schwindlig, aber er konnte doch dem Gespräch folgen und antworten, wenn er etwas gefragt wurde. In der Hand hielt er ein Glas, das einer umgedrehten Glockenblume ähnelte, der Inhalt war golden und süß, zugleich spürte er nach jedem Schluck eine Welle von etwas Schärferem an seinem Gaumen.

Ein dicklicher Mann mit weißer Halsbinde verbreitete sich begeistert über Musikerlebnisse. Er erwähnte einen gewissen Ole Bull.

Ja, von dem haben Sie doch wohl gehört?, fragte er Lasse.

Natürlich hat er das, sagte ein Herr mit funkelnden Brillengläsern.

Ole Bull hatte in Manhattan Konzerte gegeben. Einer der am Tisch Anwesenden hatte seinen Geigenkasten getragen.

Wenn er guter Laune war, hat er sich manchmal Ole Viole genannt, erzählte der Geigenkastenträger.

Das Gespräch wechselte zwischen Norwegisch und Englisch, zwei der Anwesenden waren Amerikaner ohne norwegische Vorfahren. Der neben Lasse sitzende Norweger, der mit der üppigen weißen Halsbinde, flüsterte Übersetzungen und erklärte Zusammenhänge. Später bat der Gastgeber den Hafenarbeiter in den geliehenen Kleidern, aufzustehen und zu singen.

Waren sie nett?, fragte die Irin, als er wieder zu Hause war.

Oh yes.

Wer waren sie denn? Wie hießen sie?

Sie setzte ihm zu, als ob sie ein Recht darauf hätte, als ob sie etwas von ihm besäße, jetzt, wo sie ihm Kleider geliehen hatte. Doch das spielte keine große Rolle – Lasse hatte aus allerlei Gläsern getrunken, sein Gemüt war leicht.

Da war einer namens Reymert, fiel ihm jetzt ein.

Reymert? Was macht der?

Trägt den Geigenkasten von Ole Viole.
What?
Und jemand namens Børs. Er ist Konsul.
Council?
Generalkonsul, vielleicht ist er in der Armee.
The army?
Außerdem waren zwei Geistliche in der Gesellschaft gewesen und ein Chorleiter, der vergessen hatte, seine eine Schnurrbartspitze zu wichsen. Lasse zeichnete sich mit dem Finger diesen Schnurrbart in sein eigenes Gesicht. Mary kicherte. Sie hatte sich näher an ihn herangesetzt. Sie streichelte seinen Arm. And?
One, two, three rich Americans, erzählte er.
Mit Geld, und damit überschütteten sie die, die es brauchten, konnte er mit Mühe erklären.
Like who?
The Norwegian hospital. Zu Ehren Severinis.
Das war ein wirklich großer Sänger, aber Lasse schaffte es nicht, das alles zu erklären.
Severini? Sounds Italian, sagte Mary.
Der Mann hatte eigentlich Severin geheißen. Er war kürzlich verstorben. Diese reichen Leute hatten Severins Gesang geliebt, und nach seinem Tod hatten sie Geld zusammengelegt, zur Erinnerung an den Verstorbenen, und das Geld sollte einer Einrichtung zufallen, die ihm überaus wichtig gewesen war, nämlich das von Diakonisse Elisabeth geleitete Krankenhaus.
Die üppige Mary kam durch das Zimmer. Sie wogt, dachte er, wogt.
Yes?, fragte sie über ihre Schulter. Yes?
Lasse verstummte. Er war müde.
Mary brachte einen Krug Whiskey. Sie hatte Brüste wie Melonen, sah er, gelb unter dem Blusenstoff.
And you could understand these Yankees' words?, fragte sie.

Die Irin hatte ihrem Mieter in stillen Abendstunden Wörter und Aussprache beigebracht. One mouse. Two mice. Look at the moon.
Sie bot sich an. Lasse sah das nicht zum ersten Mal. Aber es war jetzt deutlicher. Er hätte ihre Röcke hochheben können. Ihre Oberschenkel streicheln. In seinem Schritt zuckte es.
Severini, sagte er. Wenn er noch lebte, würde er meine Stimme veredeln.
Ver-e-deln?
Made better. Big. Filled it with power.
Mary berührte sein eines Knie, leicht, gleichsam achtlos. Er nahm ihren Geruch wahr, nach süßem Schweiß, nach Zwiebeln.
Sing for me!, forderte sie ihn auf.
Auch der Chorleiter kann Stimmen veredeln, sagte Lasse.
Sing for me, please, sagte Mary, die Irin.
Lasse radebrechte weiter darüber, was es zu trinken gegeben hatte, über die Gläser, aus denen getrunken worden war, über die Dienstboten, die zum Servieren ins Zimmer gekommen waren. Ihre Oberschenkel, dachte er, und das dazwischen, er könnte es jetzt tun …
I've never heard you sing, sagte sie bittend.
Dann sang er, und er sah, wie sie vor dem grünen Plüsch kleiner wurde. Bald weinte sie. Als er fertig war, leerte er den letzten Rest Whiskey und verließ sie.

Er könnte es lassen, dachte er, das Singen. Dann würden die Frauen groß bleiben. Aber zugleich machte es ihn, für den Moment, glücklich, den Tönen freien Lauf zu lassen. Außerdem gab es eine, die nicht kleiner wurde. Agnes. Sie hatte sich bei der Konfirmation in der Kirche gerade aufgerichtet, das hatte er gespürt, gesehen, dass sie stolz und froh geworden war, und nicht klein.
Dann wurde er gebeten, bei einem Basar zu singen. Der sollte

Geld für das kleine Krankenhaus in Brooklyn einbringen, denn der Fonds der Reichen warf einfach nicht genug ab. Elisabeth Fedde hatte ihm von diesem Fonds erzählt. Außerdem hatte sie die Namen der freigebigen Männer erwähnt, die er getroffen hatte. Sie hießen Rockefeller und Vanderbilt. Dann gab es noch einen mit Anteilen an der Singer-Gesellschaft, die Nähmaschinen herstellte. Und sie sagte etwas, das sie beide zum Lächeln brachte: Glauben Sie, es liegt an der Fabrik, dass diese Singerleute an *a singer* erinnern und ihn unterstützen wollen?

Es war ein warmer Tag mit angenehmem mildem Regen. Sie saßen auf der kleinen Bank vor dem Krankenhaus; die Diakonisse hatte eine Nachricht zu seiner Wirtin bringen lassen, er solle nach Feierabend zu ihr kommen. Auch sie war eine, die bei seinem Gesang nicht weich wurde oder blanke Augen bekam. Darum wurde sie für ihn wichtig, als eine, mit der er reden und auf die er sich verlassen konnte.

Seit Kjartans Tod besuchte er das Krankenhaus immer wieder – um nach der Witwe seines Freundes zu sehen, hatte er gesagt, da Othilie sich Schwester Feddes kleinem Heer angeschlossen hatte, das Krankheit und Schmerz bekämpfen wollte. Aber am liebsten sprach er mit der Krankenhausleiterin, und sie ließ ihn Dinge reparieren oder andere nötige Arbeiten verrichten.

Sie konnte Befehle erteilen wie ein Militärstratege, energisch, knapp, klare Worte ohne Umschweife, die dafür sorgten, dass ihre Untergebenen losstürzten, um kochendes Wasser, Seife, Arzneien und Geräte zu holen. Schwester Fedde lobte außerdem und dankte für gute Arbeit. Sie war stolz und ehrlich. Auch darin erinnerte sie an Agnes.

Agnes, die nicht auftauchte.

Hatte er ihr denn keinen Brief geschrieben und ihr mitgeteilt, wo er war, damit sie nachkommen könnte? Aber was, wenn der Matrose, dem er den Brief mitgegeben hatte, den nicht

weitergereicht hatte? Ach, das hatte er bestimmt, er hatte es doch versprochen. Aber woher sollte Agnes das Geld für die Überfahrt nehmen? Ihr Vater würde ihr nicht helfen, er hatte von Lasse Frühlingsschön doch nichts wissen wollen.
Abends, wenn er im Bett lag, konnte er Agnes' Bild deutlich vor sich sehen. Doch dann verblasste es wie eine vergilbte Fotografie, wie die Bilder von Aron und Sonnentanz, ehe sie gänzlich aus seiner Erinnerung verschwunden waren, als ob auch Agnes der Vergangenheit angehörte, einem Stück seines Lebensgewebes, das hinter ihm lag, so wie die Alten und die Toten.
Hier in Red Hook sah er Elisabeth Fedde. Und die Begegnungen mit ihr erfüllten den jungen Mann mit Sehnsucht und Begehren, und er wusste nicht, wie er dieses Ziehen im Leib stillen sollte, ohne sich zwischen zwei Oberschenkeln zu ergießen. Also ging er geradewegs zu Laila Pretty oder Marte Myk, wenn er bei der Geradlinigen gewesen war, die den Weg des Herrn eingeschlagen hatte, um den Schmerz anderer zu lindern. Denn so machte man es in Red Hook. Die Schar der einsamen Männer wuchs von Woche zu Woche, und die Mühe fraß die Gedanken. Bis das Wochenende kam mit Ruhe und Sehnsucht; dem Trost, der in Kirchgang und Schnapsflasche lag, in der Freude an einem saftigen Handgemenge und bei den Frauen. Die Huren waren so geradlinig wie die Diakonisse. Sie legten keine Fallen aus. Sie quengelten und jammerten nicht wie Mary, die Irin. Sie nannten einen Preis und ließen diesen Preis Monat für Monat gelten. Wenn das Geschäft getätigt war, war Lasse frei und ungebunden, und sein Körper und seine Schritte waren leichter. Die leichten Schritte führten ihn gern an einen Kneipentisch bei Stavanger-Larsen oder den Gebrüdern Schreiber aus Frederikshald. Da saß er dann und grinste und trank mit den anderen, die ebenfalls tranken und grinsten oder prahlten und schimpften.
Dann konnte einige Zeit verstreichen, bis Lasse wieder zu

dem kleinen Krankenhaus ging, mit dem vagen Bild von Agnes im Hinterkopf, zu der Diakonisse, die in milder Freude erstrahlte und ihn zur Arbeit ansetzte. Einmal, als er kam, hatte sie gerade einen großen Korb am Arm, diese Schwester Fedde, und er bot an, sie zu begleiten, da sie offenbar einkaufen wollte und der Korb vielleicht schwer werden würde.
So gingen sie, Lasse mit dem leeren Korb, der an seinen Beinen baumelte. Und die Schwester vertraute ihm an, dass ein Mann aus der Leitung der Seemannskirche zu Hause in Bergen meinte, eine einzige Krankenschwester, die Hausbesuche mache und auf Norwegisch tröstliche Worte sprechen könne, müsse doch ausreichen, damit die Kranken hier in Brooklyn jemandem sagen könnten, wie sehr sie litten.
Lasse hörte sich die sanft anklagenden Worte an.
Wie soll das gehen?, fragte die Diakonisse.
Lasse begriff, dass er darauf nicht antworten musste.
Wenn zwei arme Seelen krank sind, soll ich dann rund um die Uhr von einer zur anderen rennen und beide pflegen? Oder soll ich mich mitten durchschneiden?
Lasse deutete ein Lächeln an.
Und für welches Geld soll ich dafür sorgen, dass sie zumindest nicht an Hunger krepieren während der Zeit, in der sie nicht arbeiten und etwas verdienen können?
Nein, gute Frage, sagte Lasse.
Leicht sei es nicht, sagte Schwester Fedde, ihnen das klarzumachen. Obwohl der Pastor es ja sieht. Aber ohne die Konsulin, Frau Børs, weiß ich wirklich nicht, wie es werden soll. Sie hat bei den Wohlhabenden in Manhattan Geld gesammelt, um das Krankenhaus zu gründen. Und sie hat uns die Möbel geschenkt, die schönen roten Plüschmöbel.
Mit den kleinen Troddeln, fiel es Lasse ein.
Aber es ist nie genug, seufzte Schwester Elisabeth.
Sie öffnete die braune Tür eines Ladens an der Hamilton Avenue.

Hier haben Sie mich wieder, sagte sie.
In Gottes Namen und den Kranken zum Trost, murmelte der Kaufmann hinter dem Tresen.
Guten Tag, sagte Lasse und riss sich die Schirmmütze vom Kopf.
Der Mann nickte und musterte sein Gemüse aus zusammengekniffenen Augen. Er griff nach einigen Kartoffeln und einem Kohlkopf.
So, sagte er.
Wie wäre es mit etwas gesalzenem Fisch?, fragte Schwester Fedde.
Der Händler packte zwei Fischstücke in braunes Papier.
Meinen Lohn bekomme ich dann wohl im Himmel, sagte er mürrisch.
Es waren Geschenke, ging dem staunenden Lasse auf, deshalb war der Mann so schlechtgelaunt. Die Diakonisse hatte wegen seines Gebrumms ein rotes Gesicht, und Lasse wollte schon etwas sagen, doch ein Blick der Frau brachte ihn zum Verstummen. Hier durfte nicht getadelt werden, hier musste man entgegennehmen und danken, begriff er.
Die anderen sind freundlicher, sagte sie, als sie wieder auf der Straße standen, deshalb gehe ich zuerst hierhin.
Dann setzten sie ihren Bettelgang von Laden zu Laden fort, bis der Korb bis an den Rand gefüllt war mit Gemüse und Brot und außerdem Eiern, Fleischstücken und einem alten Huhn sowie dem gesalzenen Fisch und einer Tüte Kaffeebohnen.
Die Kranken essen ja nicht so viel, sagte Schwester Fedde.
Aber das ist sicher gut, meinte Lasse.
Es sollte doch eine Freude sein, geben zu dürfen, sagte die Frau. Aber viele hier sind sehr hart.
Ach ja?, fragte ihr Begleiter.
Wenn nur alle wären wie du, sagte Elisabeth.
Jetzt hatte sie zum ersten Mal du zu ihm gesagt, und nun ging er gleich gerader, als er den schweren Korb weiterschleppte.

In ihm bildete sich das Gelöbnis, dass die Schwester in Zukunft diese Runden nicht mehr allein gehen müsse. Und er besorgte einen Tornister, den er auf dem Rücken tragen konnte, um die Freude der Kaufleute über ihre Freigebigkeit noch zu steigern. Und sie erweiterten ihre Wanderung von der Umgebung der Hamilton Avenue und bewegten sich vom Hafen aus nach Osten und fanden Läden, die von Iren und Deutschen geführt wurden, von Yankees und Juden – zwei Bettelleute im Dienste des Guten.

Auf einer solchen Wanderung fand Lasse eine morsche Reisetruhe. Er sah zwischen zwei Büschen etwas aufleuchten, es war der blanke Beschlag an einer Ecke, der einsam aus dem Boden aufragte. Aber an der Ecke hing noch mehr, und Lasse benutzte Stiefel und Fäuste als Spaten und Hacke. Auf diese Weise kam die ganze Truhe ans Tageslicht, und obwohl sie einmal fest verschlossen gewesen war, hatten Regen und Schnee und die Zeit das Holz weich werden lassen, und es ließ sich mit Tritten öffnen.

Ein Schatz!

Diesmal brauchte Lasse sich nicht nach nackten Vogtshintern umzuschauen. Die Frau, die einst vor einer Reise diese Truhe gepackt hatte, lag längst unter der Erde. War es in Europa gewesen, dass sie einen Handspiegel mit silberner Einfassung eingepackt hatte? Oder hatte sie hier in Brooklyn ein Heim für ein anderes verlassen wollen?

Vielleicht hatte sie zu den Holländern gehört, überlegte Schwester Elisabeth.

Die Spiegelfläche war, wie die Einfassung, trübe. Daneben lag eine Haarbürste, auch sie aus Silber, mit dem Buchstaben A. Ansonsten war die Truhe gefüllt mit Kleidungsstücken, die früher einmal schön und prachtvoll gewesen waren, aber sie waren verdorben und gingen an den Nähten auseinander, denn Würmer und anderes waren hindurchgekrochen und hatten ihre Spuren hinterlassen.

Eine Schatulle, sagte die Diakonisse und zeigte darauf.
Die Schatulle lag ganz unten; sie war aus dunklem Holz mit in den Deckel eingelassenen Steinen. Die Schatulle enthielt Schmuckstücke.
Er könnte sie verkaufen und sich ein tuckerndes Boot zulegen, überlegte Lasse. Er könnte Flussschiffer werden. Er könnte Zucker von den Raffinerien zu den Schiffen in den Docks bringen. Er könnte …
Aber dann nahm das A auf der Rückseite der in Silber gefassten Haarbürste ihn gefangen, und in diesem Moment schien der Buchstabe der Diakonisse zu gehören, als hieße sie Alisabeth. Das machte ihn auf eine gewisse Weise ganz weich, ärgerte ihn aber auch, und er zog seinen Pullover aus und knotete einen Sack daraus. Dann packte er die wertvollen Gegenstände in den Sack. Am Ende löste er die Beschläge von der Truhe. Dann bedeckte er die Reste mit Blättern und Erde. Und als sie wieder im Krankenhaus waren, überließ er alles Schwester Fedde, sogar die Bürste mit dem Buchstaben, ja, gerade die musste sie haben, und er hörte kaum ihre Dankesworte, denn schon war er unterwegs mit seinem erregten Körper, unterwegs zu den Freudenmädchen.

Der Chor traf sich zu den Proben in Manhattan. Vor der Probe für alle war Lasse mit dem Chorleiter allein und ließ sich die Stimme veredeln. Dann trafen die anderen ein, laut und erwartungsvoll, sie waren unterschiedlicher Herkunft, zwei waren Buchhalter, einer war Ingenieur, andere standen hinter Ladentischen, einige wenige arbeiteten in den Docks oder in Fabriken in Brooklyn. Es gab zwei Studenten und einige Geschäftsleute. Sie sprachen schnarrend auf südnorwegische Weise oder wie in Bergen, andere hatten Dialekte aus den Tälern, noch andere redeten wie die Leute in Trøndelag oder

Nordland. Alle waren erschöpft nach einem langen Tag, aber vor dem Chorleiter richteten sie sich noch einmal auf und standen da wie die Ähren.
Lasse wurde bald aus dieser klangvollen Gesellschaft herausgezogen, er musste vortreten und eine eigene, deutliche Stimme singen, um die die anderen kreisen, die sie umschmeicheln oder gegen die sie kämpfen mussten.
Bei einer Probe kam jemand von der Krankenhausleitung. Er blieb lange stehen, hörte mit verklärtem Gesicht zu. Dann legte der Chorleiter eine Pause ein.
Hat man die Noten gelernt?, fragte er.
Sein Blick richtete sich an niemanden im Besonderen, aber Lasse hatte das Gefühl, dass er gefragt wurde, vielleicht, weil er zuletzt dazugestoßen war.
Die Noten. Die Punkte und Striche. Wieso sollte er die lernen? Der Chorleiter sang oder spielte sie vor, und alle erinnerten sich dann an die Tonfolgen.
Es gibt einen Unterschied zwischen einem Ochsen und einem Löwen, sagte ein Tenor, als er und Lasse nach Ende der Probe zusammen davongingen. Der Löwe lernt die Noten. Er lernt Buchführung und Rechnen. Er liest über die neue Zeit, und vielleicht liest er sogar den einen oder anderen Roman. Der Ochse schaut zu Boden und frisst Gras.
Ach.
Nachdem ich die ganzen Noten gelernt hatte, habe ich eine Stelle in einem Blumenladen bekommen, sagte der Tenor zufrieden.
Ich würde lieber einen Frachtkahn fahren, sagte Lasse. Im Wind stehen und Himmel und Meer und fremde Schiffe ansehen.
Viele von uns haben es in Manhattan geschafft, sagte der andere. Als Buchhalter. Als Schiffsmakler …
Sie trennten sich. Der eine musste zur Fähre, der andere wohnte in einer Seitenstraße des Broadway.

Aber es war doch Kjartan gewesen, der sich ein kleines Frachtboot gewünscht hatte, fiel es Lasse ein, als er an Bord der Fähre stand. Was wünschte er selbst sich?

Dann wollten sie ihn dennoch erheben, die Leute, die die Macht besaßen, einen anderen zu erheben, obwohl er die Sprache der Töne nicht erlernt hatte. Das geschah nach dem Weihnachtskonzert. Es war ein Uhrmacher, der anbot, ihm seine Kunst beizubringen, als sei es selbstverständlich, dass jemand, der singen konnte, auch geschickte Finger besaß. Der Mann gehörte zudem einem Gemeinderat an und wollte Lasse als Vorsänger für seine eigene Kirche verpflichten.
Hier wird gespielt und gesungen und gehurt, sagte der Uhrmacher. Hast du das nicht gesehen, Lasse Lazarus? Aber ja, das hast du, du kennst die Verirrten aus dem Hafen und aus deiner Nachbarschaft. Gerade du kannst sie sammeln, mit deiner Stimme. Wenn du voransingst, werden sie folgen …
Dann wollte ein Großhändler von Manhattan in eine der besseren Straßen Brooklyns umziehen; er wollte Lasse als Butler einstellen.
Als Diener, wurde im Saloon der Gebrüder Schreiber aus Frederikshald erklärt.
Wie ein Knecht?
Eher wie eine Hausmagd.
War nicht dein Bruder mal Kammerdiener bei einem reichen Kerl?, wurde der Mann hinter dem Tresen gefragt.
Doch, bestätigte James Schreiber und füllte ein Glas mit einer klaren Flüssigkeit.
Bei wem denn?, fragte jemand anders.
Cleveland, antwortete James und ließ das Glas zu dem Mann hinübergleiten, der es bestellt hatte.
Kein Geringerer als Präsident Cleveland in Washington, erklärte einer der Gäste, die das schon gewusst hatten.
Sind Butler und Kammerdiener dasselbe?, fragte Lasse.

Nö, meinte jemand.
Aber was machen die denn?
Was hat dein Bruder gemacht, James?
Ist zur Hand gegangen.
Knöpfe zugemacht, mutmaßte ein anderer.
Den Topf ausgeleert, meinte ein Dritter.
Whiskey eingeschenkt, sagte ein Vierter.
Er hatte eine schöne Dieneruniform mit roten Streifen an der Hose.
Die kriegst du auch, Lasse, eine eigene Uniform! Dann kannst du sehen, wie sie leben, die Reichen und Feinen, und du kannst von Speis und Trank die Reste probieren!
Scheiß auf das Butlergerede, sagte ein magerer und langnasiger junger Mann. Komm lieber mit mir!
Warum das?
Der Chef braucht einen, der schnell treten kann.
Wo denn?
In einer Werkstatt. Ein Grieche ist gestolpert und hat sich schwer verletzt, jemand muss seine Stelle übernehmen.
Mach das, schlugen andere vor. Da kriegst du mehr, als du jetzt verdienst. Und wer will denn Butler sein und sich das Gefasel der Herrschaft anhören müssen und selbst nur die Klappe halten?

Die Halle war groß, und es war dort kalt und glühend heiß zugleich, je nachdem, wie weit man von den Schmelzöfen entfernt war. Gestalten mit rußigen Gesichtern und weißen funkelnden Augen liefen hin und her oder standen wie hellwache Posten an einer Stelle. Noch andere hüteten Blasebälge und sorgten dafür, dass die Hitze unter den Eisentrögen mit flüssiger, glühender Masse gleichmäßig hoch blieb. Andere schöpften die Masse in Formen in kleineren oder größeren Sandkästen.
Schiffsplatten, erklärte der magere junge Mann mit der langen Nase; er hieß Magn.

Platten für den Rumpf, sagte er.
Andere machen kleinere Dinge, sagte Magn dann und zeigte durch die Halle. Muttern, Trossen, Ketten.
Das Bild des Feuerbreis war in Lasse, wenn er abends auf sein Bett sank. Die glühende Masse gehörte zum Abenteuer. Denn es war schon vorher in ihm gewesen, dieses helle Leuchten.

Der Blick ist die Lockspeise, sagte der Schwede Olof Svantesson, der sich ebenfalls bei der irischen Witwe Mary eingemietet hatte.
Der Köder, verstand Lasse. Der Wurm an der Angel.
Gemeint war Marys Blick, den sie Lasse zuwarf, nicht dem Schweden mit dem Holzbein.
Sie will dich einfangen, meinte Olof.
Lasse gab keine Antwort. Es gab nichts zu sagen.
Noch ist sie schön, aber bald wird sie alt sein, sagte nun der Mann aus Schonen.
Er selbst war noch älter, und Lasse war sofort klar, dass Svantesson die Witwe selbst haben wollte, dann hätte er eine Frau und ein sicheres Leben mit Essen und einem Bett, für das er nicht mehr bezahlen müsste.
Du kennst sie am längsten, sagte Lasse großzügig und bedachte den anderen mit seinem offenen und lichten Lächeln. Ich will niemandem im Weg stehen.
Nicht lügen, schimpfte der Schwede.
Lasse wurde zum Prinzen des glühenden Feuers und der Kraft und der Verwandlung der Masse dort in der Fabrikhalle. Er summte zu den Hammerschlägen, er ließ das Heulen des Metalls, das auf Metall traf, in sich zu Gesang werden, und die Klänge trieben ihn bei der Arbeit weiter, vorwärts, vorwärts, so dass er die Befehle des Vorarbeiters ausführen und Platten mit den richtigen Maßen, den richtigen Formen an Kanten und Ecken herstellen konnte.

That's good, Les, sagte der Boss und haute ihm auf die Schulter. Sing nur, wenn es hilft.
Wie die Baumwollsklaven, grinste einer mit Vorfahren aus Georgia.
Selbst Neger, gab Magn zurück, bei deiner verdreckten Visage.
Lasse hörte sie nicht. Er sang. Er stellte Platten für Schiffe her, die Getreide in die alte Welt bringen sollten.

Erbe oder Freiheit

Anderthalb Jahre zuvor hatte Agnes mit kaltem Herzen in der Kirche von Ankenes gesessen und auf eine Bahre gestarrt. Der Tote war der Mann, den ihr Vater ihr als Verlobten aufgezwungen hatte.

Unbewegt und ohne Tränen sah sie auf den Pastor, der predigte, und auf den Sarg. Arnstein war auf glatten Brettern ausgerutscht und gestürzt. Agnes war nicht schuld daran gewesen. Sie hatte kein Zauberbuch, und sie hatte um kein Unheil gebetet, sie hatte nur um die Freiheit gebetet, zu dem Mann reisen zu können, den sie wollte.

Ich will über das Meer fahren, hatte Agnes gesagt, als Lasses Brief gekommen war.

Der Vater hatte ihre Schultern gepackt und vor ihrem Gesicht vor Wut geschäumt. Die Wörter waren wie halbzerkaute Fleischreste aus seinem Mund gekommen, stinkend, über den Schurken, der sich verdrückt hatte.

Danach war die Tochter in einen tiefen Zustand der Trübnis versunken und hatte, durch Heiratsantrag und Verlobungszeit hindurch, geschwiegen. Kaum ein Wort hatte sie geantwortet, wenn der Vater etwas zu ihr sagte; war es da ein Wunder, dass er sich eine andere Gesprächspartnerin gesucht hatte?

Thomas hatte sich die Stallmagd ausgesucht, eine junge Frau, die sich um Melken und Käsen kümmerte, um Backen und das Schlachtfleisch vor Weihnachten. Im Sommer arbeitete sie bei der Ernte mit und hielt den Rechen gut im Griff, sie hatte schöne braune Augen und einen dunklen Zopf. Sie war so alt wie Agnes und ähnelte ihr noch auf andere Weise, aber die

Unterschiede waren für den Mann wichtiger: Annapia redete und lachte.

Darum erfüllten Agnes' Vater nicht nur Trauer und Ärger, als er bei der Beisetzung des ersehnten Schwiegersohns in der Kirche saß. Er schämte sich, doch außerdem hoffte er und freute sich auch ein wenig. Denn Annapia erwartete etwas Kleines.

Zweimal war Thomas verheiratet gewesen, und beide Male hatte er verloren. Er hatte kein drittes Mal heiraten wollen. Er hatte keine gesehen, die ihm gut genug gefallen hätte. Deshalb hatte er die Verantwortung dafür, wie es weitergehen sollte, seiner Tochter übertragen. Aber der, der sein Schwiegersohn hätte werden sollen, kam doch jetzt unter die Erde.

Konnte Thomas eine Stallmagd heiraten?

Sie kam von armen Leuten in Håkvik. Aber sie war schön und stark, mit gesundem Zahnfleisch und unversehrtem Gebiss, nicht wie seine Vorherige, die kränkelnde Olga.

Agnes hatte es nicht besser verdient, das ging ihm dort in der Kirche auf. So unleidlich, wie sie geworden war. Aber unter seinem Stand zu heiraten und seiner Tochter zugleich das Anerbinnenrecht zu nehmen, das er ihr angeboten hatte, und das, als sie gerade so gut wie Witwe geworden war – was würden die Leute sagen? Die anderen im Dorf glaubten doch sicher, dass Agnes Arnstein gern geheiratet hätte, dachte er, denn bestimmt hatte sie sich mit ihren dummen Reden nie im Ort herumgetrieben.

Sein Gesicht war rot wie vom Suff oder von inneren Anstrengungen. Er hatte nicht getrunken, also musste es das andere sein, dachte Agnes. Die Schande, weil er sich am Gesinde vergriffen hatte. Und die Folgen, die bald für alle Welt zu sehen wären.

Sie hatte von anderen Höfen gehört, wo die Mägde vor die Tür gesetzt wurden, wenn sie ohne Trauung und mit unklaren Vaterschaftsverhältnissen schwanger geworden waren. Und

Annapia hatte ihr so leidgetan. Nicht für einen Moment wäre sie auf die Idee gekommen, dass die Magd den so viel älteren Mann nehmen würde. Schwach, wie er war, nach Ansicht der Tochter, grauhaarig und fast fünfzig.
Aber wenn sie nun doch wollte? Wenn Annapia etwas in ihm sah, das für Töchter unsichtbar blieb? Agnes schauderte es, wie es ihr beim Gedanken an Arnstein von Svenoset geschaudert hatte. Ihr eigener Mann sollte einen offenen Blick und graue Augen haben, er sollte in sich eine Wildheit tragen, die sie zum Zittern brachte, selbst wenn das gewaltige Blau sie trennte.
Sie hatte sich, vorsichtig und gewissermaßen ganz nebenbei, bei anderen erkundigt, die Verwandte in Amerika hatten. Deshalb wusste sie von Weizenbrot und gebratenem Speck, von Indianern und befreiten Sklaven. Und in der Zeitung des Vaters hatte sie einmal einen Aufruf an Auswanderungswillige gesehen; in Trondheim gab es einen Agenten, der sie auf den Weg bringen könnte.
Aber man brauche eine Einladung, hatte es geheißen. Lasses Brief war keine, der war nur ein Lebenszeichen.

Magst du meinen Vater leiden?, fragte sie Annapia.
Die andere saß auf dem Melkschemel und zog am Euter. Kuhschwänze schlugen nach Fliegen, und der Sonnenschein floss durch die offene Tür. Das Geräusch der Milch, die in den Holzeimer spritzte, mischte sich mit dem Stampfen der Kühe draußen und dem erwartungsvollen Miauen eines grauen Kätzchens.
An die braune Kuhseite gewandt, nickte die Magd.
Agnes machte kehrt und ging über den Hofplatz. Im Haus saß der Vater, noch immer mit rotem Gesicht und außerdem nüchtern, als drehten sich seine Gedanken immer wieder im Kreis.
Heirate sie, sagte sie.

Was?
Annapia. Geh morgen zum Pastor, bereue und bitte um Gnade.
Erst jetzt holte Thomas den Bierkrug und schenkte ein. Er bot auch seiner Tochter an.
Eine aus dem Armenhaus von Håkvik?, fragte er leise.
Ein Mensch, dem du nahegetreten bist, erwiderte Agnes. Zu nahe, wird der Pastor meinen. Und da ist es doch besser, mit einem Rest Ehre aus der Sache herauszukommen statt nur mit Schande?
Wenn du meinst, meine Tochter …

So erhielt Agnes eine gleichaltrige Stiefmutter. So hatte sie das Gefühl, ohne sich zu schämen, in den Zeitungen nach Nachrichten aus Amerika suchen zu dürfen.
Ich habe drüben einen Onkel, sagte Annapia wie nebenbei.
Ach was?
Sein Bruder hat ihn losgeschickt, ein Seemann, der sich ein wenig umgesehen hatte. Der andere kannte ja nur den Armeleutegeruch in Vindskaret.
Sieh an?
Doch. Und sie haben verkauft und Geld geliehen und sind auf die andere Seite gelangt. Der Mann und die Frau und sechs Kleine. Später sind wohl noch welche dazugekommen.
In New York?
Da sind sie an Land gegangen. Danach ging es weiter, nach Little Norway.
Ach.
Jetzt ist er Witwer.
Ach?
Er hat seine Frau und zwei Kinder verloren, ich glaube, die ältesten. An einer Krankheit.
Wie traurig.
Das hat er geschrieben.

Agnes' rechte Hand flog wie von selbst zu ihrer Brust, wo sie Lasses Brief verbarg.
Doch, sagte Annapia. Erst kürzlich hat Mutter einen Brief bekommen. Darin bat er um Hilfe. Er wünscht sich eine junge Frau, die so mit den Kindern sprechen kann, dass die es verstehen. Keine Fremde, eine vom Fjord hier.
Ach?
Wieder reiste ein Brief über das Meer, und Agnes und ihre Stiefmutter teilten ein Geheimnis. Dann verging die Zeit, während sie auf Antwort warteten. Und Agnes' Vater bekam einen Sohn mit kräftiger Stimme und starken kleinen Gliedern, ehe Agnes ihr Vorhaben offenbarte. Thomas nickte zerstreut und lachte den Säugling an, als wäre seine Tochter bereits fort.

Ihr Zuhause wurde in ihr kleiner und grauer, je weiter sie sich davon entfernte; vor ihr lagen Licht und Glück. Agnes hatte nur die Reisetruhe, erst auf einem kleinen Boot, dann auf einem größeren. Das dritte war das größte, und sie fühlte sich stolz und frei, während der Wind an ihren Haaren riss und Himmel und Meer in eins verschwammen.
Ihr Gepäck war ihre Brauttruhe, und die enthielt Decken und Laken und Kissenbezüge, die sie in ihrer Verlobungszeit genäht hatte. Sie hatte keinen Namen eingestickt, da sie nicht den hatte nehmen können, den sie wollte, und da sie es nicht über sich gebracht hatte, einen anderen zu schreiben. Es gab außerdem Wäsche und Jacken, Kleider und eine schöne Pelzjacke, die ihr Vater ihr geschenkt hatte. Ganz unten lag Schuhwerk und ganz oben köstlicher Reiseproviant, den Annapia für sie zubereitet hatte.
Lasse!, rief es in Agnes. Hier komme ich.
Obwohl sie zu einem anderen unterwegs war, zu einem Frem-

den in Dienst. An einen Ort namens Little Norway, erzählte sie, als eine Mitreisende fragte.
An Deck saßen im Windschutz einige Frauen, eine mit einem kleinen Kind, dem sie ein Seil um den Bauch gebunden hatte, damit es nicht ins Wasser fallen könnte. Die Mutter des Kleinen hatte Agnes nach ihrem Reiseziel gefragt.
Da wohnen angeblich viele Norweger, sagte sie jetzt. Liegt das in Wisconsin?
Nein, ist das nicht in Iowa?, fragte eine, die ein Stück weiter saß, eine magere Frau mit vorstehenden Zähnen.
Little Norway liegt in Minnesota, behauptete ein Mann mit grauweißem Leinenhut und langen braunen Handschuhen. Er hatte ihnen den Rücken gekehrt und aufs Meer geblickt, fuhr nun aber herum.
Da bin ich sicher, erklärte er energisch, denn ich kenne eine Familie aus Folldal, die dort lebt.
Seine Worte erfüllten Agnes mit Freude, da sie offenbar an einen Ort kommen würde, wo es von Leuten von zu Hause nur so wimmelte. Es war ihr egal, was sonst noch in der Nähe lag, sie würde am Hafen von einem Bekannten erwartet und weiterbegleitet werden.
Wenn sie nicht lieber mit nach Zion kommen will?, bot eine ältere Frau mit sanftem braunem Blick und teigigem Doppelkinn an.
Agnes begriff nicht.
Die ältere Frau nahm ihre Hand und fing langsam und umständlich an, sie nach ihrem Glauben zu fragen.
Agnes war konfirmiert. Sie ging gern zur Kirche und sprach ihr Abendgebet. Was gab es sonst noch zu sagen?
Ob sie nicht wisse, dass es allerlei Arten des Glaubens gab?, fragte die andere und fuhr Agnes immer wieder über den Handrücken. Es gab Quäker und Haugianer, und es gab Mormonen.
Und Laestadianer, fiel es Agnes ein.

Also muss man die wahre Lehre wählen, sagte die Frau, jetzt erregter und weniger sanftmütig.
Ich mag den Pastor zu Hause, antwortete Agnes.
Einen Geistlichen der Staatskirche?
Das ist er wohl.
Mit so wenig soll man sich nicht zufriedengeben, sagte die Erweckte und schüttelte so heftig den Kopf, dass das Doppelkinn nur so zitterte. Die Pastoren der Staatskirche predigen auf die alte trockene Weise. Aber es gibt jetzt noch etwas, etwas Weiterführendes und Neues. Etwas, das die Herzen jubeln lässt. Es heißt das Buch Mormon. Gott hat es uns gegeben, so, wie Er Moses die Gebote auf Steintafeln gegeben hat.
Die Frau hieß Minda Karoliussen und war mit ihrer Tochter und ihrem Schwager in das gelobte Land unterwegs, wo die Menschen glauben konnten, was sie wollten, erklärte sie.
Komm mit uns zur Freiheit in Salt Lake City, forderte sie Agnes auf.
Agnes bat um Entschuldigung – sie wollte nicht nach Salt Lake City –, aber die Aufdringlichkeit der Frau blieb tagelang ungebrochen. Sie setzte sich ungebeten auf Agnes' Bettkante, sie drängte sich hinter sie in die Schlange vor der Essensausgabe, sie packte ihren Arm und streichelte ihre Wange.
Es ist zu deinem Besten, mein Kind, sagte sie. Es geht um deine Erlösung.
Am Ende griff eine andere Frau ein und holte Agnes in eine Familiengemeinschaft, wo weniger über Gott gesprochen wurde; stattdessen teilten sie englische Wörter, um auf die neue Welt vorbereitet zu sein. Sie fanden die Vokabeln in einem Heft namens »Der Kleine Amerikaner«. Das Heft war in allerlei Themenbereiche eingeteilt, mit Wörtern und Sätzen und dazu Auskünften darüber, wie die Wörter ausgesprochen wurden. Ein Kapitel handelte vom Kochen. Da stand, dass Holz »wood« hieß und *uudd* ausgesprochen werden sollte. Feuermachen hieß »to make fire« und wurde ausgesprochen

wie *tu mehk faier.* Ein Feuerzeug hieß »a tinder box« und eine Pfanne »a pan«. Ein Kesselhaken hieß »a pot hanger«, und ein Trichter wurde »funnel« genannt. An ganzen Sätzen konnte man unter anderem lernen: Wie viel müssen wir für ein Pferd bezahlen? Ich möchte lieber mit der Post reisen. Ich habe nur einen kleinen Friessack. Ist dieser Platz noch frei?
Es waren muntere Menschen, die trotz der Mühen lachten, und wieder fühlte Agnes sich an Bord wohl.

Trost und Hilfe in der Wildnis

Sie hatte nicht begriffen, wie groß es war und wie viele Menschen es in Amerika gab.

Die Begegnung mit Castle Garden war erschütternd. Endlich war sie in New York angekommen, und von dort aus hatte Lasse ihr geschrieben, *dann weißt du, wo ich zu finden bin.* Aber was hatte sie eigentlich erwartet? Eine kleine Bucht mit einigen Bootsschuppen und zwei Häusern am Hang, zu denen sie gehen und seinen Namen rufen könnte?

Name?

Agnes. Agnes Bøstrand.

Travelling alone, Miss Bertrand?

Der Vertreter der Obrigkeit erinnerte sie an den Schlachter, der im Herbst immer zu ihnen gekommen war, er war ebenso groß und breit und mürrisch wie der, der am Schleifstein gestanden und Messer geschliffen hatte.

Travelling, yes, she was travelling. No husband?

No, aber sie hatte eine Einladung, sie hatte einen Brief von einem Mann in Amerika, sie sollte seine Kinder hüten!

Agnes holte den Brief heraus und bot ihn an, und dabei redete sie weiter, abgehackt und atemlos, vor allem Norwegisch und ein wenig Englisch, über den Nordländer aus Håkvik, der ihr Geld für die Überfahrt geschickt hatte.

Father's wife, sagte sie. Wife's uncle. There!

Sie zeigte auf den Namen des Absenders.

Jemand wird mich abholen, sagte sie dann. Find me. Here. Bring me. To Little Norway.

That's fine. Listen, Miss. Just follow that line. That line. Welcome to America.

Um sie herum herrschten Chaos und Bewegung, Geschrei und Gezeter. Fremde Menschen stießen sie an, drängten sich an ihr vorbei, sie wäre fast gefallen, und dann wäre sie von der Menge zertreten worden, in dieser riesigen Halle könnte sie ertrinken! Aber dann hörte sie ihren Namen, ein magerer junger Mann hatte ihn gerufen, und sie kämpfte sich zum Besitzer der Stimme durch; wie ein heimatlicher kleiner Hofbaum in einem fremden Land stand er da mit dem Hut in der Hand und einem üppigen gelben Schopf. Sie hätte ihn umarmen mögen. Das Weinen steckte ihr noch im Hals, als sie draußen standen und ihr Gepäck gefunden hatten, und sie nickte in glücklicher Erleichterung, als er etwas sagte, auch wenn sie im Lärm nichts verstanden hatte.

Er ließ sich von einem Fremden beim Tragen helfen, und die beiden Männer gingen hintereinanderher und schleppten. Der junge mit den buttergelben Haaren vorweg, die Haare waren jetzt allerdings vom Hut bedeckt. Mit festen Schritten lief er voran, ohne Zweifel an Weg und Ziel, Agnes brauchte nur hinterherzugehen und ihn im Auge zu behalten. Es ging weiter zu einer Plattform, einem Bahnsteig neben Gleisen und Zügen, wo die beiden Männer ihre Truhe in einen Waggon wuchteten. Danach wurde dem Helfer eine Münze in die Hand gedrückt, auch das eine Handlung von einer Selbstsicherheit, an die Agnes sich in Gedanken anlehnen konnte.

Der junge Mann half ihr beim Einsteigen. Wirklich, ein Zug! Sie würde vom Eisenross gezogen werden! Von einer Lokomotive! Die ihr Vater so ungeheuer gern erlebt hätte!

Statt von einer Bucht zur anderen zu rudern, dachte sie. Statt Pferd und Schlitten oder Pferd und Wagen. Sie dachte auch an die Truhe; die würden sie jetzt nicht von New York nach Little Norway an einem Seil hinter sich herziehen müssen.

Aber wo war Lasse? Er hätte sie hochheben und jubeln müssen!

So hatte sie sich das vorgestellt: dass er an Land stand und auf

sie wartete. Wie wenn die Fischerboote von der Lofotfischerei zurückkehrten – wer zuerst ein Segel oder einen Mast sah, verständigte die anderen, rief von Hof zu Hof: Da kommen sie!
Aber so war es nicht. Alles war ein Gewimmel, ein Wirrwarr, in Amerika ließ sich keine Übersicht gewinnen. Und Agnes wurde es schwindlig.
In diesem Moment setzte der Zug sich in Bewegung.
Aber so weit war sie doch noch nicht! Sie musste Lasse suchen, musste ihm klarmachen, dass sie gekommen war!
Redhuck!, rief sie.
Der magere junge Mann sah sie verständnislos an.
Er hieß Bodvar und war in Vardø geboren. Er war groß und dünn und sommersprossig, und er war Nachbar des Witwers August mit den vielen Kindern. Er hatte in St. Paul zu tun gehabt und sich zu der längeren Reise überreden lassen, um ein Dienstmädchen abzuholen.
Redhuck, wiederholte Agnes verzweifelt. Sind wir da an Land gekommen?
Ich weiß nicht, sagte Bodvar freundlich. Ich habe diesen Namen noch nie gehört.
Der Zug fuhr. Der Waggon war von Reisenden überfüllt. Einige saßen auf ihren Truhen, andere auf dem Boden, und diese bunt zusammengewürfelte Versammlung verursachte einen seltsamen Geruch von Schmutz und Essen, von feuchtem Fell und Krankheit. Agnes merkte das nicht in ihrer Verzweiflung. Sie saß willenlos auf der Holzbank. Sie war bestellt und bezahlt worden, sie war in einem Waggon gefangen, vor der Tür saßen Reisende, die ihr den Weg versperren würden, wenn sie versuchte, auszusteigen. Und was hätte sie dort draußen machen sollen? Mittellos und allein?
Nüjork und Redhuck, hatte Lasse geschrieben, als sei das ein und dasselbe. Aber vielleicht war das doch nicht der Fall? Sie hatte dieses Wort vor der freundlichen Familie erwähnt, die

ihr englische Wörter beigebracht hatte. Und sie hatte noch andere Reisende an Bord gefragt. Niemand hatte je davon gehört. Als sei Redhuck nur der Name eines Ankerplatzes und einer Kaje. Aber sie hatte nicht weitergefragt. Sie hätte sich bei der Mannschaft erkundigen müssen! Und bei dem riesigen Mann in der Ankunftshalle!
War Lasse wohl weitergereist, überlegte sie dann, zu den vielen Norwegern in Little Norway?
Bei diesem Gedanken ging ihr Atem schneller.
St. Paul, hörte sie Bodvar sagen. Das ist eine schöne Stadt. Die liegt am Mississippi.
Ach, sagte Agnes.
Der Mississippi ist ein Fluss, erklärte er ihr. Nicht der, an dem wir gerade entlangfahren, sondern ein anderer, breiterer. Möchtest du ein Stück Kuchenfladen?
Das schmeckte gut.
Kennst du Lasse?, fragte Agnes.
Was für einen Lasse?, fragte Bodvar zurück.
Lazarus Aronsen aus Ofoten, sagte Agnes.
Nö, sagte Bodvar.
Wieder verlor sie den Mut.
Bahnfahren find ich toll, sagte Bodvar.
Für Agnes war der Zug ein Übel geworden, etwas, das zeigte, wie unwissend sie gewesen war, als sie ihr Zuhause verlassen hatte. Sie hatte sich vorgestellt, dass sie einige Jahre für den Witwer arbeiten und das Geld für das spätere Leben sparen würde und dass Lasse bei anderen in der Nähe arbeiten würde, und dann könnten sie sich in der Kirche und auf Festen und vielleicht auch zwischendurch einmal sehen.
Falsch, falsch, falsch, rief der Zug auf den Schienen. Du hast dich so geirrt, du hast dich so geirrt. Du bist so dumm, du bist so dumm.
Hudson, sagte Bodvar.
Agnes schloss die Augen. Sie wollte den schönen Hudson

nicht sehen, wollte die grünen Hügel am anderen Ufer nicht sehen.
Bodvar gab das Gespräch auf, er nahm an, dass sie müde sei. Bald versanken beide in einem Dämmerschlaf, während sie nordwärts nach Albany gebracht wurden. Dort würden sie in einem billigen Logierhaus mit mehreren Fremden in einem Zimmer übernachten. Am nächsten Morgen ging die Reise weiter nach Westen.
Agnes schloss die Augen. Sie wollte die Tiere nicht sehen, die Bodvar zwischen den Bäumen entdeckte, wollte die kleinen glitzernden Seen nicht sehen. Sie wollte nichts von diesem Amerika wissen, sie wollte nach Hause. Bald versanken beide nach dieser seltsamen schlaflosen Nacht in einem neuen Dämmerschlaf. Nur die Veränderungen im Rhythmus des Zuges ließen sie die Augen öffnen – wenn sie an einem Bahnhof hielten, wenn sie einen Fluss überquerten und auf Fähren mit Schienen an Deck fuhren. Einmal konnte man während der Überfahrt unter Deck gehen und essen. Agnes schaffte das nicht, sie hatte keinen Hunger. Also ging Bodvar allein. Agnes blieb sitzen und hätte so gern geweint. Bald legte sich auch das, und sie hatte das Gefühl, kleiner zu werden und kleiner.
In St. Paul am Mississippi mussten sie umsteigen. Agnes stellte keine Fragen, sie trottete nur hinter Bodvar her, der ihre Truhe schleppte, während er in der Hitze schwitzte.
Das letzte Stück gingen sie zu Fuß.
Er freut sich, sagte Bodvar bei einer Ruhepause.
Agnes gab keine Antwort.
Er hat gehofft, dass du hübsch bist, sagte Bodvar.
Agnes schaute nach unten, auf ihre Füße und den Boden darunter. Sie ahnte die Kargheit der Landschaft, die sie umgab, hatte aber keine Kraft, den Blick zu heben.
Wenn du mehr lächelst, bist du das, sagte Bodvar. Sehr hübsch, glaube ich. Er braucht außerdem etwas Lebhaftes, um über seinen Verlust hinwegzukommen.

Sie gingen den ganzen Tag lang weiter. Agnes bekam Blasen in ihren Reisestiefeln, klagte aber nicht. Sie waren an einer Handvoll Bauernhöfe vorbeigekommen, an mehr nicht. Aber Bodvar hatte zwei Gabelböcke gesehen. Agnes hatte keine Kraft gehabt, den Kopf zu heben, um seinem Blick zu folgen.
Wir nähern uns, sagte er, als es zu dämmern begann.
Es war dunkel, als sie ankamen.
Sie erreichten eine Blockhütte mit nur einem Raum. Es gab eine Feuerstelle, eine Bank und ein Bett. Hinter dem Schornstein unter der Decke gab es einen Hängeboden, auf dem vier der Kinder schliefen. Die beiden anderen lagen im Bett, und als sie Stimmen hörten, wimmerten sie im Schlaf. Der Witwer war klein und dunkel, mit einer breiten, behaarten Faust, die sich um Agnes' Hand schloss, als er sie willkommen hieß. Sie schaffte es, eine Antwort zu murmeln.

Ich besitze Land, soweit das Auge reicht, prahlte er am nächsten Morgen.
Um dir Fremde vom Leib zu halten, dachte sie.
Die Kinder standen um sie herum, schmutzig und hungrig, in Lumpen gekleidet.
Du musst mit ihnen sprechen, damit sie die richtige Sprache lernen, sagte August. Alle anderen hier kommen aus Møre.
Sie waren in Dakota. So genannt nach den Roten, Wilden. Nur der Hof mit der schiefen kleinen Blockhütte trug den Namen, den er nach Hause geschrieben hatte. Little Norway.
Das bedeutet Klein Norwegen, erklärte August.
Ich hatte auch an Neu-Vindskaret oder Klein Ofoten gedacht, fügte er hinzu. Aber hier gibt es ja keine Felsscharten. Und keinen Fjord.
Aber Wasser?, fragte Agnes mutlos.
Ich habe einen Brunnen.
Sie brauchten eine Weile für den Weg zum Brunnen, aber immerhin lag der auf Augusts riesigem Landbesitz, und noch

war es unmöglich, die Höfe der Leute aus Møre anders zu sehen denn als winzige Punkte in der Ferne. Die beiden ältesten Jungen zogen die Wassereimer hoch und trugen sie nach Hause. Erst jetzt konnte Agnes für alle Brei kochen.

Es war Hochsommer und heiß. Hinter dem Haus gab es ein Weizenfeld. Und es gab einen Pferch, in dem zwei Stiere grasten. Kühe gab es nicht, nur ein schnaufendes Schwein. Außer Weizen gab es Mais und Möhren, Kohl und ein kleines Roggenfeld.

Während der Mahlzeit musterten die Kinder Agnes verstohlen. Sie hatten keine Manieren und schlangen wie Tiere, mit den Händen im Brei.

Wir haben nur zwei Löffel, sagte der Mann.

Er hatte Agnes den anderen gegeben.

Er machte etwas mit ihr, der Anblick dieser unvergleichlichen Not. Sie wuchs jetzt wieder zu der Frau, die sie war, zu einer mit dem Willen, etwas zu erreichen.

Sie machte sauber. Sie wusch die Kinder und die Lumpen, die an ihnen hingen. Seltsamerweise gab es im Haus keine Läuse. Sie brachte außerdem August dazu, sich zu waschen und das Bett frisch zu beziehen. Darüber legte sie ihre weiße Brautdecke.

Wie hieß er?, fragte der Mann.

Wer?

Der dein Laken hätte einweihen sollen. Der, der gestorben ist. Annapia hat geschrieben …

Ach, der, murmelte Agnes. Der hieß Arnstein.

So ist es, sagte August resigniert. Die einen sterben, wir anderen müssen uns nach besten Kräften trösten.

Sie schliefen mit zwei Kindern zwischen sich auf ihrem Laken. Die Kleinen waren anderthalb und drei Jahre alt, zwei Mädchen namens Minda und Kristine. Die vier auf dem Hängeboden waren Jungen, zwischen zehn und fünf Jahre alt. Der Vater nannte sie nur »Junge«: Geh Holz holen, Junge, halt den Mund, Junge!

Agnes fragte sich, woher der Mann das Geld für ihre Überfahrt genommen hatte. Er hatte es geliehen, erfuhr sie nun, wie er sich außerdem Geld für Saatgetreide und Mehl, für Werkzeug und anderes hatte leihen müssen, das er brauchte. Aber der Weizen stand gut, und im nächsten Jahr würde er die Ackerfläche verdoppeln!
Sie arbeiteten hart im ganzen Sommer, der Vater trieb die Söhne an, Agnes und die Mädchen jäteten. Außerdem nahm sie ihre mitgebrachte Kleidung und nähte daraus Kleider für Minda und Kristine und Hosen und Hemden für die Jungen. Diese Fürsorge machte sie alle schöner. Sie zog den Vater und die vielen Kinder empor, so empfand Agnes das, vom Boden hoch ins Licht, als ob sie bisher wie Würmer im Dreck gekrochen wären. Und sie zog sie in gewisser Weise nach unten, als ob sie zuvor über ihren Kopf geflattert wären wie wilde Vögel, mit zum Zuschlagen bereiten Krallen. Die Kleider und die Sauberkeit gaben ihnen Blicke, die den von Agnes erwiderten, und es kam vor, dass sie lächelten, zaghaft und verwirrt, für einen kurzen Moment.
Im Spätherbst und im Winter, als die Ernte eingeholt und gedroschen und den weiten Weg weggebracht und verkauft worden und als die Wintersaat in der Erde war, hielt Agnes für die Kleinen Schule. Der Mann hörte zu und schnitzte Löffel, damit jedes einen eigenen bekäme.
Draußen heulte der Wind.
Agnes brachte den Kindern die Buchstaben bei, indem sie mit einem Stöckchen im Ruß auf der Herdplatte schrieb. Später schrieben sie ganze Wörter. Und sie brachte ihnen Rechnen bei. Eines Tages übersetzte sie dann ein Wort ins Englische.
Bird, sagte sie, denn das hatte sie auf dem Schiff gelernt.
Wozu soll das gut sein?, brummte August.
Wir sind doch in Amerika, sagte Agnes.
Wir sind *hier,* sagte der Mann. Hier sind nur wir!

Aber wenn ihr zum Markt fahrt?
Wir machen das bei einem Mann aus Trondheim in Fargo, sagte August. Wir brauchen kein Englisch! Lehre sie lieber die Schrift. Wir wollen in keinen Senat!
Senat? Was mochte das sein?
Agnes fragte ihn nicht mit Worten, nur mit den Augen. Und später am Tag gab der Mann dann Antwort.
Senat ist für Trottel, erklärte er. Das ist für Leute, die sich großtun, die sich für besser halten als wir andere.
Wer glaubt denn das?
Knute Nelson.
Und was ist das für einer?
Ein Trottel.

Es gab eine Bibel in der Blockhütte und ein Gebetbuch. So saßen sie in der kalten Jahreszeit da und lasen abwechselnd vor, im trüben Licht der Feuerstelle. Draußen türmte sich der Schnee auf.
Erst gegen Pfingsten griff August nach Agnes. Sie hatten gepflügt und geeggt und gesät. Die Familie hatte ihre eigene kleine Andacht abgehalten und für die Auferstehung gebetet und dem Heiligen Geist gedankt, dafür, dass die Ernte im Boden war und das Wetter gut und dass sie gottesfürchtige Norweger und bei guter Gesundheit waren; der Mann im Haus hatte die Gebete vorgesprochen, und seine Stimme war in den Monaten, seit Agnes gekommen war, an Autorität gewachsen. Am Abend vor Pfingsten hatten sie zudem gut und reichlich gegessen, August hatte einen Gabelbock erlegt.
Es passierte beim Schuppen. Ohne Vorwarnung packte er sie von hinten und presste sich an sie. Agnes riss sich entsetzt und wütend los: Was er sich denn einbildete!
Aber, aber, mein Mädel, schmeichelte er. Keine Angst haben, nicht böse sein.
Ihr fehlten die Worte.

So muss es doch sein, sagte er dann. Du bist Witwe, und ich bin Witwer – haben wir nicht lange genug getrauert?
Ich bin keine Witwe, sagte Agnes.
Aber so gut wie, das bist du, meinte der Mann.
Ich bin hergekommen, um mich um deine Kinder zu kümmern, sagte Agnes.
Und das machst du hervorragend, schmeichelte August.
Das muss aber auch reichen, meinte die Frau.
Aber, aber, säuselte er. Ich bin doch nicht gefährlich, glaub mir. Aber ich bin auch nur ein Mann, und wie lange soll ich es wohl aushalten können, das Bett mit einer Frau zu teilen, ohne sie anfassen zu dürfen?
Er zitterte am ganzen Leib. Er war lüstern und geil, er fiel nur mit Mühe nicht über sie her, das wusste Agnes. Sie drehte sich um und stürzte zu den Kindern ins Haus.
Er blieb lange draußen. Als er endlich kam, schliefen die Kleinen alle. Und er legte sich brav auf die andere Seite der Sperre, die aus Minda und Kristine bestand. Bald hörte sie sein Schnarchen. Sie stand ganz leise auf. Vor dem Schlafengehen hatte sie ein Bündel mit ihren Habseligkeiten geschnürt, die noch in der Truhe gelegen hatten. Im Mondlicht machte sie sich auf, in die Richtung, aus der sie neun Monate zuvor gekommen war.

Wir hatten dich für eine Bestellbraut gehalten.
Agnes saß im Haus eines Schmieds und seiner Frau, die Wände waren blau, es tat gut, den Blick daran ruhen zu lassen. Es war mitten am Arbeitstag, und der Schmied trug eine Lederschürze. Er war der Erste, den sie unter einem Schild mit einem norwegisch klingenden Namen gesehen hatte, deshalb hatte sie ihn angesprochen, und er war mit ihr zu seiner Frau gegangen.

Das ist die von Hansen, hatte der Schmied erklärt. August Hansen mit den vielen Kindern. Sie ist die ganze Nacht gelaufen, sagt sie. Mit allem, was sie hat.
Wir hatten dich für eine Bestellbraut gehalten, sagte die Frau, nachdem sie guten Kaffee und Brot mit Butter und Schinken serviert hatte.
Eine was?
Eine, um die geschickt worden ist. Eine Braut, die man noch nie gesehen hat, die man aus Einsamkeit und Not nimmt.
Ja, die Not war groß, murmelte Agnes. Aber ich war da draußen im Nichts keine Braut und bin auch keine geworden.
Da bist du wohl deshalb durch die Nacht gegangen, vermutete die Frau. Weil er das anders gesehen hat.
Wenn es von Anfang an so gewesen wäre, wäre sie sicher früher gekommen, sagte der Mann einsichtig.
Wir haben über dich gesprochen, sagte die Frau des Schmieds.
Agnes schüttelte hilflos den Kopf. Sie war den Tränen nahe. Denn sogar Bestellbräute müssen auf anständige Weise getraut werden, und hier war das nicht geschehen.
Eine Unsitte, meinte die Hausherrin, sich eine Frau zu bestellen.
Eine Unsitte, ja, wiederholte der Mann, arme Mädchen holen zu lassen, die ins Unglück geraten sind.
Doch, doch, sagte die Frau und fügte hinzu: Iss jetzt.
Sie war so mager und schmal, wie der Mann groß und breit war. Die Haut spannte sich um ihren Schädel, während das Gesicht ihres Mannes unter der ergrauenden Mähne fleischig war.

Alle haben eine Geschichte, hieß es.
Agnes lag auf einem Diwan, sie hatte sich ein wenig ausruhen dürfen, jetzt dämmerte es draußen, und der Gedanke war wie Honig, dass sie an einem Ort mit Glasfenstern und nicht nur einer undichten Wand war, so dass sie den Tag von der Nacht unterscheiden konnte, ohne die Tür öffnen zu müssen.

Wirkt sie ehrlich und anständig?
Das fragte eine unbekannte Männerstimme, sie klang freundlich und warm.
Na ja, meinte der Schmied. Da bin ich mir nicht so sicher.
Aber doch, widersprach die Frau. Sie macht einen ordentlichen und guten Eindruck, das arme Kind.
Sie saßen im Nebenzimmer, Agnes konnte sie sehen, denn die Tür war angelehnt, und sie schlug die Decke zur Seite und ging hinüber.
Ein älterer Verwandter der Frau war dazugerufen worden, er war Prediger und Lokomotivführer, und er war wegen Agnes gekommen. Er musste wissen, ob ihr etwas angetan worden war.
Sie schüttelte den Kopf, nachdem sie ihm die Hand gereicht hatte und zum Sitzen aufgefordert worden war. Bald konnte sie die Hände um einen Becher mit Kaffee schließen, und auf dem Tisch standen ein Holzbrett mit Kuchenfladen und ein Gefäß mit Süßkäse.
Aber wie konnte man in einem kleinen Raum die Sünde vermeiden?
Man zieht sich nie aus, antwortete Agnes. Man teilt zudem das Bett mit den kleinen Mädchen. Der Vater hat sich zusammengenommen, bis gestern Abend.
Hat er Sie angefasst? Gestern Abend?
Er hat es versucht, aber ich habe mich losgerissen. Und als er eingeschlafen war, bin ich gegangen.
Mein Kind, sagte der Prediger und streichelte mit seiner glatten Hand ihre Wange.
Wir werden schon etwas für Sie finden, sagte er aufmunternd, ehe er ging. Ich habe überall Bekannte.
Dem hast du gefallen, sagte die Frau des Schmieds am nächsten Tag, zufrieden über ihren Verwandten.
Sie machten einen Spaziergang, die Frau und Agnes. Sie gingen durch die Straßen der Stadt Fargo; die Frau des Schmieds,

sie hieß Gjertrud, hatte einen noch leeren Korb am Arm hängen.
Er hat dir geglaubt, sagte sie dann. Er hat größeres Vertrauen zu den Menschen als manch anderer.
Mit dem anderen meinte sie den Schmied, das war Agnes klar.
Du musst dich unserer Gemeinde anschließen, zwitscherte die Frau weiter, wenn mein Onkel hier bei uns etwas für dich findet, und nicht auf dem anderen Ufer des Rotflusses.
Red River, lernte Agnes bald, ein Fluss, der die Städte Fargo und Moorhead trennte, beide benannt nach Besitzern der Northern Pacific Railroad.
Ja, erklärte die Frau, so sind wir hergekommen, und deshalb. Erst durch die Arbeit, die Schienen voranzubringen, und dann, damit der Zug sich von Ort zu Ort bewegen kann und nicht stehen bleiben muss.
Wie Ihr Verwandter, der Lokführer und Prediger?
Und wie mein Mann, der Schmied; er hat in der Eisenbahnwerkstatt gearbeitet. Aber dann wollte er sich selbständig machen. Ursprünglich war er Hufschmied.
Und die Stadt wächst, prahlte die Frau. Die Bauern kommen mit der Ernte her, und dann wird die nach Minneapolis und St. Paul gebracht. Was sollten die Bauern ohne die Bahn machen? Ohne die Bahn keine Bonanza-Farmer.
Keine was?
Große reiche Farmer, die viele Erntearbeiter einstellen können. Und Maschinen besitzen.
Auf der Prärie, wo ich war, gab es solche nicht, sagte Agnes.
Du warst sicher zu weit im Norden, meinte die Frau. Und es gibt ja auch viele von der anderen Sorte. Da draußen sind eine Menge Norweger. Aber wir, mein Mann und ich, fühlen uns in der Stadt am wohlsten.
Und alle brauchen die Bahn, sagte sie. Denn wenn der Zug aus Minneapolis und St. Paul zurückkommt, ist er beladen mit Waren, die man brauchen kann, hier und in der ganzen Umge-

bung. Und deshalb gibt es immer mehr und größere und schönere Warenhäuser. Sieh nur!
Gjertrud zeigte begeistert auf ein Schild.
L. Christiansen DRUGGIST war auf dem Schild zu lesen, das auf einem flachen Hausdach stand. Darunter lag ein mehrstöckiges Gebäude, und unter dem Giebel verlief ein Zierbrett wie der Kragen einer Bluse. Auch über dem Eingang war ein solches Muster zur Zier angebracht, und auf beiden Seiten der Tür gab es Fenster mit vier Glasscheiben, so hoch wie Türblätter.
Gjertrud nahm Agnes am Arm und zog sie hinein, sie wollten bei Lars Christiansen persönlich einkaufen, er war so norwegisch wie sie selbst. Und als sie noch dort standen, kam eine Frau mit zwei kleinen Kindern herein, und auch sie waren aus Norwegen.
So viele von zu Hause, sagte Agnes, als sie wieder draußen waren.
Die Frau des Schmieds nickte und lächelte.
Hier könnte es Little Norway heißen, meinte Agnes.
Ist das nicht anderswo?, frage Gjertrud.
Agnes keuchte auf, ob nun vor Lachen oder Erschütterung oder Wut oder Verärgerung.
Viele, viele Orte heißen so, sagte sie. Sogar winzige Höfe wie der von August Hansen.
Ach was, sagte die Frau des Schmieds.
Dann kicherten sie beide, und bald mussten sie sich vor Lachen an die Wand lehnen.
Danach gingen sie weiter und kauften Kartoffeln bei einem Mann von Stord und Kaffee und Zucker bei einem von einem Steilhang über dem Sognefjord. Alle hörten von Agnes' Schicksal, und alle runzelten die Stirn und überlegten, ob sie ihr helfen konnten, ob sie Leute kannten, die Arbeitskraft brauchten, im Haushalt oder in einem Laden.
Vielleicht mein Vetter auf dem anderen Ufer, sagte der Mann vom Steilhang.

Ja?
Der mit der Kneipe in Moorhead?
Die kleine Agnes kommt mir in keine Kneipe, erklärte Gjertrud.

Jeden Tag machten sich die beiden Frauen auf den Weg, immer, um irgendetwas zu erledigen, aber auch weil die Frau des Schmieds ihre Stadt so gern vorzeigte. Sie sahen sich die Gäste an, die durch die Tür des Headquarter's Hotel ein oder aus gingen. Sie sahen die Boote auf dem Red River; einige wurden von anderen gezogen, als wären sie stecken geblieben oder besonders schwer beladen.
Es gab besondere Boote, die den Schlamm vom Boden aufgruben, erklärte Gjertrud. Das sei jedes Jahr nötig, denn jedes Jahr bringe die Strömung neuen Schlamm.
Und sie besuchten einen Mann in einem Lagerhaus, das zu den Crockett and Shotwell Yards gehörte. Draußen lagen jede Menge Holz und Bretter. Drinnen saß Gjertruds Neffe auf einem hohen Hocker und führte Buch. Zuvor hatte er auf einem Schlammkahn gearbeitet und war dabei abends zur Schule gegangen.
Wir sind doch nicht hergekommen, um in Schlamm und Moder zu schuften, sagte Gjertrud. Wenn ich Kinder hätte, müssten die auch mehr lernen.
Sie ließ ihren Blick am Bogen der Eisenbahnbrücke entlangwandern, als sie das sagte, sie sah Agnes nicht an, und die Jüngere begriff, dass das Schmiedspaar mit Trauer geschlagen war.
Jetzt ist es zu spät, sagte die Frau. Und meine Verwandten jenseits des Meeres fragen sich sicher, warum ich nie geschrieben habe.

Dann brachte der Lokführer Neuigkeiten. Er hatte jemanden gefunden, der sie übernehmen könnte.

Als ob ich ein Kind aus dem Armenhaus wäre, dachte Agnes.
Auf welchem Ufer?, fragte der Schmied mürrisch.
Auf dem Ostufer, sagte der Bote lächelnd. Nicht mehr in Dakota.
Ehe er ging, überreichte er ihr ein Geschenk. Es war ein Tornister aus Leder, damit Agnes ihre wenigen Habseligkeiten nicht als schlaffes Bündel tragen müsste. Im Tornister lag außerdem eine Bibel.
Von der Frau des Schmieds bekam sie Reiseproviant. Schinken und Knäckebrot, Kuchenfladen und Süßkäse und eine Flasche voll Kaffee. Dann nahmen sie Abschied voneinander.

Haushälterin bei Eagles

Auf diese Weise gelangte Agnes in den kleinen Bahnhofsort Alexandria in Minnesota, wo sie für den Farmer, Schneider und außerdem Schriftsteller und politischen Kampagnenplaner Samson A. Eagle arbeiten sollte: Der Lokführer kannte einen Vetter von Frau Eagle, der als Heizer arbeitete. Agnes wurde von Eagles jungem Bruder vom Bahnhof abgeholt, mit Pferd und offenem Wagen mit großen Rädern. Auf den ersten Blick, als sie auf seine Frage antwortete, ob sie es sei, huschte ein scheuer freundlicher Zug über sein Gesicht. Später verschloss es sich übellaunig, und er schwieg auf der ganzen Fahrt.

Sein offenkundiger Unwille ließ Agnes das Herz abermals schwer werden, denn sie sollte nun ein weiteres Mal an etwas Fremdes und Unbekanntes gebunden werden, ohne dass Lasse wusste, wo sie war. Sie wandte den Blick von dem jungen Mann ab, sie sah sich an, was sie umgab, ein kreischendes Ferkel, das, gefolgt von einem großen Mädchen, über die Straße jagte, ein barfüßiger Junge, der einen Karren hinter sich herzog. Sie fuhren durch eine Straße mit Läden. Zwischen den Häusern führten Durchgänge zu etwas Grünerem, Agnes ahnte dahinter Hühner und Kühe. Dann fing sie den zufälligen Blick einer Frau in Trachtenrock und Kopftuch auf, so wie sie selbst in Trachtenrock und Kopftuch dasaß, und die Fremde lächelte freundlich. Das half, zusammen mit dem milden Wind, der in diesem Moment über ihr Gesicht strich. Über ihnen glitten rußgraue Wolken über den Himmel, und der Junge am Zügel zog sich den schwarzen Hut tiefer ins Gesicht. Agnes öffnete eine Hand, um Regentropfen aufzufangen, aber es kamen keine.

Dann gab es keine Geschäfte und Werkstätten mehr, die Häuser standen weiter auseinander, verstreut liegende Farmen tauchten auf, dann bog der Kutscher nach links ab und fuhr einen sanften Hang hoch.
There you are! Welcome home!
Es war Samson A. Eagle, der seinen Bruder und seine neue Haushälterin begrüßte. Er stand breitbeinig im niedergetrampelten Gras zwischen drei Häusern, die einen Hofplatz und einen Hofbaum umstanden, und seine dunkelblauen Augen wirkten fast schwarz unter den Gewitterwolken, obwohl in ihnen ein Licht wohnte, als spiegelten sie Blitzstrahlen, die den Himmel noch nicht durchbrochen hatten.
Dann leuchtete der erste Blitz auf, und der Mann stürzte zum Wagen und fasste Agnes an der Hand und dann an den Schultern, während er sie eilig ins Haus führte. Als der Donner grollte, stand sie mit zwei Kindern vor sich in einem Wohnzimmer, zwei fast gleich großen kleinen Mädchen mit hellbraunen Haaren und schräg gelegten Köpfen.
Jennifer und Molly, dröhnte der Vater.
Die Mädchen knicksten.
Five and six years old, dröhnte der Vater. Do you understand what I say?
Agnes schluckte und gab sich alle Mühe, zu verstehen. Langsam nickte sie.
In diesem Moment kam der junge Mann zur Tür herein, der mürrische, schweigsame, er war triefnass; sicher hatte er das Pferd in den Stall und den Wagen in den Schuppen gebracht, dachte sie. Jetzt stellte er seine Holzschuhe vor der Türschwelle ab und lief eine schmale, steile Treppe hoch, die oben im Dunkel des Dachbodens endete. Herr Eagle packte Agnes' Hand und schüttelte sie energisch, während er ihr für ihr Kommen dankte.
Er war recht klein und untersetzt, nur einen halben Kopf größer als sie, der absolute Gegensatz des Bruders; der junge

Mann, der sich über ihren Köpfen zu schaffen machte, war mager und hochgeschossen.
Very well, sagte nun Herr Eagle, während sein Blick eine rasche Reise über ihren Körper unternahm. You need to be dressed up.
Girls!, rief er gleich darauf, und die Mädchen liefen vor ihr her und öffneten die Tür zu einer kleinen Kammer.
In der Kammer gab es ein Bett, eine Kommode und einen Hocker, und die Kammer hatte ein kleines Fenster.
Wie schön!, rief Agnes überrascht.
Hast du nur das hier mit?, fragte die Ältere, als Agnes ihren Ledertornister an der Wand auf den Boden stellte.
In English, please, dröhnte der Vater und fügte dann hinzu: Don't be nasty.
Dann wurde die neue Haushälterin zur Frau des Hauses geführt, und die anderen schlossen die Tür hinter ihr.

Mein Mann hat *Köpfchen,* sagte die Frau. Sie sprach Norwegisch, anfangs und auch später. Agnes sollte sie nie auch nur bei einer einzigen englischen Silbe ertappen, außer in Ortsnamen, und die betonte und sprach sie aus, als handele es sich um Täler und Dörfer in Norwegen.
Mein Mann hat *Köpfchen.*
Ihr eigener Kopf ruhte auf mehreren Kissen. Frau Lauras Krankheit war der Grund, aus dem sie Hilfe im Haus brauchten. Ihr Gesicht war bleich, mit bläulichen Schatten unter den Augen. Der Blick gewann eine eigene Glut, als sie Agnes jetzt mit den reichen Fähigkeiten des Gatten vertraut machte. Die Frau war selbst zugegen gewesen, als diese Fähigkeiten entdeckt worden waren, denn als Kinder hatten die beiden in derselben Schulstube gesessen. Deshalb kannte das Paar sich schon seit seiner Kindheit, die sie in Deerfield in Dane County, Wisconsin, verbracht hatten.
Jetzt waren beide Mitte dreißig, wusste Agnes vom Lokomo-

tivführer. Würde die Hausfrau denn nichts über den Alltag hier am Ort sagen?, fragte sie sich.
In Dane County gab es viele aus Voss, erzählte jetzt die Frau im Bett. Und das war gut, wegen der Sprache und wegen des Essens, weißt du, dass alle dasselbe machten, dass wir Fleisch und Fisch auf dieselbe Weise aufhängten und räucherten. Aber der Wacholder, sagten die Erwachsenen. Ihnen fehlte das, woran sie gewöhnt waren. Denn die Nadeln der Nadelbäume, die waren ja nicht dieselben hier, sie rochen nicht so wie die Nadeln in Voss, sagten sie. Wir Kinder dagegen kannten nichts anderes.
Die Stimme der Kranken schien sich selbständig zu machen, während die Augen zufallen wollten, als hätte Frau Laura lieber geschlafen, doch der Mund redete und redete, als habe er vergessen, wie es ist, innezuhalten und zu schweigen.
Möchten Sie sich vielleicht ausruhen?, fragte Agnes, aber das schien die Hausfrau nicht gehört zu haben.
Wir sind durch Knute Nelson hergekommen, sagte sie. Auch er war in seiner Jugend auf der Albion, wussten Sie das?
Nein, Albion?
Ja, Albion. Die Akademie. Ich habe es doch gesagt, mein Mann ist ein heller Kopf. Und da musste er ja wohl auf die Albion gehen! Er hätte Pastor werden können. Oder Loiert, wenn er Jura studiert hätte. Aber das wurde er nicht. Nicht ganz. Aber halb eben doch. Einen halben Pastor habe ich bekommen.
Die Frau holte zitternd Atem und deutete ein Lächeln an, als habe sie einen Witz gemacht.
Denn hätte er Täuferpastor werden wollen?, fragte sie dann. Oder wollte er einer der norwegischen Synoden angehören? Oder Methodist werden? Dort auf der Albion gab es Baptisten des Siebten Tages, aber es wurden alle aufgenommen, die Schule stand allen Glaubensrichtungen offen. Doch mein Mann stellte Fragen, das weiß ich, er war immer schon einer,

der alles verstehen will, schon als er klein war und dem Lehrer nur bis zum Gürtel reichte, und dort auf der Albion wollte er die grundlegenden Unterschiede zwischen der Täuferbewegung und den anderen erfassen, er zerbrach sich Tag und Nacht den Kopf.
Alle müssen schlafen, murmelte Agnes und merkte, wie ihr in der schweren, stickigen Luft die Übelkeit die Kehle hochstieg.
Nein, er konnte nicht schlafen, er musste nähen, sagte die Hausfrau. Nachts nähte er, während er in Gedanken das Schulwissen wiederholte. Er nähte für Lehrer und Kommilitonen und bezahlte auf diese Weise das Schulgeld.
Da war sein Vater sicher auch Schneider, dachte Agnes.
Sein Onkel hatte in Bergen eine Schneiderlehre gemacht, sagte nun die Hausfrau, ein Mann mit einem weichen und seltsamen Männerhut aus Stoff, nicht aus Filz oder Stroh, und dieses Wissen brachte er mit sich über das Meer. Er hatte so lange Hände. Und sieh dir meinen Mann Samson an: die gleichen langen Hände, die ansonsten überhaupt nicht zu seinem Körper passen, und als wir jung waren, konnte er mich um die Taille fassen, und seine Fingerspitzen berührten einander.
Ich mache Ihnen einen Tee, sagte Agnes.
Er fand mich zu direkt, gestand die Hausfrau mit einem kleinen Kichern.
Agnes erhob sich und verließ das Zimmer, nicht eilig, sondern langsam, damit die Fieberkranke es merkte und nicht weiter in die Luft redete. Das Haus kam ihr leer vor, als hätten die vier anderen es verlassen, der Regen draußen hatte sich gelegt. Sie machte im Herd Feuer, kochte Wasser und brühte Tee auf. Sie suchte nach Kuchen oder Plätzchen, konnte aber keine finden. Aber wer hätte im Haus einer Kranken auch backen sollen, rief sie sich selbst zur Ordnung.
Bitte sehr, sagte sie und stellte den Teebecher auf einen kleinen Tisch neben dem Bett.

Ich glaube, ich möchte ein bisschen sticken, zwitscherte Frau Laura hektisch.
Aber haben Sie dazu die Kraft?
Da in der Truhe, wenn Sie den Deckel hochheben. Das oberste Tuch.
Ein weißes Stück Stoff mit schönen weißen Stichen.
Was soll das werden?, fragte Agnes.
Es könnte eine Tischdecke werden, antwortete die Frau. Die kann sonntags auf dem Wohnzimmertisch liegen und das Zimmer verschönern.
Der Tee wird kalt, mahnte Agnes sanft.
Frau Laura ließ die Stickarbeit sinken. Ihr glasiger Blick sah nicht den Becher, sah nicht den weißen bestickten Stoff, vielleicht sah sie ihren Heimatort dort in Wisconsin, spürte vielleicht die Hände des Ehemannes von damals, als er sie um ihre Taille legen konnte.
Ich sollte wohl Brot backen, sagte Agnes. Und mit Kochen anfangen.
Sein Vater ist Bauer, sagte die Frau. Warum sollte der Sohn besser und mehr werden? Weil wir nach Amerika gekommen sind, sagte die Bauersfrau, meine Schwiegermutter, verstehen Sie?

Als Agnes das Zimmer verließ, roch sie Blut. Der Geruch stammte von den Fäusten Konrads, der ihr zwei geschlachtete Hühner hinhielt.
Er nickte zur Tür hinüber, und Agnes folgte ihm nach draußen. Sie folgte ihm um die Ecke, zu einer Sommerküche an der einen Seite der Querwand. Es gab dort eine Feuerstätte, eine Bank und einen Arbeitstisch. Dort legte er die Vögel ab und ging. Und Agnes überlegte; es gab eine Tonne mit Wasser, es gab Regalfächer mit Salz und Mehl, und unter der Decke waren Kräuter aufgehängt. Es gab Töpfe und Pfannen, und sie rupfte die Hühner und briet sie über dem Feuer braun und kochte sie in Wasser mit Kräutern und Zwiebeln.

Bei der Arbeit spürte sie Blicke. Für einen Moment entdeckte sie hinter einem Busch Kindergesichter.
Große Vögel im Busch, sagte sie.
Die Kinder fingen an zu kichern.
Ob das wohl Hühner sind, die Eier legen wollen?, fragte Agnes.
Im Busch wurde gekichert.
Was ist denn so witzig?, fragte Agnes.
Die beiden lachten noch lauter und sprangen aus dem Grün.
The way you talk, kicherten Jennifer und Molly. The way you talk in Norwegian. Like singing.
Is it nice … to laugh … at me?, fragte Agnes.
No, kicherten die beiden. Dann machten sie einen Knicks, rannten davon und schüttelten sich dabei vor Lachen.

Sie deckte im Haus und trug das Essen hinein. Und alle waren da, als seien sie aus geheimen Fächern gesprungen. Sogar die Hausfrau war aufgestanden und hatte sich in einen blauen Mantel aus leichtem Stoff mit einem gewebten Gürtel gehüllt.
Herr Samson murmelte ein Gebet.
Amen, murmelten sie dann alle, aber Agnes sah, dass Konrad nur die Lippen bewegte.
Eagle spießte mit der Gabel ein Stück Huhn auf. Die Hausfrau führte ein winziges Stück langsam an den Mund. Sie saß neben ihrem Gatten, ein ungleiches Paar, sie klein und grau, er strotzend vor Kraft, mit rotem Gesicht und wilden dunklen Locken. Die Kinder saßen ihnen gegenüber, neben ihnen der junge Onkel Konrad, und alle drängten sich am einen Tischende zusammen, das andere war von Stoffballen bedeckt.
Die Mädchen kicherten während der Mahlzeit nicht, sie aßen manierlich und richteten ihre Blicke auf ihre frisch gewaschenen Hände.
Miss Agnes ist in Norwegen geboren, sagte Samson Abrahamson Eagle auf Englisch zu seinen Töchtern. Und ihr zwei

müsst ihr jetzt die Sprache des Landes beibringen, in das sie gekommen ist.
Yes, father, antworteten die Mädchen wie aus einem Munde.
Heute Nachmittag kommt der Eismann, sagte Laura auf Norwegisch.
Der Mann blickte sie vorwurfsvoll an.
The ice man, sagte Jennifer.
Go on, forderte der Vater sie auf, und die Mädchen liefen vor Agnes her in die Küche, um die Sache zu erklären.
Es gab einen Schrank für Speis und Trank, die kühl aufbewahrt werden mussten. Unter den Fächern für die Lebensmittel war genug Platz für ein Stück blanken Eises. Unter dem Eis stand ein Trog, in dem das Schmelzwasser sich sammelte. Einmal pro Woche kam ein Mann mit frischem Eis, wie Agnes jetzt erfuhr. Er wusste genau, wie groß das Stück Eis für jeden einzelnen Schrank sein musste.
This big. You see?
Molly zeigte darauf.
But how ... ice cold ... when summer?
Wie durch ein Wunder war das möglich. Die Blöcke wurden im Winter losgehackt. Dann wurden sie zu einem Berg aus Eis gestapelt und mit Sägespänen bedeckt, denn die Sägespäne hielten die Kühle fest, erklärten die Mädchen.
Like ... a miracle, sagte Agnes.
Und dann kam er, der Wundermann, und Agnes konnte ihm den Weg zeigen und ihn seine Last ablegen lassen.

Später führte Samson sie auf dem Hof umher. Es gab eine Scheune und ein weiteres Gebäude mit Ställen für Schafe und Kühe. Es gab einen Schweinekoben und einen Hühnerhof. Das Haupthaus war weiß angestrichen und lag am Ende des Pfades, der zum staubigen Karrenweg führte.
Eine Allee, sagte Herr Eagle und ließ eine stolze Hand an den noch kleinen Bäumen an der Böschung entlangwandern.

Und dahinter ein Obstgarten, sagte er dann.
Parallel zur Allee zogen sich Reihen von Bäumen voll mit grünen Äpfeln und Birnen dahin. Dahinter lag eine Schlafbaracke für die Tagelöhner, die zur Erntezeit aushalfen, und dahinter dann lagen die Felder.
Weizen und Tabak, sagte der Mann, Möhren und Kartoffeln. Und die Kräuter meiner Frau und Blumen. Und es gibt noch mehr … die Mädchen jäten.
Sein ganzer Körper machte mit, als er nun zeigte und erklärte: Da sind die Kürbisse. Dort findest du Zwiebeln.
Samson A. Eagle legte ihr die Hand auf die Schulter und drehte sie halbwegs um. Dann führte er sie zur Wiese hinter den noch kleinen Bäumen, wo eine Kuhherde lag und wiederkäute.
Konrad füttert und mistet aus, sagte er. Du musst melken und buttern und käsen. Die Mädchen werden dir helfen. Wir haben einen kühlen Keller unter dem Haus.
Seine Hand lag noch immer auf ihrer Schulter. Sie war warm. Und sie war schwer.

Und was hatte er damit gemeint, dass sie neue Kleider brauchte?
Agnes schlief in einer eigenen Kammer hinter einer geschlossenen Tür an diesem ersten Abend an einem neuen Ort; sie freute sich über die Kammer und das kleine Fenster, das einen Stern zeigte. Aber ob er sie wegen ihres Trachtenrockes und ihrer Hemdbluse verachtete? Oder hatte er begriffen, dass sie kaum mehr besaß, als sie am Leib trug? Dann sollte es doch ein Geschenk sein!

Auf der Albion haben sie Algebra gelernt, sagte die Hausfrau am nächsten Tag. Aber was soll er denn damit, fragte sein Vater, verstehen Sie?
Ich weiß nicht so ganz …
Der Vater konnte auch seinen Schwager, den Schneider, nicht

leiden, sagte Frau Laura. Er zog Erdboden und Plackerei vor, wenn auch kaum die Plackerei, aber die Folgen, die immer größeren Mengen Weizenähren und Tabakblätter.
Aber es ist doch sicher nicht richtig, dass ich das erfahre, sagte Agnes.
Habe ich gesagt, dass daran etwas nicht stimmt? Er hat ein lustiges Lachen, Eagles Vater. Aber die Albion konnte er nicht leiden.
Kann ich etwas für Sie tun?, fragte Agnes; sie hatte die Kissen aufgeschüttelt und der Frau eine bessere Stütze im Rücken gegeben.
Auf der Albion haben sie Arithmetik und Grammatik und die Plazierung der Sterne am Himmel gelernt, glaube ich, sagte die Kranke. Und außerdem Latein. Mater bedeutet Mutter. Und pater … das hat er auch gelernt. Mater, pater. Vater, denn auch Deutsch … aber dann kamen die Gedanken …
Agnes machte einen Schritt zur Tür.
Denn stand es denn fest, dass die Baptisten die richtige Deutung hatten?, fragte die Kranke. Was meinen Sie?
Ich?
Also wurde er Volksaufklärer, verstehen Sie. So nennt er sich jetzt, wenn er für die Zeitungen schreibt. Er will seine Landsleute aufklären, ihnen vorwärtshelfen, hinein ins Amerikanische. Denn wir sind jetzt in den USA, sagt er. Wir müssen Lebensweise und Gesetze kennenlernen, und wir müssen Englisch sprechen.
Agnes nickte.
Aber das ist nicht leicht, sagte Frau Laura. Nein, das war es nicht, nicht im Dane County, wo wir auf allen Seiten von Norwegern umgeben waren.

Laura Eagle hatte ihre eigene Kammer mit einem schmalen Bett an der Wand, einer Truhe mit Bauernmalerei und einem hohen Schrank, einem kleinen Tisch, einem Schemel und einer bemalten Kommode. Agnes nahm an, dass das an der Krankheit lag, dass sie früher mit ihrem Mann zusammen geschlafen hatte. Der war jetzt allein in einem größeren Zimmer mit einem breiteren Bett und einer modernen Kommode. Deshalb enthielt das Erdgeschoss des Haupthauses nicht weniger als vier Schlafkammern samt Küche und Wohnstube mit schlichten, soliden Holzmöbeln. An der Nordwand hing ein gewebter Wandbehang, sicher wegen des Windes. Der Wandbehang war rot und hatte ein weißes Muster, das an Schneekristalle erinnerte.

Als Agnes am dritten Morgen aufstand, saß Herr Eagle schon am Wohnzimmertisch und widmete sich dem Schneidern, einem Teil seiner vielfältigen Tätigkeiten. Auf dem Tisch lagen Maßband und Schere, Garnrollen und Schnittmusterbögen, Rollen und Reste. Samson nähte den Kragen an ein großes Männerhemd, und es stimmte Agnes munter, dass der untersetzte Mann mit der Dröhnstimme sich mit Frauenarbeit beschäftigte. Sie wusste ja schon lange, dass es Schneider gab und dass das Männer waren, aber sie hatte noch nie einen bei der Arbeit mit kleinen Nadeln und dünnem Faden gesehen.

Die Sonne war noch nicht aufgegangen, als jemand kam, um das Hemd anzuprobieren. Als Agnes später von der Sommerküche das Tablett mit dem Mittagessen hereinbrachte und auf den Tisch stellte, war alles ordentlich und aufgeräumt, und der Schneiderbauer war durch das Fenster zu sehen, wie er in gröberer Arbeitskleidung über sein Feld stapfte. Der Wandschirm war der einzige Hinweis auf seine Aktivitäten früher am Tag, er war versetzt worden.

Zu Hause in Ofoten hatten sie auch so einen Wandschirm gehabt, damit sie baden konnte, ohne vom Vater gesehen zu werden.

Außerdem besaß Herr Eagle eine Nähmaschine mit einem

eigenen Hocker und eine Schneiderpuppe. Agnes hatte es gewagt, die Maschine zu berühren; sie hätte gern gelernt, sie zu benutzen. Die Schneiderpuppe bestand aus einem kopflosen hölzernen Oberkörper, der an einer in einem breiten Fuß endenden Stange befestigt war. Der Holzrumpf war in vier Teile eingeteilt, und die konnten mit einem sinnreichen System auf Holzschrauben vor- oder zurückgeschoben werden.

Father's own invention, prahlten die Mädchen.

Jede Woche kamen fremde Herren, um Maß nehmen zu lassen oder anzuprobieren, und dann wurden die Frauenzimmer des Hauses außer Sichtweite geschickt, auch wenn die Kunden sich hinter dem Wandschirm auszogen. Agnes sah sie, wenn sie kamen und gingen, ein Händler, konnte sie raten, oder ein Bauer mit reicherer Ernte als im vergangenen Jahr, der sich herausputzen wollte, oder ein angehender Bräutigam. Sie sah, wie die Kleidungsstücke unter den Händen des Schneiders entstanden. Und sie sah, wie der Mann einen Menschen verwandeln konnte.

Der Erste war ein Mann, der in einem formlosen bodenlangen Gewand eintraf. Als sein neuer Anzug fertig war und er ihn zum ersten Mal anprobierte, behielt er ihn gleich an, und der Verwandelte schritt mit neuer Haltung und neuem Gang aus dem Haus. Die Hosen saßen ihm eng um den Unterleib, wurden aber weiter unten an den Beinen lockerer, bis sie sich dann auf den Schuhen des Mannes über den Spann legten. Die Jacke weitete sich unter der Taille zu den Hüften aus. Die Ärmel glitten über die Handrücken des Mannes wie die Beinkleider über seinen Spann. Und für den Hals hatte er über dem neuen Hemd jetzt ein Tuch.

Der Bauerntölpel ist zum Stadtmann geworden, dachte Agnes verblüfft, als sie hinter ihm herschaute.

Der Mann aus Strileland ist zum Yankee geworden, sagte Frau Laura tonlos, sie stand plötzlich hinter der Haushälterin, ohne dass die Jüngere ihr Kommen bemerkt hätte.

Ich glaube, ich möchte ein wenig sticken, sagte die Hausfrau dann.
Agnes half ihr, sich im Bett zurechtzusetzen, ehe sie die Truhe öffnete, um die weiße Decke hervorzuholen. Darunter lag etwas anderes und Bunteres.
Wie schön!
Meine Brautkrone, erzählte die Frau. Nehmen Sie sie nur heraus. Setzen Sie sie mir auf!
Um eine eng sitzende Haube verlief von Schläfe zu Schläfe ein breiter flacher Schirm, behängt mit klirrenden kleinen Silberschmuckstücken. Der Schirm war mit Reihen von Perlen in schönen Mustern bestickt.
Wie der Krimskrams der Indianer, meint mein Mann, Mister Eagle, sagte sie tonlos.
Aber …, wandte Agnes ein.
Legen Sie sie zurück, verlangte die Hausfrau. Klappen Sie den Deckel zu.
Agnes gehorchte, und Laura beugte sich über die Nadel mit dem weißen Faden.
Die Silbersachen können an einer Bluse benutzt werden, sagte sie leise. Am Kragen einer amerikanischen Bluse.

Er redet schon lange von einem Anbau, sagte sie später über ihren Mann. Dann braucht er nicht mitten im Haus zu nähen. Er möchte den Anbau auf der Ostseite haben, mit einem eigenen Eingang. Dann könnten sie arbeiten und anprobieren, ohne gesehen zu werden, und im Winter würde der Geruch von Essen und Wäsche nicht in den Stoffballen hängenbleiben.
Er wünscht sich außerdem neue Möbel, erzählte die Hausfrau dann. Er möchte die norwegischen mit der Bauernmalerei auswechseln. Er möchte eine Expedition nach Minneapolis und St. Paul machen. Da gibt es eine ganz andere Auswahl als hier.

Ich verstehe, sagte Agnes.
Und er hat sich ein Klavier mit eigenem Hocker bestellt, erzählte die Hausfrau. Der ist rund und lässt sich höher oder niedriger drehen, damit die Kinder beim Spielen wachsen können.
Vergessen Sie nicht, Blumen ins Haus zu holen, sagte sie dann. Mein Mann wird heiterer, wenn er sie sieht und riecht.

Agnes putzte und kochte zusammen mit den Kindern. Die beiden Kleinen waren der Sonnenschein im Haus der kränkelnden Mutter. Sie waren redselig und flink und lachten perlend, wenn sie draußen waren.
Die Haushälterin stand in aller Frühe auf und setzte Brotteig an und machte im Herd Feuer. Sie wärmte Wasser und weichte schmutzige Wäsche ein. Dann molk sie, ehe sie für den Hausherrn und für Konrad das Frühstück machte. Danach weckte sie die Mädchen und brachte deren Mutter ein Tablett. Frau Laura bekam Brot mit Sirup und einen Becher Wasser. Meistens brachte sie nur eine halbe Scheibe Brot hinunter. Manchmal schaffte sie gar nichts. Dann kochte Agnes für sie eine Tasse Tee und saß bei ihr, während sie trank.
Die Mädchen bekamen morgens Brei. Danach halfen sie Agnes bei der täglichen Arbeit und erzählten ihr, wie alles hieß. Auf diese Weise dauerte die Arbeit.
Wenn im Haus etwas fehlte, fuhren die drei mit dem Buggy los. Agnes hielt die Zügel, nachdem Herr Samson oder Konrad das Pferd vorgespannt hatte. Und die wachsende Entfernung zur Gebrechlichkeit der Mutter und den Geboten des Vaters ließ die Kleinen perlend kichern, vor allem wenn sie in Alexandrias Hauptstraße einbogen und von Leben und Bewegung dort verschluckt wurden.
Behave yourselves, mahnte Agnes, ehe sie ein Geschäft betraten.

Erst auf dem Heimweg durften die Kinder sich dem Lachen hingeben, und sie keuchten, während sie ihr erklärten, was so komisch war.
That old lady with the smell of fish … the man with the dusty soldier's hat … the dog without a tail …

Here, dröhnte Samson.
Er reichte Agnes einen schlichten blauen Rock aus leichtem Baumwollstoff. Der endete in einem Saum mit einem Schlitz und zwei Reihen von Haken, als habe er ihren Körper zwar gemustert, sei aber doch nicht sicher, wie schmal sie war.
Thank you, Mister Eagle.
Die innersten Haken passten am besten.
Später schenkte Frau Laura ihr zwei Hemdblusen und eine Wolljacke aus ihrem eigenen Vorrat.

Agnes fühlte sich wohl. Es war leicht, mit den Menschen hier umzugehen, sie stellten ihre Forderungen, aber Agnes konnte getrost fragen, wenn sie etwas nicht wusste.
Frau Laura musste sich bei solchen Fragen mit aller Macht konzentrieren, und Herr Eagle ließ sich gern Zeit zur Erklärung und fügte noch etwas hinzu. Immer wieder überzeugte er sich davon, dass sie den Inhalt der englischen Sätze verstand, und sie begriff, dass er sich alle Mühe gab, ihr neue Wörter und Ausdrücke beizubringen. Bisweilen flüsterte er die Bedeutung auf Norwegisch gegen ihre Wange, gerne mit aufgesetzt zerstreutem und abgewandtem Blick, als sei es der Wind und nicht er selbst, der diese Wörter hauchte.
Es waren gute Menschen dort in Alexandria, und Agnes nutzte die Tage, um die ihr auferlegten Aufgaben zu meistern. Das Haus hatte aber auch etwas Trauriges, was an der Krankheit der Hausfrau lag. Der Schierling im Becher war die mürrische Schweigsamkeit des jungen Konrad, als sei ihm etwas Herzliebes gestohlen worden, dachte Agnes. Falls

er nicht einfach nur von eigensinnigem und abweisendem Wesen war.
Im Spätsommer erntete Konrad die Obstbäume ab. Agnes kochte Äpfel und Pflaumen ein oder legte sie in blauen Krügen mit dichtem Deckel in Essig ein. Sie legte Zwiebeln und Gurken ein. Und die Mädchen halfen ihr.
Es kam vor, dass Frau Laura draußen sitzen wollte, jetzt, wo es nicht mehr so warm war. Agnes und die Kinder stützten sie. Sie legten ihr Decken um Schultern und Knie, sie boten ihr ein Buch oder etwas zu trinken an. Eines Tages wollte sie ihre Stickerei mitnehmen, den weißen Stoff und den weißen Faden.
Was soll das werden, Mutter?, fragten die Töchter auf Englisch.
Das könnte eine Schürze werden, antwortete die Mutter auf Norwegisch.
Wie schön, flüsterte Laura an einem Septembertag, als der Boden mit geernteten Kürbissen bedeckt war.
Sie können das Buch mit meinen Aufzeichnungen holen, sagte sie.
In dem Buch standen Rezepte und gute Ratschläge. Es gab eine Übersicht über Daten und Jahreszahlen wie die Geburten der Kälber und die Zeitpunkte für die verschiedenen Ernten. Agnes hatte schon mehrmals in diesem Buch blättern dürfen. Jetzt wurde es in ihre Hände gelegt wie ein Geschenk.
Sie können Dinge hinzufügen, die Sie für vernünftig halten, sagte die Kranke. Im obersten Fach der Kommode gibt es Feder und Tinte und Sand.
Tausend Dank, antwortete Agnes.
Und zur Schlachtzeit bekommen Sie Hilfe, versprach Laura. Aber Sie müssen selbst dafür sorgen, dass alles so passiert, wie es sich gehört. Das steht im Buch. Die richtigen Gewürze für Sülze und Presswurst, wie viel wofür. Und dann die Weihnachtsbäckerei. Alles muss sein wie in Voss. Denn es kommt

Besuch. Ich habe Verwandte in der Prärie, die kommen immer zu Weihnachten, zwei Erwachsene und neun Kinder, wenn es jetzt nicht zehn sind … sie können in der Mansarde schlafen … und Konrad im Stall.
Vor Anstrengung beim Reden brach Frau Laura in Schweiß aus.
Ich werde das schon schaffen, beruhigte Agnes.
Und Bier, sagte die Frau. Zu Weihnachten muss gebraut werden. Und die Mädchen brauchen neue Kleider, aus den alten sind sie wohl herausgewachsen. Oder? Herausgewachsen?
Vielleicht ein wenig, sagte Agnes.
Dann brauchen Sie es nur meinem Mann zu sagen. Er sieht seine Nächsten nicht immer. Andere schon; sowie sein Blick auf einen Herrn fällt, denkt er vielleicht: traurig, zu kurze Beinkleider, traurig, so ein Mantel ohne einen besseren Kragen. Aber es gibt hier nicht viele Herren, hier nicht, die sind in St. Paul und Minneapolis, da würde mein Mann sicher lieber wohnen, wenn nicht der Senator wäre. Deshalb sind wir hergekommen, wussten Sie das?
Das haben Sie schon erzählt. Wie hieß er noch gleich?
Knute Nelson.
Auf dem Stallboden steht ein Webstuhl, sagte Laura jetzt. Und ein Rocken …
Versuchen Sie, sich auszuruhen.
Die sind mit über das Meer gekommen. Ich habe sie von meiner Mutter, die wurde einige Jahre vor ihrem Tod blind. Und dann gibt es ein Waffeleisen und eins für Mandelröllchen …
Ich bringe Ihnen gleich heißen Tee und Biskuits.

Die Vorige wollte ihn mir wegnehmen, flüsterte Laura eines Abends, als Agnes ihr mit den Kissen half.
Was wegnehmen? Wen wegnehmen?
Die, die vor dir hier war. Sie wollte ihn mir wegnehmen. Samson Abrahamson. Während ich noch am Leben war.

Aber, aber, sagte Agnes. Denken Sie an etwas Schönes.
Bitte, Agnes. Erzählen Sie von Norwegen.

In ihren freien Stunden ging die Haushälterin oft zu der Sterbenden und erzählte von Ofoten. Sie zeichnete Fjorde und Berge, und in ihrer Erzählung wurde alles so schön, dass beide weinten.
Aber wieso bist du dort weggegangen?, fragte Laura.
Agnes erzählte von der Verlobung mit Arnstein, der ausgerutscht und gestürzt war und sein Leben verloren hatte. Sie beschrieb Annapia und ihren Vater, der Frauen so liebte. Sie erwähnte den kleinen Anerben, der durch seine Geburt ihr Erbrecht ausgelöscht hatte. Sie versuchte, fröhlich zu klingen, um das Gemüt der Kranken zu erhellen. Aber Laura packte ihre Hand und sprach mit fester, wenn auch heiserer Stimme: Wer verloren hat, wird bekommen!

Auf diese Weise wurde Amerika für Agnes zu neuen Bildern. Bisher hatte es die überfüllte Ankunftshalle in Castle Garden und das tickende Innere eines Zuges gegeben. Später war die flache Landschaft von Dakota dazugekommen, gefolgt von Häusern und Fluss und Eisenbahn in Fargo. Jetzt gab es Alexandria, so genannt nach einem der Gründer des Ortes und einer Stadt in Ägypten.
Wer kam zu Pharao im Lande Ägypten?, befragte Samson Abrahamson Eagle seine kleinen Töchter.
Josef, antworteten die Kleinen wie aus einem Munde.
In dieser Zeit dachte Agnes fast nicht an Lasse. Sie bemitleidete die kranke Frau und die Kinder, die so selten die Mutterhand an ihrer Wange spürten. Wenn Frau Laura ihre Töchter berührte, schien sie zudem mit ihren Gedanken weit weg zu sein und nicht so recht zu wissen, was sie tat. Agnes hörte sie fast nie mit den Kindern reden, auch für ihren Mann hatte sie nur selten ein Wort. Nur gegenüber der Haushälterin strömte

es aus ihr heraus; weil sie mit Agnes Norwegisch sprechen konnte, vermutete die Jüngere. Und sie ertappte sich bei dem Gedanken, dass Samson Abrahamson Eagle ein harter Mann sein musste, trotz der schönen Kleider, die er nähte, und trotz der Wörter, die er an ihre Wange hauchte, damit sie das Neue schneller meisterte.

Du musst Weihnachtsseife kochen, sagte Laura. Das gehört sich so unter gebildeten Menschen.
Wieso das denn?
Habe ich nicht gesagt, dass mein Mann ein gebildeter Mann ist?
Das schon, aber …
Also muss gründlich gewaschen werden, an Körpern und in Ecken. Damit die Yankees den Mund über die Norweger halten.
Was sagen die Yankees?
Dass wir schmutzig sind. Das habe ich in Wisconsin gehört. Aber ich glaube nicht, dass wir schlimmer waren als andere. Deutsche, Irländer, Griechen. Ich glaube es nicht. Aber wenn man nun in einer ausgegrabenen Erdhöhle haust?
Agnes dachte an die Zustände bei dem Witwer mit den vielen kleinen Kindern. Und sie seufzte.
Ich werde Iglemyr bitten, die Erntearbeiter für dich Wasser holen zu lassen, sagte die Kranke plötzlich mit geschäftiger Klarsicht und Willensstärke. Und Konrad kann das zu den anderen Zeiten machen. Er kann in den Pausen und morgens und abends Wasser holen.
Wer ist Iglemyr?, fragte Agnes.
Mein Mann, antwortete Laura und lachte.
Agnes hatte noch nie gehört, dass sie lachen konnte. Lauras Gesicht füllte sich mit Munterkeit, die Wangen bekamen rote Flecken, und es wurde deutlich, woher ihre Töchter die vielen Arten zu kichern und zu gickeln hatten.

So hießen sie früher, erzählte Laura. Meine Eltern haben meinen zukünftigen Mann nie anders genannt. Sie lebten neben einem Moor voller Egel, dort in Moss. Aber mein Samson wollte den Namen in etwas Amerikanisches verwandeln. Und da wurden die Egel zum Adler.
Wieder lachte sie laut und lustig.

Am selben Abend rief sie die Mädchen zu sich und erteilte ihnen liebevolle Ermahnungen. Nun lachte sie nicht mehr. Ihre Haut war jetzt grau, und die Augen waren blass. Dann kam der Mann dazu, und Agnes wollte die Kammer verlassen, aber die Hausfrau befahl ihr zu bleiben. So kam es, dass sie und Samson Abrahamson Eagle auf Befehl einer anderen zu beiden Seiten des Bettes niederknieten und dass die Frau mit den dunklen Schatten unter den Augen mühsam ihre Hände zusammenführte, als sie ihr Leben aushauchte.

Samson sagte in der folgenden Zeit nichts darüber. Er ließ seine Gattin auf dem lutherischen Friedhof bestatten, das hatte sie selbst so gewollt. Er lud nach der Trauerfeier zum Leichenschmaus ein und saß stumm zwischen Bekannten, die aßen und tranken. Am nächsten Morgen war er früh auf den Beinen. Als Agnes aufstand, schnitt er sich gerade den Bart. Er beugte sich über die Waschschüssel und musterte sich in dem kleinen Spiegel, der an einem Haken hing. Das, was ihm weit über die Brust gefallen war, kappte er an der Wurzel. Er rasierte sich an den Ohren und darum herum. Übrig blieben blaue Schatten von Haarstoppeln. Übrig war noch der Schnurrbart, verkleinert zu einem schmalen Streifen, der in zwei nach oben gekrümmten Wimpernpaaren endete. Nur sein Haupthaar ließ er unversehrt, die Locken, die ihm bis auf die Schultern fielen.

Dann saß er mit seinem Bruder beim Frühstück, während Agnes den Haarabfall zusammenfegte.

Konrad sollte die Kammer der Toten übernehmen. Agnes und die Mädchen räumten auf und machten sauber, behutsam, andächtig. Die Kommode wurde in die Stube gestellt, die Truhe in das Schlafzimmer des Witwers. Konrad half beim Tragen. Danach saß Samson auf der Bettkante und sah Stoffe und Kleidungsstücke seiner Gattin durch. Dann brachte er der Haushälterin zwei Röcke und Hemdblusen, ob sie die haben wolle?
Ihr kam das zu früh vor, aber sie nickte und dankte.
Er blieb stehen und wiegte den weißen bestickten Stoff in der Hand, den, in den Laura so viel Arbeit gesteckt hatte.
Das sollte wohl eine Tischdecke werden, sagte Agnes. Oder vielleicht eine Schürze.
Ich glaube, das ist ein Trauertuch, sagte der Mann.
Sie blickte ihn fragend an.
Das ist ein Trauerkleidungsstück; es wird mehrmals längs gefaltet und um den Hals gehängt. Die Enden sollen fast bis zu den Knien reichen. Die Frauen haben so etwas getragen in Voss. Man trägt es ein ganzes Trauerjahr hindurch, immer wenn man in die Kirche geht.
Wollte sie, dass Jennifer und Molly …
We are in America now.

Die Kinder hielten sich an Agnes. Aber der Vater schien sie jetzt deutlicher zu sehen als während der Krankheit seiner Frau, er überschüttete sie mit häufigeren und energischeren Ermahnungen.
Beim Essen keine Ellbogen auf dem Tisch, Molly! Still stehen, wenn ich mit euch rede! Hier im Haus kennen wir Manieren, wir sind nicht wie die wilden Kojoten!
Die Mädchen gehorchten, brav und mit geradem Rücken,

ernst, aber ohne Tränen, wenn der Vater in der Nähe war. Sie weinten zusammen mit Agnes. Dann schmiegten sie sich dicht aneinander und schluchzten leise. Auch Agnes. Sie hatte Frau Laura vor deren Tod unendlich hoch geschätzt. Außerdem ging ihr auf, dass sie das Schicksal der Kleinen teilte, auch sie war mutterlos.

Nach einer Woche verstummte das Weinen, die Mädchen kamen nicht mehr zur Haushälterin, um sich anzuschmiegen und zu schluchzen, und das Leben ging, mit Hausarbeit und Englischunterricht, weiter wie bisher.

So, wie die Mädchen während der Woche die kleinen Lehrmeisterinnen im Haus waren, übernahm an den Wochenenden der Vater diese Rolle. Jeden Sonntagnachmittag setzte er sich zu den Kleinen und hörte sie in biblischer Geschichte ab, und er erteilte ihnen Aufgaben – Verse, die sie bis zum nächsten Mal auswendig lernen sollten. Nur Jennifer konnte lesen, und deshalb trug sie die Verantwortung dafür, dass beide lernten, was sie lernen sollten. Aber Molly fand Ausflüchte – der Hund war verschwunden und musste gesucht werden, Eier mussten aus dem Hühnerhaus geholt werden, Haarbänder mussten gelöst und gebunden werden, da das rote schöner war als das blaue. Das verärgerte den Vater, und beide bekamen die Rute.

Agnes gab er ein Kochbuch auf Englisch.

Damit du die Gerichte des Landes lernst, in das du gekommen bist, sagte der Mann.

Als ob er seiner seligen Gattin und ihrer Küche den Rücken zugekehrt hätte, dachte die Haushälterin. Das Buch war zudem absolut unbegreiflich, denn es benutzte Maße, die Agnes nicht kannte. Das erste Rezept hieß *Braided raisin bread.* Als Erstes sollte man 1 *pint hot milk or water* abmessen. Look here!, so rettete Jennifer sie.

Auf der letzten Seite wurden die Maße erklärt. 3 *teaspoons* ergaben 1 *tablespoon.* 16 *tablespoons* füllten einen *cup.* 2 *cups*

waren 1 *pint*, und 2 *pints* ergaben 1 *quart*. 4 *quarts* wurden *a gallon*, und 8 *quarts* waren 1 *peck*.
You see?, fragte die Kleine. Du brauchst nur eine Tasse, in die zweiunddreißig Esslöffel passen. Dann füllst du die Tasse mit warmer Milch oder Wasser.
Molly holte fünf unterschiedlich große Tassen und Becher und einen Löffel und fing vorsichtig an, aus dem Wassereimer zu schöpfen.
One pound is four cups flour, teilte Agnes ihr mit.
One pound ist außerdem neun mittelgroße Eier, las die Ältere über Agnes' Schulter.
Mag euer Vater kein Essen, das auf norwegische Weise gekocht ist?, fragte die Haushälterin und dachte an den bevorstehenden Schlachttag.
Doch, sicher, sagte Jennifer, er pfeift, wenn er frische Sülze und Presswurst und Kräuterwurst riecht.
Also konnte sie das Buch der Toten doch benutzen, wusste Agnes jetzt.
Das hier ist die richtige Tasse, jubelte Molly; es war der Rasierbecher des Vaters.
Dann brauchen wir nur noch Milch warm zu machen, sagte ihre Schwester.
Und schon ging es los. Bald hatten sie die Zutaten in einer Holzschüssel versammelt: 1 / 3 Tasse Butter, 1 / 2 Tasse Zucker und 1 Teelöffel Salz, ein geschlagenes Eiweiß, 1 / 4 Tasse Rosinen und 8 Tassen Mehl, ein Stück Hefe sowie die angewärmte Milch. Und der Witwer schnüffelte glücklich an dem frischen Rosinenbrot, das ihm abends serviert wurde.
Auch Jennifer liebte es, sich durch die feine Handschrift in den nachgelassenen Aufzeichnungen ihrer Mutter hindurchzubuchstabieren, und ungesehen von Herrn Eagle, blätterten Agnes und die Kleinen sich von Rezept zu Rezept und weiter zu Auskünften über die Merktage des Primstabs. Ab und zu gab es kleine Verse im Heimatdialekt der Verstorbenen, und

sie lasen diese Worte, die sie an Lauras Stimme erinnerten, laut vor. Über die Heudarre stand dort: *Das erste Gras, das trockne trocken, dann kannst den Schümmel nie verlocken.* Dann gab es den Tag, der Jakob Nebelpferd hieß. Das war der 27. Juli. Was war wohl ein Nebelpferd? Ein seltsamer Vogel, hatte die Mutter den Kindern erklärt. Der Waldwasserläufer, der wie ein Pferd wieherte. Er hatte Unwetter angekündigt, dort in Voss, und wenn die Menschen zur Mahdzeit etwas fürchteten, dann eben gerade das!
Schümmel, wiederholten die Mädchen und kicherten.
Aber dann brachen sie wieder in Tränen aus. Sie hingen an Agnes' Hals, drückten ihre Gesichtchen an ihre Brust, weinten und weinten. Sie streichelte ihnen den Rücken. Dann musste sie auch selbst weinen an diesem Tag, weil sie sich nach einem Mann sehnte. Und als sie an diesem Abend schlafen gegangen war, ließ sie sich von Lasse füllen. Es waren seine Augen, diese blanken, grauen, mit so viel Willen und Freude darin. Er richtete sich auf *sie,* dieser Wille. Er hatte sie geliebt, dort auf der Heuwiese in der Olavsnacht, da war sie sicher, genauso, wie sie ihn geliebt hatte. Sie hatte in ihnen gebrannt, die Liebe, dort in dem matten Nachtlicht, wie jemand Buchstaben in Holz einbrennen konnte. Zugleich loderte sie für immer in ihnen, das wusste sie und erlaubte sich, es zu spüren, als sie dort in einer Kammer im amerikanischen Mittleren Westen lag; sie erinnerte sich an das Begehren dort auf dem Berg und an die Freude später, als sie wieder im Boot saßen und Lasse vor den verschneiten Berggipfeln das Wasser durchpflügte. Und die Sehnsucht war fast nicht zu ertragen.

Ignoranten!, dröhnte Samson A. Eagle und fuchtelte mit einer Zeitung. Da lassen sie diesen Trottel von Schullehrer über die Herausforderungen unserer Zeit schreiben, und er redet über die Wunden, die der Bürgerkrieg hier in Minnesota hinterlassen hat! Wollen wir denn nicht weiterkommen?

Er schleuderte die Zeitung auf den Tisch, und Agnes dachte, dass sie sie später lesen würde, wenn er sie liegen ließe. Aber das tat er nicht, er nahm die Zeitung mit sich auf den Abtritt.

Dann kam das Klavier, das Mister Eagle aus St. Paul bestellt hatte. Und es tauchte eine Lehrerin auf, die die Mädchen unterrichten sollte, im Gegenzug durfte sie bei jedem Besuch selbst eine Weile in die Tasten hauen, denn sie besaß kein eigenes Instrument. Betty Candice hieß sie, und sie kam über New Orleans und St. Louis von der Ostküste.

Als der Unterricht anfangen sollte und der Vater der Kinder sich zum Zuhören hingesetzt hatte, stellte die Frau klar, dass sie mit den Kleinen allein sein wollte. Samson trampelte hinaus, um nach einer Kuh zu sehen, die jederzeit kalben könnte. Agnes stand in der Küche und bügelte Kleider. Nach dem Unterricht lud sie die Frau zum Kaffee ein.

Also, brummte der Vater der Schülerinnen später. Ist sie tüchtig?

Das nehme ich an, erwiderte Agnes. Sie bringt sie immerhin dazu, die Finger zu bewegen und Töne hervorzubringen.

Sie tun, was sie sagt?

Sie lauschen andächtig. Sie sagt, sie hätten Musikalität im Blut.

Wie findest du ihre Kleidung?, fragte er dann.

Agnes konnte nicht antworten; Betty Candice war in einem sichtlich abgenutzten Mantel eingetroffen. Darunter hatte sie ein Kleid mit kleinen Rissen und Löchern getragen.

Sie trägt *Kreationen,* erklärte der Schneider. Das tun nur wenige in Alexandria. Das können nur wenige tragen!

Agnes wandte sich ab. War er nicht nahe genug gewesen, um die Risse und die verschossenen Farben zu sehen?

Hast du übrigens an dir Maß genommen?, fragte er dann.

Agnes wurde rot.

Von den Achselhöhlen bis zur Taille, verlangte der Mann. Von den Achselhöhlen zum Knie und vom Knie zum Boden.

Agnes merkte, dass sie wütend wurde.
Von Schulter zu Schulter, redete der Schneider weiter, und von der Schulter zum Handgelenkknöchel. Um die Taille und um die Brust. Ich will außerdem den Kopfumfang für einen Hut. Und dann kannst du auch gleich noch bei den Kindern Maß nehmen.
Agnes sah ihm immer wieder für einen Moment in die Augen. Sein Blick war fest und stark, als habe er jedes Recht, ihre entblößten Schultern zu erwähnen, sie sich barfuß vorzustellen, und sein Blick war ganz ernst und ohne Lächeln.

Als die Musiklehrerin das nächste Mal ins Haus kam, fragte sie Agnes nach den Fähigkeiten des Schneiders. Die Haushälterin musterte die Besucherin, sie ließ den Blick über ihr Kleid gleiten, das an diesem Tag Puffärmel und lange Kragenspitzen hatte; es war rot und grau, und Agnes konnte sehen, dass es früher einmal sehr elegant gewesen war.
Herr Eagle sagt, nur wenige hier in der Stadt tragen Kreationen, sagte Agnes. Und nur wenige können das tragen.
Mit einer Handbewegung stellte sie klar, dass Betty Candice zu diesen wenigen gehörte. Auf diese Weise sagte sie der Klavierspielerin etwas Nettes, während sie zugleich den Schneider lobte.
Die andere musterte Agnes' Kleid, handgemacht in einer alten Welt, was den Rock anging, die Hemdbluse war eine von den von Laura geerbten.
Er will für mich nähen, erklärte die Haushälterin. Ein ganzes Kostüm von Kopf bis Fuß.
Ja?
Plötzlich war in Agnes ein Hunger nach einem schönen Kleidungsstück entstanden, und ihre Stimme klang atemlos, als sie nun sagte: Er braucht die Maße. Ich kann sie nicht allein nehmen.
Ich kann dir helfen!

Denn Eagle kann nähen, sang es in Agnes. Er ist ein Meister! Deshalb zog Agnes sich unter dem Blick einer Fremden halb aus, während sie sich an den Klang des Wortes *Kreation* in Herrn Eagles Mund erinnerte; bei der Vorstellung von Betty Candice' Kleid ohne Risse, ohne die verschossenen Farben, damals, als das Kleid neu gewesen war und aufsehenerregend elegant gewesen sein musste; und bei der Vorstellung der Verwandlung, die der Schneider seiner Kundschaft beschert hatte. Deshalb schluckte Agnes die Demütigung hinunter, die der Blick des Mannes an ihrem Körper für sie bedeutet hatte. Deshalb nahm sie außerdem bei den Kindern Maß. Und sie zitterte bei der Vorstellung, demnächst ein wunderschönes Gewand zu tragen.

Näht er schon für dich?, fragte die Klavierlehrerin nach der nächsten Stunde.
Er arbeitet hinter einem Wandschirm, aber ich kann das Schimmern des Stoffs ahnen, erwiderte Agnes.
Welche Farben?
Grün und Rot.
Sie waren fast schon Freundinnen geworden, die gescheiterte Musikerin und die viel jüngere Einwanderin. Agnes bot Kaffee und Kuchen an, die Yankeefrau ließ einem Strom aus erlebtem Glück, gefolgt von Unglück, seinen Lauf.
Once so rich!, sagte sie und seufzte theatralisch. And now so poor.
Sie hatte einen Ehemann gehabt, der zum gambler geworden war. Er hatte alles verspielt, sogar das Ehebett mit den Messingknäufen und das Grand Piano der Gattin.
Und wie wir uns gestritten haben, rief sie, als sei das eine schöne Erinnerung. Und wie er getrunken hat!
Einmal hat er mich geschlagen, sagte sie. Und darüber habe ich Dinge vergessen, die ich vorher gewusst hatte, wie Beethovens dramatische Läufe.
Horrible, sagte Agnes.

Heute Abend trinkst du mit mir Wein, befahl Samson, als die Kinder im Bett lagen.
Als Laura noch gelebt hatte, war es vorgekommen, dass er sich ein Glas eingeschenkt und es zu seiner Gattin in die Kammer getragen hatte, um sich an ihr Bett zu setzen und das Glas in tiefem Schweigen zu leeren. Jetzt saß er in der Stube und zeigte auf den Platz ihm gegenüber am Tisch.
Agnes setzte sich.
Ich freue mich darauf, das Kleid an dir zu sehen, sagte er und musterte ihre Gestalt.
Wieder fühlte sie sich ein wenig gekränkt.
Prost, sagte der Mann.
Und Agnes kostete zum ersten Mal in ihrem Leben süßen dunklen Wein, und das erfüllte sie mit etwas Weichem, Dankbarem, aber auch mit einer Schläfrigkeit, die sie veranlasste, sich zurückzuziehen, als das Glas leer war, denn sie musste vor dem Schlafengehen noch einen Brotteig ansetzen.
Die guten Gefühle waren auch am nächsten Morgen noch vorhanden, schwächer zwar, aber sie brachten sie dazu, einen Mandelkranz zu backen. Danach machte sie mit den Kindern und dem Hund einen Spaziergang, sie gingen einfach nur, warm angezogen im Wind, ganz ohne Pflichten und Ziele – damit die Kleinen zum Lachen zurückfänden, gab sie sich selbst als Erklärung.
Why are we walking?, fragten die Kinder.
No reason, antwortete Agnes. Sometimes no reason is doing good. Thinking of nothing but what we see.
Nuts, sagte Jennifer.
Wild apples, sagte Molly.
Wir brauchen keine zu pflücken, wenn wir keine Lust haben, sagte Agnes auf Englisch.
Die Nüsse sind jetzt richtig, sagte Jennifer.
Die Äpfel sind verfault, sagte Agnes.
Zu Hause haben wir Mandelkranz, sagte Agnes.

Es ist schön, wenn du unsere Namen abkürzt, sagte Jennifer. Agnes nannte sie manchmal Jenny oder Jen und ihre Schwester Mol.

Samson nähte.
Er legte beim Schlachten eine Pause ein, während er sonst mit kraftvoller Stimme und schnellen Entscheidungen dastand. Er ließ die Tiere mit raschen Schnitten ihr Leben verlieren, dann zerteilte er sie, zusammen mit Konrad, mit Axt und Säge und Messern. Agnes rührte das Blut. Sie machte nach Lauras Buch Würste und Klöße, würzte nach Lauras Anweisungen, vieles war anders, als es bei ihnen im Norden gewesen war, aber sie war jetzt in Amerika, bei Leuten aus Voss. Und sie stellte Sülze und Presswurst her, legte in Lake ein und hängte zum Dörren oder Räuchern auf.

Samson nähte weiter. Er holte neue Stoffrollen aus Verstecken in seiner Kammer, er arbeitete abwechselnd an Frauenkleidern, Männerkleidern und Weihnachtskleidern für die Mädchen. Er genoss den Wechsel. Er genoss seine Entwürfe. Endlich fühlte er die Freiheit, seinen eigenen Ideen zu folgen, ohne nach dem stummen oder ausgesprochenen Widerwillen einer anderen schielen zu müssen. Er nähte keine Röcke mit Miedern, wie sie in Voss üblich gewesen waren. Keine formlosen Röcke, die unter der Büste mit Bändern gehalten wurden. Schlicht sollte es sein! Klar und einfach! Die Mädchen sollten jede ein Kleid aus kariertem Stoff mit Samtkante unten und Samt an den abgerundeten Kragen bekommen. Und Agnes! Er hatte innerlich gejammert, als Konrad sie vom Bahnhof geholt hatte. Immigrantin, hatte alles an ihr geschrien. Armselig! Altmodisch! Und zugleich hatte der ganze Mensch um Verwandlung gebeten, ihr ganzer Körper hatte gerufen, ihr Gesicht, ihre Augen, oder nicht? Ich bin in eine neue Welt gekommen, mach mich neu! Oh, er würde sie so neu machen, so neu!

Dann kam der Tag, an dem sie es sehen sollte. Die Kreation hing an der Schneiderpuppe, die allerdings für Männersachen gedacht war und nicht für Frauen. Das spielte keine Rolle, die Puppe sollte nur dazu dienen, dass Agnes ihr Kostüm ganz sehen konnte.
Es war wunderbar.
Der Rock saß über den Hüften eng und ging dann in einer Art Welle bis zur Mitte der Wade weiter, wo ein abgeschrägter Zusatzrock angesetzt war, der bis zur Schuhspitze reichte. Alles war aus der gleichen grün schimmernden Seide genäht. Und darüber hing eine Jacke aus Brokat, mit langen Ärmeln und tailliert, um sich dann so zu teilen, dass der Rock gleich unter der Taille in einem Schlitz sichtbar wurde. Der Schneider nahm die Jacke weg und zeigte Agnes die Bluse darunter, auch die war aus grüner Seide wie der Rock. Nicht zu sehen und ganz innen war ein neues Korsett, das er für sie gekauft hatte und das sie erst später entdeckte.
Agnes schnappte nach Luft. Das überstieg sogar ihre Träume. Aber total unbrauchbar, dieser Gedanke durchschnitt sie wie ein spitzes Messer, denn wann sollte sie das wohl tragen?
Du kannst es auf der Adventsgesellschaft bei Nelsons anziehen, entschied der Mann. Da sind wir alle eingeladen. Du kommst mit als Angehörige meines Hauses, nicht nur, um dich um die Kinder zu kümmern, verstanden?
Agnes wurde rot, denn wer sollte sie dann sein? Herrn Eagles Haus war außerdem in Trauer, wie sollte sie in einer solchen Zeit mit einer Kreation brillieren dürfen?
Herr und Frau Nelson haben *dich* eingeladen, sagte Samson.
Mich?
Das lag an einem Brief. Einem Brief, den die selige Laura unmittelbar vor ihrem Tod geschrieben hatte. Sie war eine emsige Briefschreiberin gewesen. Samson dachte nicht gern daran, denn sie hatte auf Norwegisch geschrieben. Er hatte das als Aufruhr gegen ihn selbst betrachtet, dass sie dort in der Spra-

che der alten Heimat an Krethi und Plethi schrieb. Einen dieser Briefe hatte sie an ihre Cousine geschickt, die mit Herrn Nelsons Gattin bekannt war. Es war darin um Agnes gegangen. Sie war beschrieben worden als »Licht der Kranken in einem ansonsten schweren Alltag«.
Für Samson war es wie eine Ohrfeige gewesen, diese Worte zu hören. Deshalb schwieg er darüber. Er sagte stattdessen, Nelsons hätten neue Einwanderer immer mit offenen Armen empfangen.
Deshalb bist du als du selbst eingeladen, sagte er.

Und sie würden alle mit Kreationen brillieren, stellte sich nun heraus. Die Mädchen freuten sich über die neuen Kleider, und der Vater hatte für alle in einem Laden in Alexandria schöne Schuhe bestellt. Für sich hatte er weinrote Beinkleider genäht, die in hohen Stiefeln endeten, und ein Hemd in einem etwas blasseren Farbton. Darüber trug er eine graue lockere und offene Jacke. Er trug keine Weste, hatte aber einen gemusterten Seidenschal um den Hals geschlungen. Als er sich den anderen zeigte, trug er noch dazu einen breitkrempigen weichen Hut, der schräg auf den schulterlangen glänzenden und frisch gewaschenen Locken saß.
Er war auf blendende Weise außergewöhnlich.
Ich bleibe zu Hause, erklärte Konrad.
Dann brauchst du wohl auch nicht die Weste und die Hose, die ich für dich genäht habe?, fragte der Bruder spöttisch.
Nein, sagte Konrad.
Du hättest Prügel verdient, murmelte Samson, aber ohne nachzudenken, denn in Gedanken sah er sich im Spiegel und Agnes dahinter, und seine dunklen Augen strahlten.

Senatorendreck, murmelte Konrad verbissen, als er wie ein Schatten hinter Agnes' Rücken vorbeistrich, während sie die Mädchen frisierte.

Hielt er alle Senatoren für Dreck oder nur Knute Nelson?
Do you know what Senator Nelson really does?, fragte Agnes die Mädchen.
Sie hielt die Lockenschere nicht mehr an Jennifers Kopf, sondern legte sie ins Glasrohr über einem brennenden geölten Docht.
Er entscheidet, sagte das Kind.
Er trauert, sagte Molly.
Agnes hielt die gewärmte Schere wieder an Jennifers Haare und formte lange Locken.
Stell dir vor, sie haben drei kleine Töchter verloren, erzählte Molly über das Ehepaar Nelson. Offenbar an derselben Krankheit. Scharlach, glaube ich. Fast am selben Tag.
Aber er ist nicht Senator, sondern Kongressmann, teilte Jennifer mit.
Aber Konrad hat gesagt …
Konrad ist frech. Deshalb verdient er Prügel.
Die neuen Locken wurden mit Hilfe von Schleifen und zu den Kleidern passenden Bändern um den Kopf arrangiert. Dann waren sie fast fertig, und Agnes konnte ihre eigenen Haare locken und sich bereitmachen.

Samson Abrahamson Eagle machte bei ihrem Anblick eine galante Verbeugung. Als Agnes nach ihrem eigenen abgenutzten Mantel griff, eilte er in die Kammer und holte Lauras Pelzmantel. Er hielt das Kleidungsstück in den Händen und musterte Agnes forschend.
Like an American lady, sagte er.
Die Mädchen klatschten in die Hände.
From the Boston magazines, rief Jennifer.
Like a model, sagte Molly.
Samson lächelte. Er lächelte das Kleid an, den Rock und die Jacke, und er lächelte außerdem für einen Moment Agnes' Gesicht und die blauen Augen an. Dann brachen sie auf, zwei

Erwachsene und zwei Kinder in einem Schlitten, die Pferde geschmückt mit munteren Schellen. Bald passierten sie einen anderen Schlitten, und Samson sah, was die Fremden sahen. Einen Schlitten mit einem Ehepaar mit zwei kleinen Kindern. Eine Vision, das wusste er. Ein wahres Bild aus einer Zukunft, nur noch nicht vollbracht, das wusste er auch, denn zuerst musste eine Trauerzeit durchlebt werden.

Knute Nelson wohnte in einem weißen Haus in der Nähe des Victoriasees. Davor stand eine Tanne, deren Zweige schwer vom Schnee waren. Hinter den Fensterscheiben leuchtete es rötlich und traulich von Kerzenleuchtern und dem Kamin.
Der Kongressmann war ziemlich klein, einige Zoll kleiner als Samson. Sein Gesicht war viereckig und hatte einen starken Blick. Er schüttelte Agnes die Hand und lächelte freundlich und offen.
Na?, fragte er in klangvollem Norwegisch. Man findet sich zurecht?
Ja, danke, erwiderte sie verdutzt.
Man braucht einen breiten Rücken, um den Platz der seligen Laura zu füllen, sagte nun der Staatsmann.
Dann wechselte er die Sprache und verriet, dass er wusste, dass die Mädchen Agnes' Lehrmeisterinnen im Englischen gewesen waren. Danach sagte er etwas über die Stärke, Trauer so zu tragen, dass sie zu einer größeren Stärke in einem Menschen wurde und nicht zum Untergang.
Die Gattin wirkte verschlossen und streng, fand Agnes anfangs, doch als sie lächelte, wurde ihre Miene mild und fast scheu.
Es waren noch weitere Gäste anwesend, Kinder und Erwachsene, und alle schienen, ihrer Sprache nach, aus Norwegen zu stammen, man konnte allerlei Dialekte und mehr oder weniger unbeholfenes oder korrektes Englisch hören. Eine andere Frau sagte etwas Freundliches über Agnes' Kostüm.

Diese Frau trug einen tiefblauen Samtrock unter einer gelben Jacke. Und sie ließ einen verständnisinnigen Blick von Agnes zu einer Dritten wandern, die ein Stück weiter entfernt stand, in einem schwarzen Trachtenrock, der gleich unterhalb der Büste mit einem roten Band um einen breiten Leib befestigt war.

Agnes schlug verlegen die Augen nieder.

Aber das Trachtensilber behalte ich, sagte die Samtene, sie hatte auf dem Jackenrevers zwei schöne Broschen stecken, eine kleiner als die andere, zwei glänzende, klirrende Schmuckstücke.

Agnes schaute zu der Frau im schwarzen Rock hinüber. Die Trachtenträgerin wandte sich von ihr ab, als wollte sie nichts von ihr wissen.

In diesem Moment wurden sie in ein Esszimmer geführt, wo für zwölf gedeckt war. Und das Gespräch wandte sich den vielen Herausforderungen der Zeit zu, den großen und den kleinen, und eine Zeitlang war die Rede von Indianern. Agnes saß stumm dabei und lauschte, sie hatte mehrere Indianer gesehen, zumeist Männer, die sich in der Hauptstraße der Stadt an den Hauswänden entlangdrückten, oder sie waren gleichzeitig mit ihr in einem Laden gewesen, oft kauften sie Tabak. Sie bezahlten und grüßten, wenn sie gingen. Jennifer und Molly hatten Agnes die ersten Male auf die Indianer aufmerksam gemacht, später erkannte sie sie dann selbst.

Tumulte im Norden des Staates, wurde gesagt.

Der Kongressmann redete eifrig darüber, wie die Indianerfrage gelöst werden könnte; es sei eine Geldfrage.

Du wirst es schon schaffen, wurde gelobt. Du wirst es schon schaffen, ja.

Na, was sagst du?, fragte Samson A. Eagle zufrieden, als sie wieder zu Hause waren und die Kleinen ins Bett gebracht hatten. Über den kleinen Giganten aus Alexandria?

A friendly man, erwiderte Agnes, die noch immer die Kreation trug.
Als er damals ins Abgeordnetenhaus von Minnesota gewählt worden ist, haben die Bürger der Stadt zu seinen Ehren einen Fackelzug veranstaltet, erzählte Samson stolz. Damals hat er diesen Spitznamen erhalten. The little giant.
I see, antwortete Agnes.
Herr Eagle stand mitten im Raum, breitbeinig, in Stiefeln und Hosen, in der grauen Jacke und mit der Halsbinde, er stand da und rauchte eine Zigarre. Dieser Anblick löste in der jungen Frau eine tiefe Unruhe aus, eine Unruhe, die sie ärgerlich stimmte.
Sie hätte nicht mit zu den Nelsons gehen dürfen. Das hatten sie dort gedacht, mehrere von den anderen, da war Agnes sich sicher. Sie hätte zu Hause bleiben und Weihnachtsvorbereitungen treffen müssen, sie hätte auf den Knien liegen und den Boden scheuern müssen, das hätte sie tun müssen. Konrad hätte auf das Fest gehen sollen, er war mit Samson und den Kindern verwandt.
Sie hatte die Blicke von damals erkannt, als ihr Vater Annapia geheiratet hatte. Nur eine Haushälterin, hatten sie gehöhnt. Und dafür, dass sie in Trauer waren, waren sie wohl viel zu fein angezogen gewesen.
Du bist so schön, sagte der Mann, der jetzt vor ihr in seiner Stube stand und rauchte.
Auch er selbst war schön; sie hatte schon den ganzen Abend gesehen, wie elegant er war, der Eleganteste auf dem Fest. Und ihre Kleidung passte zueinander, auch das hatte sie gesehen und gedacht, dass die anderen Gäste es ebenfalls bemerkt hätten.
Warum konntest du mir nicht lieber etwas Alltägliches nähen! Dieser Vorwurf war ihr herausgerutscht, ohne dass sie nachgedacht hatte.
Das kannst du selbst machen, antwortete er freundlich. Hier

ist Stoff genug. Da steht die Maschine. Du brauchst nur die Nadel einzufädeln und den Fuß auf das Trittbrett zu setzen. Sag Bescheid, wenn du Hilfe brauchst.

Dann würden sie zu zweit an der Schneiderarbeit sitzen, dachte Samson zufrieden. Sie sollte es selbst versuchen. Er würde ihr zusehen, sie korrigieren, sie anlernen. Wenn sie gut genug wäre, würde er sie an der Arbeit für die Kundschaft beteiligen, ohne deren Wissen natürlich.
Beim Gedanken an diese Zukunft wurde ihm warm.

Draußen schneite es. Konrad schaufelte Wege über den Hofplatz frei. Er war anderswo auf einem Fest gewesen und erst spät in der Nacht betrunken nach Hause gekommen.
Samson schrieb Artikel. Er lief auf Skiern zum Postmeister, um sie wegzuschicken. Später schnallte er sich abermals Skier an, um die Zeitungen zu holen, die seine Artikel abdruckten.
Ich kann vielleicht eine Stellung bei einer Zeitung in Minneapolis bekommen, sagte er gegen Ende Februar.
Ist er denn nicht Schneider?, überlegte Agnes verwirrt.
Ich bin wegen des Senators hergekommen, als er in den Kongress gewählt werden wollte, teilte Samson mit. Ich habe ihm beim Gewinnen geholfen. Jetzt ist er die meiste Zeit in Washington D.C., und ich bin hier.
Gefällt es ihm nicht in Alexandria?, fragte sie.
Man wird gezogen, liebe Agnes, in so viele Richtungen, wenn man ich ist.
Die Hausfrau wollte zurück nach Wisconsin, sagte die Haushälterin.
Wer, Laura? Hat sie das gesagt?
Ja.
Aber die Hausfrau lebt nicht mehr.
Nein, sagte Agnes.

Man könnte natürlich auch eine eigene Zeitung aufmachen, sagte der Mann einige Tage später, nachdem er soeben Agnes' Arbeit an der Nähmaschine gelobt hatte. Dann hat man alles selbst in der Hand. Dann braucht man sich mit niemandem über den Inhalt zu einigen.
Jetzt hast du vergessen, den Faden zu wachsen, fügte er hinzu und reichte ihr das Wachs: Sie nähte mit der Hand im Moment. Sie nähte eine Weste für einen Kunden. Sie war gerade mit dem Einfassband um den Hals beschäftigt.

Aber am allerliebsten würde ich an eine Universität gehen und mehr lernen, so glitt der Mann in der folgenden Woche weiter an der Reihe möglicher Metiers entlang. Ich könnte Philosoph werden.
Was ist mit den Kindern?, fragte Agnes bestürzt.
Wenn ich nicht lieber hier in der Stadt eine Schule eröffne, sagte er, für norwegisch-amerikanische Kinder. Eine Schule, die das Denken schärfen soll.
Ach?
Nichts ist bereichernder für einen Menschen als der Versuch, die tieferen Argumente zu erfassen, Agnes. Ich würde dann Gastvorleser von anderen Lehrstätten einladen. Sie könnten vor den Kindern die Grundlage der Erwachsenentaufe im Gegensatz zur Kindertaufe diskutieren, und die Jugend könnte zum selbständigen Denken geweckt werden.

Im Frühjahr verschwand der junge Bruder Konrad voller Zorn. Zwischen den Brüdern war es zu einer Meinungsverschiedenheit über den richtigen Zeitpunkt zum Umsetzen von Tabakpflanzen gekommen. Die Pflanzen waren einige Zeit unter großen weißen Leinwandstücken gewachsen. Der Stoff sollte sie vor Insekten und anderen Tieren schützen. Der Regen sickerte durch den Stoff, und wenn es nicht regnete, mussten sie täglich gegossen werden. Das war Konrads Auf-

gabe. Es war eine Arbeit, die ihm missfiel, denn das Wasser blieb in Pfützen auf dem Stoff liegen, bis es durchsickerte, und auf diese Weise belastete es die Pflanzen darunter. Da er vorsichtig sein musste, dauerte das Gießen lange, und außerdem wollte Konrad seine Arbeit lieber sehen. Deshalb war Konrad der Erste, der die Zeit zum Umpflanzen für gekommen hielt.
Zu früh, erklärte Samson.
Er ließ die behandschuhte Hand mit dem Stoff sinken und erhob sich. Er trug immer Handschuhe, wenn er unter freiem Himmel arbeitete – selbstgenähte Handschuhe von feinerer oder gröberer Art, es kam auf die Arbeit an –, um seine Schneiderhände sauber und ohne Risse oder zerbrochene Nägel zu erhalten. Und er kehrte dem Bruder dort bei den Tabakpflanzen den Rücken zu, um wieder ins Haus zu gehen, er erwartete einen Kunden.
Du weißt ja wohl alles besser, fauchte Konrad.
Samson fuhr herum: Was hast du gesagt?
Dass du glaubst, alles besser zu wissen, antwortete der Bruder.
Und tu ich das nicht?
Der junge Mann hob die Stimme, die zitterte, aber gut zu hören war: Immer und jederzeit. Während wir anderen …
Konrad!, sagte der Ältere nachsichtig. Du weißt doch, dass …
Genau! Ich weiß, dass du immer das Beste bekommen hast. Ich weiß noch, Mutter. Sie hat nur über dich geredet. Samson muss das beste Stück bekommen.
Ich war doch gar nicht da! Ich war auf der Albion!
Aber wenn du da warst. Werde wie Samson! Mach es wie Samson!
Jetzt schweigst du!, verlangte der Bruder.
Ich schweige nie mehr, fauchte Konrad.
Er spuckte auf den Boden und ging. Samson lief hinterher, wollte ihn festhalten, aber der Bruder riss sich los. Dann blieb der Schneiderfarmer stehen; Agnes sah den Auftritt aus der

Ferne, sie sah, wie Herr Eagle in seiner Verärgerung zwischen dem Feld mit den weißen Tüchern und dem Weizenacker hin- und herlief. Sie sah ihn einen hellbraunen langen Handschuh ausziehen und außerdem den Hut abnehmen und sich mit unbeholfener Hand durch das Haar fahren, und bald sah sie Konrad mit auf dem Rücken tanzendem Tornister durch die kurze Allee hinunter zum Karrenweg rennen. Und auf irgendeine Weise tat es Agnes gut, Samsons unbeholfene Hand zu sehen.

Konrad verließ Alexandria und zog zu einem anderen Bruder, der weiter im Westen eine Farm betrieb, das erfuhren sie später. Für ihn wurde ein Ire angestellt, und Agnes befahl ihm, Wasser zu holen, morgens und abends und wenn nötig auch in den Ruhepausen.

Du hast hier ja wirklich die Schlüsselgewalt, sagte Betty Candice eines Tages, als sie hörte, wie Agnes dem Iren etwas auftrug. Trauert er noch, dein Schneider, oder hat er dir schon einen Antrag gemacht?

Agnes erbleichte. Ihr wurde schwindlig. Die Klavierspielerin musste vorspringen und sie packen, damit sie nicht zu Boden sank.

Aber, aber, zwitscherte die andere, ich wollte doch nicht … Verzeih einer dummen alten Frau, lehn dich jetzt hier an, jetzt ausatmen, einatmen, und Betty holt Wasser.

Betty holte Wasser.

In Red Hook, wo ich aufgewachsen bin, waren wir eben viel offener, sagte sie zu ihrer Entschuldigung.

Red Hook, sang es in Agnes. Wie war das in Red Hook?

Es war ein Ort mit Kneipen, erfuhr sie dann, ein Ort mit fröhlichen Männern am Zahltag, lieben Vätern und Onkeln, die Zuckerstangen spendierten. Ein Ort mit Ausflügen mit Picknickkorb und Decken.

Wir haben immer freiweg gesprochen, sagte Betty. Wir haben

gescherzt und uns amüsiert. Und wir haben uns umeinander gekümmert. Ich war bei der Nachbarin ebenso oft wie zu Hause. Sie hatten eine graue Katze.
Red Hook! Dort hätte sie hingehen sollen, das wusste Agnes, von der grauenhaften Halle aus, die Castle Garden geheißen hatte.
Die Moral nahm man mit, wenn man in die Kirche ging, so wurde weitergezwitschert.
Hast du je einen gewissen Lasse getroffen?, fragte Agnes.
Lassie? Why? Who is he?
He sings, fiel Agnes ein. He has a voice, so rich …
In diesem Moment kamen die kleinen Mädchen hereingestürmt. Ein Mann mit einer Mitteilung war gekommen. Jemand musste im Landbüro abgeholt werden, jemand mit viel Gepäck.

Es war Samsons Vater, und er war gekommen, um zu bleiben. Er hatte einen Brief der Schwiegertochter gelesen, geschrieben, als sie im Sterben lag: Er war an eine Jugendfreundin Lauras gerichtet gewesen, und dort hatte etwas von dem guten Frieden gestanden, den es brachte, unter einer dünnen Decke hier vor dem Haus zu sitzen und die Vögel singen zu hören und die vielen Düfte der Natur in sich aufzunehmen. Jetzt wollte Samsons Vater das auch tun, wollte mit Kissen im Rücken dasitzen und mit Eistee oder Kaffee oder westnorwegischem Bier versorgt werden und den Landarbeitern zusehen, die zwischen den Tabakpflanzen jäteten oder orange Kürbisse ernteten.
Dann kann ich ebenfalls in Frieden sterben, sagte er und grinste.
Aber bist du denn krank, Vater?, fragte der Sohn.
Alt, sagte der Vater. Bald sechzig Jahre alt. Dann kommen Gicht und Gemeinheiten. Im letzten Winter hatte ich eine Nagelbettentzündung, die einfach nicht heilen wollte. Altes Fleisch.

Er sah seinem Sohn ähnlich wie ein Ei dem anderen, wegen der kleinen, untersetzten Gestalt und der Form und Züge des Gesichts; der Unterschied waren Runzeln und Falten und dass die Locken grau waren. Dazu kam das Temperament, das von anderer Art zu sein schien.
Und er sprach Norwegisch.
Du kannst den Kaffee bringen, sagte er zu Agnes.
Die kleinen Mädchen hatten sich an die Hausecke gestellt, nachdem sie ihn brav begrüßt hatten. Jetzt standen sie Hand in Hand da, reckten den Hals und staunten.
He, Mädels, rief er ihnen zu, lasst mich mal sehen, ob in euch etwas Gutes steckt.
Widerstrebend kamen sie auf ihn zu – sollten sie den Mund aufreißen?
Nein, das Gute sei durch die Augen zu sehen, erklärte der Großvater, und er musterte ihre schwarzen Pupillen eine nach der anderen.
Doch, stellte er fest. Viel Gutes. Und ein wenig Teufelei.
In our heads?, fragte Molly.
Rede Norwegisch, verlangte der Mann. Seid ihr keine Norwegerinnen?
Wir können gut Norwegisch sprechen, but we live in America, antwortete Jennifer.
Sie knickste und wollte gehen, aber der Alte hielt sie fest.
Dann seid ihr wohl Norwegerinnen in Amerika, meinte er mürrisch.
Die Mädchen sahen ängstlich ihren Vater an.
Samson nickte ermutigend.
Molly and I were born here, sagte Jennifer. Being born in America makes us American.
That's right, stimmte ihr Vater mit fester Stimme zu.
Der Alte schob die Kleinen weg und sah den Sohn ärgerlich an. Er öffnete den Mund, wie um etwas zu sagen, machte ihn dann aber wieder zu. Und öffnete ihn ein weiteres Mal.

Du bist immer noch der Alte, brummte er und steckte sich eine fette Zigarre an.

Er übernahm die Kammer, die Konrad und vorher Laura gehört hatte. Er konnte sehr fröhlich sein. Vor allem, wenn der Sohn nicht zu sehen war, konnte er Geschichten erzählen und Agnes zum Lachen bringen, und es war schön, jemanden zu haben, der nicht die ganze Zeit verlangte, dass sie sich anstrengte, um englische Übersetzungen für die Wörter zu finden, die sie sagen wollte. Und er brachte sie dazu, über ihre unterschiedliche Aussprache zu lachen, indem er sie nachahmte: Wie meinzen das! Was sachßenda!

Es war Mitte August. Der Tabak blühte, und die Blüten mussten abgebrochen werden, damit so viel Kraft wie möglich in die Blätter floss. Auf dem Feld arbeiteten mehrere Erntehelfer, und der alte Iglemyr saß auf einer Bank und dirigierte die Arbeit: Du musst dieses Ende nehmen und du das andere! Du, ja, mit dem Riss in der Hose!
Vorsicht!, rief er.
Niemand begriff, was der Alte rief, die Erntehelfer waren zwei Iren und ein Litauer. Aber Agnes, die ihn verstanden hatte, amüsierte sich.
Passt auf die Würmer auf, rief er den Männern vielleicht zu, wenn sie in der Nähe war. Würm, Würm. Kriecht Bein hoch. Kriecht Bauch hoch, Würm, Würm.
Agnes gluckste vor Lachen.
Mein Sohn muss diese Burschen wegschicken, klagte der Alte, die verstehen ja nicht, was man ihnen sagt.

Agnes hatte noch nie ein so bewegliches Gesicht gesehen wie das des Alten. Er schnitt die komischsten Grimassen. Und er konnte auch die Schneiderkunden nachahmen, ob sie nun watschelnde Fettklöße waren oder sonst seltsam gingen.

Danach stellte er sich dann zur Rede: Pfui! Was denkst du dir eigentlich? Der Tod rückt näher, und der Alte hat den Verstand verloren.
Agnes und die Mädchen mussten einfach lachen. Und er baute mit den Kindern zusammen ein Haus aus Märchen, wenn er über alte Tage in Norwegen und Wisconsin erzählte. Denn obwohl der Vater ihnen verboten hatte, Norwegisch zu sprechen, konnte er ihnen ja wohl nicht verbieten, Norwegisch zu hören!
Samson gegenüber war der alternde Abraham Iglemyr nicht so redselig, es sei denn, er fragte nach den Tätigkeiten des Sohnes.
Ich finde, du nähst alle Hosen auf dieselbe Weise, konnte er sagen, wollen die denn alle aussehen wie Brüder, die Leute hier in der Gegend?
Der Kunde bekommt, was der Kunde haben will, erwiderte der Sohn. Ich zeige ihnen Muster und Stoffe. Dann entscheiden sie.
Aber hätte er nicht eigentlich etwas Großes werden sollen?, fragte der Vater.
Samson gab keine Antwort.
Loiert, sagte der Alte.
Samson schwieg noch immer.
Mutter hätte dich auch gern als Pastor gesehen.
Ich schreibe ein wenig für zwei Zeitungen, sagte der Sohn verlegen.
Ist das eine Ehre?
Wenn die Leser verstehen, was ich schreibe, und wenn sie es interessant finden, erscheint es mir als ehrenvolle Beschäftigung, erklärte Samson.
Warum bist du nicht Professor?, fragte der Vater. Du kennst doch so viele feine Wörter. Das hättest du wohl werden können, du mit deiner göttlichen Kraft.
Der Blick des Alten funkelte und war auf Agnes gerichtet, als

amüsiere der Mann sich köstlich und wolle den Witz mit ihr teilen.

Die göttliche Stärke hast du mir wohl angehängt, Vater, sagte der Sohn, er war jetzt auf Norwegisch übergewechselt, vielleicht um sicher zu sein, dass der andere ihn verstand.

Auch er schaute rasch zu Agnes hinüber, und während sie zuerst das Zimmer hatte verlassen wollen, kam ihr jetzt die Erkenntnis, dass sie hier an einer Kraftprobe teilnahm, bei der beide Seiten sie als Zeugin wünschten. Und sie wiederholte es langsam in Gedanken: eine göttliche Stärke? Der Samson der Bibel natürlich, der, der Tausende von Philistern erschlagen hatte.

Nein, ich muss schon sagen!, rief Herr Iglemyr. Beschwert man sich über seinen Namen?

Meine selige Mutter hat sich beschwert und Einwände vorgebracht. Sie wollte mich nach meinem Onkel Mika nennen. Mika ist einer der liebenden Söhne in der Bibel.

Wie hätten wir dich nach dem Onkel nennen können, der war doch nicht ganz gescheit, brummte der Onkel. Und deine Mutter hat das nie mehr erwähnt. Aber sie hat über dich geseufzt. Wo Rasmus B. Anderson Professor geworden ist, warum nicht auch du?

Der große Sohn der Koshkonong-Prärie, erklärte Samson in Richtung Agnes. Als wir in Wisconsin gelebt haben.

Wenn nicht Wagenmacher Mandt der größte ist, fügte Abraham hinzu. Denn so einen haben wir auch. In Norwegen geboren. Großer Mann, was Wagen angeht, auch hier. Jaja. Außerdem hatten wir den reichsten aller reichen Kerle im Land der Reichen: Schaf-Gulleik mit all seinem Besitz.

Manche nennen Koshkonong auch Cashkonong oder Land der Reichen, erklärte Samson.

Der Neid ist ein Wurm, der im Schädel nagt, grinste der Alte. Aber der Größte der Norweger aus dem County ist trotzdem Knute Nelson, sagte Samson.

Jetzt redest du irre!, tadelte der Vater. Wir haben von Mutter gesprochen! Sie hoffte, du könntest einer ... dieser Großen werden. Stattdessen züchtest du löchrige Tabakblätter und nimmst Maß an schmutzigen Hintern. Arme Mutter!
Was meinst du, mein Mädel?, fragte der Alte dann Agnes.
Er erwartete keine Antwort, sondern redete gleich weiter: Findest du nicht auch, ein Mann sollte sich wenigen Aufgaben widmen und nicht tausend?
Ich kann dazu nicht viel sagen, antwortete Agnes und verließ das Zimmer.
Ich sehe sie vor mir auf einem Brautross, kicherte Abraham. Ich sehe sie vor mir mit einer Brautkrone aus Voss.
Vater!
Und beim Tanz, Junge!
Aber Vater!
Du kannst weggehen und Loiert werden, wenn du willst, wenn du nur die Sache mit Schön Agnes klärst. Ich bleibe dann hier und kümmere mich um die Farm. Deshalb bin ich gekommen, um dich aus der Sünde zu retten und alles in Ordnung zu bringen.
Der Sohn schwieg.

Samson schnitt zu und nähte Herrenhosen. Er reihte mit der Hand den festgespannten Stoff. Seine Bewegungen waren rasch, wütend, er hätte Fehler machen, den Stoff ruinieren können. Er konnte seinen Vater nicht ertragen.
Und er dachte an die Zehn Gebote. Wie sehr er sich bemüht hatte, sie alle zu halten! Du sollst Vater und Mutter ehren. Er hatte die Zähne zusammengebissen und geehrt. Er hatte sich respektvoll verhalten, wenn er sein Elternhaus besucht hatte, nachdem er ausgezogen war. Er hatte dem Vater nie Vorwürfe wegen des fehlenden Schulgelds während seiner Zeit auf der

Albion gemacht. Er hatte nichts über die Finanzlage des Vaters gewusst. Er hatte angenommen, der Erwachsene tue sein Bestes, in einem größeren Zusammenhang, über den Samson keinen Überblick hatte.

Als Onkel Mika ihn nach dem Konfirmationsfrühling in sein Haus eingeladen hatte, hatte der Junge geglaubt, das sei mit beiden Eltern so abgemacht: Er wusste noch nichts anderes, denn niemand hatte etwas darüber gesagt, und er hatte keine Fragen gestellt.

Samson hatte den Bruder der Mutter, der Schneider war, immer gemocht. Er war ein Mann der Bücher, einer, der das freie Denken hochhielt. Als sie alle über das Meer gekommen waren, hatte er lange mit Schwester und Schwager zusammengewohnt, hatte ihnen beim Hausbau geholfen und für alle genäht, die ihn darum baten.

Er hatte noch bei ihnen gewohnt, als die ältesten Kinder geboren worden waren, zuerst Peter und später Samson und dann die jüngeren Geschwister. Samson war zehn oder elf, als Mika nach Stoughton umzog, wo es reichere Kundschaft mit besserem Geschmack gab. Und schon mit sechs Jahren hatte Samson nähen gelernt. Es hatte ihm gefallen, mit der Nadel auf dem Tisch zu sitzen, mit dem Stoff auf dem Schoß, die Knie spitz zur Seite gedreht. Er hatte die vielen unterschiedlichen Stiche gelernt, und er hatte gelernt, sie fast unsichtbar klein zu machen.

Als er als Lehrling zum Onkel kam, hatte er geglaubt, er solle so werden wie Mika, ein lesender Schneider. Die Mutter und der Schullehrer hatten ihn zur Albion geschickt. Aber wie sah der Vater diese Dinge?

Samson verstand ihn nicht. Denn er spottete über beides. Abraham Iglemyr verachtete das Schneiderhandwerk und lachte über die Kundschaft. Oder sah der Sohn das falsch?

Jetzt sollte Samson also Loiert werden, wie der Vater das nannte. Lawyer. Rechtsanwalt. Das konnte wie ein gutge-

meinter Gedanke klingen, aber zugleich loderte ja die Gemeinheit in seinem Blick.
Du sollst Vater und Mutter ehren.
Schamlos war er, der Alte. Allein schon, wie er über Agnes gesprochen hatte!
Aber auch das konnte gutgemeint gewesen sein. Und außerdem war Laura jetzt schon über ein Jahr tot …

Ich dachte, du könntest mit mir nach Minneapolis kommen, sagte Samson kurz darauf zu seiner Haushälterin.
Er sah seine Hände an, als er das sagte, und den Rechen, dem er gerade neue Zinken verpasste.
Ach?, fragte Agnes.
Ja, sagte der Mann. Da finden Treffen statt …
Treffen?
Und wir müssen so allerlei einkaufen.
Er spitzte das Ende der Zinke an und drückte es in ein Loch.
Ja, die Hausfrau sagte, dass neue Möbel angeschafft werden sollen, antwortete Agnes hilfsbereit.
Die Hausfrau?
Er hob den Blick und sah sie an, und der Blick war nicht allzu scharf, er zitterte auch ein wenig.
Ja, sagte Agnes.
Wieder sah der Mann auf seine Arbeit, und sie schwiegen beide für einige Augenblicke. Und abermals kam die Frau ihm entgegen: Natürlich werde sie ihn nach Minneapolis begleiten, wenn das sein Wunsch sei.

Streit über Gefühle und Glauben in Ansgars Ruh

Abraham Iglemyr hatte sie mit Pferd und Wagen zum Bahnhof gebracht, jetzt würde er mit den Enkelinnen und zwei Töchtern von einem Bekannten Samsons zusammenwohnen. Die jungen Frauen hießen Gorgeous und Sunniva Lea und waren noch keine zwanzig: Zusammen mit den Mädchen sollten sie den Haushalt übernehmen. Die Ernte war eingebracht. Der irische Knecht sollte mit dem Anbau für die Schneiderwerkstatt beginnen. Es war eine ausgezeichnete Zeit für eine Reise, aber Samson saß auf einer Bank im Waggon und fühlte sich unwohl in seiner Haut.

Agnes hatte bemerkt, welche Veränderungen in ihm vorgegangen waren. Er dröhnte weniger, wenn der Vater in der Nähe war. Er war leiser. Die Mädchen und sie selbst waren deshalb entspannter gewesen, er überraschte die Kleinen nicht mit gebieterischen Anforderungen an Verhalten und Sprache. Auf diese Weise war er kleiner geworden und hatte sich dem Boden angenähert, hatte sie gedacht.

Er trug dieselben schönen Kleider wie auf dem Adventsfest bei Nelsons im vergangenen Winter. Sein Schnurrbart war ebenso gepflegt und schmal, die Locken fielen ihm über den Rücken. Aber er schlug die Augen nieder, als dächte er nach. Und er spielte an seinem weichen Filzhut herum, als grauste es ihm vor irgendetwas.

Er seufzte. Alles hatte so einfach und natürlich gewirkt, nachdem Laura gestorben war. War Agnes nicht wie ein Geschenk des Herrn ins Haus gekommen? Es hatte doch so sein müs-

sen, dass sie die Trauerzeit abwarteten und dann heirateten. Sie war tüchtig und freundlich, sie verstand sich gut mit den Kindern, was konnte man denn sonst noch verlangen? Sie war zudem keusch, gelehrig und reinlich.
Dann war sein Vater gekommen und hatte in gewisser Weise das Gespräch zwischen ihnen verdorben. Abraham Iglemyr hatte das Haus seines Sohnes mit seinen vielen Gesichtern gefüllt, Kinder und Haushälterin hatten durch die Anwesenheit des Mannes ebenfalls neue Mienen bekommen.
Das dachte er sich, während der Zug durch das herbstlich gewandete Minnesota rollte. Die Bäume draußen waren rot oder golden, einige hatten schon die Blätter verloren. Dazwischen lagen die vielen Seen, blank und blau, einige mit schwimmenden Vögeln, die sich von Bahngleisen und heiserem Tuten fortbewegten.
Er dachte nicht an die Zehn Gebote, er dachte daran, dass auf seinen Vater kein Verlass sei. Und dann dachte er daran, dass der Alte Agnes dazu bringen konnte, zu kichern und zu lachen. Machte sie das kleiner und niedriger?
Es hatte sie sichtbarer gemacht. Und ein Lachen konnte so vieles sein: Samson hatte gelernt, ihre höfliche Freundlichkeit von mitreißendem und perlendem Gelächter zu unterscheiden. Agnes war eine Frau mit einem eigenen inneren Gewicht, das spürte er. Dass sie Hemdbluse und Rock trug, die sie von Laura übernommen hatte, sorgte nicht dafür, dass er sich an seine Frau erinnerte; die Kleidungsstücke hatten ihren Charakter geändert, sie waren etwas aus seinem eigenen Haus gewesen, das ihr übergestülpt worden war, doch jetzt waren sie etwas, das ihm nicht mehr gehörte, das eine halb fremde Frau namens Agnes trug. Denn ihm war plötzlich aufgegangen, dass sie ihm noch immer fremd war, auch wenn sie zugleich so sehr zu seinem Haus gehörte. Denn wie hieß sie zum Beispiel mit Nachnamen? Das wusste er nicht, und nun überkam ihn überraschte Scham. Er wusste auch nicht,

woher in Norwegen sie kam, nur, dass es aus dem Norden war.
Er seufzte.
Er hatte sie gebeten, ihre schöne Kleidung mitzunehmen. Als Hochzeitskleid, hatte er gedacht, als er es gesagt hatte und als er es genäht hatte. Keine Brautkrone aus Voss, sondern etwas Modernes und Elegantes.
Aber er hatte nicht um sie angehalten. Und er wusste nicht, in welcher Kirche er getraut werden wollte. Er hatte sich mit dem Pastor der Kirche, wo Laura begraben war, überworfen. Er schwankte zwischen den vielen unterschiedlichen Richtungen. In den vergangenen Monaten hatte er mit Bekannten in den Zwillingsstädten am Mississippi korrespondiert. Am Ende hatte er zudem einen Brief an eine Frau geschrieben, die für ihn mit Agnes sprechen könnte: Es war unmöglich, solange der Vater im Haus war.
Please help yourself, hörte er ihre Stimme, sie klang freundlich und sanft.
Sie hatte den Proviantkorb geöffnet. Dort gab es Brot und Butter und Aufschnitt, gekochte Eier und kleine Gewürzzwiebeln.
Du möchtest vielleicht wissen, was wir eigentlich da wollen, in Minneapolis?
Wollen wir keine Möbel kaufen?
Doch, doch, das auch. Natürlich.
Aber das war nicht alles. Sie würden zum Beispiel dabei sein, wenn darüber diskutiert würde, ob der Heilige Geist aus durchdringender Kraft oder leerer Luft besteht, dachte Samson, aber das sagte er nicht. Er erwähnte lieber nette Bekannte, die sie treffen würden.
Madam Brenda, sagte Samson, ist eine kluge alte Dame. Sie hat ein kleines Logierhaus.
Wie nett, sagte Agnes und reichte ihm eine weiße Serviette.
Sie aßen. Agnes genoss die Mahlzeit und die Landschaft; zum

ersten Mal fühlte sie sich wohl auf einer Zugfahrt, die jetzt eine angenehme Unterbrechung des Alltags bedeutete, und sie freute sich über das Vertrauen, das Herr Eagle ihr erwies, da er ihren Rat bei seinen Einkäufen zur Verschönerung seines Zuhauses haben wollte.

Minneapolis war eine Stadt mit breiten Straßen, umkränzt von hohen, ehrwürdigen Bäumen. Sie nahmen am Bahnhof eine Pferdedroschke, und Agnes freute sich über den Anblick von Geschäftigkeit und Leben.
Dahinten ist der Fluss, erklärte Samson und zeigte mit einer behandschuhten Hand. Es gibt Boote mit Restaurants an Bord, das weiß ich.
Es erschien ihm plötzlich als eine Möglichkeit, dass sie dort draußen auf dem Mississippi eine Mahlzeit einnehmen könnten, nach der Trauung, dachte er.
Agnes lächelte, als habe sie seine Gedanken gelesen, so kam es ihm vor; als wären sie untereinander bereits zu einer Abmachung gelangt. Und in diesem Moment staunte er darüber, dass er noch nicht um sie angehalten hatte – was hatte ihn da nur für eine Schwäche ereilt! Denn natürlich hätte sie ihm ihr Jawort erteilt!
In diesem Moment rannte ein Kälbchen auf die Straße und blieb stehen, weshalb der Kutscher die beiden Pferde zurückreißen und sie zur Seite lenken musste. Ein Junge lief hinter dem Kalb her und versuchte, es zum Weitergehen zu bringen, aber das gelang ihm nicht. Der Kutscher schimpfte. Ein alter Mann mit einer Schubkarre grinste. Eine Frau keifte den Jungen an, und ein Mann brachte ein Seil.
Das hätten die Mädchen sehen sollen!, sagte Agnes lachend.
Nächstes Mal, erwiderte Samson lächelnd, dann fahren wir alle vier.
Bald darauf bogen sie in eine schmalere Straße ab und hielten vor einem blaugestrichenen Holzhaus. *Ansgars Ruh* stand auf

einem reichverzierten Schild, das unter dem Dach einer der Straße zugekehrten Veranda baumelte.
Hier sollten sie sich Erörterungen darüber anhören, ob der Heilige Geist aus durchdringender Kraft oder Luft bestünde.

Wir sind zu einem Vortrag über die Gedanken der heutigen Zeit eingeladen, erklärte Samson plötzlich in tiefem Ernst, nachdem sie ihre Reisetaschen ins Haus gebracht hatten. Wird das nicht interessant?
Yes, antwortete Agnes. Of course. Thank you, Mister Eagle.
Es waren Herren und Damen anwesend, und ein beredter Mann aus Gong mit breitem Gesicht führte das Wort. Er trug über einer schäbigen, speckigen Hose eine rot-grün karierte Jacke. Er hatte eine Lorgnette und einen Walrossschnurrbart. Er bezeichnete sich als Unitaristen. Agnes hörte überrascht zu. Der Mann zog Jesus herab zur Gewöhnlichkeit. Und er bezeichnete den Heiligen Geist als Erfindung der Geistlichen. Die eigene Kraft des Herrn ist heilig, sagte der Redner. Gottes heilige Kraft von Gott selbst zu trennen und zu etwas eigenem zu machen, ist eine Verringerung des Herrn. Und sind wir nicht alle Kinder Gottes, alle, die an Ihn glauben? So steht es geschrieben.

Agnes wusste von der Überfahrt auf dem Segelschiff aus einer Welt in eine andere, dass man in Amerika mit der heiligen Bibel machen konnte, was man wollte. Es hatte sie erschüttert, dort in dem salzigen frischen Wind, und es erschütterte sie noch immer. Die Bibel war ein Schatz. Es ging nicht, die Augen zusammenzukneifen, um nach Fehlern zu suchen. Man sollte sie behutsam in Händen halten, den Einband küssen und im Herzen weich werden.
Warum wollte Herr Eagle sich das anhören? Weil er darum rang, sich zwischen den vielen Richtungen zu entscheiden, das wusste sie von Frau Laura.

Aber das war sein Kampf, nicht ihrer. Agnes versuchte, die Worte auszuschließen; sie sah sich lieber die Menschen an, die sich hier zusammengefunden hatten. Da war der Redner mit dem starken Blick und der karierten Jacke. Da war der Mann neben ihm, ein mageres Geschöpf mit einer langen, von Mitessern verunzierten Nase, ein Bursche, der immer wieder zu dem nickte, was gesagt wurde, so nickte, dass sein Kopf aussah wie der eines Wasservogels. Dann gab es ein Paar an der Wand, er hatte den Strohhut auf den Knien liegen, sie trug ein Tuch um den Kopf, es war gelb und hatte lange Fransen. Dann gab es da noch eine Frau, die anders aussah als alle anderen mit ihren hohen Wangenknochen und den schräg stehenden Augen; konnte sie Lappin sein? Sie erinnerte Agnes an eine Samin, die einmal ihrem Vater geräuchertes Rentierfleisch gebracht hatte. Aber gab es in Amerika denn Samen? Natürlich konnte es welche geben, dachte sie, die konnten doch genauso wie sie selbst ausgewandert sein. Aber zugleich wusste sie, dass diese Frau etwas anderes war, Indianerin war sie. Das war sie. Und hier saß sie zwischen den Weißen und hörte sich das norwegische Nebelgefasel an, dachte Agnes überrascht.
Aber sollen wir Jesus denn nicht lieben?, fragte ein Mann aus Ostnorwegen.
Der Zimmermannssohn aus Nazareth sei durchaus ein Vorbild, antwortete der Redner und sah die Menschen vor sich freundlich, gebieterisch an.
Wir dürfen Jesus gern großen Respekt erweisen, sagte er nun, aber nicht wegen seiner väterlichen Herkunft, falls wir nicht vom Zimmermann reden. Jesus war durch seine große Begabung eine herausragende Gestalt, können wir sagen.
Die Zuhörer hörten zu, einige glotzten und staunten, andere nickten zufrieden, als entspreche die Botschaft etwas in ihrem Inneren.
Wir dürfen uns also nicht mehr Christen nennen?, fragte der, der einem kleinen Vogel ähnelte.

Wir dürfen nicht mehr Lutheraner sein?, fragte der Mann mit dem Strohhut auf den Knien.
Na ja, sagte der Redner gelassen. Unitarismus bedeutet, dass wir an einen einzigen wahren und allmächtigen Gott glauben. Das bedeutet, dass wir die Zufälligkeiten tilgen, die sich im Laufe der Jahrhunderte im Gerede der Pfaffen niedergeschlagen haben, dass wir zum Kern zurückfinden.
Einzelne protestierten, leise oder laut. Das kleine Paar an der Wand erhob sich und ging. Samsons Blick war blau und scharf geworden, einmal packte er Agnes am Handgelenk, so dass es fast weh tat, und flüsterte ihr etwas zu, das sie nicht verstand. Als der Redner seine Ausführungen beendet hatte, ergriff ein anderer das Wort, einer, der ein Messer in einer Scheide am Oberschenkel hängen hatte.
Das war nur eine Einführung in die wichtigsten Prinzipien, teilte er den Zuhörern mit. Am nächsten Donnerstag wird Pastor Janson selbst einen Vortrag halten. Und zwar in der Nazareth-Kirche. An der Ecke von Twelfth Avenue und Ninth Street, für die, die nicht wissen, dass wir uns dort treffen.
Aber alle sind herzlich dazu eingeladen, sich an einer Diskussion darüber zu beteiligen, was heute gesagt worden ist, rief der Redner. Also geht noch nicht! Wir wollen zuerst ein fröhliches Mittagessen mit Madam Brendas begehrten Gerichten genießen!

Agnes fühlte sich unwohl. Es waren diese Worte über Jesus, die dem Heiligen einen Dolchstoß versetzten. Warum hatte Samson Abraham Eagle sie dazu mitnehmen wollen? Warum hatte er sie so hart am Arm gepackt?
Ihr wurde noch schlechter, denn in ihr erklang eine Art Antwort …
Nein, das konnte nicht wahr sein!
Aber sie erinnerte sich an einige Worte – im Spaß gesagt, hatte

sie geglaubt – vom alten Iglemyr. Der hatte gesagt, sein Sohn wolle sie heiraten. Zugleich hatte er gegrinst und gemeint, sie solle lieber ihn nehmen, wenn sie sich ein fröhliches Leben wünschte. Und dann war da noch die Klavierlehrerin gewesen. Auch die hatte ja angedeutet, dass eine solche Hochzeit möglich sein könnte.

Agnes spürte den Abdruck von Herrn Samsons schwerer Hand auf der Schulter, wenn er sie weggeführt hatte, um ihr etwas zu zeigen. Wie der Abdruck eines Brandeisens, dachte sie jetzt, als ob er sie als sein Eigentum gezeichnet hätte! Es verschlug ihr den Atem. Plötzlich war ihr schwindlig. Jetzt wusste sie, warum er sie gebeten hatte, ihr schönes Kostüm mit nach Minneapolis zu nehmen. Er wollte in der Kirche dieser Leute heiraten, die Jesu Heiligkeit leugneten!

Sie musste sich an die Wand lehnen, um nicht zu fallen. Hier war kein Mensch, den sie kannte, niemand, dem sie sich anvertrauen und bei dem sie Rettung suchen könnte.

In diesem Moment fing sie einen freundlichen Blick auf, und sie ertappte sich dabei, dass sie sich schämte, denn was, wenn sie sich irrte?

Dann war Madam Brenda da, die Frau, die das Logierhaus leitete und die sie vor dem Vortrag willkommen geheißen hatte, jetzt führte sie Agnes zu einem für Frauen reservierten Tisch. Sie war groß und aufrecht und stattlich, und ihr Haar war unter einer seltsamen Kopfbedeckung versteckt.

Diese wurde Turban genannt. Madam Brenda Mandel hatte einen in einer Bostoner Zeitschrift gesehen und ihn nachgeschneidert; es missfiel ihr, dass das Alter ihre einst so vor Licht und Schönheit strahlende Mähne verfärbt hatte. Jetzt versteckte sie tagsüber die graugelben trockenen Strähnen unter Turbanen von unterschiedlichen Farben, die zum jeweiligen Kleid passten. Dieser hier war blassgelb, und am Leib trug sie ein hellviolettes Kleid.

Sie hatte das Logierhaus mit der Schankstube in Minneapolis vor vielen Jahren eröffnet. Kurz nach Ende des Bürgerkrieges hatte sie ihre Farm in Blikom am St.-Peter-Fluss verkauft, sie hatte das Leben an dem Ort, wo ihr Mann und ihr Sohn ermordet worden waren, nicht ertragen. Danach war sie mit ihren Töchtern Rebecca und Esther in die Stadt gekommen und hatte ein großes graues Haus mit Garten gekauft. Sie hatte es blau streichen lassen und es nach Lust und Laune eingerichtet und dekoriert, mit Tapeten voll Bildern von grünen Bäumen mit kleinen roten Vögeln und goldenen Spinngeweben, mit Tischen, an denen viele oder wenige sitzen konnten. Ein Ort nur für Frauen, hatte sie gedacht; die Männer hatten doch so viele Kneipen zur Auswahl. Aber dann war der Streit über die Temperenzlerbewegung wieder aufgelodert, und nun hatte sie ihre Türen auch für Herren geöffnet. Sie hatte mehrere Zimmer, die durch Türen miteinander verbunden waren, so dass eine kleine Gesellschaft nur aus Damen in aller Ruhe bei ihrem eigenen Gespräch sitzen konnte, wenn sie das wollte, während Familien ins Nebenzimmer verwiesen wurden.
Oben hatte sie zudem vier kleine Zimmer, die sie vermietete, dazu die Schlafzimmer der Hausbewohnerinnen. Ihres enthielt ein breites und behagliches schmiedeeisernes Bett, eine kleine Chaiselongue sowie eine Frisierkommode mit einem Spiegel und einem niedrigen Schemel, dazu eine Wäschekommode und einen hohen Schrank, und in der Tasche ihres Wintermantels, der im Schrank hing, steckte ein Brief, den sie vor einiger Zeit von Samson A. Eagle in Alexandria erhalten hatte.
Der Raum lag neben einem etwas größeren. Dort schliefen die beiden Frauen, die im Logierhaus arbeiteten, Brendas Tochter Rebecca und deren Cousine Sol. Die Tochter Esther hatte geheiratet und war an die Westküste gezogen.
Die Spezialität des Hauses waren Pais. Sie konnten Gemüse oder Fleisch oder beides enthalten, oder sie konnten mit Bee-

ren oder Obst gefüllt sein. Sie konnte ziemlich klein oder größer sein. Brenda hatte die Rezepte schon als Kind in Chicago gelernt. Dort hatte sie auch gelernt, dass man Haare bedecken konnte, wenn sie ergrauten. Annie aus der Kneipe, wo sie gearbeitet hatte, hatte sich eine prachtvolle Perücke zugelegt. Aber Brenda wollte nicht zu Annies Tricks greifen, sie wollte ihre eigenen finden. Was sie gefunden hatte, war der Turban. Und jetzt hatte sie soeben Mister Eagles Haushälterin an einen runden Tisch geholfen, wo ein Teller mit einer dampfenden, duftenden Gemüsepai stand.

Sie selbst nahm ihr gegenüber Platz, Sol und Rebecca servierten. Und die Madam dachte an Samson Eagles Anliegen.

Samsons Eltern waren Bekannte von Brendas Vater und Stiefmutter in der Koshkonong-Prärie gewesen. Auf diese Weise war ihre Beziehung zu dem begabten jungen Mann entstanden. Und jetzt hatte er die viel ältere Frau gebeten, seine Haushälterin im Hinblick auf eine mögliche Eheschließung zu befragen. Sollte sie feststellen, ob diese Agnes seiner wert sei? Oder wünschte er Brenda als Brautwerberin? Sie hatte ihn noch nicht fragen können. Aber sie hatte beide während des Vortrags beobachtet, und ihr war das verwirrte Gesicht der jungen Frau aufgefallen, als Samson ihr Handgelenk gepackt hatte.

Ihr Arbeitgeber erschien ihr in Herzensdingen ganz offenkundig als Fremder. Deshalb konnte er ihr unmöglich seine Gedanken offenbart haben. Vielleicht liebt sie ja sogar einen anderen, hatte Brenda noch überlegt.

Hat die geschmeckt?, fragte sie jetzt und meinte die Pai.

Und wie, antwortete Agnes.

Die nächste ist mit Geflügelstückchen und Walnüssen gefüllt, sagte Brenda zufrieden.

Anfangs hatten die Gäste sich vor allem auf das Essen konzentriert, dann aber setzten die Gespräche ein, weniger über den Vortrag als über die Stadt Minneapolis, ihre Sehenswür-

digkeiten und ihre Größe, jedenfalls an dem Tisch, an dem Agnes saß.
Die ist sicher so groß wie Göteborg, sagte eine Frau mit einem Hut, der Agnes an Kuhfladen erinnerte.
Wir sind von Göteborg aus losgefahren, fügte die Frau hinzu, wie als Erklärung für diesen Vergleich.
Wann denn?
Vor ungefähr einem Jahr.
Ihre Blicke jagten von einem Gesicht zum anderen, um dann sofort zurückgezogen zu werden. Als sei sie sehr neugierig und zugleich ängstlich, dachte Agnes. War sie mit dem Redner verheiratet? Agnes meinte gesehen zu haben, wie die beiden einige Worte gewechselt hatten.
Nein, sie war seine Schwägerin, das ging ihr dann auf. Schwager und Schwester hatten mehrere Jahre in Minnesota gelebt, ehe diese Frau nachgekommen war.
Mein Schwager, der Vortragende, sagte sie.
In diesem Moment fing Agnes Brendas Blick auf, und dort lag ein kleiner Hauch von Munterkeit, und diese Munterkeit war ansteckend. Unbehagen und Angst verschwanden in der Gegenwart der freundlichen älteren Frau. Und schließlich konnte ja wohl keine gegen ihren Willen verheiratet werden, ging es Agnes jetzt auf.
Hier gibt es etliche Theater, erzählte eine Frau mittleren Alters, die eine blaue Bluse mit einem Spitzenkragen trug.
Will jemand zur Lesung aus dem verbotenen Roman gehen?, fragte eine Dritte mit hektischen Flecken am Hals und auf den Wangen.
Aus welchem denn?, fragte die Frau mit dem hässlichen Hut und beugte sich neugierig vor.
Wundervoll, sagte Agnes über die kleine Geflügelpai. Wie macht ihr das?
Du kannst nachher die Rezepte haben, sagte Brenda. Herr Eagle hat sich immer lobend über meine Pais geäußert.

Ach.
Samson saß im selben Zimmer, ein Stück weiter, und ab und zu schaute er zu den beiden Frauen hinüber.
Als Agnes satt war, führte Brenda sie in ein Hinterzimmer, wo sie ein Hundebaby sehen sollte. Das lag in einem Korb und war weich und hellbraun, man konnte das Gesicht in sein Fell drücken, wenn man traurig war.
Ich dachte an die kleinen Mädchen, sagte die Frau mit der auffälligen Kopfbedeckung. Was meinst du?
Wir haben schon einen Hund, sagte Agnes zögernd. Der da ist ja niedlich, aber bald wird er so groß und zottig sein wie der andere. Hungrig und schmutzig, und dann springt er herum und bellt, wenn niemand sich die Zeit nimmt, ihn zu erziehen.
Ich verstehe, sagte Brenda. Denn das müsstest du wohl tun?
Ein Mensch mit eigenen Gedanken, dachte sie dabei. Eine, die sagte, was Sache war, auch zu fremden Leuten.
Die Kleinen weinen außerdem nicht mehr, sagte Agnes jetzt. Die spielen Klavier.
Brenda fing an zu kichern. Agnes sah sie fragend an – hatte sie denn etwas Witziges gesagt? Das hatte sie wohl, jetzt kam ihr eine Ahnung.
Dann kicherten sie beide. Und ihre Worte stiegen in der jüngeren Frau wieder nach oben, über die kleinen Mädchen, die kein weiches Fell mehr brauchten, um sich darin die Tränen zu trocknen. Auch Brenda schien in Gedanken dieses kurze Gespräch zu wiederholen und immer komischer zu finden. Bald lachten sie aus vollem Hals. Und beide hatten zunehmend das Gefühl, einander schon lange zu kennen.
Dann verstummte das Lachen, und die Frau mit dem Turban fragte, was Agnes zu dem Vortrag zu sagen habe. Obwohl der auf Norwegisch gehalten worden war, sprach Madam Brenda offenbar lieber Englisch, glaubte Agnes. Deshalb antwortete sie in der fremden Sprache, aus Höflichkeit.

Without much … sense, sagte sie über die Rede des Unitaristen.
Oh?
Is not the Lord the Lord?, fragte Agnes.
Brenda nickte auffordernd. Please, go on.
Ich dachte, der Glaube sollte schlicht sein und Ruhe spenden, sagte Agnes. Ich spreche meine Gebete und versuche, ein guter Mensch zu sein. Reicht das nicht?
Für den Herrn, meinst du?
Für die Menschen hier in Amerika, meine ich.
Wieder musste Brenda lächeln.
Und dann ist dieses ganze Gerede doch überflüssig?, fragte Agnes.
Brenda biss sich in die Lippe.
Ach, Verzeihung, Madam Brenda, ich wollte niemanden beleidigen …
Du beleidigst mich nicht, sagte Brenda. Durchaus nicht. Ich habe so viel gesehen.
Ach ja?
An Glauben und Unglauben.
Ach?
In Chicago und auf den Goldfeldern in Kalifornien. Gier und Gemeinheit, aber auch das Licht im Blick eines Gläubigen.
Ja?
Aber dieser Unitarismus hat auch andere Seiten, sagte Brenda. Er ist eine Art Protest unter den Norwegern hier.
Gegen wen?
Ach, die haben so viele Synoden.
Agnes begriff nicht. Brenda versuchte, ihr ein Bild der Streitereien zwischen den verschiedenen Glaubensrichtungen zu geben. Da gab es vor allem die Norwegische Synode, die mit ihren Dogmen und Zeremonien der Staatskirche in der alten Heimat stark ähneln sollte. Dann gab es die sogenannte Konferenz, einen eher freikirchlichen Zusammenschluss, gegründet von Dänen und Norwegern.

My daughter Rebecca is doing some work for the Conference, erzählte Brenda. Weißt du, sie war mit einem Dänen verlobt, sie hatten sich dort bei einer Veranstaltung kennengelernt. Dann starb der junge Mann, aber meine Tochter ist weiter in der Gemeinde geblieben. Sie beteiligt sich an der Arbeit für die Kranken.
Dann haben wir noch die Hauge-Synode, so genannt nach einem Prediger in Norwegen, fügte die Madam hinzu.
You see?
Agnes nickte, von den Haugianern hatte sie gehört.
Ich stelle nur die Räumlichkeiten zur Verfügung, sagte Brenda. Ich bin keine Unitarierin. Ich bin ja auch nicht aus Norwegen, ich bin in Amerika geboren, wenn auch von norwegischen Eltern. Aber ich habe es so verstanden, dass es bei diesem Unitarismus nicht nur um das Christentum geht.
Wie das gemeint sei?
Ich meine die Politik. Die norwegische. Den Kampf um die Trennung von Schweden. Und das ist noch nicht alles …
Ach?
Im Jahre 1884 stand die Linke gegen die Rechte. Die jungen Radikalen unterstützten die Linke, es ging darum, inwieweit die Mehrheit im Parlament sich in der Regierung widerspiegeln soll oder ob der König die Regierung nach eigenen Wünschen ernennen darf.
Agnes nickte, darüber hatte sie in den Zeitungen ihres Vaters gelesen. Die Partei der Linken hatte die Wahl gewonnen, aber König Oscar II. hatte trotzdem eine konservative Regierung eingesetzt.
Hier in der Stadt wurden Basare arrangiert, um Geld zu sammeln, für das die norwegischen Radikalen dann Waffen kaufen sollten, erzählte Brenda. Es reichte angeblich für dreihundert Gewehre, das weiß ich noch, die Summe wurde über das Meer geschickt.
Aber wurden sie denn benutzt?, fragte Agnes verwundert.

Wenn ich es richtig verstanden habe, war das nicht nötig, antwortete Brenda. Die Radikalen konnten ihren Willen durchsetzen.
Eine neue Regierung, sagte Agnes. Und die Linke stellte den Ministerpräsidenten.
Aber im Moment sind sie wütend auf den norwegischen Ministerpräsidenten, sagte Brenda.
Johan Sverdrup. Warum denn?
Sie behaupten, er habe sie im Stich gelassen. Es geht um einen Roman, der wurde beschlagnahmt.

Nach dem Essen kehrte die kleine Versammlung zurück zum Verhältnis der Unitarier zu Jesus, denn warum sollten sie sich nicht Christen nennen, auch wenn sie die Dogmen der Jungfrauengeburt und der einzigartigen Vaterschaft des Herrn abwiesen?
Wir beziehen uns doch auf die ganze Bibel, sagten sie. Auf das Alte und das Neue Testament. Doch während andere die Texte so lesen, als seien sie uns vom Höchsten als Berichte über einen Gottessohn gegeben, lesen wir sie als Teile der Lebensgeschichte eines glaubensstarken und kühnen Menschen. Wir können uns gern Christen nennen, in dem Sinn, dass wir Jesus als Lehrmeister betrachten. Wir befolgen die Gebote. Aber wir glauben, dass sie von Menschen aus Fleisch und Blut geschrieben wurden, von klugen Menschen, die wollten, dass wir gut und in Frieden miteinander leben.
Was ist mit den Sakramenten?, wurde gefragt. Sollen wir mit Worten getraut werden, die denen der Synodengeistlichen ähneln?

Agnes sollte im Logierhaus der Madam übernachten, Samson dagegen bei Bekannten, die in der Nähe wohnten. Bei Brenda gab es noch einen weiteren Logiergast, nämlich die Schwägerin des Vortragenden, die Frau mit dem unschönen Hut und

den raschen Seitenblicken. In Castle Garden hatte sie den Namen Midge Malm erhalten.
Nachdem die übrigen Teilnehmer der Versammlung sich verabschiedet hatten, waren sie in Brendas Haus also fünf Frauen. Und da es kurz vor Sonnenuntergang war, setzten sie sich zum Ausruhen auf die Veranda.
Wie ist es möglich, dass ihr euch Cousinen nennt?, fragte Midge Malm.
Agnes schaute die beiden Frauen an, die auf der Schaukel am Ende des Tisches saßen; denn diese beiden mussten doch gemeint sein, die eine blond und ein wenig mollig, die andere schlank und mit indianischen Zügen.
Madam Brenda griff mit großer Geste nach ihrer Teetasse, wie um das Interesse von der Frage fort und zu der schönen Tasse hinzulenken. Ihr Kleid wirkte grau, und der Turban, der schien im Gegenlicht plötzlich verblasst zu sein, als sie hier mit dem Rücken zum Geländer auf einem Hocker saß. Agnes und Midge Malm saßen auf der Bank vor der Hauswand.
Wir sind als Cousinen aufgewachsen, antwortete Rebecca freundlich. Meine Tante und mein Onkel haben Sol adoptiert, als sie noch ein Kind war.
Agnes fing Brendas Blick auf, der war wachsam.
Erst jetzt begriff Agnes, dass Rebecca Brendas Tochter war.
Sol lachte heiser. Dann steckte sie sich eine Zigarre an.
Agnes dachte an eine alte Frau, die einmal ihrem Vater etwas verkauft hatte; diese alte Frau hatte an einer kleinen Pfeife genuckelt. Sie hatte den Pfeifenkopf festgehalten und energisch daran gesaugt, als könne der Rauch sie vor dem Erfrieren retten. Aber Sol war von einer anderen Sorte, sie rauchte nicht der Wärme wegen, sie rauchte, weil sie eben eine Frau sein wollte, die rauchte, ging es Agnes zu ihrem Staunen auf.
Midge Malm machte ein bestürztes Gesicht.
Die Indianerin war elegant und sehr schön. Sie war von der Schaukel aufgestanden, jetzt stand sie neben Brenda am Ge-

länder, gleich bei den beiden Treppenstufen, die in den Garten führten. Sie trug ein langes himmelblaues Kleid mit rostrotem Muster und war barhäuptig. Früher an diesem Tag hatte sie den Kopf mit einer kleinen Haube bedeckt; die hatte sie jetzt entfernt, und ihr dunkelbraunes Haar lag glatt am Kopf an. Bisher war Agnes davon ausgegangen, dass sie ihr Haar zu einem Zopf geflochten und den Zopf am Hinterkopf befestigt hatte, erst als Sol aufgestanden war, sah Agnes, dass sie eine Kurzhaarfrisur trug, hinter das eine Ohr gestrichen und vor der anderen Wange schräg geschnitten.
Sie erinnerte Agnes an die Klavierlehrerin in Alexandria. Auch der war es zuzutrauen, dass sie sich eine Zigarre ansteckte. Aber würde sie sich auch die Haare abschneiden? Agnes glaubte das nicht. Wer machte denn so etwas?

Haben Sie eventuell noch weitere Fragen?, fragte Sol auf Englisch, an Midge Malm gewandt.
Ja, warum Sie rauchen, platzte es der anderen heraus.
Die Spanierinnen auf den Goldfeldern haben alle geraucht, erzählte Brenda. Wenn die Zigarren halb geraucht waren, steckten sie sich die in die Haare.
Ich hoffe, sie haben sie zuerst gelöscht, sagte Rebecca.
Es ist angenehm, sagte Sol und blies einen Ring, der sich bald auflöste und aufstieg. Möchten Sie es nicht probieren?
Ihre Stimme glitzerte.
Brenda räusperte sich.
Rebecca schaute sich um, und ihr Blick blieb, wie auf der Jagd nach einer Ablenkung, bei Agnes haften.
Herr Samson ist sicher ein guter Arbeitgeber?, fragte sie.
Midge Malm schaute von der einen zur anderen und mühte sich ab, bis sie es endlich schaffte, einen Zusammenhang zu finden.
Der schmucke Mann, mit dem Sie hergekommen sind?
Ja, antwortete Agnes. Herr Samson Abrahamson Eagle.

Und seine Frau?, fragte Midge Malm, gleichsam zufällig.
Die lebt nicht mehr, teilte Agnes mit.
Sieh an, sagte die andere gierig. Ein Witwer.
Sie trug noch immer ihren Hut. Darunter befand sich ein herzförmiges, recht hübsches Gesicht mit einem kleinen rosa Mund.
Der eleganteste Mann, den ich bisher hier gesehen habe, säuselte der kleine rosa Mund.
Und wie war es denn sonst?, fragte Agnes die Madam, während sie über die Worte der Fremden vor Scham errötete.
Bitte?, fragte Brenda.
Auf dem Goldfeld, sagte Agnes.
Sol blies Midge Malm Rauch ins Gesicht.
Samson A. Eagle ist nichts für Sie, sagte die Raucherin. Der ist für Miss Agnes reserviert.
Was für eine Frechheit!, rief Midge.
Hastig sprang sie auf und rannte ins Haus. Sol lachte und nahm ihren Platz ein.
Agnes wollte wissen, wie es in Kalifornien war, sagte Rebecca.
Gesetzlos, antwortete Brenda trocken.
Ja, gesetzlos, wiederholte sie, schroffer und irgendwie mehr anwesend in der Gesetzlosigkeit.
Da hast du Vater kennengelernt, sagte Rebecca.
Ja, sagte Brenda. Da habe ich deinen poetischen Vater und die Hexe kennengelernt, mit der er damals verheiratet war. Wir sind hintereinanderher durch die Prärie gewandert, in einem ewig langen Zug.
Und du warst mit einem Halbbruder unterwegs, war das nicht so?
Mit einem Stiefbruder, korrigierte Brenda.
Die Sonne war nur eine tieforange schmale Welle zwischen den Häusern und den Bäumen schräg gegenüber. Dieser Anblick hätte Agnes plötzlich fast zu Tränen rühren können, und in diesem Moment verstummten die Frauenstimmen um sie

herum, sie hörte das Surren der Grillen und roch den Duft von frisch gemähtem Gras, schon taufeucht in der jähen Kühle, als die Sonne verschwand. Das Gespräch erinnerte sie an andere von früher, auf Weihnachtsfesten am Ofotfjord. Wenn die Mannsbilder außer Hörweite waren, konnten die Frauen sagen, was immer sie wollten, und dazu lachen; sie konnten einander mit Kichern und Scherzen zu nahe treten, sie nahmen es einfach hin und antworteten, egal, wie hart das Herz in der Brust hämmerte. Aber sie *kannten* einander, das war vielleicht der Unterschied.

Jetzt glitt ein mildes Lachen durch sie, über Midge Malm, die Samson begehrt hatte. Aber was hatte Sol gemeint? Ach, sie hatte die andere sicher nur zurechtweisen wollen, weil solches Gerede vor Fremden sich nicht gehörte. Die arme Midge, dachte Agnes. Zugleich spürte sie die Wärme der anderen am Tisch, Rebecca zündete gerade zwei dicke Talgkerzen an, Sol hatte vier Decken geholt.

Thank you, antwortete Agnes.

More tea?, fragte Sol.

Yes, please.

Aber wie hieß er denn noch, dein Stiefbruder?, fragte Rebecca, als sie behaglich unter ihren Decken saßen und die zitternden Flammen die Rolle der verschwundenen Sonnenscheibe übernommen hatten.

Brenda griff nach ihrer Teetasse.

Agnes verstand, dass dieses Thema nur selten erwähnt wurde; das musste doch so sein, wenn Rebecca den Namen eines der nächsten Angehörigen ihrer Mutter nicht wusste.

Hal Tinn, antwortete Brenda.

Sounds American, sagte Sol. Wasn't he born in Norway?

Yes.

Yes?, wiederholte Rebecca.

Dann hat er vorher ja wohl anders geheißen, als er aus Norwegen gekommen ist, sagte Sol.

Wie denn?, fragte Rebecca.
Die Mutter schloss die Augen und wandte sich halbwegs ab.
Agnes sah die beiden an, die als Cousinen herangewachsen waren. Sie müssen auf die vierzig zugehen, dachte sie. Ob sie auch Witwen waren? Oder waren sie nie verheiratet gewesen?
Madam Brenda schaute in die Dunkelheit hinaus. Die Frage hallte in ihr wider, die nach Hal Tinns eigentlichem Namen. Aber der gehörte nur ihr, dieser Name. Er hatte nichts zu suchen in dieser Bemühung, anderes zu überdecken. Sols Exzentrik. Midge Malms freche Neugier. Ihre eigenen Gedanken, die mit dem Brief von Samson A. Eagle zu tun hatten. Die Miene seiner Haushälterin, die immer wieder zwischen Staunen, Besorgnis, Empörung, Lachen und Ruhe wechselte. Oder Nachsicht?
Mutter, sagte Rebecca, schläfst du?
Hølje, antwortete Brenda. Er hieß Hølje.
Das sollte trocken klingen, einfach als Auskunft.
Agnes hörte noch mehr, einen winzig kleinen Augenblick des Zitterns tief in der Stimme. Sie fing Brendas Blick auf, ehe der verschwand. Aber das reichte, es reichte, um in der jungen Frau vom mit Tang bedeckten Strand von Ofoten eine Sehnsucht aufkommen zu lassen. Lasse, sang es in ihr, Lasse!

Sie braucht mehr Zeit, sagte Brenda am nächsten Tag zu Samson A. Eagle.
Sie liebt einen anderen, hätte Brenda hinzufügen können, denn sie hatte es in Agnes' Augen gesehen. Aber das sagte sie nicht. Sie nahm dem Mann nicht die Hoffnung, denn das hätte außerdem der Frau die Arbeit und zwei kleinen Mädchen, die ihre Mutter verloren hatten, die Unterstützung nehmen können. Stattdessen führte sie die Zeit an. Die kann die Erinnerungen verblassen lassen, dachte sie, aber was wusste denn sie über die Liebe der jungen Frau? Ein Mann, der vor ihr

über das Meer gereist war, vermutete sie. Einer, der ihr nicht geschrieben hatte, wo er zu finden war. Also einer mit wenig Tatkraft, folgerte die Madam.

Gib ihr ein Jahr, riet Brenda.
Aber was hast du zu ihr gesagt?, wollte Samson wissen. Hast du gesagt, dass ich sie heiraten möchte?
Nein. Ich habe nichts darüber gesagt. Ich habe sie nur angesehen, das reichte.
Was hatte Madam Brenda gesehen?
Samson fragte nicht, er staunte nur, und für einen ärgerlichen Moment tadelte er die Frau in Gedanken. Hirngespinste und Gefühlsduselei, dachte er. Denn was hatte sie in zwei Stunden schon sehen können! Er selbst lebte jetzt seit über einem Jahr mit Agnes unter einem Dach! Und Samson hatte bei ihr nie Anzeichen dafür gesehen, dass Verzweiflung sie bedrückte. Denn so etwas musste die Madam doch gemeint haben – dass Agnes noch immer um ihren toten Verlobten trauerte.
Tat sie es denn trotzdem?
Er sah vor seinem inneren Auge Bilder aus dem vergangenen Jahr, und er sah Agnes im Halbdunkel sitzen, mit einer vergessenen Handarbeit auf den Knien. Sie hatte sofort die Lampe angezündet und ihn mit klarem Blick angeschaut, wenn er das Zimmer betreten hatte, aber davor … da war sie an einem anderen Ort gewesen.
So jung und keusch, dachte er jetzt, und er mochte nicht mehr tadeln.
Er könnte doch warten, natürlich könnte er das. Er würde behutsam vorgehen, um sie nicht zu verjagen. Denn das durfte er nicht. Sie hatte bei allem eine so gute Hand. Und er ertappte sich dabei, dass er Mitleid mit ihr hatte, wo sie doch so allein über das Meer gekommen war. War es da ein Wunder, dass sie sich an den heimischen Herd ihrer Kindheit zurücksehnte? Sie steckte in einer Nische aus Ungewissheit, ging ihm

auf, und dahinter lag Norwegen, davor aber Amerika. Noch immer sprach sie viel besser Norwegisch. Aber er würde ihr helfen! Er würde sie mit Amerika füllen! Er würde ihr Zeitungen und Bücher zu lesen geben und mit ihr über das Gelesene sprechen! Er würde ihr die neue Welt beibringen!

Nach diesen Gedanken war er bester Stimmung, als er Agnes bat, mit ihm zum Einkaufen in die große Stadt zu gehen. Er brauchte Stoffe und anderes für die Schneiderei. Er brauchte neue Esszimmermöbel mit Stuhlsitzen aus Stoff und geschnitzten Rücken. Er diskutierte mit den Verkäufern die Qualität und zog Agnes ins Gespräch.
What do you think? And what about this?
Er zeigte auf eine Standuhr.
Beautiful, antwortete Agnes.
Eine gute Wahl, meinte der Verkäufer.
Herr Eagle versuchte zu feilschen, was aber nicht gelang. Er bezahlte und machte einen Zeitpunkt für die Lieferung ab.
Brauchen wir sonst noch etwas?, fragte er freundlich, als sie wieder draußen standen
An diesem Tag führte er sie nicht vor, keine Hand auf der Schulter, kein Arm um sie gelegt, als sie einen neuen Laden betraten. Er blieb die ganze Zeit auf Distanz; niemand in den Geschäften hatte sich geirrt und sie für seine Gattin gehalten, und Agnes spürte die Erleichterung im ganzen Leib. Und das erfüllte sie mit einer Dankbarkeit, und sie lächelte ihn voller Wärme an.
Nein, antwortete sie. Mir fällt nichts ein, was wir noch brauchen und was wir nicht in Alexandria besorgen können.
Dann suchen wir uns eine Konditorei, entschied er.
Bald saßen sie in einem fremden Lokal, einander gegenüber und nicht nebeneinander, mit Kuchen und Kaffee, und er kommentierte die Einrichtung und die Wagen, die sie durch die Fensterscheibe sahen, und die Hüte und Sonnenschirme

der Damen da draußen, und außerdem die Fassaden in den Straßen von Minneapolis. Und er verwendete Wörter und Ausdrücke, die sie noch nie gehört hatte, und sie speicherte alles in ihrer Erinnerung.

So wurde der Aufenthalt dort anders, als Samson es sich vorgestellt hatte, ohne Heiratsantrag und ohne die schlichte Trauung, die er sich ausgemalt hatte, vielleicht in der Unitarierkirche, und mit einer kleinen Feier und Madam Mandels Haus. Und an einem der letzten Tage lud Sol sie zu einer Lesung ein.
Was wird denn vorgelesen?, fragte Samson und freute sich, weil er für diesen Nachmittag ein Programm hatte.
Ein Roman von einem norwegischen Autor, teilte Sol mit. Er heißt *Albertine*.
Wann ist der erschienen?
1886.
Voriges Jahr also, sagte Samson. Und wer hat ihn geschrieben?
Christian Krohg. Der ist außerdem Kunstmaler.
Ach so, Krohg, sagte Samson.
In ihm stieg eine leichte Freude auf bei der Vorstellung, Agnes bei einer solchen Veranstaltung an seiner Seite zu haben und später mit ihr über das Vorgelesene sprechen zu können.

Dann saßen sie da, nebeneinander zwischen den anderen im Saal. Agnes schaute sich gespannt um, sah Gesichter und Kleider. Sie sog die Gerüche des Raumes in sich auf, Tabak und Parfüm und feuchter Stoff, denn in der Stadt fiel ein leichter Regen.
Der, der gerade hereingekommen ist, ist ein Dichter, flüsterte Sol ihr ins Ohr. Und die Frau, mit der er jetzt redet, ist Frauenrechtlerin so wie ich. Und da haben wir den höhnenden Hamsun. Nein, ich habe mich geirrt.
Agnes ließ ihren Blick von einer Frau mit einem Umhang zu einem lässigen Mann mit funkelnden Brillengläsern wandern.

Er sieht ihm nur ähnlich, flüsterte Sol.
Wem denn?
Knut Hamsun. Der hat einige Erzählungen veröffentlicht. Eine Zeitlang war er Hilfsgeistlicher bei den Unitariern. In letzter Zeit ist er mit Vorträgen über das mangelhafte Geistesleben in Amerika getingelt.
Sol lächelte spöttisch.
In diesem Moment trat ein Mann vor die Versammlung und räusperte sich. Wer noch nicht saß, suchte sich schnell einen Platz.
Ein Geisteswerk ist verboten worden, sagte der Redner. Ein Roman ist verboten worden!
Schande über Sverdrup!, wurde gerufen.
Ja, es ist eine große Schande, sagte der Redner. Ministerpräsident Sverdrup und seine Regierung haben die Meinungsfreiheit aufgehoben. Zu Hause in Norwegen ist es nicht mehr gestattet, über die Näherin Albertine zu lesen. Nur in Amerika ist das möglich! Was sagt ihr dazu?
Wir fühlen uns verraten, wurde gerufen.
Arne Garborg hat einen Brief geschrieben, wurde gerufen. Das weiß ich von seinem Bruder!
Der Bruder ist ebenfalls Geistlicher bei den Unitariern, flüsterte Sol.
Einen Brief an das norwegische Parlament, sagte der Redner jetzt, in dem Garborg verlangt, sein kürzlich erschienener Roman *Männer* solle ebenso behandelt werden wie *Albertine.* Wenn nicht, müsse doch der intelligente Teil der Bevölkerung glauben, das Buch sei weniger wahr als das von Herrn Krohg.
Die Versammlung lachte. Auch Samson A. Eagle schmunzelte, er schien die Erwähnten zu kennen. Aber er lachte nicht so laut wie die Indianerin Sol, sie warf den Kopf mit den kurzen Haaren unter dem seltsamen kleinen Hut in den Nacken, und sie rauchte, im Haus, als wäre sie ein Mann.
Dann begann die Lesung. Die Geschichte der armen Näherin

füllte den Saal. Die Zuhörer saßen stumm da und reckten den Hals, um auch den nächsten Satz aufzufangen, und den nächsten. Agnes saß mit offenem Mund da – so waren sie also, diese Romane? Sie hatte noch nie einen gelesen. Jetzt begriff sie, dass die von der Wirklichkeit handelten, von dem Bösen, Wehen, Harten, aber auch vom Leben voller Träume. Was sollte aus der armen Albertine werden?
Das erfuhr sie dort im Saal in Minneapolis nicht, denn Samson Abrahamson Eagle riss sie plötzlich vom Stuhl und lief, mit ihr im Schlepp, aus dem Raum.
Es tut mir so leid, stammelte er draußen. Dass du das erleben musstest!
Dann führte er sie eilig weiter, fort von dem Haus, als sei das Gebäude von der Pest befallen.

I'm so sorry, wiederholte Brenda, als sie im Logierhaus angelangt waren. Ich wusste nicht, dass es ein schlechtes Buch ist.
Ein empörendes Werk, sagte Samson, vor allem für junge, unverdorbene Seelen. Hat sie uns aus purer Bosheit mitgenommen?
Sol ist nicht boshaft. Sie ist unglücklich, sagte Madam Brenda.
Aber warum hat sie uns mitgenommen?
Sie hat sicher nicht gedacht, dass es anstößig wirken könnte, sagte Brenda. Sie hat wohl gedacht, dass der Roman davon handelt, wie Männer Frauen missbrauchen. So ist mir das auch erklärt worden.
Hm, brummte Samson.
Agnes schwieg. Sie kam sich vor wie die junge Näherin, missbraucht von einem Mann. Zumindest belästigt. Mit welchem Recht hatte Samson sie weggezogen? Als sei sie ein Stück Vieh an einem Seil!
Jetzt schlage ich vor, wir trinken eine Tasse Tee und reden von etwas anderem, sagte Brenda.

Agnes spürte noch immer die Schamröte in den Wangen, als der Mann eine Weile darauf zu seiner eigenen Unterkunft verschwand.

Er meint es gut, sagte die Ältere. Er fühlt sich für dich verantwortlich, du sollst nicht verdorben werden.

Sie schenkte beiden noch Tee ein. Der schmeckte würzig.

Was ist eine Frauenrechtlerin?, fragte Agnes plötzlich.

Brenda lächelte vielsagend. Meinst du Sol?

Agnes nickte. Und noch eine. Eine, die auch dort war.

Vielleicht die Frau von Pastor Janson, sagte Brenda. Sie schreiben beide.

Verzeihung?

Sie schreiben Erzählungen. Janson und seine Frau. Und vielleicht auch Gedichte. Ich habe die nie gelesen, ich kann nicht so gut Norwegisch lesen.

Aber warum ist Sol unglücklich?, fragte Agnes mutig.

Brenda sah sie forschend an. Dann erzählte sie von damals, als die Santee-Sioux-Indianer im Minnesota-Tal weiße Siedler angegriffen hatten. Sie erwähnte die Morde an ihrem Ehemann Michel Mandel und ihrem Sohn Henry W. nicht, sie erzählte von den Frauen, die gefangen genommen und verschleppt worden waren.

Sols Pflegemutter war dabei gewesen. Und auch Sol und ihre Schwester. Sols Pflegemutter wurde damals vergewaltigt, von einem Mann, verstehst du?

Agnes nickte und schlug die Augen nieder. Viele sahen dabei zu, sagte Brenda jetzt. Die Frau ist dadurch zerbrochen, seelisch. Die Freude in ihr wurde getötet. Übrig war nur die Angst. Etwas Ähnliches ist mit Sol passiert. Obwohl sie nicht angerührt wurde, hat sie die Schändung aus nächster Nähe erlebt. Dass die Schänder von ihrer eigenen Art waren, hat die Sache für sie wohl kaum besser gemacht.

Seither hat sie Männer abgewiesen, sagte Brenda abschließend.

Agnes atmete schwer.
Die arme Sol, murmelte sie. Die arme, arme Sol.
Und gerade das, sagte nun Brenda, dass die Übeltäter Indianer waren, ist wohl der Grund dafür, dass sie sich norwegischer aufführt als wir, die doch von Norwegern auf der anderen Seite des Meeres abstammen. Ihre Pflegeschwester ist Amerikanerin geworden, während Sol sich an immer neue Einwanderer aus Norwegen anschließt.
Vor allem an die Radikalen, fügte die ältere Frau hinzu.
Ach, sagte Agnes.
An die, die in den norwegischen Immigrantenzeitungen ihre Polemiken betreiben, erklärte Brenda. Hier in der Stadt haben wir *Folkebladet.* Dann gibt es noch *Decorah-Posten* und in Chicago *Nordlyset* und noch viele andere, sie können sich also richtig austoben.
Doch, sagte dann Brenda noch, sie schreiben und reden ganz offen über die Dinge. Sie stoßen auf die Freiheit und die Demokratie hier in Amerika an, wo es ganz anders ist als dort, woher sie kommen, so sehen sie das. An anderen Abenden tadeln sie die amerikanische Gier und preisen das reine Gemüt des norwegischen Bergbauern, wenn ich es richtig verstanden habe.
Agnes sah vor sich Sol mit den melancholischen Augen und dem zu einem sarkastischen Lächeln verzogenen Mund.
Heute wollte sie meinen jungen Freund Samson wohl dadurch provozieren, dass sie mit euch in eine Lesung über eine Prostituierte gegangen ist, sagte Brenda trocken.
Was ist das?, fragte Agnes.
Was ist was?
A prostitute?
Mein Kind, sagte Brenda lächelnd und streichelte ihr die Wange.
Du liebst auf jeden Fall einen Mann, sagte sie nachdenklich. Einen, der am Leben ist und den es gibt.

Agnes nickte stumm.
Hat er einen Namen?
Er heißt Lazarus Aronsen. Er ist vor mir ausgewandert, und ich weiß nicht, wo er ist. Ich bin so verzweifelt.
Hier in Minneapolis kenne ich niemanden, der so heißt, sagte Brenda.

Sie verwahrte diesen Namen in ihrem Herzen. Sie hätte diesen Lazarus Aronsen gern geschüttelt, weil er Agnes nicht mitgeteilt hatte, wo er zu finden war; hier verzehrten zwei Menschen sich vor Sehnsucht, statt einander zu umarmen und Frieden zu finden.

Eine Schicksalsgemeinschaft

Lasse stand in der Hitze einer Fabrikhalle. Ofoten mit seiner Kälte und seinem schwarzen Himmel war fern. Lasse stand vor den funkensprühenden Schmelzöfen, aber die Funken ähnelten weder den Sternen noch dem Nordlicht am winterlichen Himmelszelt seiner Kindheit. Hier gab es lange Schichten und eilige Schritte von und zur Arbeit. Die Stiefel knirschten im Schnee. Der Frost wehte ihm um den Mund. Er hatte sich unter dem Hut einen Schal um den Kopf gewickelt. Er bohrte sich die nackten Hände in die Achselhöhlen. In dieser Zeit hatte er nur wenige Gedanken.

Die Wirklichkeit war das Eisen, das geformt wurde, waren die gefährlichen Spritzer des Feuerbreis, war Staub und Schmutz, die sich auf seiner Haut ablagerten und Hals und Nase mit einem dicken Schleim füllten, der grau gefärbt aus ihm herauskam, wenn er sich räusperte oder die Nase putzte; er sang nicht mehr bei der Arbeit. Die Wirklichkeit waren außerdem der Chor und die irische Mary, die wollte, dass er sang und dass er in ihre feuchte, klebrige Mitte eindrang. Außerdem waren da die vielen anderen Frauen, die ihn ebenfalls anfassen und die etwas von ihm haben wollten. Sie lockten mit lüsternen Blicken, während sie über Basare und Bibellektüre redeten. Dann gab es noch die Tanzhallen, in die sich die jungen Frauen gern von einem Bruder begleiten ließen, und viele von diesen Brüdern fragten, ob Lasse nicht mitkommen könnte – auf Bitten einer Schwester, erfuhr er danach immer, nachdem sie außerdem ihren Bruder hatte überreden können, sie ohne Anstandsperson von Lasse nach Hause bringen zu lassen. Später wurde dann über einen Kuss oder zwei verhandelt, an

der Haustür der jungen Frau, und am liebsten über eine Verabredung für das kommende Wochenende.
Sie boten sich an. Er wusste, dass er weiter gehen könnte als bis zum Kuss, er hätte sie an einem Baum oder an der Rückwand eines Geräteschuppens oder der Tür zu einem verlassenen Durchgang nehmen können.
Lasse zog die Huren vor. Die plagten ihn nicht mit Albernheiten und Schauspiel. Deshalb begnügte er sich bei den anderen mit dem Kuss nach dem Tanz, umarmte sie und drückte sie ein wenig. Nach einem höflichen Abschiedsgruß drehte er sich um und ging zu den anderen, die geradeheraus waren.
Dann wurde er zu einer Rodelpartie eingeladen. Sie waren eine ganze Gruppe, junge Menschen mit Schlitten an Seilen. Auch an diesem Nachmittag war er von einem Bruder eingeladen worden, einem Freund aus dem Gesangsverein: Willy nannte er sich. Und die Mädchen hatten Körbe mit Essen und heißen Getränken gefüllt. Eine hieß Maria Rosa und war eine Arbeitskollegin von Willys Schwester Tilde; die beiden waren Verkäuferinnen. Darum blieben diese vier zusammen und saßen auf demselben Schlitten.
Es war wunderbar. Sie kreischten wie Kinder. Sie hielten sich aneinander fest, damit sie nicht herunterfielen. Die Mädchen ließen sich an eine Männerbrust zurücksinken, die Kavaliere konnten ihre Hände wie aus Versehen von der Taille eines Mädchens nach oben wandern lassen. Ein Mund konnte ein Ohr finden. Der Hang hallte wider von Spiel und Gelächter.
Lasses Freund saß hinten, vor sich hatte er Maria Rosa, dann kam Lasse und ganz vorn Tilde. Und Lasse war eingeklemmt zwischen einer Frau, die sich von vorn an ihn presste, und einer, die ihm von hinten her gefaltete katholische Hände um den Leib legte. Dann fielen alle vier herunter und kullerten durch den Schnee. Dann standen sie wieder oben am Hang, im Gewimmel und Geschrei.
In diesem Gewirr und während sie außerdem über den mitge-

brachten Proviant redeten – ob sie ihn jetzt verzehren wollten oder später –, glitt der Schlitten mit Lasse und Maria Rosa davon. Lasse versuchte zu bremsen, aber Maria Rosa wünschte sich das Gegenteil, und so fuhren sie weiter, immer weiter abwärts. Sie endeten unter einigen Bäumen, ungesehen von den anderen oben am Hang und denen, die nach oben stiegen, ungesehen von Fremden. Sie hängte sich um seinen Hals, und ihr Mund schmeckte wie Bratäpfel mit Zimt.
Später ließ sie sich nichts anmerken, als sie wieder nach oben stapften. Und als sie sich zum Essen hinsetzten, alle vier auf dem Schlitten, ließ sie sich von Lasses Sangesbruder einen Arm um die Schultern legen.
Sie ist eine Waise und ein angenommenes Kind, flüsterte Tilde Lasse zu, als sie nach Hause wanderten.
Ohne einen Menschen, flüsterte Tilde dann. Denn sie ist tot, die Frau, die sie zu sich genommen hatte. Jetzt hat sie nur uns. Ist sie nicht reizend?
Doch.
Unaufgefordert hatte diese Tilde sich an seinen Arm gehängt, als sie scheinbar fast gestolpert wäre; vor ihnen gingen die beiden anderen.
Willy hat ihr einen Antrag gemacht, sagte Tilde. Aber Maria Rosa hat noch nicht geantwortet.
Lasse hätte sie alle vergessen können, wenn da nicht der Chor gewesen wäre. Denn Willy schien vorzuhaben, aus ihnen eine Gruppe aus zwei Paaren zu machen. Und es war schwer, sich immer wieder zurückzuziehen, ohne jemanden zu kränken. Deshalb traf er sich mit ihnen, und das war unerträglich, denn Maria Rosa lächelte ihm hinter dem Rücken der anderen zu.
Einmal gingen sie über die Brooklyn Bridge und standen oben und genossen die Aussicht. Ein anderes Mal besuchten sie eine Theateraufführung. Lasse saß zwischen den beiden Frauen, und Maria Rosa presste ihr Knie gegen seinen Oberschenkel.

Später im Sommer machten sie Ausflüge mit Picknickkörben und Decken zum Sitzen. Und einmal waren sie eine richtig große Gruppe, und jemand kam auf die Idee, Verstecken zu spielen. Es war noch hell, als sie anfingen, aber als sie aufhörten, war es fast dunkel. Und in diesem Fastdunkel geschah es, dass Maria Rosa Lasses Versteck hinter einigen Büschen fand. Und sie klammerte sich an ihn, als wäre er ihr Lebensretter, und sie küsste ihn mit ihrem Mund, der auch jetzt nach Äpfeln und Zimt schmeckte.

Dann nahm er sie, dort im Gras. Etwas anderes wäre unmöglich gewesen, wenn er sie nicht entsetzlich hätte beleidigen wollen.

Danach erfand er Ausflüchte, wenn Willy Vorschläge zu Ausflügen machte.

Lieber ging er mit Kvann und Magn zum Angeln. Magn war der Mann, der ihm die Stelle im Schmelzwerk besorgt hatte. Kvann war einer, mit dem er im Hafen zusammengearbeitet hatte und der sich zusammen mit den beiden anderen ebenfalls einen Platz beim Feuerbrei besorgt hatte.

Dann warteten sie, dass ein Fisch anbiss, und sahen sich die großen Schiffe ein Stück weiter draußen an, oder sie gingen zum Bethel-Schiff *John Wesley*, das zwei Jahre zuvor vom Westufer von Manhattan nach Red Hook geschleppt worden war. Es war eine schwimmende Kirche, ein schwarzer Rumpf mit einem weißen Längsstreifen und einem weißen Versammlungshaus an Deck, mit schmalen hohen Fenstern, die von vielen Sprossen unterteilt waren.

Ich hab da mal gesungen, erzählte Lasse, während er einem Fisch das Genick brach.

Auf dem Bethel-Schiff?

Ja.

Bist du Methodist?, fragte Magn.

Nein. Sie hatten mich eingeladen.

Die *John Wesley* gehörte den norwegischen Methodisten, und

zwischen den Gemeinden in Brooklyn fand ein wildes Tauziehen statt.
Ist das denn nicht im Grunde alles derselbe Kram?, fragte Kvann.
Ich glaube schon, antwortete Lasse.
Sie grinsten.
Wie geht's denn so mit der Liebe?, fragte Magn.
Wen meinst du?, fragte Lasse.
Ich dachte, du bist mit der Schwester von Willy Jasper zusammen.
Nö, murmelte Lasse.
Ist sie nicht in Ordnung?
In Ordnung schon. Wirklich nett.
Aber mir ist die da lieber, meinte Lasse dann, und er nickte zu der Steinfrau hinüber, die aus dem Wasser aufragte.
Die Statue of Liberty. Sie hatten gesehen, wie sie errichtet worden war. Und zwar im selben Jahr, in dem das Bethel-Schiff aufgetaucht war, 1886. Es war ein fast unheimlicher Anblick gewesen.
Wollen wir hinrudern und sie uns genauer ansehen?, fragte Kvann.
Zu kalt, widersprach Magn. Ich friere.

Ich überlege, ob ich nicht den Chor verlassen soll, sagte Lasse zu Diakonisse Fedde, als er sie das nächste Mal auf ihrem Bettelgang bei den Ladenbesitzern in Brooklyn begleitete, um Essen für das Krankenhaus zu sammeln.
Er hatte mit Widerspruch gerechnet. Aber der blieb aus.
Ich plane eine Reise, sagte sie.
Wohin denn?, fragte er.
Sie erwähnte einen Geistlichen in einer Stadt weiter im Westen, der ihr im Namen mehrerer anderer geschrieben hatte.
Sie möchten ein Krankenhaus einrichten, erklärte sie. Da, wo

sie wohnen. In Minneapolis. Sie möchten, dass ich komme und sie berate.
Lasse verspürte ein schwaches Zittern im Leib.
Und ich hätte durchaus nichts gegen eine Reise, gestand sie nun. Hier gibt es so viel Zank in der Krankenhausleitung. Die Geistlichen haben ihre Vorstellungen davon, wie das Krankenhaus funktionieren soll, und die Konsulsgattin hat andere. Und ich werde zwischen allen zermahlen.
Was für eine wunderbare Nachricht in Lasses Ohren! Er wollte mit ihr fahren! Er wollte mit dem Zug ins Landesinnere fahren und mehr sehen! Er wollte fort vom Feuerbrei in der Fabrikhalle, fort von Gesangsverein und von Maria Rosa, Tilde und Willy.
Du brauchst männliche Begleitung, erklärte er galant. Einen, der dein Gepäck trägt. Einen, der dich vor Wegelagerern und Wilden beschützt!

Und deshalb saß er schließlich mit der Diakonisse in einem Zug. Durch die Fenster sah er, wie New York Bäumen und Flusswasser Platz machte, und das Tuten der Lokomotive löste in seinem Kopf Jubel aus.
Hör doch!, rief er der Diakonisse zu. Hör doch nur!
Das ist wegen des Viehs, belehrte er sie, damit es nicht überfahren wird.
Die Gleise verliefen am Hudson, der an diesem Tag blau und weiß war wie der Himmel darüber, nach Norden. Und es war voll im Waggon, die Menschen drängten sich auf den Bänken. Die Einwanderer sprachen leise miteinander in ihrer eigenen Sprache und begegneten der Umwelt mit einer gewissen Distanz – um nicht auf Amerikanisch angesprochen zu werden, dachte Lasse.
Er reckte sich. Er trug kein Fries und kein wollenes Wams. Er hatte vom Seligen der irischen Mary noch mehr geerbt, einen ganzen Anzug, dazu Hut und Mantel. Und um den Hals trug

er ein Seidentuch. Es war ein Geschenk von Maria Rosa. Sie hatte ihn eines Tages auf dem Heimweg von der Arbeit abgefangen. Sie hatte unter einem Baum gestanden, in einem ihm unbekannten grünen Mantel, und sich plötzlich umgedreht.
Ich höre, du willst verreisen!
Wer sagt das?
Willy sagt das.
Danach hatte sie ihm ein Päckchen gereicht, dort auf der Straße.
Ein Andenken, sagte sie. Damit du mich nicht vergisst. Sie hatte geschluchzt und sich ihm an den Hals geworfen. Und gleich darauf hatte sie sich losgerissen und war davongestürzt. Er hätte es wegwerfen können, das Tuch. Er hätte es unangerührt liegen lassen können. Aber es war so schön mit seiner glänzenden lila Farbe, und es passte so gut zu seinem Reisestaat, hatte er gemeint.
Man könnte ihn damit für einen Yankee halten, dachte er zufrieden, als er dort im Zug auf der Bank saß, neben Diakonisse Fedde und umgeben von den vielen Einwanderern. Und er kam sich vor wie ein echter Amerikaner, als er auf die Plattform hinaustrat, um eine Zigarette zu genießen, während der Zug in Poughkeepsie hielt.
Auf dem Bahnsteig dort gab es einen Dieb. Und der Dieb stahl einer Frau die Tasche. Lasse sah es, und er rannte hinter dem Übeltäter her, noch ehe die Frau hatte aufschreien können. So wurde er zum Helden des Augenblicks, dort auf dem Bahnhof. Die Bestohlene wollte ihm Finderlohn geben, aber er lehnte ab. Und so wurde er in den Augen der Zuschauer noch dazu zum Mann von Welt.
Irish?, fragte ein gut angezogener junger Passagier, der ebenfalls rauchte.
No. Not Irish, antwortete Lasse.
Italian then?
Neither.

Sorry for asking, bat der andere um Entschuldigung. No harm. My grandfather was Scottish.
I see.
So kamen sie ins Gespräch, und Lasse erfuhr, dass der andere für seinen Vater nach Westen reiste, um eine Stadt zu gründen. Was für ein seltsames Vorhaben!
Wie macht man so was?, fragte Lasse.
Sie finden heraus, wo die Eisenbahnschienen gelegt werden sollen. Dann kaufen Sie dort Land, wo ein Bahnhof geplant ist.
Aber woher erfährt man etwas über solche Pläne?
Sie investieren bei einer Eisenbahngesellschaft. Oder machen sich bekannt mit einem Angehörigen des Aufsichtsrates oder der Leitung.
Smart, sagte Lasse.
Yeah. It's my father. He's the smart one. I prefer horse racing.
Er lachte. Lasse stimmte ein.
Come with me, schlug der andere vor.
Lasse zog an seiner Zigarette.
I mean it! You are an oldfashioned gentleman, helping the ladies, seeking no reward. We live in a world full of crooks, who am I to trust? I need someone like you, to take care of my business. You'll be well paid.
Sie mussten wieder einsteigen, die Fahrt ging weiter.
Ein Fremder hatte sich auf Lasses Platz gesetzt und versuchte, sich bei der Dame einzuschmeicheln.
Excuse me!
Siehst du es jetzt ein?, fragte er anschließend. Dass du diese Reise nicht allein machen dürftest?
Elisabeth Fedde lächelte belustigt.
Sicher, sagte sie. Aber er war doch wirklich keine besondere Bedrohung für irgendwen, dieser kleine Hühnerfarmer.
Er hätte ein Dieb sein können, meinte Lasse.
Ich habe dich durch das Fenster gesehen, sagte die Frau mit

Anerkennung in der Stimme. Und ich bin froh darüber, dass du hier bist.

So viele Arten von Menschen, sagte sie später.
Sie hatten in einem Bahnhofshotel übernachtet und fuhren am nächsten Tag weiter. Sie hatten blaue Berge und sanfte Hügel gesehen.
Und wir sind alle Kinder Gottes, sagte Diakonisse Fedde.
Sie waren an einsam gelegenen Häusern und an Häusergruppen vorbeigekommen. Die Häusergruppen konnten der Auftakt zu einer Stadt sein, wo Kinderscharen dem Zug zuwinkten. Lasse und die Diakonisse hatten weidende Kühe gleich bei den Gleisen gesehen, unbeeindruckt vom näher kommenden Lärm. Sie hatten auch ein verängstigtes Kalb gesehen, in wildem Galopp mit einem Seil um den Hals und einem Jungen im Schlepp. Abends und in der Dämmerung hatten sie Feuer gesehen, an denen Menschen saßen. Sie hatten zwei gesehen, die sich prügelten, und einen, der einen Mann erschossen hatte und nun davonritt. Und sie hatten einen Spielmann gesehen und Menschen, die tanzten.
Lasse nickte. Gottes Kinder. Die, die an einem Feuer ruhten. Die Musikanten, denen sie am Vorabend gelauscht und denen sie eine Münze in die hingehaltene Mütze geworfen hatten. Ein Mann auf einem Bahnsteig, der verzweifelt in einer Sprache gerufen hatte, die niemand in der Nähe verstand. Kinder Gottes. Wie auch der Pockennarbige auf der Bank vorn im Waggon, als sie durch Wisconsin fuhren.
Und was es für viele Sprachen gibt, sagte die Diakonisse.
In der Nacht zuvor hatten sie in einem Logierhaus zusammen mit Deutschen, Polen und einigen Griechen übernachtet. Am Tag davor waren sie mit einer russischen Familie ins Gespräch gekommen.
Ach ja, viele Sprachen. Lasse hatte davon nichts gewusst, ehe er über das Meer gekommen war. Von Schwedisch hatte er

gehört, und natürlich von Dänisch und Samisch. Jetzt hatte er noch dazu eine Familie aus kleinen schwarzhaarigen Chinesen mit roten Seidenmützen auf dem Kopf gesehen.

In Minneapolis wurden sie von einem Geistlichen empfangen, der an der Spitze eines kleinen Empfangskomitees stand. Er hieß Falk Gjertsen und war ein Abgesandter der Konferenz der dänisch-norwegischen Lutheraner, zu der die vielen unterschiedlichen Gemeinden sich zusammengeschlossen hatten, um in der Stadt eine Diakonissentätigkeit aufzubauen.
Diakonisse Fedde sollte bei Falk Gjertsen wohnen, er hatte schon ein Zimmer für sie vorbereitet. Doch niemand hatte gewusst, dass sie in Begleitung anreisen würde, und der Anblick der Begleitung sorgte einen Moment für Unruhe, aber dann wurde beschlossen, Mr. Spring bei Madam Brenda einzuquartieren.
Geht das nicht, Fräulein Mandel?, wurde gefragt. Wir werden in den Salons deiner Mutter ja auch essen.
Das geht sehr gut, sagte eine Frau mittleren Alters in einem blauen Mantel und einem Hut mit einer ramponierten Feder.
Dann wurde geredet und getuschelt und organisiert, dort auf dem Bahnsteig, und während die ganze Zeit Hände geschüttelt wurden, pries man die Krankenschwester für ihre Tätigkeit. Und wie klug von ihr, diese kleine Diakonissenhaube zu tragen, da hatten sie sie in der Menge der Reisenden ja sofort erkannt! Und sie brauchten ihre Hilfe ja so sehr! Hier in Minneapolis und St. Paul herrschten Typhus und Cholera, und Neuankömmlinge lebten oft in so beengten Verhältnissen, und so wanderte die Ansteckung leicht von einem zum anderen. Außerdem gab es noch Masern, Pocken und Scharlach. Aber ihr müsst nach der Reise doch müde sein, damit brachte eine Frau aus der Gemeinde Bewegung in die Menge.
Bald waren sie auf zwei Wagen verteilt, von denen jeder von zwei alternden Gäulen gezogen wurde. Diakonisse Fedde saß

in einem Wagen mit nicht weniger als zwei Pastoren, während Lasse zwischen der geschäftigen Dame aus der Gemeinde und einem jüngeren Mann mit einem grauen Zylinder landete, und der langsame Gang der Pferde gab ihm reichlich Gelegenheit, diese Stadt mit Brooklyn und Manhattan zu vergleichen. Auch hier fuhren sie am Wasser entlang, und zwar am Fluss Mississippi.

Da drüben siehst du das Mühlgebiet, wurde erklärt. Hier gibt es Sägemühlen und Getreidemühlen.

Das verdanken wir dem Wasserfall, erklärte der junge Mann mit dem eleganten Hut. Der heißt St. Anthony.

Die Menschen bringen ihr Getreide von weit her, erklärte eine Frau, die ihnen gegenübersaß; es war das ältliche Fräulein Mandel, das Lasse im Logierhaus ihrer Mutter unterbringen wollte. Sie hat einen ganz eigenen Klang in der Stimme, als ob sie eine Trauer mit sich herumträgt, dachte Lasse. Aber er vergaß sie rasch angesichts der Häuser, an denen sie vorbeikamen, himmelblau und hellblau gestrichen, als sei Blau in Minneapolis eine beliebte Farbe. Aber bald sah er auch ein gelbes Haus und dann einige aus braunrosa Steinen, und auf einem kleinen Platz standen drei Männer und spielten Banjo.

Das ist die Lake Street, erklärte die Frau von der Gemeinde, als sie eine Weile gefahren waren.

Es war eine breite und gerade Straße, gesäumt von Geschäften und Werkstätten mit vielen norwegisch klingenden Namen auf den Schildern.

Dieser Laden wird von einem Herrn aus Odense geleitet, sagte Fräulein Mandel, abermals mit diesem Seufzen in der Stimme.

Der daneben gehört einem Norweger, teilte eine schwarzgekleidete Frau mit weißem Halsbesatz mit. Wie die Kneipe daneben …

Genau wie in der Hamilton!, rief Lasse begeistert.

Die Hamilton Avenue in Red Hook, erklärte er. Genauso ge-

rade wie diese. Genauso norwegisch! Wisst ihr, als ich zum ersten Mal in Brooklyn war …
Ja?
Lasse erzählte, wie er sich durchgefragt hatte, bis der Fährjunge ihm in waschechtem Norwegisch geantwortet hatte.
Sieh an, sagte Fräulein Mandel und nickte.
Sie fuhren an einem Friedhof entlang. Sie kamen vorbei an kleineren Straßen und Gassen, die in die große Straße mündeten. Sie bogen in eine Seitenstraße namens Cedar Avenue ein und hielten fast sofort vor einem blauen Holzhaus.

Brenda empfing die Gäste, die bei ihr eine warme Abendmahlzeit einnehmen sollten, in einem taubenblauen Kleid und einer tiefgrünen Kopfbedeckung. Ganz hinten kam ihre Tochter, zusammen mit einem unbekannten Mann.
Les Spring, stellte er sich vor und machte eine tiefe Verbeugung.
Ich habe ihm gesagt, dass er hier wohnen kann, erklärte Rebecca.
Brenda lächelte freundlich und hieß ihn willkommen. Sie sah, dass er jung und vielleicht sogar schön war. Er bedeutete außerdem eine unerwartete Einnahme, und sie fragte, wie lange er bleiben wolle, da sie in einer Woche zwei Familien erwarteten.

Faszinierend fehl am Platze, so kommentierte Sol das lila Seidentuch des Logiergastes, nachdem sie durch die halboffene Küchentür einen Blick auf ihn geworfen hatte.
Sei nicht so gemein, sagte Rebecca.
Und die Diakonisse?, fragte Sol. Besitzt sie die notwendige Kraft?
Ich weiß nicht, antwortete Rebecca. Wir haben nicht im selben Wagen gesessen. Du kannst ja den Mann fragen, über den du dich gerade lustig gemacht hast, wenn die anderen gegangen sind.

Ich habe doch keine Gemeinheit gesagt! Er erinnert mich an einen Dichter, dem ich einmal begegnet bin.

Beim Essen wurde über Krankheit und Tod und über die sorgenschweren Schritte des Pastors gesprochen, denn wie so oft war er zu einem leidenden Landsmann gerufen worden. Aber ein Geistlicher hatte keine lindernden Arzneien und kannte sich mit physischen Dingen nicht aus, er konnte nur trösten und beten, wenn es nicht schon zu spät war. Das war es oft, denn es kam nicht selten vor, dass ein Landlord oder eine Landlady erst Bescheid gab, wenn die arme Seele ihr Leben ausgehaucht hatte.
Eine Zeitlang gab es hier sogar einige Aussätzige, erzählte eine Frau. Die Kranken waren von der norwegischen Westküste gekommen.
Musste das nun wieder aufgewühlt werden?, murmelte jemand.
Haben die viele angesteckt?, fragte die Diakonisse.
Es war zu kalt, antwortete Falk Gjertsen. Der eiskalte Winter hat die Ansteckung und die Kranken geholt.
Davon abgesehen, war Doktor Armauer Hansen vorübergehend hier!
Ach?
Jawohl, er war zum Forschen hier, den ganzen Weg aus Norwegen, eingeladen und bezahlt von einem Kollegen in St. Paul. Nicht zu fassen!
Er hat absolut alle Nachkommen der aussätzigen Einwanderer hier in der Gegend untersucht, konnte aber keinerlei Anzeichen der Krankheit finden. Auf diese Weise konnte er feststellen, dass nichts auf Erblichkeit hinweist.
Interessant, sagte Schwester Elisabeth. Aber ist es hier so eisig kalt?
Oh ja. Wie auf den windigen norwegischen Hochebenen, sagte der Pastor.

Und was machen die Norweger hier in der Stadt so?, fragte jetzt die Diakonisse.
Die haben so viele Berufe. Es gibt Uhrmacher und Klempner, Schneider und Glaser. Und Böttcher und Bäcker …
Fellnäher und Hutmacher, sagte eine Frau aus der Gemeinde. Und Gerber und Kürschner …
In meiner Gemeinde haben wir außerdem einen Schreiner und zwei Schlachter, fügte Falk Gjertsen hinzu.
Die allermeisten beherrschen aber kein Handwerk, erklärte Brenda, sie saß mit den anderen zu Tisch. Deshalb suchen sie sich häufig Arbeit in einer Sägemühle.
Die Neuankömmlinge hausen oft am Rand der Innenstadt, in heruntergekommenen Häusern, durch die im Winter der Wind fegt, sagte die Pastorengattin. Wie in Swede Hollow.
Da hat niemand ein Haus. Dahin zieht man nur, wenn man in einer Baracke einen freien Platz findet, sagte eine Frau mit einer karierten Haube.
Die, die besser verdienen und etwas sparen können, ziehen weiter, gerne nach Riverside und Cedar, sagte ein Mann in einer gestreiften Jacke.
Das ist hier, nicht wahr?, fragte die Diakonisse.
Das ist hier, sagte die Pastorengattin.
Und viele von uns würden gern mit Ihnen darüber sprechen, wie wir die Verhältnisse für die armen Kranken hier in der Gegend verbessern können, sagte Falk Gjertsen.

Dann gingen die, die weitermussten, und Lasse wurde in ein Zimmer im ersten Stock geführt. Es hatte purpurrote Tapeten und Waschschüssel und Kanne in derselben Farbe, wenn auch blasser. Er lag eine Weile auf dem Rücken und ließ Mahlzeit und Bilder auf sich einwirken. Als er wieder nach unten ging, hatte er vor, das Haus zu verlassen und eine nahe gelegene Kneipe aufzusuchen. Stattdessen lud die dritte Frau des Hauses ihn zu einer Zigarre und einem Glas Portwein

auf die Veranda ein. I'm Sunshine, sagte sie und packte seine Hand.
Oder *Sol,* fügte sie auf Norwegisch hinzu.
Er hatte sie gesehen, als sie serviert hatte. Da hatte sie eine blau-weiße Kittelschürze und eine kleine Haube getragen. Jetzt war sie barhäuptig und ihr Haar verblüffend kurz geschnitten. Sie trug zudem eine Art weites Beinkleid unter einer kurzen Jacke mit spitzen Schößen, wie er es bei einzelnen Frauen gesehen hatte, wenn sie durch Manhattan radelten. Aber Lasse hatte noch nie mit einer Frau in Männertracht gesprochen.
Er nahm die Zigarre und ließ sich von Sol Feuer geben.
Sie sieht aus wie eine Indianerin, dachte er dann, wieso kann sie Norwegisch?
Ihr serviert hier also nicht nur Wasser, sagte er mit Blick auf Gläser und Karaffe.
Nicht doch, sagte Rebecca, die eine große brennende Talgkerze brachte und sie neben die Gartentreppe stellte. Bei uns gibt es auch heiße Milch mit Honig. Und Limonade, Kaffee und Tee.
Und sogar ein Glas dunklen Wein, sagte Lasse und hob seins, nachdem Sol ihm eingeschenkt hatte.
Nein, sagte Rebecca überrascht. Wein ist nur für Privatgebrauch.
Dann muss man danken – oder sich vielleicht ängstigen –, weil man ins Privatleben hineingezogen wird?, scherzte Lasse.
Rebecca lächelte freundlich. Sol blies grauen Rauch aus. Der mischte sich mit dem Rauch von Lasses Zigarre. Und er wusste, dass er zum ersten Mal zusammen mit einer rauchenden Frau saß, die keine Prostituierte war. Und das verwirrte ihn, und er wusste nicht so recht, was er sagen sollte.
Wer ist Ansgar?, fragte er dann, während sein Blick an dem Schild mit der Aufschrift *Ansgars Ruh* hing.
Brendas Onkel, teilte Sol mit. Sie hat ihn sehr geliebt.

Die beiden sind durch das Land gewandert, sagte Rebecca. Der Onkel und das Kind Brenda. Vom Ontariosee nach Chicago. Damals bestand Chicago aus kaum mehr als einigen Häusergruppen.
Und Mister Mandel?, fragte Lasse.
Mein Vater wurde ermordet, sagte Rebecca.
Ansgar auch, sagte Sol.
Hast du ihn gekannt?, fragte Lasse.
Nein, er ist lange vor meiner Geburt gestorben.
Lange, ehe sie mich gefunden haben, murmelte Sol.
Excuse me?
Ich wurde gefunden. In einem Sack.
Excuse me?
In einem Sack aus Fell. So war ich ausgesetzt worden, murmelte Sol.
Me too, sagte Lasse.

Die letzten Worte waren vom Wind verweht worden; Rebecca hatte sie nicht hören können, Sol wusste nicht, ob sie ihnen Glauben schenken durfte. Und Lasse fragte sich, ob er das alles nur geträumt habe. Denn das Gesagte wurde nicht kommentiert. Stattdessen stellte die Indianerin hektische Fragen über die Verhältnisse im Krankenhaus in Red Hook und Elisabeth Fedde als Mensch. Lasse antwortete nach besten Kräften. Rebecca hatte noch eine Kerze geholt und stellte sie auf den Tisch, dann setzte sie sich in die Schaukel. Jetzt war sie die Zuschauerin bei etwas, das sie nicht verstand. Denn Sol war sonst nicht hektisch. Sol war ruhig, gelassen, lässig, fast unbeeinflusst von den Zankereien der anderen. Jetzt war sie aufgeregt, als ob das geplante Krankenhaus in Minneapolis sie zutiefst berührte. Bisher hatte sie nur Sarkasmen für den Streit zwischen den christlichen Synoden übriggehabt, denn wie sollte man sich überhaupt über etwas einigen können, wenn man sich dermaßen über Glaubensdetails ereiferte. Außerdem

hatte sie sich gewundert, weil Rebecca sich in diesem Vorhaben engagierte; wollte Rebecca vielleicht Krankenpflegerin werden?
Jetzt konnte Rebecca die Frage umkehren, angesichts von Sols auffälligem Interesse.
Denn das könnte ihrer Cousine ähnlich sehen, dachte sie verwundert, ihr eigenes Leben in einem Krankenhaus inmitten von Ansteckung und Tod aufs Spiel zu setzen.
Aber es war keine Lebensmüdigkeit, die an diesem Abend die Szene auf der Veranda prägte. Es war eine unerklärliche Mischung aus Erwartung und Verzweiflung, bemerkte Rebecca jetzt. Und sie sah zu ihrer Verwunderung, wie der junge Mann in diese Stimmung hineingezogen wurde, als stehe etwas Ernsthaftes auf dem Spiel. Bald stieg in Rebecca das Gefühl auf, am Rand zu stehen, und sie zog sich ins Haus zurück, obwohl sie sich gleich an die offene Tür setzte – um den Mond zu bewundern oder aus Neugier.

Die beiden anderen schwiegen. Sie tranken Wein. Sie zündeten sich neue Zigarren an und schauten den Rauchwolken hinterher, bis die von der Dunkelheit verschluckt wurden.
Die Frau brach das Schweigen als Erste.
Sie sprach über Not und über Säcke aus Fell.
Eine todkranke Mutter in Amerika. Allein mit einem Säugling. Dann sieht sie eine Fremde, die auch ein Kleines hat. Und sie legt ihre Tochter zu einer Unbekannten mit Milch in den Brüsten, Milch, die zwei Kinder so gut am Leben erhalten kann wie eines. Und es gab eine hungernde, sterbende Frau in Schweden. Sie legt ihr Kind in einen Fellschlitten. Sie spannt ein Rentier davor und flüstert dem Tier ins Ohr: Geh über die Berge, dahin, wo das Futter ist. Geh zur Küste, wo es Hilfe gibt.
Aber so war das ja nicht. Sonnentanz hatte es erklärt! Es war keine arme Notleidende, es war ein König, der sein Kind auf einer Reise verloren hatte! Lasse wollte das Gesagte korrigie-

ren, aber die Wörter kamen nicht. Und die Frau vor ihm brauchte keine Korrekturen, sie hatte sich mit Bildern der Hungernden gefüllt, so wie er selbst manchmal das Traurige genoss, in ihrem Blick und in seinem eigenen Inneren.
Sie sahen einander an. Jetzt lag in Sols Gesicht kein Sarkasmus mehr. Ihre Augen schauten groß, offen, dunkel in Lasses graue. Und die beiden sahen, was ihnen gemeinsam war: Beiden fehlten Bilder der Frau, die sie geboren hatte. Sie hatten keine einzige Erinnerung an den Mann, der diese Frau geschwängert hatte.
Und sie wurden erfüllt von einer Sehnsucht, schwarz wie die Nacht; eine flammende schwarze Einsamkeit war in ihnen und um sie herum, wie eine Wand, die langsam der Zweisamkeit von zwei verlassenen Fellsäcken auf dem Boden und im Schnee weichen musste.
Im Zimmer dahinter saß Rebecca in der Dunkelheit und betrachtete sie mit innerem Beben.
Auch sie wusste nicht mehr viel von ihrem Vater, Michel Mandel. Aber die Erinnerung an den furchtbaren Tag, als die Indianer ihn getötet hatten, steckte in ihr wie ein Schrei, den sie nicht hören konnte. Die Mutter hatte jedoch erzählt, wenn Rebecca sie selbst danach gefragt hatte, dass der Vater so gern schöne Gedichte gelesen hatte. Deshalb hatte Brenda ihn genommen, das wusste Rebecca, weil Mandel sie mit Poesie erweicht hatte. Also musste er auf seine Weise klug gewesen sein, vermutete die Tochter. Wo er doch so viel gelesen hatte. Ein Faulpelz, hatte Stiefbruder Oskar gesagt, er, der noch immer seinen Laden in Blikom hatte.
Rebecca lauschte den Grillen. Ob es in Norwegen wohl Indianer gibt?, überlegte sie vage, als sie draußen Lasses dunklen Schopf sah.
Wolfgang Bart hatte auch einen dunklen Schopf gehabt, dachte sie, aber der war lockig gewesen und nicht struppig. Wolfgang Bart war Deutscher gewesen. Und er hatte eine große

Farm besessen. Fünfundzwanzig Jahre war er alt gewesen, als er um Rebecca angehalten hatte. Sie war niemals so glücklich gewesen wie in den vier Monaten bis zu seinem Tod.
Als sie selbst fünfundzwanzig gewesen war, hatte der Freier Ian Rush geheißen. Gutgebaut und stark, war er bei der Polizei gewesen.
Als sie gerade dreißig geworden war, hatte der in Dänemark geborene Mort Billund ihre Mutter aufgesucht, um über eine Eheschließung zu sprechen.
Cholera und Typhus. Und eine Schlägerei. Drei Freiern hatte sie ihr Jawort erteilt. Keiner hatte lange genug gelebt, um die Trauung zu erleben. Keiner hatte sie durch eine Hochzeitsnacht geführt. Aus diesem Grund war sie noch immer unberührt, als sie dort in der Dunkelheit saß und hörte, wie die Frau, die sie Cousine nannte, leise und seltsam intim mit dem Begleiter der Diakonisse redete.
Siehst du nicht, wie jung er ist?, rief sie Sol in Gedanken zu. Siehst du nicht, dass er nicht für dich bestimmt ist!
Zugleich erfüllte sie ein Weinen wegen ihrer eigenen Enttäuschungen und über Sols Schicksal. Denn alles war zu spät. Sie konnten noch Krankenschwestern werden und ihr Leben anderen weihen. Ansonsten lag ihre Zukunft dort in *Ansgars Ruh* und nicht in einer eigenen Familie mit Mann und Kindern.

Sie wollten also nur unser Bestes, sagte die Indianerin Sol verzückt.
Ja, schon, murmelte Lasse.
Sie haben uns nicht verstoßen, sondern auf uns verzichtet, sagte Sol.
Für einen Moment sah Lasse vor sich, wie eine ausgehungerte Frau mit gefrorenen, vor Kälte tauben Händen ein Kind in eine Felltasche steckt. Sie hatte Ähnlichkeit mit einer anderen, einer, die schmutzig und rußig an einer Feuerstelle saß, einer, die hinkte und Geschichten erzählt hatte.

Ob ich gestohlen sein könnte?, überlegte er.
Auf diesen Gedanken war er noch nie gekommen. Jetzt verweigerte er sich der Not und der Krankheit, die die Indianerin vor ihm zeichnete.
Sie hat dir das Leben gegeben, indem sie dich weggeschickt hat, sagte Sol. Wie meine Mutter das auch getan hat. Statt dich mit ins Totenreich zu nehmen.
Dein Vater könnte ein König gewesen sein, sagte Lasse.
Du meinst, Häuptling, sagte Sol.
Und deine Mutter hatte sich durch einen Zufall verirrt. Und hoffte, dass dein Vater oder seine Männer nachkommen und dich finden und zurückholen und dich zu Reichtum und Glanz erheben würden, sagte Lasse.
Was für schöne Worte, sagte Sol.
Wieder musterten sie einander mit glänzenden, durchdringenden Blicken.
Es ist spät, sagte Rebecca, sie stand in der Türöffnung.
Die beiden anderen musterten sie verwundert.
Wir sollten schlafen gehen.

Wie lange will er eigentlich bleiben?, fragte Brenda einige Tage später.
Er wird wohl so lange bleiben wie Schwester Fedde und dann mit ihr zurückfahren, antwortete Sol.
Es gibt noch Unklarheiten, was den Aufenthalt der Diakonisse angeht, zwischen Brooklyn und hier wird eifrig korrespondiert, sagte Brenda.
Sie mochte diesen Les Spring nicht besonders. Er führte sich auf wie ein Prinz. Er stand auf, wann es ihm passte, er kam und ging nach Belieben, ohne zu sagen, wohin er wollte und wann sie ihn zurückerwarten könnten. Dann war er wieder da, putzmunter stand er in der Türöffnung und erwartete Bedienung und Lächeln.
Und die bekam er, denn Sol briet und kochte und servierte für

den jungen Mann. Sie konnte stundenlang in der Küche ausharren, Fleisch in würzige Lake einlegen, Pais komponieren und Kuchen backen. Sie hatte ihre radikalen Salons wegen dieses Taugenichts offenbar vergessen, und sogar darüber ärgerte Brenda sich, obwohl sie die aufrührerischen und redseligen Freunde Sols bisher missbilligt hatte.
Und als die neuen Gäste aufgetaucht waren, die, die im Voraus bereits bezahlt hatten, hatte Sol in ein Zimmer ein zusätzliches Bett gestellt, so dass ein Ehepaar mit einem großen Sohn im selben Zimmer schlief, gegen eine Preisreduktion, natürlich.
Brenda war nicht zu Hause gewesen, als diese Gäste gekommen waren, aber sie hatte Rebecca gesagt, Les Spring solle während der betreffenden Tage im Schuppen schlafen, für den Notfall standen dort Bett und Waschschüssel parat. Doch Sol war ihrem eigenen Kopf gefolgt.
Die Indianerin zeigte Lasse die Stadt. Wenn sie Zeit hatten und es einen Wagen gab, ließ Sol sich neben ihrem *Seelenfreund* durch die Straßen fahren – so hatte sie ihn Brenda und Rebecca gegenüber genannt. Es klang aus ihrem Mund fast wie *Gesinnungsgenosse,* aber ihre Wangen glühten, als sie es sagte, und ihre Augen funkelten.
Ein freundliches Wort von Lasse über ihre Kleidung, und sie wurde rot. Die Hose und die Jacke im Herrenschnitt waren Blusen und Röcken und Kleidern gewichen. Und das waren nicht die, die sie in den vergangenen Jahren getragen hatte. Jetzt lieh sie sich bei anderen hübsche Dinge aus! Weibliche! Und sie trug nicht mehr die kleine Männermütze, sie trug breitkrempige Hüte mit wehenden Federn.

Weißt du jetzt, wie lange er bleibt?, fragte Brenda nach einer weiteren Woche.
Die Diakonisse bleibt noch eine ganze Weile hier, teilte ihr Sol mit. Vielleicht bis zum Frühling. Vielleicht noch länger.

Aber der Mann? Er hat noch nicht gefragt, was das Logis hier kostet.
Ist er denn nicht unser Freund?, fragte Sol. Hat er nicht sogar ein Geschenk für das Haus gekauft?
Das war eine kleine Öllampe, die vom Verandadach hängen konnte, die beiden hatten sie auf ihren Wegen durch die Stadt gefunden.

Es kam vor, dass Rebecca sich ihnen anschloss, wie an dem Abend, als sie in das schwedisch-amerikanische Theater in der Cedar Avenue gingen und ein lustiges Stück namens »Die Värmländer« sahen. Es handelte vom Anerben Erik, der ein armes Mädchen heiraten wollte, aber seine Eltern wollten nichts davon wissen.
Und sie gingen tanzen, alle drei. Lasse forderte sie abwechselnd auf und hopste mit planlosen Schritten mit ihnen umher. Immerhin kann er den Takt halten, sagte Sol, als Rebecca anfing, dankend abzulehnen.
Nach drei Wochen nahm Brenda ihn sich unter vier Augen vor. Sie hatte eigentlich mit der Diakonisse sprechen wollen, aber Schwester Fedde war von früh bis spät mit den Vorbereitungen für die Eröffnung des Krankenhauses in einem Gebäude beschäftigt, das dem Krankenhauskomitee überlassen worden war. Außerdem ahnte Brenda, dass sie dadurch die Last der jungen Krankenschwester noch vergrößern würde, denn der Mann, der als Begleiter der einen Frau gekommen war, sah sie offenbar nicht mehr an, er schien ganz und gar von einer anderen in Anspruch genommen zu sein.

Mister Spring, sagte Brenda. I have to ask you: Was haben Sie hier in Minneapolis noch für Pläne?
Pläne?
Was die Arbeit angeht, sagte Brenda. Ich dachte, Sie sollten Schwester Elisabeth behilflich sein?

Ich habe sie auf Bettelgängen durch Brooklyn begleitet, um Essen zu beschaffen, antwortete Lasse. Ich habe sie vor Pack und Gewalttätern beschützt. Aber an der Planung eines Krankenhauses kann ich mich nicht beteiligen. I am no nurse.
And I run this place, sagte Brenda.
How much?, fragte Lasse.
Brenda nannte eine Summe, die Kost und Logis für drei Wochen entsprach. Lasse legte diese Summe sowie etwas dazu zwischen ihnen auf den Tisch. Ain't cheatin' noone, sagte er lächelnd.

Kurz darauf verließ er das Haus und die Frauen, nachdem er der Diakonisse versprochen hatte, sie zum gegebenen Zeitpunkt wieder abzuholen.

Ein Blender, sagte Brenda bissig zu Sol.
Die Frau mit den schräg stehenden Augen schaute zu Boden, während ihre Brust sich hob und senkte.
So was sehe ich nicht zum ersten Mal, fügte Brenda hinzu. Die glauben, dass die Welt ihnen gehört.

Du kennst ihn nicht, tadelte Sol.
Er erinnert mich an meinen verstorbenen Ehemann, sagte Brenda. Den Glasbläser und Gedichteaufsager. Auch der hat sich für Gottes Geschenk an die Menschheit gehalten.
Er hat ein Geschenk für uns hinterlassen, teilte Rebecca mit. Sie stand mit einem Paket in den Armen in der Tür. Sie hatte es beim Putzen in seinem Zimmer gefunden.
Lass sehen!, verlangte Sol und streckte die Hand aus.
Das ist für uns alle, wandte Rebecca ein, das steht darauf. »Für die interessanten und freundlichen Frauen in *Ansgars Ruh.*«
Es war eine Spieldose. Ein kleiner Glasmann mit einer winzigen Geige unter dem Kinn drehte sich zu klimpernden Tönen immer wieder um sich selbst. Es war die Melodie eines Cho-

rals. Und dem Mann waren Kleider aufgemalt, die an norwegische Trachten erinnerten.
Wie schön, flüsterte Sol andächtig.
Dann ist er vielleicht doch nicht nur ein Blender, murmelte sie Brenda zu.
Die Madam musste sich vor Rührung abwenden. Denn diese kleine Gestalt hatte etwas Besonderes an sich; sie erinnerte sie an etwas, an jemanden, der sie ganz tief im Herzen berührt hatte.

Lasse-Les saß im Zug und sah vor seinen inneren Augen Sunshine-Sol.
Sie war anders gewesen als alle anderen, mit ihrem geraden Rücken unter der Herrenjacke, an jenem ersten Abend auf der Veranda. Es war ihm vorgekommen wie ein Geschenk, dort zu sitzen und ihren Anblick in sich aufzunehmen, während sie mit der Zigarre im Mundwinkel Portwein einschenkte, und dabei hatte er gedacht: Ich muss mir für später merken, wie sie aussieht.
Eine magere Frau in Hosen, in leichten, ein wenig weiten Hosen, die an der Wade endeten, so dass die Knöchel zu sehen waren, nackte Knöchel und nackte Füße in leichten dunkelblauen Stoffschuhen. Eine Frisur, die aussah wie auf den Schädel aufgemalt, wie bei einer Puppe mit Haaren aus Lack. Die dunklen Augen mit dem messerscharfen, lebhaften Blick. Die selbstsicheren Gesten.
Das Beste waren die Jacke und diese Schärfe, sie gehörten zusammen, und Lasse hatte sich darauf gefreut, zu sehen, wie sie jemanden mit Worten aufspießte, nicht bösartig, sondern verdient.
Sol ähnelte weder Frau noch Mann, hatte er gedacht, und dass sie aus eigenem Willen so geworden sei, als habe sie sich eine Freiheit jenseits der Erwartungen an das Übliche gewählt.

Das alles war vor dem Gerede über Fellsäcke und mutterlose Kinder gewesen. Aber mit dem Gerede war die Magie gekommen. Später kam die Normalität.
Denn schon am nächsten Tag war Sol eine andere geworden. Auch das hatte ihn fasziniert, dass sie wie zwei verschiedene Wesen wirkte, und er hatte gedacht, dass sie vielleicht zwischen dem Privaten und dem anderen trennte und dass ihm ein Privileg zuteilgeworden sei, da er ihre private Seite erlebt hatte. Aber obwohl er danach jeden Abend mit ihr auf der Veranda gesessen hatte, war sie nie mehr wie am ersten gewesen. Stattdessen wurde sie mehr und mehr wie alle anderen Frauen, die ihm begegnet waren.
Sie hatte sogar angefangen, ihn anzufassen. Und sie wollte ihn noch mehr anfassen. Sie wollte ihn, das hatte er plötzlich begriffen. Seinetwegen trug sie jetzt Kleider mit weitem wehendem Rock, hatte er verstanden. Diese alternde Frau!
Deshalb war er gegangen, um sich seinem eigenen Überdruss zu entziehen, um dem Schmerz der Indianerin auszuweichen. Sie müsste verheiratet sein, dachte er, als er nun im Zug saß. Warum ist sie das nicht?
Es war der letzte Tag der Reise. Er schaute aus dem Fenster. Zwischen den Schienen und dem Hudson wanderte ein Mann dahin, der an einem Stock über seiner Schulter ein Bündel trug. Seine Hose war nur ein Fetzen, ein Hosenbein reichte bis zur Mitte der Wade, das andere kaum bis zum Knie. Aber auf dem Kopf trug er einen Zylinder, hoch und fest und würdevoll. Für einen Moment dachte Lasse an sich selbst im Mantel des Vogtes, an den Füßen die ausgelatschten Schuhe, als er nach Lødingen gekommen war. Er schaute an sich hinab, auf die Yankee-Kleidung und die guten Stiefel, er lächelte und dachte an Agnes.

Der Traum des Volksaufklärers

Einige Monate später, im späten Frühling des Jahres 1889, tauchte Samson Abrahamson Eagle zusammen mit seinen Töchtern und Agnes in Brendas Logierhaus auf. Der Mann hatte schriftlich zwei Zimmer bestellt, und Brenda hatte sich überlegt, wie die wohl verteilt werden sollten. Hatte das Paar seit dem letzten Mal geheiratet? Sollten die Kinder ihr eigenes Zimmer bekommen?

Nein, sie sollten das Zimmer mit der Haushälterin teilen.

Der Mann würde allein schlafen. Samson hatte Wichtiges vor und würde Zeit für sich brauchen. Die anderen waren aufgrund von Worten mitgekommen, die beim letzten Mal, als er und Agnes hier gewesen waren, gefallen waren; er hatte ihr versprochen, dass beim nächsten Mal auch die Mädchen die große Stadt erleben würden.

Das alles wurde Brenda bei ihrer Ankunft mitgeteilt, und es wurde in freundlicher Gemeinschaft genickt und gelächelt.

Und er würde auch Zeit haben, sie herumzuführen, fügte Samson hinzu. Aber zuerst wollte er sich Setzkästen ansehen. Er träumte schon lange davon, seine eigene Zeitung zu gründen, erfuhr Madam Mandel jetzt, und nun hatte er gehört, dass hier in Minneapolis eine kleine Druckerei zu verkaufen sei.

Alle würden sie für ein Ehepaar mit zwei Kindern halten, dachte Brenda. Das lag nicht nur an der Kleidung, an den zueinander passenden Mänteln, es lag an einem Gleichgewicht zwischen den Erwachsenen in der Art, wie sie einander ergänzten und einander ins Gesicht schauten. Und sie fragte sich, ob die beiden nicht wenigstens verlobt seien.

Das waren sie nicht.
Der Mann teilte ihr das mit, ehe er die anderen verließ, um am nächsten Morgen Klarheit in die Sache mit den Setzkästen zu bringen; er war für einige Minuten mit Witwe Mandel allein und wiederholte seine alte Bitte an sie, ob sie für ihn bei Agnes sondieren könne.
Dann verschwand er, mit seinen wogenden Locken und seiner eifrigen Geschäftigkeit. Und Brenda nahm sich die Zeit, die junge Frau und die Kinder auf einem kleinen Ausflug in die Stadt zu begleiten.
Jennifer und Molly waren lieb und aufmerksam. Sie zeigten und fragten und hörten den Worten der Erwachsenen voller Interesse zu. Und sie hingen in tiefer Zuneigung an Agnes.
Nein, sie darf die Kinder nicht verlassen, dachte Brenda.
Und sie sondierte bei Agnes wie beim letzten Mal.
Sie sah eine ruhige und freundliche Erwachsene, die mit den Mädchen zusammen war. Wenn die Kinder im Bett waren, sah sie eine höfliche Frau, die sich erkundigte, was seit dem letzten Mal im Logierhaus passiert war, und die aufmerksam Sols und Rebeccas Bericht über eine Diakonisse und ein Krankenhaus zuhörte. Das sollte richtig schön werden, mit vier Zimmern und einem Operationsraum in der Hennepin Avenue.
Dann kam Herr Eagle wieder zurück, jubelnd und redselig, denn er hatte an diesem Tag den Umgang mit einer kleinen Handpresse gelernt.
Wie gut, sagte Agnes und ließ ihre Worte aufrichtig beifällig klingen, obwohl Brenda annahm, dass sie in Gedanken nur teilweise anwesend war.
Und so klang Agnes' Stimme auch am nächsten Abend, als sie abermals höflich nach dem Krankenhaus und der tüchtigen Elisabeth Fedde fragte, der Krankenschwester, die, so Rebecca, mit einem überaus charmanten Begleiter gekommen war.
Ist er noch immer hier?, fragte Agnes ohne sonderliches Interesse.

Er ist wieder an der Ostküste.
An einem Fluss in Manhattan, teilte Sol mit schwachem Zittern in der Stimme mit. In Red Hook, Brooklyn.
Und Brenda entdeckte in Agnes' Blick und Ausdruck etwas anderes als laue Höflichkeit.
Ist er Norweger, dieser Begleiter?, fragte Agnes, und ihre Stimme hatte einen neuen und tieferen Klang.
Sol nickte.
Dann kennt er sicher viele andere Norweger?, fragte Agnes Brenda später. Dann kann man ihm vielleicht schreiben und fragen … ob er einen kennt … einen mit Namen …
Brenda nickte.
Wenn du das noch immer willst, sagte sie.
Nichts will ich lieber, antwortete Agnes gequält. Bitte, hilf mir, ihn zu suchen. Brenda streichelte ihre Wange.

Eine Schlägerei in Brooklyn

Der Frühling war warm in Red Hook. Die Stimmung an den Docks und in den Fabrikhallen war gereizt. Die Arbeitskollegen fragten Lasse nach der Reise aus. Er erzählte vom Zug und von dem Mann auf der Hinfahrt, der nach Westen gewollt hatte, um eine Stadt zu gründen.
Er wollte mich mitnehmen, sagte Lasse. Wir würden dann reicher werden als reich.
Warum hast du das nicht getan?
Ich war mit einer Dame zusammen. Die Dame konnte ich ja wohl nicht im Stich lassen.
Aber danach!
Da hatte ich ihn vergessen.
Der protzt nur, wurde hinter seinem Rücken gemurmelt. Der will doch immer etwas Besonderes sein.
Die Männer hatten auch früher schon über ihn getuschelt, in den Kneipen gesagt, er benehme sich, als ob er sich für etwas Besseres halte, als ob er reich sei und die anderen arm. Als komme er aus einer Familie von Bankrotteuren und habe vergessen, dass er von den Gipfeln des Reichtums in den Sumpf der Mühsal gestürzt sei. Die ewigen Ränder unter den Nägeln sagten jedoch das ihre, hatten sie untereinander gegrinst.

Als sei er dumm, hatten sie anfangs geglaubt. Mit diesem offenen, freundlichen Lächeln. Ein blödes Lächeln, hatten einige zueinander gesagt. In der Werkstatt sagten sie, er sei nicht dumm.
Vielleicht nur ein größerer Träumer als wir anderen, versuchte einer einmal, ihn zu verteidigen.

Die meisten in Red Hook träumten davon, weiterzukommen, weg von Salzwassersumpf und Schilf und Mücken. Einige sprachen von Chicago, andere von Kalifornien. Es gab Zuggleise, die sie quer durch das Land bringen konnten, glaubten sie.
Und überall würden sie Landsleute finden, sagten die Norweger, wenn sie in den Seitenstraßen der Hamilton Avenue auf den schmalen Vortreppen saßen. In Wisconsin oder Minnesota, in Illinois oder Iowa, sagten sie, überall gibt es Norweger. Oder in Galveston, Texas. Da sind viele norwegische Seeleute.
Lasse-Les sagte nichts dazu, wenn er mit ihnen zusammen war, er lächelte nur das Lächeln, das anderen Lust zum Zuschlagen machen konnte. Jetzt war er zudem ein ziemliches Stück nach Westen gekommen und hatte mehr von Amerika gesehen als die meisten anderen hier, und er hatte von Dampfschiffen mit Orchestern und Tanzenden auf dem Mississippi erzählt.
Ob er selbst an Bord gewesen sei?
Nein, aber er habe in einem Haus an Land getanzt, zusammen mit einer Indianerin.
Der lügt, murmelten die anderen und ballten die Fäuste.
War sie hübsch?, fragte der, der Kvann hieß.
Hübsch genug, antwortete Lasse.
Hübscher als Maria Rosa?, fragte ein anderer.
Maria Rosa, was ist mit ihr?
Hat 'nen dicken Bauch, wurde gesagt.
An diesem Abend warf Lasse ein Seidentuch in das schmutzige Wasser des Gowanuskanals.

Es war an einem Abend zu dieser Zeit, dass es zu der Schlägerei kam.
Lasse und Olof mit dem Holzfuß hatten mit den Jungen ihrer irischen Vermieterin Karten gespielt. Sie waren trotz der Hitze guter Stimmung, denn sie verloren und gewannen gleich-

mäßig, und Mary hatte die Männer mit Bier versorgt. Deshalb waren die beiden Männer gute Freunde, als sie dann später zur nächsten Kneipe gingen.
Dort war die Stimmung gereizt, und das lag an einem Schweden, der sich mit einer der Huren verlobt hatte. Jetzt fuhr er wieder zur See, aber er hatte für ein ganzes Jahr die Zimmermiete gezahlt und ihr außerdem Geld zum Leben gegeben; sollte sie da nicht die Finger von fremden Männern lassen?
Die Frau kam aus Bamble. Damit war sie Norwegerin, keine Schwedin, und welches Recht hatte da wohl so ein Schwede, sich mit ihr zu verloben?
Sie hat ja wohl auch mitgemacht, wandte jemand ein.
Aber vor dieser Verlobung hat sie mir genauso gehört wie ihm, schimpfte ein Dritter, einer aus Drammen.
Bier her!
Die Fliegen surrten unter der Decke. Und sie surrten um die Köpfe der Gäste.
Scheißschweden, war zu hören.
In diesem Moment entdeckten sie Olof. Jetzt war er schuld an der Union und an Bamble-Nellys Verlobung.
Schwedische Konsuln, rief jemand. In einer Stadt wie New York, wo die Seeleute Norweger sind, müssten das doch auch Norweger sein.
Seeleute kommen ja wohl aus allen Ländern, widersprach Olof.
Aber die meisten Seeleute sind Norweger.
Scheißschwede, wurde gedroht.
Das hatte Willy gesagt, der Bruder von Tilde, Maria Rosas Freundin, und er sah dabei Lasse an, nicht Olof.
Und nun sagte Lasse die Wörter, die den Funken schürten.
Ich bin auch Schwede.
Die Menge wandte sich von dem Mann mit dem Holzfuß ab. Sie kniffen die Augen zusammen, und in ihrer Wut dachten sie, dass sie von Anfang an recht gehabt hätten, denn einen

größeren Idioten als Lasse-Les habe ja wohl noch keiner gesehen. Aus einzelnen Kehlen erscholl ein Knurren, und andere stimmten ein, es wurde zu einem heiseren Gebrüll, und Fäuste trafen auf bärtige Wangen, Männerstimmen schimpften, schrien und fluchten auf Norwegisch und Schwedisch, alle drängten sich vor und schlugen nach Freund und Feind.
Der Lärm wurde von dem Gebrüll eines gebieterischen Schiffskapitäns zerrissen: Jetzt hört aber auf, verdammt noch mal.
In der nun folgenden Stille fragte der Neuankömmling: He, mein Sohn, hast du meinen Seesack?
Leiber krochen zur Seite, einige kamen auf die Beine, für den Zimmermann Peder Andersen aus Grimstad wurde eine Schneise geöffnet, und er konnte Lasse-Les hochziehen und mit sich nach draußen schleifen.
Wollten wir nicht nach Texas zum langhörnigen Vieh?, hörte man ihn draußen poltern.
Die Zuhörer konnten die Antwort nicht verstehen, sie sahen nur noch, wie der eine den anderen über einer breiten Schulter davontrug.

Er trug ihn ins Logis. Der Zimmermann wusste, wo das war, er hatte sich dort nach ihm erkundigt. Jetzt ließ er Lasse draußen fallen und ging auf dessen Zimmer, um den Seesack zu holen. Er öffnete ihn und sah, dass alles noch vorhanden war. Dann nahm er Kleidung und Kleinkram aus Lasses Seekiste und quetschte alles noch in seinen eigenen Sack.
Die Irin Mary wusch Lasse gerade das Blut aus dem Gesicht, als er wieder nach unten kam.
Hat mein Sohn seine Rechnung bezahlt?, fragte Peder.
Mary nickte.
Peder gab ihr noch etwas dazu, für den übereilten Aufbruch, sagte er.

Dann nahm er den Verletzten abermals über die Schulter und lief mit dem Seesack unter dem Arm davon.
Es war dunkel, als er endlich das Frachtschiff und den Kapitän fand, mit dem er sich abgesprochen hatte. Dann lag Lasse an Deck, den Kopf an einen vollgestopften Seesack gelehnt, und schnarchte durch den Mund, seine Nase war verstopft. Und das Schiff glitt mit brennenden Laternen nach Süden.

Der Weg nach Texas

Wieso haben die dich für einen Schweden gehalten?, fragte Peder am nächsten Tag.

Weil ich das gesagt habe, antwortete Lasse. Dass ich Schwede bin.

Aber warum um alles in der Welt hast du das gesagt?

Lasse musterte den anderen durch den Spalt unter dem verklebten Augenlid.

Warum kommst du erst jetzt?, fragte er.

Ich konnte nicht an Land gehen, erklärte Peder. An dem Tag, an dem wir uns treffen wollten. Der Kapitän behielt mich im Auge, bis alle Fahrgäste in den Auslegerbooten waren. Dann ließ er mich auspeitschen. Er hatte begriffen, dass ich wegwollte. Er hatte meine Sachen gesucht und entdeckt, dass sie verschwunden waren. Und dann hat er mich eben in Ketten gelegt.

In Ketten?

Als wir wieder auf offener See waren, wurde ich freigelassen. Und später … dieses Schwein! Immer wenn wir uns einem Hafen näherten, wurde ich in Ketten gelegt.

Lasse zupfte an einer Kruste in seinem Mundwinkel herum und wartete ab.

Ich wurde zu seinem Köter, sagte der Zimmermann wütend. Verstehst du?

Weil du keine Papiere hattest?

Ohne Papiere war ich niemand. In diesen Jahren bin ich ohne Vertrag gesegelt und ohne zu Hause den Kai betreten zu haben. Ich bin alt geworden. Und du bist erwachsen. Als ich dich zuletzt gesehen habe, warst du noch ein Knabe.

Er verstummte und schaute zum Ufer hinüber.
Hast du den Kapitän umgebracht?, fragte Lasse.
Peder gab keine Antwort.
Immer begegne ich Mördern, dachte Lasse.
Peder reichte ihm einen Beutel voll gutem Tabak.
Mörder sind schon in Ordnung, dachte Lasse.
Ich selbst bin nur ein Stümper, dachte er dann noch.

Aber warum hast du behauptet, Schwede zu sein?, wollte der Zimmermann am nächsten Tag wieder wissen.
Lasses Gesicht war jetzt nicht mehr so geschwollen, nur seine Nase tat noch weh und war schief, obwohl Peder versucht hatte, sie zu richten.
Vielleicht aus Jux, antwortete Lasse. Oder wegen Olof. Der Mann mit dem Holzfuß. Ein anständiger Schwede. Kein Arsch.
Peder musterte ihn forschend: So was sagt man nicht aus Jux. Entweder warst du sturzbesoffen, oder du bist noch blöder, als ich geglaubt habe. Und sturzbesoffen warst du nicht.
Aber vielleicht Schwede, sagte Lasse.
Zugleich wusste er, dass er es nicht wegen Olof gesagt hatte, sondern wegen Willy. Wegen des alten Sangesbruders Willy und wegen Maria Rosa. Maria Rosa im Gras hinter dem Gebüsch, eines Abends bei einem Ausflug. Maria Rosa, die ihm ein Halstuch geschenkt hatte. Willy hatte Maria Rosa geliebt, und Maria Rosa sei schwanger, war gesagt worden. Aber nicht von Willy. Für einen Moment dort in der Kneipe hatte Lasse sich als der Schuft gefühlt, der er in Willys funkelnden Augen ja auch war. Er hatte sich Willys wegen als Schwede bezeichnet, damit Willy ihn schlagen könnte. Und sicher hatte er sich auch deshalb von dem Zimmermann auf ein Schiff schaffen lassen, das Red Hook verlassen würde, das ging ihm jetzt auf.
Wie war das gemeint!, bohrte Peder Andersen. Du, ein Schwede?

Ja, ich, ein Schwede, antwortete Lasse, und sein Gesicht verzog sich zu einer Art Grinsen.
Mit einer Bergfinnin als Mutter und einem geilen schwedischen Bock als Vater, sagte er. Die Samin war vielleicht mit einem anderen verheiratet gewesen. Als das Kind zur Welt kam, konnte sie sich damit nicht sehen lassen. Also steckte sie das Kind in einen Fellsack und band den Sack an ein Rentier: Lauf jetzt, und bring mein Kind zu guten Menschen auf der norwegischen Seite!
Warum konnte sie sich nicht mit dem Kind sehen lassen?
Wegen seiner Gesichtszüge, die sehen nicht so aus wie die der Bergfinnen. Abgesehen von den schwarzen Strubbelhaaren. Und den leicht schräg stehenden Augen. Aber mir fehlen die hohen Wangenknochen dieses Volkes, siehst du?
Peder grinste. Lasse war ernst. Peder der Zimmermann stieß seine Schulter an. Lasse überlegte, was er gesagt hatte. Peder erhob sich, um Wasser zu holen. Ein geiler schwedischer Bock, dachte Lasse. So ein hergelaufener Irgendwer.

Er wusste jetzt, dass es so gewesen war. Er lag auf einem Frachtkahn und schaute zum Ufer hinüber, und in ihm wurde etwas schwer. Und zwar Gewissheit und Lüge. Alles sank in ihm nach unten; als wäre er das Meer, dachte er. Aber das war er nicht. Dann sank es eben, um ihn zu verlassen, dachte Lasse, als er das nächste Mal kacken musste. Und so landete es doch im Meer, das falsche Wissen um seine Herkunft, wie Kacke.
Wie der Kot dort, wo er herkam.
Er stöhnte.
Hier, sagte Peder und reichte ihm einen Krug Schnaps.
Lasse trank.
Er trank und döste vor sich hin. In flackernden Traumbildern sah er den Ort, wo das blöde Rentier angehalten hatte, Kacke und Kot, Pisse und Fischabfälle, Sonnentanz hatte einen

Fischkopf, jemand hatte sie ins Wasser geworfen, vielleicht er selbst, jetzt hing sie im Netz, jetzt drückte sie gegen die Maschen, so dass das Netz riss, und er bohrte ihr das Gaff in den Nacken, das Holzstück mit den zwei fetten Nägeln, wegen des Netzes, denn solchen schlechten Fisch wollte er nicht. Und Aron stand an Land und grinste, dumm wie ein Krebs. Dumm wie ein Boot. Sabbernd dumm von dummem Grinsen, wie damals, als er im Ruß an der Feuerstätte gesessen und sich durch Sonnensehnsucht und Dunkelheit des Winters hindurchgelauscht hatte, als er dem Erzählgewirr aus Unwahrheiten zugehört hatte. Lüge, nur Lüge!

Still jetzt, sagte Peder tröstend.

Lasse griff nach dem Krug mit dem Klaren.

Tut es noch weh?, fragte der Zimmermann, der ausgepeitscht und in Ketten gelegt worden war.

Ja, weh, murmelte Lasse und trank.

Es kamen neue Bilder, von seinen Händen um Arons Hals, als wäre auch Aron zum Fisch geworden, vielleicht zum Kabeljau, und Lasse brach dem Kabeljau Aron das Genick. Später warf er beide ins Haus, aber wer redete hier von Haus! Ein Schuppen, vielleicht, ein Stall. Und er spuckte den Schuppen an, und die Spucke wurde zu Flammen, und die Wände brannten. Und da stand er und sah sie brennen und war außer sich vor Wut. Er stampfte auf den Boden auf. Er spuckte aus und fluchte. Er fing die Glut, die der Wind wegtrug, fing sie mit den Fäusten, warf sie weg und tanzte darauf herum.

Er war am nächsten Tag noch immer da, der Zorn in seinem Körper. Das machte ihm Angst, er wollte es nicht, aber der Zorn blieb. Er verfluchte das Glitzern des Wassers, das ihm in die Augen stach. Er verfluchte den versengten Speck, den sie aßen. Er verfluchte die Mannschaft des Frachters, die drohte, ihn an Land auszusetzen, wenn er nicht aufhörte, zu jammern und zu klagen und zu fluchen und zu pöbeln. Bald war die Rei-

se aber zu Ende, der Frachter fuhr nicht weiter als bis Charleston. Doch es gab andere Schiffe, und Peder war Bootsmann und Matrose und Zimmermann und Kapitän und konnte jeglichen Posten an Bord ausfüllen, auf Dampfern und auf Seglern. So kamen sie weiter, um die Halbinsel Florida herum und in den Golf von Mexiko und danach nach Nordwesten und den Mississippi hoch nach New Orleans. Dann gingen sie an Land, und Lasse lief in die erste Kneipe, die er finden konnte, und verlegte sich aufs Saufen. Er trank, bis er von der Bank glitt. Dann wurde er mit Tritten unter den Tisch befördert. Bald waren sie dort zu zweit, und Lasse ahnte in der Dunkelheit ein anderes Gesicht, ein Gesicht, so schwarz, dass es mit der Dunkelheit verschwommen wäre, wenn nicht das Weiße in den Augen gewesen wäre, und in einem Moment des Irrsinns fielen ihm die Wörter der anderen Schulkinder vor langer Zeit ein, die ihn Kot und Scheiß und Stink und Stank und außerdem einen dreckigen Neger genannt hatten. Und ihm kam der vom Schnaps umnebelte Gedanke, dass die Reden der Kinder die Macht der Verwandlung besäßen und dass er vor sich einen Spiegel hätte. Und er lachte ein schrilles Lachen.
Am nächsten Morgen wusch er sich das Gesicht im Wassertrog der Pferde, die man vor der Kneipe anbinden konnte, wusch und wusch sich, bis der schwarze Mann, mit dem er das Lager auf dem Lehmboden geteilt hatte, in die Türöffnung trat. Da trottete Lasse wieder ins Haus und zechte weiter.
Wir nähern uns Texas, sagte Peder. Ich habe ein Schiff gefunden, das durch den Golf nach Westen geht. Ich habe gesagt, dass ich einen Matrosen mitbringe.
Lasse verfluchte die feuchte Hitze und den Gestank von verfaultem Fisch, der in der Luft hing.
Der Matrose, das bist du, erklärte der Zimmermann.
Lasse trank.
Sorg dafür, dass er bereit ist, sagte Peder und gab dem Mann hinter dem Tresen einige Münzen.

Dann ging er, der Seebär, erfüllt von staunender Freude über die Schönheit von New Orleans. Er folgte der Canal Street. Er sog die Düfte von Jasmin und Magnolie in sich ein, er blieb stehen und bewunderte die schmiedeeisernen Zäune vor den Häusern; sie erinnerten ihn an die Spitzen um den Hals seiner Großmutter, drüben in Grimstad. Und er betrat eine nach Weihrauch duftende Kirche und zündete eine Kerze an. Als er wieder herauskam, blieb er stehen und sah sich einen Leichenzug an, der hinter einer Blaskapelle hertanzte, und diese Blaskapelle spielte Töne, wie er sie noch nie gehört hatte. Diese Töne lachten und weinten gleichzeitig, und er erhielt ein weißes Lächeln von einer Frau mit brauner Haut und einer Blume im Haar.
Sein Freund lungerte in der Kneipe herum und trank pissedünnes Bier zum Preis von starkem, weil Peder dafür bezahlt hatte, dass das Bier verdünnt würde; auf diese Weise bekam der Saloonwirt mehr für weniger von seiner Ware und stand da und grinste über den armen Teufel, der keine Ahnung hatte.
Lasse verfluchte dieses Grinsen und ging hinaus. Er taumelte zum Wasser und schnupperte nach dem altvertrauten Geruch von Teer und Tang, aber hier in New Orleans roch es am Wasser anders als dort, wo er herkam. Hier wuchs Schilf und kein Tang, und Lasse schloss die Augen und zeigte sich das innere Bild, das er brauchte, und er verfluchte sich dafür, dass er so gewesen war, ein leichtgläubiges Kind.
In Gedanken blickte er von den Ebbesteinen zu Hause auf, er sah das kleine Feld, er erinnerte sich an die Arbeit, seine eigene Mühsal, während die Erwachsenen dasaßen und zusahen. Wie ein Leibeigener, das wusste er plötzlich über sich selbst. Wie der Besitz dieser Kotleute. Aber das war nicht das Schlimmste. Denn Arbeit war keine Schande, das wusste er. Anders als Dummheit und Blindheit, wenn die Augen doch sehen können. Sie hatten etwas anderes gesehen als das, was

vorhanden war. Ein Schloss aus lauterstem Gold. Fensterglas, das im Sonnenschein funkelte, mit Samtportieren, die man innen schließen konnte.
Wie ein Blinder taumelte er zurück in die Kneipe und ging hinein, um noch mehr zu trinken, um das dumme Kind in sich zu ertränken.
In der Brise an Deck wurde er einige Stunden später dann doch nüchtern – vor grauem Entsetzen beim Gedanken an Kapitäne, die auf die Idee kommen konnten, einen armen Teufel auszupeitschen und ihm noch Schlimmeres anzutun, denn das Gebiss des Bootsbesitzers ähnelte dem des Seewolfs, mit Zähnen wie spitz gefeilte Dornen, und der Mann hatte an jedem Oberschenkel eine Pistole hängen.
Das letzte Schiff auf dieser Reise brachte sie an Beaumont vorbei und den Fluss Neches hoch. Diesmal waren sie zahlende Fahrgäste, denn die Mannschaft war vollzählig, aber sie bekamen die Reise doch billiger, weil Peder einige Wachen am Ruder übernehmen konnte – an Bord herrschte Krankheit. Dem Bruder des Kapitäns ging es schlecht, er hatte nach einem Besuch im Hurenhaus Probleme bekommen, er blutete schmerzhaft, wenn er Wasser lassen wollte, und er hatte Fieber. Der Bruder flößte ihm einen Absud von Bitterwurz ein, aber das schien nicht zu helfen. Und eines Morgens stellten die anderen entsetzt fest, dass sein Gesicht von nässenden Beulen bedeckt war.
Der Mann hatte die Blattern.
Im Laufe des Tages erfasste die Krankheit alle bis auf die Norweger. Und die Erkrankten schleppten sich, mit Fieber und Beulen und Angst, unter Deck. Peder steuerte das Schiff mit einem verbissenen Gesichtsausdruck, der ihm nun anhaftete, und mit Lasses Hilfe.
Sie sterben, murmelte der Steuermann aus Grimstad.
Lasse nickte.
Oder sie werden blind, sagte Peder.

Lasse schaute den Fluss aufwärts.
Sie legten an der nächsten möglichen Stelle an, bei der ersten Hausgruppe, die aus zu vielen Gebäuden bestand, um zu einer einzigen Farm zu gehören. Sie warfen den Seesack an Land und sprangen hinterher, während sie nach einem Arzt riefen. Bald darauf tauchte ein Mann mit einem langen spitzen Messer in der Hand auf, er war Schmied und so eine Art Ersatzarzt hier vor Ort, ein Genie im Abschneiden von verfaulten Gliedern, prahlte er.
An Bord sind die Blattern, erklärten die Männer.
Der Mann mit dem Messer fuhr zurück.
Macht, dass ihr wegkommt!, brüllte er.
Das ist nicht unser Schiff, antwortete Lasse. Wir sind nur Fahrgäste.
Macht, dass ihr wegkommt, wiederholte der Mann und drohte ihnen mit dem Messer.
Da rannten sie, Peder und Lasse, der Jüngere mit dem Seesack unter dem Arm, vorbei an dem Mann und weiter, um die Häuser herum, bis sie einen Pfad entdeckten, und dann weiter den Pfad entlang.
Als es auf den Abend zuging, blieben sie bei einer Farm stehen und sprachen mit einem weißen Mann, der vor der Tür stand und sich zwei Handvoll Wasser in die Achselhöhlen klatschte. Sie durften im Heuschober des Mannes übernachten. Sie bekamen zu essen, was seine Frau gekocht hatte. Sie kauften dem Bauern ein Maultier ab.
Kann das hier Texas sein?, fragten die Gäste.
You bet, antwortete der Mann.
Es klang nicht wahr, denn sollte es in Texas nicht weite Ebenen mit Herden von gehörntem Vieh geben? Hier gab es keine weiten Ebenen, hier gab es Berge und Täler und Wald. Hier gab es hohe Laubbäume mit reichen Kronen und Wiesen mit gelben und weißen und blauen Blumen. Aus den Baumkronen hörten sie ein Zwitschern, das sie an die Vögel zu Hause erinnerte.

Noch ist Frühsommer, erklärte der Mann. Und es hat kürzlich geregnet.
Aber seht euch die Geier an, sagte der Farmer.
Was ist das denn?, fragte Lasse.
Ein Aasvogel, erklärte der Mann und zeigte auf zwei grauschwarze Geschöpfe auf einem gelblichen Knochen von Ast in einem toten Baum.
Die warten auf Hochsommer und Dürre, sagte der Texaner. Mit der Dürre kommt der Tod. Und jetzt kommt die Dürre, seht euch die Sonne an!
Die brannte.
Lasse und Peder wechselten einen Blick. Am nächsten Morgen bedankten sie sich für die Gastfreundschaft und wanderten weiter, den Seesack hatten sie auf das Maultier gebunden.
Der Zimmermann sang, Lasse schwieg. Er dachte an Mindor und Samuel, Kjartan Bumarkens Verwandte, die einen Brief geschrieben hatten. Seit Kjartans Tod lag der Brief zwischen seinen eigenen Sachen, da die Witwe ihn ihm gegeben hatte.
Jetzt war er hier unterwegs und dachte an Kjartan, der mit etwas geprahlt hatte, das niemals sein Eigentum gewesen war. Ohne diese Prahlerei wären sie jetzt nicht hier, aber Peder glaubte, dass jemand hier in Texas auf sie wartete und sie freundlich aufnehmen würde, jemand, der sie in seine Arbeit mit dem langhörnigen Vieh einweihen würde.
Lasse fuhr sich mit einem suchenden Finger über die schiefe Nase. Alle anderen Erinnerungen an die Schlägerei in Red Hook waren verschwunden. Und er dachte, dass er sich den Brief bald genauer ansehen müsste, um alles zu lesen, was dort stand, ohne dass Peder das sah, und dass er es schnell tun müsste. Denn sie waren im Kopf des Zimmermanns offenbar klar umrissen, als er hier singend weiterschritt, diese Unbekannten, Mindor und Samuel.

Sie folgten einem Pfad nach Westen. Drei Tagesmärsche vom Fluss entfernt sollte es eine kleine Stadt geben. Sie trugen verschmutzte Jacken und schwitzten in der Sonne. Sie zogen die Jacken aus und kratzten sich an den verdorrten Zweigen des letzten Jahres die Arme blutig. Sie zogen die verschmutzten Jacken wieder an und folgten schweigend den ganzen Tag lang einem Weg, auf dem alle Spuren des kürzlich gefallenen Regens verschwunden waren. In einer schattigen Senke fanden sie dann doch Wasser, und das Maultier konnte trinken. Am Ufer des kleinen Weihers war der Boden feucht und weich, und sie stapften barfuß über den weichen Boden, bis ein fetter Egel an Lasses Bein hochkroch.

Dann gingen sie weiter, solange es noch hell war, auf dem sonnengedorrten Boden, vorbei an tristen Sträuchern mit hängenden gelbgrauen Blättern, an leeren Bachläufen.

Sie machten für den Abend Rast, und Peder briet Speck, während Lasse das Maultier Bier trinken ließ.

Sie waren Kjartan Bumarkens Verwandte, sagte Lasse. Nicht meine. Die, die damals den Brief geschrieben haben.

Dann ging er zu einem Gebüsch, um sich zu erleichtern, und während er dort hockte, buchstabierte er sich Wort für Wort durch den Brief.

Der erzählte von süßen Kartoffeln, die mehrmals im Jahr geerntet werden konnten, und von großen Bienen, die am Heiligen Abend umherflogen, dazu über dieses Vieh, das jeder fangen und als sein eigenes brandmarken konnte. In Texas sei alles wie im Garten Eden, stand in dem Brief, aber manchmal sehnten sich die Briefschreiber doch nach ihrer Mutter und dem Blick auf die Berge zu Hause. Und Lasse ging auf, dass Samuels und Mindors Berge vielleicht dieselben waren wie seine eigenen: Skjomtind und Råntind, blaue Berge mit Mänteln aus Schnee.

Unter einem liebevollen Gruß stand, wo sie lebten, als der Brief geschrieben worden war. Und zwar im Bosque County, an einem Ort namens Bull's Bluff. Die Sonne hatte die Wärme mit hinter den Horizont genommen, als Peder und Lasse sich zum Essen ans Feuer setzten. Die kühle Luft wirkte lindernd.

Ihr wart also nicht einmal Halbbrüder?, fragte der Zimmermann.

So wenig, wie du mein Vater bist, antwortete Lasse.

Ach, sagte Peder.

Sie aßen weiter. Danach steckte jeder sich eine Zigarre an. Lasse legte sich auf den Rücken und schaute zum Himmel hoch. Der Seemann hütete das kleine Feuer, damit die Glut sich nicht ausbreitete.

Aber sie warten doch auf jemanden, meinte Peder Andersen.

Interessiert es dich nicht, was aus Kjartan geworden ist?, fragte Lasse.

Der ist tot, antwortete Peder. Als ich mich nach dir durchgefragt habe, habe ich mich nach euch beiden erkundigt. Und da habe ich es erfahren.

Er hat geheiratet, sagte Lasse.

Ach?

Und zwar Fräulein Hansen vom Schiff.

Sieh an. Was ist aus ihr geworden?

Nach Kjartans Tod hat sie angefangen, in einem norwegischen Krankenhaus zu arbeiten. Da wird sie wohl noch immer sein. Ich habe sie seit einer ganzen Weile nicht mehr gesehen.

Ach.

Sie schauten zum Himmel hoch – kündigte sich der Regen an? Nein, das tat er nicht. Sie erhoben sich gleichzeitig, kurz darauf. Sie öffneten die Hosen, und jeder schickte einen Pissestrahl in die Glut des Feuers. Dann legten sie sich schlafen.

Als Lasse die Augen schloss, sah er eine Frau in einem Boot vor einem schneebedeckten Berg. Als er in den Schlaf glitt, wurde das Boot zu einem Schlitten, und er fuhr einen Abhang hinab, vielleicht an dem Berg, den sie zuvor aus der Ferne gesehen hatten, die beiden im Boot, denn es wurde steiler und steiler …

Wie heißen sie?, fragte Peder und stupste ihn mit einem stinkenden Fuß an.

Öh!

Ich hab gefragt, wie sie heißen, wiederholte Peder und holte Lasse aus dem Traum.

Samuel und Mindor.

Sie lagen Rücken an Rücken, es war kalt geworden. Sie lauschten in die Dunkelheit, auf leises Rascheln, vielleicht von einer Maus. Vielleicht von Schlangen. Vielleicht von mit weichem Leder bekleideten Füßen.

Wir könnten ein Gewehr brauchen, flüsterte Peder.

Wir könnten Pferde brauchen, sagte er am nächsten Morgen.

Wie viel Bier würden wir brauchen, um sie zu tränken?, überlegte Lasse.

Sie wanderten noch einen Tag unter einem klaren Himmel, hintereinander und den Hut tief ins Gesicht gezogen. Als die Sonne sank, wurde der Pfad zu einem breiten Weg. Bald erreichten sie eine menschenleere Straße. Es gab einen Stall und einen Store und einen Saloon und eine feuergelbe Kläfftöle hinter einem Zaun unter einem Sonnendach. Am Trog vor dem Saloon ließen sie das Maultier mit dem Seesack auf dem Rücken stehen und gingen hinein.

Da saß eine Schar von mageren, sehnigen Männern und musterte sie mürrisch. Die Neuankömmlinge baten eine dralle Frau hinter dem Tresen um Speis und Trank. Sie saßen allein an einem Tisch und genossen ihr Mahl, als ein Junge zur Tür hereinschaute und mitteilte, dass die, die ein Maultier gehabt hatten, bestohlen worden seien. Lasse und Peder stürzten zur Tür und hinaus. Hinter ihnen erscholl lautes Gelächter. Der Platz vor dem Trog war leer.

Zwei Schwarze, sagte der Junge. Ich hab sie rennen sehen. Schnell wie die Elstern.

Schnell wie zwei Spuckeklumpen, meinte einer der Männer, der ihnen aus dem Saloon gefolgt war.

Wie Kacke bei Durchfall, meinte ein Dritter.

Wieder lachten sie, schallend und laut.

Peder und Lasse liefen in verschiedene Richtungen, sie schauten in Gassen, liefen um eine Schmiede herum, um eine Scheune, um einen Stall, aber vergebens. Als sie zurückkehrten, um fertigzuessen, waren die Reste entfernt worden.

Thought you were done, murmelte die Dralle.

We weren't, sagte Lasse. We've been walking all day. Give us the bacon and the beans.

Sie grinste.

Where ya come from?, fragte einer der Männer, als neues Essen gebracht worden war.

Brooklyn, sagte Lasse.

Norway, sagte Peder.

Öh, sagte der Mann.

Where ya headin?, fragte ein anderer.

My guess's looking for other Norwegians, sagte ein Dritter.

Yeah, sagte Lasse.

We had some a bit west o'ere, but they moved, sagte die Dralle hinter dem Tresen.

We thought you were Russians, sagte einer.

Ihr braucht zwei gute Pferde, sagte ein anderer.

Wir mögen keine Russen, sagte ein Dritter. Wir hatten zwei hier. Die haben eine Scheune angesteckt.

Ihr braucht Proviant, sagte der, der ihnen auch zwei Pferde verkaufen wollte.

Und ein Gewehr, sagte Peder.

Oder zwei, und vielleicht zwei Pistolen, sagte der, der offenbar der Kaufmann hier am Ort war.

Sorry about them nigger thieves, sagte der Junge, als sie am nächsten Morgen weiterzogen.

Einer der mageren Männer verpasste ihm eine Ohrfeige, dann hob er den Hut zum Gruß.
Sie hatten genug für mehrere Tagesmärsche, als sie auf ihren billigen gebrauchten Sätteln loshuckelten. Das Maultier folgte, plötzlich hatte es wieder vor dem Saloon gestanden, wo sie übernachtet hatten, ohne den Seesack, aber mit demselben melancholischen Blick wie am Vortag. Es trug fast allen Proviant und die Ausrüstung, der Rest lag in den Satteltaschen. Keiner der beiden war das Reiten gewohnt, bald tat ihnen der Hintern weh, und das Innere der Oberschenkel wurde wund, aber keiner von ihnen klagte, wenn der andere es hören konnte.
Dieser Tag war ebenso heiß wie der davor und die früheren, aber sie hatten Wasserflaschen und füllten sie an Brunnen am Wegesrand. Bei einer Rast schoss Peder eine Klapperschlange. Gut, dass ich mein Geld an der Brust hatte, sagte der Schütze. Die Vogtsbörse hatte im Seesack gelegen. Das Einzige, was Lasse unter seiner Jacke getragen hatte, war der Brief.
Am nächsten Tag riss Lasses Sattelriemen, und er klagte über das Leder, das vom früheren Besitzer des Sattels nicht gut behandelt worden war, denn es war gerissen und zerkratzt, und er verfluchte den Mann, der ihnen schlechte Ware aufgeschwatzt hatte.
Scheißschwarze, spuckte er außerdem aus.
Sie schliefen unter freiem Himmel. Sie erwachten zu Silhouetten von Geiern im Morgengrauen, sie schossen auf weitere Schlangen und verfehlten sie. Sie kamen an Farmen von Deutschen und an Farmen von Yankees vorbei. Sie sahen weidende Milchkühe, die sie an die zu Hause erinnerten. Dann stand er plötzlich da und war etwas anderes als das bedächtige Vieh; sie wussten sofort, was sie da vor sich hatten: einen langhörnigen Stier.
Lasse und der Seemann sprangen von den Pferden und gingen breitbeinig und steif auf das Tier zu. Es ähnelte weder Rentier

noch Elch. Es ähnelte einem Stier, war aber schlanker und muskulöser als die Stiere zu Hause, als könnte es schneller und weiter laufen, als sei es stärker und geschmeidiger.
Ihre Blicke hingen an den Hörnern, die waren gerade und lang und krümmten sich am Ende ein klein wenig.
Unglaublich, murmelte Peder leise.
Lasse nickte ehrfürchtig.
Und gehört der jetzt uns?, fragte der Zimmermann.
Vielleicht gehört er schon jemandem, sagte Lasse.
Ein Reiter kam näher. Bald saßen die drei im Schatten vor einer Scheune und stillten ihren Durst.
You want work?, fragte der Fremde.
We look for Norwegians, sagte Peder. Samuel und Mindor. In Bull's Bluff.
Me Mexican, sagte der Mann. So is Boss. But rancher is Yankee. No Norwegians here.

Endlich konnte jemand ihnen einen Pfad zeigen, der angeblich zu einer Farm mit norwegischen Bewohnern führte.
Hoffentlich heißen die nicht Mindor und Samuel, sagte Lasse, als sie dem Pfad eine Weile gefolgt waren.
Peder sprang vom Pferd und zog Lasse zu sich herunter. Warum nicht? Was hast du nicht erzählt?
Er brüllte. Er packte Lasse an den Schultern und schüttelte ihn. Er war nicht groß, aber kräftig gebaut und stark, und er hatte einen Traum gehegt, den der andere in ihm wachgerufen hatte, der andere und dessen Bruder, oder Freund, wie er jetzt wusste. Der Traum war aus dem Brief erwachsen, mit dem Kjartan Bumarken gewinkt hatte, dort auf dem Schiff, es war angeblich eine Einladung in eine Welt des Reichtums gewesen. Und der Zimmermann hatte einen solchen Traum gebraucht, da so viel anderes gestorben war – die Frau in Grimstad, der Sohn, den sie ihm geschenkt hatte, eine Weidengerte von Jungen, der zu einem Jugendlichen mit leuch-

tenden Augen herangewachsen war wie denen von Lasse. Alle hatten ihn verlassen, dort, wo er herkam. Deshalb hatte er weg von dem Schiff gewollt, wo er zwischen blähenden Segeln gestanden und gute Gedanken über sie gedacht hatte. Er brauchte etwas anderes, festen Boden unter den Füßen, er brauchte einen Weg. Er hatte auf diesem Weg gestanden, als er endlich einem tyrannischen Kapitän entronnen war. Er war darauf gegangen, als er nach der Schlägerei Lasse gefunden und ihn weggetragen hatte. Es war der Weg zu jemandem, der eine Einladung geschickt hatte: Kommt nach!

Ein Samuel und ein Mindor. Zwei Landsleute.

Und Lasse ließ sich schütteln. Es war nicht wichtig. Peder konnte ihn ruhig schlagen, ihn treten. Nichts war wichtig.

Warum?, brüllte Peder der Zimmermann. Warum sollen sie nicht Samuel und Mindor heißen, die Norweger, zu denen wir unterwegs sind?

Wegen diesem Scheiß, sagte Lasse.

Der Ältere ließ ihn los.

Was für ein Scheiß?

Kjartan Bumarken seiner.

Was für ein Scheiß?

Ein gestohlener Brief. Von einem gestohlen, den er umgebracht hat. Der, den Kjartan Bumarken umgebracht hat, war in Texas willkommen. Nicht Kjartan. Nicht ich. Nicht du.

Dann senkte die Stille sich wie eine Last über die wund gerittenen Männer. Beide waren jetzt ohne Ziel. Und nur wenig band sie aneinander, denn Lasse hatte doch keine Ähnlichkeit mit Peders totem Sohn, und sein nordnorwegischer Singsang klang ganz anders als die Sprache von Grimstad.

Sie ritten langsam, mit zusammengekniffenen Augen und auf die Landschaft gerichtetem Blick, auf grünes oder graugrünes Laub, auf den Horizont hinter einem dunkleren Hügelkamm. Lasse dachte an die Diebe, die Schwarzen, die ihm alles gestohlen hatten, was er besaß, abgesehen von den Kleidern, die

er trug, und dem Brief auf seiner Haut. Der Rest gehörte jetzt Peder. Beide Pferde. Proviant und Decken. Gewehre. Alles, was sie für Peders Geld gekauft hatten. Und auf diese Weise war er fast zum Knecht des anderen geworden.
Die flammenden Verwünschungen in ihm waren erloschen. Übrig war nur noch ein Hurenkind, arm und dumm.
Peder dachte an Hasseldalen bei Grimstad, wo Schiffe gebaut wurden. Er hätte es machen sollen wie sein Bruder, dachte er, und an Land bleiben. Er hätte Boote bauen sollen. In der Freizeit hätte er hinausrudern und Seelachs und Kabeljau und zappelnde Makrelen fangen sollen. Er hätte den Fang auf einen Zweig spießen und zu seiner Frau nach Hause bringen sollen. Die hätte dann gekocht und ihm die Mahlzeit serviert. Sie hätten eine Fischschüssel mit einer Buttermulde in der Mitte gehabt. Er wusste, dass es solche Schüsseln gab. Jetzt war es zu spät. Sie lag im Grab, und er war nicht einmal dort gewesen, um ihren Sarg zu sehen.
Er versuchte, sich an die Umarmung seiner Frau zu erinnern. An Bord hatte er sich vor allem daran erinnert, an ihre Umarmung. Die Küsse. Ihren Hunger. Aber die Erinnerungen wollten sich jetzt nicht einstellen. Die Sicht war zu kurz, nahm er an, das Meer unter den Füßen fehlte. Deshalb hatte er dem Meer doch den Rücken kehren wollen, um die Erinnerungen loszuwerden.
Er versuchte, sich an den Geruch von salziger See und frischer Brise zu erinnern. Er versuchte, sich an das Geschrei der Möwen zu erinnern, die ihn in einem neuen Hafen willkommen hießen. Aber er sah nur die Aasvögel, die darauf warteten, dass jemand umfiel. Er hörte nur das Geräusch seines eigenen, plötzlich ängstlich röchelnden Atems. Und er sehnte sich zurück, zurück in eine Welt, wo die Erinnerungen waren.
Aber er machte nicht kehrt, das tat er nicht. Das konnte er nicht, nicht nach dem Leben mit einem grausamen Kapitän.

Jeder in Gedanken versunken, in seiner Nische aus Melancholie, ritten sie in der Dämmerung auf ein Haus zu, in der Hoffnung, unter einem Dach übernachten zu dürfen.
In dem Haus gab es zwei Frauen, die eine um die fünfzig, die andere über siebzig. Beide trugen Schwarz, mit einem weißen Spitzenkragen um den Hals. Das Haus gehörte der Älteren, das verstanden die Gäste. Sie hieß Elise Wærenskjold. Sie sprach Norwegisch auf dieselbe weiche Weise wie Peder. Sie bot Wasser und Brot mit Pfirsichmarmelade an. Sie setzte sich den beiden Männern gegenüber und sah sie an, mit strammer Brust unter dem Kleid und einer kleinen Haube auf dem Kopf, und sie fragte sie mit scharfem Blick und offener Rede aus.
Flucht oder Abenteuer?
Peder zuckte zusammen.
Ich bin Seemann, sagte er.
Also Abenteuer?
Um das seltsame Vieh zu sehen, sagte er.
Die Frau ließ ihren Blick zu Lasse weiterwandern.
Flucht, sagte der.
Peder sah ihn überrascht an.
Ich hatte einen Mantel gestohlen.
Einen Mantel?
Dann hast du sicher gefroren, meinte die alte Frau Wærenskjold.
War es ein feiner Mantel?, fragte der Zimmermann.
Ein Vogtsmantel, sagte Lasse. Er lag auf einem Stein. Ich hätte doch begreifen müssen, dass er jemandem gehörte. So was begreift doch jeder. Dass nichts einfach herumliegt, zum Zugreifen.
Seine Stimme war ohne Leben.
Ich bin auch geflohen, erzählte die Frau mit den runzligen Wangen. Vor einem Leben mit einem Mann, den ich nicht lieben konnte.

Ach.
Er wollte mich ändern. Also hat er mich wohl auch nicht geliebt, wo er mich doch zu einer anderen machen wollte. Ich wollte nicht umgeformt werden.
Nein.
Aber wir waren nicht zerstritten, so war das nicht, wir haben uns in Güte getrennt, Foyn und ich.

Das stimmt, bestätigte die andere Frau, als Frau Wærenskjold draußen zu tun hatte. Sie sind immer noch Freunde.
Miss Primula hatte die Ältere sie genannt. Dann ist sie wohl eine Freundin, die vorübergehend hier wohnt, dachte Peder. Oder eine Verwandte.
Ich glaube, er hat ihr auch mit dem Pekuniären geholfen, als es hier so schwer wurde, sagte Miss Primula dann. Denn er ist reich geworden, ihr Mann, nachdem sie ihn verlassen hatte. Schrecklich reich.
Ach?
Er betreibt Walfang. Svend Foyn heißt er. Er hat etwas erfunden, um den Wal zu erlegen.
Nicht die Harpune, sagte Peder. Die gibt es schon lange. Aber Foyn hat den ersten Walfänger bauen lassen, der mit Dampf fährt und nicht mit Segeln.
Aber da war irgendwas mit einer Harpune, beharrte Miss Primula.
Die Granatharpune, sagte Peder. Er hat wohl als Erster mit einer Granatharpune geschossen.
Jedenfalls musste die Gnädige fliehen, sagte die Frau. Da sie einen neuen Mann kennengelernt hatte.
Bigamistin, sagen die Lästermäuler hier über sie, die Bösartigen. Denn sie hat nach Foyn eben Wærenskjold geheiratet. Das hier soll doch ein freies Land sein, für freie Menschen. Aber die bösen Zungen sind ebenfalls übers Meer gekommen, sagte Miss Primula.

Und dann brachte Elise Wærenskjold eine Schürze voll Nüsse und legte sie in eine Schüssel.
Ihr könnt heute Nacht bei meinem Sohn in der Scheune schlafen, sagte sie.
Peder nahm sich eine Nuss, sie war braun. Lasse hatte solche Nüsse noch nie gesehen.
Pecan, sagte die Frau. Ich habe sie selbst gepflückt.
Gut, sagte Peder.
Ich pflücke fast alles selbst, sagte ihre Gastgeberin.
Gut, sagte Peder.
Er spürte, wie ihn die Schläfrigkeit überfiel. Er kam sich vor wie zu Hause. Das lag an Frau Wærenskjolds Stimme, ging ihm auf, dem Klang und dem Dialekt, die waren ihm vertraut; kamen sie aus derselben Ortschaft?
Vestre Moland, tippte er.
Frau Wærenskjold hob die Augenbrauen.
Wie meine Mutter, erklärte Peder. Gurine Sophie, geborene Henningsen.
Die Wangen der Hausfrau wurden rot. Sie erinnerte sich an ein Gesicht aus der alten Welt, sie packte Peders Hände: Mein Freund.
Ihr könnt im Gästezimmer schlafen, korrigierte sie ihre Einladung von vorher.

Die beiden wund gerittenen Männer bekamen ein breites Bett mit frischem Stroh und sauberen Decken. Durch die dünne Gardine vor einem glaslosen kleinen Fenster konnten sie einen niedrigen Mond hinter einem Baum ahnen. Und Peder dachte, er könnte hier bei der freundlichen Witwe bleiben und glaslose Fenster reparieren und Nüsse pflücken. Außerdem dachte er daran, dass Lasse ein anderer war, als er geglaubt hatte. Fast ein Pastor, hatte er auf dem Schiff über ihn gedacht, als Lasse Choräle gesungen hatte. Ein schnöder Dieb, wusste er jetzt. So wie die, die den Seesack gestohlen hatten.

Und dann war der letzte Diebstahl wohl eine Antwort auf den ersten, dachte Peder dann, als habe der Herr Gleichheit in den Waagschalen schaffen wollen. Er selbst hatte dabei weniger verloren als Lasse, als habe er weniger zu büßen, aber konnte das stimmen? Und der Zimmermann zitterte dort im Gästebett, denn er stellte sich vor, Gott der Herr habe ihm eine Vorwarnung erteilen wollen, während für Lasse, der viel gewonnen und noch mehr verloren hatte, alles entschieden war.

Dann dachte er wieder an die Frau, die hier lebte, und die Angst wich einer tiefen Rührung.

Lasse dagegen war sofort eingeschlafen.

Aber wo holt ihr das Vieh?, fragte er am nächsten Morgen.

Das war früher, erklärte Elise. Und hier hat es nie viel gegeben, hier in der Four-Mile-Prairie. Das Vieh ist weiter im Westen und Süden.

Es kam aus Mexiko, erfuhren die Gäste. Die langhörnigen Tiere waren von den Spaniern in Mexiko über das Meer geholt worden. Sie hatten überall gegrast, und manche waren von den Farmen, zu denen sie gehörten, weggewandert, hatten sich vermehrt und wilde Herden gebildet. Im Laufe der Jahre waren es Tausende von Tieren geworden, die dem frischen grünen Gras folgten, die zu Flüssen und Bächen zogen, die Ruhe im Schatten von Bäumen oder Felsen fanden. Damals hatte Texas zu Mexiko gehört. Erst 1836 war Texas zur selbständigen Republik geworden, um neun Jahre darauf den USA beizutreten.

Aber sind denn keine mehr übrig?, fragte Lasse. Dort im Westen? Von den wilden Rindern?

Das hat sie doch gesagt, meinte Peder.

Dann mussten sie weiter. Elise konnte keine Fremden in Kost nehmen, und sie brauchte keinen Knecht, und zwei schon gar nicht. Aber ein Stück weiter entfernt lag noch ein Hof.

Im Westen?

Ja, im Westen. Eine große Farm.

Miss Primula hatte sich schon für sie erkundigt. Die Baumwollernte stand bevor, da wurden viele Hände gebraucht. Sie konnten am nächsten Morgen anfangen.

An folgenden Abend saßen sie mit anderen vor einigen Schlafbaracken.
Doch, sagten die auf Lasses Frage. The longhorns. Wenige hier. Aber doch. Einige Tiere verirrten sich bis hierher. Und es gab auch hier Vaqueros, die sie einfingen.
Vaqueros?
Mexican cowboys. Have a cigar?
Thanks.

Die Sklavenhütten

Die Baumwollfelder nahmen kein Ende. Jede Handvoll, die sie pflückten, war leicht, aber der Sack, den sie auf dem Rücken trugen, wurde langsam schwer. Die ungeübten Finger bekamen Blasen, und Lasse fuhr beim Anblick der ersten zusammen, denn konnten das die Blattern sein? Nein, es waren nicht die Blattern, sie waren der Krankheit vom Schiff entkommen. Lasse hätte dem Herrn für sein Leben danken müssen. Aber er verfluchte die Blasen und die Finger, die blutig gestochen wurden von dem, was gepflückt und über die Schultern geworfen werden sollte.

Die Familie, der die Farm gehörte, sprach unter sich Deutsch, erteilte die Befehle aber auf Englisch. Die Befehle wurden den Vorarbeitern erteilt, und die gaben sie mit schrofferen Stimmen und schärferem Ton weiter.

Als ob wir Sklaven wären, murmelte ein Mann.

Der Abend kam als Erleichterung. Lasse rauchte. Er beteiligte sich nicht am Gerede der anderen. Er rauchte Zigarren und trank Whiskey. Er betrachtete einige Frauen ein Stück von ihnen entfernt, die sich gegenseitig beim Haarewaschen halfen. Die Weichheit ihrer Arme gefiel ihm. Ihr Lachen, das auf seine Ohren traf, gefiel ihm. Sie gefielen ihm, weil sie zu sehen waren. Sie gehörten zu keinem Traum, sie waren hier.

Sie pflückten Baumwolle wie er selbst. Eine lächelte ihn eines Tages auf dem Feld an. Lasse schaute ihr hinterher, als sie ihm den Rücken zukehrte. In der Mittagspause hielt er nach ihr Ausschau, aber er konnte sie nicht entdecken.

Der Samstagabend brachte Spiel und Tanz. Und da war sie,

mit diesem Lächeln. Lasse griff nach ihr. Dann war ein anderer da, ein Stier von Mann, der ihm eine scheuerte. Und Lasse schlich sich davon.
Er sagt nicht viel, sagten sie über ihn zu Peder.
Nein, antwortete Peder. Er sagt nicht viel.

Lasse saß vor der Hauswand, mit dem Hut über dem Gesicht. Es war eine neue Woche mit neuer Mühsal. Er saß in der Pause da und ließ die Mahlzeit sacken, während der Hut ihn vor der Sonne schützte. Dort saß er mit einem frischen und sichtbaren Veilchen und seiner gebrochenen Nase und versuchte, an nichts zu denken.
Wir schlafen in den Sklavenhütten, habt ihr das gewusst?, fragte neben ihm eine Stimme.
Yeah, sagte eine andere.
Wir liegen auf Sklavenboden. Schlafen unter Sklavendach.
Der Mann stieß Lasse an. Hast du das gewusst?
No.
Hab ich mir gedacht. Einer wie du würde sich das nicht gefallen lassen. Einer, der nach der Frau des Vorarbeiters greift, hahaha.
Sklavendach?
Du siehst zu demselben Dach hoch wie damals die Schwarzen, wenn du morgens aufwachst. Du atmest die Luft aus demselben Raum ein wie sie.
Thieves, spuckte Lasse aus.
Wer?
Die Schwarzen. Die haben uns alles weggenommen, was wir hatten. An einem Fluss. Neches.
Da siehst du's.
Was denn?, fragten andere, die dazukamen.
Dass der Deutsche uns wie Nigger behandelt. Dieser deutsche Fettsack. Er lässt uns ebenso lange schuften wie die Sklaven. Ist ihm doch egal, dass die Sklaverei verboten worden ist.

Lincoln got his bullet much too late, schaltete ein anderer sich ein.
Too late, yeah.
Der Deutsche hat jedenfalls einfach weitergemacht. Nur hat er Schwarz gegen Weiß vertauscht.
Wir kriegen immerhin Lohn, meinte einer.
Dreckslohn, sagte der Wütende.
Und die Sklaven waren ja das ganze Jahr über hier, no matter harvesting or not. Wir dagegen … wir wissen nicht, wann wir in den Staub hinausgetreten werden.

Lasse lag unter dem Sklavendach und schnupperte. Er hatte es schon in der ersten Nacht wahrgenommen. Einen Dunst. Einen Geruch. Es war der schwache Rest eines harschen Gestanks, der ihn an etwas erinnerte, woran er nicht denken wollte. Als ob jemand hier drinnen ein Tier gehäutet und die Eingeweide herausgerissen und den Rest auf den Boden hätte laufen lassen. Der Gestank von offenem Gedärm und Blut.
Und er jammerte lautlos, denn an so einem Ort hatte er früher gelebt, und er lebte jetzt an einem solchen Ort, einem Ort für die Elendesten, als ob er sein ganzes Leben lang auf solche Böden ohne Bretter gehören sollte, in Räume voller Dunkelheit und Unwissenheit.
Der Jammer durchschnitt seinen Körper wie Messer, und er wollte ihn nicht hören, wollte ihn nicht haben. Er kämpfte dagegen an mit inneren Worten, die in ihm zu einem Speer aus Hohn wurden, den er von sich selbst wegrichtete, gegen andere. Die Schwarzen.
Deshalb folgte er an den folgenden Tagen den Wütenden, folgte ihnen mit Flüchen und Grimassen, Gesten und Speichelklumpen.

Eines Sonntags in dieser Zeit wurden sie zum Abendessen bei Elise Wærenskjold eingeladen. Und Lasse fragte, ob sie und

ihr Mann damals, als das noch erlaubt gewesen war, Sklaven gehalten hatten.
Die alte Frau räusperte sich und zeichnete für ihn ein Bild einer vergangenen Zeit. Sie sprach über die Verbitterung nach dem Bürgerkrieg.
Die war damals sehr groß, sagte sie. Viele Weiße weigerten sich, schwarze Arbeiter anzuheuern, und viele Schwarze wollten nicht für Weiße arbeiten.
Kein Wunder, sagte Miss Primula, die auch an diesem Tag anwesend war.
Es gab eine kleine Völkerwanderung, sagte die alte Witwe nun. Viele ehemalige Sklavenhalter gingen in andere Staaten. Und frühere Sklaven und Sklavenhalter aus anderen Südstaaten kamen her.
Auf diese Weise haben einzelne Schwarze hier in der Gegend eigene Farmen gegründet, sagte Frau Elise.
Mit gestohlenem Geld?, fragte Lasse.
Nein, wieso das denn?, fragte Elise zurück. Sie hatten sicher gearbeitet wie andere freie Männer und ihr Geld gespart.
Natürlich, sagte Peder eilig, wie um Lasse zuvorzukommen.
Und Lasse schwieg. Er begriff, dass er sich unter den Trägen und Feigen befand, von denen der Wütendste gesprochen hatte. Und bei denen hielt man besser den Mund.
Er schwieg, während Miss Primula über befreite Sklaven sprach, die auf der Farm ihres Bruders gearbeitet hatten. Später nannte sie mehrere, die ihrer eigenen Gemeinde angehörten und die sie fast als Freunde betrachtete, wie sie sagte.
Und sie berichtete angeregt davon, wie Herr Wærenskjold wegen seiner Einstellung zur Sklaverei ermordet worden war.
Mit eiskaltem Blut, sagte die Frau. In einem Postamt.
War er dafür oder dagegen?, fragte Lasse.
Natürlich war er gegen diese entsetzliche Einrichtung!

Nö, sagte der trunksüchtige Bruder des deutschen Farmers, für den Lasse und Peder arbeiteten. Mister Dickerson hat aus einem anderen Grund zum Messer gegriffen. Herr Wærenskjold hatte sich auf eine Weise in die Privatangelegenheiten des Mannes eingemischt, die diesem unpassend erschien.
Dickerson ist außerdem Methodistenpastor, sagte Nicky, so hieß er nämlich.

In dieser Nacht träumte Lasse, dass ihm eine riesige Farm gehörte. Die Baumwolle war erntebereit, weiß wie Eiderdaunen, wenn auch hart unter den pflückenden Händen. Und es gab Weizen und Kürbisse und diese süßen Kartoffeln, die ihm inzwischen gut schmeckten. Außerdem gab es Mengen von Vieh, alle mit seinem eigenen Brandzeichen. Es war ein L, das in die Haut der Tiere eingebrannt war. Er selbst saß im Schatten unter einem Sonnendach und beobachtete die Arbeit durch ein Fernrohr, das er auseinanderziehen konnte, wenn er es benutzen wollte. Die Erntearbeiter waren alle schwarz. Einige Vorarbeiter passten auf, dass sie nicht schummelten und nichts von der Ernte stahlen. Und in seinem Traum fühlte er sich weiß und stolz.
Die Bilder und das gute Gefühl waren noch in ihm, als er erwachte. Und ihm ging auf, dass er zu spät gekommen war. Er hätte vor dem Civil War kommen müssen, lange vorher. Dann hätte er so leben können. Als weißer Mann mit breiter weißer Seidenhalsbinde, unter einem Sonnendach.
Und er dachte an die Worte des wütendsten Farmarbeiters: That war is not bloody over.
Er hieß Oliver.

Wir brauchen solche wie dich, sagte Oliver einige Tage später.
Wie das?
Leute, die einen Unterschied zwischen Schwarz und Weiß sehen. Mutige Burschen.
Ach?

Ich habe für dich gebürgt. Wir treffen uns heute Abend.
Lasse fühlte sich erhoben. Er hatte einen echten Amerikaner zum Freund. Die, die er in Red Hook gekannt hatte, waren allesamt Immigranten gewesen. Oliver war aus Texas. Und er wollte ihn in die Wärme einer Gemeinschaft ziehen.
A brotherhood of knights, wurde ihm an diesem Abend erklärt. Something instead … instead of something else.
Statt eines Klans, der für Ordnung gesorgt hatte. Aber dann war das Gesetz nach Texas gekommen. The Republicans' bloody law.
The Texas Rangers wurden erwähnt. Sie waren seit dem Civil War, als ihre Mitglieder in den Krieg gezogen waren, aufgelöst gewesen. In den siebziger Jahren waren sie zurückgekehrt, der Gouverneur hatte sie einberufen, damit die Gesetze respektiert würden.
Mit neuen Jungs, erklärte ein älterer Mann mit gebieterischem Aussehen; er hatte sich als Oberst Mingo vorgestellt.
Neue junge Leute, wiederholte ein Mann in den Vierzigern, viele hatten keine Eltern mehr. Sie sollten den Viehdieben das Handwerk legen.
Sounds good to me, sagte Lasse.
Bei den Texas Rangers gibt es nur wenige Schwarze, sagte Oliver.
Aber doch ein paar, sagte der Oberst.
Er trug einen verschlissenen Uniformrock.
It was all very complicated, sagte er. Still is.
Yeah, stimmte Oliver zu. Complicated.
Wir hatten Freunde bei den Banden, sagte Mingo. Denn die Banden stahlen nicht bei jedem. Sie stahlen nicht bei Freunden.
Sie stahlen bei den Republikanern, sagte Oliver. Und den Schwarzen.
This is our land, sagte Mingo. Nobody's gonna take it from us. And you are white.

Er lächelte Lasse freundlich an.
White like us.
Kein Bergfinne oder Scheißlappe, sang es in ihm. Nur weiß. Wie weiße wogende Blüten. Wie Schaumkränze auf schäumenden Wellen. Wie Oliver und Oberst Mingo. Was sie aber nun wollten?
Eine schwarze Familie aus der Gegend verjagen.
Von einer gestohlenen Farm, begriff Lasse.
Können wir uns auf dich verlassen?, fragte Oberst Mingo.
Yeah, sure, antwortete Lasse.

Sie waren nur fünf, dazu kam der Norweger. Mit grauen Kapuzen über dem Kopf, in die Löcher für die Augen geschnitten waren. Fünf Männer mit Hosen oder Jacken oder vielleicht einer Waffe von einer Armee, die vor über zwanzig Jahren besiegt worden war.
Im Schutz der nächtlichen Dunkelheit schlichen sie sich zu einem abgelegenen Hof. Ein Hund bellte. Sie lockten ihn zu sich und erwürgten ihn mit einer Schnur. Sie schlugen die Tür zum Wohnhaus ein und gingen hinein. Erst hier zündeten sie eine Fackel an, an der schwelenden Glut der Feuerstätte.
Jemand schrie: Vater! Hier ist jemand!
Sie folgten dem Geräusch.
Keiner der Kapuzenmänner sagte etwas. Die anderen jammerten, die, die sich einbildeten, dort zu wohnen und ein Recht darauf zu haben.
Raus aus meinem Haus!, verlangte der Familienvater, er stand da in einer kurzen grauen Unterhose und mit bloßem dunklem Oberkörper, und seine Stimme bebte.
Seine Frau saß im Bett, eine Decke über sich gezogen und die Arme um zwei kleine Mädchen gelegt. Ein halbwüchsiger Junge stand in der Ecke und verbarg eine Hand hinter seinem Rücken. Zwei der Knights gingen zu ihm und wollten seinen Arm nach vorn holen. Mit jäher Bewegung konnte der Junge

den einen mit einem Messer, das er versteckt hatte, an der Seite verletzen. In der nächsten Sekunde lag er tot da, durch den Kopf geschossen. Die Mutter und die kleinen Mädchen warfen sich aus dem Bett und über den Toten, und der Vater ging dem Mann, der geschossen hatte, an die Kehle. Dann fielen drei weitere Schüsse.

Sie hallten in Lasses Ohren. Die Kugeln trafen die Frau und die Kinder, jetzt lagen sie übereinander auf dem Boden wie geschlachtet. Ein leiser Ruf löste sich aus seiner Kehle, obwohl er geschworen hatte, den Mund zu halten, jetzt und später – aber hatte das hier passieren sollen? Hatte er gelobt, das hier zu verschweigen? Er hatte geglaubt, jemand sollte verjagt werden, nicht getötet, er hatte sich vorgestellt, eine Familie schwarzer Diebe sollte aus einem Haus vertrieben werden, das anderen gehörte.

Jetzt war die schwarze Familie getötet worden, abgesehen von dem Mann, dem, der Oberst Mingo mit seinen schwarzen Fäusten an die Kehle gegangen war. Zwei andere hatten ihn in dieser Bewegung eingefangen. Er war noch so lebendig, wie die anderen tot waren. Und jetzt wurde er aus dem Haus und weiter durch die Dunkelheit geschleift.

Denn es war nicht seins, erinnerte sich Lasse. Das Haus. Deshalb schleppten sie ihn hinaus. Aber was war mit der Frau und den drei Kindern? Würde er sie nicht begraben dürfen?

Lasse drehte sich zu dem Haufen aus Gliedern und Rümpfen, die von der Dunkelheit beschützt wurden, während die Lichtquelle sich entfernte. Der Oberst verpasste ihm einen Rippenstoß, und das setzte ihn in Bewegung. Sie wanderten über das Gras. Offenbar hatte jemand auf die Fackel getreten, aber sie schwelte noch, und Glut tropfte herab. Und der Mann ließ sich schleppen, ohne zu schreien, während seltsam dumpfe Laute aus seiner Kehle drangen.

Bald kam der kleine Zug zum Halten. Sie standen vor einem Baum. Die, die den Mann geschleift hatten, hatten losgelassen.

Der Schwarze bewegte verzweifelt die Lippen, und jetzt begriff Lasse, woher die dumpfen Geräusche stammten: Jemand hatte in den Mund des schwarzen Mannes einen Pfirsich gestoßen, hinter die Zähne.
Der Fackelträger blies in die Glut, und die untersten Äste des großen Baumes waren zu sehen.
Warum läuft er nicht weg?, überlegte Lasse. Den Pfirsich kann er doch später noch ausspucken.
Aber dann sah er das Seil. Dann sah er die Bank unter dem Baum. Und abermals stieß er einen leisen Schrei aus, denn er hätte selbst einmal gehängt werden können, wegen eines Vogtsmantels. Aber er war entkommen! Ins Amerika der Freiheit! Er würde nicht gehängt werden, er war weiß!
Er bekam einen neuen Rippenstoß, wegen des leisen Schreis. Es war nicht Oberst Mingo gewesen, und auch nicht Oliver, denn jetzt hoben Oliver und ein anderer den schwarzen Mann auf die Bank. Dann legten sie ihm die Schlinge um den Hals. Dann traten die beiden zur Seite und nickten Mingo zu, und sie erinnerten dabei an Soldaten. Und der Oberst legte unter der grauen Kapuze die Hand um Lasses Nacken und flüsterte ihm etwas ins Ohr.
Kick!, flüsterte er.
Lasse konnte nicht.
Kick, wiederholte Mingo, und es kam wie ein Sausen aus der Kapuze, ein eiskaltes Sausen der Macht, ein Sausen, das zum Gebrüll werden würde, gefolgt von etwas anderem und Schlimmerem, wenn ihm nicht gehorcht würde.
Aber dennoch brachte er es nicht über sich.
You stupid ass, fauchte der Oberst und schob ihn vor, schob Lasses Körper gegen den Mann auf der Bank, schob ihn, so dass er gebückt auf den anderen auftraf, mit dem Kopf gegen dessen Knie.
Da war das Geräusch eines bedeckten Kopfes gegen eine Knieschale, das Geräusch der hölzernen Bank in weichem,

nachtfeuchtem Gras, das Geräusch, mit dem das Genick eines schwarzen Mannes brach.

Und dann war es ganz dunkel um Lasse herum. Die Fackel war erloschen, und die anderen hatten sich davongeschlichen. So hatten sie es vorher abgemacht. Die Gruppe sollte aufgelöst werden, sowie alles vorüber wäre. Niemand durfte den Ort zusammen mit einem anderen oder auf demselben Weg verlassen. Lasse sollte über ein Feld zu einem Pfad gehen und von dort nach Westen auf die Straße zu, die ihn am Ende zu dem Hof führen würde, auf dem er arbeitete.
Er wusste, dass das Feld hinter dem Baum liegen musste. Trotzdem blieb er im Gras sitzen und schaute zu dem Toten hoch, von dem er wusste, dass er dort baumelte. Er blieb einfach sitzen, ohne einen Gedanken, das wusste er später, und als er endlich aufstand, ahnte er nicht, wie lange er dort gesessen hatte, aber es war noch immer dunkel, und er taumelte vorbei am Baum und weiter.
Einen Schnaps, so viel wusste er. Er brauchte eine Stärkung, und er wusste, wo er die bekommen könnte. Er könnte sie von Nicky bekommen, dem versoffenen Bruder des Farmers. Nicky wohnte allein in einem Häuschen bei den alten Sklavenhütten. Dort saß er abends und nachts und soff.
Nicky, it's Les, flüsterte Lasse und klopfte vorsichtig an.
What the hell!, sagte Nicky, als er geöffnet hatte.
You crazy, man!
Der Deutsche zog ihn hinein und riss ihm die graue Kapuze vom Kopf. Er schleuderte sie ins Feuer.
Trink, sagte er. Du kleiner Arsch!
Lasse trank. Und er weinte.
Shut up, sagte Nicky.
Worauf zum Teufel hast du dich da eingelassen?, fragte er im nächsten Augenblick.
Lasse schaute auf die Reste des Feuers.

Nothing, antwortete er.
Nur eine Kapuze anprobiert?, fragte Nicky. Um zu sehen, ob die zu Hemd und Hose passt?

Am nächsten Tag sprach es sich herum, dass ein Schwarzer gelyncht worden war. Und es sprach sich herum, dass die Familie des Ermordeten aus nächster Nähe in ihrem eigenen Haus erschossen worden war. Und es kam ein Marshal und fragte, ob jemand etwas wüsste.
Hau ab, murmelte Nicky aus einem tabakbraunen Mundwinkel.
Lasse schaute zu Boden.
Jemand kann dich gesehen haben, als du angeklopft hast. Hau ab!
Und die Stimme wurde eisig bei dem ängstlichen Befehl: Sofort!

Wie ein Hund. Zwischen den Schlafhütten hindurch. Mit eingezogenem Kopf wie nach einer Tracht Prügel. Widerwillig an den abgeernteten Baumwollfeldern entlang. Gekrümmt, wie unter einer schweren Last. Aber Lasse hatte nichts zu tragen, keinen Tornister, keinen Sack, keine Truhe. Nichts hatte er, als er von der Farm wegrannte, hinaus auf die Straße und nach Westen, ohne etwas anderes als seine Kleider, die Stiefel und den Hut. Und er wusste, dass er nicht zu Witwe Wærenskjold gehen könnte, um sich eine Mahlzeit, eine Decke oder ein wenig Geld zu erbetteln, denn sie war *niggerfreundlich,* wie Oliver das genannt hatte.
Und so wurde er zu etwas, das er schon einmal gewesen war: zum Dieb. Er stahl von fremden Feldern die Ernte. Kürbisse, Melonen, Kartoffeln, Tomaten. Er pflückte Pfirsiche und schlürfte so gierig, dass der Saft über seine Wangen und in den grauweißen Pullover lief.
Dann eilte er wieder durch den dunklen Abend, bis er stolper-

te und fiel, vielleicht mitten auf dem Weg, und er kroch zur Seite, auf hohes Gras zu, und er schlief ein und träumte von klappernden Schlangen.
Er lief und lief. Er musste einen anderen County erreichen. Er wusste nicht, wie er hieß, der County, aus dem er kam, aber er musste weg von dort, in einen neuen. Eine Gegend mit anderen Menschen, die nichts wussten.
Einmal wurde er mitgenommen. Sein Herz hämmerte noch immer so, dass es in der Brust weh tat, als er auf einem Brett saß und braungebratene Maiskolben mit einem braunäugigen jungen Mann mit zerfetztem Strohhut teilen durfte. In den folgenden Stunden sagten sie kein Wort. Sie schauten die Hintern der Ochsen an. Sie schauten die traurigen verdorrten Büsche an, die den Weg einrahmten. Und dann kam der Regen. Er war warm und leicht. Er legte sich auf den rissigen Boden und sickerte in die Risse. Er wusch den Staub von Baumkronen und ließ kleine Vögel begeistert zwitschern.
Rain, sagte der Junge.
Yes, antwortete Lasse. Rain.
Er nahm den Hut ab und spürte den Regen auf seinem Kopf, die guten Tropfen und den Wind, denn der Wetterumschwung hatte eine leichte Brise mit sich gebracht, und die Windstöße trugen Trost in sich.
Wohin willst du?, fragte der Junge mit den Zügeln, als es dunkel wurde.
Nach Westen, antwortete Lasse.
Waco?, fragte der andere.
Yeah, antwortete Lasse.

Mit Simeon nach Waco

Es ist nicht mehr weit, sagte der junge Mann.
Er hieß Simeon Strudel.
I am a Jew, vertraute er Lasse zudem an, in der ersten Nacht, als sie fröstelnd hintereinander unter dem Wagen lagen.
What?, murmelte Lasse auf dem Weg in den Schlaf.
Das füllte den jungen Fremden mit Wörtern, die aus ihm hinausmussten, denn zum ersten Mal glaubte er, jemandem begegnet zu sein, der nicht wusste, was ein Jude war. Er setzte sich auf und legte neues Holz ins Feuer, und die Schweigsamkeit des Tages wurde durch eine Geschichte ersetzt, die erst mit dem Sonnenaufgang endete. Sie war traurig, endete aber gut. Sie begann in einem Europa der Unterdrückung und der Schikanen, in einem angezündeten Pfandleihergeschäft in Wien, einem Laden, über dem eine Wohnung lag, wo bei Ausbruch des Brandes eine achtköpfige Familie geschlafen hatte, und sechs waren verbrannt. Simeon und ein jüngerer Bruder hatten überlebt. Mit vierzehn und fünfzehn Jahren waren sie über das Meer gezogen. In New York hatten sie in einem Nähsaal, der Glaubensgenossen gehörte, Arbeit gefunden, aber die Glaubensgenossen waren harte Herren. Müssten sie uns nicht besser behandeln, wo wir doch aus einer reichen Familie in Wien kommen?, hatte Simeons Bruder verdrossen gefragt.
Er hatte noch nicht begriffen, wo sie gelandet waren, erklärte Simeon Strudel Lasse andächtig.
Im Land der Gleichheit, sagte er dann. Da haben alle dieselben Möglichkeiten, wenn sie nur arbeiten und sich anständig und redlich benehmen. Wo Juden, genauso wie Katholiken oder Griechen, Bauern werden können. Verstehst du?

Lasse zitterte für einen Moment, wie ein regennasser Hund oder um Simeons begeistertes, freundliches Lächeln abzuschütteln.

Und ich habe es meinem Bruder Jacob erklärt, sagte der Jude jetzt, aber der wollte kein Bauer werden, er wollte Pfandleiher am Union Square werden, dort in Manhattan, und vielleicht wird er das ja, aber ich habe meine Zweifel, denn er ist an Agitatoren geraten, ich dagegen …

Er vergaß den Bruder und sprach über sich selbst, darüber, den eigenen Boden unter den Füßen zu haben, nackt sollten sie sein, seine Füße, am ersten Tag, wenn sie ihm gehörte, die Erde, die er bestellen würde, und er wollte darauf tanzen und Geige spielen.

Lasse hörte zu.

Er hatte ja von den Juden in Brooklyn gehört, er hatte den Korb der Diakonisse zu ihnen getragen, damit sie den füllen und sich wie gute Menschen fühlen könnten. Einige jüdische Krämer hatten mit freundlichem Lächeln gegeben und andere nicht, genau wie die norwegischen und die deutschen. Aber diese Grausamkeit war ihm neu, wo lag dieses Wien denn wohl?

Bald graute der Morgen, und Simeon lachte herzlich, da sie das Schlafen vergessen hatten, und er tischte eine neue Mahlzeit auf und teilte sein Essen mit dem anderen.

Freundlich war er. Wie der gute Samariter in der Bibel. Und Lasse versuchte, Fehl an ihm zu finden, denn etwas musste es doch sein, wo seine Familie so schikaniert worden war? Aber er fand nichts, was er hätte festhalten können. Und so dösten sie sich durch den Tag auf ihrer weiteren Fahrt, und aus Lasses Verwirrung stieg eine Frage auf. Sie war ihm immer dann klar, wenn der Wagen heftig hin- und herschaukelte und er die Augen aufriss, es war eine Frage, die seine Unwissenheit lindern sollte, denn war es vielleicht so, dass diese Juden Europas Sklaven gewesen waren?

Nein, erwiderte Simeon, als er fragte.
Sie saßen am Lagerfeuer, und der Himmel war klar und mit Sternen bestreut.
Nein, nicht Sklaven, sagte Simeon. Wir wurden verspottet und gejagt. Sklaven werden nicht verspottet und gejagt, sie werden angekettet und müssen arbeiten.
Wir stammen von Abraham und Isaak ab, erzählte Simeon jetzt. Unsere Wege haben sich bei Jesu Kreuzigung von denen der Christen getrennt. Wir waren im Heiligen Land alle Juden, bis einige von uns Jesus zum Sohn Gottes erhoben. Viele von diesen gingen dann weg und berichteten über ihren Glauben und bekehrten immer Neue. Und sie zeigten auf uns, auf die Juden, die nicht ausgezogen waren, um zu verkünden, und sagten, wir hätten Jesus getötet.
Und habt ihr das getan?, fragte Lasse.
Nein. Die Römer haben ihn verurteilt und gekreuzigt.
Ihr seid also verleumdet worden?
Nicht ganz. Denn an dem Tag sollten mehrere gekreuzigt werden. Und die Römer beschlossen, einen freizulassen, und sie beschlossen, dass die, die dabeistanden und gafften oder Trost zusprachen, entscheiden sollten, wem das Leben geschenkt würde.
Und sie haben sich einen anderen ausgesucht?
Er hieß Barabbas und war ein Verbrecher.
Sie haben also den Verbrecher gewählt und nicht Jesus – warum das?
Ich war nicht dabei, sagte Simeon. Im Laufe der Jahrhunderte gab es immer mehr Juden, die nicht dabei gewesen waren, die aber dennoch zur Verantwortung gezogen und bestraft wurden, wieder und wieder.
Sie schliefen ein.
Morgens zogen sie weiter. Abends sprachen sie miteinander, am Lagerfeuer, nachdem sie den Proviant des Juden verzehrt hatten. Als das Bündel leer war, kaufte Simeon Obst und Boh-

nen und außerdem in einem Dorf, durch das sie kamen, Nüsse und ein Huhn.
Was willst du in Waco?, fragte er.
Du willst doch dahin, antwortete Lasse.
Ja, sagte Simeon. Ich will mir ein Stück Land ansehen. Es soll an einem Bach liegen. Es hat einem Mann gehört, der jetzt tot ist. Es liegt am Rand von Waco.
Ach?
Jetzt gehört es mir, sagte Simeon.
Hast du ein Papier gefunden?, fragte Lasse.
Nicht gefunden. Nicht gestohlen. Bekommen, von dem Juden, in dessen Nähsaal ich in New York gearbeitet habe. Als ich mit harschen Worten das Lokal verlassen hatte, empört über seine Härte, lud er mich zu sich nach Hause ein. Dort bekam ich zu essen und zu trinken und lernte außerdem seine Tochter kennen. Sie war mit dem Mann verlobt gewesen, dem das Land im Westen von Waco, Texas, gehört hatte und der jetzt tot war. Sie war seltsam.
Wieso seltsam?
Sie hatte Gesichte. Sie sah den Mann tot daliegen. Wieder und wieder sah sie es vor ihrem inneren Auge, wie der Verlobte in einen Hinterhalt gelockt und erschossen wurde. Sie will, dass die Mörder bestraft werden. Und sie lässt nicht locker.
Willst du also nach Waco und sie bestrafen?, fragte Lasse.
Sie hatten einen Brief bekommen, von Nachbarn, sagte Simeon, und darin stand, der Mann sei an Typhus gestorben. Und dann hatten sie die Papiere der Farm beigelegt, damit die Erbin wüsste, was ihr gehörte.
Die Verlobte?
Sie heißt Lea. Ihr Vater sagt, das Land gehört mir, wenn ich feststelle, was wirklich geschehen ist, und Bericht erstatte. Und ich soll die Möglichkeit für einen Handel mit Stoffen und Kleidern untersuchen.

Und wo liegt Wien?, fragte Lasse an diesem Abend.
Simeon zeichnete mit dem Finger eine Karte auf den Boden. Er zeigte auf Wien und Salzburg und dann auf Prag, wo er einige Zeit bei Verwandten gelebt hatte. Er zeichnete Paris und Rom, Amsterdam und London, erwähnte Plätze mit Springbrunnen und Standbildern, benannte die Männer auf dem Sockel. Er erzählte Lasse, wo welche Sprache gesprochen wurde. Er zeichnete Striche, die Grenzen zwischen Kleinstaaten und größeren Staaten bedeuteten, zwischen Fürstentümern und Kaiser- oder Königreichen. Es wogt in Europa, sagte Simeon. Durch Revolution und Gegenrevolution. Hast du das *Kommunistische Manifest* gelesen?
Das hat der Jude Karl Marx geschrieben, sagte er dann. Und in den europäischen Städten wimmelt es von Marx' Anhängern, die verfolgt und ins Gefängnis geworfen werden oder nach Amerika fliehen.
Bist du so einer?, fragte Lasse.
Nein, antwortete Simeon. Ich habe Angst vor wogenden Massen. Die wogenden Massen kennen keine Verantwortung. Sie sind Muskeln und vielleicht Gehirn, aber sie haben keinen Kopf. Den Kopf haben sie zu Hause unter einer Decke vergessen. Mein Bruder, der ist Syndikalist geworden. Er wurde syndikalistischer Agitator, als ihm aufging, dass er durch verlorenen Reichtum und verbrannte Vornehmheit nicht weiterkommt. Er redet von einem Zusammenschluss aller Arbeiter auf der Welt.
Von allen zusammen?
Wo immer sie sind. Wie im Nähsaal. Sie wollten sich treffen und über Forderungen sprechen, als ich gegangen bin. Wollten saubere Fenster und größere Fensterscheiben fordern. Und abends mehr Lampen.
Hast du dich mit ihnen überworfen?, fragte Lasse.
Überhaupt nicht. Wenn ich noch im Nähsaal säße, würde ich auch versuchen, zum Kampf um ein besseres Dasein aufzurufen. Ich habe ja auch meine Meinung gesagt.

Wem denn?
Dem Besitzer. Ich habe gesagt, er müsste größere und klarere Fenster anschaffen und mehr Licht, für den Anfang, wenn er Aufruhr im Saal vermeiden wollte.
Hast du gesagt, dass du so einer bist?
Syndikalist? Nein, ich habe keine Forderungen gestellt, ich habe Ratschläge erteilt; ich war zwar wütend, aber ich wollte ja ohnehin weg. Ich wollte nicht mehr da bleiben, hinter dem grauen Glas. Aber er packte meinen Arm und machte mich zu seinem Vertrauten. Jetzt habe ich dieselben Interessen wie er, und mein Ziel sind eine Farm und ein Geschäft in Waco. Ich glaube außerdem, dass der Fabrikant mir vielleicht seine Tochter Lea geben würde.

Der schlaksige Junge, der tagsüber die Zügel hielt, wuchs in Lasses Vorstellung. Die Bilder verfolgten ihn in den Schlaf, wo sich der Strohhut in eine Samtmütze verwandelte. An den Händen trug Simeon weiße Handschuhe und um den Hals eine seidene Binde; sie war blau und hatte keine Ähnlichkeit mit dem Tuch, das Lasse in den Gowanus geworfen hatte. Und Simeon sah Lasse aus klugen braunen Augen an.
Du kannst mein Stellvertreter werden, sagte er am nächsten Tag. Wenn alles so gut weitergeht, wie ich mir das vorgestellt habe.

Und so wuchs er wieder, Lasse, der wie ein herrenloser Hund von einer Baumwollplantage verjagt worden war. Er dachte nicht mehr an die Nacht, als er die Finsternis hinter dem Lichtkegel einer Fackel durch zwei Löcher in einem verschlissenen grauen Sack gesehen hatte. Er dachte an ein Geschäft mit Stoffen und Kleidern. Und dann fand er ein Horn. Es war eine Posaune, und das eine Ende war voller Erde, das Mundstück dagegen war zum Blasen bereit, und die Erde ließ sich wohl herausbohren, damit der Klang frei wäre.

Aber durfte man es einfach mitnehmen, wie man eine Blume pflückt oder einen wilden Stier anbindet?
Simeon zögerte mit der Antwort, er sprach über Redlichkeit und die Arbeit, die ihm durch scharfe und kühne Worte zu einem Chef versprochen worden war.
Das Horn lag unten an einem Abhang zwischen zwei Erdschollen. Als sei das Instrument irgendwann einmal dort hingelegt und verlassen worden, und als habe der Regen es später in feuchter Erde begraben, die aus der Höhe heruntergerutscht war, Erde, die jetzt von der Sonne ausgetrocknet und fest geworden war und sich geteilt hatte wie die Schale um ein Vogeljunges.
Hier sind doch keine Menschen, sagte Simeon.
So zogen sie weiter, und Lasse hatte jetzt Gepäck. Abends wusch er die Posaune in dem Bach, an dem sie ihr Lager aufschlugen. Er bohrte die Erdreste mit Stöckchen und Zweigen heraus, er blies durch das Mundstück, und mit dem Wasser, das er durch das Messing goss, kam gurgelnd wie aus der Brust eines schwindsüchtigen Kleinbauern der Klang. Nach vielen Spülungen wurde der Ton sauber.
Und dann saß er tagsüber auf Simeons Wagen und drückte auf Knöpfe und suchte eine Melodie. Am Ende fand er sie, einen Choral, den er in Brooklyn gesungen hatte. Und als sie nach Waco kamen, spielten sie zusammen, Posaune und Geige, während die Tiere den Weg ohne die Signale der Zügel von selbst fanden.
Sie wurden mit freudigen Rufen empfangen. Da kamen Fremde mit Choralklängen, und die erste Runde im Saloon bezahlte der Wirt für sie.
Hat dein Vater im Krieg gespielt?, wurde Lasse gefragt.
Er schüttelte den Kopf. Im Krieg?
Da hatten sie solche, hieß es.
Wir haben sie gefunden, sagte Simeon über die Posaune.
Davon gibt's viele, hieß es. Manche haben sie einfach weg-

geworfen, als der Krieg zu Ende war. Oder vielleicht auf der Flucht.

Aber vor so langer Zeit!, hieß es.

Sie hatte sicher lange da gelegen, sagte Lasse. Ich musste die Erde herauskratzen.

Auch eine Beule hatte sie.

Messing kann man putzen, sagte der Mann hinter dem Tresen.

Spiel noch mehr, forderte ein alter Mann ihn auf.

Nach einer guten Mahlzeit spielten sie den Choral noch einmal, denn Lasse konnte nur diesen einen. Später spielte Simeon zusammen mit anderen. Einer holte seine Gitarre, ein anderer hatte eine Mundharmonika und ein Dritter eine Geige. Ab und zu wurden Simeon und Lasse gefragt, was sie hergeführt habe, und Simeon erzählte von dem Stück Land, das er sich ansehen sollte, und er erwähnte den Namen des Mannes, dem das Land gehört hatte und der jetzt tot war. Danach war die Stimmung anders. Manche gingen.

Bist du auch Jude?, wurde Lasse gefragt.

Nein. Er hat mich nur mitgenommen.

Du hast also nicht dasselbe vor?

In der Stimme lag etwas Atemloses, drohend oder ängstlich. Und in Lasse tauchte auf die Frage, was er hier wohl wollte, eine Antwort auf.

Ich suche Norweger, sagte er. Sie erwarten einen Verwandten, aber der Verwandte ist tot. Und deshalb bin ich ein Bote.

Wo wohnen die?

Bull's Bluff.

Never heard of.

Go to Norse, sagte einer.

In dieser Nacht schliefen sie in einem Bett. Lasse träumte von Chaos und Krieg, von Prügeleien und Morden. Der Traum war voller Blut, es lief durch den Staub, es spritzte an Wände, es durchtränkte seine Jacke, seine Weste. Er hing noch immer

in seiner Nase, als er erwachte, der Blutgeruch. Neben ihm lag Simeon mit aufgeschlitzter Kehle.
Lasse schrie.
Jemand kam. Er erkannte Gesichter vom Vorabend, den Kneipenwirt, zwei Gäste, einer war offenbar Arzt und beugte sich über den Juden.
Niemand klagte Lasse an. Und bald wurde er weitergewinkt – auf dem Wagen des Juden, hinter den Ochsen des Juden. Andere hatten den Wagen für ihn bereitgemacht, mit Simeons Reisetaschen, mit der Geige und Lasses Posaune, dazu mit Proviant und einem Krug Bier.
Das ist nicht mein Wagen, sagte er verwirrt.
Aber er gehört auch sonst keinem hier aus der Gegend, war die Antwort.

In ihm war Leere, als er sich weiterschaukeln ließ. Er hatte keine Angst und keine Tränen, keine Gedanken und keine Träume. Er schwankte nur von Seite zu Seite oder vor und zurück, je nachdem, wie der Boden auf die Bewegung einwirkte. Er verspürte weder Hunger noch Durst. Und so blieben die Tiere stehen, wenn sie einen Wasserlauf mit frischen Grasbüscheln rochen. Und gingen weiter, wenn es ihnen so einfiel. Wenn sie abends haltmachten, glitt Lasse auf den Boden und schlief ein, ohne Feuer gemacht zu haben, ohne sich auch nur etwas unter den Kopf zu legen. Der Schlaf stellte sich augenblicklich ein, denn in Lasses innerer Leere gab es nichts, worüber er hätte grübeln können.
Eines Morgens, als er aufwachte, lag sein Kopf in einem Schoß, aber es war nicht der Schoß einer Frau. Sondern der eines Kindes. Und das Kind streichelte mit flacher Hand seine Haare, so, wie man das Fell eines Hundes streichelt. Dann kratzte es ihm die Kopfhaut, und Lasse drehte sich um und schaute das Kind an. Es war ein Mädchen mit braunem Haarfilz um ein ernstes Gesicht.

Du hast Läuse, sagte sie.
Lasse setzte sich auf.
Die Kleine wischte ihm Fussel und Grashalme von der Jacke und aus dem Bart.
Wo sind die Ochsen?, fragte Lasse.
Dahinten, sagte das Mädchen und zeigte darauf. Ich habe sie losgebunden, sie wollten ja dorthin.
Er stand auf und schaute sich um. Auf einem kleinen Hügel ein Stück weiter entfernt standen einige Bauernhäuser. Unterhalb der Gebäude grasten Kühe. Simeons Ochsen standen im Schatten eines Baumes, und er hatte den Eindruck, dass sie ihre Artgenossinnen mit Neugier musterten.
Lasse wollte sein Wasser abschlagen, aber ging das, wo das Kind bei ihm stand?
Ich mach so lange Feuer, sagte das Mädchen.
So lange wie was?
Du pisst. Und den Bach hast du ja wohl gesehen, wenn du dir Wasser in die Augen spritzen willst.
Bald aßen sie gebratenen Speck. Und die Leere in Lasse war zurückgedrängt worden beim Anblick des Kindes, der ihn jetzt erfüllte. Das Mädchen trug unter dem Kleid eine Knabenhose, als sei es kalt wie im norwegischen Winter.
Ist das nicht zu warm?, fragte er.
Doch, antwortete sie mit vollem Mund. Aber Vater sagt, ich muss das machen, das ganze Jahr. Und mit Gürtel und Hosenträgern.
Ach, sagte Lasse. Wo ist dein Vater?
Verreist, sagte die Kleine.
Und deine Mutter?
Im Himmel.
Wo wohnst du denn?
In Norse.
Wo ist das?
Da.

Sie zeigte über die Köpfe der grasenden Milchkühe.
Erst jetzt ging Lasse auf, dass sie miteinander Norwegisch sprachen. Und schon fragte er, ob sie einen gewissen Mindor kenne.
Nein, antwortete sie. Der wohnt nicht in Norse. Macht das was?
Nein.
Aber es gibt ein Picknick.
Ach.
Heute.
Ach.
Hinter den Bäumen, hörst du das nicht?
Und nun hörte er es, das leise Gemurmel von Männerstimmen.
Jetzt sind nur Harry und Larry da, sie bringen die Bretter, sagte die Kleine.
Die zwei blieben sitzen und hörten den Männern mit den Brettern zu. Dann erklangen Hammerschläge, die erzählten, dass die Bretter auf einer Unterlage aus dickeren Brettern befestigt wurden, denn es sollte eine Plattform geben, hatte das Kind gesagt. Zum Tanzen.
Dann kamen Frauen mit Körben, auch das konnten sie durch die Bäume nicht sehen, aber die Kleine sagte es, und sie hörten die helleren fröhlichen Stimmen. Und bald brachte der Wind einen Duft von über offenem Feuer gebratenem Fleisch.
Ein Schwein, sagte Lasse.
Und ein Lamm, sagte die Kleine.
Hast du einen Namen?, fragte der junge Mann.
Gudrun Florence Innocence, antwortete sie. Aber ich werde Moule genannt. Hier war ein Franzose, und der hat sich das ausgedacht.
Lazarus, sagte Lasse. Aber ich werde Les genannt.
Ich habe dich gefunden, Les, sagte Moule. Jetzt gehörst du mir.

Du könntest dich kämmen, sagte Lasse.
Und ich gehöre dir, sagte Moule. Wie der Hirte den Ziegen gehört und die Ziegen dem Hirten.
Warum willst du dich nicht kämmen?
Vater hat gesagt, ich soll das nicht tun. Kämm dich nie, hat Vater gesagt.
Sie räumten auf und löschten das Feuer. Sie holten die Ochsen und schirrten sie an. Und nun wurden sie von den Frauen entdeckt, die Decken über den Boden breiteten.
He!

Olly Ockermans Farm

Auf diese Weise wurde Lasse zum Picknick eingeladen, in Bosque, dem County mit der kleinen Stadt Clifton und den Dörfern Norse und Norway Mills. Und er wurde aufgenommen wie ein Sohn, ein Freund, ein Enkel oder ein Bruder. Er bekam Räucherschinken und süßes Fladenbrot und selbstgebrautes Bier und Schnaps vorgesetzt. Niemand fragte, warum er gerade hierher gekommen sei, es lag doch auf der Hand, er war schließlich Norweger. Er war zu seinen eigenen Leuten gekommen. Und es wurde gefeiert.

Sie saßen um die Tücher auf dem Boden und teilten alte Geschichten. Eine handelte von den Brüdern Frank und Jesse James. Zwei Helden, das verstand Lasse. Sie hatten sich hier in der Gegend versteckt. Sie waren nicht nur Helden gewesen, sondern auch Schurken, Mörder vielleicht. Jedenfalls Diebe, das ging aus den Geschichten hervor, sie hatten die Eisenbahn angehalten und Züge überfallen. Außerdem Banken, hörte er, und dann ist es leicht, jemanden zu ermorden.

Waren sie Norweger?

Nö. Aber er war ein Mann von Welt, sagten die Frauen über Jesse.

Ein Herzensbrecher, sagten sie.

Die Männer um das Tischtuch grinsten, als sei es kein Problem, dass ihre Frauen so nett über andere Männer redeten. Jedenfalls über diesen Jesse.

Immer im Uniformrock, sagten die Frauen, als sei auch das ein Ehrenzeichen.

Jaja, wurde gebrummt, als sei eher das Gegenteil der Fall.

Es musste der Rock der Südstaaten gewesen sein, begriff Lasse und trank noch einen Schluck Schnaps.
Außerdem John Hardin und Sam Bass, hieß es.
Auch die waren Banditen gewesen, entnahm der Neuankömmling den nun folgenden Worten. Auch die hatten sich hier in der Nähe versteckt.
Aber Ole Nystel, hieß es nun über einen Jungen, den die Indianer gefangen und verschleppt hatten.
Aber nicht umgebracht.
Nein, Ole nicht. Der ist wieder nach Hause gegangen.
Hat man ihn nicht freigekauft?
Genau, freigekauft. Von einem, der ihn als sein Eigen annehmen wollte.
Als Sohn?
Ja, als Sohn. Aber Ole wollte nach Hause. Er hatte schon einen Vater.
Was die anderen erzählten, erfüllte Lasse mit neuen Bildern. Und das Essen schmeckte. Er wurde satt und zufrieden.
Du spielst?, fragte jemand.
Moule war in seinem Wagen gewesen, jetzt stand sie mit der Geige in der Hand da.
Nein. Ich spiele nicht.
Bald war Moule wieder da, sie schleppte das Messinghorn.
Eine Posaune! Dann spielst du wohl die?
Nein. Ich habe sie vor kurzem erst gefunden. Voller Erde. Ich habe sie gesäubert. Ich kann nur einen Choral.
Ringness!, wurde gerufen.
Bald stand er da und spielte, dieser Ringness, auf Lasses Horn, und es klang stark und laut und rein. Lasse sah die seelische Bewegung in den Augen der Frauen, und das machte ihn munter, solche Bewegung durch Musik zu sehen, wenn nicht er die Töne hervorbrachte.
Dann spielten andere, und der Tanz auf der Plattform hatte angefangen. Sie tanzten Walzer und Menuett, Square Dance

und Schottisch, sie tanzten Two-step und Polka. Lasse sah den Tanzenden voller Staunen zu, denn die Herren hatten sich plötzlich mit Seidenbändern über der Brust und Dreispitzen auf dem Kopf geschmückt. Und auch an den Außenseiten der Hosenbeine hatten sie feine Seidenbänder.
Sie tanzen mit ihrer auserwählten Königin, sagte Moule.
Ach.

Hast du keine Tanzkarte?, wurde Lasse gefragt.
So ein fescher Bursche wie du, der muss doch eine Tanzkarte haben, meinte jemand anderes. Dann kannst du beim Wettbewerb mitmachen. Es kostet fünfzig Cent.
Und er muss geschmückt werden, zwitscherten einige Frauen.
Bald hatten sie ihm Bänder und einen Dreispitz besorgt.
Aber ich kann nicht tanzen!, wandte Lasse ein.
Sieh dir Jonathan an, sagten die anderen und grinsten und zeigten auf einen Mann, der steif von einem Fuß auf den anderen trat.
Hier hast du eine Königin, lachte ein angetrunkener Mann und schob eine seiner fünf Töchter vor sich her.
Das Lachen hallte, als ob sie sich über ihn lustig machten, als ob an der Tochter etwas auszusetzen wäre, aber Lasse fand keinen Fehl an ihr, als sie zum Walzer ansetzten.
Später gab es einen Wettbewerb, bei dem die Teilnehmer auf Pferden sitzen sollten, und diesmal brachten lachende Helfer für Lasse eine graue Stute. Außerdem bekam er eine Lanze. Damit sollte er im Vorüberreiten aufgehängte Eisenringe herunterholen.
Lasse stand nachdenklich da und sah den anderen zu, die vor ihm ihr Glück versuchten. Einer nach dem anderen ritt los, stolz und aufrecht im Sattel. Fünf Ringe gab es und drei Versuche. Das Publikum stand an dem kleinen Reitweg und klatschte jubelnd, wenn eine Trophäe auf einer Lanze landete.
Das sind alles Reiter, dachte der Mann von dem schmalen

Strand am Ofotfjord, sie kennen das Tier und den Sattel. Und sicher hatten sie vorher geübt. Er selbst hatte, ehe er nach Texas gekommen und zusammen mit dem Zimmermann Peder Andersen durch ausgedörrte Landschaft geritten war, kaum je auf einem Pferderücken gesessen. Es hatte Zeit gebraucht, ehe das Pferd ihm nicht mehr den Hintern wund gescheuert hatte. Der Preis war ein prachtvoller Sattel. Er war nicht wie die benutzten und verschlissenen, die der Zimmermann für sie gekauft hatte. Nicht wie der Sattel mit dem gerissenen Gurt, auf dem Lasse hin- und hergeschlingert war. Der Preis, um den hier gekämpft wurde, war aus hellem Leder. Jetzt stand er auf der Tanzfläche ausgestellt. Und der Anblick erweckte in Lasse einen Traum. Einen solchen Sattel wollte er haben. Auf einem solchen wollte er sitzen, sicher und geborgen, auf einem glänzenden Pferd. Dieser Sattel würde ihm helfen, ein schneller Reiter im raschen Ritt zu werden. Von dort aus wollte er das Lasso werfen und langhörniges Vieh einfangen.
Wieder war er der Mann aus Frühlingsschön, der Prinz in Sonnentanz' Gewebe, der durch Geschenke auf seinem Weg vorankommen sollte. Deshalb ritt er auf seinem geliehenen Gaul vor den Richtern vor. Deshalb hielt er die Lanze, wie er das bei den anderen gesehen hatte. Deshalb versuchte er, im raschen Ritt die Ringe mit der Lanzenspitze zu stechen. Aber die Ringe ließen sich nicht lockern. Er verlor die Lanze, und das Publikum jubelte. Er machte noch einen Versuch. Wieder verlor er die Lanze, wieder lachte die Menge über sein Missgeschick. Es war demütigend. Aber er konnte nichts daran ändern. Er erbeutete keinen Ring. Und der Besitzer des Pferdes schlug ihm jovial auf die Schulter und reichte ihm die Schnapsflasche.
Wirst schon sehen, du kriegst einen Trostpreis.
Lasse trank, um seine Enttäuschung zu betäuben.
Wer am wenigsten schafft und uns am lautesten lachen lässt, kriegt Sporen.

Lasse hatte noch nie welche besessen.
Schau her, sagte der Mann mit dem Pferd und zeigte seine eigenen, einen blanken Halbkreis, der mit einem Stern hinten an den Stiefeln befestigt wurde.
Ohne Sporen kannst du nicht in Texas leben, sagte er lächelnd.

Norse wurde ein Ruheplatz für Lasses Gemüt. Ein Mann namens Olly brauchte einen Knecht, und Lasse wurde dieser Knecht. Lasse war Knecht auf einer Farm in Norse, wo eine Kuh allein die Kälber des Jahres betreute. Die anderen Kühe durften grasen und den Menschen ihre Milch geben. Lasse molk diese Kühe. Und er wurde ein besserer Reiter.
Ohne mit Pferden umgehen zu können, kannst du nicht in Texas leben, erklärte Olly Ockerman. Er bot ihm einen abgenutzten, aber festen Sattel und ein ausgewachsenes Pferd an und ließ Lasse mit einem Brief zum Postmeister reiten. Später schickte er Lasse mit einigen Enten, die er erlegt hatte, zum Pastor. Und der Farmer ritt zusammen mit seinem Knecht und lehrte ihn, die Sporen zu benutzen, um dem Pferd das Tempo klarzumachen.
Er schlief in einer an die Scheune angebauten Kammer. Simeons Wagen und Ochsen standen jetzt neben Ollys, und sie sorgten dafür, dass die kommende Ernte schneller eingeholt wurde. Die Musikinstrumente lagen in der Kammer, zusammen mit dem Gepäck des Juden.
Moule sagt, du hast seidene Kleider bei dir, sagte eine von Ollys Töchtern.
Kann schon sein, antwortete Lasse.
Moule schlief im Stall auf Ollys Farm. Das wollte sie so, im Atem der Tiere schlafen. Sie bekam ihr Essen in der Küche. Ansonsten kam und ging sie, wie sie das wollte.
Sie ist nicht wie andere, sagte Ollys Jüngste.
Sie waren zu dritt und hübsch, fast gleichaltrig und noch keine zwanzig, die Töchter von Olly Ockerman.

Moule hatte nur Gutes über sie zu sagen.
Sie wollen niemandem etwas Böses, sagte Moule. Was kann man sonst verlangen?
Sie hört nur, was sie hören will, sagte Ollys Jüngste über Moule. Und sie antwortet nur, was sie antworten will. Aber das macht nichts.
Und so gab es vier Mädchen auf Ollys Farm, drei, die aussahen wie Puppen in feinen Kleidern, und eins, das eine verschmutzte Kittelschürze über einer Knabenhose trug.
Ich lasse sie die kleinen Pferde einreiten, sagte Olly. Sie ist wie ein Junge. Geht auf die Jagd und legt Fallen aus. Sie ist auf irgendeine Weise verletzt.
Lasse nickte.
Wie geht es mit der Musik?, fragte Olly.
Gut, sagte Lasse.
Aber er hörte nicht mehr zu. Er dachte nicht an die Norse Brass Band oder an Dscheidschei Ringness, der ihm den Ansatz der Lippen am Mundstück und die Tiefe und Gleichmäßigkeit des Atems erklärt hatte. Er dachte an Moule, die auf irgendeine Weise verletzt war, an das Mädchen Moule, das ritt wie ein Junge.
Bald ritten sie zusammen. Sie ritten schnell und langsam, und beide lächelten dabei.

Fast wie ein Sohn des Hauses, sagte Olly und fasste Lasse an den Schultern. Mehr als ein Knecht. Mit Ochsen und allem.
Lasse saß zusammen mit Olly und dessen Frau und Töchtern. Er war erst einige Wochen dort, als er zum ersten Mal nach seiner Herkunft und der Reise nach Bosque gefragt wurde.
Er erwähnte die vielen Schiffe, die er von Brooklyn aus genommen hatte. Er nannte ihre Namen und wo er an Bord und an Land gegangen war. Er erwähnte die Mannschaft, die an den Blattern erkrankt war.

Am Ende kam dann die Reise ins Landesinnere, fügte er hinzu.
Bei welchen von uns gewesen?, wurde er gefragt.
Elise Wærenskjold, antwortete er.
Ah, wurde genickt. Eine redliche Frau. Einer ihrer Söhne wohnt nicht weit von uns entfernt. Trägt sie noch immer die weißen Spitzen um die Haare? Und um den Hals?
Ja, sagte Lasse, das tut sie.
Viele Schwarze unterwegs?, fragte Olly.
Nö. Na ja. Vielleicht ein paar. Ein Betrunkener unter dem Tisch.
Früher waren es mehr, ach ja, erfuhr er. Scharen von Schwarzen, die über die Landstraßen zogen. In Lumpen gekleidet. Viele bettelten. Haufen von Bettlern am Rand der Städte und bei den Militärlagern.
Besser jetzt, sagte Olly. Jetzt gehen sie nach Norden und verschwinden.
Oder bekommen Arbeit und Häuser, sagte Frau Ockerman.
Wie Clarky, sagte die jüngste Tochter.
Der Vater musterte sie streng, die Kinder durften bei Tisch nicht ungefragt reden. Dann schwieg er über dieses Thema, bis Lasse und er sich nach dem Essen vor dem Haus ihre Zigarren anzündeten.
War schlimmer früher, ja, sagte Olly und spuckte ins Gras. Ich kann mich an eine Lynchaktion erinnern. Zwei schwarze Burschen hatten Vieh gestohlen. Der Gouverneur Davis schickte eine Abteilung der State Militia, um die Täter festzunehmen. Die meisten Milizangehörigen waren schwarz, wusstest du das?
Lasse schüttelte den Kopf.
Doch, ja, so war das nach dem Civil War. Und viele Weiße wurden noch wütender, natürlich wurden sie das. Und noch mehr unterstützten den Klan.
Und jetzt weißt du, wo ich stehe, sagte Olly und schlug ihm

freundschaftlich auf den Rücken. Ich bin für Mäßigung. Verstehst du?
Lasse nickte.
Aber ein Mann ist ein Mann.
Lasse rauchte.
Und ein weißer Mann ist kein schwarzer Mann.
Lasse blies Rauch aus.
Wenn man nur weiß, wer man ist, und einander nicht ins Gehege kommt, sagte Olly.
Yeah, sagte Lasse.
Du hast vielleicht gehört, dass Elise Wærenskjolds Mann ermordet wurde?, fragte Ollys Frau am nächsten Tag beim Essen.
Lasse nickte.
So viele Morde, seufzte die Frau. Weißt du, allein in Bosque jede Woche nicht weniger als zwei.
Jetzt nicht mehr, Mutter, korrigierte ihre älteste Tochter leise.
Nein, jetzt nicht mehr. Aber gleich nach dem Bürgerkrieg. Das ist das falsche Ehrgefühl!
Hört, hört, sagte Olly mit gutmütigem Grinsen.
Seine Frau starrte beschämt auf die Tischplatte.
Das falsche Ehrgefühl, wiederholte Olly. So spricht meine Frau. Möchtest du einen Mann ohne Ehre?
Nein …
Nein, das will sie nicht. Aber reden, das kann sie.
Seine Stimme hatte einen neuen Klang, und die vier Frauen am Tisch senkten den Kopf.

Es ist nicht immer leicht, nein, bei so vielen Frauenzimmern, die man zurechtweisen muss, seufzte Olly später.

Willst du den Rest hören?, fragte Moule.
Plötzlich saß sie da, in der Ecke in seiner Kammer.
Was meinst du?

Was die Frau gemeint hat.
Ja?
Ein Mann wird lieber zum Mörder, als sich Feigling nennen zu lassen. Das hat sie gemeint. Und dass das Urteil der Welt den Männern alles bedeutet, aber Gottes Urteil bedeutet ihnen nichts.
Und Moule fing an zu schluchzen.
Was ist denn los, Mädel?
Das Kind weinte, und Lasse tröstete es. Er saß auf dem Boden, mit dem Rücken zur Wand, und streichelte Moules struppigen Kopf, und er dachte an den Vater, der weggegangen war, vielleicht auch das wegen der Ehre. Dann schlief sie auf seinem Schoß ein, und so saßen sie die ganze Nacht da, der Mann schnarchend, den Hinterkopf an eine fremde Reisetasche aus steifem Leder gelehnt. Als er in der Morgendämmerung erwachte, war Moule verschwunden, ihr Geruch aber hing noch in der Luft, ein Geruch nach Stroh und Pferd und Sonne und Schmutz und nach etwas Süßem, das vielleicht von ihr selbst stammte.

Auf Ollys Farm reparierten und warteten sie nach der Ernte Maschinen und Werkzeug. Die Männer standen im Schuppen und hatten die Tür zum Regen draußen geöffnet. Die Feuchtigkeit reinigte die Luft. Es gefiel Lasse, sich im Geruch frischen Grüns aufzuhalten. Und er arbeitete gern mit den Maschinen. Sie nahmen die Räder ab und ölten sie, manchmal waren Riemen und andere Teile verschlissen und mussten ersetzt werden. Das Getreide wurde nicht mehr mit der Sense gemäht. Dauernd wurde hier in Amerika etwas Neues erfunden.
Einmal hat der Erfinder hier gewohnt, sagte Olly. Frag Dscheidschei.
Auf diese Weise erfuhr Lasse von Ole Ringness' plough discs. Dem Mann war die Idee dafür gekommen, als er eines Tages mit Pferd und Wagen über einen verschlammten Weg gefahren war. Die Begegnung der Wagenräder mit dem regennassen

Boden hatte ihn auf den Gedanken gebracht, die Art, wie die Räder sich tief eingegraben hatten.
Genau auf diese Weise wollte er das Pflügen verbessern, erklärte der jüngere Verwandte. Und er hat die discs in der Schmiede geformt, hat Pflüge hergestellt und sie ausprobiert. Als er zufrieden war, zeichnete er seine Erfindung auf ein Stück Papier und fuhr los, um sie sich patentieren zu lassen. Aber allzu weit kam er nicht.
Ach?
Er kam nach New York.
Ja?
Da ging er vielleicht in eine Kneipe und kam mit jemandem ins Gespräch. Mit jemandem, der zwar sympathisch wirkte, aber ... Falls nicht jemand hinter ihm saß und zuhörte, was weiß ich. Es muss ein abgefeimter Schurke gewesen sein, denn an einen solchen Zufall kann doch niemand glauben.
Was denn für einen Zufall?
Er wurde umgebracht.
Ach.
Dort in New York. Umgebracht und tot aufgefunden. Keine Zeugen. Kalt und tot. Und die Zeichnung war verschwunden.
Oh shit!
Und einige Jahre später kam der Pflug in den Handel, oh ja. Jemand anderes hatte genau darauf ein Patent genommen.
Kann man nicht ...
Sie verklagen? Doch, aber man kann nicht gewinnen. Auch das Rad wurde an verschiedenen Orten auf der Welt von Männern erfunden, die einander nicht kannten, heißt es. Und deshalb können mehrere dasselbe sehen, denselben Gedanken denken. Ohne Zeugen kannst du das sowieso vergessen!

Ich könnte Gerda Joelyn umbringen, sagte Moule.
Lasse stand draußen bei einer Regentonne und spritzte sich Wasser ins Gesicht und an den Oberkörper. Der Sonnen-

untergang war rot, der Wind war kühl auf der Haut. Er merkte, dass er Hunger hatte.
Weil Olly gesagt hat …, sagte Moule.
Was hat Olly gesagt?
Zu seinem Schwager, der heißt Arthur, dass du ein Mann für Gerda Joelyn bist.
Da hast du dich verhört, sagte Lasse.
No more Jolly Golden – so veränderte Moule die Namen.
Ich müsste ihr doch zuerst mal einen Antrag machen?, fragte Lasse und versuchte, munter zu klingen.
Du gehörst mir, sagte Moule. Ich habe dich gefunden. Deshalb passe ich auf uns beide auf.
Wie meinst du das?
Ich habe ein Messer.
Sie zeigte es ihm. Die Klinge war scharf und die Schneide spitz. Sie hielt das Messer an seinen nackten Unterarm und ließ einen Tropfen Blut hervortreten. Danach versteckte sie das Messer rasch wieder unter ihrer verschmutzten Kittelschürze.
Und ich gehöre dir, flüsterte sie.
Ich will keine, sagte Lasse. Ich will arbeiten und Posaune spielen.
Wieder lag das Messer in ihrer Hand, und sie zitterte.
Aber Freunde, korrigierte er sich eilig, Freunde sind doch etwas Gutes. Ja?
Sie verstaute das Messer wieder, aber noch immer zitterte sie.
Du bist mein Gehege, sagte sie.
Was?
Vater hat das gesagt. Dass ich ein Gehege brauche. Zuerst Vater. Dann einen anderen.
Kann das nicht eine Frau sein?, fragte Lasse.
Wer denn?, fragte Moule zurück.
Eine, die dir ein Bett gibt. Und eine Waschbütte.
Frau Ockerman hat mir ein Bett angeboten. Und vor Weih-

nachten hat sie mich mit Gewalt in die Bütte gesteckt. Da habe ich sie geschnitten.
Aber warum bist du dann hier und nicht an einem anderen Ort?
Weil Vater das gesagt hat.
Seid ihr mit den Leuten hier verwandt?
Bleib hier, hat Vater gesagt. Dann finde ich dich, wenn ich zurückkomme.

Sie ist wild, sagte Olly.
Sie ist kein Dummkopf, sagte Lasse.
Nein, aber verrückt. Niemand wagt, sie aufzunehmen, keine Frau, nicht in einem Haus. Sie hat meine Frau verletzt, als die sie waschen wollte.
Ich weiß, das hat sie mir erzählt.
Anfangs mussten wir sie einsperren. Da stand sie im Keller und schrie. Clarky hat dann gesagt, sie könnte im Stall bleiben.
Was ist passiert?
Was glaubst du?
Ich weiß nicht.
Olly versetzte einem Stein einen Tritt.
Ihr Vater war Fuhrmann hier. Fuhrmann und Knecht. Er konnte alles. Tischlern. Das beste Bindemittel für den Lime-Stone mischen. Er hat mir beim Hausbau geholfen.
Olly zeigte auf das Gebäude aus Lime-Stone, diesen feinen gelbgrauen Steinen, weich und oft beinah rund – hübsch, hatte Lasse gedacht, immer wieder, wenn er sie angesehen hatte. In Bosque wurden hübsche Häuser gebaut. Und er wollte lieber über das Haus sprechen, über die Steine, über den Baum vor dem Haus. Live Oak, hieß er, der große Baum auf dem Hofplatz, als wäre er eine Art Eiche, hatte Olly gesagt, aber die Blätter sahen anders aus. Lasse wollte lieber an Bäume denken als daran, was jemand mit Moule gemacht ha-

ben könnte. Der Vater konnte es doch wohl nicht gewesen sein?
Er hatte eine Frau, sagte Olly. Alles war gut, bis die Frau starb. Da fing er an zu trinken, mehr als das Tägliche und Regelmäßige, das gut ist. Nicht jeden Tag, das nun nicht, vielleicht nicht häufiger als zweimal in einem halben Jahr. Aber dann trank er, bis er brüllte, er brüllte den Sturm und Gott und die Hölle an. Und an solchen Tagen kamen noch andere und tranken mit ihm, sie gingen dem Gebrüll nach.
In einer solchen Nacht, sagte Olly, da passierte etwas. Einer von diesen anderen, er machte etwas.
Mit Moule, begriff Lasse.
Und der Vater hat ihn umgebracht, sagte Olly.
Die beiden Männer schwiegen. Ollys Augen waren blank. Lasse sah das Haus aus Lime-Stone an.
Sie wurde zum Arzt gebracht, sagte Olly.
Ach.
Mehr können wir nicht für sie tun, wenn wir sie nicht ins Irrenhaus schicken. Das wollte ich, als sie meine Frau verletzt hat. Aber meine Frau hat nein gesagt.

Willst du im Haus essen?, fragte Lasse.
Nein, antwortete Moule.
Es war einen Tag vor Weihnachten. Lasse hatte eine Bütte in seine Kammer geschoben, danach hatte er einen Eimer voll heißem Wasser nach dem anderen hineingetragen.
Ich schenke dir etwas, wenn du badest, sagte er.
Die Seidensachen?, fragte das Mädchen.
Eine neue Hose, sagte Lasse. Anstelle der alten und schmutzigen und zu kurzen.
Schöne Stoffe, sagte Moule. Die habe ich in der einen Tasche gesehen.
Du darfst andrer Leuts Taschen nicht aufmachen, sagte Lasse.
Ich muss doch wissen, wer du bist.

Willst du baden?
Nein.
Dann musst du rausgehen, ich will mich jetzt ausziehen.
Ich drehe dir den Rücken zu.
Nein, sagte er mit fester Stimme.
Also verließ sie ihn, und er stieg in die Bütte. Er hatte von Frau Ockerman ein Stück Seife bekommen, und er wusch sich Haare und Bart und den ganzen Leib, und dabei stellte er sich die Kleine in einem blauen Seidenkleid vor. Der Stoff konnte für ein Kind ausreichen, das wusste er, und vielleicht auch für eine schlanke und nicht allzu große Frau, denn er hatte ihn ausgerollt, um nachzusehen. Eine kleine Rolle mit leuchtendem Rot und Gelb und eine Rolle dunkles Blau. Es waren Warenproben, wie er wusste, denn das hatte Simeon gesagt. Und in Simeons einer Tasche lagen außerdem noch Proben von zwei anderen Stoffarten, beide weicher, wie Baumwolle oder Kaliko, auch diese blau und rot, aber nicht glänzend wie Seide. Aus dem einen Stoff hätte er eine Hose nähen lassen, wenn Moule bereit gewesen wäre, sich zu waschen. Er hatte schon mit der Hausmagd gesprochen, ob sie für ihn nähen würde. Das ist nicht deine Sache, hatte sie mit spitzer Stimme geantwortet und hinzugefügt: Die Drecksgöre kriegt jeden Frühling neue Kleider. Abgelegte Herrenhosen, die Frau schneidet sie eigenhändig ab, damit sie passen. Hosen von Ollys Vater, der war dünner und kleiner als Olly.
Dann hatte Lasse Gerda Joelyn gefragt, und sie war bereit gewesen, zuzuschneiden und zu nähen, wenn das Kind gewaschen würde.
Jetzt hatte die Kleine das Angebot abgelehnt, aber Lasse wusste, dass sie draußen saß. Als sie wieder hereinkam, trug er eine saubere Hose, sein Oberkörper aber war noch nackt.
Du hast ja keine Haare, sagte sie. Auf der Brust.
Andere Männer haben Fell, sagte sie und schnitt eine Grimasse, als ob sie sich erbrechen müsste.

Lasse zog Simeons Rasiermesser und Simeons kleinen silbergerahmten Spiegel hervor. Er stellte den Spiegel auf den Hocker hinter der Bütte, ging in die Hocke und beugte den Oberkörper vor; so konnte er sich zurechtmachen, ohne den Boden zu verschmutzen.
Glaubst du, ich will in Bartwasser baden?, fragte Moule.
Lasse richtete sich auf. Willst du doch?
Ich möchte eine weiche Hose.
Dann musst du baden.
Wie kann ich heute baden, wenn die Hose nur ein Stück Stoff ist? Soll ich nackt herumlaufen und so lange warten? Oder sauber die schmutzige anziehen?
Gehst du in die Bütte, wenn die Hose genäht ist?
Das hab ich doch gesagt!

Gerda Joelyn nähte mit kleinen flinken Händen, nähte draußen und nähte drinnen, nähte oft so, dass Lasse es sehen konnte, und er sah gern zu, wie das Stück Stoff zu mehr wurde. Den ganzen Tag vor dem Heiligen Abend nähte sie, aber als das Kleidungsstück fertig war, war Moule spurlos verschwunden.

Dann wurden die Türen zur Festtafel mit saurer Sahne und dünnem Hartbrot, geräuchertem Hammel und Kuchenfladen und Schafskopf geöffnet, aber ohne Moule, und Lasse war wütend.
Das ist nicht deine Schuld, sagte Frau Ockerman und streichelte seinen Handrücken. Es ist nicht dein Kind. Du trägst keine Verantwortung.
Die feine Seide soll ja wohl nicht für die Wilde sein?, fragte Olly und zwinkerte.
Haha, sagte Lasse.
Haha, sagte Olly.
In diesem Moment kam ein Schmetterling durch das Fenster geflogen. Er war blau wie die blaue Seide, mit einem rot-gel-

ben Rand an den Flügeln. Er setzte sich auf Gerda Joelyns Schulter.
Ein Zeichen, flüsterte Ollys Jüngste.
Wofür?, fragte die Mutter.
Etwas Schönes, sagte Gerda Joelyn und wurde rot. Vielleicht für das Glück.
Vielleicht für Jesu Geburt, sagte Ollys Mittlere und schaute zu ihrer Mutter hinüber, wie um sich loben zu lassen.
Lasse sah die Älteste an und wusste plötzlich, dass er sie am liebsten mochte. Die Mittlere war wie die Falschen zu Hause beim Lehrer, Kinder, die den Erwachsenen nach dem Munde redeten, in ihren Herzen aber ganz anders waren.
Am nächsten Tag fuhren sie zum Weihnachtsgottesdienst in die Our Saviour's Church. Dort auf dem Friedhof von Norse lag ein Mann namens Cleng Peerson. Lasse hatte diesen Namen noch nie gehört. Nun wurde ihm der Grabstein gezeigt, und er erfuhr die Geschichte. Peerson war der erste Einwanderer aus Norwegen gewesen, hörte er nun, nicht nur in dieser Gegend, sondern in der ganzen Staatenunion. Er hatte an mehreren Orten gelebt und war immer weitergewandert, um etwas Besseres zu finden, wurde erzählt.
Ein Pfadfinder und Wandersmann.
Ein suchendes Gemüt, sagte Frau Ockerman.
Und wie, sagte Olly. Zuerst hat er bei Quäkern und Haugianern gewohnt. Später hat er eine Schwedin geheiratet – wozu sollte das nun gut sein!
Frau Ockerman kehrte ihnen den Rücken zu, und der Mann schaute einen Moment verwirrt hinter ihr her, als sie leicht gebeugt auf die Kirche hinter dem Friedhof zulief.
Das ist die Trauer, murmelte er wie zur Erklärung, sie findet dort drinnen Linderung. Sie hat viele verloren. Genau wie ich …
Dann lief ein Zittern durch Olly Ockerman, als schüttele er das Traurige ab, und er schlug Lasse kameradschaftlich auf den Rücken.

Dieser Cleng, ja, der Cleng, sagte er dann. Stell dir vor, zu Hause in Norwegen war er mit einer Madam verheiratet, die doppelt so alt war wie er. Als die gestorben war, hat er hier wieder geheiratet, eine, die halb so alt war. Sie gehörte einer Gemeinde mit eigenen Gesetzen und eigenem Glauben an. Sie lebten bei dieser Gemeinde, bis Cleng die Schweden satthatte. Dann kam er auf seine alten Tage hierher nach Texas. Er besaß hier ein Grundstück, das später Ovee Colwick geerbt hat. Cleng hat bis zu seinem Tod bei Colwick gewohnt. Wisst ihr das noch, Mädels?

Ja, Vater.

Ein Erzähler sondergleichen, sagte der Vater.

Lasse hörte zu und starrte auf den Grabstein dieses Fremden. Und er lugte zu Gerda Joelyn hinüber. Ihre Hemdbluse war grün und hatte rosa Knöpfe, und der Rock war schön geschwungen. Er hörte Olly nicht mehr zu, er sah die Locken an, die unter dem Hut auf Gerda Joelyns Wange lagen. Und dann unterhielt Olly sich plötzlich mit zwei anderen Männern, und die Töchter erzählten weiter.

Der Ontariosee, hörte er die Mittlere sagen.

Schön und türkis, sagte die Jüngste.

Man sucht sich den Wohnort nicht nach der Schönheit aus, sagte die Mittlere.

Doch, widersprach Gerda Joelyn.

Dann lächelte sie und zeigte Lachgrübchen.

Dann stand Olly wieder bei ihnen und redete mit seiner polternden Stimme weiter: Ich kann dir eine Karte zeigen, Lasse. Dann siehst du alles. Welchen Weg sie gewandert sind und wo sie dann hinkamen, die ersten Einwanderer. Nach New York und Wisconsin, Illinois und Iowa. Später haben sie sich in Minnesota und weiter westlich niedergelassen. Und immer Neue sind ihren Spuren gefolgt.

Mutter winkt uns, fiel eine der Töchter ihm ins Wort.

Als sie wieder zu Hause waren, erinnerte Olly sich an sein Versprechen; in der ruhigen Zeit nach dem Essen zeigte er seinem Knecht eine Landkarte von Amerika, er zeigte und erklärte.
Zum ersten Mal sah Lasse so eine Zeichnung. Bei diesem Anblick ging ihm das Herz auf. Es war eine Freude, eine Bereicherung, das Land von Osten nach Westen zu sehen und die Namen zu lesen. New York und Brooklyn lagen da an der Atlantikküste, und er fand die großen Seen und Chicago und außerdem Minneapolis, wo er selbst einige Zeit verbracht hatte.
Hier sind wir, zeigte Olly.
Weder Norse noch Norway Mills noch Clifton waren auf der großen Karte vertreten, aber Waco stand dort, und Olly tippte mit der Messerspitze zwischen Waco und einen Ort namens Fort Worth.
Danach zeigte Lasse auf Brooklyn und erwähnte Red Hook. Und nachmittags brachte Olly ihn zum Erzählen, und der junge Mann verbreitete sich über Hafen und Piers, über Silos und den Lauf der Arbeit, und er beschrieb die Häuser an der Hamilton, die so ganz anders waren als Bauernhäuser. Und er erwähnte außerdem die Diakonisse Fedde und ihr Krankenhaus.
Kjartan Bumarken erwähnte er nicht.

Er sagte auch zu Olly und dessen Familie nichts über Peder Andersen, den Zimmermann, den er ohne Abschied verlassen hatte, oder den Juden Simeon, der hinter seinem Rücken ermordet worden war. Er dachte selten an die beiden. Selbst wenn er das Rasiermesser und den in Silber gefassten Spiegel des Juden benutzte, konnte er den Gedanken daran, woher diese Schätze stammten, meistens verdrängen.
Und er dachte durchaus nicht an Simeon, als er am dritten Weihnachtstag entdeckte, dass die aus dem einen Baumwoll-

stück des Ermordeten genähte kleine Hose verschwunden war. Er hatte sie auf den Hocker in der Kammer gelegt. Jetzt war sie weg. Auf dem Hocker lag die alte stinkende und schmutzige. Und die warf er ins Feuer.

Ich habe mich im Bach gewaschen, sagte Moule.
Du lügst, sagte Lasse.
Sie standen draußen. Sie hielt sich auf Distanz, als fürchte sie, er könne sie bestrafen oder ihr die Hose wegnehmen. Aber dieser Gedanke ertrank in Hundegebell. Zusammen mit den Hunden näherte sich ein Gefolge aus seltsam verkleideten Gestalten mit Masken vor den Gesichtern. Sie tanzten und sprangen und lachten, und das Seltsame war, dass die im Rock größer waren als die in Hosen.
Julbock!, rief Moule und lief ihnen entgegen, als seien es ihre Verwandten.
Bald waren sie im Haus, alle außer Moule, und Frau Ockerman servierte Erfrischungen. Olly und die Töchter fragten die Gäste aus.
Du in dem blauen Rock, heißt deine Mutter Dagny Rose?
Nein, lautete die Antwort in schriller Fistelstimme.
Dann heißt sie Lilly Butter Norma.
You bet, und die Fistel wurde ein wenig tiefer.
Nach und nach kam heraus, wer sie alle waren, und unter Lachen und Kichern wurden die Masken entfernt. Wer darunter zum Vorschein kam, waren Jugendliche und große Kinder.
Bald wollten die Julböcke zur nächsten Farm weiter, und Ollys Töchter wurden zum Mitkommen aufgefordert.
Nehmt Lasse mit!, forderte Olly sie auf. Haben wir einen passenden Rock?

Moule wich ihm danach noch lange aus, als sei sie beleidigt oder fürchte noch immer, er könne ihr die neue Hose wegnehmen, da sie vor dem Anziehen nicht gebadet hatte.

Aber dann war sie wieder da. Sie saß mitten in seiner Kammer auf dem Boden und schmollte, als er eines Nachmittags hereinkam.
Ich habe dich gefunden, erinnerte sie ihn jetzt.
Du bist ein Kind, antwortete Lasse. Ich bin ein Mann.
Du gehörst mir trotzdem, sagte Moule.
Er gab keine Antwort. Er setzte sich auf den Hocker. Ohne nachzudenken, griff er nach seinen Sporen. Er wog sie in einer Hand und betastete die fünf Zacken.
Du hast es an dem Tag auch vergessen, warf Moule ihm vor. Als du die da gewonnen hast.
Er schwieg.
Du hast dir eine andere Königin ausgesucht.
Ich habe mir nichts ausgesucht. Alles wurde mir aufgedrängt.
Und bei den Julböcken – Arm in Arm mit Gerda Joelyn.
Willst du ein Märchen hören?, fragte Lasse.
Nein, sagte sie schroff. Davon habe ich genug gehört.
Sie schlug die Augen nieder. Sie seufzte tief.
War das der Franzose?, fragte Lasse vorsichtig.
Der Märchen erzählt hat? Du meinst den, der mir den Namen gegeben hat?
Ja?
Nein, sagte sie abweisend.
Vielleicht, formte sie lautlos mit den Lippen und schlich sich aus der Tür.

Einige Zeit später öffnete sie seine eine Reisetasche und zog ein Stück Papier hervor.
Was ist das hier?, fragte sie. Nichts Besonderes, sagte Lasse.
Das ist ein Landpapier, sagte Moule.
Woher weißt du das?
Das hat Clarky gesagt.
Lasse sah vor sich den schwarzen Pferdeknecht, der zusammen mit Moule im Stall schlief.

Kann Clarky lesen?, fragte er.
Genug.
Muss ich die Taschen zu Olly stellen, damit du sie in Ruhe lässt?
Das hilft nichts, sagte das Kind. Aber warum bist du hergekommen, wenn du ein Papier für ein Stück Land bei Waco hast?
Das Land ist gestohlen worden, sagte Lasse. Wenn ich es für mich beanspruchte, würde ich ein Messer an die Kehle kriegen.
Könntest du nicht der Erste mit dem Messer sein?, fragte Moule.
Das Papier muss verbrannt werden, sagte Lasse barsch.
Olly glaubt, dass du mit Gerda Joelyn auf diesem Land wohnen wirst!
Du rührst Gerda Joelyn nicht an, sagte Lasse. Sie hat dir die Hose genäht.
An diesem Abend verbrannte er den Landbrief. Und er befestigte Simeons ledernen Geldbeutel an einem Riemen und hängte den unter seinem Hemd über seine Schulter, so dass er in seiner Achselhöhle versteckt war. Außerdem verbrannte er den Brief von Samuel und Mindor, und damit war der nicht mehr zu finden und zu lesen und konnte ihn mit keinem Verbrechen in Verbindung bringen. Obwohl er nicht sicher war, dass die Kleine ihn nicht schon längst Clarky gezeigt hatte, der wiederum Olly die Namen hätte zuflüstern können.

Lasse fuhr Dünger auf die Felder, pflügte und säte und dachte an Olly, der ihm seine Tochter geben wollte. Wenn das wilde Kind nicht da gewesen wäre, hätte er sich bei diesem Gedanken ausruhen können, dem Gedanken, Olly als seinen Nächsten zu haben. Olly, der eine Karte und eine goldene Uhr besaß. Olly, der alle in Norse und außerdem in Norway Mills kannte, wo er sein Getreide zu billigem Preis mahlen lassen konnte. Olly, der ihm einen Arm um die Schultern legte und

ihn in seine Gedanken einweihte, wie bei der Sache mit seiner Frau. Mit dem Verlust. Lasse hatte noch niemanden gekannt, der so viel verloren hatte. Ein Kind nach dem anderen. Einen Sohn nach dem anderen.
Verstehst du?, hatte Olly gefragt.
Nein, antwortete Lasse, denn es war doch unvorstellbar.
Aber es war nun so mit Frau Ockerman, dass sie nach den drei Töchtern kein Kind mehr bei sich behalten konnte. Es konnte drei oder vielleicht vier Monate gutgehen. Dann kam das Blut. Einmal war sie bis zum Ende gekommen und hatte dann ein totes Kind geboren. Dann waren da noch die vier, die vor den Töchtern lebend zur Welt gekommen waren, drei kleine Jungen, die gerade gelernt hatten, umherzutrotten, als sie von Gottes Hand gepackt worden waren und der Herr die kleine Flamme in ihnen ausgeblasen hatte, und der Junge, der mit vier Jahren ertrunken war.
Deshalb muss ich ab und zu nach Waco, endete der Mann.
Lasse begriff nicht.
Ich kann ihr das nicht mehr zumuten. So viel Mitmensch muss ich ja wohl sein. Ich bekomme keinen Anerben. Aber könnt ihr nicht den Hof hier übernehmen, anstelle des Hofs, für den du das Papier hast?
Doch, nickte Lasse und dachte an den Landbrief und nicht an den Rest. Denn Ollys Worte ließen das Papier doppelt tot wirken, nachdem er es selbst verbrannt hatte.
Aber was wollte Olly in Waco, wenn dieses Grundstück am Stadtrand nicht mehr wichtig war?
Huren besuchen.
Lasse lachte, erleichtert und belustigt.
Und du passt hier so lange auf?
Yeah, antwortete Lasse.

Die Tage gingen hin, ohne dass Olly noch weitere Worte über seine Tochter und den Knecht verloren hätte. Deshalb hätte das Ganze auch ungesagt oder nicht gemeint gewesen sein oder jedenfalls vergessen werden können, wenn nicht das Funkeln des Messers gewesen wäre, das Moule sehen ließ, wann immer Gerda Joelyn sich ihr näherte.

Es war eine Erleichterung, die Farm zu verlassen, wenn er jeden Samstagabend zusammen mit anderen sein Horn blies. Sie spielten Märsche aus dem Krieg und aus der Zeit vor dem Krieg, Musik, zu der die Armee der Union und die der Konföderation im Takt marschiert waren. Sie spielten Choräle und auch Lieder mit Texten, die Norwegen beschrieben. So übten sie für den 17. Mai und den 4. Juli.

In den Pausen saßen sie im Gras und rissen Witze und erzählten Geschichten. Ein Mann lud Lasse in die Norse Debating Society ein. Das war ein recht neuer Verein für Junggesellen.

Dort tauschen wir Gedanken und Erfahrungen aus, hieß es.

Als Lasse Olly davon erzählte, schlug der Bauer ihm zwischen die Schulterblätter und sagte, er solle sein Junggesellenleben nutzen, ehe es zu spät wäre.

Und seine Töchter gaben Lasse einen Blumenkranz.

Der lag über seinen Knien und leuchtete in Gelb und Blau, in Weiß und Rosa. Und Gerda Joelyn beugte sich vor und erzählte, wie sie hießen, die Blumen, wie um das Gekicher ihrer Schwestern zu übertönen. Sie hießen Lady's Slippers und Blue Bonnets. Und Wine Cups und Wild Daisies.

Haben die keine norwegischen Namen?, fragte Lasse.

Ich habe sie von Clarky gelernt, antwortete Gerda Joelyn.

Von dem schwarzen Kutscher. Lasse war ihm aus dem Weg gegangen, hatte getan, als wäre er nicht da. Clarky passte auf die Pferde auf. Er wohnte im Stall. Er begleitete Olly nach Clifton oder sogar nach Waco, wenn der Farmer dort etwas zu erledigen hatte. Clarky war ein älterer Mann mit großem Kopf und kräftigem Brustkasten und einem leichten Einkni-

cken beim Gehen, als stecke in seiner Kniekehle eine Schmerzquelle.
Du musst ihn unter den Kopf legen, wenn du schläfst, sagte die jüngste Schwester über den Blumenkranz.
Warum denn?
Dann träumst du von deiner Zukünftigen. Du siehst klar und deutlich ihr Gesicht, wie auf einer Fotografie, die du in Händen hältst.
Aber ich träume nie, behauptete Lasse und legte ungeschickt den Kranz auf Gerda Joelyns Kopf.
Ach, du bist so schwierig, seufzte die Jüngste.

Am nächsten Sonntag flocht sie aus ihren Haaren ein Schmuckstück für ihn, Gerda Joelyn. Lasse hatte noch nie gesehen, dass man aus abgeschnittenen Haaren etwas so Schönes machen konnte. Es war blond und glänzte noch und war in Bögen um einen Ring in der Mitte geschlungen.
Man kann das in einen Uhrdeckel legen, erklärten die Schwestern.
Lasse fiel ein, dass er so eine Uhr hatte, von Simeon.
Später, wenn man Uhr und Sonntagsstaat anlegt, kann man den Deckel aufklappen, um die Zeit nachzusehen, und dann kann man sich auch über das freuen, was man in den Deckel gelegt hat, sagten die Mädchen.

Nach der Frühjahrsbestellung wurden sie zu Freunden von Ockermans auf ein Fest geladen. Lasse und Gerda Joelyn wurden nebeneinander auf die Bank gesetzt, ob nun auf Wunsch der Gastgeber oder durch Zufall, aber er wuchs daran, denn so sah er aus, als sei er der ältere Bruder der drei Mädchen, und als habe Olly doch einen Sohn, der am Leben geblieben war.
Beim Essen erklärte das junge Mädchen ihm flüsternd, was sich hinter dem Gerede der anderen verbarg. Auf diese Weise

erfuhr er eine lange Geschichte über einen Mann aus Stange, über den die Männer am Tisch lachten. Er war aus seinem Heimatdorf in Norwegen durchgebrannt, dieser Mann. Vor Frau und Kinderschar und hohen Schulden geflohen. Vorher hatte er Schnaps gebrannt, war aber von einigen reichen Kerlen in Kristiania betrogen worden. Zum Glück hatte er in Kalifornien Gold gefunden und war zurückgereist und hatte seine Schulden bezahlt und die Frau und die Kleinen geholt …
Wohnen die hier in Bosque?
Pst.
Gerda Joelyn hatte Lachgrübchen und rote Wangen, wie ein Kind, das im kalten Wind gelaufen ist. Sie hatte kleine Brüste, die von ihrer eng sitzenden Kleidung zu ihrem Kinn hochgepresst wurden, und sie tat Lasse leid, denn das sah unbequem aus. Und sie aß fast nichts, als sei unter den Kleidern kein Platz für Essen.
Meinen Glückwunsch, murmelte einer, der zum Wasserlassen an ihnen vorbeikam.
Danke, antwortete Lasse.
Meinen Glückwunsch, murmelte noch einer.
Das war wohl eine Art Gruß in festlichen Zusammenhängen, versuchte er zu denken, man gratulierte einander zum Leben und zur Stimmung und vielleicht zum Wetter und der schmissigen Musik.
Aber nach dem Tanz führte sie ihn fort von den anderen und unter die hohen Bäume, Ollys Älteste, und plötzlich wollte sie küssen. Und im selben Moment sah er im Lichtschein einer frühen Fackel das Funkeln einer Messerklinge.
Also unterbrach er ihre Bewegung und hielt sie von sich fort.
Noch nicht, flüsterte er.
Und ihm fiel ein Satz ein, den er von dem Pastor auf Ankenes gehört hatte, und er sagte ihn zu dem zitternden jungen Mädchen: Unser Weg soll der Weg der Tugend sein.

Sie weinte nicht. Sie nickte.
Er soll außerdem mit Oleander umkränzt sein, sagte sie.
Ach?
Unser Weg. Wie hier!
Wieder führte sie ihn davon, zum Oleander, der auf beiden Seiten der Allee gepflanzt war.
Und er soll zu einem solchen Haus führen, sagte sie dann.
Was ist das für eins?
A kit home, sagte das junge Mädchen. Man bekommt eine Zeitschrift mit Zeichnungen von Häusern. Dann sucht man sich eins aus. Dann kommen die Bretter mit dem Zug nach Waco, mit Zahlen versehen, und man kann einfach losbauen. So haben sie das gemacht.
Wer denn?
Omensens natürlich. Die, die hier bauen.
Lasse sah, dass das Haus schon fertig war. Eines der größten in Norway Mills und Norse, größer als Ollys. An diesem Sommerabend wurde es von brennenden Fackeln erleuchtet, und die Luft war schwer von Blütenduft und erfüllt von Lachen und frohen Stimmen.
Plötzlich stand ein fremder Junge bei ihnen; einer der Gäste, eine Dame, wollte Lasse vor dem Aufbruch guten Tag sagen, erzählte er, und sie müsse sich bald auf den Weg machen.
Denn sie ist alt, erklärte der Junge.
Es war Elise Wærenskjold. Sie besuchte ihren Sohn Otto, der in der Gegend wohnte. Sie hatte Lasse in der Menge entdeckt und sich nach ihm erkundigt.
Hier bist du also gelandet, sagte sie.
Lasse nickte.
Olly kam dazu, der Aufbruch näherte sich.
Ich wollte dir nur ins Gesicht blicken, sagte die alte Frau.
Lasse nickte.
Das klingt wie eine Drohung, sagte Olly Ockerman.
Ist es eine?, fragte Elise und sah Lasse an.

Er griff nach einem Becher, der nicht seiner war, und leerte ihn.
Willst du dich nicht einmal nach deinem Freund erkundigen?, fragte Frau Wærenskjold.
Doch, murmelte Lasse. Wie geht es ihm?
Peder Andersen lebt nicht mehr.
Was ist passiert?
Er ist bei einer Schlägerei ums Leben gekommen.
Peder? Wieso hat Peder sich geprügelt?
Das weiß ich nicht. Aber ich ahne es. An diesen Tagen war so viel los. So viel Lärm und Prügelei. Ich vermute, er wollte einen anderen verteidigen, einen, von dem schlecht gesprochen wurde und der sich nicht sehen ließ.
Lasse starrte zu Boden.

Was hat sie damit gemeint?, drängte Olly dann später.
Lasse erzählte. Ohne Gefühl. Taub am Körper und in Gedanken.
Vergiss es!, sagte Olly. Es war nicht deine Schuld, dass der Mann sich geprügelt hat.
Nichts davon war deine Schuld, wiederholte Olly Ockerman väterlich.

Einige Tage darauf wollte er zusammen mit Moule nach den Schweinefallen sehen. Sie gingen nebeneinanderher an einem Feld entlang, und sie ahmte pfeifend den Vogelsang nach. Dann gingen sie in den Wald, und das verdreckte Kind nahm seine Hand.
Hast du von mir geträumt?, fragte das Mädchen.
Wie meinst du das?
Hast du mich in deinen Träumen gesehen?
Sicher, antwortete Lasse, ohne zu überlegen.
Sie näherten sich den Fallen mit dem Köder aus verfaultem Getreide. Sie hörten den Fang schon aus der Ferne, das wütende Grunzen, nachdem das Getreide verzehrt war.

Der Blumenkranz, sagte Moule. Den du von Golly Folly bekommen hast.
Lasse murmelte etwas Unverständliches.
Den hast du zurückgegeben, sagte Moule. Und sie haben ihn auf einen Hocker gelegt. Ich habe ihn genommen und unter dein Bettzeug gesteckt, am Kopfende.
Lasse ging langsamer.
Darf ich die Schweine abstechen?, fragte Moule.

Das Gequieke und die Hilflosigkeit der Tiere stürzten den Mann in Verzweiflung. Lärm und Bilder verschmolzen mit dem, was er über Peder gehört hatte. Und dann war da noch das Leben auf der Farm und seine eigene Hilflosigkeit im Zwiespalt zwischen dem Kind und den anderen. Denn die Sache war ernst, das wusste er jetzt, das war kein Spiel auf Ollys Farm. Das Messer des Kindes war ebenso wirklich wie Gerda Joelyn. Es gab den Oleander, um den Weg zu einem Zuhause zu schmücken. Und es gab kit homes, auch wenn er von denen nie zuvor gehört hatte.

Es war Abend geworden. Lasse ging am Waldrand entlang und lachte. Es war ein hartes Lachen. Hart und roh. Es kam stoßweise aus ihm heraus, gegen seinen Willen. Und ihm wurde schwindlig, als stammte das Lachen von bösen Geistern und nicht von ihm selbst, und als wollten die bösen Geister ihn verhexen, mit Aufstoßen und Schüttelfrost, denn er fror, obwohl die Luft noch warm war, und der Boden schien zu beben, als wollten die bösen Geister ihn zu Fall bringen, um ihn zu fesseln und mit ihm zu machen, was sie wollten, die bösen Geister und die Mädchenfrauen.
Aber dann war es doch keine Zauberei. Es waren Stiere. Es war Vieh, das den Boden beben ließ, denn sie waren viele, eine große Herde kam auf ihn zu, eine Herde aus Hunderten, vielleicht Tausenden von Tieren, und sie näherten sich in tram-

pelndem, stampfendem Sprung wie von einem Feind gehetzt oder von wütenden Reitern getrieben. Dieser Anblick ließ ihn den Mund aufreißen, aufkeuchen, während die Herde nur einen Steinwurf entfernt vorüberdonnerte, und er lief hinterher, ohne weiter darüber nachzudenken. Bald waren sie von Gebüsch und Baumkronen verschluckt, und er jagte hinter Lärm und Staubwolke her.

Er holte sie einige Meilen später ein, als die Tiere langsamer gingen und im Kreis und jammernd muhten, als hätten sie etwas zu erzählen. Cowboys lenkten die Kreisbewegung, sie saßen auf Pferden und trieben das Vieh an. Lasse sah es, als er näher kam, sah, wie die Herde enger zusammengeschoben wurde, sah die Tiere innehalten, sah sie grasen.

Der Bauer, dem die Weide gehörte, war schon zur Stelle, zwei Männer reichten einander die Hand, der eine trug einen grauen breitkrempigen Hut, der andere einen schwarzen, und dann wurde wohl eine Genehmigung erteilt, dachte Lasse.

You go find Cooky, Sam, sagte der Mann mit dem grauen Hut zu einem anderen.

Yes, Boss.

Dieser Sam ritt los.

Der Bauer, dem der Boden gehörte, blieb, und bald kamen weitere Neugierige dazu.

Ihr treibt sie doch sonst nicht hier durch, sagte jemand gutmütig.

No.

The Chisholm Trail, sagte der Bauer.

Passes some miles from here, antwortete der, der Boss genannt wurde. But them stampeding cows …

Der Viehtreiber war verdreckt und in Schweiß gebadet.

We lost the chuck wagon, erklärte er.

Der Bauer verstand. Er schnappte sich den nächststehenden jungen Mann aus der Gegend und befahl ihm, Essen und Trin-

ken zu holen: Sprich mit meiner Frau. Sie soll einen großen Ranzen füllen. Nimm ein Pferd aus dem Stall.
Der junge Mann war Lasse, und Lasse nahm die Beine in die Hand.
Bald kam er mit einem schweren Sack zurück. In dem Sack lagen Brot und Bier, Kuchenfladen und geräucherter Hammelschinken.
Auf der Weide waren drei Cowboys, und sie aßen nacheinander, so dass zwei die ganze Zeit die Herde bewachten. Das Bier rührten sie nicht an.
We'll drink in Abilene, sagten sie.
Dann müssen sie aber Wasser haben!
Wieder wurde Lasse losgeschickt.
Wo liegt Abilene?, fragte er. Und was sei so ein chuck wagon, den sie verloren hatten?
No bedrolls, sagte der Bauer, als Lasse zurückkam.
No bedrolls. Don't need them tonight, meinte Boss.
Sie sprachen leise. Es wurde jetzt dunkel. Die anderen Neugierigen waren nach Hause gegangen, nur Lasse und der Farmer waren noch übrig. Lasse war der junge Mann, der holte und brachte; so hatte er das Gefühl, dazuzugehören. Und er blieb. Und der Bauer bot auch ihm von dem Essen an, denn es gab genug davon. Lasse aß Kuchenfladen und Räucherhammel, als er dort saß, am Ziel von Kjartan Bumarken und Peder Andersen: einer riesigen Herde aus langhörnigem Vieh. In ihm wütete die Erregung, die beim Geräusch der stampfenden Hufe entstand und die geblieben war: bei dem Geruch der Tiere, bei dem Anblick der matten oder tränenden Tieraugen – sie erinnerten ihn an Othilie, als sie Witwe geworden war. Und dann war da dieser Sam, der losgeschickt worden war, um einen Koch zu finden. Für einen Moment hatte er zu Lasse herübergeblickt. Er ähnelte einem anderen. Er ähnelte Bumarken von Hamarøy. Er ähnelte mit seinem schmalen Blick und den schmutzigen roten Strähnen, die unter seinem Hut

hervorlugten, einem anderen. Das musste der Samuel aus dem Brief sein. War Cooky wohl Mindor?
Lasse zitterte.
Und er blieb sitzen, in der Hoffnung, Sam werde mit Mindor zurückkommen. Obwohl Mindor ja auch einer von den beiden sein konnte, die er hatte losreiten sehen, um die Tiere zu holen, die während des Sturmlaufs am Nachmittag von den anderen getrennt worden waren.
Lasse wollte beide Brüder von Hamarøy sehen, und er wollte sehen, wie sie weiterzogen.

Es war dunkel geworden. Lasse saß zusammen mit dem Bauern, dem das Land gehörte, am Feuer. Die Cowboys bewachten die Herde. Von den andern war keiner zurückgekommen, weder mit entlaufenem Vieh noch mit einem Koch und einem Wagen. Der Himmel war hoch und klar. Lasse ahnte ein Stück weiter die Tierrücken; die Herde hatte sich jetzt hingelegt, und kein Tier brüllte mehr.
Der Bauer erzählte von damals, als sein Vater mit ihm geritten war, damit er zum ersten Mal eine riesige Büffelherde erleben könnte.
Ein wogendes Meer aus Vieh, sagte er.
Du bist das doch, der Ollys Älteste heiraten wird, sagte er außerdem. Weiß Olly, dass du hier bist?
Das kann er sich ja wohl denken, antwortete Lasse. Alle haben doch unter den Füßen spüren müssen, dass die Tiere kamen. Bestimmt hat irgendwer auf der Farm gesehen, dass ich gegangen bin.
Sie haben einen Verletzten, sagte der Bauer.
Wer denn?
Die Cowboys. Das habe ich gehört. Ein Mann wurde von einem Schuss getroffen, sie wissen nicht, wie das passieren konnte.
Ach?

Zuerst ein Schreckschuss, der die Tiere in Bewegung setzt, nicht wahr?
Lasse nickte, obwohl das alles neu für ihn war, niemand hatte ihm bisher beschrieben, wie man eine Viehherde aufjagte. Zuerst ein Schreckschuss, dann ein Schusswechsel. Und ein Verletzter.
Er kann schon tot sein, sagte der Bauer. Wenn er noch lebt, hat der Koch sich um ihn gekümmert. Denn dem Koch sind ja alle weggelaufen, natürlich sind sie das. Und dann liegt der arme Kerl wohl im Proviantwagen und wird durchgerüttelt.
Verletzt oder tot, dachte Lasse. Vielleicht Kjartans Vetter Mindor. Wie Mindor sich wohl in der neuen Welt genannt hat?
Geht halt nach Hause und schlaft eine Runde, forderte Boss sie vom Pferderücken her auf.
Wir dachten, wir könnten dem Verletzten helfen, sagte der Bauer.
No need, sagte der Cowboy schroff und setzte seinen langsamen Ritt um die Herde fort.
Aber der Farmer blieb sitzen, und Lasse ebenfalls.
Erst lange nach Mitternacht kam der rothaarige Sam mit dem Wagen und dem alten Koch. Hinten im Wagen lag der Verletzte. Er hatte einen Bauchschuss abbekommen, aber er lebte. Und er konnte fluchen.
Zum Teufel, fluchte er.
Der Wagen ist hinüber, erklärte Sam. Ich musste unterwegs ein Rad reparieren. Aber das kann jeden Moment wieder zusammenbrechen.
Ich habe einen guten Wagen!, sagte der Bauer. Ich habe Werkzeug.
Lasse ritt. Lasse weckte den Knecht des Bauern. Zusammen machten sie einen Wagen mit einer weichen Liegeunterlage bereit. Der Knecht setzte den Wagen in Bewegung, Lasse ritt hinterher. Bald lag der Verletzte auf den Decken des Farmers.

Samuel, stöhnte er. Geh nicht weg.
Hab keine Angst, Mindor, tröstete Sam.
I go with him, sagte er zu Boss.
You sure do.
We come after, versprach Sam.
You sure do.
And I'm stuck with two guys less, murmelte Boss, als der Wagen mit dem Kranken nicht mehr zu sehen war.
Die Brüder kommen nicht hinterher, dachte Lasse. Die bleiben hier. Mindor lebt oder stirbt, und er bleibt hier. Samuel lebt und findet Arbeit und bleibt ebenfalls hier, dachte er. Und eine Idee stieg in ihm auf, geboren aus einer neuen Erkenntnis, denn Lasse wollte nicht in Norse wohnen, wenn die Brüder dort blieben, das wollte er nicht, denn Moule hatte den Brief gelesen und den Inhalt weitergetragen, da war er sich sicher, und auch wenn weder Moule noch Clarky oder Olly sich die Namen gemerkt hatten, würden sie sich doch daran erinnern, wenn ihnen Samuel und der Bruder begegneten … und hatte er sie nicht sogar selbst erwähnt, und zwar in Waco? Olly fuhr oft dorthin, und er konnte sie aufschnappen, was sollte Lasse dann sagen?
Der Koch ist außerdem fast blind, sagte der Cowboy jetzt, but nobody cooks like him.
Lasse holte tief Atem und sah sie vor sich, Samuel und Mindor. Zwei Männer, die so redeten wie die Leute dort, wo Lasse herkam, an der schönen und brutalen Küste von Nordland. Der eine außer sich vor Schmerz. Der andere voller Sorge und Fürsorge.
Mindor und Samuel, einmal ein Vorwand, um über das Meer zu reisen. Einmal eine Hilfe, um einen Platz auf einem Schiff zu kaufen, seht her, wir haben einen Brief mit einer Einladung …
Where do I find two new guys?, überlegte Boss im Morgengrauen. At least one.

Vor seinem inneren Auge meinte Lasse Kjartan Bumarkens Gesicht lächeln zu sehen, ehe es dem von Peder Andersen Platz machte, und auch Peder lächelte – wie war das möglich! Lasse musste schlucken, aber Peder lächelte, und Lasse wollte weinen, nur konnte er das jetzt nicht.
You don't sack the best of cooks because his eyes are gettin' bad, but he sure needs some help to find the salt, sagte der Anführer der Cowboys.
Und dann war Olly da, vor Lasses innerem Auge, der Mann, der ihn zum Schwiegersohn wollte. Neben ihm lief Gerda Joelyn über den Hofplatz, um Eier zu sammeln. Hinter ihrem Rücken funkelte Moules Messer.
I go with you, sagte Lasse, plötzlich außer Atem.
Der Cowboy musterte ihn mit ausdrucksloser Miene.
Thought you might, sagte er.
You just use the other's gear, sagte er.

Als die Sonne auf das Land um Clifton, Norse und Norway Mills schien, saß Les Spring auf einer graugescheckten Stute in einem geliehenen Sattel mit einem Seil um das Sattelhorn, um entlaufene Tiere einzufangen. Und so war er auch zum letzten Mal zu Ollys Farm gekommen, in der dunklen Nacht vor diesem Tag: auf einem geliehenen Pferd. Es gab nur eins, was er dort holen musste, die Posaune. Den Rest hatte er in der blauen Kammer liegen lassen. Sie hatten ihm ja doch nie gehört, die Taschen mit Seide und Uhr, mit Baumwollstoffen, Rasiermesser und einem kleinen Spiegel. Auch die Geige hatte ihm nicht gehört, also ließ er auch sie zurück, zusammen mit Simeons Ochsen und dem Wagen. Auf diese Weise konnte er Olly Ockerman und dessen Familie für Aufenthalt und Freundlichkeit danken, dachte er, und zudem um Entschuldigung bitten, weil er wegging, ohne sich zu verabschieden.
Mit der Posaune auf dem Rücken war er zur Herde zurückgeritten. Die Männer hatten beim Anblick seines Gepäcks gelä-

chelt. Boss hatte das Mundstück herausgerissen und in die Tasche gesteckt.
Was hast du denn vor!, hatte er geschimpft. Willst du die Tiere hochjagen?
Jetzt waren sie auf dem Weg, und die Posaune lag hinten im Wagen, zusammen mit Deckenrollen, Gewehren und anderen Dingen, dazu einer Tasche, wie er unmittelbar vor dem Aufbruch gesehen hatte, einer Tasche, die denen, die er auf der Farm zurückgelassen hatte, zum Verwechseln ähnlich sah.
Nein, er vermisste den Klang der Posaune durchaus nicht, als das Pferd ihn weitertrug, sein Körper war erfüllt von jubelnden Tönen der Freiheit und der Freude.

The Future Voice

In Minneapolis stand Madam Brenda in einem ihrer Zimmer am Fenster und las einen Brief. Er stammte von einem Geistlichen in Brooklyn, einem, dessen Namen die Diakonisse ihr genannt hatte. Sie hatte den Brief schon vor mehr als zwei Jahren erhalten, und es hatte arg auf ihr gelastet, dass sie den Inhalt noch immer nicht an die weitergegeben hatte, der er galt. Aber der Inhalt war leer, da der Geistliche keinen Lazarus Aronsen kannte. Immerhin hatte er versprochen, sich umzuhören. Und Letzteres hatte die Madam denken lassen, dass es nicht eilte.

Sie stand im Duft der Pflaumenpai, der aus der Küche sickerte. Und sie dachte an Männer.

Ein Rudel brünstiger Tiere, dachte sie. Wie Hunde, die Ohren an den Kopf geklebt, die starren Blicke triefend vor Gier. Sie können sicher nichts dafür, dachte sie weiter, denn sie werden von ihren Trieben gelenkt. Auf diese Weise werden sie zu Kriechtieren oder zu Kaisern, je nachdem, wie weit und mit wem sie diese Triebe befriedigen können.

Als junge Frau hatte Brenda Männer zu Königen gemacht. Sie hatte sie mit den Worten erhoben, nach denen sie gelechzt hatten, hatte ihnen gegeben, was sie haben wollten. Und war selbst klein geworden. Schmutzig. Und außerdem gehasst von den wenigen verheirateten Frauen, die damals in Chicago gelebt hatten.

Aber Männer waren doch viel mehr als das, das wusste sie auch. Sie waren treu und zuverlässig. Sie konnten Poesie lieben. Sie konnten kühn, klug, schön sein …

Samson Abrahamson Eagle hatte diese besten Eigenschaften,

glaubte Brenda. Dass er schön war, konnten alle sehen, mit seinen wogenden Haaren und seinem festen, willensstarken Gesicht. Und seine Fähigkeit zur Treue zeigte er durch seine Fähigkeit zu warten. Und das war noch ein Grund, aus dem die alternde Frau in Minneapolis nicht nach Norden gefahren war, um seiner Hausmagd einen Brief zu zeigen. Denn wenn Agnes nichts hörte, würde sie diesen Lazarus wohl vergessen können, und dann würde sie den Mann in ihrer Nähe doch entdecken …

Hatte sie das vielleicht schon getan? Hatten sie vielleicht geheiratet, die beiden in Alexandria, ohne dass Brenda es wusste?

Und die Madam beschloss aufzubrechen, um festzustellen, wie die beiden lebten, und um den Brief vielleicht zu zeigen.

Es regnete draußen vor dem Zugfenster, als die Lokomotive den Wagenzug gen Norden in Bewegung setzte. Dahinter saß Brenda in einem Mantel und einem dunkelblauen Reiseturban. Neben sich auf der Bank hatte sie einen Korb mit Pais und eine in Wolle gewickelte Flasche voll Tee. Rebecca hatte außerdem eine große Serviette beigelegt, die konnte die Mutter sich über die Knie breiten. Und die alte Frau dachte an die Liebe, während sie ihren Proviant genoss und ihren Blick über regennasse Felder und triefende Bäume schweifen ließ. Es waren Gedanken, die sie schon früher gedacht hatte. Es waren Gedanken, die im Kreis krochen oder einander gegen das Knie traten. Denn hatte sie sich nicht selbst von Michel Mandel umwerben lassen, während sie im tiefsten Herzen einen anderen geliebt hatte? Hatte sie trotz dieses anderen Mandel nicht so liebgewonnen, dass sie sich freudig mit ihm hatte trauen lassen? Daraus schloss sie, dass der Mensch in seiner Liebesfähigkeit anpassungsfähig war und dass Agnes mit Samson leben könnte, auch wenn sie im tiefsten Herzen an einen anderen dachte. Denn die Gefühle in der Tiefe können in einem Schlummerzustand verweilen, dachte sie, und den Alltag nicht stören. Wenn Agnes' Geliebter nicht mehr lebte, würde sie doch ein reiches Leben führen können, auch wenn sie nie von Schicksal und Ende des anderen erführe. Andererseits war Mandel ihrer selbst wohl nie würdig gewesen. Während Samson auf ganz andere Weise tatkräftig war …

Sie sahen aus wie eine richtige Familie. Samson saß am Tischende, Agnes rechts und Brenda links an diesem Tag. Dann kamen die Mädchen, sauber und wohlerzogen unter Agnes' sanftem Blick, und am anderen Ende der alte Iglemyr. Das Dienstmädchen brachte das Essen, und nichts ließ vermuten, dass Agnes etwas anderes wäre als die Hausfrau.

Aber Brenda sah keine Ringe. Und unter Herrn Eagles Freundlichkeit verbarg sich ein Kummer. Sie war zudem nicht mehr so geräuschvoll wie früher, seine Freundlichkeit. Zugleich aber spürte die Besucherin wie schon früher das starke Verständnis zwischen den beiden Erwachsenen. Immer wieder wechselten sie Blicke. Wie etwa, wenn Iglemyr rülpste und wenn Molly mit klarer deutlicher Stimme das Tischgebet gesprochen hatte. Und diese Blicke zeugten von gemeinsamem Stolz und gemeinsamer Verärgerung.

Agnes wurde von Hoffnung erfüllt, als Madam Brenda ihren Besuch ankündigte. Denn sie hatte sich so lange nicht gemeldet, und wenn sie das nun plötzlich tat, musste es doch bedeuten, dass der Gast endlich etwas zu berichten hatte.

Aber das hatte Madam Brenda nicht.

Dann hätte sie auch zu Hause bleiben können, dachte Agnes. Es war Brendas zweiter Tag im Haus, und zum ersten Mal konnten die beiden Frauen unter vier Augen miteinander sprechen. Agnes hackte auf einem Brettchen Zwiebeln und seufzte. Bald weinte sie dann noch dazu, wegen der Zwiebeln oder der fehlenden guten Nachrichten.

Aber niemand möchte doch einem Traum nachhängen und darüber krank werden und verwelken, sagte die Alte sanft.
Agnes blinzelte. Die Tränen flossen.
Die Ehe sei eine nützliche Einrichtung in einer Welt, die Vernunft und keine Träumereien verlangte, sagte Brenda. Und dann müsse man doch wohl das Beste nehmen, was zur Hand sei?
Agnes sah sie aus roten Augen an.
Die Liebe kommt schon noch, versprach die andere. Wenn Mann und Frau zusammenwachsen.
Agnes kniff die Augen zusammen, sie sah mitten durch sie hindurch, fühlte Brenda, als sehe sie Mandel, den Selbstgerechten, und dahinter einen anderen.
Vielleicht nennt er sich ja anders, seufzte Agnes über Lazarus.
Brenda zögerte, dieser Gedanke war ihr auch schon gekommen.
Lasse vielleicht, sagte Agnes. Die Klavierlehrerin der Mädchen war in New York einem Lasse begegnet.
Lasse, dachte die Besucherin plötzlich, und dieser Gedanke war wie eine Erschütterung, denn Sols Les, hatte er sich nicht so genannt? Aber konnte es derselbe sein? Er war nach Texas verschwunden, hatte die Diakonisse Sol mitgeteilt.
Ich habe selbst geschrieben, erzählte Agnes. Weil ich nichts von dir gehört habe.
Ach?
Ja. An die Kneipe von Stavanger-Larsen, dort in Brooklyn.
Ach? Hast du Antwort bekommen?
Ja. Aber der Wirt konnte sich nur an einen erinnern, auf den die Beschreibung passte. Er kam auch aus dem Norden der alten Heimat. Aber er war nicht allein in die Staaten gekommen, er war mit einem Bruder oder Halbbruder zusammen gewesen. Und er hatte Red Hook verlassen, es war also unmöglich, ihn zu fragen, ob er mich kennt. Außerdem hatte Lasse keinen Bruder oder Halbruder, seufzte Agnes. Er hatte niemanden.
Und Brenda schluckte.

In dieser Nacht träumte sie von Hølje. Sie träumte, dass er sie auf dem Weg zu den Goldfeldern unter dem Planwagen nahm, dass er sie in seinem Traum nahm, bis er verwirrt und vielleicht schuldbewusst aufwachte und sie sich schlafend stellte. Und sie sah, wie er mit einem Fuß auf einem Stein dastand und fidelte, gekleidet in eine norwegische Trachtenjacke. Sie hörte sogar die Klänge, es waren dieselben wie die der kleinen Spieldose, die Les Spring ihnen geschenkt hatte. Und offenbar hatten die sie geweckt, wenn es nicht ihr eigener Schrei gewesen war, denn sie schrie.

Nein!, rief sie.

Dann döste sie wieder ein und war wieder bei Hølje; diesmal hielt sie ihn in den Armen, wie in dem Augenblick, als er sein Leben verloren hatte. Auf einem Bahnhof war das passiert, in Madison, Wisconsin. Er war aus dem Krieg heimgekehrt. Er hatte sie auf sich zukommen sehen. Er hatte ihren Namen gerufen. Sie war ihm entgegengelaufen. Einen einzigen Augenblick hatten sie bekommen, dort im Staub, und beide hatten gewusst … Später war sie zurückgetreten, hatte Fremde den verwundeten Soldaten nach Hause bringen lassen, denn es gab eine andere, die sich von nun an Hølje Tinns Witwe nennen durfte.

Hast du gerufen, Brenda? Stimmt etwas nicht?

Es war Agnes. Sie stand mit einer Kerze in der Hand in der Türöffnung.

Nein, murmelte Brenda. Alles in Ordnung. Aber danke …

Doch etwas stimmte nicht. Brenda wusste das trotz ihrer Benommenheit. Es ging um Liebe.

Und Agnes ging zurück in ihre eigene Kammer, blies die Kerze aus und ging zu Bett. Sie sah vor sich Lasse in einem Ruderboot, das mit frisch gemähtem Gras gefüllt war. Sie sah seine Hände an den Rudern. Sie sah seine Augen, blank wie das Meer selbst, wie damals, als er sich auf dem Felsen über sie gebeugt und sie sich zum ersten Mal geküsst hatten, zum ersten Mal im Leben, zuerst zitternd behutsam, ehe es durstiger wurde, gieriger, ehe sie sich am Ende voneinander losrissen und er strahlend und verwundert gelacht hatte.

Dann war für Agnes der Alltag wieder da. Er war voller Farben. Draußen war der Himmel grau, aber drinnen waren die Farben rot und blau, gelb und grün, an den Fäden, die sie auf dem Webstuhl der verstorbenen Laura hin- und herlaufen ließ. Sie webte Stoff für dicke Jacken, und sie sah gern zu, wie der Stoff wuchs und das Muster erkennbar wurde. Jennifer sollte einen roten Vogel mit gelbem Schnabel auf der Brust haben, der in einen blauen Himmel flog. Molly bekam Blumen.
An den ersten Tagen nach Madam Brendas Besuch saß sie stumm bei der Arbeit, aber bald war sie wieder wie sonst, eine, die summte. Und etwas in Samson löste sich, als glaubte er, sie sei näher, wenn sie munter summen konnte.
Sie liebte einen anderen. Noch glaubte Samson, dieser andere sei der Mann, mit dem sie verlobt gewesen und der gestorben war. Deshalb konnte er denken, dass ihre Seele noch immer im Land der Mitternachtssonne weilte. Das machte ihn so hilflos, denn mit einem Toten konnte er nicht kämpfen. Er konnte nur warten, bis die Trauer nachließ und die Seele zurück zum Körper fand, hier in seinem Haus, die ganze Zeit und für immer.
Wenn sie mit den Kindern zusammen war, schien sie anwesend zu sein. Und wenn sie mit dem Dienstmädchen zusammen war. Auch wenn sie abends unter der kleinen Lampe am Kamin saßen, war sie aufmerksam und konzentriert, wenn er sie ansprach. Meistens hatte sie eine Flickarbeit in der Hand, und Samson richtete seinen Blick auf ein Buch oder eine Zeitung, wenn sie nicht beide etwas Kleines nähten, das ein Kunde unbedingt haben wollte. Es kam vor, dass er den Inhalt des Gelesenen mit ihr teilte, und dann konnten sie später

darüber sprechen. Es fiel ihr noch immer schwer, einzelne der komplizierten englischen Wörter zu verstehen, das wusste er, aber wenn ihr der Sinn des Gelesenen aufgegangen war, konnte sie sich eigene Gedanken machen und sich eine Meinung bilden.

Samson war an Frauen mit eigener Meinung gewöhnt; seine Mutter war so eine gewesen, wenngleich sie sich ihrem Mann niemals widersetzt hatte. Auch Laura hatte starrköpfig sein können. Wie bei der Sache mit dem Norwegischen. Das war mit den Jahren schlimmer geworden, als sei das Norwegische wichtiger und wichtiger geworden, je länger es her war, dass ihre Eltern das Meer überquert hatten. Anfangs hatte er sie deshalb zurechtgewiesen. Während ihrer Krankheit hatte er geschwiegen.

Agnes war nicht so, dachte er, trotzig und rückschrittlich. Agnes hörte zu und dachte und kämpfte, um zu begreifen und sich in dem Neuen zurechtzufinden. Agnes war amerikanisch geworden, glaubte Samson, wie er selbst. Aber zugleich spürte er diese Distanz, als sei sie doch anderswo.

Und das tat ihm so weh.

Denn Samson hatte sich verliebt. Anfangs war er das nicht gewesen, da hatte er ihre Anwesenheit als Geschenk des Herrn betrachtet und eine neue Ehe als vernünftiges Unternehmen. In der Zeit nach Brendas Aufforderung, zu warten, hatte er sich Agnes genauer angesehen, und je mehr er gesehen hatte, umso weicher war sein Herz geworden. Da waren die schöne Form ihrer Hände und die kleine Haube, die sie trug. Da war ihr Duft, nach Seife, glaubte er, und nach frischem Gebäck. Vor allem war da ihr Gesicht, mit den blauen Augen und der geraden Nase über einem festen Mund. Es war dieses Ordentliche an ihr, Vernunft und Ernst, und noch mehr der Kontrast, wenn sie plötzlich strahlend lächeln konnte, wenn der Mund nicht mehr gerade war, sondern geschwungen und weich, fast wie der eines Kindes, und wenn ihre Augen funkelten.

Was war denn so großartig an diesem toten Verlobten gewesen, dass sie ihn einfach nicht vergessen konnte?
Samson hatte sich überlegt, dass er ihr Aufmerksamkeit erweisen müsste. Nicht durch Blumen oder Konfekt, sondern durch Dinge, die ihr die Hausarbeit erleichtern würden. Eines Tages brachte er ein Gerät, um Brot zu rösten. Dann verbesserte er den Küchenschrank, und sie bekam eine große Mehlschublade, die sie herausklappen und füllen konnte. Wenn die herausgeklappt war, gab es zudem eine Klappe, die sich über ein Sieb schieben ließ, durch das das Mehl dann hindurchrieselte. Außerdem machte er für alle Bettwärmer. Früher hatten sie in Stoff gewickelte vorgewärmte Steine benutzt. Jetzt ließ er Reifen um die Steine schmieden und verpasste ihnen Handgriffe aus Holz, damit man sich nicht verbrannte, wenn man die Steine von der Feuerstätte zum Bett brachte.
Vor allem das machte Agnes Freude. Und ihm ging auf, dass sie offenbar leicht fror. Dann litt sie vielleicht in den Nächten, wenn es besonders kalt war – und ihn erfüllte die Sehnsucht, sie in den Arm zu nehmen, wenn draußen der Winterwind heulte. Stattdessen besorgte der Schneider ein Stück Wolfspelz und nähte einen Sack für ihre Füße, und ihre Augen wurden blank vor Bewegung.

Aber sie liebte ihn nicht. Und bisweilen fragte sie sich, ob es nicht besser wäre, Samson Abrahamson Eagle zu verlassen und sich anderswo Arbeit zu suchen.
Tu das nicht, sagte der Vater des Mannes.
Was soll ich nicht tun?, fragte Agnes.
Halt meinen Sohn nicht zum Narren!
Ich versteh nicht.
Hat er dir etwa keinen Antrag gemacht und sich ein Vielleicht geholt?
Mir hat er noch nie einen Antrag gemacht, erwiderte Agnes.

Aber Madam Brenda hat so halbwegs etwas in dieser Richtung gesagt, als wir sie vor einigen Jahren in Minneapolis besucht haben …
Ja, und?
Ich habe der Madam eine Antwort gegeben. Und es ist ihre Sache, das weiterzugeben. Später habe ich dann verstanden, dass sie ihn gebeten hatte, sich in Geduld zu fassen.
Agnes ging zum Webstuhl. Abraham Iglemyr ging hinterher.
Das tut er, sagte der Alte, mein Sohn. Jeden Morgen und jeden Abend. Fasst sich immer nur in Geduld.
Agnes stieß heftig das Schiffchen an.
Du weißt, Knute Nelson, sagte der Mann.
Agnes nickte.
Der ist in Voss geboren.
Iglemyr steckte sich eine Pfeife an, ehe er weitersprach.
Als er zur Welt kam, war sein Vater schon übers Meer gezogen. Dann kam die Mutter hinterher, als der Junge einige Jahre alt war. Und sie suchte und suchte. Aber sie fand ihn nie. Denn er war tot.
Agnes schob das Schiffchen in die andere Richtung.
Und wir hatten einen Mann namens Håvard, dort auf der Koshkonong-Prärie. Er war Quäker und kam aus Stavanger. Seine Frau war vor ihm herübergekommen. Und er kam hinterher. Und er suchte und suchte.
Aber sie war tot, sagte Agnes düster.
Schlimmer, sagte Abraham.
Was könnte schlimmer sein?
Sie hatte einen anderen.
Mein Lasse würde niemals eine andere nehmen!, rief Agnes.
Das glaubte Håvard von seiner Elise auch nicht.
Sie war übrigens Madam Brendas Mutter, fügte er hinzu.
Zugleich kniff er die Augen zusammen, wie um etwas in seinem Kopf einzusperren. Agnes' Geheimnis.
Sie hatte Lasses Namen in diesem Haus noch nie zuvor

erwähnt. Sie hatte niemals zugegeben, dass es für sie einen anderen gab als Arnstein aus Svenoset. Sie hatte auch Arnsteins Namen hier in Alexandria nie erwähnt. Also konnte Arnstein doch genauso gut Lasse geheißen haben? Konnte der Alte nicht denken, dass sie über einen Toten sprach, darüber, wie er sich verhalten hätte, als er noch lebte?
Abraham fragte nicht, wen sie gemeint hatte. Er ging hinaus, und sie konnte ihn pfeifen hören.

Agnes wurde nicht schlau aus ihm. Manchmal versuchte er, sich über seinen Sohn lustig zu machen, andere Male verteidigte er ihn. Er beteiligte sich jetzt sogar an der Arbeit. Und er machte sich Sorgen um die vielen Unternehmungen seines Sohnes.
Samson A. Eagle gab jetzt seine eigene Zeitschrift heraus.
Reichen dir Farm und Schneiderpuppe nicht?, schimpfte der Vater immer wieder.
Es gibt so viele wichtige Dinge, die gesagt werden müssen, antwortete der Sohn.
Der Mann hatte sich in dem Anbau mit dem eigenen Eingang Redaktion und Druckerei eingerichtet, das Schneidern fand noch immer im Haupthaus statt. Es gab neue Setzkästen und eine Handpresse, einen Schreibtisch, einen Stuhl und einen Hocker und einen Garderobenständer. Herr Eagle hatte das alles zusammen billig gekauft.
Die Zeitung bestand aus zwei großen Blättern, die gefaltet wurden. Auf diese Weise hatte sie acht Seiten, und die Seitenzahlen standen ganz unten, links, wenn es um die linke Seite ging, und rechts auf einer rechten Seite. Der Redakteur hatte herumexperimentiert und seine Haushälterin und Gehilfin gefragt: Schau her, Agnes, was gefällt dir besser, das in der Mitte oder das andere?
Es war elegant, das fertige Resultat mit den schräggestellten Zahlen. Das heiße *kursiv,* hatte er ihr gesagt. Samson setzte

seine Zeitung, wie er neue Kleider nähte. Mit Phantasie und Mut und mit behutsamer Hand.
Bei seinen früheren Besuchen in anderen Redaktionen hatte er alles so genau beobachtet, dass er wusste, wie die meisten Arbeiten verrichtet wurden. Außerdem hatte der Verkäufer der Druckerei in Minneapolis ihm noch einiges beigebracht. Wenn er trotzdem nicht weiterkam, konnte er bei der *Alexandria Post* vorbeigehen und sie arbeiten sehen und um guten Rat bitten, das wusste er.
Samson hatte sein Wissen mit Agnes geteilt. Er hatte ihr die Kästen mit den Buchstaben gezeigt. Sie standen übereinander, wie in einer Kommode. Oben waren die kleinsten Typen, dann wurden sie immer größer, je näher man dem Boden kam. Die größeren waren für Zwischentitel und die großen für die Überschriften. Die kleinen wurden am häufigsten benutzt, deshalb lagen sie oben und waren am leichtesten zugänglich.
Jeder Setzkasten war in eine Menge Fächer eingeteilt, und in jedem Fach gab es kleine Haufen desselben Buchstabens. Ein Fach enthielt a, ein anderes b. Die Buchstaben standen da wie auf einem Sockel, einem Sockel aus Blei, hatte Samson gesagt, und er hatte ihr gezeigt, wie die Buchstaben mit einem Winkelhaken zusammengefasst werden konnten.
Es gab Platz für fünf oder sechs Zeilen. Und zwischen die Wörter sollten kleine Sockel ohne Buchstaben gesetzt werden, um Zwischenräume zu schaffen. Damit die Zeilen gleich lang waren, mussten die Wörter auf sinnvolle Weise geteilt werden, und vielleicht musste man sie mit noch mehr Blindmaterial, so hießen die kleinen Sockel ohne Buchstaben, füllen. Die Zeilen waren zudem durch dünne Platten voneinander getrennt, wegen des Abstands und damit die Typen fester saßen. Auch diese Platten wurden Blindmaterial genannt.
Agnes gefiel es, die Typen in den Winkelhaken zu setzen, auch wenn ihre Finger dabei trocken und grau wurden. Es gefiel ihr, die englischen Wörter zu formen und sich besser mit ih-

nen bekannt zu machen. Denn die eine Hälfte der Zeitung war auf Englisch, die andere auf Norwegisch. Die Zeitung war nämlich für die Norweger gedacht, sie sollte ihnen den Wechsel in das Neue erleichtern.
Agnes war selbst ein Beispiel dafür, dass das richtig gedacht war. Denn Samson benutzte in einer Nummer gern in beiden Sprachen dieselben Wörter und Ausdrücke, so dass er Wissen verbreitete, ohne belehrend zu wirken, und immer wieder lernte Agnes neue Wörter, die sie dann auch zu benutzen wagte.
Oft diktierte er ihr zudem, so dass sie die Aussprache hörte. Und es war leichter, in der Druckerei zusammen zu sein, wo sie beide in die Arbeit vertieft waren und sich alle Mühe gaben, um sie gut und richtig zu machen. Samson schickte ihr dort nicht diese Blicke, wie er es draußen manchmal tat, auf dem Hofplatz oder dem Feld oder im Obstgarten. Es waren Blicke voller Seufzen und Gejammer, bohrende Blicke, die versuchten, sie an sich zu ziehen. Das tat weh. Und sie ärgerte sich darüber. Und deshalb wogte es in ihr immer zwischen Unwillen und Wohlwollen und Misstrauen dem Mann gegenüber hin und her.
Wenn sie von Zuneigung erfüllt wurde, zwang sie sich, an weniger angenehme Augenblicke zu denken, wie an die Lesung aus *Albertine* damals in Minneapolis. Wenn sie daran dachte, konnte sie ihn fast hassen. Aber wenn sie ihn in Gedanken gerade verhöhnt oder getadelt hatte, dann ging ihr wieder auf, dass Samson A. Eagle ein sehr guter Mensch war.
Als Autor aber war er oft überschwenglich selbstgerecht.
Und so konnte sie über ihn zu Gericht sitzen und ihn wegen seiner pompösen Art und manchmal wegen seiner trockenen Sprache tadeln und dann wieder wegen seiner zu verschnörkelten Sätze mit dem zu vagen Inhalt. So war es immer: Zuerst arbeitete sie sich durch seine handschriftlichen Wörter hindurch, griff nach den Typen im Setzkasten, während sie in ih-

ren Gedanken nach dem Sinn griff. Manchmal war der schwerer zu finden als sonst, und anfangs glaubte sie, es liege daran, dass sie selbst Schwierigkeiten hatte. Aber wenn sie dann endlich begriff, fand sie, er brauche zu viele Wörter, wodurch die Wörter der Botschaft den Weg versperrten. Später zerbrach sie sich den Kopf über den Inhalt seiner Behauptungen. Er schrieb zum Beispiel über die Eisenbahn. »Wie Blutadern, die funkelnden Schienen«, so begann ein Abschnitt. Dann folgte ein wenig Gerede darüber, wie alles früher gewesen war, vor dreißig Jahren, vor fünfzig, als die Menschen von den leichten Booten der Indianer abhängig gewesen waren, um sich von einem Ort zum anderen zu bewegen.

Unsinn, dachte Agnes über die Sache mit den Eisenbahnschienen. Denn es war doch wohl die Aufgabe von Adern, Blut durch den Körper zu tragen, deshalb mussten sie doch etwas *enthalten,* und konnten Schienen das? Durchaus nicht. Sie lagen nur auf dem Boden, als Unterlage für etwas anderes. Wie ein mit Gras bewachsener, sandiger Pfad eine Unterlage war, über die man einen Karren ziehen konnte. Statt einer Karre kam der Zug. Der Zug konnte mit Menschen und Getreide gefüllt werden, so wie die Karre mit pottery oder Kerosinlampen gefüllt gewesen war. Wie das Blut in den Adern. Und Agnes hatte Lust, das alles zu ändern.

Es blieb bei der Lust, aber sie freute sich, wenn sie in Samsons Texten solche Entdeckungen machte. Er mochte so tüchtig sein, wie er nur wollte, er konnte sich trotzdem irren. Zufrieden arbeitete sie weiter und setzte Wörter wie »Geduld« in den Winkelhaken, wenn sie in Samsons Manuskript standen. Denn den Eisenbahngesellschaften musste man mit Geduld gegenübertreten und nicht mit Forderungen, und was wusste denn der kleine Mann in Minnesota und Dakota darüber, wie schwer es war, Kapital zu sammeln?

Das richtet sich gegen die Populisten, erklärte er ihr.

Ach, sagte Agnes.

Das ist die dritte Partei, erklärte Samson. Nach Republikanern und Demokraten. Früher hießen sie anders. Sie haben schon zweimal ihren Namen geändert.
Ach was, sagte Agnes.
Sie streiken gern, sagte der Mann.
Ach?
Das bedeutet, dass die Leute aufhören zu arbeiten. Ja, natürlich nicht die Farmer, aber die anderen, solche, die in Bergwerken oder Fabriken arbeiten. Die populistischen Farmer unterstützen die Streikenden.
Auch wenn sie nichts damit zu tun haben?, fragte Agnes.
Ganz recht.
Ganz recht!, wiederholte Samson begeistert. Da hast du mich auf die Spur zu einer Argumentation gebracht!
Und er fing an, neue Sätze zu formen, darüber, sich mit Dingen zu beschäftigen, die einen nichts angehen, denn was wussten die Bauern im Mittleren Westen denn schon über die Bergwerke in Pennsylvania? Sie hatten ja wohl noch nie einen Fuß in eins gesetzt …
Der Zeitungsschreiber musste im Konversationslexikon nachschlagen, um ein passendes Wort zu finden, ein Wort für Aufenthaltsorte im Berginneren; dieser Artikel war für den norwegischen Teil der Zeitung bestimmt.
Vor Ort! Was wissen wohl Bauern über die Zustände vor Ort! Die haben doch keine Ahnung, was das für ein Ort sein kann!
Samson grinste.
Hast du das verstanden?
Agnes nickte. Sie setzte in solchen Augenblicken nach Diktat. Und für einen Moment ließ sie sich von der Freude des Mannes über die verschiedenen Bedeutungen des Wortes »Ort« mitreißen. In der gemeinsamen Freude berührte er aus Versehen ihren Arm, und sie erstarrte.
Und das tat weh, denn sie konnte den Kummer in seinem Blick ja nicht übersehen. In der ersten Zeit war es anders ge-

wesen. Da hatte er wohl nicht bemerkt, dass sie erstarrte und gern zurückgewichen wäre, aber jetzt bemerkte er das. Und deshalb überlegte sie sich die Sache anders und sagte nein zu einer Anfrage, zu der sie schon ja gesagt hatte – er hatte sie gebeten, ihn auf ein Fest bei einem gewissen von Bumbach zu begleiten, um in geselliger Runde die politischen Herausforderungen der Zeit zu erörtern.

Samson hatte ihr ein neues Kleid genäht, schlichter als das andere, er hatte es nach den Maßen des ersten und ohne ihr Wissen gemacht. Außerdem hatte er ihr einen neuen wunderschönen Hut geschenkt.

Aber nun begriff sie, dass sie zu Hause bleiben musste, denn sie sahen sie doch an, die anderen Frauen. Und auch wenn alle zu den Republikanern gehörten und die Versammlung fast als Wahlveranstaltung bezeichnet werden konnte, so musterten sie Agnes doch vorwurfsvoll.

Dann kamen Samsons Brüder.

Eines Tages waren sie da, Thomas und David, jeder auf seiner Schindmähre, und Konrad auf einem windschiefen Karren hinter zwei mageren Ochsen. Im Wagen saßen Davids Frau und deren Schwester zusammen mit Davids zwei kleinen Kindern, die im Abstand von zehn Monaten geboren worden waren. Abgesehen von Konrad, der dunkel war, ließ die bunte Gesellschaft Agnes an den Geruch von Stoppelfeldern und schweißnasser Erntearbeit denken. Ihre Haare waren wie trockenes Stroh, verstaubt und gelbgrau und ausgedörrt, und darin hingen Grashalme nach auf den Feldern verbrachten Nächten. Die Kinder ähnelten den Erwachsenen, als sie herumkrabbelten und herumstapften, kleine Wichte mit strohgelben Haarbüscheln auf dem Kopf; es waren zwei Jungen, und beide hießen Dave. Außerdem jammerten und weinten sie so sehr, dass Agnes das Herz weh tat.

Schon in einigen Tagen wollten sie weiter, hieß es, sie könnten

überall schlafen und hätten zudem ein Zelt bei sich, das würden sie auf Samsons Land aufbauen, wenn er sie nicht im Haus unterbringen könnte.
Agnes befahl dem Dienstmädchen und den Kindern, ein Lamm zu schlachten, Wasser zu holen, eine Schlafstätte für Frauen und Kinder zurechtzumachen.
Wie eine Zigeunersippe, dachte sie. Ob die auf irgendeinen Markt wollten?
Nein, sie waren unterwegs zu einer Kundgebung in Duluth. Der Anführer der Populisten würde sprechen, sie wollten zuhören und ihm zujubeln.
Eine Kundgebung für die Populisten?, fragte Samson erbost.
Für wen sonst?
Vater Abraham grinste in seinen Bart.
Heute Abend wird es lustig, murmelte er Agnes zu, als sie ihm Lamm vorlegte. Das kannst du mir glauben.
Die Gäste aßen, dass Gesichter und Finger nur so glänzten.
Jetzt pass mal auf, flüsterte der Alte, als Agnes eine neue Portion brachte; seine Augen glänzten schon vom Schnaps.
Dann hob er die Stimme, damit alle es hören konnten.
Lest ihr denn die *Stimme der Zukunft?*, rief er. *The Future Voice?*
Hä?, fragten die Gäste zurück.
Wisst ihr nicht einmal, dass euer belesener Bruder diese Zeitschrift herausgibt?, fragte der Vater mit einer Stimme, die plötzlich vorwurfsvoll klang, ob echt oder aufgesetzt.
Eine Zeitschrift?
Acht große Seiten alle zwei Wochen. Es gibt schon überall Abonnenten; wie viele sind es jetzt, Samson?
Hundertachtzig.
In St. Paul und Minneapolis und hier und sogar einige in Wisconsin. Und jeden Monat werden es mehr, oder nicht?
Doch, Vater.
Also könntet ihr ihn doch bitten, einen Artikel über eure po-

pulistische Bauernpartei zu veröffentlichen, schlug der alte Iglemyr vor.
Tja, hieß es nachdenklich. Sie seien ja eigentlich keine Schreiber, aber … wenn sie nun ihre Meinung sagten, und Samson schrieb?
Wann kann die Zeitung fertig sein?, fragte Thomas. Können wir heute Nacht eine drucken?
Nein, sagte Samson.
Why not?
Weil meine Zeitschrift kein populistisches Organ ist. Sie hebt sich zumeist über das Alltägliche und bringt Kommentare über die geistigen Auseinandersetzungen der Menschen.
Die Auseinandersetzungen der Menschen, wiederholte David, über die wollen wir doch berichten!
Genau!, rief Thomas.
Sie hatten Ähnlichkeit miteinander, diese beiden, untersetzt, mit platten Nasen und zerzaustem Bart.
Ich rede hier vom Geistigen, korrigierte Samson. Vom Geiste Bjørnsons und Kristoffer Jansons.
Agnes sah ihn verwundert an. In seinen Artikeln hatte er Janson oder Bjørnson nie erwähnt.
Wenn ich mich mit Politik beschäftige, dann vermittele ich zudem die Botschaft der Republikaner, fügte Samson hinzu. Populismus ist unreifer Protest.
Er ist ein Notruf, schrie Konrad.
Denn wurden wir nicht aufgefordert to go west?, rief David. Von den Herren in Washington. Gab es nicht einen Kampf um Oregon? Wenn wir das Territorium besiedelten, sollte es uns gehören, wenn aber die Briten …
Es geschieht ja wohl auf eigene Verantwortung, wo ein Mann seinen Claim absteckt oder Land kauft, wandte Samson ein.
Wir sind der Aufforderung gefolgt, sagte Thomas ernst. Zu Hunderten und Tausenden haben wir Minnesota und die Dakotas gefüllt …

Seit wann gehört Dakota denn zu Oregon?, fragte Samson.
Tatsache ist, dass wir hungern!, rief David. Im vorigen Jahr kamen die Heuschrecken.
Ja, seufzten die Frauen. Im vorigen Jahr kamen die Heuschrecken.
Und sie sprangen auf, wie um Zeugnis abzulegen. In ihrer Aufregung vergaßen sie die Kinder, die sie auf dem Schoß hatten, Agnes rettete das eine und Jennifer das andere vor dem Fall. Dann standen sie da, die beiden mageren Frauen, die Tücher waren auf ihre Schultern gerutscht, Tücher mit zerfransten Ecken, und die Haut war entstellt von trockenen Krusten, und sie waren schmutzig, als hätten die Heuschrecken zu allem Überfluss noch draußen auf der Prärie den Brunnen geleert und die Stangenseife gefressen.
Auch David war aufgestanden, und seine Augen wirkten jetzt wie von einem tieferen Blau. Mit müder Geste zeichnete er ein Bild frisch gerodeten Ackerlandes.
Hier stehe ich, sagte er. Und ich habe gehackt und gerodet, gepflügt und gesät.
Die beiden Frauen nickten. Ihre Gesichter waren jetzt fester, auch wenn ihre Hände weiterhin schlaff nach unten hingen.
Saftig grüne Keime, sagte David. Und du träumst vom ersten Gras auf der Prärie, von dem wir alle gehört haben und von dem wir alle träumen … und das Vater gesehen hat …
Das aber nie wieder zurückkommt, sagte seine Frau. Denn nach der ersten Mahd …
Kam nur noch büschelweise Büffelgras, fiel ihre Schwägerin ihr ins Wort.
Saftig grüne Keime, wiederholte David, die wuchsen, die gen Himmel stiegen, die ihre Farbe änderten, die mächtig Ernte geben würden …
Wenn nicht die Heuschrecken …, sagte seine Frau.
Die kamen wie eine Wolke, sagte David.
Er schaute auf und ging dabei halbwegs in die Hocke. Er

schaute verängstigt zum Himmel hoch, und Agnes wurde von Mitleid erfüllt, denn sie sah ihn vor sich, den Schwarm aus graugrünen Insekten, auch wenn sie selbst nie eine solche Wolke gesehen hatte.
Er hätte weiterziehen können, sagte David müde. Aber der Schwarm landete bei mir. Und ich hörte sie fressen. Meine Gerste, meinen Weizen. Sollte ich Gott anklagen, der die Heuschrecken geschaffen hat? Sollte ich den anklagen, der sie nicht weiterschickte, zum Schotten Mickey MacKenzie? Sollte ich Mickey solches Übel wünschen? Er brachte Whiskey, als es geschehen war. Dann saßen wir auf einem Brett und schauten auf die Reste, und dabei tranken wir.
Er verstummte wie bei der Erinnerung an den Geschmack des Whiskeys.
Außerdem war da die Seuche, rief die Schwägerin und sah ihren Mann an, wie um ihn zum Weiterreden zu bringen.
Ja, die Seuche, wiederholte David und richtete sich wieder gerade auf. Die hat aus uns Ähren im Sturm gemacht.
Oder vielleicht eher Laub, korrigierte er sich, das weggerissen werden konnte. Das mit dem Kind war das Schlimmste. Dem ältesten. Wir dachten, er müsse sterben. Gleichzeitig wurde ein neues geboren. Wir glaubten, Gott habe uns einen neuen Jungen geschenkt, weil er den ersten für sich haben wollte.
Die Frauen griffen nach den Kindern und drückten sie an sich.
Esst jetzt, rief Agnes, als sei sie hier die Hausfrau.
David und die Frauen hatten sich wieder gesetzt. Agnes schenkte die Becher wieder voll. Und sie aßen und tranken.
Und da müssen wir doch in die Fortschrittspartei der Farmer eintreten, sagte Thomas nach einer Weile. Dann hätten wir größere Sicherheit.
Du meinst, eine Versicherung, korrigierte Samson. So heißt das. Habt ihr keine Kirche da in der Prärie?
Doch. So eine Art. Ein ziemlich kleines Haus.
Dann muss die Gemeinde sich zu einer Versicherung zusam-

mentun, sagte Samson. Man kann das Geld im Voraus bezahlen oder gemeinsame Verantwortlichkeit garantieren, falls etwas passiert.
Wir haben nichts, was wir in eine gemeinsame Kasse legen könnten, sagte David. Und nach einem solchen Unglück haben wir erst recht nichts mehr.
Niemand hat uns geholfen, sagte seine Frau; sie hieß Pale.
Nur Mickey MacKenzie, sagte David. Er hat Whiskey gebracht. Und einen kleinen Topf mit Wintergetreide. Anders als die Herren in Washington mit ihren glänzenden Wagen und Monokeln!
Die Indianer kriegen was!, sagte Konrad. Die Indianer kriegen tonnenweise Geld.
Das liegt ja wohl daran, dass sie ein Geschäft abgeschlossen haben, sagte der Gastgeber. Sie haben Land abgetreten. Und was ist an einem Monokel auszusetzen?
Das Salz kriegen die Indianer in Tonnen, berichtigte Thomas Konrad. Und Perlen und Decken. Das Geld wird in Kisten geliefert.
Ihr habt das ja wohl nicht gesehen, seufzte Samson.
Wir haben die Heuschrecken gesehen, sagte Thomas düster. Und wir haben gesehen, dass die Republikaner nicht helfen.
Der Wortwechsel kam zum Erliegen. Die Reisenden wirkten müde.
Dann gingen sie schlafen, während Agnes und das Dienstmädchen aufräumten und für den nächsten Morgen Teig ansetzten. Ehe es hell wurde, waren sie wieder auf den Beinen und buken Brot und butterten. Und Agnes dachte nur Gutes über diese armen Menschen, die so viel verloren hatten. Sie wollte ihnen bei ihrem Aufbruch reichlich Wegzehrung mitgeben, und sie suchte einige abgelegte Kleidungsstücke von Jennifer und Molly heraus, die die Frauen für ihre Kinder haben könnten.

Dann waren sie fort, und Samson erwähnte den Besuch mit keinem Wort. Stattdessen schrieb er in seiner Zeitung einen Artikel über die griechischen Philosophen.
Kannst du das heute Nachmittag setzen?, fragte er Agnes.
Ich muss Kürbisse einlegen, antwortete sie.
Die Brüder wollten wissen, wann ihr heiratet, erzählte Abraham Agnes.
Ach was, murmelte sie.
Willst du wissen, was er geantwortet hat?, fragte der Alte.
Agnes schwieg, sie legte Kürbisse ein.
Iglemyr sagte es ihr trotzdem: Demnächst, hat Samson gesagt.
Nur, damit du's weißt.
Dass ihr jetzt als Verlobte geltet, fügte er noch hinzu.

Nach zehn, zwölf Tagen waren sie wieder da, die, die in Duluth gewesen waren. Und sie waren wie ausgewechselt. Die traurige Stimmung war verflogen, sie jubelten und riefen, die Männer hatten noch dazu neue Halstücher in leuchtenden Farben. Keine Hand hing noch schlaff nach unten, niemand redete von Heuschrecken. Sie redeten darüber, wie viele sie gewesen waren, mehrere hundert, vielleicht tausend. Wie eine große Familie waren sie gewesen, eine Menge Menschen, die einander verstanden.
Sieh an, sagte Samson.
So much for die Republikaner, lachten seine Brüder. Die werden jetzt vom Platz gefegt. Zusammen mit den Demokraten!
Ach was, sagte Samson.
Du verstehst das nicht, du, Mister Eagle, grinste Konrad mutig.
Wie der Adler, der unter den Wolken schwebt, lachte David.
Während die Iglemyrs auf dem Boden leben und sehen, was vor sich geht, sagte Thomas.
Agnes sah erst den einen und dann den anderen der beiden an, die sich da über ihren Bruder lustig machten. Lag es daran,

dass er seinen Namen geändert hatte? Nicht nur, ging ihr auf. Es ging um die Bildung.
Und sie zogen immer weiter über die beiden alten Parteien her. Gelenkt von den Geldhaien, sagten sie. Plantagengeld oder Fabrikgeld, spielt das eine Rolle? Wir müssen jetzt vorangehen! Zum Besten des kleinen Mannes.
Voran, wiederholten die Frauen mit leuchtendem Blick.
Man muss nach Gruppen organisieren, sagte Thomas, und Forderungen stellen. Die Farmer in ihrer Gruppe, die Bergarbeiter in einer anderen …
Jaja, sagte Samson.
Und die Eisenbahn dahin bringen, wo die Leute mit ihrem Getreide wohnen. Mit guten Silos!
Die Eisenbahn müsste dem Staat gehören, meinte David. Dann würden uns Gier und Betrug erspart bleiben.
Das habe ich zweimal erlebt, erklärte David. Zwei Mal!
Das hat er auch bei der Kundgebung gesagt, rief Konrad stolz. Und alle konnten es hören.
Dass es einen Eisenbahnplan gab, sagte jetzt David, und dass ich mir Land unmittelbar bei einer auf den Karten eingetragenen Bahnhofsstadt gekauft habe. Dann wurden die Zeichnungen geändert, in einem Büro an der Ostküste.
Vielleicht in Boston, sagte Konrad.
Die Striche auf der Karte wurden ausgewischt, dort in Boston, und wir hier im Westen haben das nicht erfahren, und ein Kerl von der Ostküste hat eine Menge Land gekauft, ohne dass irgendwer begriffen hätte, was er damit wollte.
Fast gratis, sagte Konrad.
Und genau da wurde nämlich diese neue Stadt angelegt, sagte David.
Das ist nicht gut, sagte Samson.
Zwei Mal, wiederholte David.
Absolut nicht gut, sagte der Republikaner Samson. Man müsste eine Untersuchung verlangen. Man sollte doch mei-

nem, dass eine Kontrollinstanz eingerichtet werden kann, vielleicht eine Kommission, die zustimmen muss, und wenn dann eine Zeichnung auf einer Karte …
Sie muss dem Staat gehören, sagte Thomas.
Aber das ist Kommunismus!, rief Samson.
So what, sagte Thomas kühn.
Die Populisten sind doch wohl nicht zu Kommunisten geworden, dort in Duluth?, fragte Samson.
Nisten, Mister, Kisten, lachten die Frauen.
Du mit deinen feinen Wörtern, spottete Thomas.
Eine Menge großartiger Leute in Duluth, sagte David. Wenn die Kommunisten staatliche Eisenbahnen wollen, dann bin ich Kommunist.
Abermals saßen sie bei Samson zu Tisch. Und sie verzehrten sein Schwein. In Agnes kochte die Empörung, denn sie benahmen sich nicht gut, diese Menschen, die hier so gierig zugriffen.
Und jetzt will er also heiraten, spottete Konrad weiter. Aber hat er auch geworben?
Agnes sah, dass Samson rot und danach bleich wurde.
Er weiß nicht einmal, dass sie einen anderen liebt, rief der Jüngste. Einen, der lebt und Lasse heißt. Aber das hat sie Vater anvertraut …
Sei jetzt still, verbot Agnes ihm den Mund.
Schämt euch, sagte sie dann mit zitternder Stimme. Herkommen! Hier sitzen! Neid, mehr sehen wir nicht. Auf das Wissen! Den Verstand! Hättet ihr nicht selbst auf die Albion gehen können? Hat er euch vielleicht den Platz dort gestohlen? Nicht euer Vater hat ihm die Schule bezahlt.
Doch, hat er wohl, widersprach Thomas kleinlaut.
Ein kleines Darlehen, sagte Agnes – das hatte die selige Laura verteilt. Samson erhielt ein kleines Darlehen auf Druck der Mutter und gegen den Willen des Vaters, und das Geld ist längst zurückgezahlt. Und ansonsten hat er sich durch Näh-

arbeiten ernährt. Er hat für einen seiner Lehrer einen grau-gestreiften Anzug genäht und einen schwarzen für einen Pastor …
Sie sahen sie an, blauäugig, großäugig.

Also musste es doch stimmen, das wussten die Brüder und ihre Frauen jetzt. Denn eine Dienstbotin verhielt sich ja wohl nicht wie die Hausfrau, wenn sie das nicht bald sein würde. Und alles hatte sie gewusst, über Darlehen und Näharbeiten! Als sie am nächsten Tag aufbrachen, reichten sie ihr zum Abschied die Hand, und Davids Frau machte sogar einen Knicks.

Aber du liebst einen anderen, einen, der am Leben ist?
Das fragte eines der Mädchen, nicht der Vater. Es war Molly, schön zurechtgemacht und geschmückt für den Kirchgang. Der Vater war im Pferdestall und das Dienstmädchen Stella draußen. Die Mädchen waren allein im Haus, zusammen mit Agnes, die eine letzte Nadel durch Hüte und Haare stach, damit die Kopfbedeckungen im offenen Wagen nicht weggeweht werden könnten.
Sie erstarrte.
Es gibt einen anderen, kicherte Molly.
Sie waren kürzlich auf der Hochzeit einer Cousine mütterlicherseits gewesen. Und Stella, die mit Agnes die Verantwortung teilen sollte, hatte den kleinen Frauen in Samsons Haus anvertraut, dass sie einen heimlichen Verlobten hatte. Er hieß Barron und wohnte in Bemidji. Und Barron hatte ihr Geschenke gemacht. Aus der Tiefe ihrer Truhe hatte sie ein Stück Spitzenstoff gezogen und außerdem ein Schmuckband mit Seide auf der einen und Samt auf der anderen Seite.
Für mein Brautkleid, hatte Stella gesagt.
Was macht Barron in Bemidji?, hatte Agnes gefragt.

He is a clerk.
A clerk?
In a bank. He counts the money. He has touched much more money than you will ever see in the rest of your life.
Aber passt die rote Spitze zu einem schwarzen Brautkleid?, fragte Jennifer. Oder ist das blaue Schmuckband besser?
Muss ein Brautkleid schwarz sein?, fragte Stella.
Das sind die meisten, sagte Jennifer.
Barron sagt, ich kann ein weißes haben, wenn ich will.
Ist Barron sehr reich?, fragte Molly.
Hab ich denn nicht gesagt, dass er in einer Geldbank arbeitet?
Auf diese Weise waren die Mädchen eingeführt worden ins Labyrinth der Romantik aus Sehnsucht und Träumen und der Symbolik von Geschenken, denn wenn Barron einer Frau ein Stück Spitze schenkte, dann zeigte das, dass er sie als seine Braut sehen wollte. Außerdem war da noch die Klavierlehrerin, die melancholische Betty Candice, die aus einem reicheren Leben in Manhattan in Armut nach Alexandria gekommen war. Sie hatte einen Mann gefunden und war mit ihm nach St. Louis gegangen. Sie hatte sich in einem bodenlangen purpurroten Cape und einem grünen Filzhut mit oranger Feder von ihnen verabschiedet.
Seid nicht frech, antwortete Agnes auf die Frage der Kinder nach ihrer eigenen Liebe.
So was fragt man erwachsene Menschen nicht, sagte sie. Wenn ich das noch einmal höre, muss ich euren Vater bitten, zur Rute zu greifen.
Im selben Moment wusste sie, dass nur eine versucht hatte, sie auszuhorchen, nicht beide. Jennifer hatte kein Wort gesagt, und sie hatte auch nicht gekichert. Und Agnes streichelte die Wange der Älteren, ehe sie das Zimmer verließ, um ihren Mantel zu holen.

Abraham grinste. Er hatte von seinem Platz auf der Terrasse aus den Wortwechsel gehört. Er grinste an diesem Tag und auch am folgenden. Agnes sah das. Also nahm sie sich auch ihn vor, sowie die Mädchen und Stella außer Hörweite waren. Es ist deine Schuld, dass die Kinder so etwas sagen, du *in confesso* ... Mücke.
Dieses schöne Wort hatte sie von Samson gelernt, es bedeutete »in der Tat, allgemein anerkannt«. Am liebsten hätte sie das Wort »Egel« hinzugefügt, aber ihr Mund weigerte sich, diese beiden Silben hinauszulassen, als kämen die ihr doch zu brutal vor. Auch als Mücke wurde Abraham schließlich zu einer Art Blutsauger und Schmarotzer.
Man tadelt andere, ist selbst aber unverschämt, brummte der Alte.
Warum ist er nicht mit denen gegangen, die er offenbar lieber mag als den Gelehrten?, fragte sie.
Der kann mich doch mit seiner Gelehrtheit, antwortete Abraham. Soll ich mit David zur Armut eines kahlgefressenen Feldes gehen? Soll ich mit Thomas und Konrad ins Neusiedlerland gehen, wo sie noch in einem dug out im Boden hausen?
Ja, sagte Agnes. Dann hätte er ihnen helfen können, Land urbar zu machen.
Ich bin lebenssatt, gab Abraham zurück. Ich bin hergekommen, um auszuruhen, ehe Seine Hand meine Seele in die Höhe hebt.
Dann könntest du deinen Sohn mit Respekt behandeln, sagte das Frauenzimmer.
Meinen Sohn – du meinst Samson, den zweiten von fünf?
Warum hast du den Ältesten übrigens verlassen?, fragte Agnes.
Das geht dich nichts an, sagte Abraham.
Du hast ihn wohl auch mit deinen bösen Reden vertrieben, meinte Agnes. Vielleicht ist auch er gelehrter als du, und da warst du neidisch.

Halt jetzt den Rand, Magd, schimpfte der Alte im Schaukelstuhl.
Aber das tat sie nicht. Denn sie verspürte eine Wut auf ihn, die offenbar nur verflog, wenn sie ihm ihre Meinung sagen konnte. Das hatte er begriffen, der Herr Iglemyr, dass es sich so verhielt. Denn sie hatte ihm ihr Geheimnis verraten. Und er hatte ihre Worte weitergetragen. Worte aus dem Herzen, die wie das Geschnatter von Möwen auf einem Abfallhaufen weitergetratscht worden waren. Ein Verrat. Und er schämte sich. Trotzdem konnte er sich nicht alles gefallen lassen, jedenfalls nicht ohne Widerpruch.
Später brachte sie ihm Biskuits mit Marmelade und Tee. Und dann erzählte er ihr über Peter, den Ältesten.
Der hat den Hof bekommen, sagte Abraham. Dort in Koshkonong. Er und seine Frau, sie hatten schlechtes Land in Iowa. Nur Moor. Also bekamen sie den Hof, als ich Witwer wurde. Ich hätte ihn an Fremde verkaufen und alle fünf mit Geld überschütten können und hätte zudem selbst etwas übrig behalten. Dann wäre David heute besser dran. Aber Peter ist der Älteste.
Ein schöner Hof, erinnerte Abraham sich und kaute seine Kekse. Weißes Wohnhaus, rote Scheune. Genau wie zu Hause in der alten Heimat. Nur größer und schöner. Und mit Tabakfeldern – in Wisconsin wächst guter Tabak.
Dann wurde er hart, mein Peter, sagte der Mann. Er wollte nichts mehr von mir wissen. Deshalb bin ich hergekommen.
Ich dachte, du bist hergekommen, um meine Ehre zu retten, sagte Agnes. Unverheiratet mit Samson im Haus.
Das auch, sagte Abraham.
Pferdearsch, dachte sie über ihn. In confesso.

Der Stacheldraht des Teufels

Sauerteig, sagte der Koch. Der liegt in einem grauen Tuch, in einem blauen Krug.
Rechts?, fragte Lasse.
Links, sagte der Koch. Aber die Tischplatte ist nach der Schießerei gestern heruntergefallen, und irgendwas ist im ganzen Chaos weggerollt. Ist er noch da?
Der Krug ist da. Aber er ist leer.
Es war Lasses zweiter Morgen als Cowboy. Er war zum Gehilfen des fast blinden Kochs ernannt worden, und ansonsten tat er dasselbe wie die anderen, er folgte dem Vieh. Eine der Nachtwachen hatte ihn und den Koch geweckt, als es noch dunkel war; jetzt war die Dämmerung am Horizont zu ahnen, und sie müssten Biskuits backen, aber der Sauerteig war spurlos verschwunden.
Dann müssen wir neuen machen, sagte Cooky.
Lasse wartete auf weitere Anweisungen.
Äpfel, sagte der andere.
Äpfel gab es, halb vertrocknet und weich, und der Koch schnitt einen in Scheiben.
Wasser, sagte er. Und Zucker. Und dann muss es eine Weile stehen.
Lasse gab Scheiben und Zuckerwasser in den blauen Krug, damit er beim Marsch nicht herausschwappte, und drückte den Krug zwischen andere Dinge in der kleinen Küche ganz hinten im Wagen, damit er fest stand.
The chuck wagon.
Lasse hatte so etwas noch nie gesehen. Es war ein eigener Raum vor der Rückwand hinten im Wagen, mit Dach und Sei-

tenwänden und einer Vorderseite, die heruntergeklappt und zur Tischplatte werden konnte; deren eine Seite war am Wagen befestigt und ruhte auf einem Bein. Wenn die Platte geöffnet war, zeigte sich alles, was man zum Kochen brauchte, in einer Reihe von Fächern, in kleineren Verschlägen mit Rahmen und Deckeln, in Säcken und Tüten und Schachteln.
Dann machen wir eben Pfannkuchen, murmelte Cooky.
Sein Gesicht war dunkel und runzlig wie von Sonne und Wind und einem langen Leben in der Prärie. Seine Augen waren blass und betrachteten das, wovon er nur die Umrisse ahnte, durch einen schmalen Spalt: die Hand mit der Kelle, die das Mehl aus dem Behälter in den Topf gab, wo er es dann mit Wasser und Eiern und ein wenig Salz vermischte. Es war Weizenmehl, fein und leicht, aber da es um sie herum fast windstill war, wurde nichts vom Wind gestohlen.
Du kannst Kaffee kochen, sagte Cooky.
Am Vorabend hatten sie Gruben für das Feuer ausgehoben. Lasse fischte Brennholz aus dem Verschlag unter dem Wagen; ein Tierfell war darunter gespannt, und dort lagen Holzscheite und ein flacher Korb für Kuhdung. Und er ging zu einem Gebüsch beim Lager, um Reisig und trockenes Gras zu holen, die rasch Feuer fangen würden.
Bald duftete es nach schießpulverstarkem Kaffee, Speck und Pfannkuchen, und Lasse weckte die Männer, die noch schliefen.
No biscuits, murmelten die enttäuscht und sahen erst den Koch und dann Boss an.
Ich habe den Sauerteig verloren, sagte Cooky zu seiner Entschuldigung.

Pfannkuchen sind doch auch lecker, sagte Boss versöhnlich.
Was ist mit Sirup?, fragte ein anderer, er wurde Kip genannt.
Den hab ich auch verloren, sagte der Koch. Die Klappe ist heruntergefallen. Ich hatte sie nicht gut genug befestigt. Mandy war angeschossen worden …

We know. You already told us four times, sagte Kip und zwinkerte Lasse zu.
Aber alles andere ist vorhanden, sagte der Koch. Wir haben alles durchgesehen, Les and I.
Lasse nickte. Das hatten sie am Vortag erledigt. Hatten alle Behältnisse in der Küche des chuck wagon geleert, hatten alles benannt, was es dort gab. Weizenmehl und Maismehl, Bohnen und Speck, Zucker und Salz, Pfeffer und Kräuter. Getrocknete Äpfel und Pflaumen, Zwiebeln und Chili. Und Kaffee ... und außerdem Medizin für Mensch und Tier.
Dann gibt es Biskuits, wenn der Sauerteig fertig ist, entschied Boss und nahm sich noch einen Pfannkuchen.
Auch er war von Sonne und Wind zerfurcht und hatte unter dem Haaransatz auf der Stirn einen blassen Rand, wenn er den grauen Hut abnahm.
Die Männer waren alle Mitte zwanzig, abgesehen von Cooky, der vielleicht doppelt so alt war, und dem Jungen, der auf die Pferde aufpasste, er wurde Lad genannt. Alle wirkten freundlich und gutmütig, fast langsam in ihren Bewegungen während der Freiwache. Niemand sonst erwähnte den Schusswechsel, der am Verlust des Kochs schuld war. Niemand sprach über Mindor und Samuel, oder Sam und Mandy, wie sie die beiden genannt hatten. Sie aßen. Sie grinsten, als sie ein Stück weiter entfernt im Gebüsch einen nackten Hintern sahen; der gehörte Kip. Niemand machte dem Koch Vorwürfe, weil er so schlecht sehen konnte. Alles war, wie es war. Wenn etwas anders war als gewohnt, richteten sie ihre Blicke auf Boss und ließen ihn das Wort führen und Beschlüsse fassen.
Dann fuhr sich der Jüngste mit dem Ärmel über den Mund und stand auf. Bald darauf war er wieder da, mit frischen Pferden für die Strecke des Tages. Zwei Männer hatten ihre Decken schon aufgerollt und in den Wagen geworfen. Sie sattelten ihre Pferde und ritten los, um die Nachtwache abzulösen.

Bald saßen die Nachtwachen da, mit ihrem Blechbecher voll glühend heißem Kaffee in der Hand.
No more biscuits?, fragten sie enttäuscht.
Pancakes today, antwortete Cooky.
No more sour dough, erklärte Lasse.
Too bad.
Der Koch und sein Handlanger aßen zusammen mit den Letzten. Die anderen bereiteten den Aufbruch vor. Sie entleerten sich hinter dem Gebüsch, furzten, so dass es bisweilen am Küchenwagen zu hören war, rülpsten und bohrten sich mit einem Holzspan zwischen den Zähnen. Sie trieben das Vieh zusammen, das eine Weile gegrast hatte: Jetzt sollten die Tiere zusammen und mit dem Maul gen Norden da stehen.
Bald waren die Männer satt, und Lasse spülte Blechteller und Becher, Topf und Pfanne aus. Der Schmaläugige räumte auf und tastete mit den Händen, ob alles sicher verstaut war, dann hob er die Klappe und machte sie fest, und sie verwandelte sich in die Rückwand des Wagens. Lasse hängte das Kochgeschirr an die Bügel aus Hickoryholz, die das Wagendach trugen. Dann rollte er die Decke auf, die er von den Brüdern aus Hamarøy geerbt hatte, und warf sie zu den anderen, ehe er sein eigenes Pferd sattelte. Cooky saß schon hinter den Maultierschwänzen und kniff die Augen zusammen, und Lasse folgte ihm und dem Wagen ganz vorn im Treck, wo der Koch neben Boss einherrollen würde.

Über zweitausend Tiere. Wogen aus rollenden Muskeln, in hellerem Braun und in dunklerem, in Grau und fast golden, mit Flecken und Streifen. Eine Menge Vieh. Immer sechs in einer Reihe, bisweilen acht, manchmal mit nur vier oder noch wenigeren in einer langgezogenen Bahn. Über zweitausend Tiere.
Mostly steers, hatte Boss gesagt.
Kastrierte Stiere. Aber auch Kühe, einzelne mit Kälbern, und

Bullen mit der Kraft des männlichen Tiers. Sie hatten keine Ähnlichkeit mit den Kühen von Ankenes, hatten keine Ähnlichkeit mit Blomma und Stasmøy. Es lag nicht nur an den Hörnern. Es lag an den Körpern. Die Beine dieser Tiere hier waren länger, geschmeidiger. Sie konnten schneller laufen, das hatte Lasse bei der Panik am Vortag gesehen. Damals hatte er nicht daran gedacht, aber jetzt, da er neben der Herde herritt, wohl. Er trug eine weite graue Baumwollhose, die er von Olly Ockerman bekommen hatte, ein blaues Baumwollhemd mit einer Weste, einen braunen Hut und lederne Leggings. Die Leggings hatten die Brüder hinterlassen, die bedeckten die Außenseite seiner Beine zum Schutz vor Dornen und spitzen Zweigen in Gebüsch und Gesträuch.
Es war ein sonniger Tag, warm, aber ein leichter Wind machte die Luft für Gesicht und Körper leichter erträglich. Und Lasse war ein Flankenreiter, der dafür sorgte, dass die Tiere im Glied blieben. Später am Tag würde er zum *pointer* werden, einem, der an der Spitze ritt, und danach zum *frag rider,* der dafür sorgte, dass die Nachzügler nicht verlorengingen. Auf diese Weise verteilte Boss die Aufgaben im Laufe eines Tages, damit alle das Schlimmste mitmachten: ganz hinten zu reiten, in Staub und Dreck.
Die Ebene lag offen vor ihnen. Im Westen zog sich ein Waldgürtel dahin. Das Vieh wogte ebenmäßig, wie durch einen einzigen Willen, eine einzige Kraft. Kein Tier blieb stehen und verursachte Unruhe, selbst die Kälber bewegten sich im selben Rhythmus wie die Mütter. Gegen Mittag wurde haltgemacht, und Lasse beteiligte sich an den Vorbereitungen für die Mahlzeit. So war er den ganzen Tag an der Arbeit, aber dafür konnte er die ganze Nacht schlafen, so war es abgemacht; er brauchte keine Nachtwache zu halten, da er Cooky half.
Können wir nicht einen oder zwei Vögel schießen?, fragte er.
You crazy!, schimpfte der Koch. You wanna start a stampede?
Nein.

Aber du kannst Fallen stellen, sagte der Koch. Heute Abend. Dann haben wir morgen vielleicht Fleisch. Wenn du weit genug vom Lager weggehst, damit die Tiere nicht erschrecken, wenn die Beute in der Schlinge schreit.

An diesem Abend schlugen sie ihr Lager an einem Bach auf, und Lasse ritt ein gutes Stück am Ufer entlang, ehe er die Schlingen auslegte.

Danach steckte er sich eine Zigarre an und betrachtete das Wasser, das in der Dämmerung grau und dunkel davonfloss. Und er dachte an Elise Wærenskjold. Er sah ihre runzligen Hände vor sich, wie sie auf einem Tisch gelegen hatten. Er sah die Spitze an ihrem Hals und ihren scharfen Blick. Flucht oder Abenteuer?, hatte sie gefragt.

Eine ewige Flucht war es. Vor Vogt und Festung und vor den Frauen. Vor der Indianerin in Minneàpolis, vor Maria Rosa in Red Hook. Und vor Gerda Joelyn und Moule auf Ollys Farm.

Nicht Samuel und Mindor hatten ihn auf einen Pferderücken getrieben, es waren die Erwartungen und der Irrsinn der anderen gewesen. Mit Mindor und Samuel hätte er wohl reden können; nicht Lasse hatte einen Brief gestohlen oder einen Vetter ermordet. Vielleicht hätten sie sich sogar darüber gefreut, seine Bekanntschaft zu machen, die beiden Burschen, wenn die Umstände anders gewesen wären, ohne Schussverletzung und Angst. Natürlich hätten sie das getan, sich darüber gefreut, einem von zu Hause zu begegnen, einem, der mit Seelachs und Salzhering groß geworden war wie sie selbst. Vielleicht wussten sie nicht einmal, warum die Brüder Johannes und Rudolf nicht gekommen waren. Und Lasse hätte es ihnen sagen können, ihnen die Wahrheit erzählen – eine Schlägerei um eine Frau; sie kannten sie sicher, die Frau, um die bis in den Tod hinein gebuhlt worden war.

Flucht. Vor Lynchbanden und Klatsch. Er hätte nach der Nacht mit den Knights Peder Andersen nicht mehr in die

Augen blicken können. Der Zimmermann hätte ihn auf die Knie gezwungen.
Aber Lasse hatte doch nicht töten wollen!
Er hätte das ja wohl durchschauen und begreifen müssen, hätte Peder gesagt. Und wenn er es doch erst im letzten Moment begriffen hätte, hätte er weglaufen müssen, und sei es, um sich eine Kugel ins Genick zu holen.
Es stimmte. Und Lasse betrachtete das Wasser des Baches, das bald von der nächtlichen Dunkelheit verschlungen und zu leisem Plätschern reduziert werden würde. Es stimmte ebenfalls, dass er damals bei dem Ausflug nicht unter Maria Rosas Kleidern hätte enden dürfen. Denn sie gehörte seinem Sangesbruder Willy. Aber sie hatte Willy ja nicht gewollt, es war Willy, der sie wollte. Lasse hätte es dennoch lassen müssen, Willy zuliebe.
Die Gedanken in ihm waren Wörter und keine Bilder. Er sah keine Schwangere. Keine Bäume dort in Brooklyn, die ihnen Deckung gaben. Er sah das fließende Wasser im Bach, dort, wo er stand. Er sah die Bewegungen des Pferdes dort beim Gebüsch. Und in seiner Brust gluckerte es. Als er das leise Prusten des Pferdes hörte, als das Pferd ihn ansah, fragend. Lasse stieg in den Sattel, und in seiner Brust löste sich etwas, als der Wind im Reiten sein Gesicht traf. Er näherte sich der Herde und sah sie vor sich in Tageslicht und Bewegung. Ihm gefiel der Anblick der Tiere, obwohl sie ihm nicht gehörten, obwohl nicht er sie gefangen hatte, sondern sie nur bewachte. Und ihm gefielen Pfannkuchen und Speck und Cookys Gemüsesuppe aus getrockneten Kräutern und Tomaten, und als er das Essen roch, ritt er schneller.

Ich habe den Sauerteig gefunden, erzählte der Koch verwundert. Ich begreife es nicht, ich weiß doch, dass er vorher nicht da war, aber jetzt lag er plötzlich im Mehlsack. War er denn im Mehlsack?
No, antwortete Lasse.

Aber dann brauchen wir nicht auf den neuen zu warten, jubelten die anderen. Dann gibt es Biskuits zum Frühstück!
Unter uns ist ein Spaßvogel, behauptete Cooky.
Oder ein Gespenst, flüsterte Lad.
Wer will nach dem Essen Karten spielen?, fragte Kip.
Lasse wollte, aber er musste abwaschen. Kip half ihm, damit es schneller ging. Danach saßen sie mit zwei anderen zusammen und holten im Licht des Feuers Stiche ein.
Wann bist du rübergekommen?, fragte Kip.
1883, antwortete Lasse. Ich ein Jahr früher, sagte Kip.
Lasse hatte geglaubt, alle anderen seien in Amerika geboren.
Hast du Heimweh?, fragte Kip.
Nein, antwortete Lasse energisch. Du etwa?
Mir fehlt das Schlittschuhlaufen auf den Kanälen, sagte Kip.

Am nächsten Morgen fand Lasse drei Kaninchen in den Schlingen. Die sollten zu einem Gemüseeintopf werden. Lasse häutete sie ab, nahm sie aus und legte sie nach Cookys Anweisungen in Lake ein. In der Vormittagspause wurden sie mit Knoblauch und Gewürzen gekocht, bis das Fleisch von den Knochen fiel, während die beiden Köche Bohnen und Speck und Maisbrot für die nächste Mahlzeit brieten. Bei der Abendrast wurde das Kaninchenfleisch noch einmal aufgekocht, zusammen mit den Möhren, die noch von dem Farmer stammten, auf dessen Land sie im Bosque County gelagert hatten. Die wartenden Hungrigen schnupperten im Duft und liefen ungeduldig hin und her. Dann wurde serviert, und sie langten zu, zuerst ganz schnell, dann langsamer. Ein Lächeln breitete sich im Lager aus, die Mägen waren zufrieden, und das Vieh kaute das saftige Gras.
Nach dem Abwasch kroch Lasse unter die Decke. Die war groß, er konnte sich darauflegen und damit zudecken, und darüber kam noch eine Plane gegen nächtlichen Tau und Regen. Beim schwelenden Feuer saß Boss und erzählte über alte

Heldentaten. Die hatte sein Onkel begangen, nicht er selbst. Der Onkel hatte einmal ganz allein vier Diebe erschossen. Und er war ein phantastischer Lassowerfer gewesen.
Lasse war fast eingeschlafen. Aber die Bilder aus der Erzählung des Chefs glitten in ihn hinein, über einen Onkel zu Pferd mit einem Jungen vor sich im Sattel, einen Onkel, der dem Jungen beibrachte, wie man die Schlinge über den Kopf eines Kalbs streift.
Hätte ich denn auf ihn pfeifen sollen?, fragte Boss.
Lasse gab keine Antwort.
Boss stieß ihn mit der Stiefelspitze an.
Hätte ich das tun sollen? Ihn dort im Süden zurücklassen?
No, antwortete Lasse. Sure not.
Denn das ist die letzte Tour, erklärte Boss. You know that?
Lasse verstand nicht, die letzte Tour für wen? Für diesen Onkel, von dem er da erzählte?
In diesem Moment zischte es im Feuer – die ersten Regentropfen.
Das Vieh hatte sich hingelegt. Die meisten Männer hatten ihre Decken ausgerollt. Nur die Nachtwache saß noch im Sattel, und der Pferdebursche war mit den übrigen Tieren im Pferch, während er sich merkte, welche von ihnen am nächsten Tag als Erste geritten werden sollten. Er hielt eine Fackel in der Hand. Er beschützte sie mit seinem Körper gegen die Tropfen vom Himmel. Er betastete das Holz des schlicht zusammengehauenen Pferchs und prüfte, ob es hielt.
Die Regentropfen fielen dichter, bis sie plötzlich ausblieben. Der Pferdebursche trieb eilig die am wenigsten erschöpften Hengste und Stuten zusammen und brachte sie zum Wagen beim erlöschenden Feuer.
Dann kam der Blitz, funkelnd blau und weiß. Und kein Stier schlief noch, keine Kuh und kein Kalb schlief, sie waren auf den Beinen, ehe der Blitz verloschen war, und sie waren aufgehetzt, wollten weg, weg.

Dann kam noch ein Blitz, der den Wagen weiß vor der nächtlichen Dunkelheit abzeichnete. Von seinem Standort aus sah Lasse, wie das Wageninnere erleuchtet wurde; für einen Moment sah er seine funkelnde Posaune, aber er sah noch mehr. Hinter allem, hinter Leggings und zusätzlichen Decken, hinter einem Ranzen, der Boss gehörte, hinter Spaten und Axt und Töpfen und einigen Gewehren und noch dazu hinter der Reisetasche, die Simeons zwei Taschen ähnelte, sah er ein kleines Gesicht. Ein kleines verängstigtes Mädchengesicht.
Und dann war alles von der Dunkelheit verschlungen, Gesicht und Wagen, Geräte und Reisetasche, und Boss brauchte keine Befehle zu brüllen, denn alle wussten, was sie zu tun hatten, und fast hatten sie es schon getan, ehe der nächste Blitz den Himmel zerfetzte, sie hatten gesattelt, sie saßen auf den Pferden, sie setzten dem Vieh hinterher.
You too. Cooky versetzte Lasse einen Stoß. I'll manage on my own.
Und Lasse ritt durch die tiefe Finsternis, hinter dem Geräusch der Hufe her. Ab und zu wurde die Landschaft erleuchtet, und man konnte alles erkennen, die wogende Masse aus Rindern, den Wald im Westen, vorn die Reiter, ehe die Dunkelheit abermals alles umfing und der Donner grollte. Wieder wurde es hell, die nassen Tierrücken glänzten, und Strahlen jagten über die geschwungenen Hörner. Die Pferde brauchten nicht gelenkt zu werden, sie wussten, wohin es ging. Sie wussten, dass es eilte und dass sie die ersten der verängstigten Rinder einholen mussten. Sie liefen eine Stunde, sie liefen zwei. Es blitzte nicht mehr. Alles war feuchte, windige Dunkelheit. Niemand hatte Zeit, das Ölzeug überzustreifen, das aufgerollt hinten an ihrem Sattel befestigt war. Der Regen lief ihnen unter der Hutkrempe ins Gesicht, er mischte sich mit dem Schweiß, er machte die Kleidung von beiden Seiten nass. Die Kälte ließ die Hände um die Zügel erstarren, und das Vieh lief weiter. Boss war vorn, und er schoss, um den Tieren neuerlich

Angst zu machen, sie in den Alltag zurückzuholen, als bedeuteten Angst und Angst nicht doppelte Gefahr, sondern höben sich gegenseitig auf. Aber das Vieh lief. Die Männer sangen. Lasse hatte schon vorher gehört, wie die von der Nachtwache den halb schlafenden und schlafenden Tieren sanfte Töne vorsummten wie Mütter an einer Wiege. Jetzt sangen sie im Regen und in der Nacht, um die Erinnerung der verängstigten Tiere einzufangen und den Fluch des Blitzes zu brechen, aber das Vieh rannte und rannte und hörte nicht zu. Der Gesang klang auch nicht so wie sonst, nicht sanft und geduldig, er war eher wie eine bezwingende und ungeduldige Farce, und die Hälfte der Töne trieb der Wind von den fliehenden Geschöpfen fort, während die andere Hälfte ihnen mit doppelter Kraft entgegengeschleudert wurde. Und sie rannten, als könnten sie dadurch auch den Salven aus Tönen entkommen.
Lasse gebrauchte die Sporen, er wollte die anderen überholen, er wollte den Leitbullen einholen. Bald war er dort und räusperte sich. Er hatte seit seiner Zeit in Red Hook nicht mehr gesungen. Er hatte nicht mehr singen wollen. Aber hier gab es keine Frauen, die ihn anekeln könnten. Und er öffnete den Mund und warf einen Seitenblick auf das nächste Tier, obwohl er es nur als Bewegung und Atemgeräusch wahrnehmen konnte.
Lasse sang. Lasse sang in Regen und Dunkelheit, seine Stimme legte sich über die der anderen, bald verstummten die Kameraden und ließen allein die eine Stimme erklingen. Lasse sang einen Choral mit norwegischen Wörtern, seine Stimme war kräftig, schön, klangvoll, ein himmlischer Gesang, sagten die anderen später zueinander, als habe der Herr selbst ihm in dieser Nacht die Stimme geliehen. Und das Vieh blieb stehen. Nicht sofort, das nun wirklich nicht. Nicht weniger als drei Choräle sang er, zwei mit norwegischen und einen mit englischen Wörtern, und beim letzten beruhigten sie sich, als brauchten sie ein Lied in einer Sprache, die sie verstanden,

und Lasse ahnte in der schwarzen Dunkelheit, dass die Starre aus dem nächsten Tier verschwand, dass der Bulle zur Seite schaute, zu dem Geräusch hin, denn er spürte für einen Moment den Atem des Tieres im Gesicht, ehe es endgültig stehen blieb.

Die ganze Herde kam zum Halten und lauschte. Als das Lied zu Ende war und Lasse verstummte, fingen die Tiere an zu brüllen, laut und ungleich in Klang und Tiefe, einige gleichsam fragend, andere eher erklärend, als sprächen sie darüber, was sie erlebt hatten, über das beängstigende Unwetter, die feinen Klänge, die erschöpften Leiber und die schwarze Finsternis.

Den halben nächsten Tag verbrachten sie mit der Suche nach Tieren, die von der Herde abgekommen waren. Endlich hatten sie alle gesammelt, und im Gefolge des Küchenwagens gingen sie die letzte Wegstrecke vor dem Abend an.

Neben Cooky saß Moule.

Alle hatten sie gesehen, aber niemand brachte es über sich, eine Frage zu stellen; die Männer hingen auf ihren Pferden, zum Umfallen müde, schmutzig und zugleich voller Zweifel, ob sie sich wirklich an Lasses Stimme erinnerten. Genauso konnten sie auch daran zweifeln, ob sie wirklich neben dem Koch einen kleinen Menschen gesehen hatten, sobald sie wieder in die andere Richtung blickten.

Aber sie hatten richtig gesehen. So wie Lasse sie für einen Moment in einem Blitz gesehen hatte. Das kleine Mädchengesicht hinten im Wagen hinter der Posaune hatte Moule gehört. Es hatte ihn während des Rittes begleitet wie eine leichte Verärgerung, wie ein Kummer, bis er es über den Anstrengungen der Nacht vergessen hatte.

Beim Abendessen nahm sie seinen Platz ein. Sie machte in einer Senke Feuer. Sie legte einen Rost über die Senke und stellte den Kochtopf auf den Rost. Sie machte noch ein Feuer und stellte den Dreifuß aus Eisen auf, mit dem Haken, an dem der Kaffeekessel hängen konnte. Lasse half ihr beim Kessel, der war schwer und später gefährlich heiß. Aber Moule lief umher und füllte die Blechbecher der Männer, und sie nahmen ihren Anblick hin, ein Mädchen im Kittel über Hosen, ein ungekämmtes Geschöpf mit braunem Rehblick, das ihnen nur selten in die Augen schaute.

Noch hatte niemand ihre Anwesenheit kommentiert. Nach dem Essen schliefen sie sofort ein, alle, die keine Wache hatten. Erst am nächsten Morgen kamen die Fragen. Lasse lag noch in seiner Decke, als Boss' Worte an das Kind ihn weckten.

Where d'you come from?

Norse.

Where's Norse?

Bosque County. I am with *him.* He belongs to me.

Lasse kroch unter der Plane hervor. Er war noch müde und wie gerädert nach dem langen Ritt.

I didn't bring her, sagte er.

I saw him go, sagte Moule. Ich bin ihm gefolgt, auf einem Pony. Ich habe dem Pony zugeflüstert, dass es zurücklaufen sollte. Dann habe ich mich hinten im Wagen versteckt.

Er hatte außerdem sein Gepäck vergessen, sagte sie zu ihrer Verteidigung.

Die eine Tasche des Juden. Die enthielt Seide und Rasiermesser, Spiegel und Uhr, und im Uhrdeckel lagen jetzt einige von Moules Haaren, während der von Gerda Joelyn geflochtene Schmuck verschwunden war.

Hungrig wie ein neugeborenes und verlassenes Kalb, sagte Cooky über das Kind.

Sure, sagte Boss.

Four days with nothing to eat, sagte Cooky.

Sie hat sich nachts sicher hervorgeschlichen und am Feuer Reste gefunden, meinte Boss.

Kaum Reste am Feuer, sagte Moule. Aber ich habe die Klappe hinten aufgemacht. Und Pflaumen gefunden. Und den Sauerteig, über den ihr so rumgenervt habt.
Boss sah Lasse an. Alle sahen Lasse an, aber ohne seinem Blick zu begegnen, nicht einmal Boss, nicht an diesem Tag, nach dem Gesang. Und Lasse zuckte hilflos mit den Schultern.

Niemand sagte noch etwas. Moule wurde Hilfsköchin, und Lasse hielt wie die anderen Nachtwache. Er sang die Tiere in den Schlaf. Die nächsten Wochen verliefen ohne Panik in der Herde. Und Moule setzte mit Hilfe des Kochs Teig an. Der bestand aus weißem Mehl, Wasser, Salz und Hefe.
Frau Ockerman hat solchen Teig aufgerollt, flüsterte das Mädchen dem Koch zu.
Ach.
Und sie hat Zucker und Zimt daraufgestreut, ehe sie ihn gerollt hat.
Aber wir machen Biskuits, sagte Cooky.
Ja, sagte Moule.
Der Teig war aufgegangen. Jetzt knetete sie ihn abermals mit schmutzigen Händen und formte kleine Kugeln, die sie in einen eingefetteten Topf legte. Danach stellte sie den Topf auf den Rost über dem Feuer.

Dann fanden sie ein mutterloses Kalb. Die Männer fingen es mit dem Lasso ein, zogen es zum Feuer, legten es auf die Seite und brandmarkten es. Das Kalb brüllte bei der Begegnung mit dem glühenden Eisen vor Schmerz.
A maverick, sagte Cooky.
Moule nickte, maverick war das Wort für jemanden, der offenbar niemandem gehörte.
Les was such a one, sagte sie, before I found him.
Weißt du, warum das so heißt?, fragte der Koch.
No.

Das war lange, lange vor dem Civil War, als angefangen wurde, Vieh mit Buchstaben oder Zahlen zu kennzeichnen, um zu zeigen, wem es gehörte. Und da war ein Mann, der das nicht wollte. Alles, was nicht gekennzeichnet ist, gehört mir, sagte er. Er hieß Maverick.

Haha, sagte Moule.

Haha, sagte der Koch.

Aber dann fingen die Leute an, den nicht gekennzeichneten Tieren ihre eigenen Brandzeichen zu verpassen. Das nennt man mavericking.

Diebe?, fragte Moule.

Nicht mehr als Maverick selbst, oder?

Sie führten lange Gespräche, der fast blinde Koch und das Kind, flüsternd bei den Vorbereitungen zum Frühstück im Morgengrauen, leise bei der Arbeit für die übrigen Mahlzeiten und normal laut, wenn sie auf dem Wagen saßen und weiterzogen.

Lasse gefiel es, zum Geräusch ihrer Arbeit aufzuwachen. Er war nicht mehr böse auf Moule oder verärgert. In den ersten Tagen war er empört darüber gewesen, dass sie da war, ihr Anblick hatte unsichtbare Bande zwischen ihm und Ollys Farm gespannt, er wollte nicht dorthin zurück! Dann hatte sich alles beruhigt, da Boss keine Erklärung von ihm verlangt hatte.

Er hoffte, dass sie sich jetzt an Cooky anschließen, für immer die Gehilfin des Blinden werden könnte. Denn dies sei die letzte Reise, hatte Boss gesagt, für Cooky, hatte Lasse angenommen, so, wie er auch begriffen hatte, dass Cooky der Onkel von Boss war. Und da musste es doch einen Ort geben, an dem Cooky danach leben könnte und wo er vielleicht Verwendung für Moule hätte, vielleicht in der Nähe von Abilene, wo sie das Vieh abliefern sollten.

Deshalb lauschte er zufrieden den geflüsterten Gesprächen, während die Nacht zum Morgen wurde und die Finsternis wich. Der Koch erzählte Dinge, die Lasse nicht gewusst hatte.

Wie, dass immer dieselben Tiere nebeneinander liefen, Tag für Tag. Cooky erzählte, wie sie einander fanden, zwei und zwei, von Anfang an, zwei und zwei, die zusammenpassten.
Like me and Les, sagte Moule.
Der Koch grinste.
Zwei und zwei, die zusammenpassen, weil sie gleich stark und gleich mutig sind, sagte er. Les ist sicher viel stärker als du, stelle ich mir vor.
Mein Messer ist schärfer, sagte Moule.
Lass sehen, sagte Cooky.
No.
Yes.
No.
Kannst du schwimmen?
Nein.
Dann werfe ich dich in den nächsten Fluss, wenn ich es nicht sehen darf.
Hier ist kein Fluss.
Bald haben wir ihn erreicht.
Warst du schon mal hier?
Plenty of times.
You blind fool. Wenn ich dir mein Messer gebe, dann schneidest du dich bloß.
So blind bin ich nicht.
Aber so scharf ist das Messer.
Moule!, sagte Lasse.
Moule verstummte. Dann holte sie ihre Waffe unter dem Kleid hervor und legte sie vorsichtig in Cookys Hand.
Doppelt scharf, flüsterte sie.
Zweischneidig, sagte der Mann. Gut zum Knoblauchhacken.

Außerdem machte er eine Scheide für den Dolch; bisher hatte sie ihn nur in ein Stück Stoff gewickelt. Sie sah ihm bei der Arbeit zu, und er erzählte von früher. Von der Zeit, ehe man

gelernt hatte, Fleisch in Büchsen aufzubewahren. Damals waren nur Häute und Talg benutzt worden. Und Hörner. Die wurden ausgehöhlt. Dann konnte man dort Münzen verstecken. Und man schnitzte Knöpfe daraus.
Die Hörner können an einer Wand hängen, sagte Moule. Das tun sie bei Olly Ockerman, um Kleider aufzuhängen oder das Gewehr.
Und mit den Häuten konnte man den Hosenboden verstärken, sagte der Mann. Und die Beine.
Like yours, sagte das Kind. Und die der anderen. Aber nicht Lasses.
Nicht Lasses?
Hast du das nicht gesehen?, fragte Moule. Dem reißen die Hosenbeine ein.
Ich sehe nur wenig, sagte der Koch.
Im Wagen gibt es Leder, sagte Moule. Aber er braucht auch eine neue Hose.
So sorgte das Kind für Veränderung, denn als Boss das nächste Mal mit einem Landbesitzer verhandelte, um das Vieh über dessen Land treiben zu dürfen, bat er außerdem darum, eine gute Arbeitshose kaufen zu dürfen.
Und Cooky setzte seinen Bericht über früher fort, während er die neue Hose mit Leder verstärkte. Er zeichnete eine *matanza,* einen Ort voll Fleisch und Blut. Eine Schlachtstätte.
Ich weiß gar nicht, wie viele Schiffsladungen mit Häuten nach Europa gegangen sind, sagte er. Aber das Fleisch blieb hier. Die Schlachter aßen sofort ein wenig. Der Rest verfaulte. Es fault bei der Hitze schnell. Haufenweise blutiges, verrottendes Fleisch.
Und Fliegen, sagte Cooky.
Und Geier, vermutete Moule.
Kojoten und Bären, sagte Cooky.
Bären?
Einmal bei San Francisco. 1835. Elf Vaqueros fingen vierzehn Grizzlybären.

Woher weißt du das?
Weil sie danach Kämpfe zwischen Stieren und Bären veranstalteten. Nur die größten Petze konnten es mit den stolzesten Stieren aufnehmen. Ich kenne einen, der da war, einen, der das gesehen hat.

Oh God, sagte Moule. Wurden sie aufgespießt?
Yeah. Der Bär stand auf Zehenspitzen da und schlug mit der Tatze zu, der Stier stach mit dem Horn. Mit schräg gelegtem Kopf und der Hornspitze wie ein Pfeil.
Oh God.

More like a boy, sagte Cooky zu Boss über das Kind. Will dauernd, dass ich über Blut und Dreck rede.
Lasse hatte neue Hosen bekommen und ging zum Umziehen hinter den Wagen. Da saß Moule und weinte. Er setzte sich neben sie auf den Boden. Er drückte den schmalen Körper an sich, stellte aber keine Fragen. Sie gab auch keine Antworten, aber ihr Weinen ließ nach. In der Mittagspause sah er sie durch das Vieh am Rand der Herde gehen, dort einhergehen und Rücken streicheln. Ab und zu umarmte sie ein Kalb, und die Tiere ließen sie gewähren. Dann trottete sie zum Abwasch zurück zur Küche.
Dann ging es weiter, und Lasse wollte gerade den Fuß in den Steigbügel setzen, als Moule ihn bat, vor ihm sitzen zu dürfen.
Just a little while, bettelte sie.
A little while, gestattete Boss.
Sie trotteten zum Ende der Herde, Lasse band Moule sein Halstuch über Nase und Mund. Er legte ihr den einen Arm um die Taille. Er nahm ihren Geruch wahr. Er hatte nicht gefragt, wie sie es geschafft hatte, an den ersten Tagen ihre Notdurft zu verrichten, im Verborgenen. Er suchte in ihren Strubbelhaaren nach Läusen; seltsamerweise sah er keine. Aber er sah eine dunkelbraune Färse, die in die falsche Richtung lief.

Hoho, cattle, lockte er.
Hoho, wiederholte Moule mit hellerer Stimme, es klang dumpf durch das Halstuch.
Komm, Dokka, sagte Lasse.
So heißt die nicht, sagte Moule.
Wie heißt sie denn?
Vielleicht Sunrise, sagte Moule.
Sie hatte das Halstuch nach unten gezogen, deshalb war ihre Stimme jetzt klarer zu hören; sie hatten die Staubwolke hinter sich gelassen.
Lasse ritt um das Tier herum, so, wie sie nach der Stampede in Kreisen um die ganze Herde geritten waren, um sie zu sammeln. Die Färse blieb stehen. Und stand.
Hoho!
Muh, antwortete die kleine Färse trotzig.
Lasse warf ein Lasso über den Kopf des Tieres und zog es mit Pferdestärke hinter sich her. Die Färse war wie erstarrt. Lasse sprang vom Pferd und versuchte es mit der Hand – ohne Erfolg.
Moule sah ihm geduldig zu.
Lasse entfernte das Lasso. Und das Tier machte kehrt und ging.
Bestimmt ist das Sunrise, sagte Moule.
Hat Cooky dir die Namen von allen genannt?, fragte er gereizt.
Sie schüttelte den Kopf.
Aber die da hat er erwähnt. Die braucht Zeit für sich, hat er gesagt, aber sie kommt immer zurück. Immer vor Sonnenaufgang.
Lasse schwang sich wieder hinter Moule auf den Pferderücken. Er nahm dem Kind die Zügel ab.
Sie hat keinen Reisegefährten, sagte Moule jetzt. Darin ist sie anders als die anderen.
Sie sahen der Färse hinterher, als die ein Stück von ihnen ent-

fernt einem Gestrüpp auswich. Und Lasse trieb sein Pferd an, um die anderen einzuholen. Bald wurde ihnen wieder Staub ins Gesicht gewirbelt, und Moule zog das Halstuch höher.
Erst als Boss ihnen Zeichen gab, die Plätze zu tauschen, brachte Lasse die Kleine zurück zum Koch. Als sie auf den Boden gesprungen war, schaute sie zu ihm auf.
Du bist nicht böse auf mich, oder?, fragte sie.
Er schüttelte den Kopf. Den Rest des Tages ließ die kleine Färse sich nicht sehen, aber als am nächsten Morgen im Osten die Sonne aufging, kam sie als dunkle Silhouette vor der orangefarbenen Glut angetrabt.

Allan B. Dover, sagte Moule einige Tage später zu Lasse.
Wer ist das?
Dem gehört die Herde.
Sie zeigte auf die Tierflanken. ABD waren die eingebrannten Buchstaben. Und Moule sah sie an und bewegte dabei ruckweise die Hand. A-B-D.
Kannst du jetzt lesen?
Cooky bringt es mir bei.
Wieder verspürte Lasse Erleichterung, weil sie sich an einen anderen anschloss. Aber die Erleichterung war weder stark noch jubelnd.

Ein seltsamer Mann, dachte Boss über ihn, mit seinem Gesang und diesem Kind, das weder Mädchen noch Junge ist.

Sie trieben die Tiere durch einen Flusslauf. Sie trieben sie weiter über offene Ebenen.
Früher, sagte Cooky.
Da hatten wir keinen Chuck Wagon. Da hatten wir nur Säcke, die an beiden Enden zugenäht waren und in der Mitte einen Spalt hatten. Da haben wir alles, was wir brauchten, an den

Sattel gebunden, oft mehrere Säcke an einem Sattel. Damals hatte ich eine grau-rot gestreifte Decke.

Nach dem Sturm war das Wetter sonnig und warm geworden. Die Luft stand still und zitterte über der Ebene. Beim Reiten verursachten sie selbst Wind, dennoch lief ihnen der Schweiß über die Seiten und den Rücken. So bewegten sie sich nach Norden und erreichten Oklahoma, das Territorium zwischen Texas und Kansas. Und das Holz im Wagen trocknete.

Dann lösten sich an den Rädern die Eisenbänder. Cooky feuchtete Stierhaut an und legte sie eng um Band und Rad. Die Haut würde trocknen, in der so gelegten Form erstarren und damit das Eisen festhalten. Aber sie mussten eine Weile warten, ehe sie weiterrollen konnten.

Deshalb stand der Küchenwagen ohne andere Bewachung als ein Kind und einen halbblinden Mann da, als fünf Indianer auftauchten.

Cooky räumte die Reste des Leders weg, das er benutzt hatte. Er öffnete die Küchenklappe. Er bat Moule, ein Feuer zu machen, dann buken sie für sieben Menschen Speck und Pfannkuchen. Als einer der Indianer später nach einem Gewehr griff, das im Wagen lag, zückte das Kind das Messer. Die Indianer lachten. Dann zogen sie weiter, die fünf, ohne das Gewehr, auf die Herde weiter vorn zu.

Wollen sie Vieh stehlen?, fragte Moule.

I don't think so, sagte Cooky. Einer von ihnen war verletzt.

Welcher denn?

Das konnte ich nicht sehen. Aber ich habe die Wunde gerochen. Den Eiter.

Hm, sagte Moule.

Die beiden mussten noch eine Weile warten, ehe die Haut um das Eisen getrocknet war.

Früher einmal, sagte Cooky, da haben Indianer am Rio Grande mehrere tausend Tiere von uns gestohlen.

Aber wir selbst hatten sie vorher in Mexiko gestohlen, grinste er.

Lasse sah sie kommen, die fünf halbnackten Reiter ohne Sattel. Er sah zu Boss hinüber, auch der Chef hatte sie entdeckt. Jetzt ritt er ihnen entgegen und winkte Lasse mit sich. Dann wechselten einige Münzen den Besitzer.

Es waren weiße Männer, die die nächste Panik auslösten. Die Herde war weitergelangt, nach Kansas, das Land lag höher, die Nächte waren kälter. Es gab mehr Zäune. Und zwar aus Stacheldraht. Sie zogen sich meilenweit über die Ebene, umgaben Vieh und Schafe, die weit weg und nicht zu sehen, aber doch da waren, die hinter dem Stacheldraht grasten. Wenn die Zaunpfosten nicht gewesen wären, hätte die Herde einfach loslaufen und von dem Draht erwürgt werden können. Und die Zäune zwangen sie zu Umwegen, die die Reise verlängerten.
Letzte Tour, sagte Boss verdrossen.
Sie saßen am Lagerfeuer. Sie hatten einen Hirsch verzehrt, den Kip am Vortag mit dem Lasso erbeutet hatte; der Hirsch hatte gelahmt. Am Vortag hatten sie gebratene Fleischstücke mit Maisbrot gegessen, nun hatte Cooky einen Eintopf aus Fleisch und Chili gemacht, mit Thymian und Basilikum, Bohnen und Zwiebeln, gutes Essen brachte eben Trost. Die Nacht wurde ruhig, die Wachen sangen unter Mond und Sternen.
Aber dann kamen die Viehdiebe.
Sie kamen kurz vor der Dämmerung am nächsten Morgen, als die meisten noch schliefen, als das Kind und der alte Mann Feuer machten.
Lasse sah sie in dem Moment, ehe sie schossen, er hatte zusammen mit Boss Nachtwache. Zuerst entdeckte er einen, wie einen beweglichen Schatten, dann folgte das Aufleuchten der Waffe, der Schuss, der nicht töten sollte, sondern Angst ma-

chen. Als er noch einen Mann entdeckte, war er schon herumgefahren, um den davonjagenden Tieren zu folgen; er legte sich über den Pferdenacken, um die Jagd aufzunehmen.
Das Kind erfasste Aufleuchten und Knall und wusste, was das bedeutete. Eine Sekunde darauf war das ganze Lager auf den Beinen. Lad brachte Pferde und Cooky Gewehre, und Moule sprang auf einen ungesattelten grauen Hengst und jagte davon, denn sie hatte noch mehr gesehen, sie hatte noch einen Viehdieb gesehen, der sich jetzt Lasse von hinten näherte.
Moule, brüllte Cooky.
Sie ritt. Sie bohrte die nackten Hacken in die Pferdeflanken und legte die Arme um den Tierhals. Vor sich hörte sie Schüsse; es waren die Banditen, die auf ihre Verfolger schossen. Moule sah sie alle in dem trüben Dämmerlicht vor Sonnenaufgang, sie sah, dass keiner traf, denn keiner fiel, und sie sah, dass die Fremden mehr als nur vier waren, sie waren acht, die Hälfte schien ein Stück weiter gewartet zu haben. Und sie näherte sich ihnen schnell, vielleicht, da das Pferd unter ihr die leichteste Last trug, sie näherte sich Lasse und Boss und dem Banditen, der ein Stück hinter den beiden ritt, ein wenig seitlich, um nicht in der Schusslinie seiner eigenen Leute zu landen, wie sie begriff. Und sie wusste, was sie zu tun hatte. Denn wenn die, die vor ihnen ritten, Boss erledigt hätten, würde der, der hinten war, auf Lasse schießen, aber so weit sollte es nicht kommen!
So weit sollte es nicht kommen!
Und sie ritt näher. Sie ritt mit gezücktem Messer näher. Sie hatte den Dolch zwischen den Zähnen, und sie schaute durch den Staub von Hunderten von Hufen, schaute die vor ihr aus zusammengekniffenen Augen an. Moule!, hörte sie Cooky rufen, jetzt schon weiter weg.
Ihre Augen brannten, aber das merkte sie nicht. Ihre Tränen flossen, und sie blinzelte sie fort. Sie flüsterte dem Pferd zu: Faster! Faster! Und sie sah Lasse, der im Reiten schoss und

verfehlte, Boss, der ebenfalls schoss und verfehlte, genau wie die anderen. Dann entdeckte sie, dass der hinterste Gauner die Waffe hob, als wolle er doch nicht warten, als sei der Winkel schräg genug, um Lasse zu treffen und keinen von seinen eigenen Leuten. Und Moule warf sich nach vorn, in letzter Minute tat sie das, riss sich das Messer zwischen den Zähnen heraus und drehte sich, als sie neben den Mann ritt, drehte sich und stach zu, während der Hengst unter ihrem Körper davonlief, schlitzte die Kehle des Mannes auf, als sie noch in der Luft war, konnte noch das Erstaunen im Blick des Mannes lesen, dann fielen sie beide zu Boden.

Letzte Tour, sagte Boss.

Das war später. Nach dem Aufräumen. Nach der Mahlzeit mit dem Überfluss von frischem Fleisch. Und nach der Beerdigung.

Sing für uns, Les, sagte Boss.

Lasse sang. Er summte Töne ohne Worte, denn die Strophen, die er von früher her kannte, auf Norwegisch oder Englisch, die passten nicht. Sie wollten keinen Choral hören, die Beerdigung war jetzt vorüber, sie saßen am Feuer, es war sternklar und kühl. Aber das Summen war nicht genug. Es war mehr nötig, um sie zusammenzubringen, bald würden sie sich außerdem trennen, um einander vielleicht nie wieder zu begegnen, denn das hier war die letzte Tour.

Und die Wörter kamen, über das, was vorbei war. Die Wörter stiegen in ihm auf, aus ihm heraus, eins nach dem anderen, wie eine Kette: Men and horses. Nights and fires.

Barbed wire.

Wind and water. Sunny morning.

Barbed wire.

Kip zog eine Mundharmonika hervor. Hinter ihnen lagen die

Tiere, erschöpft. Ob die sich wohl erinnern können?, überlegte Lasse.
Mustang cattle, soon at running, wild at heart.
Barbed wire, fiel die rostige Stimme von Boss ein.
Er weinte. Der magere Boss mit den braungebrannten Fäusten und Wangen, dem Einzigen an ihm, was Wind und Sonne berühren durften. Boss mit dem grauen Hut und den knallblauen Augen, mit der sicheren Entschiedenheit und der Ruhe in den Schultern. Er weinte. Sie hatten heute nichts geholfen, die sicheren Schultern und der Rücken, die entschiedenen Befehle. Gegen Banditen musste man sich wehren. Banditen hatte er erlebt, seit er ein Junge gewesen war, er hatte doch seinen Vater ermordet und blutend im Sand liegen sehen. Dann hatte er einfach geschossen, bis er wieder und wieder getroffen hatte. An diesem Morgen hatte er zwei der Gauner getötet. Kip hatte einen dritten erlegt und Moule den vierten. Die anderen Fremden waren geflohen. Aber das Vieh war gerannt, gerannt. Und das Kind hatte im niedergetrampelten Gras gelegen, mit einer Kugel im Kopf.
Good and evil, sang Lasse. Dreams and killings.
Er dachte an Moule, daran, was ihr Schlimmes zugestoßen war, als sie kleiner gewesen war. Daran, wie das Böse ihre Gedanken und Sätze später zum Wahnsinn hin verdreht hatte. Trotzdem war sie gut gewesen und stolz und treu.
Pride of women, sang er. Strong and shining.
Barbed wire, sangen die anderen.
Ach, Lasse wusste ja, dass er die Kleine weit weggewünscht hatte, als ihr Gesicht im Küchenwagen aufgetaucht war. Jetzt dachte er an die Seide aus Simeons Tasche.
Dreams of whiskey, sang Cooky. Drowning sorrow.
Barbed wire.
Lasse hatte Moules Leichnam in die glänzende Seide gewickelt. Er hatte den zerschossenen Kopf eingewickelt und die verschmutzte Kittelschürze, alles darunter verborgen. Nur

das Gesicht war noch zu sehen gewesen, das kleine Gesicht mit den geschlossenen Augenlidern.
Vorsichtig hatte er sie in den Boden gesenkt. Und er hatte sich abwenden müssen, als Kip sie mit Erde bedeckte. Danach hatten sie ein kleines Kreuz auf ihrem Grab errichtet.
Boss hatte ein Gebet gesprochen, nur wenige Wörter, langsam. Lasse hatte singen wollen, hatte es aber nicht geschafft, in diesem Moment nicht.

Moule, hatte Boss später gemurmelt, bedeutet das was?
Eine Art Muschel, hatte der Pferdejunge Lad geantwortet.
How d'you know?
My father is French.

Cooky hatte den kleinen Leichnam im Wagen liegen lassen, bis er die anderen eingeholt hatte, dort beim Stacheldraht, wo alles zum Halten gekommen war. Und er hatte ihr Messer gesäubert und aufbewahrt.

Ein Inferno, dort am Stacheldraht.
Die Panik der Herde hatte einige Stunden und etliche Meilen vorgehalten, und sie wäre sicher noch eine ganze Weile weitergegangen. Wenn der Zaun nicht gewesen wäre. Der Zaun hatte sie aufgehalten, wenn auch nicht durch seine Festigkeit, denn er hatte nachgegeben, die Zaunpfosten waren gebrochen oder aus dem Boden gerissen worden, aber die Ersten in der Herde, die mutigen, stolzen Leitstiere, der dunkelbraune mit den weißen Flecken und der helle mit den grauen Sprenkeln, waren gegen den Zaun gedrückt worden, gestolpert und in die Knie gegangen. Die anderen hatten sie überrannt, im selben Moment, bis der Blutgeruch ihre Trance gebrochen hatte. Dann hatten sie angefangen, in einer neuen Art von Erregung zu brüllen.
Die Männer hatten sie vom Zaun weggezogen. Viele Tiere wa-

ren zerschunden, aber nur die Leitstiere waren so übel zugerichtet, dass sie getötet werden mussten.
Die Herde war eingekreist und weggetrieben worden, ehe das geschehen war. Das hatte gedauert. Die Erregung steckte noch in den Gliedern, die Tiere wollten bei dem Blut sein, das in den Boden einzog, sie waren außerdem ohne Leittier, auch wenn die nächsten aufrückten; bald waren die Reihen wieder hergestellt, alle hatten ihren Platz gefunden, zwei neue ganz vorn.
Sie hatten die verletzten Tiere mit Messern getötet und abgehäutet.
Nach der Beerdigung hatten sie frisches Fleisch gegessen und die Whiskeykrüge geleert, die Boss für Fälle bei sich hatte, die Schmerzlinderung verlangten.
Und sie sangen.

Kip wurde nun zu Cookys Gehilfen, da der Mann mit der Singstimme bei der Nachtwache gebraucht wurde. Beim Kochen sprachen die beiden murmelnd über das Kind.
Les' Schwester, hatte Kip geglaubt.
No, sagte der Koch. Moule hatte ihn gefunden, wie in einem Märchen über einen Prinzen oder einen Dieb. In verschlissener Arbeitshose hatte er auf dem Boden gelegen und geschlafen; wie nach einem Fest, wie auf dem Weg zur Arbeit unter der Sonne auf einem Feld. Aber gleich neben ihm stand ein schöner Wagen mit zwei fetten Ochsen.
Prinz oder Dieb?, fragte Kip und musterte Les, der ein Stück von ihnen entfernt auf dem Pferd saß.
Er hatte außerdem das Gepäck eines feinen Mannes, berichtete der halbblinde Koch.
Ach?
Ja, eine Golduhr und einen prall gefüllten Geldbeutel.
Hatte er gestohlen?
Er ist der Sohn eines Richters, hat Moule behauptet.

Ach?
Es ging wohl um eine gestohlene Farm und einen Grundbrief. Aber als der Richter ermordet wurde, verschwand auch das Wissen um diese Ereignisse und was man damit machen sollte.
Der Vater von Les wurde ermordet?, fragte Kip.
Ja, offenbar in Waco.
Und jetzt hat er auch noch seine Schwester verloren!
Nein, widersprach der Koch. So war das nicht.

Dürfen die Farmer Stacheldraht aufstellen?, fragte Boss.
Niemand antwortete.
Du als Richterssohn, sagte er dann und versetzte Lasse einen Rippenstoß.
Was bin ich?
Das sagt Kip.
Das sagt Cooky.
Moule hat das gesagt, verteidigte sich der Koch. Sie ruhe in Frieden, sagte einer, den sie Cash nannten.
Nein, sagte Lasse. Meinem Vater bin ich nie begegnet.
Aber die Geige? Und die Seide?
Von einem Reisegefährten. Einem Juden namens Simeon. Er wurde in Waco ermordet.
Weil er Jude war?, fragte Cash.
Weil er einen Hof in seinen Besitz bringen wollte, für den sein Schwiegervater einen Grundbrief hatte. Drüben in Waco. Er wurde ermordet, als wir nebeneinanderlagen und schliefen. Ich wurde vom Blutgestank geweckt. Ich schrie. Die Leute kamen angerannt, als ob sie auf meinen Schrei nur gewartet hätten. Sie hatten die Ochsen schon angeschirrt und den Wagen bereitgemacht, sie warfen Taschen und Geige des Toten hinter mich und trieben die Ochsen an.
Du bist also kein Dieb?, fragte Kip.
Na ja, antwortete Lasse. Ich habe zwar einmal gestohlen, aber nicht in Waco.

Wer hat denn noch nie gestohlen!, rief Boss und schlug ihm auf den Rücken.
Sie lachten ein wenig, mit Dreck auf den Gesichtern, erstarrt von Sonne und Schweiß und Staub. Und sie lachten lauter, als sei alles Traurige vergessen und liege hinter ihnen, als liege alles, was es gab, vor ihnen: Es war das Ende der Reise, das Ende des letzten Viehtriebs, und vor ihnen lagen die Kneipen in Abilene.

Prost!
Sie hoben die Becher und tranken.
Sie trugen frisch geflickte, saubere Kleider, waren fast nicht zu erkennen, mit frisch geschnittenen Mähnen und Bärten, sie hielten Spielkarten in den Händen und schauten abwechselnd Buben und Asse und die Frauen an, die ihnen zulächelten.
Das Vieh war abgeliefert worden, es sollte mit dem Zug zum Schlachthof in Kansas City gebracht werden. Die Männer waren frei, sie hatten Geld bekommen, und Boss war nicht mehr Boss, er war August Lindner aus Austin, unterwegs zu Schwester und Mutter am Fuße irgendeines Gebirges.
Du kannst mit nach Nevada kommen, sagte er zu Lasse.
Was sollte er dort wohl anfangen?
Lad sah sehnsüchtig aus, ihn hatte niemand irgendwohin eingeladen.
Überleg mal, sagte Boss. Meine Schwester braucht einen Mann. Der letzte ist erschossen worden. Feine Ranch. Und meine Schwester ist hübsch. Nicht wahr, Cooky?
Big boobs, sagte Cooky über seine Nichte.
Falls du nicht lieber mit mir ans Meer kommen willst, sagte Kip.
Die beiden Junggesellen schlenderten durch die Hauptstraße von Abilene und hatten neue Hüte aus hellgelbem Leder tief in die Stirn gezogen.

Was für ein Meer?, fragte Lasse.
Das im Westen. Das in Kalifornien und weiter im Norden auf die Küste auftrifft. Ich will nach Norden. Puget Sound, so heißt das da.
Was gibt es am Puget Sound?
Fisch, sagte Kip, I'm finished with cattle. I go for fish now.
Er hat ein Mädel da oben, sagte Lad, als sie später zu mehreren an einem Kneipentisch saßen.
Aber so weit weg, sagte Cash. Wer will denn eine so weite Reise machen, nur weil Kip zu seiner Liebsten möchte!
Es ist schön da, sagte Kip. Das hat sie mir geschrieben. Dass es schön ist. Das Meer. Die Berge. Berge mit Schnee, hat sie geschrieben.
Erst bleiben wir mal hier, meinte Boss. Kommen zur Ruhe. Schlafen aus.

Lasse sah zur Decke hoch. Er hatte für frisches Bettzeug bezahlt, jetzt lag er auf einem Laken und einer Matratze und nicht auf hartem Boden oder Sand oder Gras. Und die Anspannung verließ ihn dort in Abilene, das Misstrauen bei fremden Geräuschen in der Dunkelheit, Menschenschritten oder Tierschreien; der Lockruf eines Kojoten nach einer Gefährtin konnte ausreichen, um langhörniges Vieh in Panik zu versetzen. Außerdem hatte er sich um das Kind geängstigt, er hatte ihren Wahnsinn bei Missverständnissen gefürchtet, wenn jemand ihr aus Unachtsamkeit oder Dummheit zu nahe trat, ihr Messer. Jetzt fiel alles von ihm ab wie eine Haut. Moule lebte nicht mehr. Die Tiere waren in Viehwagen zusammengepfercht. Er hatte Geld, Geld für ein Zimmer, für viele Tage und für zahllose gemietete Frauen.
Some sporting girls here, hatte August Lindner gesagt.
Yeah, Boss, hatten Shine und Cash ihm wie aus einem Munde geantwortet.
Lasse hatte sie sich am ersten Tag angesehen. Eine schwarzhaa-

rige und eine blonde. Erst am zweiten Abend hatte er sich entschieden, inzwischen war eine Dritte dazugekommen. Sie trug Rot und Schwarz. Sie hatte eine Blume im Haar. Sie hatte lange Beine, und die streichelte er. Er streichelte ihre langen Beine und dachte: Vollblut, und er legte ihr den Arm um die Hüften.
My bull, sagte sie.
No steer, dachte er und sah die beiden am Stacheldraht vor sich. Und er sah die beiden auch bis zu dem Moment, in dem er sich in sie ergoss. Da sah er nichts. Deshalb bat er sie zu bleiben, sie hieß Cherie. Und er bat sie zu erzählen, egal, was, damit er eine Frauenstimme hören könnte. Sie fing an, über Lämmer zu reden. Sie waren weiß und weich, die Lämmer, an die Cherie sich aus ihrer Kindheit erinnerte. Sie hatten das Fell unter ihren Schwänzen noch nicht verschmutzen können. Dann erzählte sie von einem Hund namens Pixie; er war ein ewiger Welpe geblieben, so, wie die Lämmer auf immer neugeboren und kreideweiß blieben. Dennoch wurde Lasse unten wieder groß und nahm sie noch einmal, jetzt zu Bildern von Schnee.
Am folgenden Tag schrieb er Briefe. Der eine ging an Olly Ockerman. Er erzählte von Moule und vom Traum des Viehtriebs, obwohl das ja eigentlich nicht sein Traum gewesen war. Der andere Brief ging an Agnes. Zuerst wollte er ihn an die Kneipe von Stavanger-Larsen schicken, aber dann quälte ihn die Erinnerung an die Prügelei. Also schrieb er an die Irin Mary; auf diese Weise konnte er sich auch für die gute Verpflegung in ihrem Haus bedanken. Und da in der Gegend so viele Norweger lebten, würde sie leicht feststellen können, ob Agnes gekommen war, glaubte er.
Ich bin in Abilene, Texas, schrieb er. Hier bleibe ich den Winter über, bis der Frühling kommt.
Aber was, wenn Agnes ihren Namen geändert hatte?, fiel ihm dann ein. Er musste sie der irischen Mary beschreiben. Wid golden hehr, schrieb er. Werry bjutiful.

Er lächelte zufrieden über diese Wörter. Er war jetzt Amerikaner. Er war Cowboy. Er war in seiner Zeit in Bosque ein passabler Reiter geworden, und durch die Tour mit dem Vieh war er jetzt ein guter.
Und der Cowboy stand vom Stuhl in dem gemieteten Zimmer auf, das über einem Saloon mit Tresen, Klavier und sporting girls lag, er erhob sich, um nach unten zu gehen, zwei Briefe aufzugeben und später einen Whiskey zu genießen. Dann fiel sein Blick auf den Spiegel, und er stand eine Weile da und bewunderte sich selbst.

Ausflug zu einem kleinen See

Willst du mich heiraten?

Samson A. Eagle sagte diese Worte in Gedanken. Es war die schlichteste Ausgabe eines Antrags. Er hatte mehrere ausprobiert, auch diese nur vor seinem inneren Ohr: Meine allerliebste Agnes, darf ich um deine Hand bitten? Liebe, liebe Agnes, jetzt leben wir schon so lange in einem Haus und arbeiten bei der Zeitung so gut zusammen …

Zuerst hatte er es zu Mittsommer machen wollen, dann am 4. Juli, aber immer war etwas dazwischengekommen.

Jetzt war es Herbst, mit Regen und kaltem Wind, aber dieser Tag war wie ein sonniges und wärmendes Geschenk gekommen, so unerwartet, und Samson hatte Agnes und die Kinder mit der Einladung zu einem Picknick überrascht. Das neue Dienstmädchen, das bei ihnen angefangen hatte, nachdem Stella dem Antrag ihres Barron aus Bemidji gefolgt war, sollte auch mitkommen. Sie hieß Glory und hatte auf Agnes' und teilweise auf Samsons Anweisungen hin einen reichhaltigen Picknickkorb gepackt, denn auch der Mann war an diesem Morgen mit seinen Wünschen in Bezug auf den Korb in der Küche erschienen: Er sollte eine Flasche süßen Wein und zwei Gläser enthalten.

Der alte Abraham Iglemyr lag mit Rückenschmerzen zu Bett, und der Knecht war mit seiner Arbeit beschäftigt, ansonsten sollten alle im Haus am Picknick teilnehmen. Die Stimmung war freudig gespannt, vor allem die Mädchen freuten sich ganz offen, denn zum ersten Mal war der Vater auf eine solche Idee gekommen. Samson konnte seine Erregung verbergen, aber sie lag doch in seinen ungeduldigen Schritten über den Hofplatz und in der Hand, die den Hut auf den Kopf setzte und wieder abnahm, immer wieder.

Er wollte einen Antrag machen.

Es war Samstag, und Samson erzählte eifrig von allen Vögeln, die seine Töchter bald sehen würden. Und zwar verschiedene Arten von Enten und vielleicht Gänse. Sogar Schwäne waren schon auf den Seen in der Nähe von Alexandria gesichtet worden.

Aber wie heißt der See, Vater? Fahren wir dahin, wo Konrad immer geangelt hat?

Wartet ab, antwortete Samson fröhlich.

Es sollte eine Überraschung sein, welchen See sie aufsuchen würden. Eine Überraschung für die, um die er werben wollte, die Frau, von der er hoffte, dass sie den neuesten Hut aufsetzen würde, den er ihr geschenkt hatte, aus dunkelblauem Samt und mit einer roten Feder.

Sie und die anderen glaubten sicher, er werde sie zum Victoriasee bringen, dachte er zufrieden, da der am nächsten lag. Aber ihr Ziel war der Lake Agnes. Am Agnessee wollte er ihr seinen Antrag machen, und sie würde ja sagen, da war er sich sicher, wo er sie doch zu ihrem eigenen See führte. Er hatte vor, Glory mit den Mädchen zum Entenbeobachten ans Ufer zu schicken, sie sollten sie vielleicht zählen, zumindest die unterschiedlichen Arten, und da würden sie eine Weile wegbleiben. Danach wollte er mit Agnes zu einem Baum gehen, und dort, hinter dem Baumstamm, außer Sichtweite des Mädchens und von Molly und Jennifer, wollte er auf die Knie fallen. Und danach würden sie mit Wein und gutem Essen feiern.

Endlich saßen sie im Wagen. Die Kinder sangen. Später freuten sie sich über die Blumen, die sie unterwegs sahen. Es waren Sonnenblumen, ein langer Gürtel aus gelben und braunen wippenden Blumenköpfen, die am Feldrand der Nachbarfarm standen.

Seht mal!, riefen die Mädchen. Wie hoch die sind.
Oh my!, rief das Dienstmädchen Glory. I never saw them that huge!
Sie war erst fünfzehn Jahre alt, die Stelle bei Herrn Eagle war ihre erste.
Dann war Schluss mit den Sonnenblumen, stattdessen wimmelte es von Blumen mit kürzeren Stengeln und weißen Blütendolden, und der Vater befragte die Töchter, wie es seine Gewohnheit war. Wie heißen die?
Yarrows, antwortete Molly.
Und was ist mit den gelben weiter hinten?, fragte er.
Primroses, rief Glory glücklich.
Samson A. Eagle drehte den Kopf und erwiderte Agnes' Blick. Sie lächelten einander freundlich und verständnisinnig an, über Glory, die sich noch immer wie ein Kind benehmen konnte. Einen Moment lang hatte der Mann sein Vorhaben vergessen, aber als er Agnes' kleines Lächeln und ihren schönen Hut sah, fiel es ihm wieder ein, und er spürte, wie die Hitze seinen Leib füllte.

Dann waren sie am Ziel, und alles fing so an, wie er gehofft hatte: Sie fanden eine passende Stelle. Die Frauen breiteten die Decken aus. Samson machte die Pferde los und ließ sie grasen.
Essen wir sofort?, fragte Jennifer.
Lass uns lieber noch einen Moment warten, entschied ihr Vater.
Unter ihnen lag die Wasseroberfläche glänzend da und war der Spiegel des Himmels. Am Ufer wuchs üppiges Schilfrohr.
Lake Agnes, sang es in Samson voller Bewegung.
Noch hatte er den Namen nicht laut gesagt. Er wollte das beim Baum machen, wenn sie nur zu zweit wären.
Dann brach Glory den Zauber: Is this Lake Aggie?
Lake Aggie?, wiederholte Molly fragend.
Ach, du meinst Agnes, rief Jennifer.

Doch, das sei schon möglich, gab Glory zu, denn sie habe eine Schwester, die Aggie genannt werde, obwohl sie Agnes getauft sei; just like you, Miss Agnes.
Samsons Herz wurde schwer.
Seht mal, ein Schwan!, rief Molly.
Da sind zwei, rief Glory.
Nein, mindestens vier, rief Agnes.
Die sehen wir uns mal an!, rief Jennifer.
Dann rannten sie den sanften Hang hinunter, die Mädchen, gefolgt von Glory.
Ich komme mit, sagte Agnes eifrig.
Willst du nicht?, fragte sie Samson.
Doch, sicher …
Nein, hätte er sagen müssen.
Warte, hätte er sagen müssen. Ich muss etwas mit dir besprechen …
Aber das brachte er nicht über sich.

Der Traum vom großen Butt

Warten, hatte Lasse gesagt. Noch eine Woche warten, noch einen Tag warten. Denn es war kein Brief aus Red Hook gekommen, Agnes hatte ihm nicht geantwortet.
Aber dann mussten sie doch aufbrechen, weil das Geld bald zu Ende sein würde, nachdem das Glück im Kartenspiel sie verlassen hatte, und da Kip seine Geliebte Lotje umarmen wollte und nicht die Huren in Abilene. Kip, der das besaß, was dem anderen fehlte: ein Brief einer Geliebten.
Sie ritten, mit Schlafsäcken und Proviant und jeder mit seinem Gewehr, Lasse mit der Posaune auf dem Rücken. Ab und zu ritten sie um die Wette die Hänge hoch, mit einsamen Nadelbäumen als Ziel. Und Lasse dachte an Tangdolden und ein Boot mit einem Mann, der ruderte, mit einer kleinen Tochter auf der hinteren Ruderbank, vor langer Zeit. Eine Flunder hatte er an jenem Tag gefangen, und sie war schon ausgenommen, als die Gäste eintrafen.
Fischnetze, erwähnte er Kip gegenüber, wenn sie abends am Lagerfeuer saßen, Fischnetze hatte er ausgelegt und eingeholt, Tag für Tag, oft mit rotgefrorenen Händen. Und er zeichnete die Sonne des Sommers, die Tag und Nacht am Himmel hing, die lediglich Glut, Stärke, Klarheit änderte, als erlösche sie bisweilen vor Müdigkeit, obwohl sie zu sehen war. Und er dachte an die Dunkelheit des Winters, wo die Tage dann doch klar sein konnten, weiß durch den Schnee, im Schein von Mond und Sternen und Nordlicht. Und sogar in der Winterzeit hatte er zum Fischen hinausrudern können.
Mehrmals erzählte er davon, da sie zum Meer unterwegs waren.

Eingelegter Hering, fügte Kip hinzu. Geräucherte und getrocknete kleine Fische. Ich und meine Katzen.
Halibut, fiel ihm dann noch ein.
Lasse dachte an den Riesenheilbutt, von dem Sonnentanz ihm erzählt hatte. Den, der auf dem Meeresgrund stand, vielleicht hier, vielleicht dort. Einmal würde er anbeißen und wütend unter der Wasseroberfläche auftauchen wie ein Segel, er würde das Boot mit einer langen, breiten Flosse zerschlagen, aber das machte nichts, denn der Riesenbutt würde selbst ein Boot werden, eine Eisscholle von Boot, ein Floß für den Fischer, der die Angel besaß und ihn überlistet hatte.
Lasse war der Held in der Erzählung seiner Pflegemutter gewesen, er hatte mit der Schnur als Zaumzeug auf dem Buttfloß gestanden, und nach einer langen Fahrt würde er das Land ansteuern, und der Fisch würde auf das Trockene gleiten, demütig und durch die Übermacht gedemütigt.
Am Puget Sound könnte das passieren, träumte er jetzt. An Amerikas westlicher Küste.
Wann hatte er zuletzt Fisch gegessen? Auf dem Weg durch das Land schossen sie kleines Wild und Vögel. Ab und zu ritten sie hungrig einen ganzen Tag lang. Dann kauften sie einer Bäuerin etwas ab. Oder sie lockten einen Hasen in die Falle.
Bist du sicher, dass sie da ist?, fragte Lasse vielleicht.
Wer denn?, fragte Kip zurück.
Deine Freundin natürlich.
Lotje.
Ja?
Sie ist da, wo der Butt wohnt, sagte Kip. Dann lachten sie glücklich.
Sie ist da, wo der Butt aus dem Meer an Land gezogen wird, denn er ist zu groß für ein Boot. Meine Lotje steht am Ufer, wo das Boot mit Vater und Bruder ankommt, das den Butt schleppt. Dann sieht sie den Fang und klatscht in die Hände.

Das Fleisch der Fische ist wie weiße Steaks, fügte Kip hinzu.
Ja?
Und die, die sie fangen, werden unermesslich reich.
Wieder lachten sie glücklich, denn in Lasses Gedanken nahm die fremde Lotje Agnes' Gesicht an, und in seiner Phantasie war es Agnes, die dort am Ufer wartete.
Dann ertappte er sich selbst bei dem Irrtum und wollte auch den anderen herunterziehen: Du glaubst doch wohl nicht, dass Lotje auf dich wartet, wenn ihr Vater so reich geworden ist?
Warum sollte sie nicht?, antwortete Kip. Dann hat sie doch alles, wovon sie geträumt hat, außer mir. Die Armen müssen für Reichtum und Sicherheit auf die Liebe verzichten, weißt du das nicht?

Sie suchten die Eisenbahn.
Erst fanden sie die Schienen, wie gerade Schnüre zogen sie sich über das Land. Dann folgten sie den Eisenschnüren zu einem mit Häusern umgebenen Bahnhof. Dort verkauften sie Pferde und Sättel und außerdem die Gewehre. Und bald kam mit heiserem Heulen die Lokomotive, die die Wagen zog. Auf dem Bahnsteig standen zwei Männer mit gefüllten und zusammengerollten Schlafsäcken unter dem Arm, mit guten Stiefeln, den Kopf in den Nacken geschoben, der eine hatte eine Posaune.
Eine Frau klopfte an die Fensterscheibe und winkte sie zu sich. Sie trug ein Kostüm aus dicker gelber Seide und hatte ein Fernglas auf dem Schoß liegen.
A musician, zwitscherte sie. Ein Glas Wein für eine schnelle Melodie?
Well, sagte Lasse zögernd.
Come on, lad, drängte sie. Und Lasse spielte einen Marsch und erntete den Applaus des ganzen Wagens.
Welcome to Union Pacific, sagte die Dame, als der Applaus verstummte, als gehöre ihr die ganze Eisenbahngesellschaft.

Ihr gehörte immerhin ein Teil, erfuhren sie dann bald, denn ihr Mann hatte investiert. Und sie redete und redete, während sie nach ihrem Sohn Ausschau hielt, denn ihr Sohn fuhr auch mit dem Zug, er war nur zum Rauchen ausgestiegen, sie konnten ihm doch nicht weggefahren sein? Und sie lachte schallend.
Und dann war der Sohn da, und Lasse war ihm schon einmal begegnet.
Der andere musste ebenfalls bei einer Erinnerung, die zunächst undeutlich war, die Stirn runzeln. Aber dann fiel es ihm ein. Sie sind der Retter! Sie haben einen Dieb gefasst! Sie haben eine Frau aus der Not gerettet. Ich wollte Sie damals zu meinem Partner machen, Ihrer Ehrlichkeit wegen.
Erzähl!, rief die Mutter begeistert.
Und der Sohn ergänzte die Details über Lasses Tat im Bahnhof von Poughkeepsie am Hudson, einige Jahre zuvor.

Ach ja, sie waren durch ihre Investitionen reich geworden, diese elegant gekleideten Menschen. Sie besaßen Grundstücke und Geschäfte in etlichen Bahnhofsorten. Aber der Gatte der Frau war nicht mehr unter ihnen. Die Witwe hatte tüchtige Leute angestellt, die sich um das Vermögen kümmerten, während sie selbst die Freuden der Eisenbahn genoss.
Es ist eine Leidenschaft, erklärte der Sohn mit aufgesetztem Ärger. Sie lebt im Zug, in immer neuen Zügen.
Aber ist das nicht phantastisch, rief die Frau, wie der Kontinent sich durch das Stickwerk der Schienen sammelt?
Der Sohn schenkte Wein ein, und sie stießen an. Auf die Eisenbahn. Auf deren Schienennetz und ihr Geräusch. Und auf die Zivilisation.
Diese Linie beginnt in Council Bluffs, Nebraska, am Missouri, erzählte die Dame. Sie folgt dem Weg der Fortyniners, wisst ihr. Hier sind sie durch die Prärie gewandert.
Wer denn?, fragte Kip.
Die Goldgräber. Hier sind sie neben ihren Wagen hergegan-

gen, vielleicht mit einer einsamen Kuh im Schlepp. Damals gab es keine Eisenbahn.
Habe ich schon Council Bluffs erwähnt?, fragte die Frau jetzt. Abraham Lincoln hat diesen Ort ausgesucht. Als Ausgangspunkt für den Weg in den Westen.
Wirklich wichtig wurde die Eisenbahn dann durch den Civil War, belehrte sie die anderen. Der Nachschub musste an die Front. Neue, frische Soldaten. Danach ging die Arbeit weiter. Mit dem Geld meines Mannes.
Und dem von anderen, fügte ihr Sohn hinzu.
Natürlich, sagte seine Mutter und lächelte.
In Utah haben die Mormonen sie gebaut, teilte sie mit.
Ich dachte, Chinesen, sagte der Sohn.
Nein, die haben für die Central Pacific gearbeitet. Aber die meisten Arbeiter bei der Union Pacific waren Iren.
Noch Wein?
Tausend Dank.
Überall fahren Züge, sagte die Frau, noch immer begeistert. Kreuz und quer. Lange Strecken und kurze. Ich erinnere mich an den Lake Superior und die Mississippi Railroad. Die Strecke Saint Paul–Duluth wurde 1870 fertiggestellt. Aber diese hier ist länger. Die geht bis nach Kalifornien und San Francisco.
Aber dahin wollen wir doch nicht!, rief Kip.
Wohin wollt ihr denn?
Wir wollen zum Puget Sound.
Dann könnt ihr in Granger, Wyoming, umsteigen und in nördlicher Richtung nach Tacoma, Washington, weiterfahren, sagte die Frau, sie hieß Frau van Damm.
Ist das noch weit?, fragte Kip.
Wir sind erst in Nebraska, beruhigte ihn der Sohn, er wurde Bernie genannt. Danach kommt ihr mit uns an Fort Laramie vorbei, und dann ist es immer noch ein gutes Stück.
Essen wir doch zusammen, sagte Frau van Damm.
Und sie aßen Braten und Truthahn mit Pickles und Maisbrot.

Lasse Lumber-Jack

Bald waren Lasse und Kip in Salmon Bay angekommen. Dort standen sie und betrachteten den Fjord, der ein Teil des Meeres war, aber nicht das Meer selbst. Es war so ähnlich wie in Ofoten. Hier wie dort musste man weit rudern, um zu den Fischgründen zu gelangen.
Das Wasser schlug grau gegen das Ufer, und es regnete. Die Tropfen machten Hüte und Schultern nass, bald waren sie durchnässt, fröstelten und hatten eiskalte Hände. Kip kannte den Namen eines Ortes. Sie wollten nach Bainbridge Island.
Dort. Dort im Nebel, wurde ihnen erklärt, als sie fragten.
Aber niemand konnte bei einem solchen Nebel dorthin rudern, unter einem Himmel voller dichtgedrängter grauer Wolken.
Also suchten sie sich einen Schlafplatz. Als es aufklarte und die Sonne aufging, traten sie mit zusammengekniffenen Augen und dem Lärm einer Säge im Ohr vor die Tür. Sie suchten nach einem Unterschlupf aus Treibholz und sonstigen Zufallsfunden, in dem eine Witwe namens Clara Burns wohnen sollte; sie würde ihnen vielleicht ein ramponiertes Boot verkaufen, für das sie selbst keine Verwendung hatte.
Bald saßen sie auf den Ruderbänken und trieben das Boot mit ihren Ruderschlägen vorwärts. Die Bewegung machte sie warm. Der Anblick des glitzernden Spiels im Wasser stimmte sie fröhlich. Lasse dachte an den großen Fisch.
Sing, forderte Kip ihn auf.
Lasse sang, damit sie den Takt der Ruderschläge besser halten könnten, und Kip stimmte hier und dort für einen Moment ein.

Sie ruderten den ganzen Tag, ohne Essenspause, wie der Zug, sagten sie später, als wären sie Lokomotiven und keine Menschen. Aber der Gesang war im Laufe der Stunden schwächer geworden und klang erschöpft, auch wenn er wie von selbst kam und ohne Gedanken an das blaue Abenddunkel war, als sie endlich auf Bainbridge Island an Land gingen.
Kips Leute waren nicht dort.
Niemand, den sie fragten, hatte von Lotje und ihrer Familie gehört.
Where do you come from?, wurden sie gefragt.
Sie antworteten mit Unterbrechungen, während sie bei Speis und Trank zulangten. Texas. Red Hook. Norway. The Netherlands.
Some Norwegians on the other side, erfuhren sie.
In Salmon Bay, woher sie gekommen waren?
Sicher auch dort, aber die waren nicht gemeint gewesen. Wenn sie um diese Insel ruderten und dann über den Sund auf die andere Seite. Dahin.
Ach.
Vielleicht wissen die ja auch etwas über deine Familie, trösteten sie Kip.

Sing!, sagte Kip, als sie wieder im Boot saßen, vielleicht in der Hoffnung, dass er dann die Blutblasen in seinen Handflächen vergessen würde.
Alle Glieder taten ihnen weh. Bald waren sie wieder Lokomotiven, ohne etwas anderes im Kopf als den Takt und die Bewegung. Und der Gesang flachte ab zu zwei Tönen und Zahlen: Eins-zwei. Eins-zwei. Eins beim kurzen Ausatmen, zwei beim langsameren Einatmen.
Der Atem war zu Zischen und Flüstern geworden, als sie die Dogfish Bay erreichten. Trotzdem wurden sie mit Rufen über Musik empfangen. Das lag an der funkelnden Posaune vorn im Boot.

Sieh mal, Vater!, rief jemand. Da kommt ein Orchester!
Das war auf Norwegisch gerufen worden.
In der Dogfish Bay wimmelte es von Norwegern. Und am Ufer roch es vertraut, nicht wie in New Orleans. Und an den Hängen über dem Wasser grasten Kühe, und als sie die Kühe anschauten und die brüllten, klang sogar das norwegisch.
Die beiden Freunde wurden dem Häuptling des Ortes vorgeführt. Er hieß Iver B. Moe und kam aus Frederikshald im Südosten Norwegens.
Könnt ihr denn auch arbeiten?, fragte Moe mit Blick auf die Posaune.
Er brauchte Leute für die Holzfällerei.
Wir wollten aber fischen, erklärte Lasse. Wir wollen den Riesenbutt heraufholen.
Haha, sagte Moe. Hier gibt es Essen genug im Meer. Aber der Reichtum liegt im Wald. Seht euch die Stämme an.
Am dunklen Abend sahen sie nichts.
Am nächsten Morgen sahen sie Baumstämme, die gerade wie Schiffsmasten in den Himmel ragten.
Damit beschäftigen wir uns hier am Puget Sound, wurde gesagt. Mit Holz. Überall.
Seht euch mein Haus an, sagte Moe stolz.
Ein schönes Haus. Es war ein ganzer Hof, mit Kühen und Schafen, Schweinen und Hühnerstall.
Auf dem Weg durch das Land habe ich in einem Eisenbahnwagen gelebt, prahlte er. Ich habe Schienen gelegt.
Die haben wir gesehen, sagte Lasse. Die Schienen durch das Land.

Haha, sagte Moe. Ich habe Schienen und Schwellen gelegt. Dann bin ich hergekommen.
Mit zwei leeren Händen, fügte jemand anderes hinzu.
Und jetzt?, fragte Moe.
Lasse sah sich auf dem Hof um. Kip betrachtete zwei Hunde,

die sich paarten, er hatte nicht verstanden, was gesagt worden war.
Hier wirst du reich, Junge!, sagte Moe und schlug Lasse auf den Rücken.
Aber wo konnte es hier Niederländer geben?
Vielleicht in Port Gamble, schlug jemand vor.
Aber du kommst zurück!, sagte Moe zu Lasse. Auch da gibt es nur Holz. Und dann hat man es bei den eigenen Leuten doch besser.
Der Häuptling packte die Posaune und stellte sie auf seine Türschwelle, ehe er sich von den jungen Männern verabschiedete. Als Pfand, wusste die junge Lehrerin des Ortes, die das gesehen hatte, und sie spürte, wie Erwartung sie durchrieselte.

Aber die Schwermut überkam Kip, als sie losruderten, noch ein Morgen im Nebel. Lasse spürte, wie sein Freund dort auf der Ruderbank kleiner wurde, und er spürte, wie die Kraft aus dessen Ruderschlägen schwand.
Eins-zwei, rief er, aber das half nichts.
Wie sieht sie noch aus?, fragte er dann, um den anderen aufzumuntern.
Wer denn?
Lotje natürlich.
Kip gab keine Antwort.
Zieh die Ruder ein und dreh dich um, forderte Lasse ihn auf.
Kip schniefte und tat wie ihm geheißen.
Vielleicht habe ich sie nur erfunden, murmelte er.
Sie und den Butt?, fragte Lasse.
Das muss wohl so sein, wo niemand hier fischen will!
Nicht einmal niederländische Matjes?, versuchte Lasse, ihn zum Grinsen zu bringen.
Nicht einmal das, sagte Kip traurig.
Ich habe es auf dem ganzen Weg gesehen, setzte er hinzu.

Überall liegen Sägewerke, nicht wahr? Und was haben wir in der Kneipe auf dem Festland zu essen bekommen?
Ein zähes Huhn, sagte Lasse.
Mit französischen Kartoffeln, sagte Kip.
Du meinst also, du hast Sehnsucht nach dem Fisch, dem Fisch deiner Kindheit? Und Lotje hast du nur erfunden, um den Traum noch schöner zu machen?
Ja, vielleicht.
Und mich hast du nur wegen einer Spinnerei durch die halben USA geschleift?
Ja, vielleicht.
Kip lächelte. Dann lachten sie laut, alle beide, und dann schauten sie wieder in dieselbe Richtung und ruderten im gleichmäßigen Takt.

Wenn wir sie hier nicht finden, lade ich dich heute Abend zu allem ein, was du essen und trinken möchtest, versprach Lasse, als sie sich dem Ufer näherten. Und ich übernehme sogar deinen Einsatz im Kartenspiel.
Aber sie fanden Lotje in Port Gamble. Sie und ihre Eltern und ihre Brüder lebten dort, und die junge Frau stand an einem Anleger und schaute aufs Meer hinaus, in einem grünen Mantel und mit einem blauroten Tuch um den Kopf, als stehe sie jeden einzelnen Tag wartend da, wie ihr Liebster es sich erträumt hatte.
Kip!, rief sie.
Lotje!, antwortete er.
Und ihre Stimmen verflochten sich zu einem seltsamen Lautgemisch, bei dem Lasse an Leber und Rogen und glatte Fischbäuche denken musste.
Bald saßen sie in einem langen, niedrigen Raum und aßen, die Ruderer und Lotjes Familie, und sie aßen Schwein und gelbe Rüben. Lotjes Vater und ihre Brüder arbeiteten im Sägewerk.
Was ist mit dem Butt?, fragte Lasse.

Sie hatten niemals eine Riesenflunder gefangen, war die Antwort, wie sie auf die Idee gekommen seien?
Lotje schaute zu Boden.

Und Lasse ruderte zurück zur Dogfish Bay auf der Halbinsel Kitsap. Denn der Häuptling Moe hatte die Wahrheit gesagt, und wenn Lasse ohnehin Holz fällen müsste, könnte er das auch bei seinen eigenen Leuten tun. Außerdem lag bei Moe ja noch seine Posaune.
Weiter würde er kaum kommen können, hier in Amerika, wusste er und ließ sich von einem von Moes Angestellten zu einer verlassenen Hütte ein Stück oberhalb des Ufers führen. Dort gab es einen undichten Ofen, der durch das Schmiedeeisen glühte, als er Feuer machte. Dort tauchte ein streunender Hund auf, der vielleicht einem Vorgänger hier in der Hütte gehört hatte. Lasse erlaubte ihm, sich zu wärmen, und gab ihm Wasser und Futter.
Tagsüber arbeitete er mit Moes Männern zwischen den geraden hohen Stämmen im Geruch von Harz und Tannennadeln, mit Säge oder Seil in den Händen oder mit einem Zaum, wenn das Pferd oder der gelbe Ochse, der die Ladung zog, zum Wasser geführt werden musste. Es waren Douglasfichten. Die Bäume waren groß und das Holz zäh. Und es gab Western Red Cedar. Dieses Holz war ebenso zäh. Die Holzfäller berechneten den Fall, damit die Bäume nicht erschlagen wurden, sondern elegant zwischen die anderen, noch stehenden sanken. Und die Männer entästeten und schleppten ohne ein Wort, die Gedanken auf die Arbeit gerichtet, denn man konnte getroffen und verletzt werden, wenn man sich in Träumen verlor. Nur auf dem Hinweg durch den halbdunklen Morgen kam in Lasse die Erkenntnis auf, dass diese Landschaft Ähnlichkeit mit Norwegen hatte, wie er es unterwegs zwischen Lødingen in Nordland und der Stadt Bergen gesehen hatte. Es gab Buchten und Förden. Es gab die immergrünen Kronen der Nadelbäume.

Lasse war, wo er war, und er sah, was er war. Er war ein Holzfäller von eigener Art, zäh wie der Douglasbaum. Nicht breitschultrig und schnell wie andere. Er taumelte abends zurück zur Hütte, machte Feuer und aß, ließ den Hund herein und fiel aufs Lager. Das war nur ein Strohhaufen in einer Ecke, aber noch hatte er den Schlafsack der Brüder aus Hamarøy.

Die Wirklichkeit war der Hund, der beim Ofen lag und schnarchte, bis die Glut erlosch und der Hund sich an ihn schmiegte. Die Wirklichkeit waren die Auswüchse im Holz der Wände und der Decke, die an seltsame Gesichter erinnerten.

Der Traum von Agnes hatte ihn wie eine traurige Lüge verlassen. Die Erinnerung an Agnes war irgendwo in seinem Körper eingekapselt. Ein seltenes Mal konnte die Kapsel bersten und ihm erzählen, wie allein er war. Denn Agnes musste ihn doch vergessen haben, dachte er. Aber er glaubte das im tiefsten Herzen nicht.

Das Leben war blutige Plackerei. Der einzige Trost war der Schnapskrug eines Arbeitskollegen namens Ragnvald. Der Schnaps wurde am Samstagabend ausgepackt. Dann saßen sie in Ragnvalds Hütte und waren fünf oder sechs Junggesellen mit grauen, klebrigen Harzflecken an den Fäusten.

Frauen, darüber sprachen sie. Frauen in Namdalen. Frauen in Toten. Lasse hörte nicht zu, er hatte keine, die er beisteuern mochte.

Dann zogen sie über Iver B. Moe her, dass er zu viel von ihnen verlangte.

Er verlangt auch von sich selbst viel, dachte Lasse über den Mann.

Er war zuerst hier, hieß es als Entschuldigung oder Erklärung.

Das ist gelogen, sagte ein anderer. Ole Stubb aus Førdefjord war zuerst hier.

Haben wir keine Karten?, fragte Lasse.

Der Lensmannsgehilfe kam erst acht Jahre später, erklärte der Mann aus Toten. Mit Peter Olson.
Ich habe die Überfahrt von der Armenkasse zu Hause bezahlt bekommen, rief ein Mann mit buttergelben Haaren.
Dennoch will Iver Moe dem Ort hier den Namen geben, tadelte jemand.
Klar haben wir Karten!
Die Karten wurden ausgeteilt und an die Brust gedrückt. Es wurde gewonnen und verloren, getrunken und gegrinst. Als der Krug leer war, stapften sie zu ihren Hütten zurück, Lasse zu der, wo der Hund vor der Tür Wache saß.
Lasse fällte Bäume. Er erhielt seinen Lohn, er ging in den Laden und kaufte Vorräte ein. Fast jedes Mal, wenn er dort war, tauchte die Lehrerin auf. Sie war jung und schüchtern. Aber er sah sie nicht an, nicht direkt, auch wenn er sie aus dem Augenwinkel ahnte.
Nach warmen Tagen im Wald kam es vor, dass die Männer sich am Ende ihrer Mühsal nackt ins Wasser fallen ließen. Dort im Wald gab es außerdem eine Sauna, und als der Herbst kam und es kälter wurde, heizten sie dort ein und schwitzten, ehe sie sich ins Wasser fallen ließen. Und immer sprachen sie über die Lehrerin, später, wenn sie wieder angezogen waren, aber auf eine Weise, die zeigte, dass sie an sie gedacht hatten, als sie zu vielen und nackt gewesen waren.
Haha, sagten sie und tranken.

Lasse besorgte sich Fallen. Er legte sie oberhalb der Fällzone aus, aber sie waren immer leer.
Das Wild weicht dem frisch gerodeten Bereich aus, erklärten die anderen. Du musst weiter weg.
Dann bekam er doch einen Hasenbraten, von einer Frau.
Nicht die Lehrerin brachte den, sondern eine, die ihn an Sol in Minneapolis erinnerte. Sie kam, ohne anzuklopfen, herein und reichte ihm das tote Tier. Sie blieb stumm stehen und sah zu,

wie er es abhäutete, draußen in der abendlichen Dunkelheit, im Schein eines Feuers. Dann legte er den Hasen in einen Topf, den er über die Flammen hängte; den Topf hatten andere in der Hütte stehenlassen, das mit dem Aufhängen hatte er seinerzeit bei einem Küchenwagen gelernt, und er fettete den Topfboden unter dem Wild ein und streute Salz und Pfeffer darüber und gab zudem ein wenig Wasser über den hautlosen Hasen, das zusammen mit Blut und Gewürzen eine Soße ergeben würde.
Sie aßen schweigend. Die Frau fuhr ihm mit einer schmutzigen Hand über die Wange, ehe sie ihn verließ.
Die anderen Norweger wussten, wer sie war. Sie wohnte ein Stück entfernt in einer Scheune.
Sie kam mehrmals zu ihm, immer mit einem Hasen, und er versuchte, mit ihr zu reden.
What's your name?
Sie gab ihm einige Silben.
And this is …, sagte sie und gab ihm noch mehr Silben.
You call it Liberty Bay, sagte sie dann, but we …
Und sie wiederholte die Silben.
Dogfish war zu Liberty geworden, erklärten die anderen Holzfäller. Sie wussten nicht, wann. Beide Namen waren abwechselnd benutzt worden, als sie selbst gekommen waren.
Und außerdem noch Poulsbo, hieß es.
Die Posthalterei Poulsbo, wusste Lasse.
Das sei nicht richtig, hatte der Häuptling Moe gebrummt, es hätte Paulsbo sein müssen, mit a, nicht mit o. Da drüben in Washington an der Ostküste war ein Fehler gemacht worden. Dort wurde auf den Antrag auf eine Posthalterei geantwortet, dort wurde ein vorgeschlagener Name gutgeheißen oder verworfen.
Die Holzfäller grinsten hinter Moes Rücken. Denn er hatte den Antrag geschrieben, er hatte die Buchstaben so schlampig geschrieben, dass es missverstanden werden konnte.
Poulsbo, haha!

Haha!
Der eine Name sei ja wohl so blöd wie der andere, meinte Lasse.
Wieso denn das?
Norwegisch, sagte er. We are in America now.
Na und, er hielt sich also für besser als andere?
Sofort juckte es ihm in den Fingern.
Wer hat so etwas gesagt?, damit brachte ein anderer die Kampfhähne zur Besinnung. Er redet doch nicht von uns, sondern von dem Mann, der sich den Namen ausgedacht hat.
Häuptling Moe?
Haha.
Haha.
Und es kam ein neuer Samstag mit einem neuen Krug Wein in einer Junggesellenhütte.
Hattest du nicht ein Horn bei dir, als du gekommen bist?, wurde gefragt.

Lasse klopfte bei Moe an und fragte nach der Posaune. Sie wollten ihn spielen hören, ehe er wieder ging, aber er bat um Entschuldigung. Er hatte das Mundstück seit Monaten nicht mehr in das Rohr gesteckt. Er wusste nicht mehr, was er noch konnte. Er musste zuerst üben.
Aber später? Nächstes Jahr, am 17. Mai?
Ja.
Und am 4. Juli? Und in der Kirche?
Moe hatte mehrere Kinder. Alle standen in der Türöffnung und schauten ihm hinterher.
Lasse ging nach Hause und suchte die Töne hervor.
Als die Indianerin das nächste Mal kam, legte sie ihm den Hasen vor die Hütte und ging, als sei der Klang bedrohlich. Aber als er den Hasen gehäutet und gebraten hatte, war sie doch wieder da, um mit ihm zu essen. Und sie brachte einige Kleine mit.

Wie alt bist du?, fragten die Kinder, als der Topf leer war.
Lasse gab keine Antwort.
Aber sie wiederholten stammelnd: How old are you? How old?
Lasse wusste es nicht genau. Er hatte niemals einen Geburtstag gefeiert. Sonnentanz hatte gesagt, er sei im Winter geboren worden. Irgendwann gegen Weihnachten. Oder gegen Neujahr.
How old are you?
Shut up, tadelte die Mutter.
Die Frage ließ ihm keine Ruhe, als die anderen gegangen waren. Denn wie viele Jahre war er nun schon in Amerika?
Er lag mit geschlossenen Augen da. Neben ihm lag der Hund, und Lasse streichelte sein Fell. Eine wilde Hündin; sie erinnerte ihn an Troll beim Pastor auf Ankenes, der ihm in einer Olavsnacht nach Veggland hatte folgen wollen. Aber er hatte doch zu Hause bleiben müssen, weil auf Veggland vielleicht Vogeljunge gewesen wären. Und stattdessen war eine Frau Lasse gefolgt.
Siebzehn war er damals gewesen. Und im folgenden Winter hatte er Norwegen verlassen. Also musste er achtzehn gewesen sein, als sie nach Castle Garden kamen, achtzehn, als sie später in einer Straße in New York standen und Othilie auf einer Truhe saß und weinte. Auch dort war ein Hund gewesen, einer, der sie getröstet hatte, ein großes schwanzwedelndes Geschöpf, das ihr das Gesicht geleckt hatte.
Das musste 1883 gewesen sein, denn in diesem Jahr war die Brooklyn Bridge geöffnet worden, und das war unmittelbar vor ihrem Eintreffen gewesen, wusste er.
Dann musste er zwanzig gewesen sein, als er bei der Beerdigung seines Freundes gesungen hatte.
Einige Zeit darauf war er in den Gesangsverein eingetreten. Und er wusste noch, dass der Chorleiter es missbilligt hatte, dass er auch für andere sang, wie auf dem Bethel-Schiff. Die-

ses Schiff war in dem Jahr nach Red Hook geschleppt worden, in dem die Freiheitsstatue errichtet worden war. War das nicht 1886 gewesen?
So musste es sein.
Und in seiner Erinnerung reihte sich ein Ereignis an das andere. Bild folgte auf Bild. Das glühende Eisen in der Fabrikhalle. Die Bettelgänge mit der Diakonisse. Maria Rosa und Willy. 1888 war er in Minneapolis gewesen. Dann war Peder gekommen, und sie waren nach Texas weitergezogen. Er erinnerte sich an die Baumwolle und an Simeon. Dann kamen die Jahre bei Olly Ockerman, ehe er mit Boss davongeritten war.
So lange Zeit!

So lange Zeit! Nicht weniger als acht Jahre! Und er dachte an Agnes.
Und ihr Bild wurde grauer vor seinen Augen, denn wie hatte er glauben können, sie gehöre immer noch ihm? Sicher hatte sie geheiratet, dort im Norden, einen Bauern im Frieswams, das musste sie doch getan haben.

Gehst du in die Kirche?, fragte er die Indianerin bei ihrem nächsten Besuch.
Sie nickte und wand sich, als habe sie höchstens einen Fuß hineingesetzt.
Komm am Sonntag, sagte er. Dann spiele ich einen Choral.
Sie kam, mit den drei Kindern Hand in Hand hinter sich; die stammten von dem Mann, der früher in Lasses Hütte gehaust hatte, wurde ihm ins Ohr geflüstert. Der Mann hatte sich abgesetzt. Eine Schande. Aber wer war sie denn selbst? Dass sie sich mit ihm eingelassen hatte?
Pst, tadelte die Lehrerin, die in der Bank dahinter saß.
Lasse spielte »Näher mein Gott zu dir«, tief und langsam, rein und seelenvoll, und die Lehrerin weinte.
Danke, sagte Frau Moe, für die Musik.

Sie standen draußen, nachher.
Tausend Dank, sagte die Lehrerin, und ihre Wangen glühten.
Die Junggesellen sahen zu Boden. Sie sagten nichts. Aber sie schielten missgünstig.
Look here, murmelte die Indianerin und ließ zwischen ihren Kleiderfalten eine Hasenleiche baumeln.
Ich hoffe, du spielst jetzt bei jedem Gottesdienst, sagte der Pastor bewegt.
Lasse deutete eine Verbeugung an, und der Pastor reichte ihm eine Zigarre.

Sechsundzwanzig, sagte Lasse, als die Hasenmahlzeit an diesem Tag zu Ende war.
Die Indianerin und die Kinder sahen ihn unsicher an.
Jahre, erklärte Lasse.
Ich bin erst sechs, sagte das älteste Kind und lächelte ihn an.

Sieh an, höhnten die Junggesellen in der folgenden Woche. Man speist also Hasen!
Lasse gab keine Antwort, er entästete einen Baum. Aber er wunderte sich, denn er hatte doch schon früher von ihr erzählt, der Frau, die ihm Fleisch brachte.
Was macht man sonst noch?, stichelten die anderen. Was macht man, wenn man gespeist hat?
Nichts, antwortete Lasse.
Das war dann offenbar auch wieder nicht richtig, denn jetzt zogen sie darüber her: Sie ist also nicht gut genug?
Und als der Samstag kam, lud keiner ihn zu Kartenspiel und Schnaps ein. Er saß allein in der Hütte mit der Posaune und dem Hund und mit seinen Gedanken. Die kreisten um Agnes, die ihn vergessen haben musste. Und so saß er den ganzen Herbst und Winter da, voller Schwermut. Er übte die Militärmärsche von beiden Seiten des Bürgerkrieges, um an kommenden Festtagen zu unterhalten, wie er es versprochen hatte,

und er spielte Choräle und Lieder. Er erfand außerdem seine eigenen Melodien, und die waren manchmal traurig und manchmal trotzig verspielt.
Eines Nachmittags tauchte dann die Lehrerin auf; der Pastor habe sie geschickt, sagte sie, damit sie mit Lasse über Choräle spreche, die er lernen könnte, und sie brachte ein Stück Kuchen und eine Tüte Kaffee mit.
Die beste der Frauen bringt frisches Gebäck, dachte Lasse bitter, während er Wasser für den Kaffee kochte. Dann brachte er sie zu dem Haus zurück, wo sie wohnte, und sie sprachen über Vögel.
Er hielt sie für keusch und fromm. Sonst hätte der Pastor sie ja nicht geschickt. Sie wusste außerdem viel, das hatte er schon gemerkt, über Vögel und über Choräle. Und er wollte gern die Stücke lernen, die sie hören wollte, sagte er, aber dann müsse sie bei ihm sein und ihm vorsingen, bis er sich an die Melodien erinnerte.
So wurde die tägliche Mühsal zwischen den Bäumen durch etwas Lustiges gekrönt, denn es machte Spaß, zuzusehen, wie die junge Lehrerin Martine Jacobsen sang. Ihre Stimme war zittrig und flach, und sie riss die Augen auf. Sie sang »oh-oh-oh«, aber keine Wörter, als glaubte sie, der Text werde ihn verwirren. Lasse spielte ihr auf der Posaune nach und stellte sich begriffsstutzig, damit die Besuche nicht aufhörten.
Sie machten weiter, bis der Schnee kam.
Aber die Männer schielten noch immer missgünstig.
Sie schielten, während der Schnee ihre Köpfe und die Kronen der Bäume bedeckte, sie schielten, als der Himmel wieder blau wurde und der Schnee fest. Sie schielten, während die fallenden Bäume den Schnee in die Luft wirbeln ließen und erstarrte Schneestücke sich von den Ästen lösten und den Männern in den Nacken fielen. Dann kamen sie eines Tages und schlugen ihn zusammen. Ohne ein Wort rissen sie die Tür auf und drängten sich in die Hütte. Ohne ein Wort packten sie ihn und

warfen ihn von einem zum anderen, bis der Erste zuschlug. Als sie ihn verließen, lag er auf dem Boden, mit geschwollener, dicker Nase und verklebten Augen. Auf der Posaune waren sie herumgesprungen. Sie hatten sie verbeult und entstellt und das Mundstück mitgehen lassen.
Der Hund leckte eifrig das Blut von seinem Gesicht. Einige Stunden später wurde Lasse davon geweckt, dass das Tier im Dunkeln saß und gierig dicht an seinem Kopf knurrte. Der geschundene Mann kam mühsam auf die Füße und beförderte das plötzlich halbwilde Tier mit einem Fußtritt hinaus, überzeugt, diese Handlung habe ihm das Leben gerettet.
Dann schleppte er sich wieder aufs Lager und döste und dämmerte vor sich hin und träumte vom Geruch von Frauen und Gebäck. Aber nicht die Frau aus der Schule kam am nächsten Tag und strich ihm Salbe auf die Augen, es war die andere, das sagte ihm der Geruch. Sie summte leise, während sie ihn berührte.
What …, setzte er zu einer Frage an.
Cob web, antwortete sie. And herbs.
Drei Tage darauf war er wieder im Wald. Und als die Arbeitswoche vorüber war, luden sie ihn zu Karten und Schnaps ein, und alles war so angenehm wie in der ersten Zeit. Lasse trank und hörte den Schwänken der anderen zu, sagte selbst aber nur wenig.
Er begriff, dass eine Rechnung getilgt war.
Sie hatten die Lehrerin für sich haben wollen, zumindest als gemeinsamen Traum in der Sauna. Sie träumten vielleicht sogar von der Wortkargen mit den Hasen.
Das mit dem Horn hatte dem Fass dann den Boden ausgeschlagen. Sie hatten die Posaune ermordet. Und sie hatten den Musikanten zusammengeschlagen.
Jetzt hatte ihre Wut sich verloren. Jetzt würde er sogar mit der Lehrerin schlafen können, ging ihm plötzlich auf.
Und sie war schön und fein.

Doch, Lasse hätte jetzt in Frieden leben können, hier in Poulsbo oder in Dogfish Bay, er hätte sich ein Haus bauen und die Lehrerin heiraten können. Sie könnten sich Hühner und Kühe und Schweine zulegen, so wie Moe sie hatte.
Aber wollte er das?

Dann kam das Weihnachtsfest, an dem Lasse hätte spielen sollen, aber er erschien ohne Posaune in der Kirche.
Stattdessen sang er.

Es gibt eben Männer und Würmer.
Lasse war zum Essen beim Häuptling eingeladen, im Moeschen Haus. Es gab Grütze und Braten und Pudding. Der Pastor war da und die Lehrerin, dazu ein Händler und dessen Frau. Der Händler stand auf und hielt eine Rede.
So danken wir dem Land, das uns aufgenommen hat, sagte er.
Yeah?, murmelte Moe.
Indem wir werden wie das Land selbst, sagte der Krämer. Indem wir werden wie Amerika, hocherhobenen Hauptes, stolz.
Er redete hier über Lasse. Den Mann mit der Singstimme. Der mit der Freigebigkeit des freien Mannes in Stimme und Posaune hergekommen war.
Es gibt sicher Kleingeister, die das nicht ertragen können.
Die Lehrerin rückte näher, gleichsam ohne Absicht, jetzt berührte der Oberschenkel unter ihrem Rock Lasses blanken Hosenstoff.
Ich gebe dir ein Ruder, verkündete Iver B. Moe.
Der Händler nickte. Der Pastor nickte.
Lasse verstand nicht – ein Ruder?
Aber er hatte das ja gehört, von den Männern im Wald, dass Moe nicht nur Bäume fällte. Er besaß auch Boote.
Im Puget Sound wimmele es von Booten, hatten die Männer gesagt, vor allem in den wärmeren Jahreszeiten. Es gab Thea Foss in Tacoma, sie vermietete Frachtboote für Holz und an-

dere Lasten. Und es gab die Mosquito-Flotte, kleine schnelle Dampfer, die Waren und Menschen zwischen den Dörfern und Städten auf der Halbinsel und dem Festland hin- und herfuhren. Iver B. Moe besaß einige davon, und jetzt wollte er Lasse zum Steuermann machen.

Nach dem Essen erhoben sich alle und sangen auf Vorschlag des Krämers ein weltliches Lied. Und während die Stimmen sich erhoben, musste Lasse an Berge denken.

Am nächsten Tag kletterte er auf die höchste Stelle der Gegend. Aber er sah nicht das, was Kip ihm versprochen hatte: verschneite Gipfel. Er sah nur grüne Hügel. Dann verhielt es sich mit den Gipfeln wohl wie mit Lotjes Märchen, dachte er traurig, genau wie mit dem Riesenfisch.

Das Fußvolk des Staatsmanns

Und womit füllt mein Sohn heute seine Zeitung?, fragte der alte Iglemyr.
Ich verteidige Knute Nelson, sagte Samson.
Das machst du doch dauernd.
Die anderen haben die alte Sache mit dem gestohlenen Grundstück wieder aufgewühlt.
Dass du das über dich bringst!
Aber sollen wir zulassen, wie sie auf unserem eigenen Mann herumhacken? Dem ersten in Norwegen geborenen Gouverneur von Minnesota und vielleicht überhaupt in den Vereinigten Staaten!
Du stehst hier nicht auf dem Marktplatz, sagte Iglemyr.

Nachdem Iglemyr ein Jahr zuvor Samson in Anwesenheit der Brüder in den Rücken gefallen war, hatte Agnes geglaubt, Iglemyr werde sie verlassen. Sie wusste, dass Abraham damals sogar gepackt und sich reisebereit gemacht hatte, auch wenn er darüber kein Wort verloren hatte. Dann hatte er wieder ausgepackt. Aus Bequemlichkeit, wusste Agnes. Und in der folgenden Zeit hatte er sich am Riemen gerissen.
Jetzt war er wieder der Alte. Der gemeine, stichelnde Mann, der andere gegen ihren Willen zum Lachen bringen konnte.

Und welche Gedanken hat er heute?, fragte er dann, während Agnes bei der Arbeit an der nächsten Ausgabe der *Future Voice* saß.
Er verteidigt Knute Nelsons Ehe, antwortete sie.
Abraham lehnte sich an den Rahmen der Tür zur Druckerei,

wo sie mit dem zur Hälfte mit Typen gefüllten Winkelhaken stand. Der Redakteur war zusammen mit einigen Erntehelfern draußen bei der Erntearbeit.

Und was sagt er über diese Ehe?, fragte der Vater des Autors.

Dass sie in keiner Kirche geheiratet haben.

Das weiß ich doch, sagte der Alte. Ich habe da gewohnt, wo das passiert ist. Ich habe Knutes Mutter und Stiefvater gekannt. Du hast die falsche Frage beantwortet.

Knute Nelson war mit der Kirche unzufrieden, da die Kirche sich für die Negersklaverei ausgesprochen hatte, sagte Agnes.

Er hätte sich eine andere suchen können, entgegnete Iglemyr.

Wie das?

Es gibt viele Kirchen. Bei den norwegischen Siedlern gab es von Anfang an zwei, in der Gegend, wo wir gewohnt haben. Später gab es in der einen Gemeinde eine Spaltung, und dann hatten wir drei. Die beiden sind nur um Spuckweite voneinander entfernt. Gleich groß. Gleich schön. Außerdem gab es Kirchen in Stoughton und Cambridge, nur einige Meilen entfernt.

Er wollte sich mit dieser Handlung gegen das Heimliche aussprechen, antwortete Agnes mit Worten aus Samsons Manuskript.

Aber was sagt der Senator über den Herrn und seine Bibel? Hat das etwas mit der Sache zu tun?

Ja, sagte Abraham. Für einen amerikanischen Wähler wird es immer wichtig sein, wo ein Mann in religiösen Fragen steht. Glaubt er an das Paradies? An die Jungfrauengeburt? Glaubt er an den freien Willen, gut oder schlecht zu handeln? Oder sind alle unsere Taten von Anbeginn der Zeiten an vorherbestimmt?

Dieser Artikel bestreitet, dass Herrn Nelsons weltliche Ehe aus dem Atheismus entspringt, sagte Agnes.

Wie bei der vorigen Wahl und der davor. Dass er das über sich bringt.

Der Kandidat für den Gouverneursposten?

Nein, mein Sohn – dass er es über sich bringt, die alten Antworten zu wiederholen.
Du weißt, was ich von Vätern halte, die hinter dem Rücken ihres Sohnes über diesen herziehen, fiel Agnes ihm ins Wort.
Ach ja?
Ach ja.

Wo ist Großvater?, fragte Jennifer.
Der ist nicht mehr hier, sagte ihr Vater.
Es war Herbst geworden, mit kälteren Tagen und stärkerem Wind. Er konnte Häuser mitreißen, der Wind in Minnesota. Er konnte Bäume mit den Wurzeln aus dem Boden reißen und damit die ganze Landschaft verändern. Er konnte sich wie eine Kralle um die Brust anfühlen, wie Pfeile in den Ohren. Und der Regen konnte seitlich ins Gesicht peitschen, wenn man das Haus verlassen musste.
Und als sie ins Nebenhaus ging, um ihr Bedürfnis zu verrichten, wurde Molly von dem Wind erfasst. Als sie wieder ins Haus kam, sah sie aus wie eine zerzauste Katze. Es half nichts, dass sie nun in der Wärme saß und Hausaufgaben machte, die Kälte rieselte ihr über den Rücken, und ihre Finger blieben bleich und kalt. Und schließlich glänzten ihre Augen wie kleine Lampen.
Wie heiß sie ist, sagte Samson.
Dabei fror sie die ganze Zeit.
Sie wickelten sie in Decken und legten sie mit einem Wärmstein an den Füßen ins Bett. Am nächsten Morgen war sie matt und apathisch. Agnes versuchte, sie mit Brei zu füttern, aber der floss ihr aus den Mundwinkeln, als habe das Kind die Kunst des Schluckens verlernt. Dann lag sie den ganzen Tag im Fieber da, abwechselnd bleich und glühend, während die Hitze in ihr stieg und fiel.

Hat sie etwas gegessen?, fragte Samson.
Das war nach dem dritten Tag der Krankheit.
Agnes nickte. Einen Teller Suppe. Und dabei war sie klar im Kopf. Sie hat über deinen Vater gesprochen.
Was hat sie über ihn gesagt?
Er müsste hier sein und sie zum Lachen bringen.
Das klingt nicht gerade klar im Kopf, sagte der Mann mürrisch.
Jetzt klingst du wie dein Bruder Konrad, murmelte Agnes.
Er musterte sie überrascht und sah gleichzeitig diesen Bruder vor sich, der immer so übellaunig und mürrisch gewesen war, als er bei ihnen auf der Farm gelebt hatte, und er wusste nicht, ob er beleidigt sein sollte. Aber dann würde er Konrad noch mehr ähneln, dachte er. Außerdem war doch Molly krank.
Ach was, sagte er.
Und es tat ihm plötzlich gut, dass Agnes wagte, so etwas zu sagen.
Er legte eine Hand auf die Stirn seiner Tochter. Er hatte sich auf die Bettkante gesetzt. Agnes kniete daneben und feuchtete abwechselnd Mollys Gesicht mit einem nassen Lappen an und träufelte ihr Wasser in den Mund.
Geh schlafen, sagte sie freundlich. Du musst früh aufbrechen.
Er wollte mit Knute Nelson, dem Politiker, der hoffte, zum ersten Mann des Staates gewählt zu werden, zum Gouverneur von Minnesota, zum Elbow Lake. Samson war sich nicht sicher, ob er die Wahl gewinnen würde. Aber um dieses Ziel zu erreichen, brauchte der Politiker seine Helfer. Samson A. Eagle war einer, der ihn unterstützte, der Fragen beantwortete, wenn der Kandidat selbst keine Gelegenheit dazu hatte, einer, der Herrn Nelson beschützte, damit der sich nicht völlig verausgabte. Denn der Mann war im Bürgerkrieg verletzt worden, und er wurde leichter müde als früher. Zugleich war die Verletzung ein Vorteil, denn sie zeigte ihn als Veteranen und Patrioten. Sie zeigte einen Amerikaner, und das war wichtig,

denn die Zeitungen in St. Paul nannten ihn nur »den Norweger«. Außerdem wollte Samson Nelson begleiten, um in seiner Zeitung über die Wahlveranstaltungen berichten zu können.

Durchaus nicht, antwortete er auf Agnes' Aufforderung, schlafen zu gehen. Geh lieber du, du hast doch schon mehrere Nächte hier gesessen.

Das ist nicht nötig, antwortete die Frau leise.

Und sie saßen beide dort. Und er nahm den Lappen, damit sie für das andere sorgen könnte, dafür, Wassertropfen zwischen die trockenen, gelbroten Lippen zu träufeln.

Sie lauschten dem keuchenden Atem des Kindes.

Erkältung, hatte Agnes anfangs gesagt.

Jetzt war sie nicht mehr so sicher. Es war etwas Weißes dazugekommen, ein Belag an mehreren Stellen im Mund. Sie hatte es nicht deutlich gesehen, es war eher eine Ahnung, als sie den Mund des Kindes geöffnet hatte, um festzustellen, ob der Hals noch immer so rot sei. Nicht, dass so ein Belag ungewöhnlich gewesen wäre. Den konnten alle auf der Zunge haben, wenn sie husteten und sich räusperten und rotzten; das wusste sie von zu Hause. Aber hatte sie den Belag wirklich auf Mollys Zunge gesehen? Und nicht eher am Gaumen?

Sie überlegte, ob sie das dem Vater erzählen müsste, entschied sich aber dagegen. Der Mann musste doch fort. Sie würde den Arzt kommen lassen.

Noch zwei weitere Herren stiegen zusammen mit Knute Nelson und Samson in den Zug. Bald unterhielten sie einander mit munteren Episoden aus der Politik. Wie der Gegenkandidat Kindred die Northern Pacific betrogen und das Geld im Wahlkampf verbraucht hatte. Es war lange her, aber doch komisch, denn dieser Kindred war verurteilt worden, der Eisenbahngesellschaft, bei der er angestellt war, einen großen Betrag zurückzuzahlen. Außerdem war er von Nelson besiegt worden.

Und wisst ihr noch, die Veranstaltung in Thompson? Wo Eier geworfen wurden?

Samson hörte nicht mehr zu, er dachte an seine kranke Tochter. Und er dachte an Agnes, die er liebte. Er sah sie vor sich, wie sie am Bett kniete, sah ihren sanften, besorgten Gesichtsausdruck und die ruhigen Hände, die zu lindern versuchten.

Und die Veranstaltung in Wadena! Erzähl, Samson, du warst doch dabei!

Verzeihung?

Samson ist noch nicht ganz wach, sagte Knute Nelson freundlich. Die anderen bitten dich, von damals in Verndale im Wadena County zu erzählen.

Ach so. Natürlich.

Da gab es einen Holzfäller, begann Samson, und seine Erinnerung wurde klarer. Aber zuvor ...

Jemand war gebeten worden, für den Redner eine Plattform zu zimmern. Aber die, die den Auftrag erhielten, planten Böses. Sie waren nicht für Knute Nelson, im Gegenteil. Deshalb bauten sie die Plattform viel zu hoch, und danach sägten sie einige Bretter von hinten her halb durch. Wenn er auf diese Stellen träte, würde er durchbrechen.

Wollten die dich umbringen?, fragte der Jüngste im Bunde, er hieß Finn Trapp.

Beinahe jedenfalls, antwortete Nelson.

Aber dann war da also dieser Holzfäller, sagte jetzt Samson. Er hatte norwegische Vorfahren. Und er wusste, was die anderen getan hatten.

Er war riesig, warf Nelson dazwischen.

Ja, gewaltig, stimmte Samson zu. Und dieser Riese drohte den anderen mit Prügeln, wenn sie nicht dafür sorgten, dass der Redner sicher stände.

Die vier lachten.
Dann saßen sie im Zug und lasen. Und nun kam ein Fremder zu ihnen und sprach sie an; er wollte dem »kommenden Gouverneur« für etwas danken, was er als Kongressmann getan hatte.
You saved us from them Indians, sagte der Mann.
Es ging um das Gesetz, das Nelson durchgesetzt hatte. Samson hatte soeben in seiner Zeitung einen Artikel darüber geschrieben, über das Gesetz, das die Zivilisierung der Chippewa-Indianer in Minnesota fördern sollte.
We still have 'em around where I live, but it's much better, sagte der Fremde jetzt. And my brother got land, thanks to that law.
Es hatte dazu geführt, dass die Indianer alles Land hergaben, auf dem sie gelebt hatten, mit Ausnahme der Bereiche, aus denen dann die Reservate White Earth und Red Lake wurden. Die freigesetzten Gegenden konnten später für billiges Geld gekauft werden, während die Wälder an das höchste Gebot fielen.
Good luck!, sagte der Wähler und ging zurück an seinen Platz.
Jetzt musste Samson an Agnes denken, denn sie hatte nach den Indianern gefragt, sie hatte gefragt, ob die lesen könnten. Und er musste lächeln.
Was ist so komisch?, wollte Finn Trapp wissen.
Nichts, antwortete er.

Sie fuhren mit dem Zug, und sie fuhren mit Pferd und Wagen. An einigen Stellen waren die Wege noch so schlecht, dass sie reiten oder zu Fuß gehen mussten, und einige Male nahmen sie das Boot. Knute Nelson hielt eine Veranstaltung nach der anderen ab und sprach über seine Vision für ein besseres Minnesota. Vor seiner Ansprache wurde er meistens von einem lokalen Parteimitglied vorgestellt, das Fortschritte vor Ort erwähnen konnte, die Nelson zu verdanken waren. Es handelte sich etwa um die Verbesserung der Hafenanlagen von Duluth und Two Harbours oder am Mississippi und Red River. Und seine Anhänger konnten aufzählen, wie er für Brücken und Dämme und Leuchttürme gesorgt hatte, für Lebensrettungsstationen und Fischzuchtanlagen und …

Aber in Elbow Lake wurde der Redner unterbrochen.

Knute Nelson wollte gerade ein zukünftiges Minnesota zeichnen, wo es leichter sein würde, die Waren zu den Käufern zu bringen.

Das glaube, wer will!, rief jemand auf Norwegisch.

Ein magerer Mann hatte das gerufen, der noch immer seinen Hut trug. Seine Stimme troff vor Hohn. Nelson redete unangefochten auf Englisch weiter.

Samson saß ein Stück weiter hinten. Er fragte seinen Nebenmann nach dem Namen des Zwischenrufers. Es sei ein Mann aus Pomme de Terre, lautete die Antwort. Er hieß offenbar Sauby.

Der Gouverneurskandidat sprach über den Bau eines staatlichen Getreidesilos in Duluth, damit es für die Bauern billiger würde, einen Silo, aus dem das Getreide gleich in die Eisenbahnwagen gekippt werden könnte.

Lügner, rief Sauby.

Einige lachten. Andere schimpften. Die meisten schwiegen.

Nichts als Lügen, rief Sauby.

Da stieg der Redner vom Podium und ging auf den Wütenden zu. Mit der einen Hand packte er ihn am Ohr, mit der anderen am Kragen.

Jetzt benimm dich anständig, verlangte Nelson wütend auf Norwegisch.

Sie waren unterwegs in den nächsten Ort, und die Geschichte über den Mann aus Pomme de Terre war ihnen zuvorgekommen. Ein Skandal, fanden einige. Eine Tat, die eines Gouver-

neurs würdig ist, meinten andere, denn warum soll man sich solche Unverschämtheiten gefallen lassen?
Doch, Knute Nelson sei ein Mann der Tat, das fand auch Samson. Hier hatte er sich wirklich durchgesetzt. Und auf der Heimfahrt freute er sich darauf, Agnes diese Episode zu berichten. Sie hörte ihm gern zu, da war er sich sicher. Sie nickte dann zu seinen Worten und lächelte ab und zu, als sehe sie alles vor sich. Er würde vorschlagen, am Abend zusammen ein Glas Wein zu trinken, während er erzählte. Dann fiel ihm Molly ein – aber die musste jetzt doch wieder gesund sein?

Es war seltsam still im Haus, als Samson eintrat. Kein Kind lief seinem Vater entgegen. Weder Agnes noch das Mädchen waren zur Stelle, um seinen Mantel zu nehmen und ihm aus den Stiefeln zu helfen. Er verspürte ein inneres Zittern, als habe jemand sein Herz gepackt und drücke jetzt zu.
Mollychen, rief er, seltsam heiser, und lief zu Agnes' Schlafkammer, wo das Kind gelegen hatte, als er gefahren war.
Dort waren sie alle. Agnes mit einer stumm schluchzenden Jennifer auf dem Schoß. Das Dienstmädchen Glory in stillem Weinen. Und ein Arzt, der sich über die bleiche Entseelte im Bett beugte.
Agnes fing Samsons Blick auf, und die Augen der Frau flossen über vor Verzweiflung und Mitleid.
Diphtherie, erfuhr er nun. Der Arzt hatte das gleich nach Samsons Abreise erkannt, er hatte gehofft, die Krankheit aufhalten zu können. Aber dann hatte er nichts mehr tun können; Molly hatte nicht mehr atmen können und war eingeschlafen.

Agnes sah, wie der Mann die Sprache verlor, wie seine Arme nach unten hingen wie schon einmal, als seine Frau Laura im Sterben gelegen hatte. Agnes hatte nie einen so hilflosen Mann gesehen wie Samson A. Eagle, wenn er von Trauer oder Angst

überwältigt wurde. Ach, was muss er sich jetzt für Vorwürfe machen, dachte sie, wo er doch verreist ist, wo er nicht da war, um die letzten Leiden seiner Tochter zu erleben, ihrem Blick nicht begegnet war, ehe der brach. Und ungeschickt streichelte sie seinen Arm, dort vor aller Augen in der Kammer.
Sie weinte um Samson und Jennifer, wenn sie allein war. Zusammen mit ihnen war sie stark und tatkräftig. Abends legte sie sich zusammen mit Jennifer hin, damit die in dieser Zeit nicht allein schlafen müsste.
Agnes sorgte auch für die Beerdigung, das Kind sollte doch wohl neben seiner Mutter liegen?
Ein Geistlicher ist wohl so gut wie der andere, murmelte Samson.
Er hatte das schon früher gesagt, in der Zeit, nachdem sie bei den Unitariern in Minneapolis gewesen waren. Der Herr ist doch in Seinem Himmel derselbe, ob der Pastor nun einen runden Hut oder einen Dreispitz trägt.
Die Schneiderwerkstatt war stillgelegt. Keine Zeitung erschien. Der Knecht kümmerte sich um die Hofarbeit. Samson lief wie benommen im Haus hin und her. Auch bei der Beerdigung schien er sich in seiner eigenen Welt zu befinden. Es gab keinen Leichenschmaus, niemand in der Verwandtschaft war informiert worden, und deshalb kam auch niemand.
Es hatte den ganzen Tag geregnet, aber gegen Abend klärte es auf. Samson ging nach draußen, und Agnes sah ihn durch das Fenster, sah ihn dort stehen, mitten auf dem Hofplatz, mit hängenden Armen, den Rücken ihr zugekehrt. Dann schien er sich aufzurichten. Er drehte sich um und kam auf das Haus zu. Er ging an ihr vorbei und holte sich einen Schnaps. Nachdem er zweimal getrunken hatte, drehte er sich abermals um und sah sie an.
Sein Blick war nicht mehr vage. Er war klar und willensstark, mit nur einem winzigen Funken von Schmerz. Und der Blick erwiderte den von Agnes, ohne zu weichen.

Er stand da, noch immer in dunkler Trauerkleidung wie sie, und sie waren allein im Zimmer.
Also, sagte er.
Agnes nickte langsam.
Das ist ein Antrag, sagte er.
Sie ging zu ihm und legte die Arme um ihn, denn es gab keine Wahl. Er musste sie jetzt bekommen, alles andere wäre die pure Bosheit, spürte sie. Und der Mann schluchzte, aber dann konnte er aufhören und sie behutsam an sich ziehen.
Danach kochte sie Kaffee, obwohl es schon spät war. Sie saßen nebeneinander am Tisch und tranken schweigend.

Am nächsten Tag hatte er Fieber. Dann blutete er aus der Nase, wenn auch nur auf einer Seite, und das war bedrohlich, denn sie wussten jetzt Bescheid, der Arzt hatte erklärt, wie sich Diphtherie bemerkbar machen konnte. Eines der Anzeichen dieser Krankheit war Nasenbluten aus nur einem Loch. Samson A. Eagle starb in diesem Herbst 1892, nur wenige Tage bevor Knute Nelson mit 109 000 Stimmen gegen die 94 000 der Demokraten und 39 000 der Populisten zum Gouverneur gewählt wurde. Das Dienstmädchen Glory murmelte es Samson zu, nachdem es zu spät war: dass er die ganze Zeit in diesem Herbst recht gehabt hatte, er hatte zum Winning Team gehört.

Trauer und Aufbruch

Jennifer konnte nicht essen. Zuerst hatte Agnes Angst, sie könne sich ebenfalls angesteckt haben. Aber das Kind hatte kein Fieber und wies auch sonst keine Anzeichen der Krankheit auf. Sie trauerte. Jennifer trauerte auf andere Weise als nach dem Tod ihrer Schwester und auch auf andere als nach dem Tod ihrer Mutter. Als Frau Laura ihr Leben verloren hatte, war das nach langer Krankheit gewesen; wegen der Distanz, die diese Krankheit mit sich gebracht hatte, sogar den Töchtern gegenüber, und obwohl die Kleinen getrauert hatten, waren sie doch auch erleichtert gewesen, glaubte Agnes. Als Molly an die Reihe gekommen war, hatte die Schwester geschluchzt und geweint und sich an Agnes geklammert. Jetzt, wo Samson in der Erde lag, war sie erloschen. Ihr Blick war trübe und in sich gekehrt. Sie bewegte sich mit langsamen Schritten, wenn es unbedingt nötig war. Und sie nahm keinerlei Nahrung zu sich.

Du musst essen, sagte die Erwachsene bittend.

Jennifer stocherte auf ihrem Teller herum.

Du darfst weinen, sagte Agnes.

Jennifer sah sie verwirrt an.

Agnes nahm sie in die Arme, wenn sie zu Bett gegangen waren, wärmte und tröstete sie, aber das Mädchen wandte sich von ihr ab.

Sie mussten zu Brenda!

Agnes sah sonst keine, kannte keine, mit der sie sich hätte beraten können, außer der Frau mit dem Turban. Sie übertrug die Verantwortung für den Hof bis auf weiteres dem Knecht.

Glory hatte sie aus Angst vor Krankheit und Not bereits verlassen; sie fühlte sich nicht mehr an Absprachen gebunden, jetzt, da der Hausherr nicht mehr unter ihnen weilte. Agnes hatte ihr das Geld gegeben, das ihr noch zustand, und ihr ein gutes Leben gewünscht. Jetzt packte sie eine Reisetasche für sich und das Kind. Dann saßen sie im Wagen, unterwegs zum Bahnhof, beide in braunen Kleidern aus dem gleichen Stoff, nur verziert mit weißer Spitze am Hals und an den Handgelenken. Auf dem Kopf trugen sie schwarze Tücher, Agnes hatte Samsons prunkvolle Hüte in der Trauerzeit für unpassend gehalten. Auf ihren Knien lagen dicke Herbstmäntel, ihre Füße steckten in braunen Schnürstiefeln.
Jennifer wachte auf, als sie sich von zu Hause entfernten. Ihr Blick wurde aufmerksam für das, was sie unterwegs sahen, und sie packte Agnes am Arm und drückte zu. Agnes dankte in Gedanken Gott.
Als sie im Zug waren, wollte das Kind essen, und noch ehe die Lokomotive sich in Bewegung gesetzt hatte, stopfte sie sich mit dem Reiseproviant voll.

Ihnen gegenüber saß eine fünfköpfige Familie mit einem gelben rotäugigen Hund. Sie sprachen untereinander Norwegisch, über Verwandte aus Fjær. Jennifer und Agnes sprachen Englisch. Aber sie verstanden ja, was gesagt wurde, über eine Erbschaft in diesem Fjær, und über ein junges Paar, das über das Meer kommen und das zudem die Erbschaft für diese Leute mitbringen würde, die hier vom Zug geschaukelt wurden. Bald reichte das Mädchen aus der Familie Jennifer eine Puppe mit braunem Kleid und langen Locken.
Like you, sagte sie, und das Mädchengesicht strahlte einen dunklen Ernst aus.
Jennifer nickte.
You … pretty, sagte das Mädchen.
Thank you, sagte Jennifer lächelnd. Nice doll.

You … have it, sagte die Fremde bittend.
What?
I cannot have, sagte die andere. I will not see …
Die Wörter kamen nur mit Mühe heraus, abgehackt und gequält.
My sister, sagte sie und hielt die Puppe vor Jennifer hin. Not mine. Not mine. Will not have … no.
The doll, half Jennifer. What about your sister?
Die andere begriff offenbar nicht, was sie meinte, und Jennifer übersetzte atemlos ins Norwegische. Was ist mit deiner Schwester?
Die ist tot.
Der Satz endete mit einem Schluchzen.
Jennifer schluchzte auch, wie ein Echo.
Sie sahen jetzt nur einander, die beiden Mädchen, sie hielten einander mit Blicken fest, bis die Fremde hinzufügte:
Sie ist an Diphtherie gestorben. Vor einer Woche.
Sie glitten unmerklich fort von den anderen, näher zum Fenster, auf den Boden zu Agnes' Füßen, und da hockten sie dann mit der Puppe zwischen sich.
An Diphtherie?, wiederholte Jennifer.
Ja.
Deine einzige Schwester?
Ja.
Wie meine Molly. Genau wie meine eigene Molly.

Nett, in der Bahn Landsleute zu treffen, sagte die Frau aus Fjær. Ihr Mann stammte aus Foldal.
Du weißt sicher nicht, wo Fjær liegt, sagte die Frau. Ich rede hier von Fjærbotn südlich von Klinga. Und meine Mutter kam aus Malm.
Trøndelag, erklärte der Mann.
Genau, sagte die Frau.
Ankenes, sagte Agnes.

Da liegt eine Kirche, meinte die Frau.
Das ist wohl an den meisten Orten so, brummte ihr Mann.
Er war kräftig und roch nach Schaf. Jetzt streckte er eine Hand aus. Ben Bratt.
Berta, sagte seine Frau, sie war klein und rund und roch nach Kohl.
Das Gut Narvik gehört vielleicht dazu, zu dieser Kirche, sagte Berta jetzt.
Agnes sah sie genauer an; wie kam sie auf die Idee?
Der Onkel meiner Mutter, der hat eine Zeitlang dort gearbeitet, ja, es ging um ein Boot, er war zum Fischen gewesen, und das Boot sank, aber er wurde gerettet, als Einziger, von einem Boot auf der Heimfahrt. Und die Heimfahrt führte in diese Gegend. Zu diesem Gut. Narvik.

Und jetzt?, fragte Jennifer, unten auf dem Boden.
Wir kriegen eine Erbschaft, sagte die andere, sie hieß Ruth. Dann fahren wir nach Wyoming.
Warum denn?
Weil es dort Schafe gibt.

Können wir nicht nach Wyoming fahren?, flüsterte Jennifer.
Agnes drückte sie an sich. Die Frage hatte geklungen wie die eines sehr kleinen Kindes. Aber Jennifer war kein kleines Kind mehr, sie war jetzt zwölf. Sechs Jahre zuvor, als Agnes sie kennengelernt hatte, war ihre Stimme erwachsener gewesen als jetzt.
Sie wohnten im gelben Zimmer in Brendas Haus, dem mit dem ovalen Spiegel an der Wand. Jennifer sah sie beide im Spiegel, sie sah Agnes, die sie umarmte, und sie sah, dass sie fast gleich groß waren.
Nein, das war dumm gesagt, murmelte sie und meinte Wyoming.

Jetzt gehen wir essen, sagte Agnes. Madam Brenda wartet schon. Hast du dir die Hände gewaschen?
In einer Ecke stand auf einem schmiedeeisernen Gestell eine Waschschüssel neben einer Kanne. Rebecca hatte ihnen heißes Wasser und Seife gebracht, und auf dem Bett lagen Handtücher.
Komm jetzt, sagte Agnes und wollte Jennifer an der Hand nehmen. Im letzten Moment tat sie es doch nicht.
Dann saßen sie unten und konnten die guten Gerichte des Hauses genießen. Die beiden alternden Frauen hatten alles hereingetragen und aufgetischt und sich dann zu den anderen gesetzt. Bitte sehr!
Rebecca trug Schwarz, wie von Schwermut erfüllt. Auch Sol war schwarzgekleidet, wie sie das gern tat, mit einem kleinen Kontrast. An diesem Tag war es eine silberne Brosche. Nur Brenda trug etwas Helleres, einen blassroten Rock unter einem hellgrünen Oberteil, ihr Haar war von einem Turban in der Farbe des Rockes bedeckt.
Ein guter Mann, sagten die Frauen in *Ansgars Ruh* über den Verstorbenen.
Ja, fügte dann eine nach der anderen hinzu. Ja.
Und schön, sagte Sol.
Jennifer musterte sie überrascht.
Wir wissen nicht, was wir machen sollen, sagte Agnes.
Nein, sagte Rebecca.
Mit der Farm und überhaupt.
Darüber reden wir später, sagte Brenda.
Die Frauen nickten. Sie wurden groß wie Bäume bei dieser Nickerei, dachte Jennifer und begriff, dass sie ausgeschlossen werden sollte. Die Entscheidungen sollten gefällt werden, wenn sie im Bett wäre.
Dann vergaßen sie sich und redeten doch.
Wo hat sie Verwandtschaft?, fragte Rebecca.
Würde man sie zu den Onkeln ins Red River Valley schicken?,

überlegte Jennifer bestürzt. Aber die konnte sie doch nicht leiden. Und sie waren schäbig zu ihrem Vater gewesen.
Noch eine Portion?, bot Brenda an, und ihre Stimme klang vorwurfsvoll.
Nein danke, antwortete Agnes. Obwohl es köstlich schmeckt.
Ja, bitte, sagte Jennifer, denn sie wollte nicht ins Bett geschickt werden.
In den nächsten Minuten war nur das Kratzen von Besteck auf Tellern zu hören, die waren weiß und mit kleinen grünen Blättern um den Rand.
Was ist mit den Dienstboten?, brach Rebecca die Stille.
Der Knecht ist noch da, antwortete Agnes, das Mädchen habe ich ausgezahlt und zu ihren Eltern nach Hause geschickt.
Du bist doch auch Dienstbotin, schaltete Sol sich ein, hast du deinen Lohn erhalten?
Na ja, sagte Agnes zögernd, während sie einen Arm um das Kind neben ihr legte.
Dann hast du eine schöne Summe ausstehen, meinte Sol.
Als ob Agnes auch verschwinden würde, sang es in dem Kind. Als ob Agnes auch Lohn erhalten und über das Meer zu ihrem Vater fahren würde. Aber das durfte sie nicht!
Agnes und Vater waren verlobt, rutschte es Jennifer heraus.
Du meine Güte, rief Rebecca.
Meinen Glückwunsch, sagte Sol mit leichtem Sarkasmus.
Brenda sah Agnes verblüfft an, aber die saß ruhig und stumm da und erwiderte die Blicke. Die Worte über die Verlobung hingen über dem Tisch wie eine Wahrheit, da keine widersprach. Jennifer konnte den letzten Rest Kürbispai essen, am ganzen Leib heiß vor Aufregung. War Agnes jetzt böse?
Sie wagte nicht, Agnes anzusehen.
Dann war die Mahlzeit beendet, und Agnes ging mit ihr nach oben. Erst als Jennifer unter der Decke lag, öffnete die Erwachsene den Mund.
Warum hast du das gesagt?, fragte Agnes.

Bist du böse?
Nein.
Jennifer setzte sich auf.
Ich habe es geträumt, sagte sie leise, dass ihr heiraten wolltet.
Dann hast du fast die Wahrheit geträumt, sagte Agnes. Denn dein Vater hat mir einen Antrag gemacht, ehe er gestorben ist.
Ach, rutschte es Jennifer heraus.
Du hättest es also wissen können, wenn du gerade wach und im Zimmer gewesen wärst, ohne dass wir es bemerkt hätten.
Und du?, fragte Jennifer atemlos. Was hast du geantwortet?
Ich habe nicht nein geantwortet.
Jennifer sprang aus dem Bett und fiel ihr um den Hals. So blieben sie engumschlungen stehen, und Agnes streichelte den schmalen Mädchenrücken, streichelte und streichelte ihn, um das Schluchzen zu lindern.
Ach, Agnes, seufzte Jennifer und klammerte sich an sie.

Agnes blieb auf der Bettkante sitzen, bis Jennifer eingeschlafen war. Sie wusste, dass sie unten erwartet wurde, doch an diesem Tag konnte sie nicht mehr reden. Deshalb ging sie ebenfalls zu Bett. Aber sie konnte lange nicht einschlafen. Denn mit ihr war etwas geschehen.
Es war nicht geschehen, als Samson Abrahamson Eagle um sie geworben hatte, da hatte sie sich kein Bild von der Zukunft gemacht. Sie hatte ihn in den Arm genommen und ihn getröstet. Aber sie hatte nicht an eine bevorstehende Trauung oder an ein Leben als Frau dieses Mannes gedacht.
Erst jetzt, als sie hier in Brendas Haus lag, tauchten Bilder einer Folge dieses Antrags auf, obwohl der Mann nicht mehr lebte. Und er war auch in ihren Gedanken nicht lebendig. Doch als Agnes den Blick an die Decke richtete und die Wärme des Kindes neben sich spürte, wusste sie, dass sie jetzt Mutter war. Und das zog sie hinab. Es band sie an Minneapolis und Minnesota. Es band sie an die Frauen hier in Brendas

Logierhaus, so kam es ihr vor. Und sie begann, lautlos zu weinen.
Aber zugleich lag in diesem Weinen eine gute Ruhe.
Die nun folgende Zeit war geprägt von freundlicher Munterkeit und praktischen Erledigungen. Während Madam Brenda einen Rechtsanwalt beauftragte, Erbschaft und Sorgerecht zu übertragen, hatten ihre Tochter und deren Cousine beschlossen, dass die Besucherinnen aus Alexandria sich amüsieren und nicht nur trauern sollten. Deshalb hatte Rebecca ein Kartenspiel hervorgesucht und sie Skaramusch spielen gelehrt. Sie selbst hatte dieses Spiel von ihrem Verlobten Nr. 2., Mr. Rush, unmittelbar vor dessen Tod gelernt. Deshalb war die Munterkeit des Kartenspiels für Rebecca für immer mit Krankheit und Tod verbunden.
Von Sol lernten sie Pokern. Sol saß da mit ihren kurzgeschnittenen Haaren, oft unter der kleinen Kappe versteckt, während sie rauchte und mit heiserer Stimme die Spielregeln erklärte. Und es gefiel Agnes und Jennifer. Sie ließen sich faszinieren von der Spannung, welche Karten sie bekommen würden, sie jubelten, wenn sie gewannen, und verlangten nach einem Verlust immer Revanche.
Ansonsten arbeiteten sie mit den anderen in *Ansgars Ruh.* Jennifer half in der Küche, und Agnes servierte. Bald durfte auch das Kind den Gästen ein Tablett bringen. Und die beiden gingen mit einkaufen, sie putzten und deckten die Tische.
Draußen regnete es. Da war es umso gemütlicher, im Haus zu sein, bei Kerzenleuchtern und der Wärme des Kamins und den Karten, wenn sie Zeit dazu hatten.

Hast du dir das auch gut überlegt?, fragte Brenda.
So muss es sein, antwortete Agnes.
Du hast nicht die offizielle Verantwortung einer Witwe, sagte Brenda.
Agnes nickte, das wusste sie.

Sie hat doch eine große Verwandtschaft, sagte jetzt die ältere Frau.
Ihre Onkel sind gierige Taugenichtse, meinte Agnes. Und der Großvater ist ein unangenehmes Großmaul.
Brenda musste lächeln.
Was ist mit der Seite der Mutter?
Diese Großeltern leben nicht mehr, wusste Agnes.
Ich meine gehört zu haben, dass Laura eine Schwester hatte, sagte Brenda. Wir könnten uns in der Koshkonong-Prärie erkundigen, da habe ich Verwandte.
Agnes nickte, sie hörte nicht zum ersten Mal, dass Brenda und Samson ihre Wurzeln am selben Ort hatten.
Einige Halbgeschwister, sagte Brenda jetzt. Und ihre Nachkommen. Eigentlich kenne ich sie alle nicht richtig, aber einen Brief würden sie jedenfalls beantworten.
Wie traurig, sagte Agnes.
Was denn?
Halbgeschwister zu haben, die man gar nicht kennt.
Ach, einmal habe ich ihnen ein Geschenk geschickt. Und die Älteste habe ich sogar gesehen, ja, das schon, als sie noch ein Säugling war. Ich war vierzehn und habe meinen Vater besucht …
In dieser Woche wohnten bei Brenda keine zahlenden Gäste, und Sol und Rebecca waren mit Jennifer in eine Bibliothek gegangen. Agnes und Brenda waren allein, sie saßen einander an einem kleinen runden Tisch gegenüber, jede mit einem blauen Becher mit gezuckertem Tee und Milch. Und beide waren in die Welt der Erinnerungen geglitten, denn als Brenda den Säugling erwähnte, musste Agnes an den Anerben ihres Vaters und Annapias denken. Sie hatte sich das noch nie überlegt, dass er zu einem Menschen heranwachsen würde, dem sie Briefe schicken könnte. Enge Verwandtschaft, dachte sie plötzlich erregt. Und zugleich stand der kleine Junge ihr, was Blutsbande betraf, ferner, als Samson und der mürrische Kon-

rad einander gestanden hatten, ganz zu schweigen von Samson und den anderen, denn die waren doch echte Brüder gewesen. Ihre Erregung ebbte ab.
Ein Geschenk?, fragte sie dann.
Das war später, antwortete Brenda zögernd. Ich war auf dem Goldfeld gewesen, das habe ich doch erzählt?
Ja.
Sie war in Gedanken auf dem Goldfeld, sie stand an einem Fluss, gleich bei einem Freudenhaus, und sie trug ein schönes Kleid, oder nicht? Aber sie verkaufte ihren Körper nicht, nicht dort, sie nahm Wetten an und nahm die Kundschaft aus. Und dann war Hølje gekommen.
Plötzlich strömten die Worte nur so aus ihr heraus, über Geschehnisse, von denen nur die wussten, die dort gewesen waren und alles gesehen hatten, denn Brenda hatte sie nie wieder erwähnt. Sie erzählte Agnes, wie sie Männer überredet hatte, ihr Geld auf einen Würfel zu setzen – drei Hütchen hatte sie gehabt, und nur unter einem war der Würfel, und die Männer hatten gewettet, während sie die Hütchen mit den Fingern verschoben hatte.
Sie haben vergessen, hinzusehen, wegen meines Kleides, sagte sie. Und wegen meines Ausschnitts.
Agnes starrte sie verblüfft an.
Aber dann kam Hølje, erzählte Brenda. Und er hatte einen Brief bei sich. Der stammte von seiner Mutter, handelte aber von meinem Vater. Denn mein Vater und Høljes Mutter hatten geheiratet. Und mein Vater Håvard war tot.
Hølje wollte, dass ich mit zur Beerdigung führe, sagte Brenda.
Ha!, lachte sie. Wir wären doch nie im Leben rechtzeitig dorthin gekommen, aber er wollte fahren. Und er hat mir Vorwürfe gemacht, weil ich zurückbleiben wollte. Und da habe ich ihn mit Gold beworfen, verstehst du?
Nein.

Mit Goldklumpen. Die ich aus dem Flusssand gewaschen hatte. Oder mit Hütchen und Würfel gewonnen. Gib das den Kleinen, sagte ich. Denn wir hatten gemeinsame Geschwister, Hølje und ich.
Deshalb, fügte sie hinzu. Deshalb sind sie mir Antwort schuldig, egal, was ich über Koshkonong wissen will.
Den hast du geliebt, murmelte Agnes. Hølje.
Zum zweiten Mal hörte sie Madam Brenda diesen Namen erwähnen, und zum zweiten Mal sah sie das Licht in deren Augen.
Und du hast dich also für deinen Weg entschieden?, fragte die Madam, jählings scharf und anwesend im blauen Salon des Hauses.
Einen Weg mit dem Kind Jennifer.
Agnes nickte.
Ich brauche also keinen Brief zu schreiben?
Agnes schüttelte den Kopf.
Nicht, wenn Gesetz und Recht das nicht verlangen, antwortete sie. Das Kind kennt dort niemanden. Sie hat mich gewählt. Und ich habe mich wählen lassen.

Hier will ich wohnen, sagte Jennifer.
Sie war wieder da, zusammen mit Sol und Rebecca.
Nicht in Wyoming?, fragte Agnes lächelnd.
Wyoming?, fragte Sol. Was gibt es denn da?
Schafe, sagte Jennifer. Und ein Mädchen, das mir im Zug begegnet ist. Wir hatten beide eine Schwester verloren.

Das Mädchen fühlte sich wohl bei den freundlichen Damen und ging ihnen bei der Arbeit gern zur Hand. Und bald konnte Brendas Freund, der Anwalt, mitteilen, was seine Korrespondenz ergeben hatte.
Die Farm konnte verkauft werden. Agnes vertrat jetzt ganz offiziell an Jennifer Mutterstelle. Die Erbschaft würde Sam-

sons Tochter zufallen, sollte aber auf ein Bankkonto eingezahlt werden, das die Stiefmutter zu Jennifers Bestem verwalten würde, bis diese einundzwanzig Jahre alt wäre oder heiratete. Vorher sollte die ehemalige Haushälterin jedoch ihren Lohn für sechs Jahre entnehmen.

Bist du sicher, dass du nicht mitkommen willst?, fragte Agnes. Sie musste nach Alexandria, um zu packen, was sie vielleicht noch brauchen würden, und um alles für Verkauf und Versteigerung vorzubereiten.
Lieber nicht, antwortete Jennifer.
Dann begleite ich dich, sagte Sol.

Die Indianerin wollte etwas erleben, glaubte Agnes. Und Sol wanderte interessiert durch die fremden Räume in Samsons Haus, gefolgt von ihrem Zigarettenrauch. Sie rauchte jetzt keine Zigarren mehr, sie hatte sich ein elegantes Zigarettenmundstück aus Ebenholz zugelegt.
Sie suchten Bücher und Kleider, Bettwäsche und Hausrat zusammen. Was sie mitnehmen wollten, wurde an die Seite gestellt.
Was ist mit dem Webstuhl?, fragte Sol.
Kann man denn nicht fertige Stoffe aus der Fabrik kaufen?, gab Agnes zurück.
Aber die Nähmaschine?
Die nehmen wir mit. Denn ihr habt keine, oder?
Sol schüttelte den Kopf.
Agnes und Jennifer könnten in *Ansgars Ruh* wohnen bleiben, hatte Rebecca vorgeschlagen. Denn Brenda wollte sich zurückziehen. Sie wollte den Betrieb den beiden jüngeren Frauen überlassen, und Agnes könnte sich als Dritte anschließen. Sie und das Kind würden das Zimmer der alten Frau bekom-

men, dort wäre Platz für Nähmaschine und Schneiderpuppe, dachte Agnes.
Was für ein schöner Brotröster, sagte Sol. So einen haben wir auch nicht. Und die prachtvolle Kommode!
Die hat Jennifers Mutter gehört, erzählte Agnes. Im obersten Fach liegt ein Buch mit Rezepten und anderen Aufzeichnungen.
Das nehmen wir mit!
Was ist mit der Zeitung?, fragte der Knecht beim Abendessen.
Welche Zeitung?, fragte Sol.
Er meinte Setzkästen und Druckerpresse.
Am nächsten Morgen gingen die beiden Frauen um das Haus zum Nebengebäude. Sol griff voller Begeisterung nach den kleinen Typen, nahm eine nach der anderen in die Hand, bewunderte das Schnitzwerk, und ihre Augen leuchteten.
Wenn man so etwas hätte! Und die eigenen Wörter formen und sie gedruckt sehen könnte!
Möchtest du eine Zeitung gründen?
Gern, mit Gedichten und Kommentaren.
Ach, mein Seelenbruder, deklamierte Sol. Wir, geboren von unbekannten Müttern.
Agnes wandte sich ab. Sie wusste nicht, ob die andere ernst war oder Witze machte.
Mein Geliebter ist wie der Baumstamm, deklamierte Sol. Mager und dumm. Mein Geliebter ist wie der Vogel auf dem dunklen Wipfel des Baumstammes. Er singt falsch im grünen Rahmen. Mein Geliebter ist wie der Adler, der fliegt. Rastlos und bleich unter Mond und Wolken. Mit dem Blick auf das, was er sehen kann, während alles hinter dem rußbraunen Schwanz vergessen ist.
Sie lächelte Agnes bitter an. Du konntest das Warten nicht mehr ertragen?
Aber …

Und du bist mit dem Tod bestraft worden, wenn auch nicht mit deinem eigenen.
Agnes verspürte Brechreiz und stürzte aus dem Haus. Aber sie erbrach sich nicht, sie stand nur da, an die Wand gelehnt, und holte keuchend Atem. Dann richtete sie sich auf und atmete ruhiger.
I'm sorry, murmelte Sol.
Sie war hinterhergekommen. Jetzt blies sie Rauch in den Nieselregen, schwarz gekleidet mit nur einem tiefroten Streifen an den Ärmeln, kurz über den Handgelenken.
Ich bin nur neidisch, sagte sie dann.
Worauf denn?
Auf alles, was jemanden tief berührt, sogar den Tod.
Agnes gab keine Antwort.
Bald hast du Rebecca eingeholt, sagte Sol, jetzt mit härterer Stimme.
Wie meinst du das?
Zweimal verlobt, zwei tote Verlobte, stimmt das nicht?
Agnes gab keine Antwort.
Rebecca hat drei.
Hat sie alle geliebt?
Nacheinander, nacheinander.
Es schneite jetzt. Vor ihnen tauchte ein fremder Mann auf, er wollte sich die Kühe ansehen. Der Knecht begrüßte ihn und führte ihn in den Stall.
Die beiden Frauen gingen eilig wieder ins Haus zurück, um dem Schneegestöber zu entkommen, sie gingen in die Redaktion.
Kann man sich damit begnügen, nur ein Exemplar zu drucken?, fragte Sol.
Man kann so viele drucken, wie man will, antwortete Agnes.
Zeig mir das!, bat Sol.
Agnes griff zum Winkelhaken. Was möchtest du schreiben?
Ich weiß nicht. Vielleicht etwas darüber, zurückzublicken?

Agnes legte die Typen so hintereinander, dass die andere es sehen konnte. *Über das Zurückblicken.* Dann reichte sie Sol den Winkelhaken. Und Sol legte die Typen spiegelverkehrt hinein und bildete damit die Fortsetzung: *Es kommt vor, dass man das voller Hochmut tut, denn das, was man sieht, ist etwas, dem man einst den Rücken gekehrt hat. Oder es kann in Spannung geschehen, denn man ist zu früh davongelaufen und bereut später oder überlegt jedenfalls: War das denn richtig? Liegt dort hinter mir, was ich in der Tiefe suche?*
Anfangs ging es sehr langsam, ein Buchstabe nach dem anderen fand seinen Platz. Dann ging es leichter. Als fünf Zeilen untereinanderstanden, half Agnes, sie aufs Brett zu legen und mit Blindmaterial zu stützen.
Witzig, sagte Sol, rückwärts zu lesen.
Unfug, fügte sie kritisch hinzu, ehe sie sich eine neue Zigarette anzündete.
Dann schien ihr Körper zu spüren, wie kalt es im Raum war, denn kein Feuer brannte, und sie fröstelte.
Agnes hatte einen anderen Kasten geöffnet. Sieh mal, die hier sind größer.
Und sie öffnete einen dritten. Das hier sind die größten.
Sol ging in die Hocke. Dort griff sie nach einigen der größten Buchstaben. Die brauchten keinen Winkelhaken, die konnten gleich auf das Metallbrett gelegt werden. Und mit der Zigarette in der einen Hand legte sie die kleinen wieder zurück und suchte sich große aus. Als die Seite voll war, strich Agnes Schwärze auf die Druckwalze und stellte einen Abdruck her.
Vielleicht musst du dich umdrehen!, stand dort. Vielleicht wirst du dann die längste Geschichte finden.
Agnes las das mehrere Male. Sie glaubte, es gehe um den Mann, der nicht zurückgekehrt war, um eine Diakonisse zu holen, oder es richte sich an ihn. An den Mann, der Sols Herz gefüllt hatte. Wie hatte er noch geheißen?

Wenn ich einen Wagen besorge, sagte die Indianerin, und ihre Stimme zitterte jetzt ganz leicht.
Agnes sah sie fragend an.
Dann kann ich doch diese Kästen und die Presse mitnehmen. Was braucht man sonst noch? Was sonst?
Schwärze und Bögen, antwortete Agnes. Und den Krug mit dem Reinigungsmittel. Außerdem die Satzschablone. Die Zeitungsseiten werden in Cicero gemessen.
Sol schaute aus dem Fenster, und Agnes folgte ihrem Blick. Der Schnee bedeckte jetzt draußen den Boden.
Agnes nickte. Vielleicht sind die Tiere schon verkauft, du hast doch den Mann gesehen, der mit dem Knecht im Stall war.
Es gibt immer andere Pferde, sagte Sol.
Auch der Schlitten soll verkauft werden, sagte Agnes jetzt.
Dann kann ich ihn doch kaufen, rief Sol, fast mit kindlicher Freude in der Stimme.

Agnes verstand sie nicht. Sie begriff nicht, was Sol sich dachte, was sie wollte.
Ich komme nicht mit dir zurück, erklärte Sol.
In diesem Moment brachte der Knecht das Geld für das Vieh. Der Besucher hatte außerdem die Hühner gekauft.
Ich habe sechs behalten, sagte der Ire. Dann haben wir zu essen, solange wir hier sind.
Was ist mit den Pferden?, fragte die Indianerin.
Die stehen noch im Stall, antwortete der Mann. Ich habe schon Käufer an der Hand.
Aber was ist mit dem Klavier?, fügte er dann hinzu.
Was ist damit?
Wollt ihr diesen schweren Schatz nach Minneapolis schleppen?
Das hatte ich so vor.
Ach, sagte der Knecht, ein wenig enttäuscht.
Möchtest du spielen lernen?, fragte Sol.
Nicht ich. Meine Nichte. Die möchte das. Sehr gern.

Sie aßen zu Mittag gesalzenen Fisch mit Kartoffeln und Maisbrot. Sie saßen am Wohnzimmertisch, gegenüber dem Platz des Schneiders. Sie aßen zusammen, der Knecht und die Frauen.
Wenn zuerst ein Käufer für den Hof gekommen wäre, sagte der Mann, dann hätten wir die Tiere nicht zu verkaufen brauchen.
Die Frauen nickten.
Ich hätte ihn gern gekauft, sagte der Mann. Agnes sah ihn an. Erst jetzt ging ihr auf, dass sein eines Auge größer war als das andere.
Ich habe meinen Bruder um Hilfe bei einem Darlehen gebeten, sagte er. Aber Billy hat nicht geantwortet. Noch nicht.
So könnte das Leben sein, dachte Agnes. Dass der Knecht plötzlich zum Bauern auf derselben Farm würde.
Wenn man also mit der Entscheidung ein wenig warten könnte, sagte er.
Dann könnte ich hierbleiben, bis man mit Schlitten über den Schnee fahren kann, sagte Sol.
Das geht sicher schon morgen, meinte der Knecht.
Und dann?, fragte Agnes.
Ich will weiter nach Norden, sagte Sol. Bin ich nicht schon halbwegs in Bemidji?
Sicher.
Halbwegs in Itasca, wo der Mississippi entspringt?
Das nehme ich an.
Ich will meine Leute finden, sagte Sol. Die wohnen da oben. Vielleicht wissen sie etwas über die Frau, die einmal ihr Kind vor die Tür einer weißen Mutter gelegt hat, die ebenfalls ein Kind stillte. Vielleicht haben sie einen anderen Namen für mich, vielleicht Regen.
Ich kann dich begleiten, sagte Agnes in einer Mischung aus Überraschung und Unwillen.
Nein, antwortete Sol. Dorthin muss ich allein reisen.

Deshalb hatte Agnes auf der Rückfahrt nach Minneapolis keine Reisebegleitung, und die Bilder ließen ihr auf der Bahnfahrt keine Ruhe. Sie zeigten ihr Brendas blaues Haus. Sie zeigten ihr sich selbst in der Küche, mit einer Kittelschürze über dem Kleid, während sie Pais buk. Und sie zeigten ihr Sol, die zwischen anderen stand, die ihr ähnlich sahen. Die anderen standen im Kreis um Sol, während die rauchte und zugleich Typen in den Winkelhaken setzte.
Und in diesem Moment fiel ihr ein, wie er geheißen hatte, der Mann, der Sol im Stich gelassen hatte. Les Spring. Dieser Nachname bedeutete Frühling. Fast wie Frühlingsschön, dachte sie, denn plötzlich fiel ihr auch ein, wie die, die dort lebten, den Kothof genannt hatten.
Und sie dachte, dass das schön sei. Frühlingsschön. Es ging durchaus nicht um die Jahreszeit, das wusste sie, es ging um etwas, das jemandem gehörte. Unser schöner Wohnort. Es passte so wenig zu dem Ort, wie Lasse dorthin gepasst hatte. Plötzlich sah sie ihn als Jungen vor sich, damals, als sie mit ihrem Vater dorthin gekommen war, mit einem frisch gebackenen großen Brot auf dem Schoß. Lasse hatte am Ufer gesessen und einen Fisch gereinigt, es war eine Sandflunder gewesen, die sein Netz vom Boden aufgewirbelt hatte.
Lasse mit dem hellen Blick, der verzaubern konnte.

Die Träume sind es, die eine Veränderung bewirken, dachte Madam Brenda in *Ansgars Ruh*. Ob das aber stimmte? Sie saß in dem Schaukelstuhl, der mit den anderen Dingen von Herrn Eagles Farm in Alexandria gekommen war; der ist für dich, hatte Agnes gesagt. Und Brenda fiel ein, dass sie einmal vor langer Zeit, in Angst und Einsamkeit, eben von so einem Stuhl geträumt hatte – sie wollte darin sitzen, mit einem Kamin zu ihren Füßen, damit sie schaukeln könnte und nicht zu frieren brauchte. Jetzt schaukelte sie und dachte an Agnes. Wer war sie jetzt? Allein für das Kind da? Hatte sie diesen Mann vergessen, den sie so sehr geliebt hatte? Das durfte sie nicht!

Brenda nickte ein. Für einen Moment war sie dann wach und klar, und zwischendurch überlegte sie, was sie ihrer Tochter Esther mitbringen sollte, denn sie wollte Esther besuchen, wenn sie das blaue Haus im Garten verließ. Könnte sie Agnes' Schaukelstuhl mitnehmen? Die Gedichtbücher, dachte sie. Wergelands Gedichte. Die wollte sie mitnehmen. Sie hatte sie nicht mehr gelesen, seit der Vater der Kinder, Michel Mandel, tot war, aber früher einmal hatte sie die Gedichte geliebt.

Und eine Truhe voll Kleider, dachte sie. Aber was war mit dem Bett? Das sollte hierbleiben. Wie die Spiegelkommode. Aber die englischen Romane, die sie von Agnes und Jennifer bekommen hatte …

Sie hatte sich gefreut, als die Kisten aus Alexandria geöffnet worden waren, vor allem bei denen mit den schönen Stoffen des Schneiders und mit den Büchern; sie hatte sofort ein Bücherregal für den blauen Salon zimmern lassen. Das Klavier war in den roten Salon gestellt worden. Jennifer hatte zwei Nachmittage hintereinander für die Gäste einige einfache Stücke gespielt. Für einen Moment war ein Zerrbild in der alten Frau entstanden, von anderen Räumen, in denen serviert wurde, mit geschminkten Frauen, die auf den Hockern saßen und spielten. Für einen Moment hatte sie den Drang verspürt, das Zimmer neu zu streichen, gelb oder grün. Aber das Rot war gedämpft und nicht üppig oder grell, und der weiche Klang der Töne hatte zu den Sesseln mit den weichen gepolsterten Sitzen und den polierten Tischen mit den bestickten Decken gepasst. Und Brenda hatte erleichtert aufgeatmet.

Jetzt dachte sie, dass Sol doch eine dänische Musiklehrerin in Minneapolis kannte, die dem Kind weiterhelfen könnte.

Aber die Indianerin kam nicht und konnte deshalb mit keiner Musiklehrerin reden. Und Brenda wollte nicht zu ihrer Tochter Esther an die Küste übersiedeln, ehe Sol gekommen war, sie wollte von Sols Erlebnissen bei Itasca hören.

Brenda schaukelte, während die Morgensonne bleich durch das Fenster schien, und sie dachte wieder daran, wie Träume Veränderung erschaffen, und sie dachte an ihren Vater und die anderen Quäker, die nach Amerika gewollt hatten, weil sie sich nach einem Leben gesehnt hatten, in dem sie nicht wegen ihres Glaubens verspottet würden.
Kennt ihr die Geschichte?, fragte sie beim Frühstück Rebecca und Agnes und Jennifer.
Welche denn?
Die mit der Reise der Quäker auf dem Schiff *Restauration.*
Was war das für ein Schiff?
Eine Schaluppe. Es war das erste Auswandererschiff aus Norwegen. Meine Mutter war darauf. Die, die später in Chicago erstochen wurde.
Was redest du da!, rief Rebecca.
Hab ich das noch nie erzählt? Sie wurde von ihrem eigenen Bruder umgebracht. Meinem geliebten Onkel Ansgar.
Ansgars Ruh, rutschte es Agnes heraus.
Aber Mutter! Wie kannst du einen Onkel lieben, der zum Mörder deiner eigenen …
Sie hatte es nicht besser verdient!
Jennifer sah die alte Frau aus großen Augen an.
Komm, Jenny, flüsterte Agnes, du musst mir jetzt bei der Arbeit helfen.

Sie gingen nach oben und machten ein Gästezimmer bereit; für diesen Tag wurde ein Ehepaar erwartet. Dann gingen sie wieder hinab in die Küche und kochten das Mittagessen, denn während der Arbeitswoche hatten sie mehrere feste Gäste, Büroan-

gestellte, die in der Nähe arbeiteten, einen Pastor und seinen Mitarbeiter, einen Kaufmann und dessen Schwester. Außerdem kamen Mitglieder des Frauenvereins, allesamt Bekannte von Sol; sie kamen jeden Montag und Donnerstag zum Gabelfrühstück in den gelben Salon, und wenn die Indianerin serviert hatte, setzte sie sich zu ihnen, redete und rauchte dann später.
Jetzt allerdings nicht, denn sie war ja nicht da.
Und die Gäste hatten mehr Gerichte als früher zur Auswahl. Agnes und Jennifer kochten wie in Voss. Endlich konnten sie die Rezepte im handgeschriebenen Buch der seligen Laura ausprobieren, und die Gäste waren begeistert, vor allem die, deren Vorfahren aus dem Westen Norwegens gekommen waren.

Fahr nur, Mutter, drängte Rebecca.
Es eilt doch nicht so, erwiderte die alte Frau. Ich warte, bis Sol wieder auftaucht.
Brenda war bei Esther und deren Mann an der Westküste zu einer Hochzeit eingeladen, ein Enkel wollte heiraten. Die Großmutter kannte ihn nur von Fotografien, anfangs ein Junge mit wildem rotem Schopf, dann ein glattgekämmter Jugendlicher mit scharfem Scheitel und dem großen Kopf Michel Mandels. Jetzt war er knapp zwanzig und war bereits Abteilungsleiter in einer Bank.
Aber wenn die nun keinen Platz für sie hätten?
Und wenn sie im Weg wäre?
Die Tochter hatte sie schon vor Jahren gebeten, zu ihr zu ziehen, aber damals hatten sie an einem anderen Ort gewohnt und in einem viel größeren Haus, wenn Brenda das richtig verstanden hatte.

Was, wenn Sol nicht kommt?, fragte Jennifer vorsichtig.
Warum sollte sie nicht?, fragte Brenda zurück.
Sie hat Vaters ganze Druckerei mitgenommen. Weil sie eine Zeitung für die Indianer machen wollte …

Die alternde Frau schaukelte und dachte an Blikom am Fluss St. Peter, wo Sol damals gefunden worden war, verlassen auf dem Erdboden. Die vertrauten Gesichter von damals zogen sich durch ihre Erinnerung, Marte und Bølløg aus Biri und Lesja, zwei Orte in Norwegen, die sie nie gesehen, von denen sie aber oft gehört hatte. Dann Martes Bruder Gustav, der Soldat geworden war. Plötzlich sah sie außerdem den Glasbläser Mandel. Er stand in der Türöffnung und war Bauer, fast Gutsbesitzer, seinem Gesichtsausdruck nach, auch wenn er auf dem Feld nie einen Finger gerührt hatte. Und schon verwandelte er sich in ihrer Erinnerung in einen Frosch, und sie lachte laut und herzlich.

Was ist los, Mutter?

Nichts. Nur Erinnerungen.

Denn er war einmal krank gewesen. Michel Mandel hatte auf der langen Wanderung zu den Goldfeldern verdorbenes Fleisch gegessen. Das hatten noch andere gemacht, und alle waren zu Fröschen geworden, dort im Sand von Nevada. Mit spitzen Knien und nacktem Hintern hatten sie sich entleeren müssen, schnell, wieder und wieder, ohne daran zu denken, wer sie sehen könnte, ohne Scham. Aber diese Erinnerung trog, fiel ihr jetzt ein, denn Mandel war als Einziger der Kranken im Wagen geblieben, er hatte sein Geschäft in das Butterfass seiner Frau erledigt.

Und Brenda lachte.

Ob sie wohl sterben müsse?, dachte sie plötzlich mitten im Lachen. Denn strömten nicht dann die Erinnerungen herein, unmittelbar bevor man am Ende der Reise angekommen war?

Aber sie wollte doch so gern noch die Küste erleben! Sie wollte zu dieser Tochter, mit der sie seit so vielen Jahren nicht gesprochen hatte, sie wollte sich deren schottischen Mann ansehen. Aber vor allem wollte sie die Enkelkinder umarmen, diese drei, die amerikanisch waren und weder norwegisch noch schottisch, und vor allem das Mädchen, das angeblich mit ihr Ähnlichkeit hatte.

Aber wenn es bei Esther zu eng würde, dachte sie nun wieder, was dann? Dann würde sie Geld brauchen, um sich eine Wohnung zu kaufen.
Und was war mit *Ansgars Ruh*? Hatte sie den drei anderen nicht versprochen, sie könnten das Haus übernehmen? Aber wenn Sol nicht zurückkam ...
Dann könnten sie alle drei an die Küste fahren, dachte sie, als sie eines Morgens barhäuptig in ihrem Zimmer vor dem Spiegel saß. Der Spiegel zeigte eine alte Frau mit ausgetrockneten grauen Haarbüscheln. Ihre Haut war runzlig geworden, vor allem um Mund und Augen. Aber sie hatte ihre Töpfchen. Sie hatte Hilfsmittel zum Glätten und Verschönern.
Für wen machte sie sich schön?
Für die Erinnerungen, antwortete sie in Gedanken. Die Erinnerungen daran, wer sie gewesen war.
Sie strich sich gelbweiße duftende Creme über Stirn und Wangen und Kinn. Auf die Augenlider trug sie eine grüne, seidenweiche auf. Die grüne musste zwanzig Minuten liegen bleiben, die andere sofort sanft einmassiert werden. Dann bürstete sie die Haarbüschel und verstaute sie sorgsam in einem Turban, an diesem Tag in dem taubenblauen. Später ging sie nach unten, noch immer hochaufgerichtet und gerade, die Haut weich gemacht durch die Hilfsmittel, mit rotem Mund und roten Wangen und schwarz um die Augen. Und sie hoffte, er habe recht gehabt, der Geistliche, den sie einmal gefragt hatte, ob die Toten die noch Lebenden betrachten und deutlich sehen könnten. Ja, natürlich, hatte der Geistliche geantwortet.
Sie hatte sich für Hølje schön gemacht, nicht für Michel Mandel. An jedem Tag wollte sie so schön wie möglich sein, damit er es nicht sattbekäme, auf sie hinabzublicken.

Jetzt hatte sie zudem noch einen anderen Grund, um ihre Morgen- und Abendrituale mit den Hilfsmitteln durchzuführen; sie wollte eine Großmutter sein, die die Enkelkinder wenigstens ein ganz klein wenig schön finden könnten und nicht nur alt und grau.
Und sie sehnte sich nach dem Aufbruch.
Sie musste nur noch die Geldgeschäfte regeln.

Wer ist das?, fragte Jennifer.
Meine Enkelkinder, antwortete die alte Frau.
Sie hatte das Bild ganz bewusst hingelegt, damit das Mädchen es sähe.
Es zeigte drei Menschen an einem Strand. Zwei junge Männer mit einer jüngeren Schwester. Witzigerweise kehrte das Mädchen der Kamera den Rücken, deshalb sah man nur den blonden Zopf, der über ihren Rücken hing. Die Brüder standen dahinter, beide lächelnd, wenn auch von der Sonne geblendet, der eine stützte sich auf zwei Ruder, deren Blätter im Sand verschwanden.
Warum sie sich wohl umgedreht hat?, überlegte Jennifer. Vielleicht hat sie ein Platschen gehört.
Die jungen Herren trugen moderne Freizeitkleidung, mit Hosen, die locker über ihre Beine fielen, und kess aufgesetzten Schirmmützen. Das Mädchen trug einen weiten Rock, der ihr bis zur Mitte der Waden reichte.
Sie hat etwas in der Hand, sagte Jennifer.
Was denn? Brenda kniff die Augen zusammen, ihr war das noch nicht aufgefallen. Aber jetzt sah sie es – ein Band, das sich auf dem Bild von der Hand des Mädchens aus spannte.
Ein Hund, meinte Jennifer. Deshalb dreht sie sich um. Der Hund zieht an der Leine.
Sie wollten zum Picknick, sagte Brenda. Mit dem Boot hinausfahren, vielleicht irgendwo anlegen.
Ach, sagte Jennifer träumend.

Mit einem leckeren Picknickkorb, sagte Brenda.
Ach.
Wie heißt sie?, fragte Jennifer und meinte das Mädchen auf dem Bild.
Carla, antwortete Brenda, sie ist genauso alt wie du.
Ach.

Auf diese Weise hatte Brenda das Fundament gelegt, als sie dann endlich ihren Entschluss verkündete. Sie wollte *Ansgars Ruh* verkaufen. Sie würde das Geld an ihrem neuen Wohnort brauchen.
Aber Mutter, rief Rebecca. Agnes schnappte nach Luft.
Etwas in ihr stürzte ein. Eine Sicherheit stürzte ein. Das machte sie klein, denn wer war sie nun, ohne Brendas blaugestrichenes Haus in Minneapolis? Ohne die Straßen in der Nähe, die sie jetzt kannte, mit den Geschäften, die sie regelmäßig aufsuchte? Sie war der Vormund eines Kindes, das war alles. Sie war eine Armenhäuslerin ohne Rechte. Und zum ersten Mal bereute sie. Zum ersten Mal dachte sie mit einer Art Heimweh an den Hof bei Ofoten. Dort hatte sie jeden Busch und jeden Baum gekannt. Dort hatte sie durch das Gebrüll eine Kuh von der anderen unterscheiden können. Dort war sie einst Anerbin gewesen. Wenn sie das Angebot des Vaters dankend angenommen, wenn sie den Ehemann gewählt hätte, den der Vater sich für sie wünschte, hätte sie dieses Erbe noch immer. Denn auch wenn der Vater trotzdem Annapia geheiratet hätte, so hätte er sein Agnes gegebenes Versprechen gehalten. Und dann besäße sie jetzt eigene Gebäude und Felder und zudem Fischgründe.
Alles wäre anders, wenn sie nicht so stolz gewesen wäre und Arnstein unglücklich gemacht hätte. Denn er wäre wohl kaum gestürzt und gestorben, wenn zwischen ihnen alles gut gewesen wäre, dachte sie zudem. Er war ein guter, lieber Mann gewesen. Einer, auf den Verlass gewesen war. Keiner, der anderen Pelzmantel und Boot stahl!

Bei diesen Gedanken und dem Heimweh wuchs ihre Wut.
Dann kann Agnes es doch kaufen, rief Rebecca.
Für die Erbschaft des Kindes?
Aber die gehörte doch nicht ihr. Es war Jennifers Geld, nur ihres.
Aber sie sollte es doch verwalten, zum Besten des Kindes. Wäre das nicht ihr Bestes? Außerdem hatte sie das Gehalt von sechs Jahren. Und in ihrem Zorn fasste Agnes einen Beschluss.
Rebecca hat recht, sagte sie mit fester Stimme. Ich kaufe das Haus. Das ist im Interesse des Kindes.
Aber warum könnt ihr nicht alle mit an die Küste kommen?, fragte Brenda und drückte Jennifers Hand.
Ach ja, rief das Kind. Dann lernen wir Carla kennen.
Und du kannst deine Schwester wiedersehen, sagte Brenda zu Rebecca. Möchtest du das nicht?
Doch. Das schon. Aber von etwas müssen wir doch leben!
Ihr könnt doch dort im Westen ein Gasthaus eröffnen?
Rebecca musterte sie düster. Dann zog sie Frühjahrsmantel und Schnürstiefel an und ging hinaus. Als sie zurückkam, wirkte sie fast zufrieden.
Ich fange im Krankenhaus an, verkündete sie. Bei den Diakonissen. Ich werde mein Leben Menschen widmen, die mich brauchen.

Agnes konnte das Logierhaus nicht allein betreiben. Und wo Jennifer doch so gern an die Küste wollte …

Bald darauf verkauften sie und machten sich auf die Reise, Madam Brenda und die beiden aus Alexandria. Sie wollten mit der Bahn durch das Land fahren, mit der Bahn ans Meer. Dabei würden sie Häuptling Seattles Land streifen.
Seattle vom Stamm Suquamish, erzählte ein grauhaariger

Herr, der im selben Wagen saß wie sie. Der schönste und stattlichste aller Indianer.
Der grauhaarige Herr hatte etwas an sich, er hatte ein Licht über Stirn und Blick, etwas Intensives, das an Irrsinn denken ließ. Die beiden Frauen nickten deshalb höflich und wandten sich dann ab. Aber der Mann ließ nicht locker.
Chief Seattle hat damals für sein Volk die Verhandlungen geführt, sagte er. Und mein Vater war dabei, auf Seiten der Weißen. Er hat den Häuptling und seine Worte nie vergessen.
Ach was, sagte Brenda und schaute zur Fensterscheibe hin.
Dort draußen war die Landschaft bewaldet. Ab und zu konnten sie Hirsche sehen, die vor Lärm und Tuten der Lokomotive flohen.
Ob hier wohl die Büffel gegrast haben?, überlegte der Mann.
Die Weißen haben sie zum Vergnügen abgeschossen, haben Sie das gewusst?, drängte er dann weiter.
Brenda zog eine Handarbeit hervor. Und der Herr wandte sich mit seinem Gerede über Häuptling und Büffeljagd an ein Ehepaar, das ein Stück weiter saß. Auf diese Weise hatten die drei eine Weile Ruhe und konnten häkeln oder dösen oder die Aussicht betrachten.
Sind wir im Red River Valley?, fragte Jennifer eine Weile darauf.
Ich bin nicht sicher, antwortete Agnes.
Seht doch!, rief das Mädchen und zeigte auf einen schwarzen Schwarm ein Stück entfernt in der Luft. Sind das die hungrigen Heuschrecken?
Sie erinnerte sich an die, die auf der Farm des Onkels das Getreide abgefressen hatten; die Farm hatte im Red River Valley gelegen. Aber das hier waren Vögel, wie sie bald sahen, vielleicht Krähen. Sie landeten auf einem Feld, sie waren sicher hungrig, auch sie.
Dann war der redselige Herr wieder da, mit seinem Gerede über die Verhandlungen über den Landverkauf.

Das Gebiet war riesengroß, sagte er. Heute macht es nicht weniger als sieben Countys aus.
Ach was, sagte Brenda.
Es wurde für 150000 Dollar verkauft. Und mein Vater hat niemals Häuptling Seattles Worte vergessen.
What did Chief Seattle say?, fragte Brenda.
Dass es keine Rolle spiele, wo die Indianer ihre restliche Zeit verbringen würden. Denn diese Zeit würde in jedem Fall kurz sein.
Ach was, sagte Brenda.
You don't like the Indians, ma'am?
I have friends among them, antwortete Brenda trocken. But they killed my husband.
I am sorry.
Brenda zuckte mit den Schultern.
But we took their land, murmelte der Herr. And this chief …
Er sah Brenda an und verstummte.

Sie stiegen gemeinsam um, der hektische Mann und die drei. Sie verzehrten ihren Proviant. Sie zogen Bücher hervor und lasen. Sie kamen an hohen Bergen vorbei. Die Schienen zogen sich durch den Stampede-Pass in den Rocky Mountains.
And this Chief Seattle, versuchte der Mann, ein längst beendetes Gespräch wiederaufzunehmen.
Agnes blickte ihn höflich abwartend an. Brenda griff wieder zu ihrer Häkelarbeit.
Er hat einen solchen tiefen Eindruck gemacht, erzählte der Herr. Er war zwei Meter hoch, so hat mein Vater den Häuptling beschrieben. Hat alles überragt, auch geistig, sagte mein Vater.
Brenda überlegte, ob der Mann Mormone sein könnte; die betrachteten die Indianer als ihre Brüder, hatte sie gehört. Sie glaubten, die Indianer seien ein jüdischer Stamm, der in der Bibel erwähnt wird und der vor Urzeiten nach Amerika gekommen war.

Aber er war Quäker, erzählte der Mann jetzt. Dann redete er wieder über den Häuptling. Denn die Weißen hatten eine Stadt nach ihm benannt, und das durften sie nicht.
Warum nicht?, fragte Agnes.
Weil sie glauben, dass immer, wenn wir einen Toten beim Namen nennen, der Tote sich im Grab umdreht.
Die Berge lagen hinter ihnen. Sie sahen blühende Obstbäume. Dann überquerten sie mit einer Fähre den Columbia-Fluss. Und der Zug fuhr weiter nach Norden, in Richtung Tacoma.

Hochzeitsfest am Puget Sound

Dann waren sie dort, in der Stadt des Häuptlings. Und Esthers einer Sohn holte sie mit Pferd und Wagen ab, um sie ins Haus seiner Eltern zu bringen.
Er schien nur aus Jubel und Lächeln zu bestehen. Er schien aus Wellen von Fragen und Berichten zu bestehen. Er umarmte seine Großmutter, hob sie dann hoch und trug sie über eine Pfütze zum Wagen.
Please wait, rief er über seine Schulter zurück.
Agnes wartete, sicher, dass er auch Jennifer tragen wollte. Aber sie selbst war es, die er hochhob.
My beautiful lady, sagte er mit einer Verbeugung. Entschuldigen Sie meine Aufdringlichkeit, aber es ist nass. May I?
Vor Verblüffung fand sie keine Antwort, und schon stand sie wieder mit den Füßen auf festem, trockenem Boden, und der Mann holte das Kind.
Er hieß Mickey und war dunkel und hübsch. Und ihm gehörte ein Theater. Aber auf der Fahrt sprach er über die Bank, die Bank, in der sein Vater und Bruder ihr Auskommen hatten und zu deren Gründern der Vater seinerzeit gehört hatte.
In Seattle wird so viel gebaut, prahlte er, und sie verleihen mit Fürsorge, aber vor allem mit Klugheit.
Zugleich lachte er, als meine er etwas ganz anderes.
Dann hatten sie ihr Ziel erreicht, ein hellgelbes Haus in einem Garten. Dort standen sie schon bereit, Brendas Tochter Esther mit ihrem Mann und Tochter Carla, und alles war Gastlichkeit und Freude.
Und das Haus bot eigentlich noch mehr Platz als ihr früheres in Ballard, wie sich dann herausstellte, denn obwohl das neue

Haus kleiner war, wohnten hier doch weniger Menschen, denn beide Söhne waren ausgezogen. Auf diese Weise standen zwei Zimmer für Brenda bereit, ein Wohnzimmer mit einem Kamin und einer kleinen Chaiselongue und dazu eine Schlafkammer. Dazu gab es noch ein Gästezimmer, das für Agnes und Jennifer hergerichtet war.
Komm!, rief Carla. Ich zeige dir die Hundebabys!
Und Jennifer stürzte davon.

Agnes fühlte sich verloren. Sie war das Anhängsel einer anderen, etwas, das nicht hätte da sein sollen. Nach Brenda hatten sie sich gesehnt, Esther und die anderen, und hatten sie bei sich haben wollen, für Brenda veranstalteten sie Fahrten durch die Stadt und einen Ausflug zu einem kleinen See in der Nähe. Für Brenda bereiteten sie köstliche Mahlzeiten zu, es waren ihre Enkelkinder, die sie anblickten, ihr etwas erzählen oder ihr Fragen stellen wollten.
Agnes war überflüssig.
Brenda brauchte sich kein Haus zu kaufen, wie sie befürchtet hatte. Sie hätte das Haus in Minneapolis nicht verkaufen müssen. Agnes und Rebecca hätten dort wohnen bleiben und den Betrieb weiterführen können.
Also mussten Agnes und Jennifer eine Wohnung finden, und Agnes musste ihren Lebensunterhalt verdienen. Aber warum ausgerechnet hier?
Sie befand sich auf der falschen Seite von Amerika. Einen einzigen Brief hatte sie von Lasse bekommen. New York, hatte darin gestanden. Und sie machte sich Vorwürfe, wie schon früher. Sie hätte sich damals in Castle Garden durchsetzen müssen, dem jungen Mann gegenüber, der sie abgeholt hatte, wie hatte er noch gleich geheißen? Nicht einmal daran konnte sie sich erinnern, an den Namen des bedächtigen Menschen, der sie zu dem Mann in der Prärie von Dakota gebracht hatte. Dann fiel es ihr doch wieder ein. Bodvar. Zug find ich gut,

hatte er gesagt. Und etwas darüber, dass der Witwer August sich freuen würde, weil sie nicht hässlich war. Und Agnes hatte sich von dem Ort wegbringen lassen, an den sie gekommen war und der ihr wirkliches Ziel gewesen war. New York! Brooklyn. Red Hook. Es sollte dort eine Brücke geben, zwischen Manhattan in New York und diesem anderen Ort. Namen und Kenntnisse, die sie dem Gerede der Klavierlehrerin Betty Candice entnommen hatte.

Warum war sie nicht zurück in den Osten gegangen, damals, als sie August mit den vielen Kleinen entflohen war? Damals war sie an keine Abmachung mehr gebunden gewesen, da hätte sie doch wohl tun können, was sie wollte?

Sie wusste die Antwort: Sie hatte kein Geld gehabt.

Dann hätte sie sich welches leihen können.

Von diesen Menschen, die sie als Erstes getroffen hatte, die sie für eine Bestellbraut gehalten hatten?, dachte sie spöttisch.

Nein, vielleicht nicht, aber später, in Lauras Haus. Wenn sie der Kranken alles erklärt hätte, hätte die Mitleid mit ihr gehabt und ihr geholfen.

Aber Laura war krank gewesen. Agnes hatte die Ärmste nicht verlassen können … und den unglücklichen Mann … und die Kinder …

Es war eine Woche nach ihrem Eintreffen. Agnes stand am Ufer der falschen Seite Amerikas und sollte zusammen mit Jennifer, Brenda und Esthers Tochter die Schiffe bewundern. Carla zeigte und erklärte, und Brenda nickte und kommentierte. Es gab Holzschiffe, beladen mit Masten und Brettern. Es gab einzelne Fischerboote, einige mit Segeln, andere mit Dampfantrieb. Und es gab kleine Boote für Menschen und Waren, die die Häfen am Fjord aufsuchen wollten. Agnes biss die Zähne zusammen, denn abermals stieg die Verzweiflung in ihr auf. In dieser Verzweiflung steckte Lasse. Darin steckte die Frage, wer er war. Ein Träumer? Ein Verbrecher? Ein schlichtes Gemüt

bei der Sache mit dem Vogtsmantel, wenn er im Brief ehrlich gewesen war, denn er hatte niemals stehlen wollen, hatte er ihr geschrieben. Aber wer war er jetzt? Jedenfalls weniger schlicht.
Ich kann in Carlas Klasse anfangen, riss Jennifer sie aus diesen Gedanken.
Wie schön, antwortete Agnes und schaute auf das Meer, und sie dachte: Sind alle Meere ein und dasselbe? Könnte ich durch den Puget Sound hinaussegeln und in Ankenes landen?
Kann ich schon am Montag anfangen?, fragte Jennifer.
Natürlich, antwortete Agnes, aber das konnte das Kind doch nicht! Sie würden ja nicht bei Brendas Kindern wohnen bleiben …
Wie schön!, riefen die Mädchen und umarmten einander.
Gleich darauf liefen sie zu einer Fackel, die verlassen im Sand lag, um sie sich anzusehen.
Das mit diesem Russel war schlimm, sagte Brenda.
Ach ja?
Hast du das nicht gehört?
Agnes glaubte das nicht; sie machte sich Sorgen über Schule und Wohnung, sie konnte sich nicht an alles erinnern, worüber in Esthers Familie gesprochen worden war.
Russel war Mickeys Partner, sagte Brenda.
Der hübsche dunkle Mickey, mit dem waren sie verabredet, deshalb waren sie unter einer freundlichen bleichen Sonne herspaziert, um gleich neben einem grauen Haus mit einem langen, baufälligen Schornstein stehen zu bleiben und auf Mickey zu warten.
Sie haben zusammen das Theater geleitet, sagte Brenda jetzt. Zwei Träumer, wenn ich das richtig verstanden habe. Sie hatten sich in einem Männergesangsverein kennengelernt. Russel war in Norwegen geboren.
Ja, und?, fragte Agnes höflich. Was war denn so schlimm?
Er hat eine hohe Geldsumme veruntreut und sich abgesetzt, wohl nach Norden, nach Kanada.

Dieses Geld hätten sie einer herumreisenden Theatertruppe bezahlen sollen. Aber als die Truppe aufbrechen wollte und Lohn und Reisegeld verlangte und außerdem Logis und Kost hier in Seattle bezahlt werden mussten, war dieser Russel mit dem ganzen Geld verschwunden.

Der arme Mickey, sagte Agnes.

In diesem Moment kam er auf sie zu, mit freundlichem Lächeln, einem offenen wehenden Mantel und einer braunen Tüte unter dem Arm.

Er hatte den Namen seines Großvaters Michel Mandel geerbt, wusste Agnes. Sein Bruder Fritz dagegen, der Bankmann mit den roten Haaren, der bald heiraten würde, hatte Mandels großen Kopf erwischt.

Zweimal hatten sie mit Esthers ganzer Familie und zudem mit Fritzens Verlobter und seinen angehenden Schwiegereltern gegessen, und das Gespräch hatte sich um die bevorstehende Hochzeit und das Bankwesen und das neue Haus gedreht, das Fritz für sich und seine Auserwählte bauen ließ.

Und jetzt sollten sie einen Einblick in Mickeys Leben tun.

Er sei sehr begabt, hatte Fritzens Zukünftige ihren angehenden Schwager gelobt. Der Beste seines Jahrgangs in der Schule. Ein mathematisches Genie, genau wie sein Bruder.

Aber warum Theater?, hatte Großmutter Brenda gefragt.

Weil er sich immer schon gern verkleidet hat, hatte Esther geantwortet.

Den Rest erzählte er selbst, jetzt, während sie vom Strand aus in die Stadt hochgingen. Seine Stimme bebte vor Eifer.

Es hatte angefangen, als er mit zehn Jahren die Kindervorstellung »The Magic Doll« von der Boston Comic Opera Company gesehen hatte. Zwei Monate später, zu Weihnachten, hatte er »Humpty Dumpty's Picknick« erleben dürfen, bei dem neun Hunde, ein Affe und eine Ziege mitwirkten.

Stellt euch das vor, Kinder, so viele Tiere auf der Bühne.

Bist du müde, Großmutter?, fragte er im selben Atemzug.

Durchaus nicht, antwortete Brenda. Wenn wir nur langsam gehen.
Aber das waren eben meine ersten Bühnenerlebnisse, sagte er dann. Und danach war ich kein lesender Träumer mehr, sondern etwas anderes. Dieses andere ließ sich nur zu einem Wort zusammenfassen.
Zu welchem denn?, fragte Brenda.
Was glaubst du wohl, junge Dame?, fragte Mickey und sah Jennifer an.
Please tell us!
Play, antwortete er, Spiel und Schauspiel. Von dem Frühling an, in dem ich elf wurde, haben einige Lehrer in der Schule mich sogar so genannt.
Er wandte sich beim Reden an die Mädchen, aber Agnes glaubte, er meinte vor allem die Großmutter. Langsam ging ihr auf, dass er sich ebenso sehr an sie wandte. Er schien ihr zuzurufen: Sieh mich! Versteh mich! Hab mich gern!
Sein Gesicht war schmal und sein Schopf dunkel, wenn auch lockig und nicht glatt. Waren seine Augen grau? Nein, sie waren blau.
Er war geschmeidig und athletisch. Er konnte auf einer Hand stehen. Er konnte mit dem Zylinder auf dem Kopf einen Salto mortale schlagen, der Zylinder war mit einem Gummi unter seinem Kinn befestigt.
Willkommen in meinem Märchengarten, rief er, als er wieder auf den Füßen stand.
Sie befanden sich in einem Foyer mit blauen Plüschmöbeln, und auf einem hohen Tisch in einer Ecke stand wie durch Zauberhand eine offene Flasche Champagner mit drei Gläsern.
Wer einen Esel findet, bekommt einen Preis, rief er und scheuchte die Mädchen durch eine braune Tür in einen anderen Raum.
Für meine verehrte Großmutter, sagte er im nächsten Moment. Mit einer Verbeugung überreichte er Brenda ein Glas.

Und für meine wunderschöne Verlobte, sagte er und reichte auch Agnes eins.
What?
Willkommen aus der Ferne, du, die mir in allen Herzenskammern immer Nähe warst, deklamierte er.
Shakespeare, sagte er.
Nein, nicht Shakespeare, sagte er. Nur mein eigenes Werk voller junger Liebender, die einander kriegen oder nicht kriegen. Prost!
Sie tranken einander zu.
Brenda musterte ihn skeptisch. Sofort nahm Agnes ihn in Gedanken in Schutz. Durfte man denn nicht ein wenig deklamieren?
Die Kinder kamen mit dem Esel zurück. Er war aus Holz, hatte ein aufgemaltes Gesicht und einen Troddelschwanz.

Eine neue Zeit, sagte Play.
Wieder gingen sie spazieren, um die Stadt besser kennenzulernen. Der Theaterdirektor zeigte ihnen neu erbaute Häuser in den Straßen von Seattle und erzählte Agnes und Brenda, was vorher dort gelegen hatte.
The White Elephant, ein Kabarett-Theater von 1885, erzählte er.
Frye's Opera House. Es war damals das größte Theater nördlich von San Francisco. Errichtet aus Stein und Stahl. Es hatte eine phantastische Bühne und prachtvolle Kostüme. Es hatte vier Stockwerke und Läden zur First Avenue hinaus. Der Haupteingang des Theaters lag in der Marion Street, gleich dahinten.
Brendas Enkel zündete sich eine Zigarette an. Er trug jetzt keinen Zylinder, er hatte eine elegante enge Hose und knöchelhohe Stiefel, er war salopp gekleidet in Hemd und Weste und ohne Jackett, und auf dem Kopf trug er eine grau-grün karierte Schirmmütze. Er lehnte sich an die Mauer eines frisch errichteten Hauses, während der Wind den Rauch seiner Zigarette aufs Wasser zutrug.

Schön, sagte er über das Inventar des ehemaligen Theaters. Der Bühnenvorhang in Braun und Gold, Stuhlsitze aus weichem Plüsch, mit einem roten Band oben an der Rückenlehne. Allein schon der Teppich!, rief Play. Tiefgrün mit roten Rosen. Und der Leuchter an der Decke. Der brannte nur einige wenige Augenblicke, um bewundert zu werden, ehe der Vorhang hochging.
Und dann starb diese Herdstätte der Kunst, fügte er mit leiserer Stimme hinzu.
Vier Jahre zuvor waren große Teile der Stadt ein Raub der Flammen geworden.
Wir wohnten damals in Ballard, sagte Mickey, also waren wir nicht betroffen. Allerdings … war ich hier, als es passiert ist. Im Haus von Freunden. Das hat auch gebrannt.
Ein Schatten huschte über sein Gesicht, dann leuchtete es wieder vor Eifer.
Aber sowie die letzte Glut erloschen war, wurden Zelte aufgebaut. Die Geschäfte gingen sofort weiter, da neue Waren per Schiff aus San Francisco oder mit der Bahn aus dem Binnenland oder von der Ostküste gekommen waren. Statt der verbrannten Schilder gab es jetzt neue aus Brettern und Anstreicherfarbe. Und da wusste man doch, was sich in jedem einzelnen Zelt befand, ob Metzger oder Landvermesser, Kleiderhändler oder Rechtsanwälte.
Und Zirkusartisten, fügte Play hinzu und zeigte: Dort stand das Zelt von John Cort. Während noch die ganze Stadt in Asche lag, ging das Showbusiness weiter. Hier gab es nur drei Wochen nach dem Brand schon eine Zirkusvorstellung vor achttausend Zuschauern!

So viele Namen. So viel zu sehen. Und dieser junge Mann namens Mickey Play, der Agnes und seine Großmutter durch die Gänge seines eigenen Theaters führte, sie in einer Pferdekutsche oder einem elektrischen Straßenbahnwagen durch die

Straßen fuhr, immer weiter, zum Markt, zu einem Teppichhändler, zu einer Wäscherei, die einer chinesischen Familie gehörte … Sie waren Freunde von Play, sie wuschen Kostüme, manchmal lud er sie, zum Ärger vieler anderer, zum Essen in ein Restaurant ein.

Aber sind die nicht auch Menschen wie wir?, fragte er Agnes.

Sie wusste das nicht so genau; sie hatten ganz andere Gesichter, dazu die Haare mit diesen dünnen schwarzen Zöpfen, und es war unmöglich, sie zu verstehen, wenn sie den Mund öffneten und etwas sagten.

Doch, doch, sagte sie trotzdem, wenn auch unter Zweifeln.

Dann stellte Brenda die Sache klar: Menschen sind ja wohl alle auf zwei Beinen, mit Lachen und Verstand.

Gefällt er dir?, fragte sie später.

Natürlich gefiel er Agnes. Es war ja wohl unmöglich, dass Play jemandem nicht gefiel.

Er ist eingenommen von dir, sagte Brenda.

Wie sie das meine?

Play. Mein Enkel Michel, genannt Mickey, getauft nach Mandel, den du nie kennengelernt hast. Ich versuche festzustellen, ob sie Ähnlichkeit miteinander haben.

Ach, sagte Agnes, noch immer verwirrt. Und haben sie Ähnlichkeit miteinander?

Vielleicht, was die Flüchtigkeit angeht.

Das klang wie ein Makel.

Bedeutet das, man vergisst, mit wem man gesprochen hat, sobald man demjenigen den Rücken zudreht?, fragte Agnes.

Ich bin nicht ganz sicher. Vielleicht.

Du meinst, wie der mit dem leuchtenden Blick, in den Sol eine Zeitlang so verliebt war?

Nein, nicht ganz so, antwortete Brenda. Eher wie einer, der Pläne hegt, als sei der Plan schon das Wirkliche. Wie dieses Theater. Womit will er das füllen?

Vorstellungen, antwortete Agnes. Sie haben doch Theatertruppen zu Besuch gehabt …
Nicht viele. Eine. Und dieses Ensemble hatte sein Partner besorgt. Dieser Russel, ist das übrigens ein normaler norwegischer Name?
Ich glaube nicht, murmelte Agnes.
Sie dachte an Play. Er wollte seine Stücke am liebsten selbst schreiben. Und er wollte die Hauptrollen spielen und Regie führen. Er hatte ihnen mehrere Szenen vorgespielt, das tat er oft, spielte Stimmungen aus und gab dramatische Repliken von sich und konnte Agnes in sein Spiel hineinziehen, und sie konnte sich ziehen lassen, weil es ja nicht wirklich war.
Ich finde, seine Ideen klingen phantastisch, sagte Agnes.
Die meisten können wohl dichten und träumen, tadelte Brenda. Aber solange er nichts Fertiges auf dem Papier hat, ist das Gebäude menschenleer und macht nur Kosten.
Er sollte von ihr eingenommen sein?, überlegte Agnes. Nein, das glaubte sie nicht. Er spielte nur mit Worten.

Er lud sie ins Konzert ein. Ein Männerchor trat auf.
Die können singen, wenn ich eine Oper inszeniere, sagte er. Ich kenne sie. Früher war ich Tenor bei ihnen, aber dann hatte ich so viel anderes zu tun …
Das Theater, lachte er.
Ein dramatisches Singspiel, sagte Play jetzt. Sie könnten vielleicht Holzfäller sein. Dann stehen sie in einem Wald und singen zu Ehren der Bäume. Und bei ihnen ist eine arme Frau. Sie lebt vom Flicken von Fischernetzen. Und ein reicher Mann will sie heiraten. Ein Zirkusdirektor? Aber will die Frau ihn auch?
Will sie nicht?
Vielleicht. Das muss ich mir noch überlegen.
Dann hörten sie sich den Gesang an, und dem schien etwas zu fehlen, fand Agnes, eine Stimme, die dem Ganzen eine Fülle geben könnte, die nicht vorhanden war.

Einige der Sänger werden zur Hochzeit meines Bruders kommen, erzählte Play.

Als ob das, was gefehlt hat – vielleicht nur eine einzige Stimme –, früher einmal dabei gewesen wäre, dachte sie düster, als sie an diesem Abend schlafen gegangen waren. Denn dieser Russel – er und Play hatten einander in diesem Chor kennengelernt. Und wenn es nicht Mickey Plays Stimme war, die man nun vermisste ... Welchen norwegischen Namen würde man in Castle Garden zu Russel umwandeln?
Lazarussel, sagte es in ihr. Einer, der sang! Einer, der stahl!
Agnes zitterte in der milden Nacht unter ihrer Decke.

Dann kam der Tag der Hochzeit des rothaarigen Fritz und seiner Wendy Margareth, und beim Essen danach hatte Agnes Play zum Tischherrn. Sie tranken Champagner.
Brenda saß ein Stück von ihnen entfernt. Der Turban dieses Tages war rot und weiß wie ihr Kleid und auch Agnes' Kleid, denn beide Kleider stammten von demselben von Schneider Samson hinterlassenen Stoffballen, und Agnes hatte sie beide genäht und außerdem das von Jennifer, die mit Carla ganz am Ende des Tisches saß.
Die Farben der Keuschheit und der Liebe, sagte Play feierlich.
Als ob seine Großmutter an diesem Tag geheiratet hätte, dachte Agnes spöttisch. Oder sie selbst oder das Mädchen.
Die Farben der Romantik, sagte Play und trank ihr zu.
Die Farben von Frost und Blut, murmelte Agnes und hob ihr Glas.
Stimmt was nicht?, fragte der Theatermann.
Sie gab keine Antwort.
Trink, flüsterte Play, und sie tranken.
Denn solcher Nektar löst Schwermut und das Band der Zunge, flüsterte er dann. Und: Einem altklugen Clown wie mir kann das Mädel erzählen, mein Mund ist versiegelt.

Wie erwachsen, dachte Brenda über Agnes, ein Stück weiter am Tisch.
Und Agnes trank.
Aber Brenda dachte noch mehr. Sie dachte, dass gerade Agnes, gerade eine Frau, die Verantwortung getragen hatte so wie Agnes und die noch dazu ein wenig älter war als Michel Play, dem jungen Mann Stärke und Ordnung beibringen könnte. Agnes könnte verhindern, dass er das Vermögen seines Vaters noch weiter aufs Spiel setzte. Sie könnte ihn dazu bringen, weniger zu trinken. Und hatte sie nicht auch fast eine Zeitung geleitet? Dann würde sie auch ein bisschen Korrespondenz führen können, nahm Brenda an.
Die Bilder standen der alten Frau deutlich vor Augen. Agnes würde Theaterdirektorin werden. Sie würde sich am Theaterleben der vielen Staaten der USA beteiligen, indem sie Briefe schrieb und ein Kontaktnetz spann. Sie würde Theatergruppen einladen und den Kartenverkauf organisieren. Auf diese Weise würde sie das Haus füllen und Einnahmen erzielen.
Wollen wir tanzen?, fragte Play.
Aber ich kann nicht, wehrte Agnes ab.
Er zog sie lachend hoch und zog sie mit sich, er führte sie zu einem Tanz für zwei zu einem kleinen Orchester auf einem Podium in einer Ecke des Gartens.
Die Schönste von allen, flüsterte er ihr ins Ohr.
Niemand hatte sie je in einem solchen Tanz geführt, kein Mann hatte ihr je mit Champagner zugetrunken. Und der Champagner war wirklich, und der Rausch stieg ihr in den Kopf, und ihre Gedanken waren nicht mehr spöttisch. Aber Mickey war ein Elf, ein Faun, eine Märchengestalt, noch im Tanz spielte er eine Art Theater, und deshalb fühlte Agnes sich sicher, denn sie wusste, dass er hinter dem Schauspiel nur ein Freund war. Er trat ihr nicht zu nahe, auch wenn er sie enger an sich zog, als je ein Mann das in der Öffentlichkeit getan hatte. Play war nicht für sie da; zwischen ihnen lag ein

Kissen, an dem sie sich ausruhen konnte, so wie seine Schulter für sie da sein könnte, wenn sie das brauchte.
Und sie brauchte das.
Wenn nicht an diesem Abend, dann später, nach Ende der Hochzeitsfeierlichkeiten. Mit ihm könnte sie reden, das fühlte sie, über die Notwendigkeit, Arbeit und eine andere Wohnung zu finden, über einen Mann, der sich Russel nannte.
Denn Brenda wollte nicht hören. Und Esther auch nicht. Für beide war es eine Selbstverständlichkeit, dass Agnes und Jennifer weiter in dem gelben Haus wohnen würden. Vielleicht planten sie ja alle schon eine Verbindung zwischen ihr und Mickey.
Aber Play liebte einen anderen Menschen. Agnes hatte ganz tief in seinem munteren Blick Sehnsucht und Trauer erkannt.

Lasse stand am Steuer eines Dampfers der Mosquito-Flotte. Er arbeitete hier seit über einem Jahr, mit einer festen Route zwischen Port Gamble und Salmon Bay. An diesem Tag aber fuhr er eine andere Strecke. Es war ein privater Ausflug für eine geschlossene Gesellschaft, eine Hochzeitsgesellschaft, und der Ausflug war eine Fortsetzung der Hochzeit, die am Tag zuvor stattgefunden hatte. Zwei kleine Boote sollten die Festgäste über das Wasser bringen, und Lasse half Braut und Bräutigam an Bord. Danach kamen die Eltern und etliche von den älteren Gästen. In dem anderen Boot sah er zwei größere Kinder und einzelne Personen in seinem eigenen Alter, aber auch einige ältere, und alle waren schön gekleidet und in fröhlicher Stimmung.
Die beiden Schiffer bugsierten sich zwischen den anderen Schiffen ins offene Fahrwasser, nahmen dann Kurs auf Süden und steigerten ihr Tempo. Der Wind riss, zu Ärger und Freude der Passagiere, einen Männerhut ins Wasser.

Bald waren sie am Ziel.
Die Boote sollten warten, während die Festgäste sich amüsierten. Sie lagen hinter einer Odde, die sie vom vielbesuchten Strand trennte. Die beiden Steuerleute spielten im Schatten eines Baumes Karten. Bald brachte eine junge Frau ihnen einen Korb mit Speis und Trank – auf Geheiß der Gastgeber, wie sie erfuhren. Sie tranken und aßen, es gab Fisch.
Halibut, sagte der andere.
Lasse aß.
How big?, fragte er.
Depends, sagte der andere.
Er breitete die Arme aus, umarmte eine imaginäre Riesenflunder.
Nicht größer?, fragte Lasse.
Sometimes, antwortete der andere.
Sie rauchten.
Sie dösten.
Dann braucht man einen gröberen Haken, sagte Lasse.
Yeah.
Und sie sahen einander an, und Lasse wusste plötzlich, dass es die Wahrheit war und kein Märchen, dass es den Riesenbutt wirklich gab. Dass er aus dem Meer geholt werden könnte.
Der andere hatte es auch begriffen, und dass sie selbst die Schnur halten und ziehen könnten. Denn wenn Hochzeitsgesellschaften zum Picknick Flundern und keinen Braten haben wollten, konnte eine Zukunft in dieser Fischerei liegen. Wenn man nur ein eigenes Boot hätte … mit einem ausreichend starken Motor … damit man weit genug hinausfahren könnte …
Yeah, sagten sie zueinander. Yeah.
In der Ferne hörten sie Hochzeitsgäste mehrstimmig singen.

Dann wollte die Gesellschaft in die Stadt zurückkehren. Die Passagiere suchten ihren Schiffer und ihr Boot. Lasse packte Hände, und Menschen taumelten an Bord, plaudernd, la-

chend, weniger angezogen als am Morgen wegen Sonne und Wind.
Können wir nicht dahin fahren?, rief ein junger Mann und zeigte auf eine Landzunge ein Stück weiter südlich.
Natürlich konnten sie das.
Lasses Schiff war das erste in der Reihe. Als sie die Landzunge hinter sich gelassen hatten, schaltete er den Motor aus, damit sie den Ausblick genießen könnten, auf das grüne Land und die Küste von Kitsap. Und da geschah es. Auf der einen Seite sahen sie etwas in der Höhe, in der Ferne – Schaut mal!, rief jemand, und alle fuhren herum. Es war ein Berg. Es war ein blauer Gipfel, der gen Himmel ragte und der noch immer verschneit war.
Und es geschah noch mehr: Das hintere Boot war neben das erste geglitten. Und so waren alle Festgäste einander so nah, dass sie lächelten und lachten und dieses Erlebnis von etwas Unerwartetem und Schönem miteinander teilen konnten. Die Braut konnte ihrem Schwager Mickey etwas zurufen. Carla konnte ihrem großen Bruder, dem Bräutigam, munter zuwinken. Und die Sänger stimmten vor Bewegung ein Lied an. Und etwas geschah mit dem kleinen Chor. Der Gesang erhob sich. Die Töne gewannen an Fülle.
Und Agnes zitterte.
Und Agnes runzelte die Stirn und sah die Sänger an. Und zwei Paar Augen, die einst etwas Ähnliches wie das gesehen hatten, das sie jetzt ansehen konnten, Berge mit verschneiten Gipfeln, fanden einander.
Lasse sah Agnes an. Agnes sah Lasse an.
Und Brenda sah, dass der eine Steuermann das Fahrzeug verließ, für das er die Verantwortung trug, und über die Reling und in das andere sprang.
Lasse lachte.
Er sang nicht mehr, er lachte. Es war ein Lachen, das hell und wunderlich begann, das bald aber tiefer wurde, eher schluch-

zend, fast wie Weinen, und danach noch voller, reicher, und es kam aus dem ganzen Mann, Kaskaden von Glücksgeräuschen, bis Agnes es unterbrach, mit der Hand auf seinem Mund, während der Chor noch immer sang.
Sie streichelte sein Gesicht, seine Wangen und die Stirn. Deine Nase, sagte sie. Die ist ja schief.
Das weiß ich, antwortete Lasse. Dann zog er sie an sich.

Brenda war mit der Jugend gefahren. Erst jetzt erkannte sie ihn, Les Spring. Aber schon beim Sprung hatte sie begriffen, für wen er sprang. Und sie lächelte verwundert.

Personengalerie

Von den Menschen, die wirklich gelebt haben, sind diese die wichtigsten:

In Brooklyn und Manhattan: *Diakonisse Elisabeth Fedde, Konsul Børs und seine Gattin* sowie *die wohlhabenden Herren,* die Musik lieben und Geld für das Krankenhaus in Red Hook stifteten

In Minneapolis: *Pastor Kristoffer Janson*

In Alexandria: *der Politiker Knute Nelson,* der erste geborene Norweger, der einen Sitz im amerikanischen Kongress errang

In Texas: *Elise Wærenskjold, die Familien Omensen und Ringness im Bosque County*

In Poulsbo am Puget Sound: *Iver B. Moe,* geboren in Fredrikshald, Norwegen

Die Erfundenen:

Die Hauptpersonen *Agnes* und *Lasse.* Sie sind zu Beginn der 1880er Jahre aus Nordland ausgewandert und tauchen in diesem Buch erstmals auf.

Kjartan Bumarken und *Othilie Hansen,* die auf demselben Schiff wie Lasse über das Meer kamen

Peder Andersen aus Grimstad, Zimmermann auf demselben Schiff

Samson A. Eagle, Alexandria, *mit Familie und Verwandtschaft*

Olly Ockerman mit Familie, Bosque County

Lille Moule, die auf der Ockerman-Farm lebt

Boss und die anderen Cowboys

Die Brüder Samuel und Mindor von Hamarøy

Simeon

Brenda Mandel und ihre Familie in Minneapolis und in Seattle

Die Indianerin Sol

Brenda ist die Durchgangsgestalt in der Trilogie. Sie wurde gezeugt, ehe die ersten Auswanderer in moderner Zeit 1825 Stavanger verließen *(Elises Traum)*, und wurde am Ontariosee geboren, wo diese Gruppe aus Quäkern und Haugianern sich in der neuen Welt zuerst niederließ. Als Kind gelangt sie zusammen mit ihrem Onkel Ansgar nach Chicago. Im zweiten Band *(Der Weg nach Westen)* ist Brenda zur jungen Frau geworden, und wir begleiten sie nach Kalifornien und später in eine Siedlung am Fluss St. Peter (Minnesota-River). Im dritten Band *(Für immer, Deine Agnes)* ist sie eine ältere Frau, die in Minneapolis ein Logierhaus betreibt.

Toril Brekke

Elises Traum
Roman

Norwegen 1825: Elise und Håvard möchten in ein neues Leben nach Amerika aufbrechen. Doch als das Schiff ablegt, ist Håvard nicht an Bord. Die schwangere Elise ist verzweifelt. Sie weiß nicht, dass ihr Mann unschuldig im Gefängnis sitzt und es Jahre dauern wird, bevor sich ihre Wege wieder kreuzen.

Knaur Taschenbuch Verlag

Die Reise nach Westen
Roman

Amerika 1843: Elises Tochter Brenda ist nun eine junge Frau. Kurz nach dem Tod ihrer Mutter erfährt Brenda, dass ihr Vater noch lebt. Überglücklich verlässt sie Chicago und macht sich auf die Reise zu Håvard, der mit seiner neuen Familie auf einer Farm lebt. Doch als die beiden sich endlich wiedersehen, kommt es zu einer großen Enttäuschung für die junge Frau: Håvard will nichts von ihr wissen. Völlig auf sich gestellt, muss sie nach Chicago zurückkehren. Eines Tages steht jedoch Hølje vor ihrer Tür. Seit dem ersten Treffen auf Håvards Farm ist er unsterblich in Brenda verliebt und bittet sie, ihn nach Kalifornien zu begleiten.

Droemer

»Eine Auswanderergeschichte aus Norwegen. Einerseits super spannend, und dann ist das auch eine Geschichte mit ganz viel Gefühl.«
NDR 1 Welle Nord

Árni Thórarinsson

Todesgott

Kriminalroman

Der Reporter Einar wird von Reykjavík in die tiefste Provinz versetzt. Widerwillig versucht er, sich in Akureyri im hohen Norden Islands zurechtzufinden. Die Menschen dort sind verschroben, das Leben fließt eher ereignislos dahin, und Einar langweilt sich gehörig. Bis zwei merkwürdige Mordfälle die kleine Gemeinde erschüttern …

»Einer der großen Helden, oder besser: Antihelden, der isländischen Kriminalliteratur.«
Stod2 TV

Knaur Taschenbuch Verlag

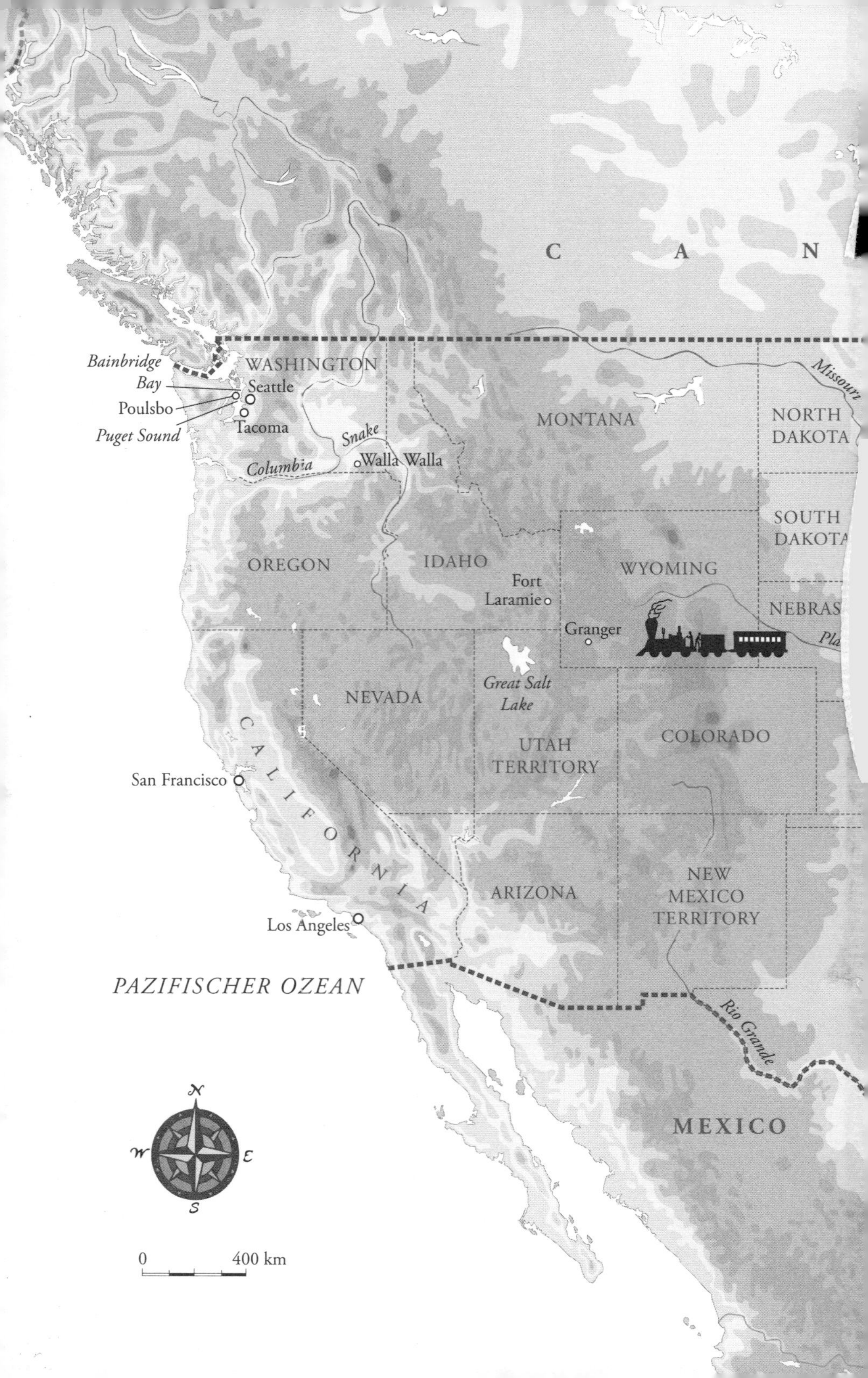

C A N
WASHINGTON
Bainbridge
Bay
Seattle
Poulsbo
Tacoma
Puget Sound
Snake
Columbia
Walla Walla
MONTANA
Missouri
NORTH DAKOTA
SOUTH DAKOTA
OREGON
IDAHO
WYOMING
Fort Laramie
Granger
NEBRAS
Pla
NEVADA
Great Salt Lake
UTAH TERRITORY
COLORADO
CALIFORNIA
San Francisco
ARIZONA
NEW MEXICO TERRITORY
Los Angeles
PAZIFISCHER OZEAN
Rio Grande
MEXICO
N
W
E
S
0
400 km